삼대록계 국문장편소설

임씨삼대록

3

역주자 한길연(韓吉娟)은 서울대학교 국어국문학과를 졸업하고 동 대학원에서 석사학위 및 박사학위를 받았다. 서울대학교, 가톨릭대학교, 아주대학교 등에 출강하였으며, 현재 서울대학교에서 강의교수로 재직 중이다. 고전소설을 전공하고 있으며, 그 중에서도 대하소설(국문장편소설)을 주로 연구하고 있다. 고전소설을 과거의 화석화된 문학이 아닌 살아 생동하는 현재진행형의 문학으로 거듭날 수 있도록 하는 데 주력하고 있다. 논문으로는 「대하소설의 능동적 보조인물 연구」, 「대하소설의 의식성향과 향유층위에 관한 연구」, 「『유씨삼대록』의 죽음의 형상화 방식과 의미」 등이 있으며, 저서로는 『조선후기 대하소설의 다층적 세계』 등이 있다.

이화한국문화연구총서 12

임씨삼대록 3

초판 인쇄 2010년 2월 20일 **초판 발행** 2010년 2월 25일
역주자 한길연 **펴낸이** 박성모 **펴낸곳** 소명출판 **출판등록** 제13-522호
주소 서울시 서초구 서초동 1621-18 란빌딩 1층
전화 02-585-7840 **팩스** 02-585-7848 **전자우편** somyong@korea.com **홈페이지** www.somyong.co.kr

값 23,000원

ISBN 978-89-5626-464-6 93810
ISBN 978-89-5626-445-5 (세트)

이 저서는 2005년 정부의 재원으로 한국연구재단의 지원을 받아 수행된 연구임(KRF-2005-078-AS0041)

이화한국문화연구총서 12

삼대록계 국문장편소설

임씨삼대록 3

한길연 역주

소명출판

일러두기

가. 현대어역 및 주해

1. 현대어 번역문은 한글 맞춤법 체계에 의거해 자연스러운 현대 한국어 문장이 되도록 하였다.
2. 띄어쓰기와 관련해 한 인물에 대한 관직명이 연달아 나올 때는 붙여 썼다.
3. 띄어쓰기와 관련해 '공'이나 '부인'과 같은 호칭이 성(姓)과 연이어 나올 경우, 원래는 띄어 써야 하나 독서의 편의를 위해 예외적으로 붙여 썼다.
4. 현대어로 번역한 표현이 작품 원문의 형태와 많이 달라졌을 경우, 각주에서 원문의 표현을 밝혔다.
5 현대어로 번역한 본문에서 어려운 한자어는 한자를 병기했다.
6. 판독(判讀)이 어려운 어휘나 문장은 이본을 참조하여 보완하고 주석을 달아 그 사실을 밝혔다.
7. 이본을 참조해도 판독이 어려울 경우 그 사실을 각주에서 밝혔다.
8. 면이 바뀔 때는 바뀐 부분의 첫 글자 위에 방점(˙)을 찍고 원문의 면수를 표시하였다.
9. 주해는 다음과 같은 경우에 하였다.
   1) 관직명, 인명과 같은 고유명사.
   2) 전고(典故)가 있는 한자어 및 지금은 사용하지 않는 한자어.
   3) 어학적 주석이 필요한 근대 국어 어휘나 표기 체계.
   4) 등장인물 및 그들 간의 관계, 앞 줄거리를 환기시킬 필요가 있을 경우.
10. 주석의 표제어는 현대어로 번역한 본문을 대상으로 하였다.
11. 문장 부호의 사용은 다음과 같다.
   1) 큰 따옴표(" ") : 직접 인용, 대화, 장명(章名).
   2) 작은 따옴표(' ') : 간접 인용, 인물의 생각, 독백.
   3) 『 』 : 책명(冊名).
   4) 「 」 : 편명(篇名)
   5) 〈 〉 : 작품명
   6) ( ) : 한자어의 한자를 드러낼 경우.
   7) [ ] : 표제어와 그 한자어의 음이 같은 경우는 '( )'를, 음이 다른 경우는 '[ ]'를 사용함.
   8) { } : 원문 표현을 그대로 옮긴 경우.

나. 원문

1. 현대 맞춤법 체계에 의거해 띄어쓰기를 했다.
2. 한자는 병기하지 않았다.
3. 면이 바뀌는 곳은 면수 표시를 했다.
4. 판독이 불가능한 경우에는 □ 표시를 했다.

임씨삼대록 해제

『임씨삼대록』은 18, 19세기 조선에서 널리 읽힌 국문장편소설로서 『성현공숙렬기』의 후편이다. 『성현공숙렬기』가 성현공을 위시한 그 형제들의 이야기를 그린 작품이라면 『임씨삼대록』은 성현공 형제들의 여러 자녀를 주인공으로 하는 이야기를 그린 작품이다. 그래서 『임씨삼대록』은 성현공 세 형제 자녀들의 이야기 정도로 풀이할 수 있는 "성현공 삼곤계 자녀 별전"이라는 부제(副題)를 가지고 있기도 하다.

『임씨삼대록』은 현재 2종의 완질 이본이 전한다. 40권 40책본과 39권 39책본이 그것으로 모두 한국학중앙연구원 장서각에 소장되어 있다. 최근에 나온 『임씨삼대록』 연구(최수현, 이화여자대학교 박사학위논문, 2010)에 의하면 두 이본의 이같은 분량 차이는 39권본의 경우 필사자의 일정한 관점에 따라 40권본의 일부 서사가 축약된 결과라고 한다. 이 책에서도 40권 40책본을 중심대상으로 하여 현대어 번역을 하였다.

『임씨삼대록』의 이본이 2종에 불과하므로 향유 당시 크게 인기가 없었던 작품인가 여길 수도 있겠다. 그러나 조선후기 국문장편소설 작품으로서 이처럼 완질의 이본을 남기고 있다는 점 자체만으로도 『임씨삼대록』은 당대 독자들로부터 상당한 인기와 관심을 끌었던 작품이라 할 수 있다. 왜냐하면 국문장편소설 작품들은 우선 작품 그 자체의 분량이 적지 않아 단편소설들이 무수한 이본을 지니고 있는 것과 단순 비교될 수 없다는 점, 더불어 국문장편소설 대부분이 전편에서 후편으로 이어지는 연작소설인데 특히 『임씨삼대록』처럼 어떤 선행 작품의 후편인 경우 그것이 이본을 산출하기 위해서는 그 작품 자체뿐만 아니라 전편에 대한 풍부한 독자층까지도 전제되어야 한다는 점 등을 고려할 필요가 있기 때문이다. 여기에 더하여 국문장편소설 관련 향유 기록들이 풍부하지 못한 상황임에도 불구하고 『임씨삼대록』의 향유 관련 기록이 적지 않다는 점도 당대 이 작품의 인기를 방증한다고 할 것이다.

『임씨삼대록』은 18세기 국문장편소설의 전성기에 향유되었던 작품이다. 이 시기 국문장편소설은 『소현성록』처럼 국문장편소설 발흥 초기 작품들이 보여준, 시대에 대한 고심과 그 시대에 대한 인간적 대응이라는 진지한 소설적 모색을 넘어서서 훨씬 폭넓은 서사세계를 보여준다. 그래서 선악이 대결하는 가운데 절체절명의 위기와 그로부터의 구원이 가져다주는 전아한 미감에서부터 선악의 대결이 일상다반사(日常茶飯事)로 내려앉아 잔잔한 흥미와 이야깃거리로 자리 잡은 것까지 다양하다.

『임씨삼대록』은 처첩갈등이나 부부갈등 중심의 혼사장애담을 주로 형상화하고 있다는 점에서 국문장편소설의 장르적 속성을 공유하고 있다. 그러나 『임씨삼대록』의 혼사장애담은 여타의 국문장편소설들과 변별되는 개성적 면모를 보인다. 일반적으로 혼사 장애 사건이 형상화될 경우 혼인 당사자 여성의 시련과 고난, 그리고 그 극복에 서술의 초점이 놓인다. 그런데 『임씨삼대록』은 가문의 어른들, 특히 여성들이 자녀세대 혼인 당사자 여성이 겪게 될 위기나 고난을 미연에 예측하고 이를 방비하는 과정에 서술의 초점을 맞추고 있다. 그래서 아찔한 위기감이 주는 긴장감이나 선악 대결의 결과에 독자의 관심을 모으기보다는 이기는 게임의 과정 자체를 느긋한 마음으로 즐기며 그러한 과정에서 구현되는 천의(天意)의 실현을 체감하게 한다. 더불어 이러한 서사적 특징은 여성의 활약이 특히 두드러진다는 개성적 면모로 귀결된다.

『임씨삼대록』은 이같은 서사적 특징과 더불어 창작 배경에 있어서도 주목할 만한 작품이다. 연작 관계에 있으므로 『임씨삼대록』이 전편 『성현공숙렬기』의 서사적 설정을 수용한 것은 재론의 여지가 없다. 그런데 『임씨삼대록』은 『성현공숙렬기』 외에도 『구운몽』이나 중국소설 『평요전』에 대한 독서 경험을 적극적으로 활용하여 작품을 그리고 있다. 국문장편소설의 중요한 장르적 특징 가운데 하나는 선행 작품의 설정을 작중에 활용하는 경우가 적지 않다는 것이다. 이런 점에서 『임씨삼대록』은 국문장편소설의 장르적 속성에 충실한 작품이라 할 수 있는데, 여기서 특히 주목할 것은 그것이 『구운몽』과 『평요전』이라는 점이다. 국문장편소설 대부분은 작자미상의 작품들이다. 따라서 그 창작 배경에 대한 직접적인 정보는 상당히 제한적이다. 이러한 상황 속에서 『임씨삼대록』의 작가가 국문장편소설은 물론이고 중국소설까지 섭렵하고 이를 소설 창작에 적극 활용하고 있다는 점은 국문장편소설 연구자들에게 여러 가지로 시사하는 바가 크다.

『임씨삼대록』이 완질의 이본을 남기면서 당대 큰 인기와 관심을 끌 수 있었던 것은 이러한 개성적 서사와 특징적인 창작 배경을 가지고 있었기 때문은 아닐까 생각된다. 이러한 『임씨삼대록』의 의의가 이 책을 통해 현대 독자들에게도 온전히 전해지기를 바란다.

처음에 번역은 1권~10권 17면은 김지영, 10권 18면~19권 25면은 최수현, 19권 26면~28권 50면은 한길연, 28권 51면~ 37권은 서정민, 38권~39권은 조혜란, 40권은 정언학이 담당하였다. 이 과정에서 정기적인 회의를 통해 무수한 상호 검토와 교정이 있었다. 이후 이를 총 5책의 현대어본으로 출간할 계획을 세우면서 1책(1~8권)은 김지영, 2책(9~16권)은 최수현, 3책(17~24권)은 한길연, 4책(25~32권)은 서정민, 5책(33~40권)은 조혜란과 정언학이 다시 재검토를 하면서 수차례의 상호 교정 작업을 거쳐 현대어 번역을 마무리하였다.

앞으로의 해결 과제로 남긴 부분이 없지 않아 세상에 내어놓기 주저되는 마음 감출 수 없다. 하지만 본 작업의 결과물이 세상에 나아가 고전소설 연구자는 물론이고 오늘날 일반 독자들에게도 우리 고전소설의 정수를 체험하게 할 소중한 계기가 되기를 조심스레 소망한다.

2010년 1월

서정민

◎ 임씨삼대록 3

차례

현대어역

원문

임 씨 삼 대 록

17권

1 화조(話條).[1] 지난날 능운을 제자로 삼아서 요술을 가르친 이는 묘월이었다. 능운이 하산한 후로 공을 세울 것이라 여겨 염려하지 않고 있었는데, 기한이 지나자 이상하게 여겨 점을 쳐 보았더니 능운이 귀신굴에 빠져 목숨이 경각에 달려 있는 것이었다. 묘월이 발을 구르며 몹시 놀라 말하였다.

"아깝도다. 나의 으뜸 제자가 죽게 되었으니 어찌해야 하는가? 내가 하늘을 ㅇ이겨 '사람이 많으면 하늘도 이긴다.'[2]는 것을 보여주겠다."

2 그런 후 3번 휘파람을 불고 5번 날개 짓을 하자 몸이 높이 하늘 끝까지 떠 귀신이 모인 굴에 도착하였다. 멀리 석장(錫杖)[3]을 던지며 귀신을 제압할 부적을 던지자 모든 악귀들이 능운을 놓고 숨었다.

이때 능운은 죽을 줄 알고 있다가 묘월의 소리를 듣고 몸을 솟구쳐 굴 밖으로 나와 오래도록 통곡하고 묘월에게 절하며 전후의 일을 말하였다. 묘월이 탄식하고 능운을 구한 과정을 이야기하는 한편, 능운이 눈과 귀가 없는 것을 안쓰럽게 여기고 데리고 산에 돌아와 간호해주었다. 능운의 몸이 평소와 같고 아픈 곳이 없어지자 묘월이 능운에게 도술을 가르쳤다.

하루는 묘월이 발을 구르며 말하였다.

3 "아깝구나. 낭아성이 큰 화를 만나 이 앞을 지나갔는가 싶은데 내가 네 병에 골몰하느라고 살피지를 못하였구나."

---

1) 화조(話條) : {화죠}. 화조(話條)로 추정됨. 고전소설에서는 이런 상황에서 대개 화설을 쓰는데 『임씨삼대록』에서는 17권 1면과 18권 59면에서 화조를 사용하고 있음. 화설(話說)은 이야기의 첫머리 또는 말머리를 돌릴 때 쓰던 말.

2) 사람이 ~ 이긴다 : {인즁승텬[人衆勝天]}. 사람이 많으면 하늘도 이길 수 있다는 뜻으로, 많은 사람의 왕성한 세력이 성할 때는 그 흉포함이 한 때 천리(天理)도 이겨 비리(非理)를 이룬다는 것임.

3) 석장(錫杖) : 중이 짚고 다니는 지팡이. 밑 부분은 상아나 뿔로, 가운데 부분은 나무로 만들며, 윗부분은 주석으로 만듦. 탑 모양인 윗부분에는 큰 고리가 있고 그 고리에 작은 고리를 여러 개 달아 소리가 나게 되어 있음.

능운이 날뛰며 말하였다.

"제가 다시 산을 내려가 낙안주로 가서 한왕을 달래 설씨를 급히 따라가 죽이거나 잡도록 하겠습니다."

묘월이 말하였다.

"네가 일을 대충 처리할까 싶구나."

능운이 말하였다.

"과연 임씨 가문의 모든 사람들이 정기(精氣)가 당당하기에 제가 패하였지만 설씨는 홀로 가는 중입니다. 어찌 잡지 못하겠습니까?"

묘월이 말하였다.

"너도 내가 산을 내려가지 못할 줄을 이미 알고 있을 것이니 이번에는 곰곰이 따지고 착실하게 해서 조심하도록 해라."

능운은 합장하면서 명을 받들고 산을 내려가 바로 낙안주로 향하였다. 목지형이 어째서 이 행차를 따르지 못하는가 의아하게 생각하는데, 홀연 4
한 떼의 군사들이 시신 하나를 싣고 달리는 것이 보였다. 능운이 괴롭게 한 쪽 눈을 찡그리고 본즉 목지형이 코가 없고 한 팔이 없는 채로 실려 있는 것이었다. 능운은 목지형이 무슨 큰 화를 당했다고 생각하고 몹시 놀라 낯빛을 잃고 소리를 높여 말하였다.

"목상공! 이것이 무슨 일입니까?"

목지형이 머리를 겨우 들어 살펴보니 능운이 아니면 누구겠는가! 반갑고도 기쁨함을 이루 다 측량할 수 없을 정도였다. 목지형과 능운이 서로 눈물을 오월의 장대비처럼 흘리며 전후 사정을 일일이 전하였다.

"나도 하마터면 죽을 뻔한 것을 한왕(漢王)[4] 전하께서 은덕을 베풀어

---

4) 한왕(漢王) : 성조(成祖) 영락제(永樂帝)의 둘째 아들로 이름은 주고후(朱高煦), 혹은 주고구라

5 군사를 보내셔서 수레에 실려 있게 되었네. 내 비록 설생[5]의 칼에 이렇게 맞았지만 설씨[6] 또한 도술을 하는 산적을 만나 그들이 데려갔네."

능운이 말하였다.

"상공은 철없는 말을 마십시오. 임·설 두 집안이 어떤 집입니까? 귀중한 며느리와 딸을 화란 속에서 죽게 하거나 소홀히 산적에게 잡히게 하겠습니까? 이는 지혜로 사람의 눈을 가리어 상공을 속이고 매미가 허물을 벗는 것과 같은 계교를 쓴 것입니다. 설씨가 몸을 벗어나 안전하게 길을 다시 돌려 벌써 우리 문 앞길을 지나간 줄을 우리 스승께서 아시고 급히 한왕 전하께 아뢰기를 남해 길목을 질러가 쫓으면 설씨를 잡기가 쉬울 것이라고 하셨으니 어서 빨리 가시지요."

6

목지형은 저도 모르게 깨닫고 아픈 것도 잊은 채 달려서 낙안주에 이르러 한왕에게 말하기를 자신이 마음을 다해 힘썼지만 한 가지도 제대로 이루지 못하고 아픈 사람이 되어 능운과 함께 왔음을 아뢰고 전후 사정을 말하였다. 그러자 능운이 또 한왕을 부추기며 말하였다.

"마땅히 이리이리 할 계교가 있으니 오늘 군대를 일으키십시오."

한왕이 친히 군기를 갖추고 뒤에 큰 가마를 세우고 따라나서니 그 모양이 몹시 우스웠다.

이때에 설소저(小姐)[7]는 연씨 집안을 떠나 여러 날 가다가 길이 한적한

고도 함. 무예에 뛰어나 성조가 정난병(靖難兵)을 일으켜 즉위할 때 공을 세움. 그러나 자신의 봉토에는 즐겨 가지 않고 태자인 인종(仁宗)을 모해하고 원망하다가 조카인 선종(宣宗)이 즉위하자 거병(擧兵)하지만 결국 붙잡혀 처형됨.

5) 설생 : 설희광을 말함.

6) 설씨 : 설희광의 누이동생이자 임창연의 아내인 설성염을 말함.

7) 설소저(小姐) : 소저는 아가씨를 지칭하는 말이나, 고전소설에서는 젊은 부인을 가리키는 말로도 씀. 설소저는 이미 혼인한 몸으로, 젊은 부인인 설씨라는 의미 정도로 이 말을 쓴 것임.

산모퉁이를 거쳐 가게 되었는데, 협곡을 더위잡고서야 겨우 병목 같은 골 7
짜기를 넘을 수 있었다. 날이 저물자 수레를 재촉해 급히 촌가에서 잠잘 곳을 얻어 일행이 모두 저녁밥을 먹었다. 설소저는 마음이 자주 놀라고 심장이 떨려 앵섬을 불러 곁에 앉으라 한 후 시아버지인 임희린이 출정할 때에 자신에게 맡긴 비단주머니에서 편지를 꺼내보며 말하였다.

"시아버님께서 나의 오늘 일을 헤아리시고 이 비단주머니를 맡기시면서 마음이 놀랍고 위태로울 때 때 열어 보라고 하셨다. 오늘 내 마음이 몹시 두렵고 놀라우니 떼어 보자."

비단주머니를 열어 상 위에 놓고 공경하여 보니 다만 이렇게 이르고 8
있었다.

비록 너에게 닥칠 욕이 급하나 머리나 피부와 같은 몸은 부모에게서 받은 것이다. 몸과 얼굴을 훼손시키는 것은 해서는 안 될 일이니 이를 삼가라. 비록 남악이 외딴 섬이지만 몹시 위태로운 곳에서도 성인이 임시방편을 주신다. 네가 고집하는 마음을 돌려 급한 화를 진정하면 15세 좋은 나이에 설마 죽겠느냐?

설소저는 편지를 거두어 다시 몸에 지니고 곧 자리에 나아가려고 하였다. 그런데 갑자기 앞에서 함성이 크게 일어나며 "어서 묶어라" 하는 소리
가 우레와 같이 들리는 것이었다. 설소저는 혼이 빠져나가는 것 같았지 9
만 낯빛이 변함이 없이 패도(佩刀)[8]를 꺼내었다. 매송 · 앵섬 · 화앵[9]이

8) 패도(佩刀) : 노리개에 차는 칼집이 있는 작은 칼.
9) 매송 ~ 화앵 : {미홍 잉셤} 앞에서는 계속해서 '미송'으로 나왔기에 통일성을 기하기 위해 '매송'으로 옮김. 또 뒤에 계속해서 화앵도 매송 · 앵섬 등과 함께 설소저를 모시고 간 인물로 나오기에 원문에는 없지만 '화앵'을 추가함.

가볍게 설소저를 등에 없고 나는 듯이 달아나자, 모든 시녀들이 동시에 통곡하고 따르나 미치지 못하였다. 매송 · 화앵[10]이 앵섬을 따라 힘을 다해 걸었는데, 앵섬은 설소저를 업고 몹시 빠르게 달려 높은 고개를 넘어 벌써 10여리에 이르게 되자 다리에 힘이 다한 듯하였다. 설소저가 슬프게 부르짖으며 말하였다.

"떠난 지 불과 며칠이 지나지 않아서 또 도적을 만나니 구차하게 살아서 무엇 하겠느냐?"

10 소저가 채 말을 끝내기도 전에 한 무리의 강도가 쫓아오며 소리를 질렀다.

"밤중에 어린 여자가 어찌 멀리 가겠느냐? 설씨를 빨리 잡아라."

시녀가 설소저를 들쳐 업고 나는 듯이 달아났는데 앞에 위수(渭水)[11]가 놓여 있었다. 이 물은 사해로 통하는 물이었으나 배는 없고 점점 도적의 소리는 가까워 오므로 소저는 한 번 통곡하고 매송의 등에서 내려와 말하였다.

"일이 이 지경에 이르렀으니 방법이 없구나. 시부모님이 지극히 대우해 주신 은혜를 갚지도 못한 채, 형세가 위급하니 살지도 못하겠구나."

그런 후 설소저가 몸을 솟구쳐 제비같이 강물에 뛰어들자, 매송 · 앵
11 섬 · 화앵 또한 동시에 강물에 뛰어 들었다. 모든 적들이 힘을 다해서 따라왔으나 벌써 네 여자는 물로 뛰어들어버려 어찌할 도리가 없었다. 한왕이 능운 등과 함께 설소저를 뒤쫓아 오다가 이 광경을 보고 발을 구르며

---

10) 매송 화앵 : {화잉}. 전후 문맥상 화앵뿐만 아니라 매송도 함께 설소저를 모셨기에 이를 추가하여 넣음.

11) 위수(渭水) : 중국 황하강(黃河江)의 큰 지류(支流). 감숙성(甘肅省) 남동부에서 시작하여 섬서성(陝西省)으로 흘러 황하강으로 들어감.

말하였다.

"아차차, 저 미인을 쫓아가지만 않았다면 물에는 빠지지 않았을 것을……."

말을 마치지 못했을 때 갑자기 뒤에서 비수(匕首)를 던지는 이가 있었
다. 칼 하나가 날아와 여기저기를 두루 치더니 왕의 가슴을 숨통만 남기
고 다 가로 베어버리고 허다한 군졸들 역시 풀을 베듯 죽여 버렸다. 여러
군사들이 놀라고 두려워 설씨를 담으려고 했던 가마에 한왕(漢王)을 태우 12
고 급히 산골짜기의 좁은 길을 거쳐 낙안주로 달아났다.

이 무렵 학사(學士)[12] 설희광은 누이를 편안히 있게 하고는 밖에서 한주부와 한담을 나누고 있었다. 삼경(三更)[13]이 되어 야심한 밤에 갑자기 함성이 진동하며 미처 손을 놀릴 사이도 없이 도적들이 들어와 철통같이 에워싸더니 날랜 장수 하나가 소리를 지르며 설소저를 가마에 담으라고 명령하는 것이었다. 설학사가 대경실색하여 칼을 뽑아 수십 인을 죽이고 마구 치며 들어가나, 매송 등과 설소저는 간 곳이 없고 유랑과 남은 시녀는 설소저를 부르짖으며 울고 있었다.

설학사가 두루 살펴보니 도적이 산을 급히 넘기에 한주부와 장추관 두 13
사람을 데리고 적의 뒤를 따르며 주시하였는데, 과연 매송 등이 설소저를
업고 달아나다가 적이 쫓아오는 것을 보고 동시에 매송과 설소저가 물에
빠지는 것이었다. 설학사가 대경실색하여 피를 토하고 거꾸러지자 한주
부, 장추관 두 사람이 급히 붙들고 구했으나 살아날 길이 아득해보였다.
장추관이 급히 환혼단(還魂丹)[14]을 입으로 씹어 설학사의 입에 흘려 넣자,

12) 학사(學士) : 관직명으로 국가의 전례(典禮), 편찬(編纂), 찬술(撰述)을 맡아보는 벼슬임.
13) 삼경(三更) : 하룻밤을 오경(五更)으로 나눈 셋째 부분. 밤 11시에서 새벽 1시 사이.
14) 환혼단(還魂丹) : 죽은 이의 넋이 살아 돌아오게 하는 단약.

잠시 후 설학사가 정신을 차리고는 누이를 부르짖으며 울었다. 그러자 한 주부가 위로하며 말하였다.

"일이 이 지경에 이르렀는데 우는 것은 도움이 되지 않습니다. 마땅히
14 원수를 갚고 시신을 찾아야지요."

설학사가 어찌 살 뜻이 있겠는가마는 이 원수를 갚지 않고는 못 베길 듯하였다. 선뜻 일어나 보검을 들고 주문을 외우며 칼을 적진에 던지자 칼이 변하며 빛이 번쩍하더니 한줄기 무지개가 푸른 하늘에 뻗치며 바로 한왕의 가슴에 내려 꽂혀 숨통만 남기고 마구 베어버리고 허다한 군졸을 없앴다. 그런 후 검이 스스로 돌아오자 설학사가 도로 보검을 칼집에 넣었다. 설학사가 급히 강가로 가 보았으나 파도가 세차게 일어나 향하는 바를 알 수가 없으니 설소저의 시신을 어디에 가서 찾을 수 있겠는가? 설학사가 하늘을 우러러 통곡하며 자주 기절하자 한 · 장 두 사람과 서동과
15 채인(采人)[15]이 모두 망극해하며 통곡하였다. 유랑과 시비들이 와서 이 모습을 보고는 동시에 물에 뛰어들고자 하였다. 한주부가 이들의 행동을 막으며 설학사를 간호하였다. 설학사가 울며 말하였다.

"누이를 잃고 돌아가 무슨 면목으로 부모님을 보겠는가? 내가 물속에 들어가 시신을 찾겠네."

설학사가 뛰어들려고 하자 한 · 장 두 사람이 급히 붙들고 말하였다.

"상공이 누이 한 사람을 위해서 이런 일을 어찌 하고자 하십니까? 태사 상공[16]이 어가(御駕)[17]를 모시고 돌아오셔서 한림 부인[18]의 참사도 마

---

15) 채인(采人) : 자신의 식읍(食邑)에 속한 사람을 가리킴.
16) 태사 상공 : 학사 설희광의 부친인 태사 설연창을 말함.
17) 어가(御駕) : 임금이 타는 가마.
18) 한림 부인 : 한림 임창흥의 부인인 설소저를 말함.

음에 견뎌하시지 못하실 것인데 상공의 천금같이 중요한 몸이 함께 물속에 침몰하셨다는 것을 들으시면 분명 상심해하실 것입니다. 한림 부 16
인은 어떻게 할 수가 없지만, 상공은 부질없는 생각을 하시는 것은 멈추시고 빨리 초혼(招魂)[19]을 하고 돌아가 두 집에 알리시는 것이 옳을까 싶습니다."

설학사가 들어보니 맞는 말이었다. 누이를 부르며 누이의 비단저고리를 가지고 물속을 향해 초혼(招魂)을 하고 돌아와서는 누이를 한 번 부르고 피를 열 번 토하였다. 모든 사람들이 설학사를 간호하고 위로하며 말하였다.

"객지에서 떠돌며 방황하는 것은 부질없으니 빨리 돌아가 선처하시지요."

설학사가 통곡하며 말하였다.

"그대들의 말이 이치에 맞으나 내 차마 누이를 물속에 잠겨있게 하고 17
돌아가지 못하겠네. 그대들은 돌아가 이 일을 알려주게나. 나는 이 물속을 찾아 용왕을 잡아 세우고 시신을 찾아 가겠네. 온 천지를 다 돌아서라도 누이의 시신을 찾기 전에는 가지 못하겠네."

말을 마치고 가볍게 만리운이라는 천리마(千里馬)[20]를 이끌어 한 번 채찍질을 하자, 그 행색이 거침없어 간 곳을 알 수가 없었다. 모든 이들이 대경실색하며 미처 설학사를 붙잡지 못한 것을 한탄하고 북으로 돌아왔다.

---

19) 초혼(招魂) : 사람이 죽었을 때, 그 사람이 생시에 입던 저고리를 왼손에 들고 오른손은 허리에 대어 지붕에 올라서거나 마당에서 북쪽을 향(向)해 "아무 동네 아무개 복(復)"이라고 세 번 부르는 일.

20) 천리마(千里馬) : 하루에 천 리를 달릴 수 있을 정도로 좋은 말.

차설(且說).[21] 천하에 큰 산이 5개가 있는데 동쪽에는 태산(泰山)[22]이,
18 서쪽에는 화산(華山)[23]이, 남쪽에는 형산(衡山)[24]이, 북쪽에는 항산(恒
山)[25]이, 가운데에는 숭산(嵩山)[26]이 있었다. 천지가 개벽한 후에 양기(陽
氣)는 상승하여 하늘이 되고 지기(地氣)는 하강하여 땅이 되었다. 동지국
의 진군(眞君)인 위부인[27]은 인륜을 끊고 형산에 들어가 지금 천년 정도
가 지났는데 얼굴이 변하여 신선이 되고 뼈가 화하여 선골(仙骨)이 되어
구름과 안개를 수놓은 치마저고리를 떨치며 옥경(玉京)[28]에 조회 드리고
반도연(蟠桃宴)[29]에 참여하여 좋은 술을 맛보고 옥액(玉液)[30]을 머금고 형
산으로 돌아오면 천지사방을 헤아려 모든 만물의 선악 우열을 마치 눈앞
19 에 펼쳐져 있는 것처럼 보았다.

하루는 위부인이 명월, 쌍연[31] 두 명의 도동(道童)[32]에게 말하였다.

"지금 낭아성이 전생의 업보로 구미호의 해를 입어 남해로 유배 가는

---

21) 차설(且說) : 화제를 돌리려 할 때 그 첫머리에서 쓰는 말.
22) 태산(泰山) : 중국 산동성(山東省)에 있는 산. 중국의 오악(五嶽)의 하나로 동쪽에 위치하는 유명한 산임. 역대 황제들이 하늘의 뜻을 받는 봉선의식(封禪儀式)을 행했던 곳임.
23) 화산(華山) : 중국 섬서성(陝西省)에 있는 산. 중국의 오악(五嶽)의 하나로 서쪽에 위치하는 유명한 산임. 오악 중에서 가장 험준함.
24) 형산(衡山) : 중국 호남성(湖南省)에 있는 산. 중국의 오악(五嶽)의 하나로 남쪽에 위치하는 유명한 산임. 산중에 사찰이 많음.
25) 항산(恒山) : 중국 산서성(山西省)에 있는 산. 중국의 오악(五嶽)의 하나로 북쪽에 위치하는 유명한 산임. 한대(漢代) 이래 '대무산(大茂山)'을 북악(北岳)인 항산이라 하였으나, 명대(明代) 이후로는 '현악(玄岳)'을 항산으로 개칭하여 북악으로 간주함.
26) 숭산(嵩山) : 중국 하남성(河南省)에 있는 산. 중국의 오악(五嶽)의 하나로 중앙에 위치하는 유명한 산임. 예로부터 사찰이 많았음.
27) 진군(眞君)인 위부인 : 〈구운몽〉에 나오는 인물임. 진군(眞君)은 만물의 주재자(主宰者) 혹은 신선(神仙)을 높여 이르는 말임.
28) 옥경(玉京) : 하늘 위에 옥황상제가 산다고 하는 가상적인 수도. 백옥경이라고도 함.
29) 반도연(蟠桃宴) : 신선의 땅인 요지(瑤池)에서 서왕모(西王母)가 반도 복숭아를 차려놓고 벌이는 잔치로, 이 반도는 3천년에 한 번씩 열린다고 함.
30) 옥액(玉液) : 옥에서 나는 즙. 마시면 오래 산다고 하여 도가에서는 선약으로 침.
31) 명월, 쌍연 : 원문에는 이름이 구체적으로 나오지 않으나, 뒤에 구체적인 이름이 나오므로 이들이 나오는 처음 이 대목에서 이들의 이름을 밝힘.
32) 도동(道童) : 도사의 심부름 등을 하면서 도를 닦는 아이.

길에 흉인의 해를 입어 물속으로 떨어졌으니 너희들은 빨리 가 구하여 작은 배에 태우고 오거라."

도동 두 사람이 명을 받들고 남해 큰 길 위수가로 가 학 두 마리[33]를 물에 띄우자 학이 변하여 작은 배 한 척이 되었다. 도동이 작은 배를 빨리 저어 물 속 깊이 들어가 두루 살펴보았으나 사람의 종적이 없었다. 이윽고 거센 바람이 일어나며 네 사람의 시신이 도동의 배에 떠올랐다.

어여쁘구나! 설소저 성염이 굳은 마음과 옥 같은 절개를 높이 세워 몸 20
을 깊은 강물에 던졌으나 순행 나왔던 야차(夜叉)[34]가 그것을 보고 용궁에 들어가 이 일을 말하였다. 이 무렵 남해 용왕이 사해(四海)의 용신을 모으고 날마다 잔치를 벌이고 있었는데, 이 말을 듣고 나와 보니 과연 낭아성이 떨어져 강 물결에 정기(精氣)가 있었다. 용왕이 시신을 거두어 올리고 살펴보니 위부인의 사신(使臣)이 학을 그린 조각 배 위에서 강물 속을 살펴보고 있었다. 용왕이 알아보고 네 사람의 시신을 배 위로 올려 보냈다.

으뜸 도동인 명월은 위부인의 도통을 전수받아 도법이 신이하였다. 네 21
시신을 뱃전에 걸치고 물을 끝없이 토하게 하였다. 설소저를 붙들고 쌍연에게 유리로 된 표주박을 받치게 하여 몸을 기울여 물을 다 토하게 한 후 배 가운데 누이고 여러 시신을 향해 새의 깃털로 만든 부채를 3~4번 붙이자 옷이 순식간에 말라 완연히 배 가운데서 잠에 들은 것과 같은 모습이 되었다. 도동이 탄식하며 나아가 설소저를 향해 주문을 외우고 환혼단을

---

33) 학 두 마리 : {싹학}. 이본인 한국학중앙연구원 39권본에는 '쌍학'으로 되어 있어 문맥을 고려하여 이같이 옮김.

34) 야차(夜叉) : 불법을 지키는 여덟 신장 가운데 하나 혹은 모습이 추괴(醜怪)하며, 하늘을 날아다니면서 사람을 잡아먹고, 상해를 입힌다는 잔인하고 사나운 귀신(鬼神)을 말함. 여기서는 전자의 의미로 쓰였음.

22 강물에 풀어 들이마시게 하니 약물이 목구멍으로 넘어가는 듯하였다. 세
명의 시비에게도 차례로 약을 갈아 먹였다. 매송 · 앵섬 · 화앵이 즉시 회
생하여 눈을 떠서 살펴보니 여동(女童) 두 사람이 배 가운데 앉아 자신들
의 주인을 구하고 있었다. 기운이 나 벌떡 일어나 설소저를 붙들고 부르
짖으며 말하였다.

"우리가 소저를 모시고 수 천 리를 천신만고하여 이 땅에 이르렀는데,
흉인들의 쫓아오는 발걸음이 빨라지자 소저가 절개를 크게 세워 강에
투신하시기를 달갑게 여기셨습니다. 저희들 또한 일이 이 지경에 이르
23 자 우리 부인의 부탁을 받들 길은 없고 소저를 강에 사는 물고기의 배
안에 넣고 홀로 돌아가지도 못하겠기에 함께 물속에 떨어졌습니다. 그
런데 어떤 살아있는 부처님이시기에 우리는 살리시고 소저를 살릴 방
법은 없으신 것입니까?"

말을 마치고 슬퍼하다 숨이 막히니 여동(女童)[35]이 이들을 위로하고 회
생시켰다. 시녀들이 설소저의 곁에 함께 나아가 설소저의 손을 만지며 흐
느끼자, 잠시 후 설소저가 눈을 떠 주변을 살피고 슬프고 간절하게 모친
을 부르다 기운이 막힐 듯하였다. 매송 등이 설소저의 팔다리를 주무르며
위로하고 말하였다.

"소저가 큰 절개를 지키고자 하시는 것이 열렬하신 데에 하늘이 감동
24 하셔서 난데없이 살아있는 부처님이 나타나 우리들을 살려 내셨으니
정신을 차리십시오."

설소저가 다 듣고 여동을 향해 사례하며 말하였다.

"저는 속세에 사는 사람으로 불행한 때를 만나 세 명의 시비와 함께 이

---

35) 여동(女童) : 여자 도동(道童)을 말함.

미 맑은 강에 몸을 던졌습니다. 수심(水深)이 매우 깊어 저의 몸을 감출
수 있는 곳이기에 다시 살아날 방법을 구할 길이 없었는데, 선동(仙
童)[36]은 어느 곳의 살아있는 부처님이시기에 여러 사람의 목숨을 구하
십니까? 은혜를 잊기가 어렵습니다만, 저의 오라버니가 제 죽음을 보
고 상심하여 걱정이 클 것입니다. 선동께서는 자비로운 마음으로 저를
오라버니가 계신 곳으로 가게 해주시면 결초보은(結草報恩)[37]하겠습니 25
다."

여동이 공경하며 대답하였다.

"이 일은 어렵지는 않습니다만 이는 다 하늘의 운명에 묶여 있는 것이
니 사람의 힘으로는 어쩔 수 없습니다. 여러분들을 배에 얹은 이는 남
해 용왕입니다. 급한 화에서 부인을 구하고 저에게 맡겨 남악 형산에
서 3년 동안 수도하시게 하는 것은 모두 옥황상제의 가르침입니다. 지
금 소저가 일행에게서 가까이 있어도 돌아가시기가 어려운데 이 물이
이미 남해의 큰 바다를 통해 이틀 사이에 8천 5백 리를 지나왔으니 일
행과 오라버니를 어디에 가서 찾을 수 있겠습니까? 헤어지고 만나는
것에는 때가 있고 하늘의 도는 끝이 없으니 급히 돌아가고자 하셔도 26
그럴 수가 없습니다. 오늘 이후로는 우리 선법(仙法)을 접하며 하늘의
뜻을 기다리시지요."

---

36) 선동(仙童) : 선경(仙境)에 살면서 신선의 시중을 든다는 아이

37) 결초보은(結草報恩) : 죽어서라도 은혜를 갚겠다는 뜻의 고사성어. 중국 춘추시대(春秋時代), 진(晋)의 위무자(魏武子)는 병이 들자, 아들 위과(魏顆)에게 자기가 죽으면 후처, 즉 위과의 서모(庶母)를 개가시켜 순사(殉死)를 면하게 하라고 유언하였음. 그러나 병세가 악화되어 정신이 혼미해진 위무자는 후처를 자신과 같이 묻어 달라고 유언을 번복하였는데, 위무자가 죽은 뒤 위과는 정신이 혼미했을 때의 부친의 유언을 따르지 않고 서모를 개가시켜 순사를 면하게 함. 후에 위과가 전쟁에 나가 진(秦)의 두회(杜回)와 싸워 위태로울 때 서모 아버지의 망혼(亡魂)이 나와 적군의 앞길에 풀을 잡아매어 두회가 탄 말이 걸려 넘어지게 하여 두회를 사로잡게 하였다 함.

설소저는 여동의 말을 듣고 너무 어이없어 길게 탄식하며 말하였다.

“제가 돌아갈 길이 없고 의지할 곳이 없으니 살아있는 부처님이신 도
사를 따르고자 합니다. 그러나 저의 오라버니가 슬퍼하며 흘리는 눈물
은 피로 변할 것입니다. 오라버니가 제 시신을 찾지 못하면 온 사방을
다 돌아다니려고 할 것입니다. 다만 제가 죽지 않았다는 사실만 알게
하시면 저는 어떤 곳이라도 갈 것입니다. 그러나 제가 살아 있다는 사
27 실을 오라버니에게 알리지 못한다면 남악은 말씀도 하지 마십시오.”

여동이 말하였다.

“소저의 오라버니가 오래지 않아 이 물에 올 것입니다. 명월을 머무르게 해서 이리이리 해 소저가 살아 있다는 사실을 알게 하고 우리는 배를 띄워 형산으로 행하지요.”

매송이 이 말을 듣고 기뻐하며 말하였다.

“그렇다면 소저께서 두어 줄의 글을 설학사 상공에게 맡겨 친정에 전하는 것이 편할까 합니다.”

쌍연이 웃으며 말하였다.

“그대의 말처럼 하면 소저의 액운이 백 년 안으로는 결말이 나지 않을
것입니다. 소저가 속세를 4~5년간 사절하면 두 집안의 부모들은 소저
28 가 죽은 줄 알고 다시 임상공의 건즐(巾櫛)을 받들지 못할 것이라 알릴
것이니 그렇게 되면 소저의 액운이 다하고 흉한 무리가 사라질 것입니
다. 그 때가 되면 소저의 태운(泰運)[38]이 돌아오고 전후에 잃어버린 부
인의 도가 이 가운데 펼쳐질 것이니 아직은 바빠하지 마십시오.”

앵섬 등이 거듭 절하면서 사례하자 두 도동이 말리며 말하였다.

---

38) 태운(泰運) : 걱정이 없고 평안한 운수.

"우리 선가(仙家)에서는 이런 일에 사례 받는 것을 원수같이 여기니 스승님의 앞에 나아가서는 일절 은혜를 칭송하지 마십시오."

명월이 가볍게 몸을 날려 조그만 호리병박을 물 위에 띄우고 물을 거슬러 올라가 상강 어귀로 가니 설소저가 9마리 난새가 그려진 황옥(黃玉) 비녀인 황옥구란차(黃玉九鸞釵)를 명월에게 주며 말하였다.

"이 물건은 남편의 빙물(聘物)[39]이어서 제 신변에서 떠난 적이 없었습 29
니다. 이것을 제 오라버니를 보시면 전해 주세요."

명월이 받아 가지고는 갑자기 사라지자, 세 사람은 놀라서 얼굴이 하얗게 질렸다. 설소저는 허망하여 즐거워하지 않았으나 일이 되어가는 형편을 보고자 다만 마음을 어루만지며 강물을 굽어 살펴 볼 따름이었다.

날이 한나절에 이르러 명월이 돌아와 설소저에게 말하였다.

"제가 과연 고기잡이하는 늙은 어부의 옷차림을 하고 소상강 동정호에서 남주 위국의 여울로 가 설학사를 만나 이리이리하고 황옥구란차를 드리고 왔습니다."

설소저는 오라버니가 애쓰고 있었을 것을 생각하고 애간장이 타는 듯 30
눈물을 흘렸다. 세 시녀와 두 여동이 설소저를 위로하는데 배가 벌써 위진군의 골 어귀로 들어섰다. 여동이 먼저 들어가 아뢰니 위진군이 몹시 기뻐하며 탑을 쓸고 청하였다. 설소저가 탑에 올라가 공경히 절을 하고 은혜를 일컬었다.

"속세의 더러운 몸을 구해주시고 선경을 더럽히게 허락해주시니 큰 은혜를 잊기가 어렵습니다. 원컨대 고요히 들어가 몸에 덕이 부족한 것을 씻고자 합니다."

---

39) 빙물(聘物) : 결혼할 때 신랑측에서 신부에게 주던 재물.

설소저가 말을 마치고 눈을 들어 위진군을 보니 옥골(玉骨)이 씩씩하고
31 뼈가 변하여 수정 같았으며 머리 위에는 일월오운관(日月五雲冠)[40]을 쓰
고 몸에는 구름과 안개가 수놓인 옷을 입고 있었다. 이에 정신이 황홀하
였다. 진군이 공경하는 태도로 몸을 굽혀 말하였다.

"저는 산속에 은거하고 있는 사람입니다. 어찌 부인의 지나친 칭찬을
감당하겠습니까? 귀한 자취가 이곳에 오시니 산중에 광채가 두 배나
더합니다. 소저의 선조이신 태사공이 산천을 두루 돌아다니시다가 이
곳에 오셨었는데 그때 제가 옥경(玉京)에 간 사이에 도관을 유람하시고
아름다운 글로 찬(讚)을 지어주시니 선문에 광채가 갑절이나 더하였습
니다. 제가 은혜를 갚은 길이 없는 것을 탄식하고 있었는데 이처럼 소
저가 화를 만나 이곳에 오셔서 3년의 재앙을 피하시게 되었습니다. 속
32 세를 속여 소저의 자취가 없는 것처럼 하고 3년을 숨어 계시면 영화를
띠고 돌아가실 것입니다. 천기(天氣)는 비밀한 것이기에 제가 누설할
수 있는 것이 아닙니다."

이렇게 말한 뒤 위진군은 설소저에게 신선의 과일과 음식을 대접하였
다. 형산의 도덕은 다른 도관과 달라 산이 한편에 있고 물은 은하수와 닿
아 있었으며 바위 봉우리에는 사계절 내내 상서로운 구름에 덮여 있었으
니 이 어찌 옥청궁(玉淸宮)[41]이 아니겠는가? 집은 끝없이 넓었으며, 유리
기둥과 산호 들보며 구슬 기와에 수정 박공(牔栱)[42]이 영롱하고 찬란하여
구름에 닿았다. 밖으로는 안개가 장막처럼 둘렀고 오색구름이 영롱하니

40) 일월오운관(日月五雲冠) : 해와 달 그리고 구름이 그려진 관(冠)을 말하는 듯함.

41) 옥청궁(玉淸宮) : 옥황상제가 거처하는 궁전.

42) 박공(牔栱) : 건물의 모서리에 추녀가 없이 용마루까지 측면 벽이 삼각형으로 된 지붕의 옆면 지붕 끝머리에 '∧'모양으로 붙여 놓은 두꺼운 널빤지.

어떻게 속세와 통할 길이 있겠는가? 33

위진군이 동쪽 곁방을 설소저의 처소로 정하였는데 이곳은 티끌이 묻지 않은 곳이었다. 설소저가 매송을 돌아보고 말하였다.

“내 운명이 기박한 것이 이와 같아 위수에 빠진 시신이 다시 살아나니 이는 우리 시아버님의 법도를 무너뜨린 것이로구나. 다시 여도사(女道士)에게 빌어 속세와의 길을 끊고 선계(仙界)로 돌아가 남은 생애를 마치는 것이 마땅할 것 같다.”

말을 하면서 눈물이 비 오듯 흘러 귀밑머리[43]을 적시니 세 시녀가 극진히 위로하였다.

이날 밤에 진군이 낭아성을 우러러 두어 마디 주문을 다하고 자리를 옮겨 가리고 여덟 명의 선녀를 돌아보고 웃으며 말하였다. 34

“이만하면 태성을 충분히 속일 수 있겠구나, 부드러운 간장이 타들어가도록 속일 수 있겠구나.”

이 말에 여덟 선녀가 낭랑하게 웃었다.

이후에는 진군이 설소저를 당(堂) 가운데 머무르게 하고 금란지계(金蘭之契)[44]를 맺어 천문지리와 육도삼략(六韜三略)[45]을 의논하였다. 설소저가 묵묵히 앉아있으면서 입을 열지 않자 진군이 웃으며 천서(天書) 3권을 주고 말하였다.

“이 책은 지난 번 단오에 요지연(瑤池淵)[46]에 갔다가 태임(太任)[47] 낭랑

---

43) 귀밑머리 : {보압(寶鴨)}. 운빈보압(雲鬢寶鴨)의 줄임말. 보압은 오리 모양을 본떠 만든 향로에 대한 미칭(美稱)으로, 운빈보압이란 향로 모양으로 흘러내린 귀밑머리를 말함.

44) 금란지계(金蘭之契) : 친구 사이의 매우 두터운 정을 이르는 말.

45) 육도삼략(六韜三略) : 중국의 오래된 병서(兵書). 『육도』와 『삼략』을 아울러 이르는 말.

46) 요지연(瑤池淵) : 주(周)나라 목왕(穆王)이 서왕모(西王母)와 만났다는 선경(仙境). 곤륜산(崑崙山)에 있다고 함.

47) 태임(太任) : 주나라 문왕의 어머니로 왕계의 아내로 모성으로 갖추어야 할 도리와 부녀자가 지

(娘娘)[48]이 제게 맡기신 것입니다. 글과 부합하는 사람을 만나면 전하
35 라고 하셔서 받아 돌아왔으나 깨닫지 못하고 있었는데 소저에게 돌려
보내니 자세히 살피시지요.”

설소저가 받고 사양하며 말하였다.

“부족한 제가 한 가지 일도 규방처자로서의 마땅함을 얻지 못하였는데, 이런 높은 도(道)의 의미를 깨치는 것은 옳지 않습니다.”

진군이 미소를 지으며 책을 펴 한 부분을 해석해 주자 설소저가 또렷이
마음속에 새겼다. 이후에는 설소저가 자연스레 마음을 천서(天書)에 두고
깊이 생각하니 혈맥이 관통하여 천문지리를 통달하고 도술로 바람과 비
를 일으키며 귀신을 제어하고 미래사를 알지 못하는 것이 없었다. 게다가
36 의약과 점을 치는 데에 있어서는 더욱 신묘한 술법에 통달하였다. 그러
나 곁에 있는 이들은 알지 못하였다.

익설(益說).[49] 설학사는 누이가 참혹히 강물에 빠지는 것을 보고 혼자 만리운을 채찍질하여 동정호(洞庭湖)[50] 근처의 산에 이르렀다. 그곳에서 부유한 상인들의 배를 만나 위수에 이르니 건너편 모래사장에 늙은 어부 한 명이 삿갓을 숙이고 낚싯대를 드리운 채 한가히 앉아있었다. 설학사가 강물을 보면서 슬픔을 이기지 못해 실성통곡하자 한 어부가 낚싯대를 거두고 물어보았다.

켜야할 떳떳하고 옳은 도리를 펼친 것으로 유명함.

48) 낭랑(娘娘) : 왕비나 귀족의 아내에 대한 높임을 나타내는 말.

49) 익설(益說) : 이미 일어났던 사건을 다시 자세히 말할 때 쓰는 말.

50) 동정호(洞庭湖) : 중국 호남성(湖南省) 북부에 있는 중국에서 가장 큰 민물 호수. 양자강(揚子江)의 흐름을 조절(調節)하는 구실을 함. 송나라 때 범중암(范仲奄) 사람이 〈악양루기(岳陽樓記)〉란 글을 통해 그 아름다움을 극찬했으며 두보가 〈등악양루(登岳陽樓)〉란 시를 남김으로써 동정호를 더욱 유명하게 하는 등 예로부터 많은 시인(詩人)들에 의(依)하여 읊어진 명승지(名勝地)임.

"그대는 무슨 원통한 일이 있기에 물가에 와서 서럽게 우십니까?" 37

설학사는 어부의 두 눈이 거울 같고 얼굴이 수정 같은 것을 보고 기대를 하면서 자리를 잡고는 탄식하며 말하였다.

"어린 누이를 데리고 남해의 유배지로 가다가 흉적의 해를 만나 누이가 물에 몸을 던졌습니다. 시신이라도 얻고자 하나 천 길이나 깊은 강물 속에서 물고기의 배에 들어갔을 것이니 찾을 길이 없어 서러워하고 있습니다."

어부가 대답하였다.

"옳아, 그랬군요. 지난 달 음력 보름에 내가 마침 작은 배를 타고 이 물에서 큰 물고기를 건지려고 하였는데 문득 거센 바람이 일어나면서 갑
작스럽게 난데없이 작은 배 한 척이 떠내려 왔습니다. 여인들이 배를 38
젓고 있었는데 문득 네 사람의 시신이 떠오르자 그 여인들이 시신을 배에 얹어 상류로 가기에 마음속으로 신기하고 이상하게 여겨 배를 저어 따라가 보았습니다. 두 여자가 시신을 배에 걸쳐 놓고는 물을 토하게 하고 무슨 약을 강물에 풀어서 먹이니 회생하였다 하였는데 갑자기 배가 간 곳이 없었습니다. 의심하건대 그 여인들이 댁의 누이를 구해서 데리고 멀리 간 것인가 싶으니 상공은 빨리 상경하시지요."

설학사는 이 말을 듣고 너무 기쁘고 감격스러워 미친 듯도 하고 취한 듯도 하였으나, 그 말이 틀림없는 사실인지를 몰라 눈물이 얼굴에 가득한 채로 말하였다.

"가르치시는 말씀을 들으니 감사하고 다행스럽습니다. 그러나 우리 누 39
이가 살아있다면 이역만리에 있더라도 이승에서 상봉하겠지만 어찌 살아있다는 것을 알겠습니까?"

어부가 말하였다.

“그렇다면 그대 누이에게 무슨 표적이라도 있습니까?”

설학사가 말하였다.

“난새가 새겨진 황옥 비녀인 황옥구란차를 신변에서 떠나지 않게 지니곤 합니다.”

어부가 말하였다.

“상공께서 피붙이를 잃은 고통을 보니 저 또한 몹시 슬퍼져 반가운 소
식을 전한 뒤에 인사나 받을까 합니다. 과연 그 여인들이 네 사람의 시
신을 살리고 즉시 안개로 장막을 두르며 저를 부르기에 즉시 배를 대었
40 습니다. 그러자 이 물건을 맡기며 말하기를 ‘이 옥비녀는 임한림 부인
이 위수에 빠져 남해 대양으로 시신이 흘러 내려왔을 때 그 품속에 들
어있었던 것이오.’라고 하면서 저에게 주며 말하기를 ‘위수에 빠진 시
신을 찾는 이가 있거든 이 물건을 전해주며 그 부인의 생사와 거처를
알아도 아직은 얼굴을 보지 못할 것이요, 몰라도 아주 죽지는 않았을
것이니 그렇게 알고 빨리 돌아가 이 물건을 임 상부(相府)[51]에 전하게
하시오.’라고 하였습니다.”

어부가 황옥 비녀를 주자 설학사가 그것을 받고 몹시 놀라고 기뻐하였
다. 누구의 시신을 건진 것인지 분명히 몰라서 오히려 마음을 놓지 못하
41 고 새삼 심장이 떨리던 차에 옥비녀를 보자 슬픔이 백배나 더 하였다. 다
시 물어보고자 하였으나 어부가 벌써 간 곳이 없었다. 허황했지만 옥비녀
가 완연히 손 안에 있으므로 감사한 마음을 헤아릴 수 없었다.

설학사가 할 수 없이 말머리를 돌려 주막으로 돌아오니 주인 노인이 반

---

51) 상부(相府) : 재상의 관사(官舍)를 말함. 여기서는 설소저의 시댁인 임창흥 집안을 말함.

겨 맞이하여 내실(內室)에 앉힌 후 탄식하며 말하였다.

"상공이 그 날 말을 거침없이 채찍질해 떠나신 후 남은 일행은 경성(京城)[52]으로 향했습니다. 상공이 시신을 찾으시나 싶었는데 어디를 그토록 오래도록 가 계셨습니까?"

설학사가 탄식하며 말하였다.

"그날 떠날 때는 물속에라도 들어가 찾을까 하였더니 사해(四海)를 돌 42
아다녀도 찾을 길이 없어 다시 위수에서 방황하였네. 그런데 이 소문을 듣고 한 어부가 누이가 신변에 지녔던 옥비녀를 전해 주면서 이리이리 말을 해주었는데, 받아보는 사이에 그 어부가 종적을 감추니 천하에 이상한 일이었네. 이 촌에 어부가 있는가?"

주인 노인이 말하였다.

"이곳은 본래 농업에 힘쓸 뿐이고 어부는 없습니다. 이는 분명 부인이 원통하게 죽은 것을 하늘이 아끼셔서 살리시고 상공이 슬퍼하실 것을 생각하셔서 신인(神人)을 보내서 말을 몽롱하게 하고 그 보물을 드린 것
입니다. 이렇게 하신 것은 상공께서 지나치게 상심하시는 것을 덜고자 43
함인 듯싶습니다."

설학사가 이 말을 다 듣고는 의심스럽고 헤아리기 어려워 전전긍긍하며 생각하였다. 옥비녀를 얻었는데 이는 다름 아닌 누이가 신변에 지니던 물건이니 누이가 혹시 살아있는 것인지 아니면 귀신이 희롱하는 것인지 백 가지로 헤아려보다 이날 밤에 잠을 자지 못하고 다음날 밤에 피곤하여 깊이 잠들었다.

주인 노인에게는 딸 하나가 있었는데 몹시 어리석고 분수를 모르며 제

52) 경성(京城) : 도읍(都邑)의 성. 즉 한 나라의 수도를 말함.

멋대로였다. 설학사와 그 부친이 말을 나눌 때에 주막집 딸이 옥비녀를
보았는데 매우 황홀하였다. 주막집 딸이 설학사가 잠들기를 기다렸다가
44 가만히 방에 들어갔다. 이 보배는 평범한 물건이 아니어서 칠흑 같은 밤
이어도 낮과 같이 빛났다. 설학사가 본래 소탈하여 옥비녀를 곁에 놓고는
잠이 든 탓에 이 여자가 거침없이 옥비녀를 도적질해서 품에 넣고 옆집에
숨었다. 그 집은 마침 남해 태수의 일행이 어사대부(御史大夫)[53]로 승진해
서 돌아오고 있어 주위를 삼엄하게 지키고 있었는데, 한 번 들어가자 집
깊이가 바다와 같이 깊었다.

다음날 아침 설학사가 일어나 온갖 경우의 수를 생각해 보았지만 올라
가는 것 말고는 할 수 있는 것이 없었다. 돌아가고자 하여 옥비녀를 찾으
45 니 앞에 놓았던 것이 온 데 간 데 없었다. 몹시 놀라 주인 노인에게 물어
보았다. 주인 노인은 순진한 사람이라 이 말을 듣고는 설학사를 가엾게
여기며 듣고 있을 뿐 대답할 바를 알지 못해 눈을 동그랗게 뜨고 겁을 몹
시 냈다. 설학사가 더욱 심란하나 찾을 방법이 없기에 할 수 없이 말에 올
라 훌쩍 북경으로 돌아갔다. 이 옥비녀가 누구 손에 떨어졌으며 또 어느
곳을 돌아다니다가 본래의 주인을 찾으며, 옥선 군주(郡主)[54]가 어떻게
해서 압채부인(押寨夫人)[55]이 되었는지[56] 다음 회를 보아라.

차설(且說). 한왕 고구의 막내딸 연주[57]의 자(字)[58]는 벽완이었다. 한왕

---

53) 어사대부(御史大夫) : {어스터우}. 어사대부(御史大夫)의 오기임, 진(秦)나라와 한(漢)나라 때 천자의 비서(秘書)로 책을 기록하고 법령을 받아 관장하는 직책이었으나 후세에 그 책무가 더하여 감찰(監察)의 임무도 맡게 되었음.

54) 군주(郡主) : 왕세자의 정실(正室)에게서 난 딸.

55) 압채부인(押寨夫人) : 산적의 아내를 존중하여 부르는 말. 여기서는 옥선군주가 오랑캐의 왕비가 되는 것을 낮추어서 부른 듯 보임.

56) 옥선군주가 ~ 되었는지 : {임한님 압치부인이 엇지ᄒᆞ여 비로쇼 된고}. '압채부인'이 되는 것은 임한림이 아니라 옥선군주이므로 이같이 옮김.

57) 연주 : 옥경군주를 지칭함.

이 반란을 일으킨 후 문황제(文皇帝)[59]가 차마 골육을 해치지는 못해서 한 46
왕의 왕위를 갈고 산동 낙안주로 옮겨 보냈다. 한왕이 갈 때에 딸인 옥경 군주의 유모를 정하고 딸을 동생인 조왕 고수에게 맡겨 조왕의 딸인 옥선 군주와 함께 기르게 하였다. 조왕이 조카딸인 옥경군주를 맡아 친딸인 옥선군주와 한 곳에 두고 귀한 보물같이 길러냈다.

옥경군주가 11세가 되었다. 옥경군주와 옥선군주는 후원의 아름답게 칠한 누각에 머물며 기이한 꽃과 금옥과 비취로 온 몸을 꾸미고 얼굴을 다듬어 몹시 외람되고 방종하였으며 요사스럽고 음란한 마음으로 누각에 올라가 진주 발을 걷었다. 종형제(從兄弟)[60]가 함께 장안의 큰 길을 살펴
보면서 세상에 뛰어난 군자를 가리곤 하였다. 47

그러던 어느 날 임창홍과 설희광의 창방(唱榜)[61] 날 장원과 탐화(探花)[62] 두 사람의 온화한 풍채와 상서로운 기상을 보자, 욕정이 일어나 두 군주가 동시에 월환(月環)[63]을 던졌다. 옥선군주는 장원을 맞추었으나 장원이 도로 월환을 담장 안으로 넘기고는 거침없이 가는 것을 보고 상사병

58) 자(字) : 성인이 되었을 때 붙이는 이름. 중국에서 비롯된 풍습으로, 본명이 태어났을 때 부모에 의해 붙여지는 데 비해 자는 윗사람이 본인의 기호나 덕을 고려하여 붙이게 되며 자가 생기면 본명은 별로 사용하지 않음. 그래서 본명을 휘명(諱名)이라고도 함. 흔히 윗사람에 대해서는 자신을 본명으로 말하지만 동년배 이하의 사람에게는 자를 씀. 다른 사람을 부를 때도 자를 사용하나 손아래 사람인 경우, 특히 부모나 스승이 그 아들이나 제자를 부를 때는 본명을 사용함.

59) 문황제(文皇帝) : 명나라 제3대 황제(1402~1424). 태조 홍무제(洪武帝)의 넷째 아들. 묘호 태종(太宗). 후에 성조(成祖)로 개칭하였으며 연호에 따라 영락제(永樂帝)라 일컬어짐. 처음에는 연왕(燕王)으로 북경(北京)에 봉해졌으나, 홍무제가 죽은 뒤 적손(嫡孫)인 건문제(建文帝)가 즉위하여 삭봉책(削封策)을 취하자 1399년에 거병(擧兵)하였음. 3년의 격전 끝에 수도 남경(南京)을 쳐서 건문제를 패사시키고 제위에 오름[정란(靖難)의 변]. 여진부족을 통할하고, 타타르해협에서부터 남만주에 이르는 땅을 지배하였으며 아프리카 동해안에까지 세력을 확장하는 등 대규모 정벌로 명나라 국경을 확보하였음.

60) 종형제(從兄弟) : 사촌 관계인 형과 아우. 여기서는 옥경군주와 옥선군주가 사촌 관계인 것을 가리킴.

61) 창방(唱榜) : 방목(榜目)에 적힌 과거 급제자의 이름을 부르던 일.

62) 탐화(探花) : 과거 시험에서 갑과에 셋째로 급제한 사람. 정칠품의 품계를 주었음.

63) 월환(月環) : 여자들이 몸에 장식하는, 달 모양이 새겨진 팔찌 같은 것으로 보임.

을 일으켜 온갖 방법을 동원해 구차하게 장원을 좇아 온갖 화란을 일으키더니 정실부인인 설소저를 살인한 죄수로 만들고 자신 또한 출부(黜婦)[64]가 되어 양왕을 좇아가고자 했던 것이 그만 호인(胡人)의 배에 올라타 망망대해로 가게 되었다.

조왕은 옥경군주를 두고 설씨 집안에 청혼하였으나 설희광의 부친인
48 태사 설연창의 심한 반대를 만났다. 조왕은 설희광에게 부친으로부터 심한 매질만 얻게 한 것 같아 이후에는 다시 말을 하지 못하고 있었다. 옥경군주는 자신이 던진 월환을 설희광이 손에 받아 넣은 것을 보고 기뻐하며 소원을 이루었다고 여기고 있었으나, 해월[65]이 전하는 월환과 서간을 받아본 후에는 비록 훗날 만나자는 기약이 있는 것 같으면서도 그 부친의 엄함과 바름을 말한 것을 보면서 십분의 일도 가망이 없는 것은 아닌가 의심하였다. 옥경군주가 눈썹에 푸른 기운이 일어나 옥비녀로 책상을 때리자 책상이 산산이 부서졌다. 옥경군주는 부들부들 떨면서 말하였다.

"내가 맹세코 설태사의 모진 고집을 꺾어 설낭군과 백년의 좋은 인연
49 을 이룬 뒤, 나의 재물로 군자를 무너지게 해 그 아래 다른 사람들이 없도록 한 후 남은 생애를 설낭군과 더불어 오래도록 즐겁게 마칠 것이다."

말을 마치자 살기(殺氣)가 두우(斗牛)[66]에 쏘이고 모진 기운이 마치 사람을 삼킬 듯하였다. 이윽고 해월을 머무르게 하고 후하게 대접을 하였다. 해월은 기방[67]에서 자라서 풍채 좋은 이들과 왕손(王孫)의 꽃과 버들

64) 출부(黜婦) : 시집으로부터 쫓겨난 여자.
65) 해월 : 양민의 딸이나 일찍 부모가 죽고 다른 데 의지할 곳이 없어 창루(娼樓)에 떨어졌다가, 남창 태수가 임상국께 바치는 창기 중에 뽑혀 임씨 집안에 오게 되어 교방에 머물게 되었는데, 과거시험 본 날 밤에 설희광이 해월에게 정을 두어 하룻밤을 함께 지내게 되는 인물임.
66) 두우(斗牛) : 이십팔수 가운데 두성(斗星)과 우성(牛星)을 아울러 이르는 말.

가지 같은 풍채를 보내고 맞이하면서 지냈는데 어찌 탐화 설희광이 하룻 밤 돌아본 일을 지켜 남의 행랑에 있으면서 한 줌의 밥을 은혜롭게 여기며 먹고 지낼 수 있겠는가? 태사 설연창에게 꾸중을 받고 다음날은 탐화 설희광에게 타이름을 받다가 대주 교방(敎坊)[68]에서 이름이 떨어지고 멀 50
리 쫓겨나며 매를 맞을 뻔 하다가 옥경군주에게 와서 머문 것이니 어찌 오래 있을 수 있겠는가? 해월이 설희광의 종적을 알아오겠다고 하고 청설루에 간 후 옥경군주는 설씨 집안의 동정을 알 길이 없었다. 옥경군주의 타들어가는 간장은 불이 붙은 듯하였다.

조왕이 한왕에게 사연을 말하고 옥경군주를 데리고 가라고 하였다. 한왕이 설씨 가문을 한바탕 욕하고는 딸을 데리고 갔는데 매비가 질투하는 것이 상대가 없을 정도였다. 한왕이 옥경군주를 보물과 같이 귀하게 여겨 행여 매비가 해칠까 두려워하였다. 한왕이 옥경군주를 다른 궁에 두고 51
몸치장에 쓰이는 물건들을 갖추어 일마다 뜻을 맞춰주니 옥경군주가 음란하고 멋대로 하는 것이 나날이 커져 갔다.

하루는 옥경군주가 한왕에게 방자하게 글며 의기양양하게 말하였다.

"제가 죄가 심해 공교롭게 설씨에게 눈길을 보내 우연히 마주치게 되었습니다. 그런데 설씨와 삼생(三生)[69]의 원수인지 온 몸이 돌이 되고 구정(九鼎)[70]과 같이 무겁게 느껴졌습니다. 설씨가 아니면 검고 윤기 나는 머리가 흰 머리가 되더라도 남편을 취할 뜻이 없습니다. 아바마

---

67) 기방 : {연아}. 미상. 전후 문맥을 고려하여 이같이 옮김.

68) 교방(敎坊) : 고대 여악(女樂)을 맡아보던 곳. 당(唐)나라 개원 2년인 714년에 처음으로 교방(敎坊)을 두었고, 아악(雅樂)은 태상(太常)에서 맡아보았는데, 교방은 주로 창우(倡優)를 맡아보았음. 즉, 가무(歌舞)를 가르치는 관아(官衙)를 말함.

69) 삼생(三生) : 전생(前生), 현생(現生), 내생(來生)인 과거세, 현재세, 미래세를 통틀어 이르는 말.

70) 구정(九鼎) : 우(禹) 임금이 구주(九州)에서 거둬들인 금으로 만들었다는 솥으로, 주(周) 나라 때까지 전해졌다는 국보. 매우 무거워 항우(項羽) 같은 장사만 들어올릴 수 있었다고 함.

마께서는 아예 저를 없는 사람으로 아시고 한 몸을 허락하시면 머리를
자르고 위리(圍籬)[71]하여 있으면서 내세를 닦고자 합니다."
52 음성도 슬프고 붉은 뺨에도 슬픔이 맺히니 활짝 핀 배꽃 한 가지가 봄
비에 젖은 듯하다[72]는 것이 딱 옥경군주의 모습이었다. 한왕이 딸의 손
을 쓰다듬으며 위로하고 말하였다.
"너의 마음이 이와 같고 고집을 돌이킬 수 없다면, 내가 큰일을 도모해
조정의 벼슬아치들을 도륙할 때 홀로 설씨를 남겨 너의 소원을 이루게
해 줄 것이다. 아바마마인 황상(皇上)께서 돌아가시고 조정이 어수선한
때 어린아이가 무슨 철이 있겠느냐? 급히 상경하여 큰일을 도모할 것
이니 그 사이 잠시만 참아라."
이윽고 한왕이 대국(大國)[73]에 표(表)를 올리고 군사를 일으켜 경성으
53 로 향하자 옥경군주는 더욱 말할 곳이 없었다. 그런데 문득 코를 베인 목
지형이 능운과 함께 오자 옥경군주가 먼저 시녀 홍교를 내보내 사연을 묻
고 설희광의 소식을 들었는지 물어보라고 하였다. 홍교가 나가 목지형을
보니 깎인 코는 나을 길이 없고 부러진 팔은 이을 길이 없어 영락없이 병
을 앓다 살아남은 사람의 몰골이었다. 홍교를 보고 목지형이 눈물을 흘리
며 전후 사정을 낱낱이 말하고는 설희광을 향해 이를 갈았다.
홍교가 너무 놀라 돌아와 옥경군주에게 전후 사정을 말하였다. 옥경군
54 주는 다른 말은 귀 밖이고 설희광에 관한 말만 반가웠다. 홍교에게 나가
서 능운을 불러오라고 하자 홍교가 나가 능운을 불렀다. 능운이 즉시 나

71) 위리(圍籬) : 유배된 죄인이 거처하는 집의 둘레에 가시로 울타리를 치던 일.
72) 활짝 ~ 듯하다 : {니화일지츈더우[梨花一枝春帶雨]}. 중국 중당기(中唐期)의 시인인 낙천(樂天) 백거이(白居易)의 〈장한가(長恨歌)〉라는 시에 나오는 구절임.
73) 대국(大國) : 주변 나라들이 중국을 일컫는 말로서, 여기서는 천자가 있는 명(明)나라를 말함.

와 홍교를 따라 옥경군주가 있는 곳으로 와 합장하고 절을 하자 옥경군주가 능운을 불러 당(堂)에 오르라고 하였다. 능운이 들어와 자리에 앉자 옥경군주가 옥선군주가 시댁에서 쫓겨나게 된 사연과 전후 사정을 말하며 옥선군주가 간 곳을 물어보았다. 능운이 알지 못한다고 대답하면서 능운 또한 지난 사연을 다 말하였다. 옥경군주가 말하였다.

"들어보니 놀랍구려. 법사가 만일 나를 용납한다면 나의 마음속에 품 55
은 소원을 풀고자 하네."

능운이 말하였다.

"군주의 뜻이 이렇다면 마땅히 모시고 스승이 있는 곳으로 가서 신술(神術)을 배워 소원을 이루시도록 하겠습니다."

옥경군주가 홍교를 가리키며 말하였다.

"이 시녀는 나와 죽고 사는 것을 한 가지로 하니 함께 가도록 하지요."

능운이 이윽히 홍교를 보다가 말하였다.

"너의 거동이 몹시 영리하고 충성스러워 보이니 함께 산으로 가자."

능운이 옥경군주와 함께 자며 옥경군주의 소원이 무엇인지를 다 들었다.

다음날 옥경군주와 홍교를 앞세우고 능운이 뒤에 서서 천천히 행하며 56
주문을 외우니 두 사람의 발이 공중에 떠 순식간에 태행산(太行山)[74]의 동굴에 이르러 즉시 묘월의 은거지로 향하였다.

이때 묘월이 동굴에 온 지 3년째였다. 이 곳은 본래 구미호가 도를 닦다가 사람의 해골을 쓰고 나와 달기(妲己)[75]가 된 곳이었다. 유소씨(有蘇

74) 태행산(太行山) : {틱산}. 뒤쪽에서 계속해서 태행산으로 나오기에 통일성을 기하기 위해 이와 같이 옮김. 태행산은 중국 조주(潮州)에 있는 산.

75) 달기(妲己) : 중국 은(殷)나라 마지막 왕인 주왕(紂王)의 비(妃). 주왕인 속국 유소씨(有蘇氏)의

氏)[76]가 은(殷)나라 황제인 주왕(紂王)의 잔인하고 난폭함을 두려워하여
미인계로서 달기를 보냈을 때 구미호가 달기를 삼키고 제가 대신 달기가
되어 유소씨의 딸인 척하고 주왕을 망하게 하고 은나라 600년 기틀을 없
57 앤 뒤, 이곳에서 강산을 뒤엎은 요괴들의 도굴을 만들어 여러 대를 이어
왔던 것이다. 이곳에서 간간히 요괴가 나와 사람을 놀라게 했지만 태행산
의 주인이 생기면서 요술을 드러내지 못해 이 굴에 숨어있었다.

지금 천하가 태평한 것이 요순(堯舜)[77]의 다스림이 돌아온 것과 같아
성스러운 천자의 정사(政事)는 밝기가 거울 같고, 현인(賢人)과 군자가 조
정에 늘어서 있어 요사스런 무리를 용납하지 않았으며, 초왕 임희린이 사
해(四海)를 돌아다니고 있으니 요사스런 무리들이 감히 제 도술을 보일 수
있겠는가? 점점 요사스런 무리들이 물러나면서 묘월 또한 이곳으로 옮겨
왔는데 요술이 신통하고 끝이 없어 밤낮으로 이를 갈며 명나라 조정을 없
58 애고자 하였다. 그러나 진인(眞人)이 천하를 바르게 하고 반역한 오랑캐
들을 깨끗이 했는데 자기의 법력이 비록 헤아릴 수 없을 만큼 세다고는
하지만 옥황상제를 어찌 이기겠는가?

능운이 묘월을 보고 옥선군주의 말과 옥경군주의 전후 사정을 말하였
다. 옥선군주가 임씨 집안에서 쫓겨나 임 · 설 두 집안을 도륙하고자 하는

나라로부터 달기(妲己)라는 여자를 공물로 받았는데 이 달기가 주왕의 왕비가 된 것임. 주왕은 학정(虐政)을 간(諫)하는 현신(賢臣)의 말은 듣지 않고 달기의 말만 잘 들었음. 주왕과 달기는 구리기둥에 기름을 발라 숯불 위에 걸쳐 놓고 죄인으로 하여금 그 위를 걷게 하여 미끄러져서 타 죽게 하는 포락(炮烙)의 형을 구경하면서 웃고 즐겼다고 함. 충신 비간(比干)이 죽음을 당한 일도 달기의 교사(敎唆) 때문이라고 함. 주(周)나라의 무왕(武王)이 주왕을 토벌하였을 때 달기도 같이 살해하였음. 달기가 실재 인물인지 아닌지는 확실하지 않으나, 주나라 유왕(幽王)의 애비(愛妃)인 포사(褒姒)와 함께 중국 역사상 음란하고 잔인한 대표적인 독부(毒婦)로 되어 있음.

76) 유소씨(有蘇氏) : 은(殷)나라의 속국의 왕으로 달기(妲己)를 주왕(紂王)에게 공물로 바친 인물.

77) 요순(堯舜) : 당(唐)나라의 요(堯)임금과 우(虞)나라의 순(舜)임금을 말하며, 성군(聖君)과 명군(明君)의 대명사로 씀.

것과 옥경군주가 설희광에게 월환을 던져 인연을 맺을 수 있을까 하고 있
었는데 설태사가 그 아들인 설희광을 몹시 때려 꾸짖음으로써 거절하고
자 하자 옥경군주가 죽음을 무릅 쓰고 설희광을 따르려고 하는 것과, 옥
경군주를 데려온 사연을 능운이 자세히 말하고는 탄식하였다. 묘월 또한 59
능운에게서 자세한 사연을 한바탕 다 듣고는 탄식하며 말하였다.

"아깝구나! 황실의 후손으로 이렇게 구차할 수가 없구나."

능운이 탄식하며 대답하였다.

"옥경군주는 어차피 혼인하지 않은 몸이나 매한가지입니다. 이와는 달리 옥선군주는 임씨 가문에 들어간 지 수년이 지나도록 앵혈(鶯血)[78]이 온전히 있어서 젊은 마음에 한스럽게 여기고 있다가 양왕의 나비 잡는 그물에 걸리게 되었으니 이는 단지 한때의 정일 따름입니다. 이렇듯 옥선군주는 임씨 가문에서 큰 원수를 만나 원수를 갚고자 하다가 양왕을 만나 실절(失節)하였습니다. 또 일이 그릇되어 옥선군주가 탔던 가마마저 잃어버리게 되었으니, 지금은 소식이 없다고 합니다.

제가 처음 산을 내려가 한왕 전하의 가르침을 받아 경성에 목지형과 60
함께 갔었습니다. 목지형은 조궁 행랑에 머물고 저는 남문 밖 영월암
에 있으면서 도성을 왕래하며 옥선군주를 도왔습니다. 그런데 그 때에
도 임씨 집안사람들의 남다른 정기(精氣)를 제가 감히 감당할 수 없어서
오히려 제가 몸이 상하게 된 채 경성에 다시 가지 못하게 되었던 것입
니다.

또 진왕이 처음에 낳은 남녀 쌍둥이를 제가 빼어다가 남어사 댁 육부인

---

78) 앵혈(鶯血) : 꾀꼬리 피를 여자의 팔 위에 찍어 처녀임을 나타내던 표시임. 남녀 간의 관계를 맺게 되면 이 점은 없어지게 됨.

에게 갖다 맡겼는데 그 사이 그 아이들이 장성하였을 것입니다. 그 두 아이가 자라면 자신들이 생각하는 계획들을 묘하게 실행할 것이지만
61 다만 안타까운 것은 조군주인 옥선군주입니다."

묘월이 혀를 차고 분해하며 말하였다.

"너희들은 잠자코 있어라. 내가 오늘이라도 재주를 넘어 연경(燕京)[79]으로 가서 설생의 정신을 어지럽게 하고 임씨 여자[80]의 앞날을 휘저은 후 이 임씨 여자를 휘몰아 벽해(碧海) 밖으로 보내 터럭도 남기지 않도록 하겠다."

묘월이 몸을 떨쳐 석실(石室) 밖으로 나갔는데 문득 간 곳이 없었다. 옥경군주와 능운이 스승의 신기함에 탄복하였다. 옥경군주가 황홀해 하자 능운이 말하였다.

"스승은 본래 신통력이 큰데다가 손오공(孫悟空)[81]에게 물려받은 재주
62 가 있어서 신기한 것이 끝이 없습니다."

이때에 묘월이 구름을 타고 안개를 몰아 어느 사이에 연경에 이르러 도성을 굽어보니 크고 넓게 아주 잘 지어진 기와집들이 별처럼 펼쳐져 있고 십자로의 저자와 네거리에 큰 집들이 즐비하였다. 묘월이 길게 탄식하고 마음속으로 말하였다.

'천하에는 정한 곳이 있다고 했다. 우리 부친이 천시(天時)를 모르고 미리 일어나 주원장(朱元璋)[82]에게 모욕을 당하고 자결하였다. 어찌됐든

---

79) 연경(燕京) : 명(明)나라의 수도.

80) 임씨 여자 : 설희광의 부인인 임월혜를 말함.

81) 손오공(孫悟空) : 중국 소설 〈서유기(西遊記)〉의 주인공. 돌에서 태어난 신통력을 가진 원숭이로 82번 변화하는 도술과 근두운(筋斗雲)을 타는 법을 습득하였으며 자유자재로 크기를 조절할 수 있는 여의봉(如意棒)을 써가며 천공(天空)을 어지럽힘. 그러나 석가모니의 법력에 의하여 진압되고 후에 현장삼장(玄奘三藏)을 따라 크고 작은 사건 81건을 극복하여 천축(天竺)에 들어가서 삼장(三藏)으로 하여금 5천 48권의 경문(經文)을 얻게 하였다 함.

나의 원수가 명(明)나라에 가득하니 비록 하늘의 뜻을 거역하지는 못하지만 한 번 변방을 흔들고 조정의 벼슬아치들과 명문거족들을 먼저 없 63
애버려야겠다.'

그리고 바로 설씨 부중(府中)[83]으로 갔는데 태을성(太乙星)[84]과 문혜성[85]이 운우지정(雲雨之情)[86]을 나눌 무렵 신방(新房)에 이르러 몸을 솟구쳐 땅으로 내려앉았다. 그런 후 검은 나비가 되어 설희광과 임월혜 사이를 부산하게 돌아다니다 두 사람의 사이에 약물을 떨어뜨리고 핏빛을 만들어 점을 쳤다.

문득 설희광의 정기(精氣)와 임월혜의 눈썹에서 비친 상서로운 빛이 방안에 퍼지면서 설희광이 자금선(紫錦線)[87]으로 나비를 부치자 묘월이 문득 바람에 날려가 겨우 문틈으로 나왔다. 일이 실패할까 두려워 급히 한
조각 검은 구름을 의지하여 높이 떠서 돌아가 도굴로 들어온 후 자리에 64
거꾸러졌다. 능운과 옥경군주가 대경실색(大驚失色)해서 약을 뜨거운 차에 풀어서 묘월의 입에 떠 넣으며 팔다리를 주물러 정신을 차리게 하자 묘월

---

82) 주원장(朱元璋) : 중국 명(明)나라의 초대 황제(재위 1368~1398). 묘호(廟號)는 태조(太祖)이고, 재위연호(在位年號)에 의해 홍무제(洪武帝)라고도 함. 홍건적에서 두각을 나타내어 각지 군웅들을 굴복시키고 명나라를 세웠음. 동시에 북벌군을 일으켜 원나라를 몽골로 몰아내고 중국의 통일을 완성, 한족(漢族) 왕조를 회복시킴과 아울러 중앙집권적 독재체제의 확립을 꾀하였음.

83) 부중(府中) : 부(府)라는 행정구역의 안이나 재상이 집무하던 관아 혹은 높은 벼슬아치의 집안을 말함.

84) 태을성(太乙星) : 하늘 북쪽에 있어 병란(兵亂), 재화(災禍), 생사(生死)를 맡아 다스린다고 하는 별. 설희광의 전신(前身)이자 별로서, 설희광을 가리킴.

85) 문혜성 : 임월혜의 전신(前身)이자 현재의 별로서, 임월혜를 가리킴.

86) 운우지정(雲雨之情) : 초왕(楚王)과 무산(巫山)의 선녀가 꿈같은 하룻밤을 지낸 고사에서 유래된 것으로 남녀의 정사(情事)를 말함. 『문선(文選)』에 수록된 송옥(宋玉)의 〈고당부(高唐賦)〉에서 비롯된 말. 전국시대 초왕(楚王)이 송옥과 함께 운몽(雲夢)이라는 곳에서 놀다가 고당관에 이르러 연회를 열고 즐기다가 잠시 낮잠을 자게 되었는데, 꿈속에 아름다운 여인이 찾아와 말하기를 자신은 무산(巫山)의 선녀라면서 왕과 운우의 정[雲雨之情]을 나눈 뒤 헤어지면서 자신은 아침에는 구름이 되고 저녁에는 비가 되어 양대(陽臺) 아래에서 아침저녁으로 당신을 그리워하고 있다고 말하며 사라졌다는 고사에서 전함.

87) 자금선(紫錦線) : 보라색 비단 부채.

이 일어나 앉아 머리를 흔들며 말하였다.

"과연 어렵고 위태한 곳에 가 겨우 나의 신술로 약물 한 방울을 진사(辰沙)[88]에 풀어서 떨어뜨려 설희광과 임월혜 두 사람 사이를 아주 막아 금슬(琴瑟)[89]을 끊어 놓고는 설희광을 놀라게 한 후 임씨를 잡아내고자 하였는데, 두 사람의 정기(精氣)가 무섭게 쏘이니 내 기운이 저려 혹 실
65 패할까 두려워 급히 몸을 감추는 방법을 써 돌아왔네.

아무튼 두 사람의 금슬을 빼앗았으니 다음 달 갑자삭(甲子朔) 갑자일(甲子日)에 군주는 나를 따르시오. 연경에 가서 이리이리 해서 임씨로 변해 임씨의 자리에 머물면 설희광이 그대에게 은총(恩寵)을 내리기를 무궁하게 할 것이오. 나는 임씨 여자를 곧바로 잡아서 낙안주로 데려가 한왕 전하에게 드릴 것이니 아직은 조용히 있으면서 나의 술법을 배우시게."

옥경군주가 이 말을 듣자 몸을 일으켜 여러 번 거듭 절하면서 사례한 후 묘월의 곁을 밤낮으로 떠나지 않고 요술을 배웠으니 이 어찌 맑고 깨끗한 법이겠는가? 다음 회를 보라.

66 임월혜가 공강(共姜)[90]과 같은 아름다운 됨됨이로 평생 배운 바는 덕스

---

88) 진사(辰沙) : 수은으로 이루어진 황화 광물. 진한 붉은 색을 띠며 다이아몬드 광택이 남. 붉은 색의 안료(顔料)나 약재로 씀. 흔히 단사(丹沙)라고도 함.

89) 금슬(琴瑟) : 거문고와 비파로 부부간의 사랑을 의미함. 거문고와 비파가 화합하는 것을 부부간에 화합하는 즐거움을 비유하였기에 부부간의 사랑을 의미하게 됨. 이에 관련하여 '금슬지락(琴瑟之樂)'이라는 고사성어가 전함.

90) 공강(共姜) : {곤경} '공강(共姜)'의 오기인 듯함. 공강(共姜)은 위(衛)나라 희후(僖侯)의 아들 공백(共伯)의 아내임. 공백이 요절하자 그녀는 남편에 대한 굳은 절개를 지키면서 부모의 재가 권유를 끝까지 물리침. 공강은 자신의 이러한 마음을 〈백주(栢舟)〉라는 시를 지어 나타낸 바 있음. 『시경(詩經)』「용풍(鄘風)」편에 전하는 이 시는 "두둥실 잣나무 배가 황허강 가운데 떠 있네. 늘어진 다팔머리 그이만이 진정 내 남편이었으니 죽어도 딴 마음 갖지 않을 것이네. 어머님은 하늘 같은 분이신데 어찌하여 제 마음을 그토록 몰라주십니까?(汎彼栢舟, 在彼中河, 髧彼兩髦, 實維我儀, 之死矢靡他, 母也天只, 不諒人只.")라는 내용임. 이로부터 남편을 일찍 여읜 아내가 잣나무처럼 굳건히 절개를 지켜 재혼하지 않고 정조를 지키는 것을 '백주지조(栢舟之操)'라

련 글월과 효도와 절개였다. 부모와 존당(尊堂)[91]이 만금처럼 사랑하는 아이로서 월혜소저가 한 번 움직이면 미풍에 쓸릴까 온 집안사람이 술렁거리고 맛있는 음식을 먹지 않으면 소저에게 불안한 일이 생긴 것은 아닌지 부모가 놀랐다. 특히 그 모친인 효장공주[92]는 월혜소저를 귀한 보물보다 더 사랑하면서 태사(太姒)[93]와 같이 높이 교훈하여 예가 아닌 것은 보지도, 듣지도, 말하지도, 행하지도 않게 했다. 이처럼 천지만물에 견주지 못할 광채가 가지런하니 임월혜에게 청혼하는 자들이 문(門)에 가득하였지만 부친인 부마도위 임세린의 높은 눈으로 끝내 고개를 끄덕이지 않았다. 67

뛰어난 풍채에 영웅호걸의 기상을 가진 설희광이 임씨 부중에서 태자소부(太子少傅)[94] 임유린의 가르침을 전수받고 있었는데, 지난날의 호방한 모습은 찬 재와 같이 사라지고 부족함이 없는 활달한 군자가 되었다. 3년을 공부하자 제자백가(諸子百家)[95]와 구류삼교(九流三敎)[96]에 미진한 곳이 없었고 천문지리(天文地理)와 육도삼략(六韜三略)에 모르는 것이 없었

고 함.

91) 존당(尊堂) : 상대방(相對方)을 높여 그의 부모(父母)를 이르는 말로 쓰이나 고전소설에서는 주로 자신의 조부모 혹은 시조부모를 가리키는 말로 사용됨.

92) 모친인 효장공주 : 임월혜의 부친인 임부마에게는 소부인과 효장공주 두 부인이 있음. 소부인은 임월혜의 친모이고 효장공주는 임월혜의 또 다른 어머니가 됨.

93) 태사(太姒) : 문왕(文王)의 후비(后妃)로 첩들에게 은덕을 드리워, 첩들이 그녀를 공경하고 그 덕을 기려 집안이 화평하였음.

94) 태자소부(太子少傅) : 태자의 궁사(宮事) · 시종(侍從) · 진강(進講)의 일을 맡아 보던 관아인 태자부(太子府)에 둔 벼슬이름.

95) 제자백가(諸子百家) : 춘추(春秋) 전국(戰國) 시대(時代)의 여러 학파(學派). 공자(孔子) · 관자(管子) · 노자(老子) · 맹자(孟子) · 장자(長子) · 묵자(墨子) · 열자(列子) · 한비자(韓非子) · 윤문자(尹文子) · 손자(孫子) 등의 총칭(總稱). 제자(諸子)가 189종(種)이나 되는데, 백가라 함은 거성수(擧成數)를 일컬음.

96) 구류삼교(九流三敎) : 구류는 한(漢)나라 때의 아홉 학파(學派). 유가(儒家) · 도가(道家) · 음양가(陰陽家) · 법가(法家) · 명가(名家) · 묵가(墨家) · 종횡가(縱橫家) · 잡가(雜歌) · 농가(農歌) 등이고, 삼교는 유교 · 불교 · 도교 또는 유교 · 불교 · 선교의 세 종교를 말함.

다. 부마 임세린의 높은 눈으로 이런 인재를 몰라 보겠는가마는 설희광의 너무 엄중한 풍채를 꺼려 딸아이가 버들같이 약한 기질로 저 같은 군자를
68 만나 평생토록 마음을 편하게 하지 못할까 머뭇거리느라 임월혜의 혼사와 관련된 말을 입 밖에 내지 않았다.

시간이 흘러 관태부인[97]의 나이가 80세에 이르자 어린 자녀의 혼사를 재촉하시고 태청선생인 임한규가 그 아들인 부마 임세린이 너무 의심 많은 것을 편안하지 않게 여겨 한 마디도 묻지 않고 설희광의 부친인 설태사를 만나 정혼(定婚)하고 택일(擇日)하여 혼례를 치르니 누가 감히 말을 하겠는가? 효장공주와 소부인은 발을 사이에 두고 신랑의 신선 같은 풍모와 기이한 자질을 즐거워 할 따름이었다. 딸아이를 훈계하여 백량(百
69 兩)[98]에 올리면서도 신랑은 흠잡을 만한 것이 없는 사람이고 시부모 또한 효성스러운 군자인데다가 다행히 엄숙한 집안이라 첩들을 모으는 집이 아니기에 그 딸의 평생을 근심하지 않았다.

다만 주비는 조용히 조카딸인 임월혜에게 큰 재앙이 앞에 놓여 있다는 것을 밝게 알고 임월혜가 가마에 오를 때 손을 어루만지며 구름같이 탐스러운 머리카락을 쓰다듬으면서 사랑스러워하는 가운데 서너 번 작은 목소리로 어떤 위태한 상황에 처하더라도 부모가 물려주신 몸을 가볍게 던지지 말라고 당부하였다. 임월혜가 민첩하게 큰어머니인 주비의 말씀을 알아듣고는 순순히 두 번 절하고 명을 받들었다.

임월혜가 설씨 문중에 들어가자 시부모와 존당(尊堂)의 사랑과 귀하게

97) 관태부인 : 임월혜의 증조할머니.
98) 백량(百兩) : 『시경(詩經)』「소남(召南)」〈작소(鵲巢)〉에 "여자가 시집을 감에 백량으로 맞이하도다[之子于歸, 百兩御之]."에서 온 말로 백승(百乘) 즉 백 대의 수레를 의미함. 제후간의 혼인에서 백승을 보내어 신부를 맞아들인다는 것인데, 우리 고전소설에서는 주로 정실부인을 맞아들인다는 표현으로 씀.

여김을 한 몸에 받아 그 집안 딸들보다도 더 사랑받았다. 동서[99]들 또한 70
임월혜를 높은 스승으로 대접하니 임월혜에게는 흠잡을 만한 것이 없었
다. 그러나 조화옹(造化翁)[100]의 장난으로 드디어 산속의 요사스런 도사
가 한 방울 약물을 떨어뜨려 임월혜와 설희광의 사이를 갈라 놓았다. 설
희광은 그동안 흐뭇해하며 기뻐하던 마음과 온화한 기색이 순식간에 사
라지고 임월혜가 원수같이 미워졌다. 그러나 굳게 참고 신방 3일을 예사
롭게 드나들면서 한 번 소매를 떨치고 나가면 죽림원 밖의 형제들과 함께
지내고 황제를 가까이서 자주 모시는 임무를 맡으면서 처갓집의 내당(內
堂)[101]에 인사를 드릴 생각이 없었다. 71

시랑(侍郎)[102]인 임창홍이 학사인 설희광의 기색이 분명 임월혜에게 냉랭한 것을 알아채고 불행함을 이기지 못해 설학사를 이끌고 내당으로 향하며 천홍공자를 돌아보고 말하였다.

"신랑은 본래 사위 된 지 3일이면 장인과 장모를 뵙는 것이 관례이다.
이놈이 괘씸하게 의례를 그만두니 저간한 사람을 존당(尊堂)에 인사시
키게 하는 것은 재미없는 일이구나. 하지만 며칠 전에 할머님께서 '설
군이 벌써 사위가 되어 생관(甥館)[103]을 빛내었는데 지금까지 노모를
찾아보지 않으니 결혼한 지 3일 안으로 장인·장모에게 인사를 드려야
한다는 것을 알지 못하는가 보다.'라고 하셨다. 너의 인사를 내가 차려
줄 것이니 빨리 내당에 고하여라." 72

---

99) 동서 : {제수금장[娣姒錦帳]}. '제사'는 손아래 동서와 손위 동서를 뜻함. '금장'도 동서를 뜻함. 같은 뜻이므로 한 번만 옮김.

100) 조화옹(造化翁) : 만물을 창조하는 노인이라는 뜻으로, 조물주를 이르는 말.

101) 내당(內堂) : 아녀자가 거처하는 안방. 여기에서 내당이라 하면 임월혜의 할머니인 관태부인이 거처하는 안방을 말함.

102) 시랑(侍郎) : 육부(六部)의 차관(次官)을 이름.

103) 생관(甥館) : 사위가 거처하는 방.

이어 임시랑이 굽이굽이 이어진 누각을 지나가니 설학사가 마지못해 함께 내당에 들어갔다.

이때 관태부인이 초왕 임희린 형제와 그들의 자녀들을 거느리고 태허전에 자리를 잡아 앉았고, 소파 · 진파는 여러 부인들과 함께 태부인을 모시고 늘어서서 앉아 있었다. 설학사가 인사드리러 온 것을 천홍공자가 아뢰고 임시랑이 설학사를 인도하여 내당에 들어왔다. 자리를 고친 뒤 태부인이 자리를 높여 앉으시자 설학사가 예를 마치고 물러나 시랑과 함께 모시고 앉았다.

73 태부인이 오늘에서야 신랑을 자세히 보았는데 시원하고 깨끗한 인품이 보통 사람들보다 뛰어났다. 두 눈썹 사이에는 천창(天槍)[104]이 어려 있고 달 같은 이마[105]에는 오사모(烏紗帽)를 눌러 썼는데 진평(陳平)의 관옥 같이 아름다운 풍모[106]와 풍성한 머리는 빼어나고 진주 같은 귓불이 기특해 보였다. 태부인이 황홀함과 즐거움을 이기지 못하여 얼굴 가득 기쁜 기색을 띠고 말하였다.

"불초한 손녀가 꿩 같은 비루한 자질로 높이 봉황과 같은 군자로 쌍을 지어 군자의 건즐(巾櫛)을 받드는 것[107]이 분에 넘치지만 사람치고 만
74 족을 아는 이는 없소.[108] 어진 사위의 태양과 같은 광채를 손녀와 짝 지어 곁에 두지 못하는 것을 탄식하였는데 오늘 그대를 여러 손자들의

---

104) 천창(天槍) : 목자자리에서 마름모꼴을 이루고 있는 다섯 개의 별 가운데 셋째 별. 북두칠성의 자루 끝 부근에 있음.

105) 이마 : {천정[天庭]}. 관상에서 두 눈썹의 사이 또는 이마의 복판을 이르는 말.

106) 진평(陳平)의 ~ 풍모 : 한(漢)나라 고조(高祖) 때의 명재상 진평(陳平)이 용모가 매우 빼어났는데, 관옥같이 아름답다 하여 '관옥승상(瓘玉丞相)'이라는 별칭을 얻었다 함.

107) 건즐(巾櫛)을 ~ 것 : 건즐은 수건과 빗을 말함. '건즐을 받든다'는 것은 여자가 남편을 받든다는 의미로 한 남자의 처나 첩이 되는 것을 뜻함.

108) 사람치고 ~ 없소 : {인무부지독}. 내용상 '인부지족[人不知足]'의 오기인 듯함. 사람들은 만족을 모른다는 뜻임.

항렬에서 대하게 되니 늙은이의 마음이 마치 좋은 기회를 만난 것과 같구려. 그대는 이 노인의 심약함을 헤아려 자주 찾아와 생관을 빛내주기를 바라오. 그대의 존당(尊堂) 슬하에 자손들이 많으시니 시중들고 봉양하는 이가 많을 것이오. 이 노인은 앞날이 얼마 남지 않아 오늘 내일 하오. 설씨 손자며늘아기를 안타깝게 잃어버린 후로는 골똘한 심사를 오히려 손녀[109]인 월혜에게 주었는데 그대의 가문에 보내 놓고는 75
늙은이의 마음이 하룻밤 만에 섭섭하여 눈 붙일 곳이 없었소. 이 마음을 불쌍히 여겨 귀댁의 세 분 존당(尊堂)께 말씀드리고 월혜를 몇 년 동안은 우리 집에 머무르게 해 늙은이의 간절한 정회를 살펴주시기를 바라는 것이 지극한 소원이오."

원래 상편(上篇)에 있던 설학사가 상경한 말과 월혜 소저의 혼인한 사연은 설부 본전에 있기에 이번에는 번잡하게 기록하지 않는다.

109) 손녀 : {~~손부[孫婦]~~}. 손부는 손자며느리란 뜻으로 앞뒤 문맥상 맞지 않기에 이와 같이 옮김.

임 씨 삼 대 록

18권

1 차설. 설학사가 천천히 공수(拱手)[110]하고 사례하며 말하였다.

"제가 성스러운 가문의 사위가 된 지 날이 여러 날이 되었으나, 지금 누이를 잃어버리고 생사를 모르고 있어 몹시 원통해 하고 있습니다. 부모님께서도 몹시 슬퍼하셔서 병세가 항상 가볍지 않으시니 하루도 약시중 드는 것을 비우지 못해 어르신께 오늘에서야 인사를 드리게 되었습니다. 아내에 대해서는 제가 돌아가 부모님께 귀녕(歸寧)[111]을 말씀드려 부모님께서 허락하시면 어르신의 명을 받들도록 하겠습니다."

2 설학사가 곁눈질로 주위의 남녀를 살펴보니 여부인과 위부인은 모두 나이가 50세에 이르렀지만 광채가 찬란하고 행동거지에 법도가 있었다. 주비와 효장공주는 같은 항렬에 앉아 나란히 몸을 굽힌 채 태부인을 곁에서 모시고 앉아있었는데 그 모습이 법도와 승무(陞廡)[112]에 의거하여 몸가짐의 뛰어남과 행동거지의 현명함이 특출하였다. 설학사가 익히 들은 바여서 새삼 놀라울 것도 없겠지만 처음 보는 눈에는 그 모습에 항복되었다. 나이가 이모지년(二毛之年)[113]을 바라보는데도 영롱하기가 비할 데 없어 한갓 세속의 나이든 이의 조용하고 청결한 모습 정도로 말할 수 있는 것이 아니었으니 천지의 기운이 밝게 빛났다. 12옥경(玉京)의 밝은 보름달
3 이 우주를 비춰주고 동정호 위에 아침 해가 떠올라 온 세상이 환하게 빛나며, 황폐한 겨울밤에 따뜻한 바람이 불면서 상서로운 구름이 일어나고, 달가운 비가 흩날리며 떨어지는 듯하니, 천지간에 깨끗하고 맑은 정기를 타고난 매우 빼어나고 상서로운 인물이었다. 설학사가 한 번 보고는 감탄

110) 공수(拱手) : 왼손을 오른손 위에 놓고 두 손을 마주 잡아 공경의 뜻을 나타내는 예.
111) 귀녕(歸寧) : 친정나들이를 말함.
112) 승무(陞廡) : 학덕(學德)이 있는 사람을 문묘(文廟)에 올려 함께 제사 지내던 일.
113) 이모지년(二毛之年) : 흰 머리털이 나기 시작하는 나이라는 뜻으로, 32세를 이르는 말.

스럽고 황홀해 하였다.

다시금 설학사가 몸을 수습하고 좌중을 한 번 살펴보니 한 · 소 · 풍 세 부인의 눈부신 빛은 달같이 시원하고 상쾌하며 상서로운 아지랑이가 밝게 빛나는 것과 같아 모여 앉은 곳이 환하게 밝았다. 한부인과 소부인은 여영(女英)의 온순하면서도 가볍지 않은 점을 갖추고 있어 정숙하면서도 한가로움이 헤아릴 수 없을 정도였고, 풍부인의 기질은 해로운 데 물들지 않아 삼강오륜(三綱五倫)114)을 저버린 두 사람의 반평생 악한 마음을 풀고 4
어질고 현명한 군자와 천고에 깨끗한 본보기를 얻어 어지러운 집안을 진정시켜서 부모와 자식 사이에 천륜(天倫)이 돌아오게 하고 온 집안을 번성하게 한 영웅의 기상이 여덟 빛깔이 영롱한 눈썹에 자연스럽게 나타나 있었다. 설학사가 마음속으로 깊이 생각해보니 스승인 초왕 임희린의 맑은 성학(聖學)이 부인의 내조를 많이 받아서 이루어진 것임을 깨닫고 탄복하고 공경하여 사례의 예를 극진히 하니 풍부인이 감당할 수 없다고 사양하였다.

임부마는 사위의 풍채를 사랑해 흰 소매를 어루만지며 말하였다.

"존당께서 딸아이를 한순간도 슬하에서 떠나보내지 못하시더니 예(禮) 5
를 폐치 못하여 자네 집에 여러 날 지내도록 하였었네. 그런데 우리 집은 조카며느리와 딸아이뿐인데 조카며느리를 잃어버리고 딸아이가 출가하자 존당(尊堂)을 받들 젊은 아이가 없음을 슬퍼하시니 몇 년을 우리 집에 두고 자네가 아침저녁으로 왕래하는 것이 괜찮지 않을까 싶네."

설학사가 대답을 하기도 전에 임소부115)가 말하였다.

---

114) 삼강오륜(三綱五倫). 삼강은 군신(君臣) · 부부(夫婦) · 부자(父子)의 도를 말하고, 오륜은 다섯 가지의 인륜을 말하는데 곧 군신 사이의 의리 · 부자 사이의 친애 · 부부 사이의 분별 · 장유 사이의 순서 · 붕우 사이의 신의를 지칭.

"둘째 형님의 말씀이 마땅하시네. 자네의 존당께는 군첨[116] 등 자네 형제의 아내들이 있으니 한순간도 모시는 것이 적막하지 않을 것일세. 존당의 뜻을 어그러뜨리지 않는 것이 옳겠네."

6 설학사가 순순히 명을 받들고 음식과 술을 다 먹고 일어나 하직한 후 천홍·재홍 두 공자와 함께 죽정으로 나왔다. 태청선생 임한규는 여러 공자들이 모여서 대화를 즐겁게 나누는 것을 기쁘게 여겨 말하였다.

"오늘은 신랑을 보챌 만하니 시원스레 즐겨라."

임 상국(相國)[117]이 서헌(書軒)으로 나가자 성생 등 모여 있던 모든 젊은 이들이 동시에 설학사를 잡고 보채며 말하였다.

"의첨[118]이 우주를 덮는 기상을 가졌더라도 늙은 도령으로 장가를 들었는데 떳떳한 규례를 그만두지는 못할 것이다."

7 초왕과 소부의 아들 여러 명이 동시에 달려들어 붉은 실을 드리워 설희광의 발목을 매었다. 설희광이 좌우 사람들을 급히 쳤으나 피할 수가 없었다. 천홍공자가 서서히 모든 사람들을 말리고 매부인 설희광을 빼내며 말하였다.

"여러 형님들은 배가 고프실 것이니 조용히 술과 안주를 구하기만 하면 신랑에게서 진수성찬이라도 어렵지 않게 얻을 것입니다. 저리 각박하게 굴면 신랑에게 얻어먹지도 못하고 오히려 수고만 하고 기름진 신랑을 헛되이 잃어버릴 것입니다."

그러자 모든 이들이 꾸짖으며 말하였다.

---

115) 임소부 : 태자소부 임유린을 말함.

116) 군첨 : 앞뒤 문맥상 설학사의 형인 설시랑의 자(字)를 말하는 듯함.

117) 상국(相國) : 백관(百官)의 장(長). 진시황(秦始皇)이 여불위(呂不韋)를 임용한 데에서 시작됨. 처음에는 승상보다 높았으나 후세에는 승상도 상국이라 일컬어 재상의 통칭이 됨.

118) 의첨 : 설희광의 자(字).

"나이도 어린놈이 나이든 형들을 마음대로 업신여기느냐?"

여러 공자들이 설희광을 동쪽으로 데려가고 서쪽으로 밀면서 보채자 학사 설희광이 뿌리치고 일어서며 말하였다. 8

"내 비록 이 집 사위[119]가 되었어도 동침을 하지 않아 숫총각으로 있으니 너희들이 마음대로 두들겨도 똥물 한 잔도 너희들에게 먹이지 않을 것이다."

재홍 · 천홍 두 공자는 깜짝 놀랐으나 다른 여러 소년들을 박장대소(拍掌大笑)하며 말하였다.

"이놈 말을 보아라. 백량(百兩)으로 맞이한 신부에게 후하게 하는지 박하게 하는지는 우리가 알 바가 아니다. 이놈의 말이 더욱 괘씸하니 우리가 시험할 일이 있구나. 경홍아! 너는 궁녀들에게 앵혈(鶯血)을 찍을 때 쓰는 그릇을 가지고 오너라."

경홍공자가 거침없이 일어나 궁으로 갔다. 연홍공자가 문득 눈을 찡그리며 말하였다.

"설형은 창방(唱榜) 날 해월에게 실절(失節)한 동자이시니 비록 앵혈을 9
만 번 찍더라도 알 수가 있겠습니까? 속절없이 분할 따름입니다."

설학사가 웃으며 말하였다.

"게는 나면서부터 집을 수 있다고 하거니와 요 아이 말이 더욱 공교롭구나. 어째서 내가 창기에게 실절(失節)한 군자가 되겠느냐? 그날 과연 장부의 풍채로 미인을 길들이는 모양새를 내다가 원백[120]에게 잡혀 대

---

119) 사위 : {입막지빈(入幕之賓)}. 침실에 드리운 장막(帳幕) 안에 있는 손님이란 뜻으로, 특별히 가까운 손님 혹은 기밀(機密)에 속하는 일을 의논하는 사람을 말함. 대개 사위를 지칭하는 말로 많이 쓰임.

120) 원백 : 임창홍의 자(字).

헌(大憲)으로 갔으니 실절(失節)이라는 두 글자는 원통하구나."

이에 모든 사람들이 부채를 치면서 크게 웃었다. 경홍공자가 앵혈을
10 찍는 그릇을 내어 왔다. 성생[121]이 붓을 들어 흠뻑 묻히고 한사인이 설학
사를 꽉 잡고 나이 어린 옥경공자가 팔소매를 걷어 올리니 이미 설학사의 옥 같은 팔 위에 앵혈 한 점이 또렷이 새겨졌다. 모두들 설학사를 놓아주고 동시에 놀리며 말하였다.

"실로 원백씨께서는 남에게 하지 못할 헛소문은 놓아버리는 것이 옳겠소. 이러나저러나 너희들은 주인의 도리로 술과 음식들을 차리지 않을 수 없을 것이다."

경홍공자가 주방에 말을 해 신랑을 높이 달았다고 하였다. 효장궁에서 일에 익숙한 관청의 사환으로 하여금 진수성찬을 차려 보내 앞에 내오게
11 하자 모든 소년들이 환호성을 질렀다. 설학사는 부끄러워하며 흙으로 팔
을 문질렀지만 앵혈이 없어지지 않자 천홍공자를 돌아보고 말하였다.

"효장궁 교방(敎坊)의 아름다운 창기에게 앵혈을 없애게 해야겠구나. 대장부가 아녀자의 단장을 하고 한순간이라고 세상에 설 수 있겠느냐?"

천홍공자가 정색하고 말하였다.

"형님이 여러 사람들의 희롱을 분하게 여기시고 대장부의 풍채를 어느 곳에 못 떨쳐 구태여 우리 집 교방(敎坊)을 말씀하십니까? 이는 아우를 조롱하시는 것이나, 바라던 바와 크게 거리가 멉니다."

그런 후 말할 뜻이 없으니 차가운 가을 하늘에 서리와 이슬이 날리는
12 듯 맑은 격조에 맹렬한 기운이 하늘의 달과 같았다. 설학사는 천홍이 아

121) 성생 : {선싱}. 태청선생 임한규는 서헌으로 나간 상황이므로, 문맥을 고려하여 이같이 옮김.

이라 하여 우연히 화가 나 한 말이었는데 천홍공자의 정대함이 가을의 찬 서리와 같아 그 높고 어려운 됨됨이에 다시 말 붙일 길이 없어 실언(失言)을 하였다고 하며 돌아갔다. 모든 이들이 동시에 인사를 하고 팔룡당으로 갔다.

임시랑이 부친과 숙부를 모시고 성심당으로 나오자 모든 소년들이 맞이하였다. 초왕 임희린이 두 동생인 부마 임세린과 태자소부 임유린과 함께 자리를 잡고 막내동생인 임소부를 돌아보며 말하였다.

"네가 아까 신랑 미간의 푸른 기운을 살피더구나."

임소부가 머리를 숙이고 대답하였다.

"그렇습니다. 이 기운은 조카딸에게 큰 화를 일으킬 징조이니 이리 데 13
려와 액막이를 하고자 합니다."

초왕이 손을 저으며 말하였다.

"그렇게 말하지 마라. 조카딸을 데려오는 것은 망측한 계교다. 저희 두 사람의 액운이 남다르니 차라리 그 곳에 내버려두자. 내가 내일 설공에게 가서 앞뒤 사정을 말한 후 어찌되는지 보자꾸나."

임부마가 이 말을 듣고 놀라 말하였다.

"형님의 말씀과 아우의 대답을 저는 오히려 깨닫지 못하겠습니다. 제가 늦도록 자식이 없다가 이 아이를 낳고 천륜(天倫)이 남달라 사위를 까다롭게 고르고 골랐습니다. 그런데 아우가 권하고 아버님이 허락하
시기에 마지못하여 세차고 엄숙한 설희광을 사위로 맞이하였습니다. 14
딸아이의 성덕과 빛나는 자태를 저버릴까 한 순간도 마음을 놓고 있지 못하는데 저 아이들의 액운이 이와 같다면 저는 딸아이를 품고 회주 고향으로 도망갈지언정 설씨 가문에 두어 환란을 기다리게 하지는 못하

겠습니다."
초왕이 웃으며 말하였다.
"둘째인 자네가 이런 것을 두고 내가 늘 세상물정을 모르는 것만을 능
사로 안다고 한 것이네. 성인(聖人)도 오는 재앙은 면치 못하셨는데 자
네가 딸을 품고 멀리 해외로 가겠다고 하니 또 무슨 다른 재앙이 일어
날 줄 알겠는가?"
15 임부마가 말이 없이 기운이 줄어들었다. 인홍공자는 6세인데도 말이
분명하고 성숙한 것이 다른 아이들과 달랐다. 문득 부친인 초왕 앞에 앉
아 낭랑하게 웃으며 말하였다.
"제가 보니 죽정에서 모두들 설형을 보채더니 나중에는 붙잡고 이리이
리하였습니다. 설형이 우리 집 사위가 되었지만 누이에게 운우지정을
베풀지 않았다고 하니 연홍이 이리이리하자 설형이 또 이리이리 대답
해 모두들 위력으로 설형에게 앵혈을 찍었더니 과연 숫총각이 분명하
다고 하였습니다. 모두들 우리 사형제에게 남의 애매한 말을 한다고
16 하자 설형이 몹시 화를 내며 셋째형에게 이리이리하였습니다. 그런데
셋째형이 정대한 말씀으로 막으시자 설형이 어렵게 여겨서 다시 말을
하지 않고 돌아갔습니다. 그 성품으로 가만히 있지 않을 것이니 죄 없
는 우리 누이에게 화를 풀 것이라 하였습니다."
말을 하고는 인홍공자가 헤헤 웃으니 보조개진 뺨과 붉은 봉황 같은 두
눈은 너무 어여뻐 대적할 만한 이가 없고 음성은 금을 울리며 옥을 부수는
듯하였다. 초왕은 인홍공자 사랑하기를 다른 아이들에게 비할 것이 아니
어서 어여쁨을 이기지 못해 인홍공자를 쓰다듬으면서 천홍공자를 돌아보
17 며 그 말이 옳으냐고 물어보았다. 천홍공자가 머리를 숙이고 대답하였다.

"동생의 말이 다 옳습니다. 저희들이 모두 부질없는 희롱을 해서 설형을 한바탕 보챈 후 돌아가게 했습니다."

임소부가 미소 지으며 말하였다.

"천홍이 설희광의 기세를 잘 꺾어 보내었군요. 그런데 앵혈(鶯血)의 일은 안과 밖이 마음이 통해야 하는 것인데, 둘째 형님의 앵혈은 그 때를 맞추었으므로 쉽게 없앴지만 이 아이의 앵혈은 온갖 화를 다 지낸 후 굳은 마음을 나타나게 할 것 같으니 어찌하겠습니까?"

그러나 임부마는 오히려 그 말을 깨닫지 못하고 불평을 품고 궁으로 돌아갔다.

다음날 초왕과 부마가 대궐에 조회하고 퇴궐하여 바로 설씨 부중으로 18
갔다. 이때 학사 설희광이 임씨 집안에서 바로 본가(本家)로 돌아와 부모님께 인사드린 후 곁에서 모시고 있었다. 임월혜는 새 깃털로 짠 것 같은 비단 치마에 소매를 나부끼며 항렬 순서대로 말석에 앉아있었다. 설태사와 상부인이 며느리인 임소저를 보니 광채가 밝게 빛나고 안팎이 선량하고 즐거워 화평해 보이는 기상이 공손하며 겸손하였다. 남자 가운데 있어도 조금도 뒤떨어질 바가 없어 보였으니, 뚜렷이 성인(聖人)의 풍모를 지녔으며, 빙호(氷壺)122)의 깨끗함을 갖추어 맑고도 맑았다. 부부 두 사람의
맑은 풍채와 태도는 환한 옥(玉) 두 개가 푸른 바다에 씻겨 있는 것과 같 19
고 가을 하늘의 높음을 족히 기특하다 할 수 없을 정도였으니, 두 사람의 품성과 기질이 숱한 재액을 물리치고 온갖 영화로움을 누릴 만하였다.

설태사 부부는 며느리에 대한 사랑이 끝이 없어 그 귀하게 여기는 것을 견줄 만한 것이 없었다. 그러나 때때로 놀라 근심하기를 자신들이 어찌

---

122) 빙호(氷壺) : 얼음을 넣은 항아리라는 뜻으로, 아주 깨끗하고 맑은 마음을 이르는 말.

더할 나위 없는 이같이 귀한 보배 며느리를 둘 수 있을까 하여 누가 빼앗
아갈까 두려움이 앞섰다. 안타깝구나! 임소저의 큰 화가 바로 눈앞에 닥
쳤으니 묘월과 옥경군주가 연경으로 숨어 들어와 치밀한 계교를 꾸며 시
20 시때때로 검은 구름을 타고 집안에 왕래하였기에 설태사 부부의 마음이
더욱 이러한 것이었다.

이때 설태사가 임소저에게 가까이 앉을 것을 명하자 임소저가 명을 받들고 가까이 앉았다. 설태사는 아름다운 빛이 무르녹은 소저의 머리를 쓰다듬으며 말하였다.

"너의 성품과 기질은 규방(閨房)의 성인이구나. 그런데 우리 아이가 통
달하지 못해 너 같은 어진 아내를 진압하지 못할 좋지 못한 행실이 많
을까 하는 근심으로 내가 잠자고 먹을 때에도 마음을 놓지 못하겠구나.
며느리가 현철한 성녀(聖女)임을 누가 기뻐하지 않겠느냐마는 내 아들
이 군자의 행실과는 진(秦)나라와 월(越)나라처럼 멀어[123] 너의 신세를
21 영화롭게 해주지 못하고 불편하게 하지는 않을까 걱정이 되어 병이 날
것 같구나."

임소저가 머리를 숙이고 그 말을 이루 다 감당하지 못하였다. 설학사는 아버지가 자신들 부부 사이가 소원함을 아시고 마음이 편치 않아하시는가 하여 자신이 지은 잘못이기에 머리를 들지 못하였다. 상부인이 웃으며 말하였다.

"며느리가 아무리 귀중한들 아들에게 아직 드러난 허물이 없는데 지나치게 지목하여 말과 행동이 사납고 지나치다고 말씀하십니까? 며느리

---

123) 진(秦)나라와 ~ 멀어 : 진나라와 월나라는 춘추시대(春秋時代)의 두 나라 이름. 진나라는 서북쪽, 월나라는 동남쪽에 있어 거리가 극히 멀었음. 소원(疏遠)한 것의 비유로 쓰임.

가 공경하여 들으면서도 마음이 전혀 편할 리가 없을까 합니다."

설태사가 미소 지으며 아들에게 몸을 일으키라고 하고 며느리의 손을
잡아 앉히고 금합을 열어 기이한 과일을 꺼내 먹으라고 권하였다. 임소 22
저가 시부모님의 은혜에 황공하고 감사하여 윤기 나는 손으로 공경스럽
게 받아 두어 가지 과일을 먹었다. 앵두처럼 고운 입술을 벌리자 가지런
한 이가 안에서 보이는 가운데 연꽃 같은 보조개를 숙여 흔적 없이 먹는
모습이 절묘하였다.

이윽히 모시고 앉아있었는데 설사인의 아들이 이제 겨우 1~2세라 임소저에게 안기려 하였다. 임소저가 천천히 아이를 안았는데 아이가 패옥(佩玉)을 만지다가 오른쪽 팔 위의 팔찌를 뽑았다. 임소저가 그것을 거두어 다시 끼울 때 소매가 들어 올라가니 흰 눈 같은 팔에 앵혈 한 점이 찬란하게 빛났다.

팔찌는 서역국에서 조공(朝貢)을 받은 것으로 문황제(文皇帝)가 효장공 23
주에게 내려주신 것이었다. 효장공주가 팔찌가 늘 상서로운 빛을 두우(斗
牛)에까지 비추는 듯하기에 몹시 이상하게 여기고 보물임을 기뻐하지 않
고 넣어두었다가 임소저의 팔에 끼워주면서 말하였다.

"이 물건이 요사한 일을 진압할 것이니 늘 네 곁에서 떠나지 않도록 팔목에 끼어 두어라."

그런 까닭이 있기에 그 팔찌가 이렇게 앵혈을 드러나게 한 것이었다. 설태사 부부가 앵혈을 보고 놀라며 생각하였다.

'우리 아이는 미색에 있어서는 아귀(餓鬼)[124]와 같다. 아내가 천고에 없

---

124) 아귀(餓鬼) : 계율(戒律)을 어겨 아귀도(餓鬼道)에 떨어진 귀신(鬼神)으로, 몸이 앙상하게 마르고 목구멍이 바늘구멍 같아서 음식을 먹을 수 없어 늘 굶주린다고 함. 대개 염치(廉恥) 없이 먹을 것만 탐내는 사람을 비유하는 말로 쓰임.

는 아름다운 자태를 가지고 있는데 어찌 이럴 일이 있겠는가? 이는 분명 두루 헤집고 다니다 정을 둔 곳이 있어서 요사한 색(色)에 눈망울을
24 잃고 우리 며느리에게 장신궁(長信宮)의 욕[125]을 보게 하는 것이로구나.'

설태사 부부가 차가운 눈빛으로 설학사를 바라보았다. 설학사가 등에서 식은땀이 흘러 어떻게 해야 할지 모른 채 있었고, 임소저 또한 시부모가 화난 것을 짐작하고 부끄러워 몸 둘 바를 몰라 하며 서 있었다. 설태사가 안색을 온화하게 하고 며느리에게 침소로 돌아가 편히 쉬라고 하자 임소저가 절하고 명을 받들어 물러났다. 설사인 부인인 요부인이 함께 아이를 안고 나와 채빈당 난간에 자리를 밀고 웃으며 말하였다.

"동서가 이 아이로 인해 난처한 일을 겪었네. 아이의 유모가 한가롭게 놀면서 아이를 존당(尊堂)에 두어 일을 이렇게 만들었으니 정말 밉구려."

그러자 임소저가 천천히 말하였다.

25 "어린아이가 붉은 치마를 보고 반겨 놀고자 하는 것은 예사인데 어찌 미울 것이 있겠습니까? 형님이 난처하다고 하시는 것을 깨닫지 못하겠습니다."

붉은 입술이 열리고 가지런한 흰 이가 보이며 옥구슬 같은 음성이 나직하여 크고 작은 구슬을 옥쟁반에 굴리는 듯 만 가지 자태와 천 가지 고운 빛이 함께 일어나자, 설사인 부인이 어여쁨을 이기지 못해서 웃으며 말하

125) 장신궁(長信宮)의 욕 : 장신궁은 한(漢)나라 성제(成帝)의 후궁인 반첩여(班婕妤)가 총애를 잃고 머물렀던 궁임. 성제는 처음에는 반첩여를 매우 총애했지만 시간이 흐르자 조비연(趙飛燕)에게로 사랑이 옮겨가게 됨. 이에 그녀는 장신궁(長信宮)에 머물면서 과거 임금의 사랑을 받던 일을 회상하고 현재의 자신의 처지를 돌이켜보게 됨. 따라서 '장신궁의 욕'이란 남편에게 사랑을 받지 못하는 여자의 처지를 말함.

였다.

"달리 난처하다고 하는 것이 아니네. 앵혈은 규수에게나 있는 것인데
동서가 오히려 아직 규수의 모습을 면하지 못하였기에 시부모님께서
놀라시니 난처하다고 한 것이네."

임소저가 이 말에 미쳐서는 부끄러워하는 것이 지나쳐 얼굴에 붉은 빛 26
이 가득하니 아침 해가 동방에 처음으로 솟자 그 햇살이 온 세상에 밝게
빛나는 것 같았다. 설사인 부인은 임소저가 나이가 어리고 세상 물정을
잘 모르는 것을 더욱 어여삐 여겨 친자매에 못지않은 정이 생겼다.

장손씨와 낭아 · 소옥 · 벽난 · 설매 등이 임소저가 정당(正堂)에서 물러
나자 모시고 있었는데 장손씨가 문득 탄식하며 말하였다.

"저는 옥주(玉主)[126]의 분부로 소저가 태어났을 때부터 유모와 함께 부
인 슬하에서 소저를 양육하였습니다. 그때는 상부(相府)와 궁중에 시랑
외에는 여러 공자들과 소저들이 아직 태어나지 않으신 때니 상부와 궁
중에서 소저를 귀하게 여기시기를 보배에 비하지 못할 정도라 소저가 27
한 번 찡그리고 한 번 웃는 것을 경사로 삼아 기르셨습니다. 지금은 태
부인께 자손이 많으셔서 13명의 공자와 10명의 소저와 시랑 어르신의
두 아들을 한 곳에서 기르고 계시지만 소저에게 향했던 첫 사랑은 세월
이 지나면서 더 하셨습니다. 그러나 태부인께서 연로하신 것을 생각해
소저의 나이 갓 10세가 지나자 시집을 보내셨습니다. 부마 어르신께서
는 소저가 너무 유약하신데 부군 되실 분은 너무 장대하고 엄숙한 것을
꺼려 3년이 지나고 난 뒤 소저가 자라 장성하신 후 혼례를 올리고자 하
셨는데 뜻하신 대로 일이 진행되지 않아 저토록 가냘픈 소저를 혼인시 28

126) 옥주(玉主) : 옥 같은 공주라는 뜻으로 공주를 높여 부르는 말임. 여기서는 효장공주를 가리킴.

키시고는, 주무시고 드시는 것이 불편하십니다.

그런데 소저의 앵혈 유무에 대해서는 더욱 달리 생각하셔서 소저가 나
이가 차신 후 운우지정(雲雨之情)을 알게 하고자 소저를 존당(尊堂) 협실
(夾室)[127]에 두어 어린아이가 대군자를 어려워하지 않는 나이가 되거든
침소를 정하시고 건즐(巾櫛)을 받들게 하면 성문의 은덕(恩德)이 입을까
하고 계셨습니다. 신혼 3일을 마치시고 침소로 돌아오셔서 상공의 거
센 바람과 천둥 번개 같은 화를 당하면 그 놀랍고 두려운 것이 어떠하
29 겠습니까마는 우리 소저는 평생을 알기를 정밀히 하고 안 그대로 행동
하시는 데[128] 초왕비 마마를 본받으셔서 구태여 겁을 먹고 두려워하는
것이 없으신 줄 압니다. 그러나 저희들은 주군(主君)[129]의 엄한 기색을
바라보면 털이 곤두서므로 정당(正堂)에는 이런 사연을 감히 말씀드리
지 못합니다. 부인께서 소저를 어여삐 여기시며 안쓰러워하시니 사정
을 말씀드립니다."

말을 마치고 두 눈에서 눈물이 떨어지자, 설사인 부인이 몹시 놀라며 말하였다.

"서방님[130]의 기상이 봄바람과 같으셔서 그토록 내실(內室)에서 위엄과
안색의 엄숙할 줄은 존당(尊堂)께서도 모르시고 저희들 또한 의심스러
30 움을 깨닫지 못할 정도이니 어찌 알겠소? 이후에는 자연스레 동서가

127) 협실(夾室) : 안방 또는 주가 되는 방에 딸린 방. 곁방, 협방(夾房)이라고도 함.

128) 알기를 ~ 데 : {유정유일[惟精惟一]}. 정밀하게 이치를 살피고 전일(專一)하게 실행을 한다는 뜻으로, 순(舜)이 우(禹)에게 천하를 양위할 때 가르쳐 준 말. 『서경(書經)』「대우모」에 "인심(人心) 즉 육체에서 나온 마음은 위태롭고 도심(道心) 즉 성명(性命)에서 나온 마음은 은미하다. 정밀하게 이치를 살피고 전일하게 실행해야 진실로 중도(中道)를 행할 것이다[人心惟危, 道心惟微, 惟精惟一, 允執厥中]."라는 구절이 전함.

129) 주군(主君) : 임금 혹은 자신의 바깥주인을 지칭함. 여기서는 후자의 의미로 쓰임.

130) 서방님 : {슉슉[叔叔]}. 숙숙은 시아주버니나 시동생을 가리킴. 여기서는 시동생을 말함. 서방님은 자신의 남편이나 결혼한 시동생을 높여 부르는 말.

편안하게 있을 방도가 있을 것이네."

임소저가 문득 장손씨를 몹시 꾸짖으며 말하였다.

"그대는 아직은 나이가 들어 정신이 없을 때도 아닌데 어찌 갑작스럽게 허튼 말을 심하게 하는가? 어느 여자가 자신의 친정 집 부귀로 시댁을 억눌러 못난 행동을 하겠는가? 옥주께서 그대를 보내 나를 돕게 하신 것은 나의 허물을 꾸짖고 그릇된 점들을 간하게 하고자 하신 것이네. 지존(至尊)[131]의 근시(近侍)인 그대에게 나를 맡겨 불초한 나를 보호하게 하신 것이지, 오히려 사사로운 정을 이기지 못해 남편의 시시비비를 말하며 상하의 체면을 상하게 하기를 바라셨던 것은 아닐 것이네. 31
시부모님과 존당(尊堂)의 은혜가 온 몸에 젖었는데 어느 마디에 불평할 것이 있겠는가?"

말을 마치고는 임소저가 숙연하게 앉아 있으니 마치 옥으로 된 나무에 서리가 맺혀 있는 것과 같아 그 높은 기질과 좋은 품격이 천고에 독보적이었다. 장손씨가 탄복하고 흠모하여 사죄하여 말하였다.

"태어나신 날부터 오늘까지 시원스런 음성을 듣지 못하였었습니다. 그런데 제가 사사로운 정의 절박함 때문에 드디어 실언(失言)을 하여 소저의 말씀을 길게 듣게 되니 기쁨을 이기지 못하겠습니다."

설사인 부인은 임소저가 어린나이에 모든 일에 흠 잡을 것이 없고, 자 32
신의 뜻을 굳게 지키면서, 지존(至尊)을 가까이서 모시던, 백발이 성성한 상궁을 꾸짖는 말이 이치에 합당한 것을 듣고 감동하여 진심으로 탄복하면서 칭찬하였다.

장손씨와 여러 시녀들이 임소저를 모시고 침소로 돌아오니, 임소저가

---

131) 지존(至尊) : 임금을 높여 부르는 말.

침상에 조용히 앉았는데 마음이 저절로 떨리고 정신이 어지러웠다. 이상
하게 여겨 『주역(周易)』[132]을 펴놓고 점괘를 풀어 해독하니 흉함은 많고
길함이 없으니, 금년에 몸이 집을 떠나 해외(海外)를 떠돌아다니며 곡림오
33 조[133] 이별을 슬퍼하고 고향을 그리워한 지 3년에 대원수의 깃발이 동남
쪽을 돌아다닐 때 임소저 부부가 다시 만나고 남매가 기이한 상봉을 할
것이라 하였다. 이마를 기울여 이윽히 보다가 덮어서 연갑(硯匣)[134]에 넣
었다.

날이 저물자 임소저가 문안을 마치고 돌아와 이윽히 촛불을 바라보았다. 낭아 · 소옥 · 춘빙 · 쌍섬 등이 침상 아래에 무릎을 꿇고 아뢰었다.

"그윽이 바라보건대, 소저가 큰 우환을 당하신 것 같아 보입니다. 두 눈썹에 시름을 맺으신 것을 보건데 마음이 놀라운 중에 꿈이 이리이리 불길 하였습니다. 감히 묻고자 합니다."

34 이 10명의 시녀들은 효장공주가 별도로 내려주셨는데 총명하고 민첩하며 충의(忠義)가 세상을 덮을 정도로 컸다. 꿈이 불길하다고 함은 낭아와 춘빙이 일전에 꿈을 꾼 것을 말하는 것으로 꿈 내용이 이러하였다.

"꿈속에서 한 날랜 여자가 비수(匕首)를 들고 들어와 소저를 찌르고 말하기를, '내 너를 죽이고 설학사를 빼앗고자 한다.' 하니까 학사 어르신이 들어와 그 여자를 옆에 끼고 방 가운데로 들어오게 하고 소저를 몰아 내쳤습니다. 그러자 문득 한 선관(仙官)이 내려와 학사 어르신에게 말하기를, '손자야! 네가 요망한 이에게 얽혀 멸문지화(滅門之禍)[135]를

---

132) 『주역(周易)』: 중국의 점에 관한 책. 오경(五經)의 하나로 중국(中國) 주(周)나라 때의 철학서(哲學書).

133) 곡림오조 : 미상.

134) 연갑(硯匣) : 벼룻집을 말함.

135) 멸문지화(滅門之禍) : 한 집안이 다 죽임을 당하여 없어지는 큰 재앙.

만들고자 해 임씨 며늘아기를 내치니 늙은이가 거두어 가겠다. 이후에
너는 요망한 이로 인해 패가망신할 것이다.' 라고 말하고는 한 모금 물 35
을 뿜어 그 여자의 온 몸을 벗겨 놓고는 마치 돗자리에 소나무 가시를
박는 것처럼 가시를 박아 놓았습니다. 그리고 소저와 춘빙 등을 구름
에 올려 가더니 마고선녀(麻姑仙女)136)의 집에 머무르게 하고는, '이후 3
년이 지나면 손자가 남토를 정벌하고 너를 맞이하여 갈 것이니 슬퍼하
지 말고 있어라.' 라고 말하였습니다. 선관이 학을 타고 가시자 마고선
녀가 소저를 붙들어 깊은 방안에 편안하게 두는 것을 보고 깨어났습니
다. 이렇기에 꿈을 말씀드리는 것입니다."

임소저가 묵묵히 탄식하고 대답하지 않았다.

설태사가 아들을 불러 타일렀다.

"네가 만일 임씨 며늘아기와 금슬을 열지 않고자 한다면 머리를 깎고 36
산 속으로 가거라."

설태사가 아들의 등을 밀어 내쳤다. 설학사가 두려워하며 종종걸음으
로 걸었다. 설사인이 부인에게서 말을 전해 듣고 설학사를 조용히 앉힌
후 사리(事理)로 타일러서 제수씨를 박대하는 것을 풀고자 하니 설학사가
탄식하며 대답하였다.

"저인들 도리를 모르겠습니까? 본래 임씨 집안에서 그림을 보고 아내
만을 자나깨나 바랐는데 어째서 금슬이 소홀하겠습니까? 그런데 신방
에 앉아서 아내를 마주대하고 있는데 갑자기 나비가 날아와 우리 두 사
람 사이에서 날거늘 부채로 부치니 나비는 날아가고 물방울이 떨어졌

---

136) 마고선녀(麻姑仙女) : 중국 옛적 선녀(仙女)의 이름. 한(漢)나라 환제(桓帝) 때에 고여산(姑餘山)에서 수도하였는데, 길고 새 발톱처럼 생긴 손톱으로 가려운 데를 긁어 주면 한없이 유쾌하였다 함. 마고할미라고도 함.

는데 씻어버리고자 하나 물이 아니고 피였습니다. 저를 문 티도 없어
37 지워지지도 않았는데 그 후로 아내를 대하면 두통이 나고 비위가 거슬
려 금슬이 불화하고 화증이 일어납니다."

설사인이 탄식하며 말하였다.

"사악한 것은 바른 것을 침범하지 못하니, 어찌 이런 일이 있겠느냐? 이는 거짓으로 하는 말이로다. 어찌 되었든 아버님께서 매우 화가 나셨으니 너는 네 아내가 아무리 싫더라도 화락할 수밖에 없다."

설학사가 순순히 명을 받들고 몸을 일으켜 죽기를 무릅쓰고 아내의 침
소로 들어가자, 임소저가 일어나 맞이하였다. 설학사가 임소저를 자세히
살펴보니 한 쌍의 묶어 올린 머리에서는 초옥(楚玉)[137]이 반짝거리고, 아
름다운 뺨과 붉은 입술에는 여유 있는 태도가 어려 있었으며, 눈같이 흰
38 피부와 아름다운 얼굴에 어린 정정한 기상은 맑은 강에 차가운 비가 내려
연꽃이 목욕을 하는 듯하였고, 옥같이 아름다운 봉우리가 고고한 듯하였
다. 온갖 아름다운 자태가 엄숙하면서도 고와 눈 위에 피어난 매화나 차가운 얼음 위에서 피어난 연기 같았고 가을 하늘을 나는 백로의 맑은 정신과 가을 찬서리 속의 새벽달의 호연(浩然)한 광채와 같이 맑고 깨끗해 티끌과 같은 속세의 기운을 떨쳐버린 모습이었다. 온화하고 침착하면서도 단아하여 성리(性理)의 도를 깨우쳤으니 어렴풋이 천흥공자의 기질과 흡사하고 성인의 풍모가 드높으니 눈이 상쾌하고 정신이 어지러워 스스로 탄식하였다.

'저 같은 절세미인을 내 어찌 싫어하는지…….'

---

137) 초옥(楚玉) : 매우 아름다운 옥을 이르는 말로, 초(楚)의 변화(卞和)가 형산에서 박옥(璞玉)을 얻은 데에서 유래함.

설학사가 주방에 술을 가져 오라고 명령하여 한 병을 다 마시고 난 후 39
임소저의 치마를 이끌어 아름다운 손을 잡으니 윤기가 나고 섬세함이 물 흐르는 것처럼 보드라웠다. 그러나 임소저가 맹렬히 손을 빼며 자리에서 물러나므로 설학사가 정색하고 말하였다.

"나는 임소부 어르신 밑에서 배워서 처가가 본래 낯설지 않고 또 그대를 본 지도 오래 되었소. 그러나 본래 나의 됨됨이가 종요롭지 못해 규방의 아리따운 손님이 되지 못하고 그대의 나이가 어린 것을 헤아려 아직 금실의 즐거움을 급히 하고자 하지 않았소. 그런데 이로 인해 아버님께 죄를 얻었기에 오늘 밤에는 무산(巫山)의 꿈[138]을 함께 하여 아버님께 죽을죄를 진 것을 면하고자 하오. 40
지난번 궁에 갔을 때 여러 아이들이 나를 얕잡아 보고 숫총각이 아닌지 알고자 해서 앵혈을 찍는 것으로 시험해보았으니 이를 어찌 견디고 있겠소? 효장궁의 일등 명기(名技)를 취해서 앵혈을 없애고자 하였는데 천홍이 못난 나를 이리이리 비난하기에 그저 돌아와 생각해보니 그대가 나의 박정함을 처가에 알려서 그 놈들이 작당하여 나를 비웃고 욕을 보인 것인가 싶소. 만일 은밀한 일을 잘못 알고 있다면 명백하게 풀어 말씀해주시면 나 또한 생각하는 것이 있을 것이오." 41

설학사가 말을 마치고 술 취해 몽롱한 눈으로 임소저를 떠보는 말이 크게 인정에서 벗어난 것이기에 장손씨와 유모 등은 분해서 눈물을 흘렸다.

---

138) 무산(巫山)의 꿈 : 『문선(文選)』에 수록된 송옥(宋玉)의 〈고당부(高唐賦)〉에서 비롯된 말. 전국시대 초왕(楚王)이 송옥과 함께 운몽(雲夢)이라는 곳에서 놀다가 고당관에 이르러 연회를 열고 즐기다가 잠시 낮잠을 자게 되었는데, 꿈속에 아름다운 여인이 찾아와 말하기를 자신은 무산(巫山)의 선녀라면서 왕과 운우의 정[雲雨之情]을 나는 뒤 헤어지면서 자신은 아침에는 구름이 되고 저녁에는 비가 되어 양대(陽臺) 아래에서 아침저녁으로 당신을 그리워하고 있다고 말하며 사라졌다는 고사를 있음. 무산은 중국 사천성에 있는 산으로 특히 무산선녀가 양왕을 만난 무산의 골짜기를 무협(巫峽)이라고도 함.

임소저가 시댁에 들어온 후 설학사와 말하는 것이 처음이고 설학사가 술기운에 지어낸 말로 친근하게 구는 것에 너무 놀랐으나, 담담하게 조용히 있으니 진실로 단련한 금이요, 생철(生鐵)로 메운 속이었다. 귀로는 남편의 말을 스쳐 지나가는 바람처럼 여기고 입을 열지 않은 채 손을 모으고 공손히 앉아있으니 가을 찬서리를 압도할 만한 기상이요, 비녀를 꽂은 부친 부마도위 임세린의 모습 바로 그대로였다. 그러나 하수(河水)[139]가 멀어 두 귀를 씻지 못하는 것을 마음속으로 탄식하니 무슨 말로 답을 하겠는가?

42 설학사가 처음에는 임소저를 약한 여자로 여기고 비록 싫고 괴롭지만 술기운에 동침하여 부친의 화를 막아볼까 하였다. 그러나 지금 보니 그 거동을 소소한 여자로 볼 수가 없으므로 문득 화가 나서 꾸짖어 말하였다.

"음흉한 여자가 부형(父兄)의 위세를 끼고 남편을 업신여기고 겉으로는 성현(聖賢)의 도(道)를 익히는 체하면서 안으로는 음욕이 발동하여 앵혈을 자랑해 부친에게 차마 듣지 못할 죄를 내게 얻게 하고도 의기양양하구나. 내가 그 뜻을 받아들여 하룻밤 운우지정(雲雨之情)을 이루려고 하
43 였는데 또 무슨 뜻으로 저리 심하게 피하는가? 부마의 딸이 아니라 황제의 딸이라도 이 설희광의 아내가 된 후에는 마음대로 위세를 끼고 나를 누르지 못할 것이니 한 마디 말로 대답을 시원스레 하게나."

음성이 점점 높아지고 눈매가 매서워져도 임소저가 조금도 동요함이 없이 그저 두 눈을 지그시 뜨고 그윽이 남편의 거동을 탄식하였다. 음욕

139) 하수(河水) : 요(堯) 임금 때의 은자(隱者)인 허유(許由)가 요 임금이 구주(九州)의 우두머리를 삼으려 하자 듣기 싫다며 귀를 씻었다는 물.

이 발동하였다는 말을 더럽게 여길지언정 조금도 두려워함 없이 고요히 앉아 남편의 욕을 마치 좋은 말 듣는 듯이 듣고 있었다.

설학사가 더욱 화가 나 금으로 장식한 향로의 불을 들어 임소저에게 내려씌우려 하였다. 임소저가 그 해괴한 거동을 가소롭게 여겼지만 다만 44
부모가 물려주신 몸을 이유 없이 화로에 상할 까닭은 없다고 여겨 잠시 몸을 기울여 불을 피하였다. 그런데 불이 치마에 옮겨 붙었다. 장막(帳幕) 밖에 있던 홍선 등이 이 광경을 보고 급히 선반 위에 있던 치마를 들고는 어미를 발로 차고 장막을 걷고 들어가 임소저의 치마를 벗겨 불을 끄고 가볍게 소저를 거두어 옆에 끼고 나서며 갈하였다.

"어미와 사부(師父)는 빨리 춘빙 등을 시켜서 불을 밝히십시오."

그러고는 홍선 등이 말하였다.

"'작은 회초리로 때릴 때에는 맞고, 몽둥이로 때릴 때에는 도망을 가라.'140) 라고 했습니다. 그러니 저의 주모(主母)141)를 죄 없이 주군(主 45
君)께서 불에 사르려 하시니 이런 것을 참을 수 있다면 무엇을 참을 수 없겠습니까? 주군께는 죽을죄를 짓는 것이지만 주모를 업고 불을 피하려 합니다."

홍선 등이 거침없이 난간 밖으로 나서자 장손 보모와 낭아·설파 등이 함께 촛불을 밝힌 후 임소저를 붙들고 방황하였다. 임소저가 태연히 난간에 서서 치맛자락을 가다듬은 후 말하였다.

---

140) 작은 ~ 가라 : {쇼장즉슈[小杖則受] ᄒᆞ고 ᄃᆡ장즉쥬[大杖則走] ᄒᆞ라}. 이 구절은 『후한서(後漢書)』 52권 「최인열전(崔駰列傳)」에 "순 임금이 부친을 도실 적에 작은 회초리로 때릴 때에는 맞고, 몽둥이로 때릴 때에는 도망을 갔는데, 도망을 간 그것이 불효는 아니었다[舜之事父, 小杖則受, 大杖則走, 非不孝也]."라는 구절에서 유래함.

141) 주모(主母) : 집안 살림을 주관하여 다스리는 부인으로, 특히 아랫사람이 자신의 여자 상전을 가리킬 때 쓰는 말.

"저 사람이 비록 무죄한 처자를 불에 죽이고자 하나 강상(綱常)[142]이 중
하니 나를 죽여도 죄가 없을 것이다. 내 비록 저의 독수(毒手)를 입어도
46 원망하지는 못할 것이니, 스승과 어미는 놀라지 말게나."

임소저는 말을 마치고 향기로운 몸을 돌이켜 사뿐히 들어가 자리에 앉았다. 설학사가 술기운이 점점 풀리고 조금 전 자신이 저지른 행동과 아내의 말을 생각하자, 아내는 공자(孔子)[143]요 자신은 도척(盜蹠)[144]과 같아 취한 척을 하고 침상에 거꾸러져 잠들었다. 임소저는 숨소리도 내지 않고 앉아 있었다.

북소리가 울려 오경(五更)[145]을 알려 주고 닭이 새벽을 알렸다. 임소저
가 장막 밖으로 나와 한 웅큼의 물로 티끌을 씻고 몸의 단장을 고친 후 아
침문안을 드렸다. 이날은 목태부인이 잠이 없어 깨어 있다가 임소저를 가
47 까이 앉히고는 매우 사랑하였고, 설태사 부부는 여러 아들과 며느리를 거
느리고 말씀을 나누었다.

문득 늘어진 벽제(辟除)[146] 소리가 들리며 초왕 임희린 형제들이 문에

---

142) 강상(綱常) : 삼강(三綱)과 오상(五常)을 아울러 이르는 말로 사람이 지켜야 할 변함없는 도리를 뜻함. 삼강(三綱)은 군위신강(君爲臣綱)·부위자강(父爲子綱)·부위부강(夫爲婦綱). 오상(五常)은 인(仁)·의(義)·예(禮)·지(智)·신(信).

143) 공자(孔子) : 춘추시대(春秋時代)의 대철학자·사상가. 유교(儒敎)의 비조(鼻祖). 노(魯)나라의 곡부에서 태어났음. 성은 공(孔), 이름은 구(丘), 자는 중니(仲尼). 노(魯)나라 사람. 여러 나라를 두루 돌아다니며, 치국(治國)의 도(道)를 설(說)하기 30년, 육경(六經) 곧 예(禮)·악(樂)·시(詩)·서(書)·역(易)·춘추(春秋)를 산술(刪述)하고 요(堯)·순(舜)·문왕(文王)·무왕(武王)·주공(周公) 등(等)을 존숭하여 고래(古來)의 사상(思想)을 대성(大成)했음. 그의 학파(學派)는 유가(儒家)라 불리며, 그의 사상은 맹자(孟子)와 순자(荀子)에 의해 계승되었음. 인(仁)을 이상(理想)의 도덕(道德)이라 하여 효제(孝悌)와 충서(忠恕)로써 이상(理想)을 이루는 근거(根據)로 하였음. 뒤에 그의 제자(弟子)들이 그의 언행(言行)을 기록(記錄)해 놓은 『논어(論語)』 7권이 있음.

144) 도척(盜蹠) : 춘추전국시대 노(魯)나라 대표적인 도적의 이름. 공자(孔子)가 도척을 교화시키려 하였으나 끝내 그럴 수 없었음.

145) 오경(五更) : 하룻밤을 다섯 부분으로 나누었을 때 맨 마지막 부분. 새벽 3시에서 5시 사이임.

146) 벽제(辟除) : 지위가 높은 사람이 행차할 때, 구종(驅從) 별배(別陪)가 잡인의 통행을 금하며 소리치던 일.

들어옴을 알렸다. 설태사가 여러 아들들과 함께 외당(外堂)으로 나와서 맞이하여 안부 인사를 마치고 주찬(酒饌)을 갖추어 술을 마시며 조용하고 한가롭게 이야기를 나누었다. 부마 임세린이 사위를 나오게 해서 앉히고 사랑스러워하며 말하였다.

"시속의 말에 사위는 장모가 사랑한다고 합니다. 저는 처음 얻은 자식
이 딸이어서 딸에 대한 별다른 사랑이 주접스러울 정도인 데다가, 사위
또한 이리 딸보다 더 뛰어난 이로 얻으니 더욱 유달리 사랑스럽습니다.
그런데 장인과 사위의 마음은 다른 것인지 이 사위가 우리집에 자주 48
오지 않으니 몹시 서운하더군요."

설태사가 웃으며 말하였다.

"과연 부마 형님의 말씀이 옳습니다. 나에게도 여러 아들이 있지만 사랑스럽고 귀중하기로는 다른 아이들이 사위인 원백에게 미치지 못합니다. 사람 마음이라는 것이 참 똑같습니다."

설태사는 아들 설학사의 마음이 사돈인 임부마와 다른 것을 한스럽게 여겼다. 임초왕이 문득 눈썹을 찡그리며 말하였다.

"며느리의 생사(生死)가 점점 아득하니 제가 말미를 얻어 남쪽으로 내
려가 두루 찾고자 하지만 나라에 일이 많고 분명 전쟁이 일어날 것 같
아 떠나지를 못하고 있으니 사정이 절박합니다. 두 아이가 3세 어린아 49
이이지만 지각이 분명해 점점 어미를 찾으니 안쓰러운 것을 참지 못하
겠습니다."

설태사가 손을 잡고 눈물을 흘리며 말하였다.

"제가 사리에 어두워 천륜(天倫)을 저버리고 유유히 있으면서 아득하게 딸아이를 잊었습니다. 요 근래는 며느리를 얻어 슬하를 빛내니 딸아이

를 앞에 둔 것과 같아 자연 죽은 자식처럼 여기고 있었습니다. 딸아이
가 만일 살아있다면 부모가 자신을 잊은 것을 슬퍼할 것이고 죽었더라
도 떠도는 혼이 가는 비를 만들어 뿌릴 것입니다. 내년에는 결단코 구
주(九州)147)를 다 돌아서라고 해골이라도 찾을까 합니다."

50 초왕이 탄식하고 오래 있다가 말하였다.

"며늘아기와 헤어지게 된 것은 옥선으로 인한 것이니 실마리가 있기는
한데 제 조카딸인 월혜의 재앙이 앞에 있는 것은 알고 계십니까?"

설태사가 낯빛을 잃고 말하였다.

"이것이 무슨 말씀이신지요?"

초왕이 다만 이렇게 말하였다.

"희광의 미간에 띤 푸른 기운이 몹시 불길하고 제 조카딸의 자태가 매
우 찬란하기에 재앙이 한 번은 있을 것입니다. 형님께서는 상황을 잘
살펴주십시오. 그러나 조카딸 아이의 액운은 3년을 지난 후에야 무사
해질 것이니 이는 하늘의 뜻입니다. 사람의 힘으로 어찌 방비할 수 있
겠습니까?"

날이 정오가 되었을 무렵, 임부마가 사돈인 설태사에게 딸아이를 보기
51 를 청하였다. 설태사가 쪽문 창문을 닫고 다섯째 아들 희필148)을 내당으
로 보내 초왕과 부마가 집에 오셔서 임소저를 보고자 한다는 것을 말하고
임소저에게 빨리 나와 뵈라고 하였다. 공자가 정당(正堂)에 가 말씀드리자
임소저가 옷을 수습하고 보모 등을 거느리고 쪽문 앞에 서서 유모를 시켜
아뢰었다. 임초왕과 임부마가 나오라고 명하자 임소저가 당(堂)에 올라가

147) 구주(九州) : 기주(冀州) · 연주(兗州) · 청주(靑州) · 서주(徐州) · 양주(楊州) · 형주(荊州) · 예주
 (豫州) · 양주(梁州) · 옹주(雍州).
148) 희필 : {경}. 문맥 상 태사 설연창의 다섯 째 아들은 설희필이기에 이같이 옮김.

어른들을 뵙고 할머니의 안부를 물어본 후 자리에 앉았다. 임초왕 형제가 임소저를 보니 봉관화리(鳳冠花履)[149]를 한 명부(命婦)[150]의 복색이 정결
하니, 기쁘고 어여쁨을 이기지 못해 뺨과 머리를 어루만지고 쓰다듬으며 52
말하였다.

"우리 사돈께서 너의 친정 나들이를 허락하셔서 네가 할머니를 뵙는 것을 막지 않을 것이다. 하지만 사돈 형님께서 아직은 급히 친정에 가지 말라고 하시기에 청하지를 못하니 4~5개월을 기다린 후에 데려가고자 한다. 할머님께서 그 사이를 백년같이 아실 것 같구나. 어찌 참을 수 있겠느냐고 하시더라."

임초왕이 웃으며 말하였다.

"아우는 늘 매사에 소탈하더니 자식 사랑은 자상하고도 구차하구려."

그런 후 조카딸인 임소저를 나오게 하여 어루만지며 소매에서 비단주머니를 꺼내 조카딸에게 채워주며 말하였다.

"이 비단주머니에는 붉은 색으로 쓴 부적이 들어있는데 마음대로 보지
말고 봐야 할 때를 만났을 때 급히 요사스런 도사의 꼭뒤에 붙이면 요 53
술을 행하지 못할 것이다. 그러니 틈을 타 매미가 허물을 벗는 것과 같은 지혜로 몸을 피해라. 너의 10명의 시비가 지혜와 용맹을 함께 갖추었으니 족히 요사스런 일을 제어할 것이다. 또 춘 · 홍 두 시비가 검법(劍法)이 신기하지만 때가 아닌데 요사스런 도사를 잡게 되면 죽이지 말게 해라."

---

149) 봉관화리(鳳冠花履) : 고관 부녀의 복식. 봉관(鳳冠)은 봉황의 장식이 있는 예관으로 한나라 때는 황실의 태후, 황후가 썼지만 후에는 귀족여자와 내명부도 썼음. 화리(花履)는 아름다운 꽃신을 가리킴.

150) 명부(命婦) : 문무관(文武官)의 아내들로 내(內)명부와 외(外)명부의 총칭. 봉호(封號)를 받은 부인. 즉 종친의 딸과 아내. 문무 관리의 아내들을 이름.

임소저가 큰아버지인 임초왕의 말씀을 듣고는 눈물을 흘리면서도 안
색을 바꾸지 않고 순순히 명을 받들고 두 번 절하고 들어갔다. 임부마는
갑자기 잃은 것이 있는 듯 정신이 나간 듯이 서서 보다가 기운이 줄어들
54 자 임초왕과 함께 하직하고 수레에 올랐다. 설학사가 나와서는 절하고
내일 찾아뵐 것을 말씀드리자 임초왕 형제가 고개를 끄덕였다.

임초왕 형제가 임씨 부중으로 돌아와 만수전에서 관태부인을 곁에서 모시고 있는데, 태청선생 임한규가 둘째아들인 임부마가 눈썹을 찡그리고 있는 것을 의아하게 여겨 거듭 쳐다보았다. 임초왕이 동생인 임부마에게 눈치를 주자 임부마가 깨달아 온화한 안색을 하고 설씨 집안에 가서 사위를 보고 온 것과 딸아이가 그 사이 더 성장한 사실을 말씀드렸다. 태청선생이 들을 만하게 여기자 상국 임한주가 말하였다.

"설씨 사위가 몹시 험하니 손녀가 편하지 않은 것이 많을 것이다. 나는
월혜 같은 손녀딸에게 그렇듯 나이가 맞지 않고 세찬 신랑감을 구해 사
55 위를 삼을 뜻이 없었는데, 동생이 조카가 지나치게 의심 많다고 꾸짖
고는 한 마디 말로 택일(擇日)을 하여 혼례를 치러 보내고는 요사이에는
월혜의 기이한 꽃과 밝은 달의 자태를 퍽 그리워하며 염려하는구나."

태청선생이 탄식하며 말하였다.

"형님의 말씀이 맞습니다. 그러나 연분(緣分)에 매여 있는 것은 도망치지도 못하지 않습니까? 차라리 빨리 혼례를 이루어 여러 곳에서 청혼하는 번거로움을 두지 않도록 한 것입니다. 희광의 외모나 풍채, 탁월한 글재주[151]가 흡족하니, 발 빠른 자[152]에게 빼길까 봐 그리 하였습

151) 탁월한 글재주 : {지픠의마}. 의마(倚馬)의 재주를 말함. '의마지재(倚馬之才)'라 하여 탁월한 글재주를 의미함. 환온(桓溫)이 북정(北征)할 때 종군한 원호(袁虎)에게 노포문(露布文)을 짓게 하니 말에 기대어 서서 기다리는 동안에 일곱 장의 명문을 완성했다는 고사에서 유래함.

니다."

임상국이 고개를 끄덕였다. 소각로 · 성추밀이 수레를 나란히 몰아 도 56
착하니 주인과 손님이 반겨 인사말을 조용히 나누었다. 소각로가 임상국을 향해 말하였다.

"우리 두 집안이 두 아이가 어렸을 때 혼인을 정했는데 정당(正堂) 태부인의 연세가 많으시고 원백의 부인은 지금 회오리바람과 그림자와 같아 찾지 못하고 있습니다. 그러니 원첨[153] · 원범[154]의 혼사가 한순간이라도 급할 터인데, 이 집 거동은 다른 집과 달라 혼사 일체를 거론하지 않으시니 이상합니다."

성추밀이 웃으며 말하였다.

"어린나이에 결혼시키는 것은 선왕의 법은 아니지만 계숙의 형세가 고인의 법제를 지키지 못할 상황이니 얼른 혼례나 하고자 합니다."

태청선생과 임상국이 동시에 말하였다. 57

"좋구나! 기쁘구나! 이 말이 옳소. 빨리 택일하겠소."

금으로 된 향로에 불을 밝히고 향을 꽂고 소각로 · 성추밀이 어깨를 나란히 해 택일(擇日) 하니 재홍공자의 채례(采禮)[155]는 음력 섣달 상순(上旬)이고 천홍공자의 납폐(納幣)[156]는 동짓달 십일이며 혼례는 둘 다 내년 음

---

152) 발 빠른 자 : {질독ᄌ[疾足者]}. 질족자는 '고재질족자(高材疾足者)'라 하여 뛰어나게 공적이 큰 사람이란 뜻. 진(秦) 나라가 정권을 잃은 것을 사슴(鹿)을 잃은 것에 비유해 그 후 군웅이 정권을 다투는 것을 추록(逐鹿)이라 하고 우수한 인재를 질족(疾足 : 발이 빠르다는 말)이라 함. 그런데 여기서는 문맥상 발이 빠른 자라는 뜻의 의미로만 쓰였기에 이와 같이 옮김.

153) 원첨 : 임재홍의 자(字).

154) 원범 : 임천홍의 자(字).

155) 채례(采禮) : 신랑의 집에서 신부의 집으로 혼인을 구하는 의례임. 납채(納采).라고도 함. 이때에 폐백을 보내었으므로 납폐(納幣)와 같은 뜻으로 쓰이기도 함.

156) 납폐(納幣) : 혼인할 때 사주단자의 교환이 끝난 후 정혼이 이루어진 증거로 신랑 집에서 신부집으로 예물을 보내는 것. 납빙(納聘) 또는 납채(納采)라고도 함.

력 3월 초하룻날이었다. 기약한 날이 멀었음을 절박하게 여겼지만 육합(六合)[157]이 서로 만나는 날이어서 바꾸지 못하였다. 술과 안주를 늘어놓고 한가히 잔을 부딪치며 거문고와 북을 연주하다가 해가 지자 각각 흩어졌다.

58 이때에 옥경군주가 묘월에게서 술법을 배워 몇 개월이 지나지 않아 능통하니 하지 못할 변화가 없었다.[158] 묘월이 하루는 옥경군주에게 말하였다.

"이번 달 갑자(甲子)일에 우리가 함께 연경에 들어가 그대의 좋은 인연을 이루도록 할 것이니 빨리 낙안주의 한왕 전하께 소유를 말씀드리시지요. 나는 타라국에 가서 옥선군주를 보고 올 것입니다. 옥선군주가 오랑캐의 왕비가 되어 언지[159]를 죽이고 오랑캐왕을 농락해 중원(中原)[160]을 치고자 하는데 왕이 허락하지 않자 옥선군주가 경사의 소식을 몰라 근심하고 있으니, 내가 가서 기별을 갖추어 말하고 왕을 달래
59 연경을 공략하게 하겠습니다."

옥경군주는 몹시 기뻐하며 구름을 타고 낙안주로 가고 묘월은 몸을 솟구쳐 타라국으로 갔다.

화설(話說). 이보다 앞서 옥선군주가 양왕을 따르고자 하였다가 오랑캐

---

157) 육합(六合) : 천지와 사방을 통틀어 이르는 말. 곧, 하늘과 땅, 동서남북임.
158) 하지 ~ 없었다 : {못홀 변화[變化]] 만흔지라}. 앞뒤 문맥을 고려하여 이와 같이 옮김.
159) 언지 : 오랑캐국의 왕비를 낮추어 부르는 말.
160) 중원(中原) : 변경(邊境)에 대(對)하여 천하(天下)의 중앙(中央)을 이르는 말로, 한족(漢族)의 생활영역을 말함. 중국 하남성(河南省)을 중심으로 산동성(山東省) 서부, 섬서성(陝西省) 동부에 걸친 황하(黃河) 중・하류 유역이 이에 해당한다. 주왕조(周王朝 : B.C. 12~B.C. 3세기)의 세력범위가 포함되며 중원의 사슴이 주나라의 왕권을 상징하는 것으로 보고 그 쟁탈을 '중원에서 사슴을 쫓는다'라고 하였음. 그 후 한민족의 세력이 남쪽의 양자강(揚子江) 유역 일대로 확대되고 서쪽으로도 넓어졌으므로, 중원은 하남성을 중심으로 하는 화북평원(華北平原)을 지칭하게 되었음. 여기서는 명(明)나라를 대신하는 말로 쓰이고 있음.

인의 배에 실려 갔는데 이 배는 타라국의 배였다. 그 가운데 으뜸 상사인 오랑캐가 옥선군주를 안고 향기로운 뺨에 제 뺨을 닿게 하고 입술을 접하며 말하였다.

"그대는 당연히 용왕의 딸이다. 내 배로 가마를 태워 보내셨으니 내 계집이 될 것이다."

옥선군주가 눈을 들어서 보니 흉한 오랑캐인 30~40여 명이 둘러서 있
는데, 눈은 통방울 같고 어금니는 부르돋은 채 입술 밖으로 삐죽이 나와 60
있어 그 흉악함이 비할 데가 없었다. 바짝 깎은 머리와 칡범 같은 소리로 자기 몸을 후려쳐 안고 입술을 빨며 음흉한 행동을 하는데 옥선군주 깐에도 슬픈 일이었다. 옛일을 생각하니 부끄러워서 몸 둘 곳을 모를 정도였지만 어찌되었거나 이들을 의지하여야겠다고 생각하고 순순히 말을 듣고 따라가서 기묘한 계획을 세워서 임 · 설 두 집안을 박살내겠다고 결심하고 뭇 오랑캐들의 음욕(淫慾)을 모두 풀어주니 진실로 음욕으로 뭉친 옥선군주였다.

이럭저럭하여 타라국에 도착하였다. 여러 오랑캐들이 의논을 한 후, 오랑캐왕에게 아뢰었다.

"이번에 대국에 들어갔다가 절세미녀를 데려왔는데, 신하들만 즐기는 61
것은 옳지 못해 바치니 즐겨보십시오."

왕은 절색(絶色)이란 말을 듣고 매우 기뻐하며 말마다 충신(忠臣)이라 하고는 옥선군주를 데려다 보니 과연 절세가인이었다. 왕이 옥선군주를 이끌고 침실에 들어가 음란한 행실을 하고자 하는데, 옥선군주가 이미 큰 뜻을 품었기에 소리를 높여 말하였다.

"저는 중원(中原)의 황실의 자손입니다. 부왕(父王)을 따라가다가 잘못

해서 탈불화의 배에 올라 이곳으로 왔습니다. 대왕이 만일 저를 놓아
62 주지 않으시겠다면 무슨 예(禮)로 대접하려고 하십니까? 만일 저를 첩(妾)으로 대접하고자 하신다면 차라리 죽겠습니다."

그런 후 옥선군주가 자결하려 하자 오랑캐왕이 눈을 동그랗게 뜨고 칼을 빼앗은 후 향내 나는 몸을 휘어 꺾어 안으며 말하였다.

"옥주마마는 화를 가라앉히십시오. 우리에게는 예의가 없어서 신하의 계집도 임금이 얻고 임금의 계집도 신하가 얻는 풍속이 있습니다. 그렇기에 예의를 모르니 가르쳐주시지요."

옥선군주가 이 말을 듣고 보조개진 뺨에 기쁜 빛을 부드럽게 지으며 대답하였다.

"그렇다면 왕에게 언지가 있습니까?"

오랑캐왕이 말하였다.

63 "그렇습니다. 일찍이 사오번사국을 쳐서 항복 받고 화친한 후 사오국왕의 딸 오달씨를 취해 왕후에 봉하였습니다."

옥선군주가 즐거워하지 않으며 말하였다.

"오랑캐 가문에도 미색이 있는 계집이 있을 것이니, 언지[161]가 괜찮은지요?"

오랑캐왕이 말하였다.

"어찌 미색을 말할 수 있겠습니까마는 그 성미는 모질고 용맹무쌍합니다."

옥선군주가 말하였다.

"그렇다면 왕은 언지의 손에 잡혀있지 않습니까? 저를 어떻게 구하실

161) 언지 : 오랑캐 나라의 왕비를 가리키는 호칭으로 추정됨.

생각이십니까?"

오랑캐왕이 웃으며 말하였다.

"그대는 황실의 후손이며 천하의 절색이니 그대를 언지로 삼고, 언지를 첩으로 만들 것입니다. 그대는 쓸데없는 말을 하지 마시고 나의 불붙은 마음을 펴게 하시오."

옥선군주가 대답이 없자 오랑캐왕이 스스로 기뻐하며 옥선군주의 치 64
마를 벗겼다. 이날 밤 즐기며 밤새도록 음욕(淫慾)을 푼 후 오랑캐왕은 피곤하여 잠이 들었다. 옥선군주가 달빛을 띠고 오랑캐왕의 사람됨을 구경하니 기괴망측하였다. 턱 아래에 있는 검은 혹은 산의 둔덕 같이 나와 있고, 유자 같은 코는 검고 푸른 낯 위에 큰 바위처럼 놓여 있어 야차(夜叉)보다 흉하고, 푸른 독이 퍼져 있는 것 같은 푸른 입술은 우그러진 귀까지 찢어져 있었다. 세 아름도 넘는 몸으로 자신의 향내 나는 몸에 접하고, 토목 같은 다리로 자신의 다리를 눌렀으며, 토목 같은 팔로 자신의 가는 허
리를 껴안고, 쇠갈고리 같은 손으로 고운 비단 같은 가슴을 어루만지며 65
잠이 들었는데, 코 고는 소리가 한여름 몹시 더운 날에 소가 쟁기를 끄는 소리와 같았다. 옥선군주가 이 거동을 보고 가슴에 불이 일어나는 듯해서 급히 몸을 빼내어 일어나 앉아 곰곰이 생각하였다.

'오늘 내가 당한 일은 사람으로서 참고 견딜 만한 것이 아니다. 그러나 어찌되었든 오랑캐를 달래 내 소원을 이루게 되었으니 참고 견디자. 일마다 팔자가 공교로워 오랑캐의 계집이 되었으니 어떤 꾀를 내서라
도 언지를 없애야 될 것이다. 내가 한 번 꾀를 내어 수고로이 시험 해 66
보아야겠구나.'

한 번 읊조리고 세 번 탄식하며 얼굴을 가리고 눈물을 흘렸다. 오랑캐

왕이 잠결에 옥선군주의 탄식소리를 듣고 놀라 깨어 이 행동을 보고 끌어 안아 눕히고 급히 동침하면서 흉한 얼굴을 옥선군주의 얼굴에 맞대고 위로하며 말하였다.

"낭자야! 고국을 생각하고 슬퍼하지 마시오. 내가 내년에 대국(大國)에 조회를 드리고 그대의 부왕을 찾아 장인과 사위의 의(義)를 펴고 서신을 통하게 하겠소."

옥선군주가 머리를 흔들며 대답을 하지 않았으나 양왕에게 다 풀지 못한 지난날 맺힌 음욕을 오랑캐왕에게 모두 풀게 되자 제 몸의 더러움을
67 잊어버리고 흉하고도 거센 그 정을 즐겁게 받아들였다. 오랑캐왕이 이후에는 정사(政事)를 그만두고 신하의 조회도 받지 않고 밤에 잠을 자지 않으며 옥선군주를 달래면서 정을 모두 쏟으니 왕의 하늘을 찌를 듯이 건장하던 기운이 몇 개월이 못 되어 어림쟁이[162]와 같이 되었다. 요사한 여자가 백방으로 왕을 농락하여 밤낮으로 음탕한 짓을 하였다.

언지 오달씨는 무예가 뛰어나 왕을 이기곤 하였다. 언지의 곁에 있는 이들 가운데 옥선군주의 일을 아는 이가 있어 언지에게 말하자 언지인 오달씨가 몹시 화를 내며 큰 도끼를 들고 우레 같은 소리를 지르며 달려 들어가 말하였다.

68 "흉적 목달아! 네가 가장 착한 노릇을 하는구나."

오랑캐왕이 옥선군주와 어지럽게 즐기고 있었는데, 옥선군주는 아무런 까닭을 모르고 왕은 놀라 급히 몸을 일으켜 벌거벗은 옥선군주를 낚아채 안아다가 궤 속에 넣고 잠가 들보에 얹어 놓고 몸에 이불을 두른 채 문을 열고 말하였다.

---

162) 어림쟁이 : 일정한 주견이 없는 어리석은 사람을 낮잡아 이르는 말.

"이것이 어찌된 일인가? 언지황후야! 화를 가라앉히게."

언지가 달려들어 살펴보았으나 방 안에 사람의 그림자도 없었고 왕의 꼴은 죽기 일보 직전이었다. 비로소 화가 가라앉아 언지가 도끼를 던지고 왕을 확 끌어안고 말하였다.

"내가 시녀의 말을 들으니 개 같은 놈이 신선 같은 계집을 얻어 데리고 69
즐기면서 내가 있는 곳에 자취를 끊었다고 하였다. 그래서 내가 이 도끼로 그 여자를 두 조각 내고 너에게 곤장 백 대를 때리려고 했는데 계집은 없고 네 얼굴은 다 죽게 되었으니 어디가 아팠느냐? 자식이 없는 탓이니 어서 자식을 낳도록 하자. 너를 오래 보지 못했더니 그렇구나."

언지가 왕의 머리도 짚으며 입술에 대고 무엇을 먹어보라고 하자, 왕이 일부러 죽어가는 체하면서 손으로 언지의 몸을 어루만지며 말하였다.

"내가 요사이 꿈이 불길하더니 몸이 아파 내궁(內宮)[163]에 들어가 정을
펴지 못하고 혼자 누워 있었는데 어찌 나를 찾지 않았는가?" 70

언지가 곱지 않은 눈망울에 눈물을 지으며 말하였다.

"무슨 자식이 있어 대를 잇겠다고 적을 막느라 창 던지고 있겠느냐? 자연 보살필 일이 있어 오지 못했으니 오늘부터 들어가자."

왕이 거짓으로 속여 말하였다.

"언지는 어서 들어가라. 나는 두 다리를 움직이지 못하니 탈불화를 불러 약을 지어 가지고 들어가마."

언지가 믿고 들어가며 말하였다.

"부디 빨리 들어오시오."

왕이 말하였다.

---

163) 내궁(內宮) : 황후(皇后)나 왕후(王后)가 거처하던 궁전.

"나를 참소한 궁녀를 내보내게."

71 언지가 고개를 끄덕이고 들어가 왕이 참소한 궁녀를 내보내라고 한 것을 순순히 믿고 궁녀를 내어 보냈다. 왕이 칼을 들고 있다가 궁녀를 찔러 죽이고 옥선군주가 들어있던 궤를 들보에서 내려놓아 주었다. 옥선군주가 궤 안에 들어가 틈으로 언지를 엿보고는 가슴에 마치 잔나비가 뛰노는 것 같았다. 궤를 열고 나오자 맹렬하게 말하였다.

"오랑캐 땅에 어찌 사람다운 사람이 있겠소? 해외(海外)의 한 나라의 왕으로 어찌 한낱 계집에게 곤장을 맞는 법이 있단 말입니까? 제가 어찌 이 나라에 있으면서 욕을 보고 주검이 되어야 하겠습니까?"

왕이 옥선군주가 화를 내는 것을 보고 대경실색하여 칼을 끌러 주며 말하였다.

72 "이 칼은 만금 보배네. 잡고 사람을 겨누면 칼이 스스로 날아 그 사람의 목을 베니 이 칼로 언지를 베게나."

옥선군주가 칼을 받고서야 화가 풀어져 왕과 즐기고 내궁으로 들어가는 길을 자세히 배웠다.

이날 밤 삼경(三更)에 옥선군주가 내궁으로 들어가니, 여러 궁녀들이 말을 나누고 있었다.

"아까 내궁에 말을 전한 궁녀를 대왕이 죽였으니 이후로는 대왕이 미인 열 명을 얻어도 말을 하지 말아야겠다."

옥선군주가 몸을 제비같이 감추고 엿보았다. 이때는 7월 16일이었는데
73 무덥고 습한 구름이 빽빽하고 칠흑 같은 밤이어서 지척을 분변하지 못할 정도였다. 요사한 옥선군주가 한 구석에 숨어 있다가 궁녀들이 잠들고 언지도 잠들자 칼을 뽑아 언지를 향하여 한 번 겨누니 칼이 문득 언지에게

로 날아가 목을 산산조각 냈다.

옥선군주가 칼을 거두고 밖으로 나와 왕에게 언지를 베었다고 말하였다. 왕은 오히려 인간다운 마음을 가지고 있기에 한바탕 통곡하였다. 그리고 신하를 시켜 언지가 죽었음을 반포하고 급히 내궁에 들어가 맑은 물에 언지의 주검을 씻어 비단으로 싸서 궤 안에 넣고 밖으로 나와 탈불화
를 시켜 궤를 불사르라고 하였다. 모든 신하들은 언지가 급작스레 죽은 74
것을 이상하게 여겼지만 왕을 두려워하여 물어보지 못하고 나아가 언지를 불태웠다.

왕이 옥선군주를 언지로 삼고 나라의 크고 작은 일을 언지의 가르침대로 하라고 하였다. 그런 후 밤낮으로 옥선군주와 술을 마시고 음란하게 보냈다. 옥선군주가 중원의 풍악을 여러 궁녀들에게 가르치고 내궁을 황극전(皇極殿)[164]처럼 꾸몄다. 아름다운 창과 문, 화려한 기둥과 붉은 빛 난간을 꾸미고 봉래궁(蓬萊宮)[165]·소양궁(昭陽宮)[166]을 본 떠 단청(丹靑)으로 아름답게 채색한 누각(樓閣)을 겹겹으로 지었으며 시위하는 궁녀들에게 중국 의상을 입혀 일월선(日月扇)을 들게 하고 상전을 모시는 법을 가르쳤다.

사치함이 극에 달아 토목 공사가 많아지자 오랑캐나라 백성들의 원망 75
이 불붙듯 일어났다. 궁궐을 고친 후 나라 안의 문물을 다 고치고 문무(文武)를 정비하여 알륜 등에게 군사에 관한 일을 주관하게 하고 탈불화에게 문관(文官)을 거느리게 하면서 때때로 불러들여 정을 통하였다.

---

164) 황극전(皇極殿) : 중국 황제 즉 천자가 거처하던 궁전.

165) 봉래궁(蓬萊宮) : 당(唐) 나라 수도 장안(長安)에 있던 궁전 이름. 매우 아름다운 궁전으로 유명함.

166) 소양궁(昭陽宮) : 한(漢)나라 때의 궁전 이름으로, 매으 정교하고 아름다웠음. 후대에는 후비(后妃)가 거처하는 궁전을 뜻하는 말로 쓰임.

이러저러 다음 해 봄이 되자 옥선군주가 오랑캐왕을 꾀어 중원을 치자고 하였는데 오랑캐왕이 이 말에 어떤 대답을 하는지 다음 회를 보라.

임 씨 삼 대 록

19권

1 차설(且說). 오랑캐왕이 이 말에 이르러서는 머리를 흔들며 말하였다.

"우리가 본래 천조(天朝)[167]와 원수를 맺은 적이 없고 또 병력(兵力)이 풍족하지 못한데 어찌 범의 수염을 건드리겠습니까?"

옥선군주가 차갑게 말하였다.

"나는 대왕을 영웅으로 알았는데 실은 쓸모없는 개의 무리였군요."

오랑캐왕의 눈이 휘둥그레졌으나 이 말을 시행치는 못하였다. 이에 옥선군주가 중원(中原)에 대해 이를 갈면서도 마음대로 할 수가 없어 마음이 답답하고 즐겁지가 않았다.

하루는 갑자기 난데없는 여승 하나가 흰 구름 같은 비단 장삼을 나부끼
2 며 칠보(七寶) 염주를 드리우고 공중에서 내려와 합장하며 절을 하고 만복
(萬福)을 일컬으며 섰다. 옥선군주는 이 모습을 보고 관세음보살이 대낮에 내려왔다고 생각해 급히 팔을 들어 전(殿) 위로 올라오기를 청하였다. 여승이 서너 번 사양하다가 당(堂)에 오르자 옥선군주가 자리를 내어주며 물어보았다.

"성승(聖僧)은 어느 곳 보살이시며, 무슨 가르칠 일이 있으신지요?"

여승이 합장하고 말하였다.

"저는 중국 태행산 구도동에 있는 묘월법사입니다. 제자 능운에게 술
법을 가르쳐 한왕 전하께 보내었는데 능운이 이러저러해 성사하지 못
3 하고 몸이 상하여 산에 있으면서도 더욱 임·설 두 집안에 이를 갈고
있습니다. 군주가 이곳에 있음을 알고 힘을 보태 두 집안에 원수를 갚고자 하니 군주의 뜻은 어떠하신지요? 옥경군주도 제가 데려다 술법을

167) 천조(天朝) : 천자(天子)의 조정(朝廷)을 제후(諸侯)의 나라에서 일컫는 말. 여기서는 명(明)나라를 말함.

가르쳐 낙안주로 보냈습니다."

옥선군주가 다 듣고 놀라고 기뻐 손을 들어 사례하며 말하였다.

"저의 마음은 사부님께서 이미 아시는 것이니 다시 말할 것이 없습니다. 임 · 설 두 집안에 원수를 갚고자 하여도 고국과 연락을 하지 못하고 있었습니다. 그런데 사람을 살리시는 법사님께서 오시니, 나를 낳아준 이는 부모이지만 나를 살려준 이는 법사입니다.168) 제가 원수를 갚은 후에는 인륜을 끊고 법사님의 제자가 되어 내세를 닦고자 합니다."

여승이 급히 옥선군주를 붙들고는 말하였다.

"군주께서는 몸을 중히 여기십시오."

그런 후 곁에 있는 이들을 물리치고 의논하니, 그 의논이 교묘하고 정밀해서 서로 뜻이 딱 들어맞았다. 후당(後堂)169)에 묘월을 머물게 하여 고기가 없는 반찬으로 묘월을 공양하였다. 옥선군주가 밤에는 오랑캐왕과 즐기며 음란하게 지내고 낮에는 요사스런 중과 후당에 들어가 그가 가르치는 술법을 일일이 배우니 몇 개월이 지나지 않아 하지 못하는 변화가 없었다. 어느 날 묘월이 말하였다.

"옥경군주를 설씨 부중에 보내 이리이리하고 임씨를 삼켜 바다 속에 넣은 후 이리이리 군대를 일으켜 없애는 것이 좋은 계책인 듯합니다."

---

168) 나를 ~ 법사입니다 : {싱ᄋᆞᄌᆞ[生我者]ᄂᆞᆫ 부모(父母)ㅣ요 구싱ᄌᆞ[求生者]ᄂᆞᆫ 법ᄉᆞ[法師ㅣ]라}. 관중(管仲)과 포숙(鮑叔)의 절친한 사귐 즉 '관포지교(管鮑之交)'의 고사를 빗댄 구절임. 관중과 포숙은 춘추시대(春秋時代) 사람으로 우정이 매우 돈독하였음. 『사기(史記)』「관안열전(管晏列傳)」에 의하면 포숙이 관중을 끝까지 믿고 밀어줌으로써 관중이 성공할 수 있었기에, 관중이 일찍이 포숙을 가리켜 "나를 낳아주신 분은 부모이지만 나를 알아주는 사람은 오직 포숙뿐이다[生我者父母, 知我者鮑子也]"라고 말하는 대목이 있음. 이러한 고사와 유사하게 옥선군주가 자신을 알아주고 구해주는 이는 묘월뿐이라 하면서 묘월을 기리고 있는 것임.

169) 후당(後堂) : 정당(正堂) 뒤에 있는 별당.

옥선군주는 묘월이 하는 말마다 사례하여 황금 일천 냥을 주고 한왕에
5 게 편지를 부쳤다. 묘월이 하직하고 즉시 몸을 솟구쳐 구도동으로 돌아
오니 모든 여승들이 그를 맞이하며 말하였다.

"옥경군주와 능운이 낙안주로 갔습니다."

묘월이 고개를 끄덕이며 금을 간수하였다.

4~5일 후 옥경군주가 능운과 함께 돌아와 한왕과 문답한 것을 이르고
한왕이 딸인 옥경군주가 혼인하는 것을 보아가며 군대를 일으키려 한다
고 말하였다. 묘월이 "묘하도다! 묘하도다!" 하고는 즉시 옥경군주를 데리
고 능운과 함께 세 사람이 구름을 타고 연경에 이르렀다. 능운과 옥경군
주는 깊은 골짜기에 머무르게 하고, 묘월 홀로 바랑을 메고 갑자기 회왕
6 궁을 찾아갔다. 회왕은 조정에 들어가고 왕비가 한가히 앉아 있었다. 묘
월이 나아가 합장배례하고 나무아미타불을 외우자 왕비 호씨가 급히 물
어보았다.

"선승(禪僧)은 어느 곳에서 오셨기에 깊은 궁중을 사람이 없는 곳처럼 들어오셨는지요?"

묘월이 합장하고 대답하였다.

"저는 태행산 구도동에 들어가 있으면서 일천 부처님을 받들고 공양해 모든 허물을 깨끗하게 씻었습니다. 그리하여 앉아서 삼천대천세계(三千大千世界)[170]를 손금 보듯 하는데 하루는 관음이 모습을 나타내셔서 말씀하시기를, '산동의 여차여차한 어린 여자가 도적에게 쫓기어 물에

---

170) 삼천대천세계(三千大千世界) : 불가의 말임. 『석씨요람(釋氏要覽)』에 따르면, 수미산(須彌山) 주위에 칠산 팔해(七山八海)가 있고 그 밖을 대철위산(大鐵圍山)이 둘러싸고 있는데 그것을 하나의 소세계(小世界)로 하고, 그런 소세계 1천을 소천세계(小千世界), 소천세계 1천을 중천세계(中天世界), 중천세계 1천을 대천세계(大千世界)라고 함. 삼천세계(三千世界)라고도 함.

빠져 소상강(瀟湘江)[171]에 이르렀으니 급히 구해서 연경으로 가라. 연
경에 있는 회왕궁에 가면 회왕과 왕비가 있을 것인데 이들은 삼생(三生)
의 죄과로 평생에 자식이 없으니 이 여자를 드려 기르도록 하면 비록 7
여자라도 다른 사람의 열 아들을 부러워하지 않을 것이다'라고 하셨습
니다. 제가 부처님의 가르침대로 구름을 타고 상강 어귀에 이르니 과
연 13세 나이의 한 여자가 강물 위에 떠 있어 신술(神術)을 다해 급히 건
져 냈으나 살 길이 망연했습니다. 부처님의 영험으로 살려내 산중에
데려갔으나 부처님의 가르침으로 인해 이곳으로 데리고 왔습니다."

이 회왕은 인종황제(仁宗皇帝)[172]의 후궁에게서 난 이였다. 천자가 총
애하셔서 연곡(輦轂)[173]에 머물게 하시니 회왕과 왕비가 귀국하지 않고
궐 안에 있는 날이 1년 중 반이나 되었다. 일찍이 자식이 없어 밤낮으로 8
슬퍼하였는데 오늘 천만 뜻밖에 여승이 역력히 전생(前生)과 금생(今生)을
손금 보듯이 말하고 기이한 보배를 드리고자 한다는 말을 들으니 본래 궁
궐 사람들이 앞날에 대한 예언을 쉽게 믿는데다가 이 왕비는 사람됨이 경
솔하기까지 하기에 문득 어지럽게 일컬으며 말하였다.

"밤의 등불이 아름답더니 어느 곳의 살아있는 부처님께서 와서 보배를 천거하려고 하시니 이는 부처님의 신명함으로 우리가 자식이 없는 것

171) 소상강(瀟湘江) : 소수(瀟水)와 상수(湘水)를 합쳐 부르는 말. 중국 호남성(湖南省) 동정호(洞庭湖) 남쪽에 있음.

172) 인종황제(仁宗皇帝) : 중국 명(明)나라의 제4대 황제(재위 1424~1425). 성조(成祖) 영락제(永樂帝)의 장자로, 어릴 때부터 문무(文武)에 빼어났고, 성조가 황위찬탈전 만주경략(滿洲經略), 몽골정벌 등으로 외정(外征)을 하였을 때 궁정을 잘 다스려 영재(英才)의 풍모를 보였음. 즉위한 후에는 명신(名臣) 양영(揚榮) · 양사기(楊士奇) · 양단(楊溥)을 중용하여, 영락제의 대외적극책(對外積極策)에서 비롯된 흩어진 내치를 회복하였고, 관기의 숙정, 민생의 복리를 도모하는 한편, 황위를 빼앗긴 후에 냉대를 당하던 건문제(建文帝) 일파의 사회적 복귀를 실현시켜 국내 감정의 융화에도 힘썼음. 연호는 홍희(洪熙).

173) 연곡(輦轂) : 임금이 타시는 수레로. 곧 임금이 계시는 도읍 안이라는 뜻임. 대개 '연곡지하(輦轂之下)'라고 통칭함.

을 불쌍히 여기신 것이군요."

그런 후 향기로운 차를 내어 묘월에게 먹이고 그 여자가 어디에 있는지를 물어보았다. 그러자 묘월이 세세히 말하였다.

9 "왕비마마께서 부처님의 가르침을 허탄하다고 여기지 않으시고 하늘
의 뜻을 순순히 받으시니 만복(萬福)이 있을 것입니다. 이 여자를 구름에 태워 한적하고 외진 곳에 머무르게 했으니 가마를 차려 데려오는 것이 마땅할까 싶습니다."

그러자 왕비가 마치 어디론가 보냈던 딸이나 맞아올 듯이 궁노(宮奴),[174] 궁감(宮監)[175]에게 명하여 금으로 장식한 가마를 차려 여승을 따라가라 한 후 경망스럽게 탄식하며 말하였다.

"궁중에 쌓인 금 · 은 · 주옥(珠玉)을 전할 곳이 없었는데 과연 임자가 났구나. 어서 가서 소저를 데려오너라."

궁노들은 의아하게 여겼으나 물어볼 수가 없어 가마를 차려 묘월을 따
라갔다. 묘월은 궁노들에게 남문 안 깊은 골짜기의 작은 집을 가리키면서
10 아직 밖에 있으라 하고 안으로 들어가 옥경군주에게 전후 사정을 말하고
여의개용단(如意改容丹)[176]을 먹여 대적할 만한 자가 없을 정도의 아름다운 모습으로 바꾸게 하였다. 옥경군주를 세워두고 물을 뿜고 오랫동안 본래의 모습으로 돌아오지 않을 주문을 천여 번 읽으니 과연 단지 조금 아름다웠던 옥경군주가 풍만하고 아름다운 양귀비(楊貴妃)[177]의 얼굴로 변

174) 궁노(宮奴) : 궁방(宮房)에 딸리어 있던 사내종.

175) 궁감(宮監) : 태감(太監)이라고도 하며, 환관의 우두머리로 내시를 달리 이르는 말임.

176) 여의개용단(如意改容丹) : 사람의 모습을 자신이 원하는 대로 바꾸어주는 약. 개용단(改容丹)이라고도 함.

177) 양귀비(楊貴妃) : 당(唐) 현종(玄宗)의 귀비(貴妃)인 양귀비(楊貴妃)를 말함. 백거이(白居易)가 〈장한가(長恨歌)〉에서 양귀비가 죽어 '옥진(玉眞)'이라는 선녀가 되었다고 한 것에서 유래함. 〈장한가〉는 당(唐)나라 현종(玄宗)이 양귀비를 그리워하는 심정(心情)을 읊은 시임.

하였다. 묘월이 또 능운에게 말하였다.

"너의 모습은 특별히 만들 것이 없으니 모습을 바꿔 옥경군주를 따라 가게 할 수가 없다. 옥경군주가 혼례를 치른 후에는 내가 홍교에게 변화 잘하는 법을 가르쳐 옥경군주에게 보낼 것이니, 너는 성내에 머물 11
러 있으면서 내가 처리하는 것을 보아가며 산동으로 가서 한왕 전하께 옥경군주의 소식을 전하여라."

그러고 난 후 묘월이 궁노들을 불러 가마를 가지고 나오라고 하였다. 모든 궁노들이 동시에 가마를 내려놓자 옥경군주가 간소하게 푸른 치마를 입고 가마 속으로 들어가 왕궁으로 왔다.

이 무렵 회왕이 퇴궐을 해 돌아오자 왕비가 맞이하여 묘월의 말을 자세히 전하였다.

"사람의 팔자가 기박하여 많은 재물을 흩어가며 명산대천(名山大川)에 기도를 드렸지만 효험을 보지 못하였습니다. 그런데 난데없는 여승이 관음보살의 제자라고 하면서 와서 이리이리하고 가마를 가져갔으니 만일 기이한 꽃과 밝은 달과 같은 여자를 데려오면 딸을 삼은들 관계 12
가 있겠습니까?"

회왕이 대답하였다.

"제 부모가 있으면 남의 자식 될 리가 없는데 여자의 근본이 어떠하기에 그런 이상한 일이 있단 말인가?"

왕비가 말하였다.

"어찌되었던 이제 올 것이니 보시면 알지 않겠습니까?"

그 무렵 묘월은 천서(天書)[178]처럼 글자를 만들어 비단주머니에 넣어

178) 천서(天書) : 하늘의 계시를 적은 책.

옥경군주에게 채워주며 말하였다.

"비단주머니 속 편지를 왕비에게 보이고 만일 다른 곳에 혼인을 구하고자 하거든 부처님께서 이 편지를 맡기면서 설연창의 넷째아들 금문직사 설희광에게 연분이 단단히 있어 만일 다른 곳으로 정혼하면 큰 화
13 를 볼 것이라 하였다고 왕과 왕비를 속이고 혼인을 도모하십시오. 제가 군주를 편안하게 모신 후 바로 설씨 집안으로 가서 임씨를 잡아 종적 없이 만들 것입니다."

옥경군주가 말마다 묘하다 하고는 가마에 들어가 회왕궁으로 오니 묘월이 뒤를 따랐다. 옥경군주가 탄 가마를 정전(正殿)에 내려놓자, 묘월이 가마의 문을 열고 옥경군주를 부축하여 나오게 한 후 당(堂) 아래에서 회왕과 회왕비에게 절하면서 인사하게 하였다. 묘월이 회왕을 우러러 합장배례하고 만복(萬福)을 일컫자, 회왕은 고개를 끄덕이고 왕비는 반가워하며 빨리 옥경군주에게 대청 위에 오르라고 하였다. 옥경군주는 지난 날
14 왕비와 회왕을 궁중에서 자주 보았던 터라 스스럽지 않아 버들가지 같은 허리를 굽혀 두 번 절하고 말하였다.

"천한 아이가 시골에서 태어나 팔자가 험하여 어려서 부모가 죽고 외할아버님이신 두공에게 의지하였는데 두공이 장사(長沙)179) 태수(太守)180)에 임명되어 배로 부임지인 장사에 가다가 해적을 만났습니다. 일행은 겨우 죽음은 면했지만 도적의 무리가 저를 핍박하는 것이 몹시 위급하여 몸을 물속에 던졌더니 사람을 구하는 큰 덕을 지닌 대사께서

179) 장사(長沙) : 중국(中國) 호남성(湖南省)의 주도.

180) 태수(太守) : 옛날 중국의 지방관(地方官). 진(秦)・한(漢)의 통일 이후 중국에는 봉건제 대신 군현제(郡縣制)가 실시되었는데, 군의 장관을 태수라 하였고 중앙정부로부터 임명되었음. 군사・재정・사법의 권한을 위임받고 지방의 실력자를 연(掾) 등 속관(屬官)으로 등용, 그들의 협력 아래 지방을 다스림.

저를 구하였습니다. 제 목숨은 비록 살았지만, 외할아버님께서는 어떻게 되셨는지 모르겠습니다. 법사가 저를 불쌍하게 여겨 산속에 두고
돌보아주다가 부처님의 명령에 의지하여 이 궁으로 데려왔습니다. 그 15
러나 저는 어떻게 해야 할지 모르겠습니다. 천하가 넓다지만 이 한 몸을 감출 곳이 없으니 당(堂) 아래에서 빗질 하는 소임을 맡는 것이 소원입니다."

말을 마치고는 탄식하는 소리가 가련하였다. 회왕과 왕비가 슬픈 마음이 샘솟아 자세히 살펴보니 그 여자의 자색이 탁월하고 자태가 하늘하늘거려 절색으로서의 갖은 모습들을 지니고 있었다. 하얀 배꽃처럼 향기로운 자태는 천하에서 가장 희다는 오월녀(五月女)를 부러워하지 않을 정도이고, 낙수(洛水)[181]의 기러기가 둔한 것을 부끄러워함은 그 가벼운 몸의 가냘픈 아리따움 때문이니 조비연(趙飛燕)의 가냘픔[182]도 이에서 더 일컫
지는 못할 정도였다. 조궁의 버들이 무거움을 꺼려하고 깎은 듯한 어깨 16
는 나는 듯이 가벼워 안개를 헤치고 낭원(閬苑)[183]에 오른 듯, 가는 두 눈에는 활달하고 밝은 홍취를 띠었고 온갖 태도가 공교하고 검은 머리가 풍성해 양귀비의 무르녹는 모습과 흡사하였다. 회왕과 왕비가 놀랍고 황홀하여 가까이 자리를 내주고 나이를 물어보니 옥경군주가 대답하였다.

"천한 나이 13세입니다."

회왕이 왕비를 돌아보고 말하였다.

---

181) 낙수(洛水) : 중국 하남성(河南省) 서부를 흐르는 황하(黃河)의 지류.

182) 조비연(趙飛燕)의 가냘픔 : 조비연(趙飛燕)은 한(漢) 나라 성양후(成陽侯) 조임(趙臨)의 딸. 가무(歌舞)를 배워 몸이 가볍기가 나는 제비 같았으므로 본명인 선주(趙宜主)보다 비연(飛燕)으로 많이 불림. 절세의 미인으로서 여동생 합덕(合德)과 함께 성제(成帝)의 후궁이 되었으며, 뒤에 황후(皇后)가 되었다가 평제(平帝) 때에 서민으로 내침을 받고 자살함. 몸이 얼마나 가냘프던지 수정으로 만든 소반을 시녀들에게 들리고 그 의에서 춤을 추었을 정도였다고 함.

183) 낭원(閬苑) : 곤륜산(崑崙山) 꼭대기에 있는 낭풍산(閬風山)으로, 신선이 사는 곳이라고 함.

"이 사람은 보배입니다. 우리 슬하가 적막하여 내가 나가면 왕비가 넓
은 궁에 적막하게 있으면서 주변이 처량한 것이 심했었습니다. 이런
17 보배를 얻어 무단히 이름 없이 두어서야 되겠습니까?"

그러고 나서 왕의 부부는 돗자리를 새로 펴고 높이 옥교(玉橋) 위에 앉은 후 금으로 된 향로에 향을 꽂고 옥경군주를 향해 말하였다.

"소저의 사정을 들어보니 몹시 안쓰럽고 우리에게는 자식이 없으니 의(義)로 맺어 아비와 딸이 되고 어미와 딸이 될 것이오. 그런데 윤리, 도덕은 중요한 것이니 어찌 몰래 하겠는가? 천지신명께 고하고 명분이 바르고 말이 사리(事理)에 맞도록 해서 우리 자식이 되는 것이 마땅할 것이오."

옥경군주가 빨리 일어나 향로에 향을 꽂고 회왕 부부를 향해 8번 절하
여 부녀와 모녀가 되었다. 비로소 회왕이 옥경군주를 가까이 앉히고 자신
18 의 양녀로 삼아 명선군주라는 직첩을 주었다. 옥경군주가 감사하며 직첩
을 받으니 왕비가 슬하에 앉히고 사랑하며 친자식이 아닌 것도 깨닫지 못
하였다.

후원에 누각 하나를 하늘에 닿을 정도로 세워 봉래산(蓬萊山),[184] 방장
산(方丈山)[185]같이 꾸미고 금으로 새긴 현판에 낭원각(閬苑閣)이라고 쓰니
이는 군주의 자태가 낭원(閬苑)에 사는 선녀와 같다고 하여 당호(堂號)를
이렇게 한 것이었다. 이날부터 옥경군주가 일품(一品) 제왕(帝王)의 군주
(君主) 복색을 갖추고 무수하게 뽑힌 시녀들로부터 시중을 받게 되자 부귀
19 와 위엄이 대단했다.

184) 봉래산(蓬萊山) : 중국 전설에서 나타나는 가상적 영산(靈山)인 삼신산(三神山) 가운데 하나. 동쪽 바다의 가운데에 있으며, 신선이 살고 불로초와 불사약이 있다고 함.

185) 방장산(方丈山) : 삼신산(三神山)의 하나.

차설(且說). 이때 설씨 집안에서는 설태사가 임초왕의 말을 들은 후로
마음을 놓지 못하고 있었다. 하루는 천자가 학사 설회광을 부르셨는데 이
는 다른 연고가 아니라 회왕 부부가 옥경군주의 장성함을 기뻐해 널리 사
위를 택하려 하자 옥경군주가 부끄러움을 무릅쓰고 비단주머니를 열어
묘월이 일러준 대로 말한 때문이었다. 회왕과 왕비는 더욱 신기하게 여겼
으나 설학사가 이미 아내를 얻었는데 어찌 재실(再室) 들여보낼 수 있겠는
가 생각하였다. 그러다 문득 생각해보니 하늘이 정해준 연분을 거스를 수
없고 다른 이의 정실(正室)보다 낫겠다 싶어 매파를 설씨 집안에 보내 청
혼하였다. 그러나 설씨 집안에서는 설학사가 이미 아내를 얻었다고 말하 20
면서 굳게 거절을 하므로 회왕은 어찌할 도리가 없어 황제에게 아뢰었다.

"제가 늦도록 자식이 없다가 이러저러해서 딸 하나를 얻어 친자식 못지않았습니다. 사위를 택하고자 했는데 천지신명의 가르침이 이러저러했습니다. 바라옵건대 성상(聖上)[186]께서는 사혼(賜婚)[187] 교지(敎旨)[188]를 설씨 집안에 내리셔서 딸아이의 혼인을 이루게 해주십시오."

황제가 마지못하여 설학사를 불러 말하였다.

"그대의 재주를 짐이 사랑하여도 갚을 길이 없음을 한스러워 하였네.
그런데 동생인 회왕이 딸을 하나 두고 있는데 현숙하다네. 특별히 자 21
네에게 혼인을 허락하니 사양하지 말게나."

설학사는 본래 호방한 인물이며 임소저와 금슬이 좋지 못하였기에 마음속으로는 기뻐하였지만 부친이 용납하지 않으실 것을 알기에 두어 번 사양하였다. 그래도 황제가 허락하지 않으므로 설학사가 다시 아뢰었다.

---

186) 성상(聖上) : 살아 있는 자기 나라 임금을 높여 부르는 말.
187) 사혼(賜婚) : 임금이 주선하는 혼사를 말함.
188) 교지(敎旨) : 임금의 말이나 명령을 담은 글을 말함.

"제가 이미 부마 임세린의 딸을 아내로 얻었고 저의 집안의 법도가 엄하여 아내 한 명을 얻은 후에는 열 곳에서 혼인을 청하더라도 모두 첩으로 두었습니다. 그런데 회왕의 어린 딸을 어찌 첩실로 삼을 수 있겠습니까? 이는 절대로 있을 수 없는 일입니다."

황제가 끝내 허락하지 않자 설학사가 물러나 집으로 돌아와 조정에서
22 있었던 일을 말씀드렸다. 부친인 설태사가 문득 화를 내며 꾸짖었다.

"네가 이유 없이 어진 아내를 박대하고 황실의 부귀를 도모하니 오늘 이후로 부자의 윤리를 끊을 것이다. 그러니 호기로운 소리를 내 귀에 들리게 하지 마라."

설학사가 놀라고 두려워 관을 벗고 허리띠를 끄른 채, 계단 아래에 엎드려 말하였다.

"제가 부귀를 얻고자 한 것이 아니라 성상께서 부르셔서 엄중한 명령을 내리시므로 사양할 수가 없었던 것입니다. 비록 1백 대의 장책을 내리실 지라도 아버님 눈앞에 머물 수 있도록 허락해주십시오."

그러나 설태사가 들은 체도 하지 않고 좌우 사람들을 시켜 설학사를 몰아 내 문 밖에 내치라 하고 며느리의 이부자리를 부인의 협실(夾室)로 옮
23 기게 하였다. 임소저 또한 편안히 있을 수 없어 난간 밖에서 석고대죄(席藁待罪)189)를 청하니 설태사가 며느리에게 몸을 일으킬 것을 명하고 말하였다.

"내 아들이 패악무도하여 어느 곳의 음란한 여자가 황실에 들어가 아들의 풍모를 따르고자 하는구나. 이 여자는 집안에 들어와 어진 며느리를 없앤 후에야 그칠 것이니 아들의 행실을 허락해 준다면 더욱 거칠

---

189) 석고대죄(席藁待罪) : 거적을 깔고 엎드려서 임금이나 윗사람의 처분이나 명령을 기다리던 일.

것이 없을 것이다. 그렇기에 내가 엄히 꾸짖는 것이니 어진 며늘아기는 불안해하지 말고 협실(夾室)에 조용히 있어라."

임소저가 두 번 절하고 물러났다. 설학사가 문밖으로 나가 석고대죄를 청하며 어떻게 해야 할 줄을 모르고 있었는데 문득 벽제(辟除) 소리가 동구를 움직이며 총재 임창홍이 오신다고 하였다. 원래 임창홍이 덕과 위엄을 두루 갖추었으며 두터운 명성과 인망이 조정과 민간에 가득하여 황제 24
께서 문하시랑(門下侍郎)을 내려주었는데 불시에 또 높여 문연각대학사[文淵閣大學士][190] 이부총재(吏部冢宰)[191]에 임명하셨던 것이다.

총재가 된 임창홍이 도착해서는 설학사가 석고대죄를 청하고 있음을 의아하게 생각해 수레에서 내려 말하였다.

"형님은 무슨 죄를 지었기에 문밖에서 죄를 청하고 있소?"

설학사가 급한 안색으로 전후 사정을 이야기하며 말하였다.

"원백[192]은 들어가 잘 말씀드려 아버지의 화를 가라앉혀 주게나."

임총재가 어찌 설학사가 둘째부인을 얻고 싶어 하는 급한 마음을 모르겠는가? 설학사가 설태사로부터 혼쭐이 나 내침을 당한 일을 고소하게 여

---

190) 문연각대학사[文淵閣大學士] : 문연각은 내각(內閣)의 하나로, 명나라 때 성조(成祖)가 도읍을 남경(南京)에서 북경(北京)으로 옮기면서 서적을 보관하고 천자가 강독(講讀)하는 장소로서 이용되었으며, 대학사(大學士)들이 이를 담당하였음. 태학사[大學士]는 당(唐) 중종(中宗) 때 수문관(修文館)에 대학사 4명을 둔 것이 시초임. 송(宋)나라 때에는 소문관대학사(昭文館大學士)·집현전대학사(集賢殿大學士)를 두었으며 재상(宰相)을 겸하였음. 명(明)에 이르러 육조(六部)가 정치를 맡았고 대학사는 고문(顧問)을 맡았으며 간신히 오품(五品)의 관직에 위치했다가 선종(宣宗) 때에 삼양(三楊)인 양사기(楊士奇)·양영(楊榮)·양부(揚溥)가 사보상서(師保尙書) 겸 대학사가 되자 존귀해지게 됨. 중국에서는 대학사(大學士)라 하나 조선(朝鮮)에서는 태학사(太學士)라 불렀으며 홍문관대제학(弘文館大提學)을 달리 이르는 말임.

191) 이부총재(吏部冢宰) : 이부상서(吏部相書)를 달리 부르는 말임. 이부(吏部)는 문관의 임명, 훈계 등에 관한 임무를 맡은 부서로 호부(戶部)·예부(禮部)·병부(兵部)·형부(刑部)·공부(工部)와 더불어 육부(六部)의 하나이며, 총재(冢宰)는 주(周)총재나라 때는 육관(六官)의 우두머리로 지금의 국무총리와 같은 것이었으나 후세에는 이부상서를 달리 부르는 말로 쓰임.

192) 원백 : 총재 임창홍의 자(字).

25 기고 누이를 박대하며 심술피우는 것을 밉게 여기면서도, 좋은 얼굴을 하고 무사히 말을 전해주겠다고 이야기하고 들어가 설태사 부부께 인사를 드린 후 안부를 물어보았다. 설태사 부부가 기쁘게 반기며 말할 때 손자들이 무사함과 뛰어남[193]을 물어보고는 기뻐하면서도 딸아이의 생사를 모르는 것을 탄식하며 눈물을 흘렸다. 임총재가 부드러운 목소리로 위로하다가 문득 눈썹을 찡그리며 말하였다.

"의첨[194]이 무슨 죄를 지었기에 문밖에서 죄를 청하고 있습니까?"

설태사가 사정을 이야기하고 탄식하며 말하였다.

"우리 며늘아기가 덕성과 좋은 품성을 지니고 있는데 불행히 탕자를 만나 평생이 어지러움을 안타까워하며 불안해하네."

임총재가 대답하였다.

"부부 사이의 가깝고 소원함은 인력으로 어떻게 할 수 있는 것이 아닙니다."

26 "장인어르신께서 어찌 불안하실 일이 있으시겠습니까? 오늘 제가 의첨과 함께 대궐에 들어가 성상의 뜻을 알아보았더니 그 뜻이 매우 굳으셨습니다. 어찌 사양할 일이겠습니까? 다만 빈례(嬪禮)[195]로 회왕의 딸을 맞이하겠다고 이르시고 의첨을 용서하시면 다행일까 합니다."

설태사가 묵묵히 탄식하다가 천천히 말하였다.

"괴이한 변란이 자주 일어나니 어찌 통탄스럽지 않겠는가?"

임총재 또한 슬퍼하며 좋은 말로 장인을 위로하고 날이 저물자 마차에 올라 집으로 돌아왔다. 정당에 들어가 설씨 집안의 일을 고하자 부친인

193) 뛰어남 : {영형수발}. '영호수발(英豪秀發)'로 보아 이같이 옮김.
194) 의첨 : 학사 설희광의 자(字).
195) 빈례(嬪禮) : 첩을 맞이하는 예법.

임초왕이 놀라 말하였다.

"내가 이미 회왕에게는 자녀가 없는 것으로 알고 있는데 매우 괴이하 27
구나."

효장공주가 기운이 꺾여 소부인을 보고 말하였다.

"조카인 회왕이 자녀가 없어 서러워하였는데 지난달에 갑자기 딸을 낳았다고 자랑하였습니다. 반드시 요사한 무리가 회왕에게 투입하여 난리를 일으키는 것이니 따님의 재앙이 보통이 아닐 것을 알고 계십니까?"

소부인이 슬퍼하며 말하였다.

"성인도 오는 액을 면치 못하셨으니 어찌할 수 있겠습니까? 저는 아예 이 자식이 없다고 생각하겠습니다. 비록 환란이 일어날 줄은 짐작하나 각별히 놀랄 일은 없을 것입니다."

말을 마치자 소부인의 두 눈에서 눈물이 사방으로 흘러내렸다. 여부 28
인, 위부인 두 사람이 탄식하며 말하였다.

"소씨 며늘아기의 말이 진정 옳구나. 실로 불쾌한 혼인을 하여 월혜가 저 같이 신세가 막히게 되었구나. 설서방이 월혜를 박대하는 것이 실로 이상하니 어찌 한스럽지 않겠느냐?"

임총재가 머리를 숙이고 말하였다.

"둘째 어머님 말씀이 설서방을 아주 버린 사람으로 취급하시나 그 사람됨이 오죽하겠습니까마는 적잖이 호방하였더니 막내숙부에게 수학하면서부터 바르게 수련하여 군자의 기틀을 이루었습니다. 그런데 우리집안 사위가 되고나서 갑자기 사람이 변하니 어찌 원통하지 않겠습
니까?" 29

임부마가 넓은 눈썹을 찡그리고 말하였다.

"영웅군자도 원하지 않았고 남과 같은 사위를 얻어 생관(甥館)을 빛내고자 하였었는데 그것 때문에 도리어 조화옹의 해를 입었구나."

태부인이 길게 탄식하고 눈문을 흘리며 말하였다.

"아깝다, 월혜여! 어찌 설서방이 박대함이 그와 같이 심한가?"

모든 자식들과 손자들이 안타깝고 답답하여 좋은 말로 태부인을 위로하였으나 태부인이 끝내 즐거워하지 않았다. 다만 선생 임한규는 한가히 웃으며 말하였다.

"월혜가 훗날 휘적(翬翟)[196]의 부귀를 누려 자손이 당에 가득할 것입니다."

이에 태사 임한주가 미소 지으며 말하였다.

"아우야, 내가 말하지 않았느냐? 훗날 만복(萬福)은 아직 멀었으니 현재
30 의 근심이 어찌 걱정되지 않겠느냐?"

그러고는 태부인이 슬퍼하시는 것을 매우 근심하여 이렇게 아뢰었다.

"젊은 아이들에게 약간 괴로운 일이 있겠지만 어머님께서 이와 같은 예삿일에 어찌 번뇌하십니까?"

그러나 태부인이 눈썹을 찡그리고 대답하지 않자 모든 사람들이 다시 말을 꺼내지 못하였다.

이때 회왕이 매파를 다시 설씨 집안에 보내어 청혼하였다. 설공이 쾌히 허락하고 빈실의 예로 맞을 것이라 답변하였다. 회왕은 빈례(嬪禮)를 꺼렸지만 설공이 청혼을 허락한 것을 다행히 여겨 혼례를 준비하였다. 명선군주가 된 옥경은 자신의 소원을 이루자 교홍으로 묘월을 오도록 청하

196) 휘적(翬翟) : 붉은 비단에 꿩의 무늬를 수놓은 왕후의 옷으로, 왕후의 지위를 비유함.

여 자신이 설학사와 정혼하고 납채(納采)한 일을 말하며 빈례로 행하는 것 31
을 분해하면서 임소저를 빨리 없애 달라고 하였다. 그러자 이 요사스런 비구니는 잠깐 값비싸게 말하였다.

"임소저는 문혜성이니 섣불리 제거하지는 못할 것입니다."

명선군주가 마음이 급하여 금 두 덩이를 주고 애걸하였다. 이에 묘월이 사양하다가 받고 말하였다.

"제가 어쨌든 시도해 보겠습니다."

이날 밤 묘월이 나비로 변신하여 설씨 집안 행랑 처마에 붙어 두루 살피니, 알지 못하겠구나! 묘월이 능히 임소저를 삼켜 바다에 던져 넣을지 다음 회를 보라.

차설(且說). 남악(南嶽) 형산(衡山)의 위진군이 단오날에 옥경(玉京)에 조
회하러 갔다가 천상에서 인간 중생의 세계로 내쫓는 일에 대해 듣고 있었 32
다. 이때 한 선관이 선화부라는 책을 들고 옥황상제의 향안(香案)[197] 앞에 나와 아뢰었다.

"십대명왕(十大明王)[198]이 오늘 큰 옥사를 처리하였는데, 각목[199]이 천하의 주인이 되고 나서 충신열사를 많이 살해하자 열부의 원혼과 충신의 한이 맺혀 천지의 기운이 평화롭지 못합니다. 특별히 죄의 경중을 따져 환생토록 선화부를 만들어 아뢰옵니다."

옥황상제가 남두성(南斗星)과 북두성(北斗星)을 부르시어 모든 충신열사
의 혼령을 착한 일을 행한 집에 환생하게 하라 명하셨다. 석가모니가 모 33

197) 향안(香案) : 제사 지낼 때에 향료나 향합(香盒)을 올려놓는 상.
198) 십대명왕(十大明王) : 저승에 있다는 열 명의 대왕(大王). 곧 진광(秦廣) 대왕 · 초강(楚江) 대왕 · 송제(宋帝) 대왕 · 오관(五官) 대왕 · 염라(閻羅) 대왕 · 변성(卞城) 대왕 · 태산(泰山) 대왕 · 도시(都市) 대왕 · 평등(平等) 대왕 · 전륜(轉輪) 대왕을 가리킴.
199) 각목 : 미상

든 충신과 열부를 하나하나 점고하여 각각 소원대로 덕이 두텁고 복이 많은 집에 차례로 환생하게 하셨다. 삼태성(三台星)[200]은 낭원성(閬苑星)과 삼생(三生)[201]의 인연을 맺도록 정하였다. 규벽성(奎璧星)[202] 또한 삼태성과 더불어 임씨 가문으로 내려가자 문창성(文昌星)[203]이 그 뒤를 좇았다.

영락황제(永樂皇帝)[204]가 처벌하여 죽은 반연화[205]는 제 명을 채우지
못하고 죽은 것을 원통하게 여겨 부디 임씨 가문에 원수를 갚기를 갈망하
였다. 석가모니가 그 음란하고 간흉한 심사를 밉게 여겨 천신만고 끝에
34 임씨 가문을 좇을 수 있게는 하였으나 남녀 간의 정을 통하지 못하고 죽
은 뒤 대지옥에서 형벌을 받게 하였다. 모든 음녀의 원통한 마음이 모이
는 가운데 은호, 갈호 두 여우가 또 삼태성의 풍모를 흠모하여 따라온 것
에 대해 삼태성이 매우 노하여 이 사실을 옥황상제께 아뢰었다. 여와(女
媧)[206] 낭랑(娘娘)이 궁중 마구간에 본래의 모습인 구미호를 만들어 이 둘
을 가두었다. 그런데 여러 신선이 옥경(玉京)에 모이는 날 여와 낭랑이 구
미호로 연(輦)[207]을 메게 하여 옥경에 이르자 구미호가 도로 은호가 되어

---

200) 삼태성(三台星) : 대웅성좌(大熊星座)에 딸린 별. 자미성(紫微星)을 지킨다고 하는 세 별. 곧 상태성(上台星)・중태성(中台星)・하태성(下台星).

201) 삼생(三生) : 전생(前生), 현생(現生), 내생(來生)인 과거세, 현재세, 미래세를 통틀어 이르는 말.

202) 규벽성(奎璧星) : 문운(門運)을 관장하며 이것의 밝으면 태평세월을 이룬다고 함.

203) 문창성(文昌星) : 문곡성(文曲星)이라 하는데 문운(文運)을 맡은 별이라고 함.

204) 영락황제(永樂皇帝) : 영락은 중국 명나라 제 3대 왕인 성조(成祖)의 연호(1403~1424). 홍무제의 넷째아들이며, 연왕(燕王)으로서 북경에 있었는데, 조카인 건문제에 반항(反抗)하여 정난(靖難)의 난을 일으켜 남경을 함락(陷落)시키고, 제위에 올랐음. 1421년 북경에 천도. 몽고(蒙古)・만주(滿洲)・베트남을 제압하고, 티베트・미얀마를 지배(支配)했으며, 정화(鄭和)를 아프리카 동안까지 원정시켜 국위를 떨쳤음. 또 『영락대전(永樂大典)』을 편찬(編纂)하였음.

205) 반연화 : 『임씨삼대록』의 전편인 『성현공숙렬기』에서 임희린의 첩이 되었으나, 온갖 악행을 저지르다가 쫓겨나 요절한 여자임.

206) 여와(女媧) : 중국 고대신화에서 인간을 창조한 것으로 알려진 여신이며, 삼황오제(三皇五帝) 중 한명이기도 함. 인간의 머리와 뱀의 몸통을 갖고 있으며 복희씨(伏羲氏)와 남매라고 알려져 있음.

207) 연(輦) : 임금이나 왕비가 거둥할 때 타고 다니던 가마. 옥개(屋蓋)에 붉은 칠을 하고 황금으로 장식하였으며, 둥근기둥 네 개로 작은 집을 지어 올려놓고 사방에 붉은 난간을 달았음. 난가(鸞

기운을 거두어 세상에 내려갔다.

갈호 또한 은호와 함께 달아나 태을성(太乙星)을 설씨 가문에 내려 보내
는 것을 보고 태을성의 앞을 방해하였다. 태을성이 문혜성의 아름다운 35
용모에 마음을 두자 태상노군(太上老君)[208]이 이들이 선계의 법을 어지럽
혔다 하여 문혜성은 임씨가 되게 하여 태을성(太乙星)과 인연을 맺게 하였
으나 4~5년은 고행을 겪고 3년간은 애간장을 태우게 하였다. 그리고 태
을성의 큰 액운이 다한 후에는 태을성이 갈호의 허리를 베어 죽이도록 정
하였다. 태상노군이 여러 성신(星辰)을 낱낱이 제도하시자 위진군은 낭원
성에게 훗날 만날 것을 기약하고 그 밖의 여러 신선을 각각 인간 세상으
로 내려가게 했다. 석가모니께서 낱낱이 윤회의 인과응보를 마련한 뒤 옥
황상제에게 하직하고 서방으로 돌아가시자, 위진군은 조회를 끝내고 산 36
으로 돌아가려고 옥황상제께 아뢰었다.

"양소유를 따랐던 8선녀가 공덕이 매우 크고 법력이 끝이 없습니다. 각
각 명산을 지켜 세존이 제도하신 바대토 충신열부와 뭇 백성을 때때로
구하게 해 주십시오."

옥황상제가 고개를 끄덕이자 위진군이 기뻐하며 머리를 조아려 은혜
에 감사하고 형산으로 돌아와 8선녀를 불러 각각 처소를 정하여 돌려보
냈다. 이때 도를 닦는 아이 수십 쌍을 정해 보내자 8선녀가 크게 기뻐 감
사하고 각각 명산을 지키며 도관을 이루니 이는 진실로 신선의 풍모라 할
수 있었다.

세월이 흘러 여러 해가 지나자 8선녀가 홀연 깨우쳐 이봉산 능파진군 37

駕)・난로(鸞輅)・난여(鸞輿)라고도 함.

208) 태상노군(太上老君) : 노자(老子)를 신격화한 존칭.

에게 글을 보내 급히 용주(龍舟)를 준비하여 남해 대량(大梁)[209] 하류를 지키고 있다가 낭원성을 화에서 구하라 하였다. 능파진군이 편지를 받고 즉시 명월, 쌍연[210]에게 한 개의 호로병을 주어 현산진군 분부대로 이리이리 하라 하자 두 신선이 명을 받들어 남강에 가 설소저의 급한 화란을 구하였으니 어찌 기특하지 않으리오? 이 사연을 말한 것은 군자숙녀를 구하는 자가 다 묘맥이 있음을 밝히고 삼생(三生)에 서로 앙갚음하는 이치를
38 설파하려고 하는 것이다.

각설(却說). 설씨 집안에서는 태사가 회왕의 청혼을 쾌히 허락하자, 설학사가 부친이 청혼을 허락하신 것에 놀라 당황하며 마음을 졸이고 있었다. 혼인날이 다다라 태사가 구태여 손님을 청하지 않고 신랑을 회왕의 왕궁에 보내자 학사가 간략한 차림새로 회왕의 궁전에 이르렀다.

이때 묘월이 설씨 집안의 행랑에서 두루 살폈으나 임소저의 그림자도 없자 하릴없이 궁에 돌아와 명선군주가 된 옥경군주를 보고 그 사연을 말하였다.

"제가 변신하여 설씨 집안에 가 살폈으나 임소저를 마침내 찾지 못했습니다. 아직은 참고 있다가 혼례를 치른 후 임소저를 처지할 것이니
39 이는 제 수중에 있습니다."

옥경군주가 이마를 찡그리고 탄식하면서 말하였다.

"임씨를 처치하는 것은 차후의 문제이고[211] 제가 지난 밤 새로 한 꿈을

---

209) 대량(大梁) : 중국 하남성(河南省)에 있는 도시의 이름. 춘추전국시대 위(魏), 5대 10국의 양(梁), 진(晉), 한(漢), 주(周) 및 북송(北宋), 금(金) 등의 왕조가 이곳에 수도를 건립하였음. 위의 혜왕(惠王)이 안읍(安邑)에서 이곳으로 도읍을 옮기고 대량이라 칭하면서 위가 부강해짐에 따라 이곳도 번영하였음.

210) 명월, 쌍연 : {운낭 혜원}. 앞에서는 명월과 쌍연으로 되어 있기에 통일하기 위해 이와 같이 옮김.

211) 임씨를 ~ 문제이고 : {임시 쳐치는}. 문장이 제대로 끝나지 않고 있음. 필사 과정 중 생략된 말

얻었습니다. 꿈에서 몸이 날아 한 곳에 이르렀는데 우뚝한 산 위에 세 신선이 앉아 저를 부르기에 제가 올려 쳐다보는 사이에 몸이 저절로 산 위에 오르게 되었습니다. 으뜸 되는 신선이 소매 속에서 비단으로 된 장삼 같은 것을 떨치자 그 옷이 저의 품 안에 들어오면서 온 몸에 빈 틈 없이 바늘 같은 것이 돋아나 살에 덧씌워졌습니다. 제가 그것에 손을 대려 하자 살이 쑤시고 아픔을 견디지 못할 지경이었습니다. 몇 해를
도모하여 일을 거의 이루게 되었는데 갑자기 이런 병이 생긴 것에 제 40
가 발악하자, 그 신선이 노하여 말하였습니다. '네가 끝내 태을성을 좇아 문혜성을 해치려 하니 옥황상제가 진노하시어 이 허물을 입혀 태을성의 정을 낚지 못하게 한 것이다. 네가 네 마음대로 즐거움을 누리려 하였으니 스스로 하늘로부터 천벌을 받을 때가 있을 것이다.'라고 하면서 발로 저를 박차기에 놀라 깨니 온 몸에 땀이었습니다. 그런데 꿈속에서와 같이 손이 몸에 닿으면 바늘 같은 것이 찌르니 괴이한 일입니다."

묘월 또한 괴이하게 여겨 깊이 생각하다 말하였다.

"군주는 여하튼 혼례나 잘 치르십시오. 임소저를 해치워 없앤 뒤 자연 41
또 다른 계교를 꾸밀 수 있을 것입니다."

혼례 날이 되자 회왕과 왕비가 큰 잔치를 열고 손님들을 모았다. 날이 늦게야 신랑인 설학사가 간략한 차림새르 이르러서는 자신의 가문의 법도를 말하면서 전안(奠雁)[212]의 예를 행하지 않았다. 이에 좌우 사람들과 회왕이 매우 불쾌해 하였으나 어쩔 수 없이 곧바로 신랑을 안뜰로 인도하

이 있는 듯하기에 이 부분을 앞뒤 문맥으로 채워 넣음.

212) 전안(奠雁) : 혼례 때, 신랑이 기러기를 가지고 신부 집에 가서 상 위에 놓고 절함. 또는 그런 예(禮). 산 기러기를 쓰기도 하나, 대개 나무로 만든 것을 씀.

였다. 신랑이 다만 팔을 끼고 서 있자, 신부가 무수한 궁녀의 부축을 받으
면서 네 번 절하였다. 이에 신랑이 팔을 들어 읍(揖)하고 신방의 밝은 촛
불 아래 어렴풋이 홍사초롱을 오고 가게 한 후 외실로 나갔다. 이 신부는
42 평범한 신부가 아니라 신랑을 사모하고 또 사모하여 온갖 교묘한 술수를
써서 신랑을 만난 사람이었다. 이에 가는 눈을 가만히 떠보고 신선 같은
신랑의 풍채를 반가워하며 자신이 첩이라는 낮은 지위에 처한 것도 잊었
다. 알지 못하겠구나, 이 신부가 부부간의 화락하는 즐거움을 누릴 수 있
을 것인지 다음 회를 보라.

차설(且說). 신랑이 신부의 예를 받을 때 눈길을 흘려 살피니 요조하고
절세한 아름다움이 세상에 짝이 없을 정도였다. 마음에 흐뭇하여 날이 저
물자 신방에 이르러 촛불 그림자 아래에서 신부를 바라보니 신부의 태도
가 볼수록 기이하고 대할수록 어여뻤다. 호탕한 마음이 샘솟아 원앙 이불
43 에 신부를 쓰러뜨려 눕히고 바야흐로 신부의 아름다운 몸에 닿고자 하였
다. 그런데 문득 신부의 살이 바늘 같아 신랑의 보드라운 살을 쑤시니 신
랑의 살에 핏자국이 맺히면서 두통이 일어났다. 신랑이 크게 놀라 맹렬한
소리로 말하였다.

"이것이 무슨 일인가?"

신랑이 깜짝 놀라 일어났다. 요녀(妖女)가 천신만고 끝에 사모하던 낭
군을 만나 정을 마음껏 풀까 하였더니 낭군이 소리 지르고 일어나는 것을
보고는 어쩔 수 없는 병이기에 가늘게 두 마디 소리로 탄식하고는 눈물을
흘렸다. 신랑 설학사가 괴이하게 생각하여 신부의 무릎을 베고 누워 말하
였다.

44 "아깝도다! 그대의 어여쁜 몸에 흉학한 병을 얻었으니 부부간의 화락

을 펴지 못하겠구려. 이런 원통한 일이 어디 있으리오?"

신부 옥경은 더욱 슬퍼 눈이 붓도록 울었다. 설학사는 아침에 일어나 양치질하고 세수한 뒤, 회왕에게 하직인사도 하지 않고 자기 집으로 돌아갔다. 이에 옥경이 한 마디 애처롭게 부르짖고는 피를 토한 뒤 거꾸러졌다.

이때 묘월이 유모의 복색으로 장막 밖에 있다가 설학사가 옥경과 잠자
리를 하려 하는 것을 보고는 문득 성욕이 샘솟았다. 이 무리가 본래 음양
의 이치를 모르다가 설학사의 풍채를 보고 가만히 인연 맺기를 맹세하고
들어가 옥경을 간호하여 들여보내고 손을 꼽아 점을 치며 설학사와 자신 45
이 인연이 있는지 없는지를 보니 점괘가 매우 흉측하였다. 이때 갑자기
공중에서 외치며 말하는 소리가 들렸다.

"요사스러운 도사 묘월아, 죽는 날이 멀지 않았는데 어찌 군자를 사모하느냐? 옥경이 베일 날도 멀지 않았다."

이에 묘월이 깜짝 놀라 거꾸러졌다가 이윽고 기운을 차려 다시 생각하니 자신이 매우 위태로운 상황에 처해 있는 것이었다. 문득 생각하기를 옥경을 도와 임씨 가문과 설씨 가문을 뒤엎고 명나라를 짓밟고자 하였다.

이때 학사가 본부에 돌아와 정당에 아침 문안을 드리자 모두 그가 일 46
찍 온 것을 놀라워했다. 날이 저문 후에 왕궁의 거마(車馬)가 이르자 태사
의 이마에 차가운 바람이 일어나는 가운데 설태사가 말하였다.

"3일 안에 신랑의 왕래가 빈번하여 왕궁의 거마가 괴롭구나."

학사가 등에 식은땀을 흘리며 물러나 회왕의 왕궁에서 온 거마꾼을 꾸짖어 물리치고 서재에 돌아와 형제들과 담화를 나누었다. 그러나 이마에 근심이 맺혀 있어 막내아우인 희필이 말하였다.

"형님이 진루(秦樓)에서 봉소(鳳簫)로 화락하시고[213] 너무 홍에 겨우실 텐데 어찌 근심 어린 기색으로 즐겨하지 않으십니까?"

학사가 눈을 들어 이윽히 희필을 쳐다보다가 말하였다.

47 "너는 형의 괴로운 회포도 모르고 총각으로 너무 주제 넘구나."

희필이 말하였다.

"제가 아무리 총각이지만 형님이 임씨 가문의 사위에 뽑히신 것은 대장부가 얻기 어려운 쾌사요, 형수님의 아름다운 용모와 덕스런 기질은 세상이 생긴 이래로 독보적인 인물임을 모르겠습니까? 부모님께서 형수님을 애중하시는 것은 형수님이 형님보다 더한 성스러운 덕과 학문의 밝음이 있으시기 때문입니다. 그런데 다시 회왕의 따님으로 첩을 삼으시어 왕궁에서 은 안장과 흰 말로 형님을 모시고 다니는데 무슨 까닭으로 괴로우십니까?"

학사가 미소 짓고 말하였다.

"너도 장가들 날이 멀지 않았으니 어른이 되면 괴로운 일이 많을 것이다."

직사가 말하였다.

"막내아우의 말이 옳거늘 너는 무슨 일로 깊이 근심하느냐?"

학사가 말하였다.

48 "제가 어찌 형님께야 고하지 않겠습니까? 임씨와 갑자기 금슬이 소원

---

213) 진루(秦樓)에서 ~ 화락하시고 : 진루는 진(秦)나라 누각이란 뜻으로 봉루(鳳樓)를 말하며, 봉소는 소(簫)를 아름답게 부르는 말로 봉의 날개 모양처럼 생겨서 봉소라고 부름. 춘추전국시대 한나라 유향(劉向)이 지은 『열선전(列仙傳)』 상권 「소사(蕭史)」를 보면 소사(蕭史)라는 사람은 무척 피리를 잘 불었는데 봉의 울음소리를 내었다고 함. 진나라 목공(穆公)의 딸인 농옥(弄玉)을 아내로 얻어 봉루를 지어 농옥에게 피리 부는 법을 가르쳐 주었으며, 그들이 부는 피리 소리에 이끌려 봉과 학이 모여들면 농옥은 봉을 타고 소사는 용을 타기도 하였다고 함. 여기서는 왕녀과 혼인하는 것을 비유하는 말임.

하게 되니 이것이 일단 괴이한 일입니다. 게다가 회왕궁 혼례는 제가 굳이 원한 것은 아니지만 일이 자연스럽게 진행되었는데 신부에게 이러이러한 괴이한 일이 있으니 이런 놈의 팔자가 또 어디 있겠습니까?"

직사가 잠잠히 있으니 사인이 웃으며 말하였다.

"진실로 그러하냐? 그렇다면 괴이한 일이구나. 군자가 정대하게 몸을 닦으면 요사스러운 기운이 군자를 침범하지 못할 것이니 더욱 더 마음을 더욱 닦도록 하여라."

학사가 형의 말에 감사하였다. 이날 밤 형제가 함께 넓은 이불을 덮고 긴 베개를 벤 채 사이좋게 잠들었다. 다음 날은 신부가 시부모를 뵙는 날이었다. 태사가 신부를 너무 박대하지 못하여 한 대의 죽교(竹轎)와 하인 49
서넛을 보내어 말을 전하였다.

"저희 집은 가훈이 매우 엄하여 부인 하나를 얻으면 다시 희첩을 두지 못하나 불행이 불초한 자식을 두어 가법을 어지럽혔습니다. 그러나 이를 그만두려 해도 그만두지 못할 형편이기에 한 대의 교자를 보내니 댁의 따님을 보내 주십시오."

회왕은 매우 불쾌했지만 아무 말도 못하고 명선군주를 보내었다. 이날 태사는 손님을 청하지 않고 중당(中堂)[214]에 돗자리을 펴고 태부인을 모신 후 집안사람들만을 부른 채 신부를 맞았다. 이윽고 무수한 궁녀와 보모상궁(保姆尙宮)[215]이 열을 지어 신부를 부축하고 들어왔다. 신부는 폐백 50
을 받들어 시조부모와 시부모에게 잔을 바치고 물러나 8번 절하였다. 머리에는 보배로운 구슬과 아름다운 진주와 보배로운 옥이 어리었고 안색

214) 중당(中堂) : 내당과 외당의 중간에 있는 건물로, 내당에 있는 여자들과 외당에 있는 남자들이 모일 때 주로 이곳을 사용하였음.

215) 보모상궁(保姆尙宮) : 왕자나 왕녀의 양육을 맡아보던 나인들의 우두머리 상궁.

은 눈보다 희고 태도는 태연자약하고 아리따웠으며 두 뺨은 복숭아꽃 같
아 온갖 아름다움을 머금었고 두 눈은 별 같았다. 그러나 눈에 살기가 어
리었고 음란하며 방탕한 태도가 드러나므로 설공 부부는 매우 놀라 안색
이 잿빛으로 변했다.

설공이 길이 탄식하고 일에 익숙한 관청의 사환에게 명령하여 방석을
높여 임소저를 앉게 한 뒤, 신부로 하여금 정실부인에게 8번 절하는 예를
51 행하라 하자, 임소저가 방석에 앉아 읍(揖)하였다. 신부가 곁눈으로 임소
저의 진실로 빼어난 모습을 보자, 가슴에 잔나비가 뛰놀고 분한 마음이
일어났으나 겨우 마음을 진정하였다. 임소저는 신부를 한번 보고 깜짝 놀
랐으나 내색하지 않으려 하였다. 시부모가 이를 알고 임소저를 더욱 불쌍
하게 여겼다.

날이 저물자 신부의 숙소를 멀리 비설당으로 정하여 보냈다. 이는 설
태사가 신부를 가까이 보지 않으려고 멀리 보낸 것이었다. 설학사가 신방
에 이르니 묘월이 또한 변신하고 와서 신부를 모시고 있었다. 신랑인 학
사가 방에 들어가자 신부가 몸을 일으켜 학사를 맞이하거늘 학사가 방석
52 을 밀고 이윽히 살피니 신부의 독보적인 아름다움에 대장부의 넋이 나갈
정도였다. 신랑이 나아가 신부의 손을 이끌어 침상에 올라 몸을 접하고
뺨을 맞대어 즐기고자 하다가 문득 "아얏" 소리를 지르고 신부를 밀치니
명선군주인 옥경의 마음이 어떠하겠는가? 학사가 매우 노하여 차가운 목
소리로 차를 내오라고 하였다.

그런데 옥경을 좇아온 쌍연은 회왕이 궁녀 중 한 사람에게 정을 두어
낳은 딸로 안색이 백옥보다 떨어지지 않고 재주가 소소(蘇小)[216]보다 빼

216) 소소(蘇小) : {소ᄉᆞ}. 앞뒤 문맥상 '소소(蘇小)'인 듯함. 소소(蘇小)는 소식(蘇軾)의 누이동생으

어났다. 왕비가 이것을 알고 쌍연의 어머니는 먼 곳으로 내치고 쌍연은
궁녀에게 맡겨 길렀다가 명선군주의 시녀를 삼으니 쌍연은 자신의 근본
을 깨닫고 깊이 슬퍼하였다. 53

이 날 학사가 차를 내오라 하는 명령을 듣고는 쌍연이 일어나 차를 들
고 나아갔다. 가는 허리는 초궁(楚宮)의 버들이[217]요, 아름다운 용모는 기
이하고 찬란하여 고운 빛이 무르녹았다. 구름 같은 검은 머리를 뒤로 쪽
지었으니 초대(楚臺)[218]에 저녁 구름이 겹겹인 듯, 두 눈을 낮추고 아미를
기리 숙인 가운데 근심이 맺혔으니 시녀들 가운데에서 매우 아름다웠다.
학사가 차를 받지 않고 쳐다보기를 한참 동안 하다가 문득 명선군주를 이
부자리째로 밀어 내치고 쌍연을 이끌어 원앙 침상에 올렸다. 쌍연이 깜짝
놀라 얼굴이 창백해졌으나 약한 여자가 어찌 이를 막을 수 있겠는가? 하 54
릴없이 학사의 수중에 떨어졌으니 학사가 다시 은대(銀帶)[219]를 풀고 비
취색 이불 속에 미인의 온유향(溫柔鄕)[220]을 끼고 온갖 사랑과 만 가지 풍
류가 말로 다 할 수 없을 정도였다. 그러니 그 곁에 있는 명선군주의 불
같은 음욕이 애가 탐을 생각하겠는가? 쌍연은 황가의 혈통으로 제 몸을

로 시 짓기에 능통했다고 함.

217) 초궁(楚宮)의 버들 : 『한비자(韓非子)』 〈이병(二柄)〉에 "초 영왕이 가는 허리의 미인을 좋아하여 국중에 굶어 죽는 사람이 많았다[楚靈王好細腰 而國中多餓人]."라는 구절이 나옴. 초궁의 버들이란 매우 허리가 가늘다는 뜻으로 초궁에 허리가 가는 미인이 많았던 것과 관련됨.

218) 초대(楚臺) : 양대(陽臺)를 말함. 『문선(文選)』에 수록된 송옥(宋玉)의 〈고당부(高唐賦)〉에서 비롯된 말. 전국시대 초(楚)의 양왕(襄王)이 송옥과 함께 운몽(雲夢)이라는 곳에서 놀다가 고당관에 이르러 연회를 열고 즐기다가 잠시 낮잠을 자게 되었는데, 꿈속에 아름다운 여인이 찾아와 말하기를 자신은 무산(巫山)의 선녀라면서 왕과 운우의 정[雲雨之情]을 나눈 뒤 헤어지면서 자신은 아침에는 구름이 되고 저녁에는 비가 되어 양대(陽臺) 아래에서 아침저녁으로 당신을 그리워하고 있다고 말하며 사라졌다는 고사를 있음. 초대는 바로 이 양대를 말함.

219) 은대(銀帶) : 종육품에서 정삼품까지의 문무관이 허리에 띠던 띠. 은으로 새긴 장식을 가장자리에 붙였음.

220) 온유향(溫柔鄕) : 따뜻하고 부드러운 곳이라는 뜻으로, 미인의 처소나 미인의 부드러운 살결을 이르는 말.

이름 없이 더럽힌 것이 원망스럽고 슬퍼 눈물이 사방으로 흘러 베개를 적셨다. 학사가 그 모습에 더욱 황홀해하고 빠져들어 일부러 어리숙한 체하며 은근한 말로 달래었으나 쌍연은 한 마디도 대답하지 않았다.

이때 명선군주는 이불에 말려서 장막 밑으로 내쳐진 채 저 두 사람의
55 거동을 목도하고 속절없이 눈물을 흘리며 "이 원수 바늘아"라고 부르짖기를 계속하며 한 구석에 누워 있었다. 한편 묘월은 밖에 변소에 갔다가 방 안을 엿보고는 신랑과 신부가 오늘은 동침하였다고 생각하였다. 새벽을 알리는 북소리가 울려 모든 시녀들이 촛불을 켜도 방안이 고요하자 묘월이 손을 저으면서 말하였다.

"주군께서 군주와 동침하시어 곤히 잠드셨으니 요란하게 굴지 마라."

날이 아주 밝자 묘월이 기침 소리를 내고 방안에 들어갔다. 그러고는 침상에 나아가 쌍연을 명선군주로 알고 가만히 흔들어 깨우며 말하였다.

56 "군주마마께서는 일어나십시오. 해가 벌써 돋았습니다."

그러나 이렇게 말하며 흔들어도 쌍연은 죽은 듯이 학사의 품속에서 연리지(連理枝)[221]나 병체화(竝體花)[222]처럼 한몸이 되어 있었다. 학사가 묘월이 자신들을 흔들어 깨우는 것에 매우 노하여 힘껏 차버리자 묘월이 날아가 맞은편 벽에 거꾸러졌다. 묘월이 급히 일어나 살피니 이는 군주가 아니고 쌍연이란 아이였다. 놀라서 군주를 찾으니 이불에 돌돌 말린 채 한 구석에서 울고 있었다. 묘월이 매우 놀라 말하였다.

"쌍연아, 네가 이 웬일이냐? 괘씸하고 또 괘씸하구나."

---

221) 연리지(連理枝) : 뿌리가 다른 나뭇가지가 서로 엉켜 마치 한 나무처럼 자라는 것으로 애초에는 효성이 지극함을 나타냈으나 현재는 남녀 사이 혹은 부부 간에 애정이 매우 깊은 것을 비유함.

222) 병체화(竝體花) : 한 뿌리에 두 개의 꽃이 핀 꽃. 남녀 사이에 혹은 부부 간에 애정이 깊은 것을 비유함.

군주가 묘월의 소리를 듣고 일어났으나 눈물이 앞을 가렸다. 그러나 아무쪼록 학사에게 자신이 어질다는 것을 보여주기 위해 일부러 묘월을 꾸짖으며 말하였다.

“그대는 어찌 이렇듯 수다스러운가? 쌍연이 비록 미천하긴 하나 주군 57
께서 이미 정을 두셨으면 시첩(侍妾)[223]이라 해야 할 것이다. 나의 잠자
리를 더럽힌 것은 저 사람의 죄가 아니라 주군이 날 알기를 비첩(婢
妾)[224]으로 알아 난잡함을 행한 것이네. 내 팔자가 불행한 것이니 누구
를 원망하며 누구를 한하겠는가?”

명선군주가 말을 마치고는 세수한 두 머리를 단정히 하였다. 학사는 군주의 어질고 통달한 모습을 보고 정이 생겨 그 비단치마를 이끌어 곁에 앉히고 말하였다.

“내가 그대에게 박정한 것이 아니라 그대 몸에 괴이한 병이 있어 나의
정을 막기에 이 여자를 잠깐 희롱하여 잠시 답답한 마음을 풀려 한 것 58
일 뿐이오. 그대는 불안하게 생각하지 마시오.”

이에 군주가 부끄러운 태도를 머금고 시어른들께 아침문안을 드렸다. 그러나 태사 부부가 군주가 방에 들어오는 것을 허락하지 않자 군주는 무안하여 묘월과 함께 그냥 돌아왔다. 그러고는 시댁 식구들이 자신을 냉대하는 것과 학사가 쌍연에게 침혹된 것에 이를 갈았다. 이에 묘월이 군주를 위로하며 은밀히 계교를 꾸몄다.

하루는 군주가 쌍연이 머리를 다듬고 있는 것을 살펴보니 대적할 쌍이 없을 정도의 절세 미인이라 마음이 서늘해졌다.

---

223) 시첩(侍妾) : 함께 있으면서 시중드는 첩.
224) 비첩(婢妾) : 여자 종으로서 첩이 된 사람.

"여자의 미색이 저리 고우니 주군의 마음이 무심하겠는가?"

이에 쌍연을 꾸짖었다.

"쌍연아, 너는 들거라. 네 어미는 어디서 온 요사스런 사람이기에 궁중
59 에 들어와 감히 대왕의 돌아보심을 입고 너를 대왕의 피붙이라고 한단
말이냐? 네가 나의 시녀 항렬에 있는 것도 분수에 족할 것인데, 감히
나의 주군의 정을 낚았으니 네가 어찌 살고자 하느냐?"

쌍연이 분노하여 군주를 꾸짖어 말하였다.

"나는 그래도 대왕의 피붙이다. 하지만 너는 어떠한 사람이기에 왕궁에 들어와 총애를 받고 설상공에게 시집까지 왔느냐?[225] 그렇다면 갈수록 덕을 닦는 것이 옳거늘, 은밀히 계책을 상의하고 틈틈이 계교를 꾸미니 네가 살 수 있을까 싶으냐?"

군주는 어이가 없었으나 자신의 신분을 드러내서는 안 될 것이기에[226]
60 온갖 수단으로 쌍연을 달래고 이후로는 감히 큰소리를 내지 못하였다.

이때 설학사가 쌍연을 취한 후에 마음이 상쾌하여 쌍연을 첩으로 두고 즐기면서 이러구러 여러 날이 지나갔다. 하루는 학사가 존당으로 나오다가 별 생각 없이 협실로 들어가자 학사의 모친 상부인은 뒷간에 가셨고 임소저만이 급히 일어나 협실로 피하고자 하였다. 학사가 눈을 들어 임소저를 보니 새 깃털로 짠 것 같은 비단 치마에 매미 날개같이 얇은 소매를 나부끼며 협문을 여는 거동이 마치 항아(姮娥)[227]가 수정 창문에 비스듬

---

225) 시집까지 왔느냐 : {입승(入承)ᄒᆞ여}. 입승은 임금에게 아들이 없을 때에 왕족(王族) 가운데의 한 사람이 들어가서 임금의 대를 잇던 일을 말하나 여기서는 문맥상 시집온다는 의미이기에 이와 같이 옮김.

226) 자신의 ~ 것이기에 : {덧너지 못ᄒᆞᆯ지라}. '덧내다'는 일을 안 좋은 방향으로 몰아가는 것을 말하기에 문맥상 이와 같이 옮김.

227) 항아(姮娥) : 항아는 상희(嫦羲)라고도 하는데 『산해경(山海經)』는 태양신인 제준(帝俊)의 아내 상희가 달덩이 같은 알 12개를 낳고 대황(大荒)의 일월산(日月山) 골짜기에서 목욕을 하는 이야

히 앉아 있는 듯하였다. 오색 빛이 영롱한 눈에는 성스러운 자태가 서려 있고 향로 모양으로 흘러내린 귀밑머리에 쪽진 검은 머리는 진실로 비길 데가 없었다.

이때는 묘월이 떨어뜨린 약수 한 방울의 약효가 이미 다한 때라 문득 61
학사의 눈에 임소저의 모습이 퍽 황홀하게 비쳤다. 군주의 요괴로운 미색이나 쌍연의 용모를 임소저와 비교하면 천지 차이이니 군주와 쌍연은 단지 초라한 꽃이나 들풀일 뿐이었다. 갑자기 그간 임소저를 미워하던 마음이 변하여 정신이 어지럽고 마음을 걷잡을 수 없어 팔을 높이 들어 읍(揖)하고 말하였다.

"부인은 외간 남자를 대하는 것도 아닌데 어찌 이리 피하시는가? 너무 심하게 나를 멀리하지 말고 앉으시오."

임소저는 학사가 말하는 것이 괴이할 뿐더러 시어머니의 처소에서 예의에 어긋난 말을 하는 것이 한심하여 고개를 숙이고 대답하지 않은 채
협실로 들어갔다. 이때 사인의 딸 벽란이 나이가 7세였는데 낭랑하게 웃 62
으며 말하였다.

"넷째 숙부님께서는 무슨 미친 마음으로 숙모님을 괴롭히십니까?"

그러자 임소저가 그저 말없이 벽란을 이끌고 촛불 아래 앉아 희필의 비단주머니에 매화를 정교하게 수놓았다. 벽란이 웃으며 말하였다.

"세 숙부님께서는 소탈하여 인사치레를 않으시는데 넷째 숙부님[228]께서는 인사치레를 많이도 하십니다."

기가 나옴. 『회남자(淮南子)』에는 서왕모(西王母)로부터 불사약을 구해온 예(羿)에게서, 항아가 그 불사약을 훔쳐 달로 달아나 두꺼비가 되었다고도 하고, 『초사(楚辭)』 등에는 두꺼비가 아니고 토끼가 되었다고도 함. 일반적으로 달에 사는 아름다운 여신을 뜻함.

228) 넷째 숙부님 : {오숙부[五叔父]}. 바로 앞에서 'ᄉᆞ숙부[四叔父]'로 되어 있기에 이와 같이 통일함.

임소저가 미소 짓고 말하였다.

"너보다는 높은 항렬이시니 네가 시비하는 것이 예의에 어긋나는구나."

이때 학사가 임소저의 성스러운 자태와 아름다운 모습을 대하여 두어 마디 말을 부치려 하였으나 임소저가 들어도 들리지 않는 듯 협실로 들어
63 가는 것을 보고 무안하고 서운하여 예전에 박대하던 일을 절절이 뉘우치며 머리를 숙이고 탄식하였다. 모친인 상부인이 시녀에게 촛불을 들게 하고 돌아오자 학사가 일어나 모친을 맞았다. 상부인이 물었다.

"밤이 깊었거늘 네가 어찌 비설당을 잊고 여기에 있느냐?"

학사가 머리를 숙이고 대답하였다.

"비설당은 제가 원하는 곳이 아니었습니다. 그런데도 부모님께서 제가 회왕과 일을 동모했다고 생각하시니 어찌 원통하고 답답하지 않겠습니까?"

상부인이 혀를 차며 꾸짖었다.

"네가 부모가 바라고 바라서 얻은 성스럽고 정숙한 부인을 이유 없이 박대하고 요물에 침혹한 것이 통탄스럽구나. 임씨 며늘아기는 나의 생
64 전에는 협실 밖으로 나가게 하지 않을 것이다. 요인이 화를 부르면 네가 한 무리가 되어 임씨 며늘아기의 평생을 마치게 할 것이기 때문이다."

학사는 모친의 가르침을 듣고 눈물과 콧물로 뒤범벅이 된 채로 대답하였다.

"실로 제가 불초한 자식이지만 회왕의 딸과 잠자리를 하지는 않았습니다. 만일 회왕의 딸이 요사하고 간악하여 집안에 변란을 일으키고 저

의 아내 항렬을 어지럽게 한다면 내일이라도 회왕의 딸을 쫓아내는 것은 어렵지 않습니다."

상부인이 노하여 대답하지 않자, 학사가 침상 아래 무릎 꿇고 모친인 상부인이 주무시는 것을 살핀 뒤 물러났다. 두 발은 협실로 이끌렸으나 어쩔 수 없이 비설당에 이르렀다. 명선군주인 옥경이 촛불 아래에서 눈썹에 시름이 맺힌 채 있는데 그 모양이 땅에 묻은 해골을 뒤집어쓴 여우나 떠들썩한 기생집의 노류장화(路柳墻花)229) 같았다. 학사는 문득 군주를 싫 65
어하는 마음이 일어나 비단 버선을 벗기라 하여 바닥에 팽개치고 주방에 옥루춘이라는 술을 가져오도록 명한 뒤라 앞에 펼쳐놓은 후 술동이를 끌어당겨 스스로 술을 따라230) 한 동이의 술을 다 마셔버렸다. 크게 취하여 쌍연을 이끌어 즐기는데, 취중 온갖 풍류가 이루 다 말할 수 없었다. 그러다가 갑자기 학사가 탄식하여 말하였다.

"우리 부인 임씨는 고금 만대를 통틀어도 드문 미색과 덕성을 갖추었는데 나 설의첨이 능히 숙녀를 진압하지 못하여 무고히 부인을 박대하다가 부모에게 내친 자식이 되고, 부인은 나의 바다 같은 사랑을 더럽 66
게 여겨 머리털 있는 중이 되고자 하는구나. 내가 무슨 낯으로 임씨 집안에 가서 스승님231)을 뵙겠는가?"

이런 생각에 엎치락뒤치락하며 학사가 잠을 이루지 못하였다. 요사스런 명선군주는 학사의 말을 들을 때마다 창자가 끊어지고 학사가 하는 행동을 볼 때마다 간이 스러지는 듯하였다. 그러다가 갑자기 학사가 임소저

229) 노류장화(路柳墻花) : 아무나 쉽게 꺾을 수 있는 길가의 버들과 담 밑의 꽃이라는 뜻으로, 창녀나 기생을 비유적으로 이르는 말.

230) 술동이를 ~ 따라 : {인호샹이ᄌᆞ작[引壺觴以自酌]ᄒᆞ여}. 도연명(陶淵明)이 지은 〈귀거래사(歸去來辭)〉의 한 구절임.

231) 스승님 : 초왕 임희린을 말함.

를 칭찬하는 말을 듣자 자신의 저 만 길 깊숙히 있는 가슴을 칼로 써는 것 같았다. 제 몸에 병이 있고 학사의 관심은 쌍연이 받았기에 자기는 한낱 감관(監官)[232]이 되었으니 제 처지가 더럽고 추하여 눈물이 피로 변하였다.

67 이 날 밤 임소저가 벽란과 더불어 잠을 자는데 비몽사몽간에 한 신선이 안개로 멍에를 삼은 구름 마차를 타고 어디서 왔는지도 알 수 없이 이르러 깃털 부채를 부치면서 임소저에게 가까이 오라 하였다. 임소저가 나아가지 않는데도 몸이 저절로 신선의 앞에 이르자 신선이 말하였다.

"너의 대액이 이번 달 대보름날[233]에 있다. 요사스런 사람의 교묘한 계책이 끝이 없으니 사람들은 모르나 나는 일시도 잊지 못하였다. 그런 까닭에 옥황상제께서 염제(炎帝)[234]께 수하로 부리시는 사신(使臣)을 물으셨을 때 염제의 사신인 허씨 · 정씨 두 사람이 갈 것이었지만 내가 특별히 너희 부부의 대액을 구하러 가기로 하였다. 너희 부부는 전생의
68 큰 죄업을 풀거라. 요악한 도사 묘월은 간사한 옥경과 더불어 한왕(漢王) 고후(高煦)[235]에게 돌아가 모역을 꾀하다가 천벌을 받게 할 것이고 너는 천태산(天台山)[236]으로 날아가게 하여 3년이 지난 후 아버지와 딸,

---

232) 감관(監官) : 각 관아나 궁가(宮家)에서 금전 · 곡식의 출납을 맡아보거나 중앙 정부를 대신하여 특정 업무의 진행을 감독하고 관리하던 벼슬아치. 여기서는 단지 바라보는 사람이라는 의미로서 이 말을 사용하고 있음.

233) 대보름날 : {상원[上元]}. 음력 정월대보름날을 말함.

234) 염제(炎帝) : 중국 고대의 불의 신. 때로는 태양신으로 받들기도 하였고, 또 신농(神農)과 동일시되는 경우도 있음. 고대 중국에는 각지에 불의 신으로 여겨지는 것들이 많이 있었던 것 같은데, 전국시대 말 오행설(五行說)이 유행함에 따라 신들을 통합하려는 기운이 나타났음. 그 때 화신(火神)들이 염제(炎帝)라는 이름으로 통합된 흔적이 엿보임.

235) 한왕(漢王) 고후(高煦) : {고구}. 이는 주고후(朱高煦)를 말함. 고후는 성조(成祖) 영락제(永樂帝)의 둘째 아들로 무예에 뛰어나 성조가 정난병(靖難兵)을 일으켜 즉위할 때 공을 세움, 그러나 자신의 통토에는 즐겨 가지 않고 태자(후에 인종(仁宗)이 됨)를 모해하고 원망하다가 조카인 선종(宣宗)이 즉위하자 거병하지만 결국 붙잡혀 처형당함.

236) 천태산(天台山) : 중국 절강성(浙江省) 천태현(天台縣)에 있는 명산. 수(隋)나라 때에 지의(智

시아버지와 며느리가 만나 만복을 고루 누리게 할 것이다. 정해진 운명이나 내가 3번씩이나 옴으로써 네가 천태산 봉우리에서 3년 동안 고행을 하면서 속죄하고, 또 손녀의 3년 귀양 갈 업을 속죄할 수 있을 것이다. 이 달 대보름날에 임창훙이 요사스런 무리를 쫓을 것이고 진군이 너를 깊이 감추어 3년 동안 세상과 더불어 소식을 끊고 살게 할 것이다. 그렇더라도 너는 쭉 죽은 것처럼 지내고 있거라. 네가 살아 돌아
가면 너희 부부의 크나큰 업이 풀리고 이후는 다시 근심이 없을 것이 69
다. 재액이 다한 후에는 순종하는 것을 정도로 삼아 네 시아버지가 너를 지성으로 애중하여 아껴주시던 마음을 잊지 마라."

말을 마치고 그 신선은 학으로 멍에를 지우고 난새를 배처럼 타고 가니 그 간 곳을 알 수 없었다. 소저가 놀라서 깨어보니 바로 작고하신 시할아버지였다. 그 말씀이 조금도 옳지 않은 것이 없으니 자신이 전생에 죄업이 중대하던 바를 깨닫고 명명(冥冥)237) 중 보호해주시는 은혜에 감사하였다. 그리고 시누이 설소저가 목숨을 보전할 것을 알고는 남몰래 기도를 올렸다.

익설(益說). 쌍연은 설학사와 정을 깊이 맺게 됨에 따라 명선군주의 칼 70
같은 마음과 불 같은 마음을 피하지 않다가 사람 돼지가 되는 환란238)을 당하지 않을까 걱정하며 학사가 너무 소탈한 것을 원망하였다. 쌍연은 묘월이 군주와 더불어 모계하는 것을 낱낱이 엿듣고 있었는데 하루는 한가

顗)가 천태종을 개설한 곳으로 불교의 일대 도량(道場)이며, 지금도 국청사 따위의 큰 절이 있음.

237) 명명(冥冥) : 드러나지 않고 으슥함. 아득하고 그윽함. 나타나지 않아 알 수 없는 모양.

238) 사람 돼지가 ~ 환란 : {인체[人彘]의 환(患)}. 인체란 사람돼지라는 뜻임. 한(漢)나라 여후(呂后)가 자신의 남편인 고조(高祖)의 총애를 받은 척부인(戚夫人)을 질투하여, 고조가 죽은 후 척부인의 수족을 자르고 눈과 귀를 멀게 한 뒤 돼지우리에 넣어 사람돼지를 만들었다는 고사가 전함.

한 때를 타 정당 협실 뒤에서 꾀꼬리가 놀고 있기에 따라 이르렀다. 이때 홍매 등 다섯 시녀가 뒷창문 밖에서 앵무새를 가지고 즐기다가 보지 못한 차환(叉鬟)[239] 하나가 여염집 시녀의 복색으로 이르는 것을 보았다. 그 차환은 인물이 매우 빼어나고 눈초리가 선량해 보였다. 이에 물어보았다.

"그대는 어느 곳 차환인가?"

71 쌍연이 눈을 들어보니 다섯 명의 시녀가 있는데 한결같이 낯빛이 눈보다 희고 재기넘치는 기질이 빼어나 어깨를 나란히 하고 있으니 행동이 법도가 있고 예의가 엄숙하였다. 쌍연이 총명하니 어찌 모르겠는가?

'우리 정실부인의 시녀로구나.'

이렇게 생각하고는 대답하였다.

"저는 명선군주[240] 아래 있는 시녀입니다. 봄눈이 녹기에 정원 수풀의 봄 경치를 따라 이르렀는데 댁들을 만나게 되었으니 영광입니다."

다섯 시녀들이 쌍연의 목소리가 낭랑하고 그 용모가 빼어난 것을 속으로 칭찬하며 춘앵에게 눈짓하였다. 이에 춘앵이 쌍연에게 또 물어보았다.

72 "그렇다면 명선군주가 회왕 전하의 양녀이시라 하니 어느 종친의 따님이신가 자세히 알았으면 하네."

쌍연이 문득 냉소하고 대답하였다.

"우리 회왕께서 비록 용종인지(龍踵麟趾)[241]의 귀한 자손을 두지 못하셨으나 어찌 근본 없는 여자를 양육하시겠습니까마는 모월 모일에 이러저러한 산중의 요사한 도사가 구름을 타고 안개로 멍에 삼아 이르러 회

---

239) 환(叉鬟) : 주인 가까이서 잔심부름을 하는, 머리를 얹은 여자 종.

240) 명선군주 : {션빈군쥬}. 앞에서 계속 명선군주라고 나와 있기에 호칭을 통일하기 위해 이와 같이 옮김.

241) 용종인지(龍踵麟趾) : 용의 발뒤꿈치와 기린의 발가락이란 뜻으로, 제왕의 자손을 말함.

왕마마와 왕비마마께 이리이리 고하고 한 여자를 드렸습니다. 그 여자가 달도 그 빛을 가리고 꽃도 부끄러워할 만한 자태를 지녔기에 왕비마마께서 깊은 궁궐에서 무료함을 탄식하시다가 이 여자를 매우 사랑하시어 명선군주의 직첩을 주셨습니다. 지체의 높음이 제후의 한 딸인데 73
그 부귀함이 한 나라를 다 기울일 정도로 그 분에 넘치고 사치하였으니 마치 천자의 따님인 공주처럼 행동하였습니다.

그 여자의 근본을 말한다면 우리 주군께서 과거에 급제하실 때에 몰래 보고 상사병을 일으켜 이리이리 요사한 도사와 체결하여 무수한 요괴로운 술수로 우리 왕궁에 이르러 군주 직첩을 얻은 후 사혼 교지를 받아 이에 이른 것입니다. 그런데 그 무슨 요사스런 일인지 몸에 괴질이 생겨 주군과 동침하지 못했습니다. 다시 사모하여 병이 날지언정 다른 말이 없더니 묘월이라는 요사한 도사가 변신하여 유모라 하였습니다. 74
다만 정실부인이신 임부인이 천만 대 후에야 다시 태어날 성녀임을 매우 시기하였습니다. 그리하여 묘월이 나비가 되고 군주의 시녀 교홍이 사자가 되어 임부인을 삼켜내어 온갖 욕을 보인 후 낙안주 한왕에게 바치려 한다고 은밀히 상의하였습니다. 그대들은 만일 정실부인에게 고할 방법이 있거든 급히 아뢰어 임부인께서 방비하게 하십시오. 정월대보름이 불과 십여 일이 남았으니 어찌 두렵지 않겠습니까?"

홍매 등이 이 말을 듣자 머리카락이 쭈뼛 서고 낯빛이 재와 같았다. 계 75
섬이 말하였다.

"너는 어떤 아이인데, 너희 주인마님의 근본을 우리에게 다 말하느냐?"

쌍연이 문득 눈물을 머금고 말하였다.

"저는 회왕 전하의 빈희(嬪姬)가 낳은 딸입니다. 왕비마마께서 투기로 저희 모친을 먼 곳으로 내치시고 저는 요사스런 사람의 시녀로 보냈으나 그 여자가 어찌 저희 주인마님이겠습니까?"

다섯 사람이 쌍연의 말이 자세함을 듣고 깜짝 놀랐다. 알지 못하겠구나. 임소저가 환란을 면하고 임총재가 중대한 임무를 띠어 경사를 떠나니 경사가 혼미한 중 임소저가 몸을 빼어 숨음으로써 요인의 손에서 벗어날 수 있을까? 다음 회를 자세히 살펴보라.

임 씨 삼 대 록

20권

1 차설(且說). 이때에 총재 임창홍이 중대한 임무를 맡아 정사(政事)가 거울 같고 인재의 등용과 축출이 도에 합당하여 조정 관료들과 재야 선비들이 모두 감복하고 관리들과 백성들이 서로 잘 지내었다. 그러나 임총재는 풍진 세상에 아내를 잃어버리고 내실(內室)이 공허하여 홀아비의 괴로움을 겪어야 했다. 그렇기에 부모나 조부모를 모시는 때가 아니면 죽림헌에서 여러 아우들을 가르치며 예악 문물을 권장하여 우애가 돈독하자 여러 아우들이 임총재를 두려워하며 조심하는 것이 부친인 초왕에 버금갔다.

2 태자소부 임유린은 조카 임총재의 덕행을 사랑하고 믿어 조카들을 가르치기를 잊고 다만 제자백가(諸子百家)와 구류삼교(九流三敎)에 통달하여 역리를 궁구하니 점점 혈맥이 탁 트여 과거사와 미래사에 통달하게 되었다. 사해를 두루 돌아다니며 혹 삼강오호(三江五湖)[242]에 배를 띄워 구의산(九疑山)[243]과 상강(湘江)[244]을 둘러보고 소매를 떨쳐 곤륜산(崑崙山)[245]과 태산(泰山)[246]을 하나하나 굽어보며 마음을 넓혔다. 그러다가 조카딸인 설학사 부인 임월혜가 큰 재앙이 눈앞에 닥쳤음을 헤아리고 깜짝 놀라 빨리 집에 돌아와서 조모인 관태부인을 뵈었다. 이에 관태부인이 임소부를 보고 매우 반가워하며 곁에 앉히고 어루만져 사랑하며 말하였다.

---

242) 삼강오호(三江五湖) : 삼강은 형강(荊江), 송강(松江), 절강(浙江)를 말하며 오호는 태호(太湖), 양호(陽湖), 청초호(靑草湖), 단양호(丹陽湖), 동정호(洞庭湖)를 말함. 즉 오(吳)나라와 초(越)나라의 요처(要處)임.

243) 구의산(九疑山) : 중국 호남성(湖南省) 영원현(寧遠縣) 남쪽에 있는 산. 주명(朱明)・석성(石城)・석루(石樓)・아황(娥皇)・순원(舜源)・여영(女英)・소소(蕭韶)・계림(桂林)・자림(梓林) 등 아홉 봉우리의 산으로 모두가 모양이 같이 생겨서 보는 사람이 누구나 어느 봉이 어느 봉인지 어리둥절하여 의심을 내게 되므로 구의(九疑)라 이름 지었다 함.

244) 상강(湘江) : 중국(中國) 호남성(湖南省)에 있는 강. 남령에서 발원하여 북으로 흘러 호남성(湖南省)에 들어가 동정호(洞庭湖)에 이름.

245) 곤륜산(崑崙山) : 중국 전설상의 높은 산으로 중국 서쪽에 있으며 옥이 많이 난다고 함.

246) 태산(泰山) : 중국 산동성(山東省)에 있으며, 중국의 5대 명산(名山)의 하나인 동악(東岳)으로 신성하게 여겻음. 역대 황제들이 하늘의 뜻을 받는 봉선의식(封禪儀式)을 행했던 곳임.

"애야, 늘 집을 떠나 산을 유람하는 것이 지겹지도 않더냐?" 3

임소부가 머리를 조아리고 곤륜산과 태산으로부터 삼강과 구의산에 이르기까지 신선이 살 듯한 아름다운 경치를 유창하게 아뢰자 태부인이 골똘히 듣다가 즐거워하며 말하였다.

"그만 해라. 네 말을 들으니 내가 두 날개가 돋쳐 날아갈 듯하구나."

태사 형제는 모친이 한 번 웃는 것을 큰 경사로 알기에 소부 임유린을
더욱 애중하였다. 이날 밤에 임소부가 효장궁에 나가 부마 임세린을 대하
여 한 대의 가마와 여러 궁노(宮奴)들을 정심헌으로 보낼 것을 청했다. 부
마는 본래 소탈하여 평생 자신의 딸 임월혜에게 닥친 큰 재앙을 생각하지
도 못하고 있었다. 그렇기에 임소부가 청하는 말에 또한 묻지도 않고 채 4
교(彩轎)[247] 한 대와 궁노(宮奴)와 아장(亞長)[248]을 대령하도록 분부하였
다. 임소부가 돌아와 조카인 임총재를 보고 말하였다.

"월혜가 오늘밤에 요사한 도사에게 잡혀 큰 화를 볼 것이다. 네가 빨리 설씨 집안에 가 그곳에서 밤을 지내면서 월혜를 구할 기회를 놓치지 마라."

임총재가 "예, 예"하면서도 깜짝 놀라자 임소부가 또 말하였다.

"내가 곤륜산에 올랐다가 할머님의 주성(主星)을 살핀 후에 조카딸 월혜의 주성을 보았다. 요사한 기운이 침노하여 검은 기운이 사면에 두르고 있으니, 요악한 무리가 변란을 일으켜 조카딸의 목숨이 거의 다할 듯하였다. 그러나 조벽 사이에서 삼태성(三台星)[249]의 맑은 기운이 요

247) 채교(彩轎) : 채색을 하거나 채색 비단으로 꾸민 가마.

248) 아장(亞將) : 무관 계통의 차관급 벼슬. 용호별장(龍虎別將), 도감중군(都監中軍), 금위중군(禁衛中軍), 어영중군(御營中軍)을 말함.

249) 삼태성(三台星) : 대웅성좌(大熊星座)에 딸린 별. 자미성(紫微星)을 지킨다고 하는 세 별. 곧 상태성(上台星)・중태성(中台星)・하태성(下台星). 여기서는 총재 임창흥의 주성(主星)으로 나옴.

5 악한 정기를 물리치고 조카딸의 주성인 문혜성을 구하였다. 네가 가야 월혜를 구하리니 빨리 가라.[250] 그런데 월혜의 운수가 매우 흉하여 3~4년은 아주 죽은 듯 자취를 없이 한 후에야 대운이 돌아올 것이니 취운산 깊고 깊은 골짜기에 숨겨두어 부모님과 할머님께서도 그 생사를 모르시도록 해야 할 것이다. 큰 가마를 가져가면 번거로우리니 네가 일을 잘 처리하여라."

총재는 막내숙부의 여러 모로 신기한 안목에 탄복하기를 이기지 못하여 말마다 명을 따른 후 이윽고 물러나 증조할머니인 관태부인에게 고하였다.

"설씨 집안에 계신 장모님께서 늘 저에게 하룻밤 머물라고 청하셨으나 그렇게 하지 못하였습니다. 오늘은 저곳에 가서 밤을 지내고 왔으면 합니다."

6 태부인이 허락하였다. 초왕 임희린은 아들인 임창홍이 갑자기 설씨 집안에 가는 것을 의아하게 여겼으나 그 까닭을 묻지 않았다. 총재 임창홍이 밖에 나와 거마를 바삐 몰아 설씨 집안에 이르렀다.

이 무렵 설학사가 어사태우[御史大夫][251]가 되어 논변이 당당하고 기개가 늠름하여 사람의 등용과 축출을 분명하게 하니 천자의 총애가 융성하고 만조백관이 두려워하였다.

이 해 봄에 어사태우가 당직을 서러 대궐에 들어갔다가 갑자기 마음이 떨리고 속이 뒤집히며 구역질이 날 것 같아 동료 관리와 순번의 차례를

250) 네가 ~ 가라 : 총재 임창홍이 삼태성의 기운을 타고 났기에 소부 임유린이 임창홍에게 가서 임월혜를 구하라 하는 것임.

251) 어사태우[御史大夫] : {어ᄉᆞ틔우}. '틔우'는 '대부'의 옛말로 이는 곧 '어사대부(御史大夫)'를 말함. 진(秦)나라와 한(漢)나라 때 천자의 비서(秘書)로 책을 기록하고 법령을 받아 관장하는 직책이었으나 후세에 그 책무가 더하여 감찰(監察)의 임무도 맡게 되었음.

바꾸고 집으로 돌아왔다. 머리를 싸고 약을 먹으며 매우 아파하자 집안사람들이 서둘러 설태우를 구호하였다.

이때 명선군주 옥경은 자신의 몸에 있는 질병을 근심하고 쌍연을 미워 7
하는 것이 날로 심하다가 설태우가 병이 나자 종알거리며 말하였다.

"상공께서는 정실부인을 박대하고 또 저를 돌아보지 않으면서 시비 한 년의 미색에만 묻혀 있으니 어찌 병이 안 나겠습니까?"

설태우가 병이 조금 쾌차하여 평소와 같으나 옥경의 말에 자연히 놀라지 않을 수 없었다. 이에 냉소하며 말하였다.

"내가 비록 어리석으나 어찌 여색 때문에 몸이 상하였겠소? 그대가 괴이한 병이 생겨 나와 더불어 즐기지 못하니 어서 그대의 병이나 없애고 나와 더불어 밤낮으로 화락하세나."

그러자 옥경이 더욱 애가 탔다.

설태우가 몸이 쾌차하자 일어나 존당(尊堂)에 이르렀는데 문득 임총재
가 왔다. 설태우가 임총재를 반갑게 맞이하여 바로 내당으로 들어왔다. 8
임총재가 장인, 장모에게 절하면서 인사하자 설공 부부가 크게 반기며 조용히 담소를 나누었다. 시녀로 하여금 월혜 소저를 부르게 하자 임총재 남매가 서로 인사를 마친 후 월혜가 부모님의 안부를 묻고 사촌오라버니인 임총재를 반가워하는 기색이 넘쳐났다. 이 모습을 보고 임총재가 말하였다.

"할머님께서 누이를 생각하고 계시나 아직 생각하시는 일이 있어 친정 나들이를 청하지 못하시는구나. 너는 만사를 뜬구름같이 여기고 마음을 헛되이 쓰지 말도록 해라. 그리하여 할머님과 둘째 숙부님과 숙모님[252]께 근심을 끼치지 마라."

월혜 소저는 어른들 앞이라 손을 맞잡고 바르게 서서 임총재의 말을 들을 따름이었다.

이때 옥경이 묘월에게 말하였다.

9 "사부는 어서 바삐 임씨를 없애고 쌍연도 마저 없애십시오."

묘월이 말하였다.

"군주는 염려 마시오. 오늘 밤 임씨를 생포하여 갈 것이오."

군주가 기뻐하며 밤이 깊어지기를 기다렸다.

차설(且說). 이 무렵 남악(南岳) 위진군이 하루는 인간 세상의 일을 살펴보다가 채원과 가선자를 불러 말하였다.

"문혜성이 오늘 밤에 액을 당할 것이니 너희들은 빨리 나아가 이리이리하여 데려오라. 그러나 임씨 대신 몸 하나를 만들어 침상 위에 눕혀 놓고 홍매 등까지 주씨와 함께 데려오너라."

두 사람이 명령을 받고 맑은 바람을 몰아 설씨 부중에 이르러 협실 뒤
10 창에서 동정을 살폈다. 이때 설태사 부부가 사위, 며느리 등과 함께 저녁 식사를 끝내자 태부인에게 저녁 문안을 마친 후 설태사는 총재와 더불어 외당에 나와 한가롭게 담소를 나누고 상부인은 며느리 등을 거느려 각각 침소로 물러났다. 임소저가 이날 부모님의 소식을 듣고 갑자기 마음이 처량해져서 상아로 만든 침상과 유리 서안에 기대어 비스듬히 앉자, 슬픈 마음이 샘솟는 듯하였다. 홍매 등이 임소저의 슬픈 기색을 보고 소저가 부모님을 생각하고 슬퍼하는 것임을 알고는 한가지로 슬픈 마음을 진정치 못하여 서로 말하였다.

---

252) 둘째 ~ 숙모님 : 임세린 부부를 말함. 이들은 총재 임창흥에게는 숙부모가 되고, 임월혜에게는 부모가 됨.

"내일 총재 어르신께서 일찍 댁으로 들아가실 것입니다. 어르신들께 11
사정을 아뢰고 친정에 다녀오시는 것이 어떻습니까?"

소저가 묵묵히 생각하다가 말하였다.

"너희 말이 좋긴 하지만 내가 친정을 다녀온다면 험난할 일들이 많으리니 어느 날 어느 때 부모님 앞에서 절할 수 있단 말이냐? 너무나 슬프니 옥주마마[253]와 어머님께 글을 올려 마음이나 위로하시게 해야겠구나."

이에 춘빙이 문방제구를 내오자 소저가 깁으로 된 종이를 손으로 잡고 부모를 그리워하는 간절한 마음으로 붓을 휘둘러 비바람이 몰아치듯 순식간에 쓰기를 다하니 종이 위에 오색 빛깔이 영롱하였다. 이 한 장 붓으로 쓴 서간이 임씨 집안의 궁에 이르러 도두 보게 된다면 임부마의 구정
(九鼎)[254]과도 같은 단심(丹心)도 새까맣게 타서 숯이 되고 재가 되는 것을 12
어찌 면하겠는가?

쓰기를 마친 후 장손 보모에게 그것을 맡긴 뒤, 장복(章服)[255]을 벗어 시렁 위에 걸고 촛불을 끄고 잠자리에 들었다. 잠기운이 몽롱하여 자려고 하는데 갑자기 뒤창이 열리며 서늘한 기운이 방 안을 두르는 것이었다. 어느덧 소저의 몸을 거두어 융단 위에 올린 후 풍우같이 몰고 내달았다. 소저가 혼비백산하여 정신을 차리지 못하는 사이에 벌써 곤륜산 정상에 이르렀다. 채원이 월혜 소저를 융단에서 내리게 한 뒤 진군에게 명령을 실행했음을 아뢰자 진군이 기뻐하며 맞았다.

---

253) 옥주마마 : 임월혜의 또 다른 어머니인 효장공주를 말함.

254) 구정(九鼎) : 하(夏)나라 우왕(禹王)이 구주(九州)에서 조공으로 받은 쇠를 녹여서 만든 솥. 하(夏) · 은(殷) · 주(周) 천자에게 보배로서 전해짐. 매우 무거워 항우(項羽) 같은 장사만 들어올릴 수 있었다고 함.

255) 장복(章服) : 직품을 가진 신하 혹은 그 부인의 예복(禮服).

13 임소저가 정신을 차려 살피니 산봉우리가 높고 험하여 인간 세상과 달랐다. 소저는 어이가 없었으나 조금도 안색을 바꾸지 않고 주위를 둘러보았다. 그러자 한 여선(女仙)이 머리에는 칠성구화관(七星九花冠)[256]을 꽂고 몸에는 금로강초의(絳綃依)[257]를 입고 있는데 이미 뼈가 바뀌어 선골이 된 것을 알 수 있었다. 소저가 채원을 돌아보고 말하였다.

"존경하는 신선께서는 저를 어디에 쓰려고 이곳에 이르게 하셨습니까? 해로움이 있든 없든 간에 근본을 밝히십시오. 신선에게 뵈는 예를 행하리니 협실 시렁 위에 있는 제 예복이 생각나십니까?"

채원은 소저를 풍운에 몰아왔으니 응당 기절하였을 것이라 생각하였
14 다가 소저가 편안하고 침착한 태도로 조금도 동요됨이 없이 예복을 찾는 말을 하자 그 조화의 무궁함에 놀라 재빨리 구름 소매를 떨쳐 봉관(鳳冠)·옥결(玉玦)[258]과 붉은색 비단으로 만든 육복(六服)[259]의 장복(章服)을 내어 놓았다. 소저가 살펴보니 자기의 예복이었다. 계란 같은 융단 위에 자신을 거두어 올린 뒤 풍운을 일으켜 순식간에 싸가지고 왔는데 어느 틈에 시렁 위를 돌아보았단 말인가? 소저는 신선의 일처리가 원대함을 깨닫고 6척의 몸을 굽혀 진군에게 2번 절하였다. 정경파[260]가 얼른 답례하고 구름 같은 소매를 들어 바위 위에 앉기를 청하면서 말하였다.

"부인께서는 명부(命婦)[261]의 높은 자리에 계신 분이시고 누추한 저는

---

256) 칠성구화관(七星九花冠) : 일곱 개의 별과 아홉 개의 꽃이 그려진 관.

257) 금로강초의(絳綃依) : 금로는 정확한 뜻을 알 수 없고, 강초의는 진홍색 비단으로 만든 옷을 말함. 매우 아름다운 옷을 말하는 것으로 보임.

258) 옥결(玉玦) : 패옥(佩玉)의 일종.

259) 육복(六服) : 일반적으로 왕비의 의복의 말함. 주(周)나라의 왕후가 위의(褘衣)·유적(揄狄)·궐적(闕狄)·국의(鞠衣)·전의(展衣)·연의(緣衣)의 육복을 갖춘 데서 나왔음. 여기서는 귀족 여성들이 입었던 여섯 가지 의복을 뜻하는 것으로 쓰였음.

260) 정경파 : 〈구운몽〉에 나오는 8선녀 중의 한 사람.

261) 명부(命婦) : 봉작(封爵)을 받은 부인을 통틀어 일컫는 말. 내명부와 외명부의 구분이 있음.

산 위에 있는 아침이슬 같은 무리입니다. 비록 전세의 연분으로 인해 15
제가 부인의 급한 화를 구하여 이곳에 이르게 하였으나 어찌 제가 감히
감당치 못할 인사를 받겠습니까? 부인께서는 잠깐 바위 위에 앉아 부
인의 시녀 서너 명이 오는 것을 기다렸다가 숭산(崇山)[262]으로 가십시
오. 제가 거처하는 암자가 비록 누추하긴 하나 거기서 한 몇 년 동안 액
을 피하시면 집안의 깊은 방에서 당하는 고초보다 낫고 후환이 없을 것
입니다."

말을 마치자 가선자가 다섯 시녀를 안개구름 속에 몰아 왔다. 방금 전
가선자가 진군의 명령을 받고 설씨 집안에 이르니 벌써 채원이 소저를 데
려가고 없었다. 바야흐로 설씨 집안을 살펴보고 있는데 문득 비린내를 풍
기는 바람이 점점 가깝게 다가왔다. 가선자가 이를 괴이하게 여기고 작 16
은 귀뚜라미로 변신하여 바람벽에 붙어 있었다. 그러자 바람이 끝나면서
요괴로운 도사가 나타나 요술을 써서 파랑새로 변하여 독수리가 매 채 가
듯 임소저를 물어가려 하였다. 그러다 뜻밖에 나는 새도 달아날 길 없는
촘촘한 그물이 사방에서 덮치고 호랑이가 움직이는 듯한 붉은 글씨로 된
한 장의 부적이 나오므로 요괴로운 도사가 황급해 하고 당황하여 어쩔 줄
을 몰랐다. 요괴로운 도사가 손이 묶여 위급한 가운데 벼락 치는 소리가
하늘을 흔들면서 도사의 발꿈치와 정강이와 무릎을 얽어 땅에 떨어뜨리
자 도사가 소리도 지르지 못하고 팔다리만 버둥거렸다. 17

이때 임총재가 설태사를 모시고 잠깐 잠들었다가 요괴로운 도사를 베
는 참요검(斬妖劍)을 시험하려고 붉은 글씨의 부적을 구해 협실에 자욱하

262) 숭산(崇山) : 중국 하남성(河南省)에 있는 산의 이름. 중국 5대 명산, 즉 오악(五岳)의 하나로 꼽히며, 당(唐)나라 때인 688년에 신악(神嶽)으로 지정됨. 또한 남북조(南北朝) 시대부터 종교와 문화의 중심지로 유명하였음.

게 붙였다. 그런 후 요도(妖道)를 처지하려고 잠을 깨어 정원을 산보하며
건상(乾象)을 살피니 요도의 별이 아직 천벌을 받을 때가 아니었다. 이에
칼을 도로 칼집에 끼운 후 요괴로운 도사를 놀라게 하여 쫓으려고 번개와
벼락소리를 만들자 요괴로운 도사가 평생의 신기한 술법을 다해 간신히
옥경의 침소로 돌아갔던 것이다. 임총재가 요괴로운 도사를 쫓고 장손 보
18 모에게 통보하여 임소저를 매화장에 넣어 바로 취운산 도은복으로 행하
려 하였다.

이때 가선자가 급히 짚으로 사람 모양을 만들어 소저의 이불에 누이고
주문을 외우며 이불째 몰아서 옥경의 침실 밖으로 던졌다. 그런 후 소저
의 다섯 시녀와 주씨를 걷어 올려 안개구름 속에 넣고 구름을 몰아 곤륜
산에 이르렀던 것이다. 소저의 시녀 홍매 등은 막 잠들려 고 하다가 소저
는 간 곳을 알 수 없고 한 명의 요승이 들어와 환술을 부리려다가 천둥벼
락에 쓸려 밖으로 끌려 나가 협실에 인기척이 없더니 한 선동이 저희들
19 다섯 사람과 주씨를 거두어 가는 것을 보고 혼비백산하여 어쩔 줄을 몰랐
다. 잠깐 사이에 곤륜산에 이르니 진군이 미소 지으며 일시에 다 몰아서
구름에 올려 순식간에 숭산 동쪽 입구에 이르게 한 후 옥허궁에 자리를
잡고 여러 도동(道童)[263]으로 소저를 맞아오라 하였다.

원래 이 진군은 남악 위진군의 명을 받아 이곳에 있는 위진군의 으뜸
제자 정경파였다. 여러 도동이 임소저와 그 수하 사람들을 다 청하여 오
자 홍매 등이 임소저를 만나게 되었다. 주인과 하인이 서로 만나보면서
반기는 기쁨이 이루 다 측량할 수 없었다. 진군이 각각 자리를 주고 옥액
경장(玉液瓊漿)[264]을 임소저와 여섯 사람에게 권하였다. 그 맛이 깨끗하고

263) 도동(道童) : 도사의 심부름 등을 하면서 도를 닦는 아이.

상쾌하여 목구멍을 넘어가자 인간 세상의 음식이 갑자기 잊혀졌다. 소저 20
가 차 마시기를 마치자 진군을 향하여 말하였다.

"제가 본래 속세에 오래 묵은 사람이라 선법(仙法)에는 아득합니다. 그
런데 뜻하지 않게 여기에 이르렀으니 양가 부모님께 저의 생사를 아뢰
지 못하여 불효를 끼치고 있습니다. 원컨대 낭랑(娘娘)[265]께서는 저를
집에 돌아가게 해주십시오."

진군이 웃으며 말하였다.

"부인이 어찌 천기(天機)를 알겠습니까? 부인이 아무리 돌아가기를 바
라도 가지 못 할 것입니다. 고요히 앉아 저의 말을 들어 보십시오. 소
저는 몇 대에 걸쳐 업원을 심하게 맺어 끝내 태을선군을 좇아 인간 세
상으로 내려왔기 때문에 모진 갈호를 만나 심하게 다치게 되는 운명입 21
니다. 보복을 당하는 것이 심상치 않으니 요승이 깊은 방에 돌입하여
태을선군의 문혜성을 위한 굳은 마음 즉 설태우의 소저를 향한 단심(丹
心)을 순식간에 바꾸어 소저로 하여금 수년간 애간장을 태우게 하고 앵
혈(鶯血)[266]이 그대로 있게 한 것은 갈호의 복수였습니다.

이 갈호가 요승을 끼고 몸을 바꾸어 한왕의 딸, 회왕의 딸이 되어 요술
로 설태우의 부실이 되어서는 총애를 받고 부인을 갱참에 넣어 낙안주
로 보내려 하였습니다. 그런데 다행히 문곡성의 조화로 옥경의 몸에
모진 가시를 돋게 하여 태을선군과 정을 나누지 못하게 하고 주소랑 22

264) 옥액경장(玉液瓊漿) : 신선들이 마시는 음료수로, 오래 살게 하는 선약(仙藥)임. 좋은 술의 비유로도 쓰임.

265) 낭랑(娘娘) : 왕비나 귀족의 아내 등에 대한 높임을 나타내는 말. 여기서는 신선인 정경파를 높여 부르는 말로 사용됨.

266) 앵혈(鶯血) : 꾀꼬리 피를 여자의 팔 위에 찍어 처녀임을 나타내던 표시임. 남녀 간의 관계를 맺게 되면 이 점은 없어지게 됨.

쌍연으로 설태우의 아내 항렬을 채우게 하여 요인인 옥경의 간을 태웠
습니다. 이에 요인이 도리어 소저를 잊고 주소랑을 미워하여 처치하려
하였는데, 그럼에도 이날 밤에 요승이 소저를 먼저 해치려 하였습니다.
소저의 작은아버님께서 건상(乾象)을 보시고 예측하여 소저를 급한 화
에서 구하기 위해 삼태성에게 이리이리 하라고 가르쳐 주었습니다. 그
래도 소저 신상에 큰 재앙이 미칠 것이 불 보듯 뻔하였습니다. 제가 소
저와 더불어 전생의 인연이 있기에 이렇게 다녀온 것으로, 올해 소저의
횡액은 소저가 죽음으로써 인세에 자취를 끊어 후환을 없앤 후에야 큰
23 운이 돌아오는 길한 때를 만날 수 있습니다. 이곳을 버리고 어디에서
머물고자 하십니까? 이는 전생의 죄업이 금세에 인과응보로 나타난 것
입니다. 소저의 친정과 시댁에서는 벌써 제가 짚으로 소저의 모양을
본떠 만든 인형을 보고 궁터에 장사지낼 것이니 아직 급히 서두르지 마
시고 제가 처리하는 것을 보십시오."

이 말을 다 듣고 난 뒤, 임소저는 자신이 삼생(三生)의 죄과로 인과응보가 이처럼 명명백백하자 마치 눈앞에 전생의 일들을 대하고 있는 듯하였다. 그 중에서도 요사한 비구니가 자신을 삼켜 낙안주로 가려 했던 일을 듣자 모골이 송연하였다. 이에 두 번 진군에게 절하고 감사하는 뜻을 나타내면서 말하였다.

"낭랑의 가르침을 받으니 죽은 뼈가 다시 살아난 것 같습니다. 다만 짚
24 인형으로 저를 대신하였으면 양쪽 집안에 불효가 이보다 더한 것이 없
을 것이니 장차 어찌하면 좋겠습니까?"

진군이 상냥하게 웃으며 말하였다.

"그대가 살아 있다는 것을 알리는 것은 절대로 안 되오. 그대는 너무

지나치게 걱정하지 마시오.”

진군이 주쌍연을 돌아보며 가르쳐 말하였다.

“슬프다, 그대여! 요지연(瑤池淵)[267] 모임에서 천도(天桃) 하나를 태을의 앞에 떨어뜨린 죄로 회왕의 첩의 딸이 되어 낳아주신 친어머니를 잃고 적모(嫡母)[268]의 천대를 받았구나. 그러다가 옥경이란 요인(妖人)의 시녀가 되어 겨우 태을성과의 연분을 이어 총애를 받았으나 요사스런 사람에게 모진 고통을 당할 것이기에 내가 잘 되라고 거두어 왔으니 이후에는 인간 세상의 영욕을 생각지 말고 천당의 쾌락을 누리게.” 25

주소랑 쌍연이 옥경의 흉계를 낱낱이 홍매 등에게 전하러 왔다가 가선자가 자신을 거두어 이곳으로 오는 일을 당해 어찌할 줄 몰랐다. 그러나 진군이 전생의 일을 훤히 말하고 숭산 도관(道觀) 안에 자신을 거두려 하자 그 은혜를 뼛속 깊이 느끼고는 머리를 땅에 두드리며 감사하였다. 이후에는 진군의 제자가 되어 어미를 찾아 부모 자식 간의 천륜을 회복한 뒤 다시는 인간 세상에 참여하지 않기를 원하였다. 진군이 이를 어여삐 여겨 채원에게 주씨를 맡겨 도법과 선술을 가르치게 하였다.

진군이 도동에게 소저의 침소를 서편 후당으로 하여 모시라 하자 여동
(女童)이 소저와 그 시녀들을 인도하여 후당 회춘정이란 곳에 이르렀다. 26
이곳은 백옥으로 층층이 쌓은 섬돌이 아득한 곳에 푸른 옥으로 집을 짓고 유리 기둥을 세웠으며 수정 반자[269]의 팔면에는 보배로운 광채가 찬란하였다. 한 쌍의 여동이 옥으로 된 창문을 반쯤 열고 거북 모양 촛대 두 쌍

267) 요지연(瑤池淵) : 주(周)나라 목왕(穆王)이 서왕모(西王母)와 만났다는 선경(仙境). 곤륜산(崑崙山)에 있다고 함.

268) 적모(嫡母) : 첩의 자식이 아버지의 정실부인을 지칭하는 호칭.

269) 반자 : 지붕 밑이나 위층 바닥 밑을 편평하게 하여 치장한 각 방의 천장.

을 높이 꽂은 후 소저를 청하여 방으로 들어오게 하였다.

소저가 방 안에 자리를 잡고 조용히 앉아 있자, 홍매, 춘빙 등은 소저를
잃었다가 이처럼 다시 보게 되었을 뿐만 아니라, 선계(仙界)에서 몸이 향기
롭게 거처하고 요인의 작태를 보지 않게 된 것에 이루 다 할 수 없이 기뻐
27 하였다. 그러나 소저는 한가로운 곳에 앉아 양가 부모를 생각하자 불효가
끝이 없었다. 문득 작년 봄에 큰아버지가 주었던 비단주머니 속의 그림을
내어보았다. 한 폭 화전에 자신의 모습을 옮겼는데 오색의 상서로운 구름
에 둘러싸인 가운데 왼손에는 주미(麈尾)[270]를 들고 오른손에는 『황정경
(黃庭經)』[271]을 든 채 여자 신선의 앞에 서 있는 모양이었다. 신선의 모습
과 자기의 모습이 실제와 조금도 다름이 없어 마치 머리카락을 움직이면
서 말을 할 듯하였다. 큰아버지의 신기한 재주로 오늘의 일을 명백하게 그
린 것이니, 자신이 평생토록 이단의 괴로운 도를 배척하고 급한 환란을 당
28 할 때도 유가(儒家)의 도만 세울까 하여 이렇듯 명백히 운명에 매인 바를
그림으로 가르친 것을 깨닫고는 어쩔 수 없이 그림을 비단주머니에 넣고
슬퍼하며 망연자실하고 있었다.

이때 향내가 진동하며 진군이 이르렀다. 소저가 바삐 맞아 각각의 자리를 정하자 진군이 웃으며 말하였다.

"지금 달이 밝고 바람이 맑으며 밤이 깊어 아무 소리 없이 매우 고요하니 나를 따라오시게. 깊은 도를 가르칠 것이오."

소저가 사양하지 않고 진군을 따라 옥루봉에 이르자 진군이 소저를 붉

---

270) 주미(麈尾) : 선승(禪僧)이 담론할 때 손에 들고 흔드는 둥근 모양의 총채.

271) 『황정경(黃庭經)』 : 도가(道家)의 경문. 위 부인(魏夫人)이 전한 황제 내경경(黃帝內景經), 왕희지(王羲之)가 베껴서 거위와 바꾸었다는 황제 외경경(黃帝外景經), 황정 둔갑 연신경(黃庭遁甲緣身經), 황정 옥축경(黃庭玉軸經)의 네 가지가 있음.

은 옥으로 된 의자에 앉히고 으뜸 여자 신선으로 하여금 구름 장막을 치고 안개 병풍을 두르게 하였다. 진군이 금으로 된 촛대에 붉은 촛불을 밝히고 작은 비단주머니를 내어놓으며 소저에게 말하였다.

"이 비단주머니의 글은 화타(華陀)[272]의 청낭술(青囊術)[273]이오. 뼈를 긁어내고 독을 치료하는 법을 가르치고 있으니 잘 배우시오." 29

그런 후 길이 4, 5촌 정도 되는 침을 내어 소저 앞에 놓으며 짚 인형을 만들어 앉혀놓고 침놓는 법을 낱낱이 가르쳤다. 소저가 일일이 다 배우자 진군이 또 세 개의 단약을 맡기며 말하였다.

"살의 독을 다 풀고 나면 이 약을 지성으로 생피에 개어 살가죽에 부으면 독기가 사라지고 통증이 사라질 것이오. 그 후 두 알을 연달아 먹이면 독기가 다 풀어져 피부가 평소와 같게 될 것이오."

소저가 약을 받아 간수하였으나 그것을 어디에 써야 할지 몰랐다. 그 30
러나 감히 진군에게 묻지 못하고 진군도 곡절을 이르지 아니하였다. 진군이 다시 다섯 시녀에게 각각 작은 장대를 들고 창 쓰는 법과 활 쏘는 법, 구름에 올라타고 안개를 수레 삼아 나는 법, 임기응변으로 적을 대적하는 법, 병사를 모으는 법 등을 낱낱이 가르치니, 다섯 시녀가 총명하여 일제히 다 배웠다. 진군이 주쌍연을 더욱 사랑하여 세 권의 천서를 가르쳤으니 위로는 천문을 통하는 법과 아래로는 풍수지리에 능통하는 법과 적진

---

272) 화타(華陀) : 중국 후한(後漢) 말기에서 위나라 초기의 명의(名醫). 약제의 조제나 침질, 뜸질에 능하고 외과 수술에 뛰어났으며, 일종의 체조에 의한 양생 요법인 '오금희(五禽戲)'를 창안하였음.

273) 청낭술(青囊術) : 화타가 저술한 의학서인 『청낭서(青囊書)』에 적혀 있는 병을 고치는 기술. 푸른 주머니 안에 있다 하여 『청낭서』라고 불렀다 함. 위왕(魏王) 조조(曹操)가 심한 두통으로 고생할 때, 화타가 조조에게 마취산(痲醉散)을 먹인 후 도끼로 머리를 쪼개어 뇌 속의 바람을 잡아야 한다고 하자 조조는 화타가 자신을 암살하려는 것으로 의심하여 그를 옥에 가두었고 그 이후 당대의 최고 의서였던 『청낭서』가 전해지지 않게 되었다 함. 청낭술은 바로 이 책에 실려 있던 치료기법으로 주로 수술을 한 뒤 침으로 병을 고치는 기술이었다고 할 수 있음.

에 돌입하여 요괴를 신출귀몰하게 잡는 법, 그리고 근두운을 타는 법을
31 낱낱이 다 가르쳤다. 이리하여 임소저와 주쌍연, 그리고 시녀 다섯 사람
이 다 도통하게 되었다.

화설(話說). 임총재가 사촌 누이동생을 매화장 속에 넣어 반드시 데려
가리라 생각하고 장손 보모에게 명령하였다. 그런데 갑자기 협실에서 "애
고, 애고" 하는 소리가 급하게 나더니 소저의 자취가 없다고 하면서 유모
와 보모 등이 어찌할 줄 몰라 허둥지둥하며 서로 부르짖어 집 안팎이 소
란하였다. 설태사는 취침하였다가 매우 놀라 여러 자식들 및 사위인 임총
재와 더불어 바삐 내실에 이르러 변고가 어찌하여 일어난 것인가를 물으
며 간담이 끊어질 듯 슬퍼하였고, 상부인은 "며늘아가"라고 한 마디를 부
32 르고 피를 토하며 기절하였다. 모든 자식들은 허둥지둥하며 급히 약을
상부인의 입에 흘려 넣으며 수족을 주물렀다. 이윽고 상부인이 기운을 차
렸으나 좌우를 살피며 입 안 가득히 소저를 부르다 자주 기절하였다. 임
총재는 이상한 조화를 괴이하게 여기고 상부인이 매우 슬퍼하는 것을 보
고 심란해 하며 탄식하였다.

이때 묘월이 옥경의 침소로 들어가는데 문득 보니 사람 몸 하나가 이불
에 쌓여 난간에 놓여 있었다. 이는 가선자가 짚 인형으로 임소저의 모습
을 만들어 들여놓은 것이었으나 묘월이 어찌 이를 알겠는가? 묘월이 소리
질러 말하였다.

33 "이 시신은 누구의 주검이길래 치우지 않았느냐?"

이때 교홍이 주쌍연이 없는 것을 의심하여 두루 찾다가 이 말을 듣고
내달아 보니 분명 사람의 시신이었다. 드러내어 섬돌 위에 놓고 수군거릴
사이에 모든 시녀가 다 모여 말하였다.

“법사의 신기한 술법도 다 속절없구려. 한 가지 일도 이루지 못하니 어느 날 어느 때 성사시키겠소?”

묘월이 얼굴빛을 바꾸며 말하였다.

“너희 무리가 무엇을 알겠느냐? 내가 아까 시신을 보니 나이가 16세 정
도인 임소저와 같았다. 이는 분명 임소저가 번개를 맞아 즉사한 것이
다. 내가 임소저의 금년 신수를 점쳐보니 비록 타고난 달과 타고난 시 34
(時)는 모르나 금년의 액운은 하늘로 오르고 땅으로 들어가는 재주가 있어도 면치 못할 것이다. 너희들은 들어보아라. 내가 저의 생사를 판단하고 바로 병사를 일으켜 중국을 빼앗을 것인데 무슨 일로 미리 떠드느냐?”

이때 정당 안팎에 모든 사람들이 물끓 듯하면서 불을 대낮같이 밝히고 임소저를 두루 찾다가 섬돌 위에 있는 시신을 보고 매우 놀라 태사에게 이런 사연을 고하였다. 설태사 또한 깜짝 놀라 아들인 설시랑 등으로 살펴보라고 하고 침통해 하면서 말하였다.

“우리 집에 이러한 요상한 변고가 일어난 것은 불초자식 희광으로부터 말미암은 것이다.”

시랑 형제가 급히 나가 시신을 보니 틀림없는 임소저였다. 설태우가 35
이윽히 보다가 자신도 모르는 사이에 시신을 어루만지며 대성통곡하자, 설태사가 듣고 좌우 사람들에게 말하였다.

“이 곡성은 누구의 소리며, 그 시신은 누구의 시신이라 하더냐?”

좌우 사람들이 말하였다.

“여러 상공께서 다 가셨으니 돌아오시면 알 것입니다.”

설태사가 즉시 임총재를 부르라 하였다. 이때 임총재가 사촌누이가 없

는 것을 괴이하게 여겨 건상을 살피니 문혜성이 검은 안개에 쌓였다가 갑
자기 한 줄기 맑은 기운이 불면서 문혜성을 옹위하여 바로 숭산 부근으로
36 흘러 다다르고는 문득 맑은 기운을 감추는 것이었다. 임총재가 놀라고
의혹해 하다가 설태우의 곡성을 듣고 재빨리 그곳으로 가 보니 상황이 참
혹하였다. 총재가 두 눈동자를 뚜렷하게 뜨고 소저의 시신을 이윽히 살펴
보니 이는 과연 짚으로 인형을 만들어 술법을 써서 소저의 횡액을 진압하
는 방책이었다. 이것으로 어찌 정인군자의 눈을 속일 수 있겠는가? 임총
재는 다른 말 없이 집안에서 소란스런 곡성을 금지하고 짚 인형을 급히
매어 행랑으로 옮겼다. 그런 후 설태우를 이끌어 정당에 나아가 장인장모
를 위로하며 말하였다.

"집안에 요인이 몰래 잠복하여 누이동생의 목숨을 끊으려고 하룻밤 사
37 이에 온갖 술수를 써서 시신을 섬돌 위에 던져 사람들 마음을 요동케
하였으나 누이는 죽지 않았을 것입니다. 또 다섯 명의 시녀는 순식간
에 어디로 갔겠습니까? 사람을 죽이면 흔적이 있을 것인데 어찌 헛되
이 소리 없이 죽을 리가 있겠습니까? 다섯 시녀는 비록 시녀이긴 하나
모두가 해를 꿰뚫을 만한 굳은 충성심을 지니고 있으니 무슨 낌새를 채
고 주인을 보호하여 어느 곳인가로 숨었을 테니 너무 애통해하지 마십
시오. 날이 밝으면 저 짚 인형을 염하여 진짜인 양 장례하여 누이의 금
년 액운을 때우게 하십시오."

설태사가 탄식하며 말하였다.

38 "사악한 것은 바른 것을 침범할 수 없으며 요사스러운 것은 덕을 이길
수 없다[274] 하였으나 내가 덕이 없어 요얼이 거듭해서 창궐하였으니

274) 사악한 ~ 없다 : {ᄉᆞ불범졍[邪不犯正]이오 요불승덕(妖不勝德)이라}.

오늘밤 해괴한 변란을 차마 말할 수가 없구나. 이토록 원통한 일을 어찌 한 입으로 다 말할 수 있겠느냐? 아, 하느님, 하느님!"

이렇듯 설태사가 부르짖고 상부인은 벽을 구르며 울자, 설태우가 눈이 붓도록 울면서 말을 못하였다. 임총재가 두루 위로하고 있는데 설태사가 갑자기 일어나더니 사당에 나아가 네 번 절하고 나와 울면서 말하였다.

"불초자식 희광으로 말미암아 성현(聖賢) 같은 며느리가 목숨을 마치게 하였으니 이게 다 누구의 죄겠느냐? 내가 패륜아를 낳았기 때문이다. 희광과 부자의 의를 끊을 것이니 희광을 회왕궁으로 보내라."

그러고는 설태사가 좌우 사람들로 하여금 똥물 세 사발을 가져오라 하 39
여 마시려 하자 다섯 자식들 모두가 망극하여 묶어 올린 머리를 풀고 애걸하였다. 그러나 설태사가 어찌 듣겠는가? 이때 목태부인이 전과는 달리 자손을 애지중지하기에 지난밤 변고에 놀라고 설태사의 행동에 대경실색하여 설태사를 붙들고 울면서 말하였다.

"이게 무슨 짓이냐? 내가 지루하게도 오래 살아 이런 무서운 일을 보니 살 뜻이 없구나. 네가 이 더러운 것을 먹겠다면 나도 먹겠다."

그런 후 똥물 그릇을 설태사에게서 빼앗아 마시려 하였다. 이에 태사가 매우 당황해하면서 목태부인을 붙들고 사죄하여 말하였다.

"불초한 자식 때문에 귀한 몸을 손상하시게 하니 희광의 죄가 더욱 큽 40
니다."

설태사가 좌우 사람들로 하여금 목태부인을 비단가마에 들여 모시고 정당으로 드시게 하였다. 그러자 목태부인이 굳이 태사를 이끌고 들어갔다. 태사가 목태부인을 친히 모시고 들어가 희광의 불초함을 고하였다. 이에 부인이 말하였다.

"희광이 비록 불초하나 어찌 네가 똥물을 먹고자 하느냐? 약간 치죄나 하고 용서해 주거라."

설태사가 목태부인의 명을 받들어 아들을 몰아 문 밖으로 내치고 외당으로 나갔다. 그때 갑자기 초왕 형제가 이르자 설태사가 인사를 나누고 자리에 앉은 후에 지난밤에 있었던 집안의 변고를 말하였다.

"며느리를 잃어버린 것은 불초자식이 요얼과 한 당이 된 까닭입니다.
41 어찌 참혹하고 원통하지 않겠습니까?"

말을 마치자 설태사가 갑자기 울면서 눈물을 흘렸다. 초왕 임희린과 부마 임세린 또한 이 말을 듣자 눈물이 떨어지는 것을 참지 못하였다. 부마가 말하였다.

"제가 딸 낳기를 착실히 못하여 의첨이 제 딸을 증오하고 싫어하는 것이 더 이상의 여지가 없고 필경은 이 지경에 이르렀으니 누구를 원망하겠습니까?"

임총재가 짚 인형을 사촌누이 대신 바꿔놓고 간 것임을 나직하게 아뢰자 임부마가 더욱 더 울면서 말하였다.

"이는 요승이 데려간 것이니 그 고초가 오죽하겠느냐? 내가 온 천하[275]를 다 돌아도 내 딸의 시신을 찾고 말 것이다."

설태사 역시 울면서 말하였다.

42 "형님의 뜻이 제 뜻과 똑같습니다. 함께 돌아다녀 제 며늘아기를 찾고 맙시다."

초왕이 과도하다고 말리면서 말하였다.

---

275) 온 천하 : {팔황구주[八荒九州]}. 팔황은 팔방(八方)의 끝 즉 우주를 말하며, 구주는 중국 고대에 전국을 9개로 나눈 주를 말함. 결국 이 둘을 합하면 온 천하를 가리키는 것임.

"이 일이 실로 허망하니 이웃나라가 듣게 해서는 안 될 것이네. 요사스런 일이지만 지목할 곳이 없고 의첨이 눈 없는 사람이 되어 처첩을 둠에 요인이 몰래 숨어 있던 것이나, 그윽한 가운데 신명이 질녀를 보호할 것이네. 3년 후에는 질녀가 무사히 돌아올 것이니 과도한 일을 하지 마시게. 일이 이미 이 지경에 이르렀으니 어찌 의첨만을 나무라겠는가? 약간 벌을 주고 용서하시게."

설태사가 감사하며 말하였다.

"초왕 형님의 말씀이 금옥 같으십니다. 가르치신 대로 하겠습니다."

초왕은 고개를 끄덕였으나 임부마는 아무 곡절도 깨닫지 못한 채 다른 43
말만 하다가 돌아왔다. 그러고도 감히 조모인 태부인께는 이 사실을 고하
지 못하고 부친인 상국 임한주과 숙부인 선생 임한규에게만 이 사실을 고
하였다. 상국과 처사가 놀라고 슬퍼하자, 초왕은 월혜가 죽지 않고 3년
후 돌아올 것이라고 말하였다.

설태사가 초왕 형제를 보내고 난 뒤, 단아들인 설사인을 불러 말하였다.

"희광의 염통에 병이 들었으니 너희가 데려다가 죽정에 두고 일절 내실에는 들여보내지 마라."

사인이 명을 받들고 태우를 죽정에 두었다. 임소저의 보모와 유랑 등
은 침실에 이르러 밤낮으로 울부짖으면서 곡기를 끊고 곡성이 처참하여 44
거의 죽게 될 형편이었다. 상부인이 슬픔을 억지로 참고 장손씨 등을 위
로하며 말하였다.

"이번 변란에 슬픈 것은 너희나 나나 마찬가지다. 그러나 밝은 하늘이 도우시고 며늘아기가 오복(五福)[276]이 완전할 상이니 요승에게 목숨을

마치지 않았을 것이다. 너희들은 과도하게 슬퍼하지 말고 며늘아기의 침실을 지키며 맡은 일을 부지런히 하여라. 그것이 주인을 잊지 않는 일일 것이다."

장손씨 등은 상부인이 자신들을 불쌍히 여기고 돌아보아 주는 은혜에 감격하여 설움을 서리서리 담아 진정한 뒤, 소저의 정침인 채봉각을 잠그
45 고 좌우 행랑채를 지켜 설태우가 찾는 때를 기다리고 있었다.

이때에 임씨 부중에서는 소부인이 딸의 흉문을 듣고 문득 "월혜" 한 소리를 내뱉고 피를 토하고는 기절하였다. 주비와 풍부인, 한부인 등이 일시에 효장궁에 모여 침통한 마음을 이기지 못하였다. 효장공주 또한 슬피 울며 여러 부인들이 통곡하는 것을 위로하다가 소부인이 기운이 막힌 것을 보고 매우 놀라 황급히 수족을 주물렀다. 천홍도 황급히 모든 형제들을 이끌고 와 한바탕 통곡하였다. 풍부인, 한부인 두 부인이 눈물을 비같이 흘리며 천홍을 이끌어 소부인을 돌보라 하였다. 천홍이 망극하고 참담
46 하여 미처 약을 갈지 못하고 입으로 씹어 연달아 모친을 부르며 모친의 입술을 열고 약을 흘려 넣었는데 말을 제대로 할 수조차 없었다. 천홍이 모친을 살리려고 손가락을 베려 하는 찰나에 소부인이 숨을 돌리고 딸을 부르며 슬피 울었다. 이때 천홍은 황급하고 초조하여 목숨이 끊어질 듯하다가 소부인이 기운을 차리고 누이동생인 월혜의 이름을 부르며 혼백을 흩어 깨어나자 나직하게 고하였다.

"누이를 잃어버린 것은 차마 견디지 못할 설움이지만 어머님께서는 저희들을 돌아보시고 어떻게 해서든 마음을 진정하십시오. 그러면 저희

276) 오복(五福) : 유교에서 이르는 다섯 가지의 복. 보통 수(壽), 부(富), 강녕(康寧), 유호덕(攸好德), 고종명(考終命)을 이르는데, 유호덕과 고종명 대신 귀(貴)와 자손중다(子孫衆多)를 꼽기도 함.

들이 누이의 자취를 두루 찾는 것이 어렵지 않을 것입니다.” 47

소부인은 딸 월혜를 생각하면 근심이 가득하였다. 만금같이 귀한 딸이 탕자의 궤상육(机上肉)[277]이 되어 계절이 여러 번 바뀌도록 얼굴 한 번 보지 못하였으니 딸이 남편의 패악한 호령을 들을 때마다 모친인 자신의 품을 생각하며 흐느끼고 빙옥같이 깨끗한 마음으로 더러운 누명을 쓴 것을 온 몸이 똥물에 잠긴 것같이 여기다가 빙옥 같은 깨끗한 몸을 속절없이 모진 풍파에 던진 것을 생각하면 소부인은 원통하고 분한 마음에 창합(閶闔)[278]에까지 사무칠 듯하여 목소리가 자주 끊어졌다. 죽고 싶은 마음뿐
이었으나 자식들이 망극하고 초초해 하는 것을 어여삐 여겨 소리를 삼키 48
고 소나기 같은 눈물을 억지로 참았다. 효장공주는 월혜 소저를 친자식들보다 더 귀중하게 생각하다가 이렇듯 허무하게 잃은 것에 오열하면서 슬피 우는 것을 그치지 못하였다. 궁 안에 가득했던 화락한 기운은 사라지고 슬픈 기운이 일어나니 소저의 영혼이 구름과 바람에 의지하여 흐느끼는 듯하였다. 주비[279]가 효장공주와 소부인을 붙들고 말하였다.

“모든 일은 하늘의 뜻입니다. 저희들의 남은 재앙이 다하지 않아 며느리와 딸을 잃어버린 것이니 사람들에게 이것을 듣게 하면 부끄럽지 않겠습니까? 헤어지고 만나는 것은 다 때가 있는 것입니다. 저도 설씨 며
느리를 잃어버려 손자가 어미 부르는 소리가 불쌍하나 다만 며느리의 49
타고난 기질을 믿으니, 제가 수미산(須彌山)[280]에 처하면서 목숨을 보

277) 궤상육(机上肉) : 도마 위에 오른 고기라는 뜻으로, 어찌할 수 없는 막다른 운명을 이르는 말.
278) 창합(閶闔) : 하늘에 있는 궁전의 문을 말함.
279) 주비 : 초왕 임희린의 부인이자 총재 임창흥의 모친.
280) 수미산(須彌山) : 불교의 우주관에서, 세계의 중앙에 있다는 산. 꼭대기에는 제석천이, 중턱에는 사천왕이 살고 있으며, 그 높이는 물 위로 팔만 유순이고 물속으로 팔만 유순이며, 가로의 길이도 이와 같다고 함. 북쪽은 황금, 동쪽은 은, 남쪽은 유리, 서쪽은 파리(玻璃)로 되어 있고, 해와 달이 그 주위를 돌며 보광(寶光)을 반영하여 사방의 허공을 비추고 있음.

전한 것[281]과 같이 천행이 있기를 바라고 있습니다. 공주와 소씨 동서께서는 어떻게 해서든 마음을 진정하여 앞일을 지켜보고 너무 마음을 상해 자식들의 지극한 효성을 저버리는 일을 만들지 마십시오."

이에 효장공주와 소부인은 슬픔을 거두고 장손 보모가 전해준 편지를
뜯어보았다. 효장공주에게 부친 편지에는 그 뜻이 더욱 애원하고 처연하
게 실려 하직하는 뜻과 사연이 분명하였다. 목숨을 보전하였다가 훗날 슬
50 하에 돌아와 옥주마마와 부친과 모친에게 천륜의 정을 한없이 펴고 색동
옷을 입고 재롱을 부리며 즐김이 지극할 것이나 지금은 풍진 세상에 휩쓸
려 미처 하직하지 못한 죄가 끝이 없다고 써 놓았으니 십중팔구 살아있을
가능성이 있었다. 이를 가져다가 집안사람들 보고는 모두가 적잖이 위로
를 삼았다.

차설(且說). 설씨 집안에서는 짚 인형을 없앤 후 설태우가 분한 마음이
가득하여 다시 옥경의 처소에 가지 않자, 옥경의 타는 가슴이 더욱 불 붓
는 듯하였다. 이에 옥경이 묘월을 보고 조르자 묘월이 가만히 계교를 알
51 려주었다. 이윽고 묘월이 몸을 흔들어 술법으로 이슥히 짚 인형을 만들
어 옥경의 모양으로 꾸민 후에 물을 뿜고 진언을 염하니 옥같이 아름답게
변한 그 모습은 옥경 모습 그대로였다. 이 가짜 옥경을 수놓은 비단으로
단장을 황홀하게 하여 앉혀 놓고는, 이날 밤 묘월은 옥경과 홍교를 구름
에 태워 구도동에 이르러 옥경 등은 그곳에 머물게 하고 자기는 다시 근
두운을 타고 융국(戎國)으로 갔다.

---

281) 제가 ~ 것 : 『임씨삼대록』의 전편인 『성현공숙렬기』에 나오는 내용임. 주비가 젊었을 때 반관옥, 반연화, 한왕 등이 결탁하여 모함으로써 주비를 귀양가게 만든 뒤 뒤에 한왕 등이 주비가 머무르는 곳에 불을 질렀을 때 수미산 태허법사가 구해 주어 수미산에서 몇 년 간을 지내면서 목숨을 보전하였던 일을 말함.

이때 옥선은 융왕 달목국의 언지가 되어 밤낮으로 음탕하게 즐기며 옛
날 달기(妲己)의 일을 본받고 있었다. 또 간간이 탈불화와 사통하면서 궁
녀 중에 미색 있는 자를 뽑아 요술을 가르치고 있었다. 묘월이 구름으로 52
부터 내려와 합장하고 안부를 묻자, 옥선이 묘월을 반갑게 맞이하면서 그
간의 일을 물었다. 묘월이 전후의 일을 낱낱이 말하자, 옥선이 그 말을 다
듣고 기쁨을 이기지 못하는 가운데에도 자기의 신세를 슬퍼하였다. 묘월
이 위로하고 옥선과 중원을 칠 일을 꾀하자 옥선이 융왕을 청하여 묘월을
신승(神僧)이라 소개하고 극진히 대접하였다. 융왕은 옥선의 말이라면 죽
으라 하여도 죽는 탓에 아무 곡절도 모르고 묘월을 제 어미같이 받들었
다.

이때에 초왕 임희린의 두 번째 아들 재홍의 자(字)는 원범이었는데, 타
고난 바가 다른 사람과 퍽 달랐다. 주비가 공자를 낳을 때에 상서로운 기 53
운이 주위를 가득히 둘렀으니 이른바 생이지지(生而知之)한[282] 성품이요,
산의 정기와 물의 신기(神氣)를 아울러 하늘과 땅 사이의 신비스런 조화를
타고난 사람이었다. 조부모와 부모가 재홍에게 푹 빠져서 그 특별히 사랑
하는 모습이 천지만물 중에 비교할 데가 없었다. 평소에 조용하여 말을
잘 하지 않는 초왕도 이 아들에게만큼은 허심탄회하게 옳고 그름을 말하
는 모습은 아무리 천륜이라 하여도 유달리 특별하였다. 또 재홍은 하늘이
낸 효자로 그 효성이 증자(曾子),[283] 왕상(王祥)[284]과 흡사하였다. 재홍공

---

282) 생이지지(生而知之)한 : 학문(學問)을 닦지 않아도 티어나면서부터 안다는 뜻으로, 생지(生知)하는 성인(聖人)을 이르는 말.

283) 증자(曾子) : 중국 춘추시대(春秋時代)의 유학자. 명(名)은 삼(參). 자(字)는 자여(子輿). 공자의 도(道)를 계승하였으며, 그의 가르침은 공자의 손자 자사(子思)를 거쳐 맹자(孟子)에게 전해져 유교사상사상(儒敎思想史上) 중요한 위치를 차지함. 동양 오성(五聖)의 한 명임. 증점(曾點)의 아들로 효심이 두터웠으며, 특히 부모의 뜻을 받는 양지(養志)를 행한 것으로 유명함.

284) 왕상(王祥) : 중국 서진(西晉) 사람. 어려서부터 효성이 지극하여 그의 계모 주씨(朱氏)가 생선

자가 12세에 이르자 할머니인 태부인이 나이가 많으시기에 소씨 가문에
54 재촉하여 바삐 날짜를 가려 혼례를 치르려고 하였다.

이때 부마의 장자 천홍은 자(字)가 원승으로 효장공주가 낳은 아들이었다. 공자가 태어나면서부터 자질이 성스러워 모든 자식 중 출중하니 이른바 푸른 바다의 교룡의 씨는 평범한 수토(水土)와는 다른 곳에서 태어난다는 것을 알 수 있었다. 갓 태어나면서부터 지각이 밝아 모든 일을 아는 듯했고 풍채가 빼어나고 늠름하여 눈빛은 십리 강한(江漢)[285]에 햇발이 비취는 듯 밝게 빛나고 용모는 곤륜산 백옥을 깍아 놓은 듯 바다 속에서 밝게 빛나는 진주 같으니 진실로 뛰어난 임금의 기린(麒麟)[286]이요, 성스러운 시대의 봉황이었다. 어찌 선동(仙童)이 인간 세상에 내려온 것이 아니
55 며 왕이보(王夷甫)의 들에서 노니는 풍채[287]뿐이겠는가? 아직 뚜렷하진 않지만 어렴풋하게나마 큰아버지인 초왕의 풍채와 의기를 우러르고자 하면서 가슴으로 드넓은 도량과 영웅의 기틀을 바라고 있었다. 부마는 만금보다 더 귀하게 사랑하였고 할아버지인 태청선생 또한 간절하고 끊임없는 사랑으로 천홍공자를 무릎 위에서 내려놓을 때가 없었다. 천홍이 점점 자라면서 문장과 학행이 빼어나게 되어 붓을 떨치면 황룡이 기세를 펼치는 듯하고 글을 지으면 귀신을 울릴 듯하였다. 11세가 되자 장부의 골격

을 먹고 싶어하자 얼음 위에 누워 얼음이 녹는 것을 기다려 얼음을 깨니 잉어가 튀어나와 잉어를 얻어 드렸다 함. 자신을 학대하는 계모를 지극한 효성으로 감화시킨 것으로 유명함.

285) 강한(江漢) : 양자강(揚子江)과 한수강(漢水江)이 합류하는 곳으로, 이 둘을 함께 이르는 말로 주로 쓰임.

286) 기린(麒麟) : 성인이 탄생할 때 세상에 출현한다는 상서로운 동물로, 여기서는 매우 빼어난 인물임을 상징적으로 비유한 것임.

287) 왕이보(王夷甫)의 ~ 풍채 : 왕이보는 위진(魏晉) 시대 사람으로 성품이 담백했다고 함. 죽림칠현 중 한 사람인 왕융(王戎)의 사촌동생으로 서진 말기 귀족사회에 유행하던 청담(淸談)의 중심인물로 꼽힘. 속된 것을 싫어하는 고아한 성격으로 한 번도 입으로 돈의 '돈' 자를 내뱉어 본 적이 없었다고 함. 왕이보의 들에서 노니는 풍채란 이처럼 속된 세상에서 벗어나 고상한 것을 지향하던 모습을 말한다 할 수 있음.

에서 빠지는 것이 없기에 성병부의 딸과 정혼하였다. 재홍보다 1년 아래
였으나 어리지 않다 하여 태부인이 바빠하시는 것을 좇아 혼례를 재촉하 56
였다. 이에 병부상서(兵部尙書) 성인수와 이부상서(吏部尙書) 소원직이 한가
지로 혼인 날짜를 알리자 두 공자의 혼례날이 1달 남게 되었다.

소상서의 부인 경씨는 태사 경형의 딸이었다. 명문세가의 요조숙녀로
슬하에 3자 1녀를 두고 있었다. 세 아들을 낳은 후 출산이 끊어졌다가 문
득 기이한 꿈을 꾸고 잉태하여 13개월 만에 딸을 낳는데 산실(産室)에 신
비로운 향이 가득하였다. 그런 중에 한 선녀가 상서로운 구름 속에서 아
이를 받아 포대기에 싸고 모란 한 송이를 아이 가슴에 놓자 꽃이 변하면 57
서 눈같이 하얀 가슴 위에 한 송이 모란 고양의 점이 손바닥만한 크기로
박히며 맑은 향기가 방안에 가득 퍼졌다. 이윽고 상서로운 안개가 걷히니
선녀는 온 데 간 데 없고 아이가 급하게 울었다. 보모 등이 부인을 부축하
여 보호하면서 갓난아기를 곁에 눕혔다. 각로부인이 늘그막에 갓난아기
를 보고는 손자를 처음 본 듯 소파를 돌아보며 말하였다.

"제가 연달아 세 손자를 낳는 것을 보았으나 이 아이같이 장대한 아이
는 처음 봅니다."

소파가 포대기를 헤치고 가슴 가운데 기이한 모란 점을 각로부인에게 58
보이며 말하였다.

"이것이 더욱 기특하지 않습니까? 눈빛 같은 가슴에 붉은 모란 한 송이
가 이상한 앵혈이 되어 있는데 천향(天香)이 가득 풍기니 이런 신기한
아이가 이 가문에 태어날 줄 어찌 알았겠습니까? 저의 적질(嫡姪)[288]의
부인인 주숙렬이 곰 꿈을 꾸고[289] 며칠 전 옥동자를 낳았는데 창홍보

288) 적질(嫡姪) : 정실부인의 소생의 조카를 말함.

다 더 빼어난 구석이 있고 산천의 좋은 정기를 타고 났다 합니다. 나면서부터 이치를 터득하는 총명함이 있어 사람들이 그 아이를 포대기 속 갓난아기라고 말하지 않고 성인으로 여긴다고 하더이다."

59 이러구러 3일이 지나자 부인의 기운이 평소와 같아져 산실을 청소하게 되었다. 각로와 상서가 일시에 들어와 포대기를 헤치고 아이를 보았는데 영롱한 서광이 두 눈의 정기를 앗을 정도였다. 각로가 다시 살피니 옥이 완전하여 형산(荊山)[290]보다 맑았고 진주가 밝게 빛을 발하면서 창해에 솟은 듯하였다. 탁한 세상 가운데서도 뛰어나 천지의 신비한 기운과 일월의 상서로운 형상이 다 모여서 말세의 혼탁한 기운을 밝게 씻었으니 한낱 빛난 모습이나 고운 자질을 고루 타고난 것만을 사랑하는 게 아니었다.

60 소각로 부자의 감식안은 사광(師曠)[291]보다 더하여 보자기에 싸인 아기를 한 번 보자 막혔던 것이 뻥 뚫리는 듯 숨을 길게 쉬고 갑자기 놀란 듯 낯빛을 고친 후 여자로 태어나 이처럼 뛰어난 자질이 비속한 것을 아끼면서도 애석해하였다. 그러나 경부인은 딸이 처음이기에 그 사랑은 말로 다 형용할 수가 없었다. 소상서는 옥인군자의 세 아들을 두었으나 자식 복이 부족한 것을 탄식하다가 이런 딸을 얻게 되니 각별한 사랑이 병이 되어 얼굴을 맞대고 뺨을 비볐다. 각로가 갓난아기를 다시금 어루만지며 손에서 놓지 못하다가 가슴 가운데 기이한 점을 보고 더욱 기특하게

---

289) 곰 ~ 꾸고 : {비웅(羆雄)의 상서[祥瑞]}. '비웅'은 아들 낳을 꿈을 말함.

290) 형산(荊山) : 중국의 오악(五嶽)의 하나인 남악(南嶽)임. 호남성(湖南省)에 있음. 형산은 매우 아름다운 옥이 많이 나는 곳으로 유명하였음. 이는 초(楚)의 변화(卞和)가 형산에서 박옥(璞玉)을 얻은 데에서 유래함.

291) 사광(師曠) : 춘추시대 진(晉)나라의 음악가인 사광은 소리를 들으면 잘 분별하여 그 길흉의 화복을 잘 점쳤다 함. 『맹자(孟子)』「이루(離婁)」 상(上) 편에 보면 "사광의 귀밝음으로도 육률을 쓰지 않으면 오음을 바로잡지 못한다[師曠之聰, 不以六律, 不能正五音]."라는 말이 있음. 이런 사광의 총명함과 관련하여 '사광지총(師曠之聰)'이란 고사성어가 전함.

여기니 당 안에 기뻐하는 목소리가 진동하였다. 그런데 그 기쁜 일이 일 61
생의 액운을 맞게 되는 빌미가 되니 애석한 일이로구나! 그러나 성인(聖人)이라야 성인을 알아볼 수 있으니,[292] 이미 요사스런 무리의 부정한 술책을 임죽청이 잘 알고 있으니 요사한 무리들의 예에서 벗어난 말을 들었다 하여 어찌 이를 마음에 두겠는가?

이때 성상서가 군자를 사위로 맞이하게 되면서 양가의 큰 경사를 이루다 기록하지 못할 정도였다. 그런데 마(魔)가 끼게 된 것은 어떤 이유에서인가? 앞서 곽씨 집안의 딸 교란이 담 너머로 재홍공자를 몰래 보고 흠모
하여 이리저리 생각하다가 계교를 내어 시비 취섬을 임씨 집안에 머물게 62
하고는 그곳의 소식을 탐지하라 한 일이 있었다. 계섬은 임씨 집안 곁에 초가를 세내어 살면서 술을 팔아 효장궁 궁노(宮奴)와 사귀었다. 계섬이 청산유수 같은 말로 그 궁노를 꾀어 서로 형제같이 친하게 되었다.

하루는 효장궁의 궁노가 땀을 흘리면서 계섬에게 술을 내라 하니 계섬이 웃으며 말하였다.

"그대는 무슨 일로 저리 바빠 땀을 흘리는가?"

그러고는 좋은 술을 내어 잔뜩 먹였다. 궁노가 술을 다 먹고 사례하고은 부스러기를 내어 계섬에게 주며 말하였다.

"우리 큰 공자의 혼인 날짜를 정하니 자연히 일이 많아 분주하구려." 63

이렇게 말하고는 궁노가 달려가자, 계섬은 매우 놀라 생각하였다.

'우리 소저가 오로지 임씨 도령과의 인연을 위하여 궐 안에 들어가 곽 귀인(貴人)[293] 마마의 권세를 빌어 성씨 집안과의 혼사를 방해하고 사

292) 성인(聖人)이라야 ~ 있으니 : {셩인[聖人]이라야 능지셩인[能知聖人]이니}. 『중용(中庸)』의 "오직 성인이라야 성인을 알아볼 수 있다[唯聖人, 能知聖人也]."는 구절에서 나온 것임.
293) 귀인(貴人) : 한(漢)나라 때부터 쓰인 궁중의 여관(女官) 이름. 황후 다음가는 지위임.

혼 교지를 얻어 당당한 위의로 백량(百兩)[294]에 오르려 하는데 이 여자가 능운도사의 술수를 어떻게 벗어났기에 임씨 문중에 들어가는가? 내가 몇 년을 이곳에 와서 일을 도모하였는데 다 허사가 되었으니 소저에게 무엇이라 아뢴단 말이냐? 근본 없는 비구니가 우리 소저를 속여 성
64 소저를 삼켜 내겠다고 하고 천금을 우려내었다가 소식이 없는데도 소저는 아득하게 모르시는구나. 급히 소저께 가서 이런 사연을 아뢰어야겠다.'

계섬이 즉시 대궐 안으로 들어갔다. 이 시비가 가서 무슨 요괴로운 음모를 꾸며 오래된 연분을 방해하고 난리를 꾸미는지 다음 회를 보라.

앞서 능운이 남녀 두 아이를 삼켰다가 육부인에게 주었는데 이 두 아이는 날이 갈수록 빼어나게 아름다워졌다. 육부인이 여러 적국(敵國)[295]들 가운데 총애를 잃고 젊은 나이에 애를 끓이며 호박(琥珀) 베개를 베고 슬퍼하던 차에 이 두 아이를 얻은 후로는 남태우가 이 아이들에 대한 지극
65 한 사랑이 천륜을 넘어서서 친자식이 아닌 것도 잊고 육부인의 방 안에서 발을 옮기지 않았다. 또 이 아이들이 승상에게 사랑을 받고 아랫사람들에게 귀한 대접을 받는 것을 보고 육부인에게 감사하며 말하였다.

"부인의 어진 덕을 하늘이 감동하시어 수고하지도 않은 자식을 얻어 가문을 흥하게 하니 이는 다 부인의 덕이오."

이런 가운데 여러 부인과 미인들은 두 아이가 오면서부터 남태우의 그

---

294) 백량(百兩) : 『시경(詩經)』「소남(召南)」〈작소(鵲巢)〉에 "까치가 둥지 지으면 비둘기 들어와 함께 살게 되듯 저 아가씨 시집가는 날 백 대의 수레로 마중하네[維鵲有巢, 維鳩居之, 之子于歸, 百兩御之]."에서 온 말로 백승(百乘) 즉 수레 백 대를 의미함. 제후의 딸이 다른 제후의 집안으로 시집을 갈 때에는 수레 백 대로 보내고 맞이하는데, 대개 남자가 정실부인을 맞이하여 올 때 쓰는 수레를 말함.

295) 적국(敵國) : 남편의 다른 아내나 첩을 말함. 남편의 사랑을 독차지하기 위해 서로 적이 되어야 하는 상황이기에 적국이라 표현한 것.

림자도 보지 못하게 되자 예전에 은총을 믿고 육부인을 억누르면서 즐기
던 일은 일장춘몽이 되었다. 자연히 두 아이를 원망하는 마음이 뼛속에까
지 사무쳐 두 아이를 한 입으로 삼켜 갈아서 마시고자 하나 도도한 하늘 66
의 뜻을 사람의 힘으로 어찌 하겠는가?

두 아이가 각각 12, 13세가 되자, 남자아이는 제 외모만 믿고 교만하고 방자해졌다. 자기의 꽃 같고 버들 같은 풍모와 날리는 글귀가 천하의 무적이라 생각하고 배우자를 구하는 데 있어서도 서시(西施)[296]의 색과 임사(任姒)[297]의 덕을 갖춘 자가 아니면 일생을 동고동락하지 않을 것이기에 자기 눈으로 직접 보고 배우자를 취하겠다고 다짐하였다. 육부인 슬하에서 재롱을 떨자 육부인이 자식 사랑에 탐혹되어 모든 일을 그 뜻대로 하였다. 그러자 이 아이가 더욱 제멋대로 행동하여 만일 자기와 대적할 만한 용모와 재덕을 지닌 사람이 있으면 한 입에 삼켜버리려 하였다.

남태우가 두 아이의 이름을 고쳐 딸은 혜지라 하고 자(字)를 연랑[298]이 67
라 하며 남자아이는 환옥이라 하고 자(字)를 예경이라 하여 각각 처소를 정하였다. 환옥은 서당인 화소란정에서 독서하게 하고 연랑은 화원 가운데 높은 채루(彩樓)[299]를 세워 영춘루라 하였다. 이 영춘루는 단청과 화각

---

296) 서시(西施) : 중국 춘추시대 월국(越國)의 미녀. 저라산(苧羅山) 근처에서 나무장수의 딸로 태어났는데, 절세미녀였기 때문에 그 지방의 여자들은 무엇이든 서시의 흉내를 내면 아름답게 보일 것이라 생각하고, 병이 들었을 때의 서시의 찡그리는 얼굴까지 흉내를 냈다고 함. 또 오(吳)나라에 패망한 월왕(越王) 구천(勾踐)의 충신 범려(范蠡)가 서시를 데려다가, 호색가인 오왕(吳王) 부차(夫差)에게 바치고, 서시의 미색에 빠져 정치를 태만하게 한 부차를 마침내 멸망시켰다고도 전해지고 있음. 비단 빨던 서시란, 서시가 비단을 세탁했다는 '완사계(浣紗溪)'는 절강성(浙江省), 소흥현(紹興縣) 남쪽에 위치한 약야산(若耶山) 아래에 있기에 이와 같은 말이 전해짐.

297) 임사(任姒) : 주(周)나라 문왕(文王)의 모친인 태임(太任)과 왕비 태사(太姒)를 말함. 이들은 부덕이 훌륭했던 여성들로 후세에 칭송을 받음.

298) 연랑 : {영설}. 21권 이후로는 계속해서 '연랑'이라고 나옴. 연랑이라고 나오는 대목이 많기에 연랑으로 통일함.

299) 채루(彩樓) : 아름답게 칠한 누각.

이 구름에 닿을 만큼 높았다. 시녀는 다 육씨 집안에서 온 하인들로 보모 교파와 아교 등 20명을 정하여 소저에게 주어 문방기구를 받들거나 잠자
68 리와 치장을 돌보게 하고 소저 출입 시에는 향을 잡아 곁에서 모시게 하였다.

연랑이 시집갈 나이[300]가 되자 얼굴에 교태가 있고 요염하며 만 가지 아름다움이 피어올라 비단 짜던 직녀나 하늘에서 내려온 선녀 같았다. 아리따운 두 어깨와 교태로운 눈썹 등 그 아름다운 자태를 이루 다 말할 수 없고 재주가 민첩하여 소소(蘇小), 영설(詠雪)[301]을 압도하였다. 남태우 부부는 두 아이에 대한 지나친 사랑에 빠져 두 아이가 세심하게 부모의 뜻을 살펴 조심스럽게 공경하며 효도하는 것을 모르기에 자식 둔 재미를 몰라도 연랑의 자질이 아름답고 어여쁜 것만 오로지 기뻐하였다. 어느덧 연
69 랑의 마음에는 봄바람이 가득하였다.

남태우가 문황제(文皇帝)가 북쪽 오랑캐를 격파하고 연 낙창연회에 다녀와 임상국 형제의 그윽하고 운치 있는 풍채와 초왕 형제의 기린 같은 아들들의 빼어난 모습에 거듭 탄복하였다. 그 중에서도 임재홍의 만고의 대현인과 같은 풍채와 일월과 같은 안광은 천고에 쌍이 없어 그 형보다 더 빼어난 데가 있고 또 향기롭게 어여쁜 모습은 서시(西施)와 모장(毛嬙)[302]을 압도하면서도 힘차고 시원스러웠다. 남태우가 생각하였다.

---

300) 시집갈 나이 : {도요지년(桃夭之年)}. 도요는 『시경(詩經)』「국풍(國風)」편에 〈도요(桃夭)〉란 시에서 나오는 구절로 복숭아나무가 한껏 물이 올라 싱싱함을 표현한 말로 시집갈 때가 된 아름다운 아가씨를 비유한 것.

301) 영설(詠雪) : 영설지재(詠雪之才)라는 고사성어와 관련되는 것으로, 여자의 글재주가 뛰어남을 가리키는 것. 중국 진(晉)나라 왕응지(王凝之)의 처이며, 안서장군(安西將軍) 사혁(謝奕)의 딸인 사도온(謝道韞)은 재녀(才女)로 알려져 있음. 어느 날 갑자기 눈이 내리는 것을 보고 숙부 사안(謝安)이 내리는 눈이 무엇과 닮았는가를 묻자, 오빠인 낭(朗)은 공중에 뿌려진 소금에 비유한 데 반해 도온은 바람을 따라 춤추는 버들꽃이라 했는데, 즉석에서 묘구(妙句)로 대답한 데 대해 사안이 크게 감탄했다고 하는 고사에서 비롯된 말.

'이와 같은 사람은 내가 흰머리가 나기 시작하는 나이[303]에 처음 보는
빼어난 인물이로구나. 내 딸의 미모와 재주로 그와 같은 젊은이를 유
의하지 않은 곳이 없었으나 이 사람 같은 자는 없었다. 내 아들같이 뛰 70
어난 풍채로도 이 사람에게 미치기를 바랄 수 없을 것이니 내 딸의 미
모와 재주로 저 사람의 짝이 되는 것은 더욱 옳지 않으나 저 사람도 결
혼을 하지 않았고 말세에는 재주가 얇아지고 덕이 없어져 내 딸만한 덕
과 자질을 갖춘 사람도 얻기가 쉽지 않을 것이다.'

이렇게 생각하며 그윽이 청혼하려 하였으나 이부상서(吏部尙書)[304] 소
원직과 병부상서(兵部尙書)[305] 성인수가 임초왕의 차남 재홍과 임부마의
장남 천홍을 앞에 앉히고 사랑하는 태도가 체통을 잃을 정도라서 만약 이
런 가운데 혼삿말을 내었다가는 핀잔을 볼까 두려워 그냥 왔다. 그러나
두 아이를 발 빠른 사람에게 빼앗기니 어찌 애달프지 않겠는가?

연랑과 환옥이 남태우로부터 이런 말을 전해듣자 요사스런 연랑은 만 71
개의 칼로 창자를 끊는 듯 가슴속에서 여섯 마리 말이 함께 달리고 모진
잔나비가 뛰놀았다. 흉악한 환옥은 재홍과 천홍 두 사람이 너무 미워 한
번에 삼켜버릴 듯 모진 솜씨로 죽이고자 하였으니, 삼생(三生)[306]의 원수
가 아니라면 어찌 이러하겠는가? 끝까지 치달은 생각이 미치지 않는 곳이
없어 서동도 없이 홀로 임씨 집안에 가서 서당이 어디인가를 묻자, 태도

---

302) 모장(毛嬙) : 중국 춘추시대 오(吳)나라의 미녀. 오나라의 일색(一色)이라고 불릴 만큼 아름다운 용모와 자태를 뽐냈음. 훗날 월(越)나라 구천(句踐)의 애첩이 되었다고 함.

303) 흰머리가 ~ 나이 : {니모지년[二毛之年]}. 이는 흰 머리털이 나오기 시작하는 나이라는 뜻으로 32세를 가리킴.

304) 이부상서(吏部尙書) : {형부상셔[刑部尙書]}. 앞에서 이부상서로 나왔기에 통일성을 기하기 위해 이같이 옮김.

305) 병부상서(兵部尙書) : {녜부상셔[禮部尙書]}. 앞에서 예부상서로 나왔기에 통일성을 기하기 위해 이같이 옮김.

306) 삼생(三生) : 전생(前生), 현생(現生), 내생(來生)인 과거세, 현재세, 미래세를 통틀어 이르는 말.

가 의젓하고 말이 합당한 두 명의 중년 하인들이 서당을 알려주기는커녕 엄하게 환옥을 내쫓았다. 이에 환옥이 무안하여 나와서 생각하였다.

72 '내가 친히 재홍, 천홍 두 사람을 보고 부친의 말과 같으면 어떻게든 저 두 사람을 해치우려고 했더니 그들의 그림자도 못 보고 왔구나. 다음에 또 한 번 와서 봐야겠다.'

며칠 후 환옥은 누각 위에 올라 두루 살폈다. 소각로 부인이 남태우와 친척의 친분이 있어 육부인이 소씨 부중을 자주 왕래하였는데 담이 서로 이어져 있었으나 길로 찾아 들어가면 아득하게 멀었다. 그러나 소각로 집의 정원 동쪽 화원이 남태우 집의 후원 담장 밖이었기에, 이날 환옥이 욕심을 이기지 못하여 누각에 올라 멀리 바라보았다. 그런데 한 줄기 향기
73 가 밝은 태양을 뚫은 것 같더니 주렴을 반쯤 열고 한 아름다운 부인이 고운 목소리로 말하였다.

"봄경치가 곱고 물색이 아름다우니 소저도 한 번 정원을 구경하시게."

소소저가 올해 나이 12세로 천만 가지 고운 태도와 맑고 깨끗한 덕행을 갖추어 성스러운 자질이 완벽하였다. 행동 하나하나를 삼가 예가 아닌 데는 밟지도 않더니 오늘 그 언니가 봄경치를 구경하자는 말을 듣고 놀라 시비인 벽완 · 낭옥 · 비취를 돌아보았다. 이 세 시비는 소저의 골경지신(骨鯁之臣)307)이라 소저의 뜻을 알고 비단창문을 반쯤 열고 당 아래에 내려 소저의 말씀을 전하였다.

"소저께서 말씀하시기를 '춘경이 아름답고 언니의 명이 계시나 제가 본
74 래 구경할 마음이 전혀 없고 세상물정을 모르니 정원을 구경하는 것은

307) 골경지신(骨鯁之臣) : 임금이나 권력을 두려워하지 아니하며 바르게 말하고 행동하는 강직한 신하.

제가 원하는 바가 아닙니다. 언니가 오시는 길에 제 처소에 들어오시면 제 마음을 고하겠습니다.' 라고 하셨습니다."

부인이 낭랑하게 웃으며 말하였다.

"너희 소저가 고집이 심하구나. 이 정원은 매우 깊어 바깥사람이 엿볼 일이 없다. 경치가 비상하여 산은 천태산(天台山)[308]을 접할 듯하고 물은 은하수로 이어지는 듯하니 직녀 천손 같은 소저가 잠깐 나와 금자물쇠를 희롱하여 묵은 눈을 새롭게 못하겠느냐? 그러나 너희 소저가 법도를 지키려는 마음을 돌이킬 수 없을 것이니 내가 들어가겠다."

그러고는 부인이 누각의 문을 쾌히 열고 소저의 방에 들었다. 벽앵 등 75
이 부인을 모시고 입실하는데, 이 세 시녀의 용모가 아름다웠다. 흐르는 별과 꽃 같은 자태는 버드나무가 봄바람에 휘날리는 듯하고 복숭아꽃 같은 두 뺨은 아름다우면서도 위엄 있고 씩씩하여 의협(義俠)의 풍채가 있었다. 환옥의 두 눈이 둥그레졌으니 알지 못하겠구나! 환옥이 무슨 난리를 칠 것인가? 다음 회를 잘 듣고 분석해 보라.

---

308) 천태산(天台山) : 중국 절강성(浙江省) 천태현(天台縣)에 있는 명산. 수(隋)나라 때에 지의(智顗)가 천태종을 개설한 곳으로 불교의 일대 도량(道場)이며, 지금도 국청사 따위의 큰 절이 있음. 명산(名山)으로 기봉(奇峯)과 폭포, 동부(洞府)가 많아 삼절(三絶)이라 불리며 구름이 짙고 산의 높은 곳에는 호(湖), 낮은 곳에는 깊은 담(潭)이 많음.

임 씨 삼 대 록

21권

1 차설(且說). 환옥이 두 눈이 뚜렷해져서 남몰래 칭찬하며 말하였다.

“이곳은 분명 저 집 소저의 침소이다. 그 시녀들의 용모와 자질이 저러하니 그 주인의 모습이야 더 말할 것도 없겠다. 그러나 내 눈으로 그 규수를 보지 못하였구나. 다른 집 규수를 어찌 볼 수 있을까?”

환옥은 갑자기 털이 거꾸로 서는 듯하여 이를 갈며 말하였다.

“이 침소에 감춘 저 소소저는 재홍이라는 자의 아내가 될 사람이다. 대
2 장부가 이런 기이한 광경을 만났으니 내가 이 여자를 취하고 재홍과
내 누이를 혼인시키지 못한다면 내가 이 세상에 서지 않으리라.”

환옥은 재홍이 미워 이를 갈며 소소저의 용모를 어떻게 해서든지 한 번 보려고 작심하였으니 천하에서 제일가는 악한 소년이었다. 환옥이 연랑의 누각에 이르자 연랑은 수척한 모습으로 먼 하늘을 바라보며 무엇인가를 생각하는 모습이었다. 이에 환옥이 말하였다.

“누이는 무엇을 생각하느라 넋을 잃었느냐?”

연랑이 임공자를 사모하는 마음 하나에 매어 있으나 이를 밖으로 드러
낼 수도 없고 임공자가 벌써 소씨 가문과 정혼하였다 하기에 속을 앓고
3 있는 중이었다. 연랑 자신이 어렸을 때 모친인 육부인을 따라 소씨 집안
에 갔다가 어렴풋이 소소저의 천만 가지 아름다운 자태를 본 적이 있었는데 그 소소저가 임공자와 한 쌍의 부부가 된다는 것이었다. 자기도 비록 지체가 높고 아름다운 광채가 났으나[309] 소소저와 견준다면 임공자의 첩이 되기도 어려운 일이었다. 연랑은 정신없이 남몰래 넋을 잃고 있다가 오라버니의 소리를 듣고 고개를 돌려 말하였다.

---

309) 지체가 ~ 났으나 : {지쵸텬광[芝草天光]}. 지초는 버섯의 한 종류로 예로부터 상서로운 풀로 여김. 귀한 가문의 자손을 ‘지초’라고 하기도 함. 천광은 천 가지 아름다운 광채를 뜻함.

"오라버니[310]는 어디에서 오십니까?"

환옥이 말하였다.

"내가 아까 우연히 망향루에 올랐더니 소각로 집 정원에 향이 감춰져 있고 옥이 숨겨져 있는 것은 알게 되었다. 진실로 그 사람이 누군지는 알지 못하니 봄이라 마음이 갑갑하여 여기에 이르렀다. 너는 무슨 일로 근심하고 있느냐?"

연랑이 아리따운 용모가 수척하고 이마에는 근심을 띤 채로 말하였다. 4

"오라버니, 우리가 괴이한 비구니를 만나 친부모님을 떠나게 되지 않았습니까? 양부모님의 은혜는 잊을 수 없으나 우리들은 사람의 자식이 되어 천륜을 모르는 죄인이 되었습니다. 그런데 양부모님이 우리들의 혼사를 의논하지 않으시니 우리들이 태어난 곳을 찾아 본래의 성으로 돌아가게 하여 혼사를 의논하고자 하시는 뜻인가 싶습니다. 갓 이곳에 왔을 때는 우리 남매가 몰래몰래 친부모님을 생각하였지만 점점 이곳에서 자라게 되었고 비구니의 소식 또한 묘연합니다. 비록 친부모님을 찾는다 하더라도 양부모님만 못할 듯하니 실로 괴이합니다." 5

환옥이 말하였다.

"네 말이 내 뜻과 같구나. 우리가 장가가고 시집가는 일에 양부모님께서 밤낮으로 우리가 자라기를 고대하시면서 마음 쓰셨으니 그 정이 부족하시겠느냐? 다만 나는 본래 하늘에서 타고난 풍채와 재주를 가졌기에 천하의 우두머리가 되고자 한다. 배우자를 구하는 데 있어서도 공후재상가의 아름다운 여자를 취하겠지만 만약 색과 덕이 나와 같지 못하다면 나의 평생을 그르치게 될 것이다. 이것을 생각하면 내가 자연

310) 오라버니 : 24권 이후로는 연랑이 환옥의 손윗누이로 나와 형제의 순서가 뒤바뀜.

히 머리가 아프구나. 아직 취하지도 않았는데 이러하니 딱하지 않느냐?"

연랑이 탄식하며 말하였다.

"오라버니의 속뜻을 들었으니 저도 제 그윽한 속마음을 아뢰겠습니다.
6 지난 달에 임금님께서 환궁하실 적에 구경하는데 길가에 10여 명의 소년들이 지나갔습니다. 그 중 선두에 두 사람이 지나가는데 하나는 차갑고 매몰찼으나 끝없이 맑고 한없이 깨끗하며 상서로운 기운이 무르녹아 만 가지 자태와 천 가지 풍채가 향기롭고 활달하여 엄중하고 위엄 있는 가운데에도 얇은 구름처럼 부드러웠습니다. 또 한 사람은 온화한 풍채와 상서로운 기품이나 정숙하고 부드러우며 말쑥하고 깨끗하기가 앞선 자보다 나은 듯했습니다.

그러나 왠지 앞선 자는 이상하기에 눈을 들어 세 번째 군자를 바라보니
7 누워 있는 누에같이 두툼한 눈썹과 봉의 눈같이 가늘고 긴 눈[311]에 태양의 정기를 오로지 담은 듯하였습니다. 보고 또 보니 과연 뭇사람 가운데 있는 성인 같고, 달리는 짐승 중의 기린 같으며, 나는 새 중의 봉황 같고, 언덕이나 개미둑 가운데 솟은 태산 같으며, 길바닥에 고인 장마물 중의 하해와 같아 그 무리 중에 빼어나고 그 모인 것 중에 높이 솟아 그에 견줄 짝이 없었습니다.[312] 또 가(可)한 것도 없고 불가(不可)한 것도 없다[313]고

---

311) 누워 ~ 눈 : {와좀봉안[臥蠶鳳眼]}. 잘 생기고 시원스런 남자의 외모를 묘사할 때 주로 쓰이는 눈썹과 눈에 대한 설명임.

312) 뭇사람 ~ 없었습니다 : {셩인지어범인[聖人之於凡人]의 긔린지어쥬슈[麒麟之於走獸]와 봉황지어비됴[鳳凰之於飛鳥]와 ᄐᆡ산지어구질[泰山之於丘垤]과 하ᄒᆡ지어ᄒᆡᆼ뉴[河海之於行流]며 츌어기뉴[出於其類]ᄒᆞ고 발호기췌[拔乎其萃]ᄒᆞ여 가히 그 짝이 없고}. 이는 『맹자(孟子)』「공손추장구(公孫丑章句)」상(上)편에 "어찌 다만 백성 뿐이겠는가? 달리는 짐승 중의 기린과 나는 새 중의 봉황과 언덕 · 개미둑 중의 태산과 길바닥에 고인 장마물 중의 하해와 똑같은 것이다. 일반백성 중의 성인도 이와 같은 것이다. 종류 중에서 빼어나며 모인 것에서 높이 솟아났으니 생민이 있는 이래로 공자보다 더 훌륭하신 분은 계시지 않다[豈惟民哉, 麒麟之於走獸, 鳳凰之於飛鳥, 太

타인에게 이를 만하였습니다. 제가 한 번 보고는 기운이 막히고 두 번 보
고는 기절하였습니다. 그 근본을 알아보니 초왕의 둘째아들이자 주상국
의 외손으로 숙렬 효문공주 여총재 주비의 소생이었습니다. 어디에 가서
우리 같은 한족(寒族)이 그와 같은 자와 부부가 될 일을 생각할 수 있으며 8
그 집 첩인들 바라겠습니까? 이로 인하여 저는 평생을 그르친 사람이니
혼사 따위는 말하지 마십시오."

환옥은 자신이 임재홍을 이로 갈아 죽여 없앤 뒤 세상에서 독보하고자
하였으나, 누이인 연랑의 속마음을 듣고 나서는 임재홍이 누이동생의 눈
에 들었기에 그를 죽일 수가 없었다. 첫 번째 계교는 글렀으니 공교한 꾀
를 내어 누이를 임재홍의 첩으로 삼아 보내고 자신은 소소저를 꾀로 얻으
며, 만일 임재홍이 제 누이를 박대한다면 제 누이를 앗아다가 다른 호걸
을 얻어 평생을 편히 지내게 하고 임재홍을 아주 죽여버리려 하였다. 이 9
에 환옥이 누이를 위로하여 말하였다.

"내가 묘한 꾀로 이리이리 할 것이다."

이때 초왕 형제는 존당을 받들어 온 정성을 다해 효도하였다. 상국(相國)[314] 임한주와 태청선생 임한규는 모친 태부인이 건강하여 나이 팔순임에도 머리가 희지 않고 기운이 추상 같으신데도 밤낮으로 모친을 근심

山之於丘垤, 河海之於行潦 類也, 聖人之於民, 亦類也, 出於其類, 拔乎其萃, 自生民以來, 未有盛於孔子也].”라는 대목에서 나오는 구절임.

313) 가(可)한 ~ 없다 : {무가무골가}. 이는 '무가무불가(無可無不可)'의 오기임. '가(可)도 불가(不可)도 없다'라는 뜻으로, 사람의 말과 행동이 중용을 취하여 지나치거나 모자람이 없음을 말함. 『논어(論語)』「미자(微子)」 편에 공자(孔子)는 백이(伯夷) · 숙제(叔齊) · 우중(虞仲) · 이일(夷逸) · 주장(朱張) · 유하혜(柳下惠) · 소련(少連) 등 덕이 높아 벼슬하지 않고 세상에 나오지 않은 7명의 은자(隱者)에 대하여 말한 뒤 "나는 이 은자들과는 달라서 가한 것도 없고 불가한 것도 없다[我則異於是, 無可無不可]."라고 함. 즉 공자는 벼슬해야 할 경우는 벼슬을 하고 벼슬을 하지 말아야 할 때는 관직을 그만두고 행동에 중용을 지켜 어긋남이 없다는 것을 말한 것임.

314) 상국(相國) : {티부[太傅]}. 전후 문맥상 '상국(相國)'이라 해야 옳기에 이같이 옮김.

하였다. 이에 임상국이 임금에게 상국의 인수(印綬)를 드리고[315] 선생과 더불어 태부인 슬하에서 여러 자손들에게 기이한 놀이를 하게 하여 모친을 기쁘게 하면서 세월을 보냈다.

얼핏 임총재의 아내인 설소저를 잃어버린 지 3년이 되어가자 모든 부
10 인들이 안타까워하고 슬퍼하였다. 태부인은 눈앞에 설소저가 낳은 쌍둥이를 기이한 보배로 삼아 각별히 사랑하고 진파의 딸 영주를 시집보내어 향방(氣房)[316]에 들여보내니 조금도 흠 될 것이 없었다. 그러나 임총재가 홀아비로 지내는 것을 불쌍하게 여겼다. 임총재는 여색을 사모함이 없어 집안에 아름답게 꾸민 미인들이 곳곳에 가득하나 한 사람도 가까이하지 않았다. 오로지 임금과 부모를 섬김에 정성을 다하고 남은 시간에는 여러 아우들 및 종형제들을 엄하게 훈계하면서 일시도 마음을 놓지 않았다. 그렇기에 경홍 같은 왈자 한량도 자신의 부친보다 임총재를 더 두려워하였다.

이때 문황제(文皇帝)가 붕어(崩御)하시고 태자가 즉위하셨으니 이 분이
11 곧 선종황제(宣宗皇帝)[317]셨다. 즉위 4년 음력 봄 2월에 태자를 봉하신 뒤, 전국 곳곳에서 인재를 뽑는다고 반포하셨다. 초왕 삼형제가 정심당에 모여 말하기를 재홍, 천홍은 각각 12세, 11세이고[318] 인홍, 경홍은 10세이

315) 인수(印綬)를 드리고 : 인수는 도장과 도장끈이라는 뜻으로 결국 벼슬을 사직한다는 의미임.

316) 향방(香房) : 향기로운 방이란 뜻으로, 여기서는 신혼부부의 방을 말함. 이와 관련하여 '향방교객(香房驕客)'하면 향기로운 방의 교만한 손님이란 뜻으로 곧 사위를 말함.

317) 선종황제(宣宗皇帝) : 명나라의 제5대 황제(1425~1435). 시호 장황제(章皇帝), 묘호 선종(宣宗), 연호(年號)는 선덕(宣德). 조부 영락제(永樂帝)의 총애를 받아 자주 그의 순행(巡幸) · 정토(征討)에 수행하였음. 부친 홍희제(洪熙帝)의 뒤를 이어 즉위하였고, 이듬해 숙부인 한왕(漢王) 주고후(朱高煦)가 반란을 일으키자 친정(親征)하여 항복을 받고, 1426년에는 올량합삼위(兀良哈三衛)의 침공을 격파하여 과단성 있는 무위를 보였으나, 영락제와는 달리 적극적인 대외정책은 쓰지 않았음. 내정 면에서는 양사기(楊士奇) 등 명신들의 보좌를 받아 크게 치적을 올렸음.

318) 각각 ~ 11세이고 : {이늑지셰[二六之歲]오}. 임재홍과 임천홍이 12세로서 같은 나이로 제시되었지만, 앞뒤 구절에서 임천홍이 임재홍보다 1살 어린 11세로 나오기에 이와 같이 옮김.

니[319] 아직 과거 보기를 의논할 때가 아니라고 하였다. 그때 필홍이 태부인의 명으로 부친과 숙부를 청하였다. 초왕과 부마가 즉시 태부인의 명을 받들자, 상국이 태부인 명으로 재홍, 천홍 두 아이를 과거에 응시하게 하였다. 초왕이 태부인의 명을 받들어 두 공자를 불러 과거에 응시하라고 하자, 두 공자가 머리를 조아리고 말하였다.

"저희들은 아직 입 누런 어린아이로[320] 제자백가(諸子百家)[321]의 반도
통달하지 못하였습니다. 또 우리집의 부귀는 남들이 손으로 가리킬 정 12
도이고 저희들은 제후의 아들이며 제후의 손자이니 공명을 누리는 것이 급하지 않습니다. 저희들이 젖 냄새나는 어린아이로 과거에 응시한다면 남들의 시비가 있을까 합니다. 지금 창홍 형님께서 어린나이에 과거에 급제하여 15세의 소년으로 많은 관리들을 총괄하는 중책을 맡아 매사에 외람되고 몸이 한가롭지 못합니다. 저희들 모두 학문을 깊이 닦아 20세가 된 후에나 과거를 보려 합니다."

초왕과 부마가 두 아이의 생각을 듣고는 기쁜 기색을 눈가에 띠며 말하였다.

"너희들이 어린나이이기에 과거에 응시하는 것이 바쁘지 않다. 그러나
우리의 아버님 두 분께서는 부모님을 기쁘게 해드리기 위해서는 일부 13
러 넘어지면서 부모님 앞에서 재롱부리는 것[322]도 사양치 않으셨으니

---

319) 11세이니 : {십일[十一]셰[歲]니}. 앞뒤 문맥상 10세가 맞기에 이와 같이 옮김.

320) 입 ~ 어린아이 : {황구쇼이[黃口小兒]}. 이는 부리가 누런 새 새끼같이 어린아이라는 뜻임.

321) 제자백가(諸子百家) : 춘추(春秋) 전국(戰國) 시대(時代)의 여러 학파(學派). 공자(孔子)・관자(管子)・노자(老子)・맹자(孟子)・장자(長子)・묵자(墨子)・열자(列子)・한비자(韓非子)・윤문자(尹文子)・손자(孫子) 등의 총칭(總稱). 제자(諸子)가 189종(種)이나 되는데, 백가라 함은 거성수(擧成數)를 일컬음.

322) 일부러 ~ 것 : {질츄[跌墜]}. 질추는 넘어진다는 뜻임. 이와 관련하여 노래자(老萊子)의 '반의질추(斑衣跌墜)'에 관한 고사가 전함. 노래자(老萊子)는 중국 춘추시대 초(楚)나라의 효자로, 부모가 자신이 늙었다는 사실을 알지 못하게 하기 위해 늘 알록달록한 색동저고리를 입고 어린아이

너희들이 어찌 고집을 부리겠느냐? 우리의 뜻을 따르도록 하여라."

두 공자가 부친의 명을 듣고는, 증조할머니의 춘추가 매우 많으시므로 자기들이 과거에 급제하기를 바라시는 것을 황급히 깨달았다. 이에 절하면서 명을 받들고 다음날 과거시험장에 나아갔다.

이때 황제께서 과거장을 열고 글제를 내시는데 황금으로 된 전상에 산호로 된 주렴을 높이 걷고 백옥으로 된 섬돌 아래 보전(鐠氈)[323]을 펴며 문관과 무관을 두 줄로[324] 나란히 세우셨으니 개국 이후 처음으로 태평
14 성대의 기상임을 알 수 있었다. 두 공자가 글제를 보자 마음속 생각이 궁궐 문[325]을 뒤집듯 순식간에 글을 지어 바치고 형제가 서로 손을 이끌면서 여러 선비들의 글 짓는 것을 구경하였다. 이윽고 장원한 사람의 이름을 부르니 장원은 화주 사람 임재홍으로 그 나이 12세이고 부친은 초왕 임희린이었다. 탐화(探花)[326]에 급제한 임천홍은 나이 11세로 부친은 부마도위 임세린이었다. 몇 번 이름을 부르자 두 사람이 몸을 군중 속에서 빼어 단(壇) 아래로 조심스레 걸어 나아갔다.

황제와 만조백관이 눈을 들어보니 장원과 탐화 몸에 세상을 다스릴 역
15 량이 가득하였다. 7척의 풍채에 용 같은 눈썹과 봉황 같은 얼굴, 달 같은 이마[327]에 가을물 같은 눈을 가지고 있었으며 허리는 살대 같고 조화로운 기운은 동황(東皇)[328]이 무르녹는 듯하였다. 두 사람이 고개를 잠깐 숙

처럼 재롱을 피웠으며, 때로는 물을 들고 마루로 올라가다가 일부러 넘어져 마룻바닥에 뒹굴면서 앙앙 우는 모습을 보여드려 부모님을 즐겁게 하였다 함.

323) 보전(鐠氈) : 양탄자같이 넓게 피는 모포 등을 말함.

324) 두 줄로 : {쥬 쥴노}. 이는 '두 쥴노'의 오기인 듯함.

325) 궁궐 문 : {창합(閶闔)}. 하늘에 있는 궁전의 문을 말함.

326) 탐화(探花) : 과거(科擧)의 갑과(甲科)에서 셋째로 급제하는 것 또는 급제한 사람을 말함. 고전소설에서는 주로 두 번째로 급제한 사람을 주로 지칭함.

327) 이마 : {텬정[天庭]}. 이는 관상에서, 두 눈썹의 사이 또는 이마의 복판을 이르는 말임.

328) 동황(東皇) : 봄의 신(神). 또는 봄. 동제(東帝). 청제(青帝). 중앙과 사방을 담당하는 다섯 천신

여 탑하에 나아갔다 물러나는데 옥 같은 피부와 봄바람같이 온화한 기운이 맑고 깨끗하여 여러 사람들 중에서 빼어났다. 장원의 드넓고 비범한 풍채와 탐화의 산뜻하고 맑은 기질은 사람들을 놀라게 하였다. 황제가 매우 놀라고 기뻐하자 만조백관이 하례하며 천자의 축수를 기원하는 만세를 불렀다. 차례차례 답안지를 자세히 검토하여 7인을 뽑는 중 몇 대에 걸친 원수가 장원을 삼키고자 하니 어떻게 되었는지를 자세히 살펴보라.

황제가 장원과 탐화의 모습에 황홀하시어 초왕과 부마에게 술을 하사 16
하시고 나라의 기둥이 될 자식을 둔 것을 사례하셨다. 장원과 탐화는 진퇴(進退)329) 후에 내전으로 입시하라 하였다. 초왕과 부마가 향온(香醞)330)을 받들어 머리를 조아리고 임금의 은혜에 감사하였다. 황제가 두 신참을 탑전에 올려 어화(御花)331)와 청삼(靑衫)332)을 주시고 말씀하셨다.

"'산이 높으니 옥이 나오고 바다가 깊으니 진주가 나온다.'고 한 것이 경들을 말한 것이로다."

그러고는 재홍을 한림학사(翰林學士)333)에, 천홍을 금문직사(金門職事)334)에 임명하시자, 두 사람이 나이가 어린 것을 이유로 관직을 사양하
였다. 상께서 이를 아름답게 여기셨으나 허락하지 않으시므로 두 사람이 17

(天神) 가운데 동방을 담당하는 창천제(蒼天帝)를 가리킴.

329) 진퇴(進退) : 과거에 급제한 사람을 축하하는 뜻으로 그 선진(先進)이 찾아와서, 과거급제자에게 세 번 앞으로 나오고 세 번 뒤로 물러가게 했던 일을 말함.

330) 향온(香醞) : 술의 일종으로 내국법온(內局法醞)이라고도 함. 멥쌀과 찹쌀을 쪄서 식힌 것에 보리와 녹두를 섞어 만든 누룩을 넣어 담근 술. 향기롭고 좋은 술임.

331) 어화(御花) : 임금이 하사하신 꽃.

332) 청삼(靑衫) : 조복(朝服) 안에 받쳐 입는 옷. 남빛 바탕에 청은 빛깔로 가를 꾸미고 큰 소매가 달렸음.

333) 한림학사(翰林學士) : 당(唐) 현종(玄宗) 때 설치한 한림대조(翰林待詔)를 개원(開元) 26년에 개명한 것으로, 비답(批答)이나 그 밖의 문서 입안(立案)을 맡은 관직.

334) 금문직사(金門職事) : {금은직사}. 이는 '금문직사'의 오기임. 금문(金門)은 한(漢)나라 미앙궁(未央宮)의 문으로, 학문하는 선비가 출사하는 곳임. 전하여 한림원(翰林院)을 가리킴.

네 번 절하면서 임금의 은혜에 감사하였다. 부자와 숙질이 두 신참을 거느리고 대궐 문을 나서자 무수한 아역(衙役)과 창부(娼婦) 재인(才人)이 앞에서 가리고 뒤에서 옹위하여 길을 덮었다. 임총재가 할아버지와 숙부를 받들어 수레에 모시고 청총마(青驄馬)[335]를 천천히 몰고 뒤에서 따랐으며, 두 신참은 방하(榜下)[336]를 거느리고 앞으로 나아갔다. 벽제소리가 길게 늘어지고 붉은 일산(日傘)이 햇빛을 받아 빛나니 보는 사람들이 모두 떠들썩하게 칭찬하였다.

두 신참이 행하여 집안에 이르러 바로 존당에 나아가 두루 뵈었다. 다
18 른 사람은 말할 것도 없고 태부인의 즐거워하는 모습은 체신을 잃기에 가
까웠다. 모든 자손들이 매우 기뻐하니 화락한 기운이 봄바람과 같았다. 사당에 배알하고 외당으로 나오자 신진명사들이 두 신참을 당에서 내려 진퇴(進退)하게 하며 놀리고 일등 기녀 두 사람과 마주 보고 춤추게 하면서 온갖 기괴한 형상을 다 시켰다. 그러나 두 신참은 괴로워하는 기색도 없이 행동거지가 침착하고 태연하였다. 이에 소각로, 성참정이 사람들에게 신참을 놀리는 것을 그치게 하였다.

이때 설태사의 다섯째 아들인 희필[337]이 3등으로[338] 과거에 급제하여
부자가 임씨 부중에 이르러 서로 축하하였다. 그때 안에서 설소저의 쌍둥
19 이 아이가 나오면서 팔을 벌리고 춤을 추는데 몸에는 푸른 비단으로 된

335) 청총마(青驄馬) : 갈기와 꼬리가 파르스름한 흰 말. 총이말이라고도 함.
336) 방하(榜下) : 같이 과거에 급제하였지만, 순위가 떨어지는 사람들을 말함.
337) 희필 : {필홍}. 앞뒤 문맥상, '희필'이 맞기에 이와 같이 옮김. 필홍은 임씨 가문의 태자소부 임유린의 막내아들임.
338) 3등으로 : 임천홍이 과거에 3등으로 급제하였기에 설희필이 3등으로 과거에 급제하였다는 것은 앞뒤가 맞지 않음. 그런데 대부분의 소설에서 탐화를 장원에 다음가는, 즉 2등으로 급제한 뜻으로 많이 사용함. 그렇기에 임재홍이 1등, 임천홍이 2등, 설희필이 3등으로 과거에 급제한 것으로 내용을 파악하면 무리가 없음.

적삼을 입고 머리에는 혜초(蕙草)와 난초(蘭草)[339]를 얽었으며 허리에는 붉은 비단 띠를 둘렀다. 그 나이는 2~3세 정도였으나 이리 허리가 살대 같고 잔나비 팔이 가지런하여 자줏빛 봉황이 기산(箕山)[340]에서 노니는 듯하였다. 천지의 원대한 기맥과 만물의 신이함을 오로지 다 품수하였으니 맑고 깨끗하며 뚜렷한 정수리에는 검고 부드러운 머리가 가득하여 진실로 만고의 기린(麒麟)[341]이었다. 모든 공(公)이 화통하게 말하였다.

"세월이 오래되어 성인(聖人)도 가셨거늘[342] 이 아이는 어찌 이러한 때에 태어났는가?"

선생이 반죽선(班竹扇)[343]을 들어 두 아이를 들어오라 하니 두 아이가 20
말하였다.

"우리 작은아버지들께서 장원급제하셨기에 저희들이 춤을 춥니다."

그러고는 쌍으로 춤추는 사람들과 한 덩어리가 되니 그 어여쁨이 뼈를 녹이는 듯하여 눈을 옮기기가 아까웠다. 모든 사람들이 떠들썩하게 칭찬하며 상국 임한주 등에게 축하하기에 바빴다. 임부마가 친히 내려와 두

---

339) 혜초(蕙草)와 난초(蘭草) : 혜초(蕙草)는 난초와 같은 향초 식물로, 이소경에 굴원은 혜(蕙)라 했고 송옥의 풍부에서는 혜초(蕙草)라고 했고 집운에 혜(蕙)는 향초라고 했음. 중국 호남(湖南)의 영릉현(零陵縣)에서 많이 생산되기 때문에 영릉향(零陵縣)이라고 통칭되어 온 식물. 고대 중국에서는 난초와 달리 훈초(薰 혹은 熏草)라 하여 소향(燒香), 즉 지금 제사 지낼 때 사용하는 향(香)과 같은 용도로 사용하였음.

340) 기산(箕山) : 중국(中國) 하남성 등봉현 남동쪽에 있는 산. 요임금 때에 은자(隱者)인 소부(巢父)와 허유(許由)가 요임금이 왕위를 선양하는 것을 피해 이곳에 숨어 살았음.

341) 기린(麒麟) : 성인이 탄생할 때 세상에 출현한다는 상서로운 동물로, 여기서는 매우 빼어난 인물임을 상징적으로 비유한 것임.

342) 세월이 ~ 가셨거늘 : 『소학(小學)』의 첫부분인 「소학제사(小學題辭)」에 나오는 구절임. "세월은 오래되어 성인(聖人)도 가시니 경전도 묻히고 가르침도 느슨해졌다. 어릴 적 배움이 바르지 못하면 커서는 더욱 경박하고 사치해진다(世遠人亡, 經殘教弛, 蒙養弗端, 長益浮靡." 『소학』은 8세 전후의 어린아이들이 유학교육의 필수과정으로 배우는 수신서로, 송(宋)나라 때 주희(朱熹)가 그 제자인 유자징(劉子澄)에게 편찬하도록 한 책임. 이 중 「소학제사」에는 『소학』을 짓게 된 연유와 어린아이가 가장 기본적으로 힘써야 할 원칙 등을 제시해 놓았음.

343) 반죽선(班竹扇) : 반죽살로 만든 부채.

아이를 안아서 좌중에 놓고 두 아이에게 인사하라 하자 두 아이가 별 같은 눈으로 둘러보다가 설태사 앞에 가서 인사하였다. 설태사가 두 아이를 무릎 위에 가로 안고서는 슬퍼하면서 눈물을 흘렸다. 이에 초왕이 위로하여 말하였다.

21 "형님의 심사로 두 아이를 보면 층봉(層峰)의 눈물[344]이 마를 적이 없으니 우리들이 두 아이를 깊이 감추었는데 오늘 두 아이를 보게 된 것이 불행한 일이구려. 나 또한 딸의 거처를 전혀 모른 지가 수년이 되었지만 형 같지는 않습니다."

초왕이 재삼 설태사를 달래자 설태사가 안색을 고쳤다. 이미 날이 저물어 모든 손님들이 각각 흩어지자 임상국 형제가 여러 자손을 거느리고 내당에 들어가 태부인에게 자손들의 영광된 모습을 보였다. 이러구러 삼일유가를 마치자 태청선생이 표를 올려 재홍, 천홍 두 아이에게 4~5년 말
22 미를 줄 것을 청하였다. 이에 상께서 3년 말미를 허락하셨다.

세월이 빨리 흘러 소씨, 성씨 두 집안에 혼례날이 다가오자 두 집안에서 혼수 치를 준비를 성대히 하였다. 이때에 곽교란이 천홍공자를 한 번 보고 사모하여 골수에 박힌 한이 가슴에 못이 되었다. 온갖 계교를 내어 곽귀인을 보고 교언영색으로 농락하여 천홍공자와 혼인하게 해달라고 애걸하였다. 곽귀인이 조카딸의 사정을 알고 차마 박절하게 대하지 못하여 틈을 타 천자에게 사혼의 교지를 청하려 하였다.

23 한편 남소저 연랑은 소옥을 효장궁에 보내어 그 집안의 사정을 몰래

---

344) 층봉(層峰)의 눈물 : 당(唐)나라 헌종 때 한유(韓愈)가 헌종이 불교에 광신하는 것을 간하는 표를 올리다가 형부시랑에서 조주자사(潮州刺史)로 좌천됨. 조주로 가는 도중 상남(商南)의 층봉(層峰)에서 넷째 딸을 잃고 도남(道南)의 산하에 묻었다는 고사가 전함. 결국 층봉의 눈물이란 딸을 잃은 슬픔으로 흘리는 눈물을 말함.

살펴보게 하였다. 소옥이 나아가 효장궁을 기웃기웃하다가 돌아오는 길
에 묘월을 만났다. 이때 묘월은 설씨 집안에서 한바탕 난리를 일으킨 뒤
옥경을 데리고 가는 중이었다. 옥경을 작은 남자아이로 변신시켜 놓고는
자신은 시장 바닥에서 점을 쳐 금전을 모으고 있었다. 묘월이 과거와 미
래의 일을 손금 보듯 말하자 세상 사람들이 다투어 와서 구경하였다. 소
옥이 달려들어 은전을 주고 남소저의 팔자를 물었다. 그러나 남소저가 태
어난 때를 모르기에 소저가 남씨 집안으로 오던 날짜를 말하였다. 묘월이
이윽히 꼼지락거리다가 붉은 붓을 내어 소저의 근본을 일일이 써주었다. 24
소옥이 그 신기함을 매우 기뻐하여 묘월에게 남씨 집안으로 가기를 청하
였다. 묘월이 쾌히 허락하고 도동(道童)을 데리고 소옥을 따라 남씨 부중
에 이르렀다. 소옥이 묘월을 밖에 머물게 하고 남소저에게 들어가 묘월이
란 비구니에게 미래의 길흉화복을 물어보라고 하였다. 남소저가 비구니
란 말을 듣자 혹 자신을 이곳에 둔 비구니인가 하여 바삐 부르라 하였다.
소옥이 묘월을 인도하자 묘월이 당 아래에서 합장하고 절한 후 당에 올라
남소저를 살펴보고 이렇게 말하였다.

"저는 스승을 따라 몸을 백운에 감추었는데 뜻밖에 소저의 선녀 같은 25
모습을 구경하게 되었으니 기쁘고도 다행한 일입니다."

남소저가 묘월의 신선 같은 풍모에 황홀해하며 말하였다.

"득도한 보살이시여! 어렸을 때 연못에서 우리 남매가 놀고 있었는데 파랑새 한 마리가 우리 남매를 물어다가 이 집안에 두고 갔습니다. 친부모를 아주 잊어버려 성명도 깨닫지 못하고 양부모를 의지하며 세월을 보내다가 10여 세가 되었으나 평생이 어떻게 될지 모릅니다. 사부는 미래사를 손금 보듯 하시니 저의 친부모를 아십니까?"

26 묘월이 그 말을 들어보니 전일 제자 능운을 보내어 자신이 이리이리 하라고 지시하였던 진왕의 딸이었다. 기특하고 기특하게도 이렇게 만나게 된 것을 기뻐하며 말하였다.

"소저의 남매는 이러이러한[345] 진왕이 친아버지입니다. 진부에 계시면 큰 화를 당하고 내세에 소원을 이루지 못할 것이기에 제가 제자 능운을 보내어 이리이리하게 하였습니다. 제가 다른 사람과 선약이 있어 날짜가 급하나 다음 해부터는 소저의 앞길을 온전케 하겠습니다."

남씨가 크게 기뻐하여 말하였다.

"제가 아득히 몰랐더니 우리 남매의 근본이 왕가의 소생이요, 사부가
27 능운법사의 스승이시군요. 저는 임초왕의 둘째아들인 재흥이 아니면 규방에서 늙는 한이 있어도 다른 가문에 시집가지 않을 것이니 사부께서는 부디 내년 기약을 어기지 마시기 바랍니다."

묘월이 말마다 고개를 끄덕이고 바랑 속으로부터 작은 책을 내어 주어 말하였다.

"이 책은 성고고[346]의 『보책』으로 성고고가 패하여 구미호에게 갈 때 저의 스승이신 금선대사에게 전하였습니다. 대사께서 제게 가르쳐주시기를 66가지 변화가 이 책에 있다고 하셨으니 이 책을 읽어 깨달음을 얻으면 천자의 황후가 되는 것도 어렵지 않을 것입니다. 그러니 소저는 힘써 읽으십시오."

28 이 날 묘월이 남씨 집안에 머물면서 남소저에게 『보책』을 한번 가르치

345) 이러이러한 : {여ᄎᆞ여ᄎᆞ[如此如此]ᄒᆞᆫ}. 구체적인 설명을 생략할 때 고전소설에서 주로 쓰는 말임.

346) 성고고 : 〈삼국지연의〉를 집필한 것으로 알려져 있는 중국 원말 명초의 소설가인 나관중(羅貫中)의 작품인 『평요전(平妖傳)』에 등장하는 늙은 백여우. 여우 출신의 무당이라 하나 구체적인 것은 잘 알려져 있지 않음.

자, 임씨 가문과 원수를 맺어 태어난 남소저가 어느 한곳이라도 희미하게 깨달을 리 있겠는가? 묘월이 이에 대해 신기하다고 일컬으면서 책을 맡기고는 내년을 기약하고 돌아갔다.

이때 남소저는 책을 통달하여 행하지 못할 변화가 없었다. 세월이 물과 같이 흘러 해가 바뀌자, 하루는 남소저가 환옥을 대하여 친생 부모가 진왕이라는 점과 『보책』을 얻은 사실을 말하였다. 환옥이 기뻐하면서 남소저에게 자신의 소원을 이루어 줄 것을 청하였다.

하루는 남소저가 임장원의 소식을 탐지하다가 문득 소씨와 정혼하여
혼인날이 임박하였다는 얘기를 듣고 눈가에 시름이 맺혀 좋은 꾀가 없을 29
까 궁리하였다. 그러자 문득 소옥이 말하였다.

"소저께서 예전과 달라 변화가 무궁하신데 어찌 시름하십니까?"

남소저가 탄식하며 말하였다.

"그 일도 그 일이지만 모일(某日) 모야(暮夜)에 한 꿈을 꾸었는데, 수미산 활인대사라 하는 자가 나를 문책하며 말하더구나. '너는 반연화의 후신이다. 흉하게 허리를 잘라 죽였는데 너희 남매의 흉악하고 더러운 기운이 진왕비에게 들어가 진왕비가 너희들을 잉태하게 되었던 것이다. 그런데 요괴로운 비구니 능운이 묘월을 가르쳐 너희 남매를 후려다가 남씨 가문에 자식을 삼아 주고 제 요술에 걸려 죽을 뻔하다가 다시 요
사한 도사에 의해 구해졌다. 그러나 요도가 하산하여 한왕(漢王)이 친 30
히 난 옥경을 데리고 천만 변화를 부려 국난(國難)을 일으키고 너희 요인 남매에게 『보책』을 주어 월성과 규벽성의 아름다운 기약을 방해하려 하고 있다. 그러나 월성과 규벽성은 각각 옥황상제의 명으로 인간 세상에 와서 충신과 절부의 한을 풀고 명나라 조정을 밝히려 하거늘 너

희 요괴로운 무리가 마음대로 해칠 수 있겠느냐?' 그러고는 책을 빼앗
아 불구슬 같은 것을 굴리더니 보책이 다 타서 재 된 후 서릿발 선 보검
으로 우리 남매의 몸을 조각조각 썰어 놓더구나. 놀라서 깨어보니 책
31 은 다 타서 재가 되었고 온 몸이 저리고 피곤하여 변화할 뜻이 없으니
어찌 한단 말이냐?"

이에 남소저가 환옥을 청하여 꿈에서의 일을 말하고 인하여 40~50명
의 강도를 몰아 소소저를 탈취할 꾀를 말하였다. 소옥이 매우 기뻐하며
말하였다.

"꿈은 불과 일장춘몽일 뿐이니 소저의 계교가 딱 들어맞을 것입니다."

다음 날에 남소저가 자기는 남자의 복장을 하고 교섬을 자기 모양으로
만들어 이리이리 하라 하고는, 훌쩍 문을 나와 소옥에게 임씨 부중 가운
데 왕궁이 어디인가를 물은 뒤 그곳으로 갔다. 그러나 문지기가 문을 막
고 들여보내지 않으므로 남소저가 말하였다.

32 "너희 둘째 상공을 과거시험장에서 만나 친분을 맺고 오늘 찾아오라고
언약하였기에 내가 이곳에 온 것이다. 너희들이 잡인의 출입을 금하는
것이 주인의 벗을 막으려 하는 것은 아닐 테니 서당을 알려 다오."

문지기가 이 말을 듣고 팔을 들어 육로정을 가리키며 말하였다.

"저 곳에 한림 상공과 직사 상공이 계시고 만수전에 대감어른이 계시
며 정심헌에서는 초왕 전하가 북후 어르신과 종일토록 함께 지내시니
마음대로 가십시오."

그러자 남씨가 곧바로 육로정으로 갔다. 이때 그곳에는 초왕 삼형제가
자리를 잡고 앉아 있고 총재 등이 서서 모시고 있었다. 초왕이 눈을 들어
33 보니 당 아래에 한 소년 서생이 흰 도포를 입고 당건(唐巾)[347]을 쓰고 세

초띠를 띠고 서 있었는데 미목이 맑고 수려하며 입술이 앵두 같고 두 뺨은 무릉도원의 복숭아꽃이 살에 잠긴 듯하니, 남자가 아니라 여자가 복색을 바꾼 자였다. 그 사람의 두 눈에 정기가 어지러워 한림인 재홍을 유심히 보는 것이었다. 초왕이 마음속으로 깜작 놀랐으나 안색을 바꾸지 않고 그 자에게 물어보았다.

"그대는 어디에서 온 객이기에 성명을 말하지 않아 주인으로 하여금 손님을 맞는 예법을 잃게 하는가? 이미 왔으니 거처와 성명을 말하는 것이 마땅하다."

남생이 당에 올라 좌중에 예의를 표하자 다 일시에 답으로 읍(揖)하였
으나 한림은 글에 골몰하느라 돌아보지 않았다. 그 소년 서생이 초왕에 34
게 2번 절하고 무릎 꿇고 엎드리니 초왕이 몸을 펴라 이르고 말하였다.

"그대의 빼어난 모습을 보니 천한 사람이 아닌 듯한데 어찌 성명과 거처도 말하지 않으면서 지나친 예를 행하시는가?"

소년으로 변신한 남소저가 대답하였다.

"저는 금릉 사람입니다. 부모가 일찍 돌아가시고 혈혈단신으로 이곳저
곳을 떠돌아다니다가 이인(異人)을 만나 학문과 기술을 배워 스승과 제
자 사이가 되었습니다. 그런데 스승께서 갑자기 저에게 이르시기를 '경
성의 소각로의 아들인 소참정의 딸이 너의 천정배필이다. 네가 비록
부모가 다 돌아가시고 풍진 같은 세상을 떠돌아다녔으나 삼생(三生)의
인연이 있으니 비록 너를 비천하게 여기더라도 너를 사위 삼는 것을 35
면치 못 할 것이다. 바로 경사 동화문 안 옥석교를 찾아가 소각로 부자

347) 당건(唐巾) : 예전에, 중국에서 쓰던 관(冠)의 하나. 당나라 때에는 임금이 많이 썼으나 뒤에는 사대부들이 사용하였다 함. 모체(帽體)의 앞면이 사모와 같이 2층으로 턱이 졌고, 뒤쪽 중심에 천[布帛]으로 된 끈 2개를 아래로 드리운 형태로 되어 있음.

를 만나 이 사연을 고하여라. 미처 인연이 되지 못하고 너의 곤궁한 모습을 보고 밀어 내칠 것이니 또 은신법으로 화원 채루(彩樓)에 들어가 그 소저를 보고 너의 사정을 고하고 내 말을 전하면 자연 물이 동으로 흐르는 것 같이 순탄할 것이다.[348] 맹약을 굳게 받은 후에 그 여자가 부모에게 고하고 법으로 혼인하면 만복을 다 누릴 것이다.' 라고 일러 주셨습니다.

이에 비천한 제가 스승님이 가르치신 대로 과연 소각로 댁을 찾아 모야
36 (某夜) 모시(某時)에 채루에 올라 그 여자를 대하여 스승의 말을 전하고
이리이리 말하였습니다. 그러자 그 여자가 매몰치 않아 옥가락지 한 짝을 두고 바로 저를 낭군으로 맞이하기를 간절히 빌었습니다. 저는 다만 그 여자의 가슴에 푸른 모란 점이 분명한 것을 보고 돌아와 주점에서 머물면서 저 집에서 저를 찾기만 기다렸습니다. 그런데 갑자기 그 소저가 훼절한 뒤, 귀댁에 정혼하였고 혼인날짜가 임박하였다 하기에 제가 분함을 이기지 못하여 화원의 담을 넘으려 하였으나 창칼이 삼엄하여 나는 새도 넘지 못할 지경이었습니다. 제가 만 번 생각하니 초
37 왕 전하의 성스러운 덕이 깊은 산 궁벽한 골짜기에도 두루 미친 터에
저의 지극한 원통함을 아신다면 저의 소원을 이뤄주실까 하여 죽음을 무릅쓰고 원통함을 고합니다. 저 무정한 여자가 부모에게 이러한 사연을 말하지 않았기에 귀댁에서 지금 장원하신 아들로 구혼하시니 저 여자가 문득 부귀와 권세를 사모하여 마음이 변한 것입니다. 제가 스스로 물러나야 할 것이지만 저는 혈혈단신으로 의지할 곳이 없습니다.

348) 물이 ~ 것이다 : 중국의 강들은 대개 동해로 흘러들어가기에 물이 동으로 흐른다는 것은 자연스런 이치와 같이 모든 일이 순탄하게 풀리는 것을 말함.

귀댁에서 며느리를 선택하시면서 저와 같이 곤궁한 사람이 의탁할 곳
을 끊어버리게 한다면 거듭되는 재앙이 깊을까 합니다." 38

소년이 말을 마치자, 두 줄기 슬픈 눈물이 흘러 두 뺨을 적셨다. 초왕이 다시 눈을 들어 보지 않고 다만 바르게 앉아서 조용히 요인의 패악한 말을 다 들었다. 목소리에 살기가 가득하여 결코 길한 사람이 아니요, 이상한 요정이 요술을 써서 자기 두 집안의 혼인을 방해하기 위해 특별히 괴이한 일을 저지를 작심을 하고 자기 부자의 마음을 동요시키는 것인 줄을 깨닫고 매우 놀랍고 통탄스런 마음을 이기지 못하였다. 그러나 다만 비단 부채로 얼굴을 가리고 말하였다.

"내가 비록 이루(離婁)의 눈 밝음[349]과 사광(師曠)의 귀 밝음[350]은 없으
나 남녀가 바뀐 것은 알 수 있다. 양반가 규수가 규방을 버리고 괴이한 39
도를 익혀 변신하여 사람을 속이려 하나 그것에 속을 사람이 몇이나 되겠는가? 또 그대의 모습이 천한 상것이 아닌데 저렇듯 패악하고 사나운 일을 하니 밝은 태양 아래 있는 것이 두렵지도 않은가? 만일 그대가 음양오행(陰陽五行)[351]을 오롯이 갖췄다면 내가 비록 옛사람과 같기를

349) 이루(離婁)의 ~ 밝음 : {니루지명[離婁之明]}. 이루는 중국 고대 황제(黃帝) 때의 사람으로 눈이 비상하게 밝았다고 함. 눈이 매우 밝아 백보 밖에서도 가을 터럭의 끝을 볼 수 있었다고 함. 『맹자(孟子)』「이루(離婁)」상(上) 편에 보면 "이루의 밝은 눈과 공수자의 솜씨로도 규구(規矩)를 이용하지 않으면 모난 것과 둥근 것을 이루지 못한다[離婁之明, 公輸子之巧, 不以規矩, 不能成方員]."라는 말이 있음.

350) 사광(師曠)의 ~ 밝음 : {소광지총[師曠之聰]}. 춘추시대 진(晉)나라의 음악가인 사광은 소리를 들으면 잘 분별하여 그 길흉의 화복을 잘 점쳤다 함. 맹자(孟子)』·「이루(離婁)」상(上) 편에 보면 "사광의 귀 밝음으로도 육률을 쓰지 않으면 오음을 바로잡지 못한다[師曠之聰, 不以六律, 不能正五音]."라는 말이 있음. 이런 사광의 총명함과 관련하여 '사광지총'이라는 고사성어가 전하는 것임.

351) 음양오행(陰陽五行) : 동양 철학에서 우주 만물의 구성 원리인 음양과 오행을 말함. 음양은 우주 만물의 서로 반대되는 두 가지 기운으로서 이원적 대립 관계를 나타내는 것. 달과 해, 겨울과 여름, 북과 남, 여자와 남자 등은 모두 음과 양으로 구분됨. 오행은 우주 만물의 구성 요소인 목(木)·화(火)·토(土)·금(金)·수(水)를 말함.

바라지는 못해도 거두어 서재에 두고 숙녀를 택하여 평생을 평안케 하겠지만 그럴 수가 없네. 춘추시대의 법이 오히려 지금 말세에도 흐를 뿐만 아니라 중화의 예법이 오랑캐 무리와 다른 것은 남녀 간에 분별이
40 있기 때문이네. 그런데 그대는 오로지 패악한 요술에 전념하여 끝 갈 데 없이 패악한 일을 하면서 체면을 돌아보지 않으려 하는가? 내가 그윽이 한심하게 여기니 빨리 돌아가게."

초왕이 말을 마치고는 두 눈에 일월 같은 정기를 모아 한 번 요인을 쳐다보자, 남씨가 매우 당황하고 부끄러워 소진(蘇秦)[352]의 말재주를 빌려도 다시 대답할 말이 없었다. 다만 아연실색하고 기가 꺾여 황급히 하직하고 일어나서 밖으로 나왔다. 북후인 부마가 문득 눈썹을 치켜뜨고 큰 행동을 하여 남씨의 본모습을 돌아오게 한 뒤 교자에 담아 가려고 분연히
41 소매를 떨쳐 일어섰다. 소부[353]가 부마의 옷을 당기며 말리자 초왕이 눈썹을 찡그리면서 말하였다.

"저 요물을 이쯤하여 보내고 앞일을 볼 것이다. 심하게 다루는 것은 옳지 않다."

부마가 초왕의 말을 옳게 여겨 그쳤다. 하늘의 뜻은 예측할 수가 없으니 어찌 이런 사람들을 각별히 내어 맑은 세상을 어지럽힐까? 이 사람이 평범한 요정이 아니라 인재를 보는 눈이 매우 다정하여 심상치 않으니 반드시 큰 변을 일으킬 요사스런 자였다. 부마가 급히 서동으로 그 소년의 뒤를 따라 어디로 향하여 어느 집으로 들어가는지, 부디 이 부적을 들고

---

352) 소진(蘇秦) : 중국(中國) 전국(戰國) 시대(時代)의 모사(謀士). 낙양 사람. 진(秦)나라에 대항하는 다른 대국의 동맹책(同盟策)을 성공(成功)시켜 6국의 재상(宰相)을 겸임(兼任)하였다 함. 연횡책(連衡策)을 제창(提唱)한 장의(張儀)와 더불어 종횡가(縱橫家)라 일컬어짐.
353) 소부 : 태자소부(太子少傅) 임유린을 말함.

그 소년을 따르라 명하였다. 서동이 명을 받들어 소년의 뒤를 따라가니 42
그 소년이 큰 문을 나서서 하늘을 바라보며 희미하게 몰래 주문을 외우니 갑자기 그 소년의 입에서 안개가 나와 그 소년의 몸을 감추었다. 서동이 부적을 들고 그 안개 기운을 따라가니 그 소년이 옥석교 남쪽[354] 후원 문으로 훌쩍 들어가는 것이었다. 그 집은 장려한 공후재상의 집으로 옆에는 소각로 집 장원이 있었다. 서동이 그대로 고하자 부마가 말하였다.

"그 집은 남태우 집이다. 태우 남화가 아들딸 가릴 것 없이 자식이 없다가 어떤 요승이 남녀아이를 데려다 주워 그 집에 변을 일으켰다 하 43
던데 이는 소각로 집에서 자세히 알 것이다."

소부가 탄식하며 말하였다.

"요물이 재홍 조카의 특출한 풍모를 어떻게 몰래 보았을까요? 소참정의 딸을 훼방한 뒤 재홍과의 인연을 도모하려고 한바탕 큰 변란을 일으킬 것이니 어찌 통탄스럽지 않겠습니까? 그러나 내일이 재홍과 소소저의 혼례 날이니 예식이나 치룬 후 일이 어찌 되는가 볼 것입니다."

초왕이 고개를 끄덕이며 말하였다.

"그렇다. 저 요녀가 비록 도깨비라도 사악한 것은 올바른 것을 침범치 못하고 요악한 것은 덕스러운 것을 이길 수 없으니 군자가 어찌 요얼(妖孽)을 물리치지 못할까 근심하겠느냐? 앞날이 어찌 되어 가는가를
볼 뿐이다." 44

남소저 연랑이 서툰 계교로 임씨 집안에 갔다가 초왕이 저의 내력을 조마경(照魔鏡)[355]을 비추듯 간파하고도 구태여 요란하게 처치하지 않고 말

---

354) 남쪽 : {낙녁히}. 한국학중앙연구원 소장본 39권본『임씨삼대록』에는 '남녁'이라고 되어 있기에 이와 같이 옮김.

355) 조마경(照魔鏡) : 마귀의 본성을 비추어서 그의 참된 형상을 드러내 보인다는 신통한 거울.

로써 깨우치고 자신을 돌아가게 한 것을 생각하자 부끄럽고 분하였다. 소옥 등에게 임씨 집안에 다녀온 자초지종을 이르고 나서 말하였다.

"내가 맹세코 소원을 이루고 말 것이다."

그러고는 혀를 차고 이를 갈았다. 이 무렵 곽교란도 머리를 싸고 누워 곽귀인을 조르고 있었다. 이러하니 남연랑과 곽교란이 어찌 재흥, 천흥 두 공자의 원수가 아니겠는가?

임씨 집안에서 두 신랑이 혼례복을 준비하여 신부를 맞으니 위의(威儀)
45 가 매우 장려하였다. 초국 배신(陪臣)356)이 규례(規例)357)에 따라 드리는 물건과 효장공주 봉읍에서 드린 기이한 토산물이 물같이 흘러드니 이루 다 기록할 수가 없었다.

임총재가 재흥, 천흥 두 아우를 이끌고 태부인 앞에서 혼례복을 입혀 예식을 연습하게 하니 두 신랑의 늠름하고 깨끗한 풍채가 더욱 더 새로워 태부인과 여부인, 위부인은 턱358)이 벌어지는 것도 깨닫지 못하였다. 두 사람이 사람들에게 하직인사를 한 후 흰 말에 금 안장을 얹어 그 위에 앉은 뒤 신부집으로 출발했다. 조정의 중신들이 손님으로 와서 신랑을 둘러 싸고 길을 덮었으니 보는 사람들마다 다투어 구경하였다. 신랑 임재흥이
46 신부의 집에 이르러 전안(奠雁)359)의 예를 행하고 신부가 가마에 오르기를 기다렸다. 좌우 사람들은 소소저를 아침저녁으로 보던 바였으나 이날 새로 단장한 소저의 모습을 보니 너무 대견하여 축하하는 소리가 분분하

---

356) 배신(陪臣) : 제후의 신하가 천자를 상대하여 자기를 낮추어 이르던 일인칭 대명사로, 결국 제후의 신하를 말함.

357) 규례(規例) : 일정한 규칙과 정하여진 관례.

358) 턱 : {아험}. 문맥상 '아함[雅頷]'의 오기인 듯하기에 이와 같이 옮김.

359) 전안(奠雁) : 혼례 때, 신랑이 기러기를 가지고 신부 집에 가서 상 위에 놓고 절함. 또는 그런 예(禮). 산 기러기를 쓰기도 하나, 대개 나무로 만든 것을 씀.

였다. 소각로 부자가 기뻐하며 좌중에게 자랑하였다.

"나의 손자사위는 말세의 기린이요, 명나라 조정의 보배이다. 내가 사위 택하기를 참 잘 하였구나."

이 말을 듣고 좌중에 있던 사람들이 크게 웃었다. 주어사도 웃으며 말하였다.

"어르신께서는 현빈[360]이 재미없다고 생각하시나 현빈은 천고의 군자 영걸이요, 매우 빼어난 기질을 지니고 있습니다. 이 아이가 현빈의 웅대하고 준수한 풍모를 족히 당할 수 있을 것이니 어르신께서는 신랑을 조심하시고 만만한 사위로 알지 마십시오."

좌중 사람들은 옳다고 하고 소각로는 크게 웃었다. 신랑이 신부에게 47
교자에 오르기를 재촉하여 가마의 문을 닫자 현란한 노란색 치마에 화장한 시녀들이 화촉을 쌍쌍이 잡아 길이 휘황찬란하였다. 균천광악(均天廣樂)[361]에 생황 노래 소리가 넓게 퍼지고 육률(六律)이 조화롭게 울리며 백량(百兩)[362] 천승(千乘)[363]에 붉은 끈을 감은 아름다운 재갈을 말에 물리고 꿩깃 덮개를 덮은 마차를 타고 화려하게 가니[364] 왕후의 집안이며 제

360) 현빈 : 부마 임세린의 자(字)임. 『임씨삼대록』의 전편인 『성현공숙렬기』에서 임세린이 젊었을 때 이미 소소저와 정혼했음에도 불구하고 효장공주의 부마로 간택되어 소소저와 혼인할 수 없게 되자 호탕한 성품의 임세린이 효장공주를 심하게 박대했던 일과 관련하여 임세린을 언급하고 있는 것임.

361) 균천광악(均天廣樂) : 하늘의 신비로운 음악을 이름. 여기서는 훌륭한 음악을 말함.

362) 백량(百兩) : 『시경(詩經)』 「소남(召南)」 〈작소(鵲巢)〉 에 "까치가 둥지 지으면 비둘기 들어와 함께 살게 되듯 저 아가씨 시집가는 날 백 대의 수레로 마중하네[維鵲有巢, 維鳩居之, 之子于歸, 百兩御之]."에서 온 말로 백승(百乘) 즉 수레 백 대를 의미함. 제후의 딸이 다른 제후의 집안으로 시집을 갈 때에는 수레 백 대로 보내고 맞이하는데, 대개 남자가 정실부인을 맞이하여 올 때 쓰는 수레를 말함.

363) 천승(千乘) : '승(乘)'은 고대 중국 주(周)나라 때 4필의 말이 끄는 전차를 세는 단위로서 제후(諸侯)는 천승(千乘)을 부릴 수 있었기에 천승은 곧 제후를 말함. 천 대의 수레라는 뜻으로 곧 제후를 말함.

364) 붉은 ~ 가니 : {쥬분표표[朱幩鑣鑣]ᄒᆞ여 젹불어됴[翟茀以朝]ᄒᆞ니}. 『시경(詩經)』 「위풍(衛風)」 〈석인(碩人)〉에 나오는 구절임.

후의 혼인임을 알 수 있었다.

이때 성씨 집안에서도 손님을 크게 모으고 신랑을 맞았다. 성추밀의
신랑에 대한 과도한 사랑은 체면을 잊은 듯하며 성시랑은 기뻐함을 이기
48 지 못하여 숱한 손님들이 축하하는 소리를 사양하지 않았다. 신랑이 신
부에게 가마에 오르기를 재촉하여 가마를 잠근 후 큰 길로 나갔다. 성소
저가 백량(百兩)으로 신랑과 함께 행하는 그 모습이 기이하고 장려하였다.

효문궁 태란전에 혼례석을 마련한 뒤 두 신랑신부가 쌍쌍이 예식을 치르니 남자의 풍모와 여자의 외모가 진실로 하늘이 정한 배필이었다. 두 쌍의 광채가 좌우 사람들에게도 밝게 비치고 전 뒤가 환해지니 자리에 앉았던 모든 사람들이 축하하느라 분주하였다.

합환(合歡)의 예식을 마치고 두 신부가 폐백을 받들어 시부모에게 나오
니 소소저의 모습을 말하자면 천지의 빼어난 기운과 일월의 정교한 기운
49 을 받아 탐스러운 용모로 화왕(花王) 모란이 자신의 둔함을 나무라고 붉은
연꽃이 그 붉은 것을 피할 정도였다. 백옥같이 하얀 피부와 소담하고 깨
끗한 풍모는 가을 하늘의 밝은 달 같아서 푸른 아미와 맑은 눈길이 가을
물결을 나무라는 듯하고 구름 같은 귀밑과 붉은 보조개에는 백 가지 자태
가 가지런하고 엄숙하면서도 화평하고 부드러워 천 가지 고운 태도와 만
가지 아름다운 빛 중에 갖추지 않은 것이 없었다.

성소저가 폐백을 받들어 시부모에게 나오니 세상에 보기 드문 한 쌍의
숙녀였다. 그러니 어찌 조금이라도 차이가 있겠는가? 성씨는 용모가 매
50 우 아리따워 흰 모란 한 가지가 금화분에 반쯤 피어 동풍을 맞는 듯하고
가을 호수에 연꽃이 아침이슬을 머금어 태양빛을 쏘이는 듯하였다. 눈썹
은 먼 산을 맑게 그린 듯하고 한 쌍의 두 눈은 새벽별의 정기를 앗은 듯하

며 백설같이 흰 피부와 채봉 같은 어깨에 가는 허리는 자연스럽게 곱고 빼어나며 깨끗하고 슬기로우며 소담하고 아리따우며 빼어나게 우뚝 드러나 세상사에 전혀 물들지 않은 듯했다.

태부인이 황홀해하고 기이하게 여겨 사랑하는 것이 설소저가 시댁에 들어올 때보다 더한 듯하였다. 상국과 태청선생의 높은 안목으로도 두 명의 신부를 보고 정신이 황홀한 듯하여 한참 후에야 태부인에게 하례하여 말하였다.

"오늘 신부의 쌍이 없는 듯한 성덕과 재주 및 용모는 기대했던 것보다 51
더합니다. 다 자식들의 복입니다."

태부인이 기뻐하기에 겨를이 없으면서도 여러 손님들의 축하하는 소리를 사양하지 않았다. 종일토록 즐기다가 잔치가 끝나자 손님들이 흩어졌다. 신부의 숙소를 정하여 소소저는 홍윤당으로, 성소저는 옥륜당으로 보냈다. 이 밤에 두 신랑이 존당의 명으로 신방에 들어갔다. 이때 소파가 신부를 보호하고 있다가 한림인 재홍이 들어오는 것을 보고 즐거워하며 편히 쉬라 하니 한림이 말하였다.

"할머님께서는 깊은 밤에도 분주하시니 과연 수고로움을 피하지 않으 52
십니다."

소파가 웃으며 말하였다.

"내가 구태여 수고하고자 하는 것이 아니라 그대의 지나치게 날카로운 기세를 심히 괴롭게 여겨 신부가 편치 못할까 하여 내가 보호하고자 하는 것이네."

그러고는 소파가 돌아가다가 옥륜당으로 가서 성소저를 보니 진파가 이미 와서 보호하며 담소하고 있었다. 소파가 웃으며 말하였다.

"나는 홍륜당에 갔다가 쫓아내기에 정도 못 펴고 돌아가는 길이더니 그대도 이곳에 왔구려."

직사인 천홍은 다만 미소를 머금고 신부의 아름다운 모습에는 마음을
두지 않았다. 진실로 재홍, 천홍 두 사람이 몸가짐이 금옥같이 깨끗하고
점잖은 사람임을 알 수 있었다. 두 노파가 돌아가고도 이날 재홍, 천홍 두
53 사람은 신부와 잠자리를 갖지 않았다. 소소저, 성소저 두 소저는 어질고
도 얌전하여 아침 일찍 일어나고 밤늦게 잠들면서 효성으로 시댁 어른을
섬기고 정성스레 남편을 모셨다.

이 무렵 한왕(漢王)은 반역하는 마음이 더욱 가득하였으나 틈을 얻지 못하다가 묘월과 옥경이 돌아오자 일을 의논하였다. 묘월이 말하였다.

"제가 이제 융국에 가서 병사를 일으키게 하겠습니다."

묘월이 구름을 타고 오랑캐 땅인 융국에 이르렀다. 이때 옥선은 융국
의 왕 달목을 수중에 넣고 마음대로 농락하여 나라의 정사를 제 스스로
54 총괄하고 시녀 1만 병을 모아 요술을 가르쳐 낭자군이라 이름 짓고 병사
를 일으킬 것을 꾀하고 있었다. 그런데 문득 옥선이 아들을 낳고 다시 딸
을 낳자 융국 왕이 더욱 옥선에게 정신을 잃어 죽으라 하여도 죽을 판이
었다. 묘월이 융국에 이르러 옥선에게 군대를 일으키라 보채자, 옥선이
융국 왕에게 병사를 일으키라 이르고는 자녀를 다른 사람들에게 맡긴 뒤
낭자군 1만 병사를 거느리고 묘월을 총사령관으로 삼아 융국 왕에게 하
직인사하고 나왔다. 왕이 어찌 옥선을 가로막을 수 있겠는가? 이별을 슬
퍼하나 감히 만류하지 못하고 흉한 눈물이 수없이 떨어지면서 부디 성공
55 하여 돌아오라고 온갖 말로 당부할 뿐이었다.

옥선이 묘월과 낭자군을 데리고 한왕에게 이르러 합병한 뒤, 근처 읍의

성들을 치니 지나가는 곳마다 대적할 자가 없었다. 하루 만에 40여 성을 얻고 돗자리를 말 듯 마구 치며 들어왔다. 군현이 소문만 듣고도 항복하니 변이 난 것을 알리는 전보가 눈 날리듯 하였다. 조정에서는 모두들 갈팡질팡 어쩔 줄 몰라 하며 안색이 창백하였다. 황제가 만조백관을 모으고 탄식하며 말하였다.

"짐이 박덕하여 한왕이 융국의 병졸과 합병하여 돗자리를 말 듯 마구 쳐들어오나 능히 막지 못하는구나. 차라리 나라를 덕 있는 사람에게 사양하는 것이 옳을까 한다."

그러나 모든 신하들이 얼굴을 바라볼 뿐 문관은 토인(土人) 같고 무관 56
은 목인(木人) 같아 대답하는 자가 없었다. 이에 황제가 더욱 얼굴빛이 나빠졌다. 그런데 문관의 반열 가운데 한 왕이 나와 아뢰었다.

"지금 한왕이 하늘의 뜻을 거스르고 도리도 모른 채 흉노와 결탁하여 중화를 소란스럽게 하고 있습니다. 하늘의 뜻을 모르고 역모하오니 어찌 천추의 죄인 됨을 면하겠습니까? 제가 3대에 걸친 성은을 조금도 갚지 못하였사오니 한 분대의 병사를 얻어 융국의 왕을 없애고 한왕을 산채로 잡아 성은의 만분의 일이라도 갚을까 합니다."

황제가 용안을 들어 보고 고마워하며 말하였다. 57

"선생의 큰 지략으로 흉노를 물리치고 산동(山東)[365]을 평정하는 것은 손을 뒤집는 것과 같을 것이다. 이제 짐이 근심이 없겠구나."

이에 초왕을 본직인 금자광록태우 문연각 태학사 대사마 병부상서 평초왕 겸 대원수 도총병 천하진무 절제사에 임명하시고, 1천 명의 명장과

365) 산동(山東) : 중국 동부 황해(黃海) 연안의 성(省). 동부는 구릉성(丘陵性) 반도, 중부는 태기(泰沂) 산맥과 접하고 그 외는 광대한 평야임. 기후는 온화함. 성도(省都)는 제남(濟南).

50만 대군을 거느려서 3일 만에 행군할 차비를 하라 하셨다. 그리고 주원
광을 부원수, 부총병에 임명하시어 융국을 미리 엄습하여 낭자군이 물러
58 설 곳이 없게 하라 명하셨다. 그러자 총재인 임창홍이 반열에서 나와 아
뢰었다.

"신의 부친은 어렸을 때 풍토병으로 고생하여 숙병이 있기에 그 병이 자주 덧나 피를 토하고 기절하곤 합니다. 신의 형제가 다 어려서 군사를 따라가지 못하니 제가 제 벼슬을 그만두고 아비를 따라 전쟁터로 나가겠습니다."

황제가 임총재의 충효에 감탄하여 임총재 대신 성시랑을 이부상서에
임명하고 임총재를 군중참모에 임명하였다. 이에 임총재가 여러 번 절하
면서 사은하고 물러났다. 임원수가 바로 연무청(鍊武廳)[366]으로 가서 장
졸을 점호(點呼)받고 군사들을 조련하였다. 부원수 또한 한가지로 3일 연
59 습을 마치고 태우 설희량을 선봉으로 삼고 성연수를 부선봉으로 정하였
다. 그런 후 초왕 부자는 잠깐 몸을 빼어 집으로 와서 정당에서 가족들과
작별인사를 나누었다.

이때에 임씨 집안에서는 초왕 부자가 출정한다는 소식을 듣고 매우 놀라 집안 전체가 경황이 없었다. 태부인이 탄식하여 말하였다.

"장부가 나라에 몸을 허락하였으니 이번 출정을 자원한 것은 신하로서 해야 할 임무이다. 그러나 전쟁에서의 승패는 미리 알 수 없고 창홍은 아이 적에 몸을 상한 증세가 가볍지가 않다. 늙은 어미의 목숨이 서산에 지는 해와 같은데 자식과 손자를 전쟁터에 보내고 무사히 살아 돌아올지[367] 모르니 어찌 차마 견디겠는가?"

---

366) 연무청(鍊武廳) : 군사훈련을 위해 설치된 관청.

태부인이 편안히 있지 못하자 선생이 재삼 위로하고 상국 형제들과 모 60
든 부인네들, 그리고 그 밖의 집안사람들 모두가 근심하였다. 원수 부자가 융복(戎服)[368]을 갖추어 입고 슬하에 하직을 고하였다. 좌우 사람들이 보니 융복을 가지런하게 입은 거동이 엄숙하고 빼어나며 위엄 있어 북쪽 오랑캐와 역신을 모두 물리치고 승리의 노래를 부르며 돌아와 천자에게 승리의 기쁨을 바칠 것을 묻지 않아도 알 수 있었다. 또한 임참모의 기상과 풍채는 빼어나고 웅대하여 교룡(蛟龍)이 창해를 박차고 기세를 떨치는 듯하니 부친인 초왕 임원수보다도 빼어났다. 이에 상국 형제가 대견스러
워하고 태부인이 다시금 애중해 하면서 바삐 원수 부자를 나오라 하여 손 61
을 잡고 경계하며 말하였다.

"남자가 나라에 몸을 허락했으면 사사로운 정을 돌아보지 않는 것이다. 너희들이 세 조정에 걸쳐 은혜를 받았으니 하늘같이 넓은 성상의 은혜가 끝이 없구나. 이제 전쟁터에 나가 사졸을 불쌍히 여기고 위로하며 상과 벌[369] 주기를 명백히 하여 큰 공을 이루어 천은을 만의 하나라도 갚아라."

원수 부자가 2번 절하며 명을 받들자 임상국이 또 임참모에게 말하였다.

"너는 내가 매우 애중하는 손자이다. 그간 내 슬하를 떠나지 않았더니 이제 아비를 좇아 참모의 중책을 맡아 가는구나. 삼가 이것을 경계하여라."

---

367) 무사히 ~ 돌아올지 : {희한홀지}. 의미가 불명확하나 이본인 한국학중앙연구원 소장 39권본『임씨삼대록』에는 '회환[回還]홀'이라고 되어 있기에 이와 같이 옮김.

368) 융복(戎服) : 예전 군복의 한 가지. 철릭과 주립(朱笠)으로 되었음. 철릭은 길이가 길고 허리에 주름을 잡았으며 주립은 호박(琥珀)·마노(瑪瑙)·수정(水晶) 등(等)으로 장식(裝飾)하였음. 무신(武臣)이 입었으며 문신(文臣)이라도 전시에 임금을 호종(扈從)할 때엔 입었음. 융의(戎衣)라고도 함.

369) 상과 벌 : {살벌}. 이는 '상벌'의 오기인 듯하기에 이와 같이 옮김.

62 참모가 2번 절하고 태부공의 명을 받들었다. 술잔을 내오게 하여 태부공의 형제가 한 잔씩 들이키고 다시 잔을 부어 원수 부자에게 주었다. 원수와 참모가 앉은 자리에서 물러나 잔을 받아 마시자 임상국 형제는 원수 부자를 어루만지며 천금과도 같은 중요한 몸을 보중하여 사납고 포악한 역당에게 해를 입지 말라고 당부하였다. 원수 부자가 순순히 명을 받들었다. 임원수가 부친 임상국 앞에 가지런히 무릎을 꿇고 아뢰었다.

"재홍의 부실이 되기를 바라는 자로 인해 제가 집을 떠난 뒤에 집안에 괴이한 변이 있을 것입니다. 모든 일은 하늘의 뜻이니 과도하게 사양하지 마시고 존당에게 염려를 끼치지 않는 것이 다행일까 싶습니다."

63 임상국이 고개를 끄덕였다. 원수가 다시 아뢰며 말하였다.

"재홍의 학식과 자질이 오죽하겠습니까마는 사람의 부정한 것을 용서하지 못하는 병통이 있습니다."

임상국이 고개를 끄덕이자 원수가 부마에게 말하였다.

"아우가 너무 소탈하여 중심이 없으니 걱정이구나. 내가 집을 떠나면 조카가 봉소(鳳簫) 부는 호사[370]를 과도하게 사양 말고 며느리의 사정도 비록 말하지 않더라도 잘 생각하여 현철하고 성스서운 며느리로 하여금 시아버지의 고집불통 때문에 급한 화를 당하지 않게 하여라. 그러나 옥주가 계시니 내가 깊은 근심은 하지 않겠다."

부마가 웃으면서 대답하였다.

---

370) 봉소(鳳簫) ~ 호사 : 봉소는 소(簫)를 아름답게 부르는 말로 봉의 날개 모양처럼 생겨서 봉소라고 부름. 춘추전국시대 한나라 유향(劉向)이 지은 『열선전(列仙傳)』 상권 〈소사(蕭史)〉를 보면 소사(蕭史)라는 사람은 무척 피리를 잘 불었는데 봉의 울음소리를 내었다고 함. 진나라 목공(穆公)의 딸인 농옥(弄玉)을 아내로 얻어 봉루를 지어 농옥에게 피리 부는 법을 가르쳐 주었으며, 그들이 부는 피리 소리에 이끌려 봉과 학이 모여들면 농옥은 봉을 탔으며 소사는 용을 타기도 하였다고 함. 봉소 부는 호사란 아내를 맞이하는 일을 비유한 것임.

"형님께서 집을 떠나시면서 갑자기 저를 아주 볼 것 없는 도깨비로 만드시니 이 또한 생각지 못한 일입니다." 64

소파가 문득 입을 비쭉거리며 말하였다.

"대상공의 교훈이 그르실까? 실로 부마 상공이 몹쓸 고집을 부리고 위력(威力)을 쓰는 것은 내가 더욱 지긋지긋하고 싫은데 무슨 변명을 그리 하십니까?"371)

이에 태부인이 웃었고, 자리에 앉은 사람들 모두가 입을 가리고 웃음을 참지 못하였다. 부마가 형의 말을 의아하게 여겼으나 이목이 번다하여 다시 묻지 못하였다. 원수가 며느리와 조카며느리를 모두 불러 가지런히 앉혔다. 소소저, 성소저 두 소저가 명을 받들고 원수의 슬하에 꿇어앉아 머리를 숙였다. 원수가 이윽히 어루만지며 애중해 하다가 탄식하며 말하였다. 65

"너희들이 천리(天理)와 인사(人事)를 거의 알 것이다. 우리 부자가 집을 떠난 후에는 매사를 시어머니의 지휘와 옥주의 처분대로 하여라. 내 자식들과 조카들은 오로지 예의만 지키면서 너희들에게 큰 화가 닥쳐도 월(越)나라 사람이 진(秦)나라 사람의 수척한 모습을 보듯372) 할 것이니 믿을 바가 못 된다."

태자소부인 임유린이 미소하고 대답하였다.

"형님은 너무 훗날의 일까지 걱정하지 마십시오. 조카들이 지식이 명달하고 문리가 튼 지 오래니 자신들에게 중요한 일에 예의만 지키려고 고집하겠습니까?"

---

371) 실로 ~ 하십니까 : 『임씨삼대록』 전편인 『성현공숙렬기』에서 부마 임세린이 소시 적에 아내인 효장공주 등과의 갈등에서 고집을 부리고 위력을 썼던 일을 말함.

372) 월(越)나라 ~ 보듯 : 서로 아무런 관계가 없는 사람 사이를 비유한 것임.

66 초왕이 미소 짓고 소부에게 또 당부하여 말하였다.

"아우는 밖에 나가기를 그치고 내 며느리와 조카며느리의 큰 화를 근심하면서 내가 집에 돌아오기 전에는 집을 떠나지 말게."

소부가 절하면서 명을 받들었다. 날이 늦어지자 원문(轅門)[373]에서 북이 자주 울렸다. 원수가 이에 조부모와 부모에게 참모와 한가지로 절하며 하직 인사를 올리자, 태부인이 서운함을 이기지 못하여 두 눈에 눈물이 차올랐다. 모든 부인들이 슬픈 일을 당해 몹시 놀랐으나 굳게 참고 좋은 안색으로 하직인사를 하였다. 원수가 진파, 소파 두 노파와 작별하고 중당(中堂)[374]에 나오자 주생의 처 영주가 말하였다.

67 "이런 아득한 이별에 우리 부인 당에는 가지 않으시니 어찌 그리 대범하십니까?"

원수인 초왕이 빙그레 웃고 연주를 쓰다듬으며 말하였다.

"네가 감히 나에게 보채고자 하느냐? 내가 본래 살뜰하지 못하고 존당에서 이미 부인을 보았는데 어찌 분주하게 부인의 당에 가겠느냐?"

그러자 영주가 낭랑하게 웃었다. 참모인 임창흥은 이날에서야 두 아들을 나오게 하여 고사리 같은 두 손을 마주 잡고 한참동안 얼굴을 비빈 뒤 말하였다.

"내가 좀 멀리 가지만 곧 올 것이다. 너희들은 서동을 데리고 취몽산 12봉을 헤매고 다니지 말고 할머님 곁을 잠시도 떠나지 마라. 잘 있어라."

68 두 아이가 문득 큰 종을 울리듯이 크게 울며 말하였다.

---

373) 원문(轅門) : 군영(軍營)이나 영문(營門)을 이르던 말.
374) 중당(中堂) : 내당과 외당의 중간에 있는 건물로, 내당에 있는 여자들과 외당에 있는 남자들이 모일 때 주로 이곳을 사용하였음.

"아버님께서는 우리 어머님을 데리러 오려고 이렇게 당부하고 가시는 것입니까? 부디 속이지 마십시오."

참모의 철석 같은 마음으로도 두 아이의 말이 과연 가련하고 안쓰러웠다. 문득 고개를 숙인 채 영웅의 기운이 사그라지더니 모친인 주비의 슬픈 마음이 요동치실까 두려워 안색을 고치고는 한동안 연연해 하였다. 이렇게 한바탕 이별을 마친 후 다시 총총히 설씨 부중으로 가서 공의 부부와 이별하고 설선봉과 더불어 남쪽 교외에 이르렀다. 황제가 벌써 난가(鸞駕)를 이동하여 원수를 전별하려 오니 절차가 가지런하였다.

원수가 장대에 올라 기를 둘러 진을 친 후 황제가 있는 장막으로 나아 69
가 황제의 용안을 뵙고 인사하자, 황제가 손으로 원수의 손을 잡으시고
권면하고 당부하는 말씀이 다정하고 친절하여 옥음이 은근하였다. 원수
가 머리를 조아리고 뒤로 물러서면서 임금의 은혜에 감사하였다. 황제가
향온(香醞)을 친히 잡고 3잔을 원수에게 먹인 후에 또 부원수와 참모에게
술을 내리고 상방검(上房劍)[375]을 원수에게 주어 부원수 이하로 명을 어
긴 자는 먼저 목을 벤 뒤에 보고하라 하였다. 또 흉악한 역당 무리 중 간
교한 참언(讒言)을 하는 자가 있으면 황제가 당당히 명하여 선생의 장대로
보낼 것이니 절대 다른 생각은 하지 말고 다만 국가가 남쪽을 돌아보는 70
근심을 없애라 하였다. 원수 등은 나라를 위한 충심이 더욱 커져서 죽기를 각오하고 국은을 갚고자 하였다. 문무백관들은 황제가 원수를 그토록 크게 총애하는 것을 보고 갑자기 얼굴빛이 변하였다.

원수는 성상의 탑하에 머리를 조아리고 절하면서 하직인사를 드린 뒤

375) 상방검(上房劍) : 상방(尙房)은 임금이 일용에 쓰는 물건을 만들던 한 나라 때의 관서로, 이곳에서 만든 칼을 상방검이라고 함. 상방검은 임금을 상징하는 물건으로 임금을 대신하여 전쟁 등의 중요한 일에서 명을 집행할 때 임금을 대신하여 일을 집행하게 한다는 의미로 하사하였음.

3번 호령하고 말에 올라 동남쪽으로 향하였다. 전선봉 장원룡이 선발이
되고 부원수 등은 후진이 되었는데 대오가 정제하고 기율(紀律)이 삼엄하
여 오행팔괘(五行八卦)[376]로 엄숙하게 행군하니 장수는 바다의 해룡과 같
71 고 군사는 산 속의 맹호 같았다. 대오가 매우 엄격하여 진법이 손자(孫子)
의 병법(兵法)[377]과 주아부(周亞夫)의 세류영(細柳營)[378]이라도 오늘의 임
원수에게는 미치지 못할 정도였다. 황제가 백관과 더불어 문루(門樓)[379]
에 올라 임원수가 멀리 가도록 바라보았다. 오행과 구궁팔괘(九宮八卦)[380]
로 상응하여 물밀 듯이 행군하니 헌원(軒轅)[381]이 행군하는 것과 흡사하
였다. 황제가 길이 감탄하며 말하였다.

---

376) 오행팔괘(五行八卦) : 오행은 우주 만물의 구성 요소인 목(木), 화(火), 토(土), 금(金), 수(水)를 말함. 팔괘는 중국 고대(古代)에 중국인들이 사용하던 여덟 가지의 괘로, 『주역(周易)』에서 자연계 및 인간계의 모든 현상(現狀)을 음양(陰陽)을 겹치어서 여덟 가지의 상으로 나타낸 것. 곧 건(乾)·태(兌)·이(離)·진(震)·손(巽)·감(坎)·간(艮)·곤(坤)의 일컬음.

377) 손자(孫子)의 병법(兵法) : 손자는 춘추(春秋)·전국(戰國) 시대의 전략가(戰略家). '孫武(손무)'의 존칭(尊稱) 오(吳)나라의 왕 합려(闔閭)를 섬겨 절제·규율 있는 육군을 조직하게 하였다고 하며, 초(楚)·제(齊)·진(晋) 등의 나라를 굴복시켜 합려로 하여금 패자(覇者)가 되게 함. 그가 저술한 병서(兵書)인 『손자(孫子)』는 전략·전술의 법칙, 준거(準據)의 상세한 내용을 설명하여 고대(古代) 중국의 전쟁 체험의 집대성(集大成)한 것으로, 후세(後世)의 병학(兵學)에 큰 영향을 줌.

378) 주아부(周亞夫)의 세류영(細柳營) : 한(漢)나라 문제(文帝) 때 흉노(凶奴)가 대거 침입하자 세류영(細柳營)에서 주둔했다가 흉노를 크게 물리친 장군. 오초칠국(吳楚七國)이 한나라의 억압 정책에 반대하여 일으켰을 때 주아부가 이를 평정하여 한의 중앙 집권제가 확립되었음. 그런데 만년에 경제(景帝)의 의심을 받아 구속되어 피를 토하고 죽었음. 충신의 비유로 쓰임.

379) 문루(門樓) : 궁문, 성문 따위의 바깥문 위에 지은 다락집.

380) 구궁팔괘(九宮八卦) : 구궁은 『낙서(洛書)』에 응한 일백(一白)·이흑(二黑)·삼벽(三碧)·사록(四綠)·오황(五黃)·육백(六白)·칠적(七赤)·팔백(八白)·구자(九紫)의 구성(九星)에 중궁(中宮)과 건(乾)·감(坎)·간(艮)·진(震)·손(巽)·이(離)·곤(坤)·태(兌)의 8괘를, 휴(休)·사(死)·상(傷)·두(杜)·개(開)·경(驚)·생(生)·경(景)의 팔문(八門)에 배합을 하여, 그 운행하는 9방위의 자리를 이르는 말임.

381) 헌원(軒轅) : 중국의 전설상의 제왕. 성은 공손(公孫), 이름은 헌원(軒轅). 복희씨, 신농씨와 함께 삼황(三皇) 또는 오제(五帝)로 불리는데 처음으로 곡물 재배를 가르치고 문자·음악·도량형 따위를 정하였다고 하며, 최근까지 중국의 시조로 숭배됨. 헌원(軒轅)이라는 이름은 수레와 수레끌채라는 뜻으로 그가 수레를 발명했다는 신화의 내용과 관련되어 있음. 황제(黃帝)라고도 함.

"임씨 가문의 원수와 참모는 이른 바 문무를 겸비한 큰 인재로구나. 짐이 조정에 이 두 사람을 두었으니 어찌 사해의 미친 오랑캐들을 두려워하겠느냐?"

그러자 문무백관이 모두 만세를 불렀다. 날이 늦어지자 황제가 난여(鸞 72
轝)를 타고 궁으로 돌아갔다. 그러고는 중사(中使)[382]를 임상부에 보냈으니, 여부인과 이부인을 위로하시는 하사품이 도로에 이어졌다.

화설(話說). 평남대원수 임희린이 천자와 부모에게 절하여 하직인사한 후 1천 명의 명장과 20만 명의 용맹스런 병사들을 거느리고 동남쪽으로 향하였다. 대군이 호호탕탕하게 행군하면서도 도로에서 백성들을 추호도 범하는 일이 없으니 백성이 단사호장(簞食壺漿)[383]으로 왕의 군대를 맞이하고 성인의 군사들을 구경하였다. 임원수의 군대가 행군하여 형(荊)나라와 초(楚)나라의 경계[384]에 이르니 때는 선종(宣宗)[385] 4년 음력 추팔월(秋
八月) 보름이었다. 원수가 자신의 봉국(封國)인 초나라 근방에 이르니, 융 73
국 병사 만여 명이 초나라를 3겹으로 둘러싸고 있어 백성이 거의 함몰되기 직전이었다. 임원수가 매우 노하여 장선봉으로 초나라를 구하라 명하고 천천히 행군하여 초국 근방에 진을 치고 달목의 병사들을 무찌르려 하

---

382) 중사(中使) : 왕의 명령을 전하던 내시(內侍).

383) 단사호장(簞食壺漿) : 대소쿠리 곧 도시락에 담은 밥과 단지에 넣은 마실 것이란 뜻으로 흔히 '백성들이 소박한 정성으로 군대를 환영함'을 이르는 말.

384) 형(荊)나라와 ~ 경계 : {평초지경}. 이는 '형초지경(荊楚之境)'의 오기인 듯함. 형나라와 초나라는 국경을 사이에 두고 자리하고 있음. 이본인 한국학중앙연구원 소장 39권본에도 '형초지경'으로 되어 있음.

385) 선종황제(宣宗) : 명나라의 제5대 황제(1425~1435). 시호 장황제(章皇帝), 묘호 선종(宣宗), 연호(年號)는 선덕(宣德). 조부 영락제(永樂帝)의 총애를 받아 자주 그의 순행(巡幸) · 정토(征討)에 수행하였음. 부친 홍희제(洪熙帝)의 뒤를 이어 즉위하였고, 이듬해 숙부인 한왕(漢王) 주고후(朱高煦)가 반란을 일으키자 친정(親征)하여 항복을 받고, 1426년에는 올량합삼위(兀良哈三衛)의 침공을 격파하여 과단성 있는 무위를 보였으나, 영락제와는 달리 적극적인 대외정책은 쓰지 않았음. 내정면에서는 양사기(楊士奇) 등 명신들의 보좌를 받아 크게 치적을 올렸음.

였다. 장선봉이 곧바로 융국의 병사들을 급습하여 마구 공격하였으나 융
국의 병사들이 물러나지 않았다. 초국 승상이 초왕인 임원수가 이르기를
기다리다가 임원수가 거느린 대병이 이르는 것을 보고 대장 요섭이 그 기
세를 타서 문을 열고 내달아 협공하니 달목의 병사들이 어찌 당하겠는가?
74 죽는 자가 무수하였다. 임원수가 장졸을 거느리고 들어가자 모든 신하들
과 백성이 나와서 맞이하며 즐겁게 말하였다,

"이제 전하께서 오셨으니 무슨 근심이 있겠습니까?"

이렇게 말한 후에 다투어 세자인 참모 임창홍을 보았다. 초왕인 임원
수가 너무 요란한 것을 금하고 신하들 각각을 위로하였다. 이날 밤에 당
앞에 앉아 모든 장수들을 모아 놓고 적을 물리칠 일을 의논하면서 원수가
말하였다.

"한왕의 군사가 내일 이를 것이니 방비를 엄하게 해야 할 것이다. 초산
은 깊고 험한 곳이 많으니 복병을 곳곳에 두되 진영 뒤 백호곡 좁은 길
에 군사를 매복하였다가 도적이 패하여 길을 잃고 백호곡으로 들어가
75 거든 좌우에서 불을 놓아 태우도록 하여라. 내일 반드시 적진의 병사
들이 올 것이니 매우 약한 것처럼 보여라."

다음 날 원수가 장대에 앉아 격서를 한왕에게 보내고 군사를 3분대로
나누어 출발하였다.

임 씨 삼 대 록

22권

1 차설(且說). 원수가 군사를 3분대로 나누어 첫 번째 분대는 주부원수에
게 맡겨 부선봉 성연수와 군사를 거느려서 달목국으로 나아가게 하고, 두
번째 분대는 임참모에게 맡겨 정예병 1만을 거느리고 낙안주로 가서 융
병(戎兵)을 막아 끊으라고 하였고, 세 번째 분대는 전성봉 장원룡과 요상,
요섭에게 맡겨 주부원수를 좇게 하고 설선봉에게는 임참모를 좇게 하니
2 두 사람이 명을 듣고 물러났다. 주부원수는 융국으로 가고 임참모는 낙안
주에 이르러 그윽한 곳에 매복하고 적의 형세를 탐지하였다.

이때에 한왕은 융병과 합세하여 중원을 호랑이가 먹이 노리듯 마구 쳐
서 들어가고 있는 중이었는데, 순찰병이 대원수 임초왕이 대군을 거느리
고 이르러 융병을 무찌르고 장수 수백을 목 베었다고 보고하였다. 한왕이
매우 놀라고 노하여 초나라를 향해 임원수를 삼킬 듯이 한바탕 꾸짖고 옥
선의 군중에 가서 빨리 출병하라고 하였다. 옥선은 임왕 부자가 이르렀다
는 말을 듣고 독기가 어려 묘월, 한왕과 더불어 간사한 계교를 내어 모반
3 하는 글 대여섯 장을 묘월에게 주고는 경사에 보내어 문마다 부치게 한
뒤, 자신은 종남산(終南山)[386] 아래에 진을 쳤다. 명나라 진영에서부터 격
서(檄書)[387]가 이르자 한왕은 보지도 않고 밀쳐버린 후에 목숨을 마치기
를 재촉하고자 하거든 빨리 나오라는 내용으로 답서를 보냈다. 이에 임원
수가 미소 지었다.

다음 날 아침 양군이 맞붙자 한왕이 갑옷을 입고 말에 올라 내달리며 외쳤다.

"어린아이 임희린은 듣거라. 내가 본래 문황제(文皇帝)를 도와 건문(建

386) 종남산(終南山) : 중국 섬서성(陝西省) 장안(長安)·성남(城南) 오십리에 있는 종남산맥 중의 한 봉우리. 고찰(古刹)·명승(名勝)이 많음.

387) 격서(檄書) : 적군(敵軍)을 설복하거나 힐책하는 글.

文)[388]을 치고 대업을 이루게 하였으니 그것은 다 나의 공이다. 황상께서 나를 둘째아들이라 하여 한국(漢國)에 왕으로 봉하시고 연곡(輦轂)[389]에 머물게 하여 윤리와 기강을 온전히 하셨다. 그런데 내 누이 4
효장공주가 불행하게도 임세린에게 시집간 까닭에 임씨 가문에 원수를 맺어 같은 하늘 아래에서는 함께 살 수 없는 원수 중의 원수가 되었다. 간교한 누이로 말미암아 내가 도리어 대역죄인으로 떨어졌다. 모든 간신들이 나를 죽이기를 도모하였으나 내가 애매한 것을 하늘이 증인이 되시어 내 한 목숨을 부지하게 하셨기에 내가 산동으로 갈 수 있었다. 내가 그곳에 온 이후로 황상을 그리워하다가 황상께서 붕어하시고 황형(皇兄)마저 홍거하신 뒤 어린아이가 대위에 올라 감히 숙부를 용납하지 않으니 내가 당당히 병사를 일으켜 한 칼에 어린아이를 없애고자 하거늘 네가 곡절도 알지 못하고 겨루고자 하느냐?" 5

원수가 군대 가운데서 한왕 고후가 외치는 소리를 듣고 대로하여 진문을 크게 열고 3번 호통친 뒤 왼쪽에는 황월(黃鉞)[390]을 들고 오른쪽에는 백모(白旄)[391]를 들었다. 붉은 양산이 움직이는 가운데 수자기(帥字旗)[392]가 휘날리는 곳에는 기 위에 큰 글씨로 '천조 이부상서 홍문관 태학사 남

---

388) 건문(建文) : 명나라의 제2대 황제(재위 1398~1402). 휘 윤문(允炆). 시호 혜제(惠帝). 황태자였던 부친 의문태자(懿文太子)가 병사하여 황태손에 책봉되고, 1398년 태조 홍무제(洪武帝)가 죽자 16세로 즉위함. 당시 태조의 여러 아들들은 각 지방의 왕으로 분봉(分封)되어 있었는데 건문제는 황자징(黃子澄) · 방효유(方孝孺) 등의 획책에 따라 황제의 권위를 높이는 한편, 봉령을 삭감하여 그 세력의 약화를 도모하였음. 그 때문에 1399년 연왕(燕王)이 정난(靖難)의 변을 일으켜, 1402년 경사(京師)를 함락하고 제위를 빼앗아 영락제(永樂帝)에 즉위함. 건문제는 이때 성안에서 불에 타 죽은 것으로 전해짐.

389) 연곡(輦轂) : 황제의 수레를 말하나 비유적으로 황성이나 궁궐을 말하기도 함.

390) 황월(黃鉞) : 황금으로 장식한 도끼. 임금의 의장으로 쓰이거나 적군을 정벌하는 장군에게 임금이 내리는 도끼임.

391) 백모(白旄) : 털이 긴 쇠꼬리를 장대 끝에 매달아 놓은 기(旗).

392) 수자기(帥字旗) : 진중(陣中)이나 영문(營門)의 앞에 세우는 대장기.

초왕 금자광록태우 천하병마절제대사마 병부상서 평남대원수 임모'라고
쓰여 있었다. 원수가 홍금망룡포(紅錦蟒龍袍)[393]에 황금망(黃金網)과 쇄자
6 갑(鎖子甲)[394]을 껴입고 허리에 백옥대(白玉帶)[395]를 띠고 한 손에 용천검
(龍泉劍)[396]을 쥐고 좌우에 무수한 장수들이 호위하고 있으니 맑은 광채
가 적진에 쏘여 늠름하였다. 일월 같은 눈은 칠흑 같은 밤에도 야명주같
이 빛나고 용 같은 눈썹과 봉황 같은 눈에는 태양 같은 제왕의 기상이 빛
났다. 강산의 맑음과 호연한 기운은 가을날 맑게 갠 하늘같이 높았으며
상서로운 구름이 무르녹는 듯한 화평한 기운은 봄의 따스한 햇빛이 만물
을 다시 살아나게 하는 듯하였다. 바라보면 넋이 날아가는 것 같기에 한
왕은 분한 마음이 크게 일어나 창을 휘두르며 바로 달려들었다. 원수가
용천검을 들어 한왕의 창을 쓸어버리고 그것을 받아 멀리 던진 후 팔을
7 늘여 한왕을 잡고 두어 번 돌리다가 던져버리고 꾸짖으며 말하였다.

"마땅히 죽일 것이지만 아직 하늘에서 벌할 날이 못 되었기에 놓아 보내니 다시 마음대로 해 보아라. 내가 백 번 놓아주었다가 백 번 사로잡을 것이다."

한왕이 아무 말 못하고 쥐 숨듯 돌아가니 온 몸이 다 으깨져 있었다. 한군의 모든 장수들이 황급히 한왕을 구호하였다. 옥선이 약을 한왕의 상처에 부치면서 이를 갈았으니 임원수를 곧 삼킬 듯하였다.

이때에 임참모는 대군이 이겼다는 소식을 듣고 다음 날 대군영으로 가 접촉하려 하였다. 임원수가 고요히 『육도(六韜)』[397]를 살피다가 눈을 들

393) 홍금망룡포(紅錦蟒龍袍) : 붉은 비단에 용을 수놓은 도포
394) 쇄자갑(鎖子甲) : 갑옷의 하나. 사방 두 치 정도 되는 돼지가죽으로 된 미늘을 작은 고리로 꿰어 만들었음.
395) 백옥대(白玉帶) : 백옥으로 된 허리띠.
396) 용천검(龍泉劍) : 옛날 중국에 있었다는 보검(寶劍)의 이름.

어보니 설선봉의 주성을 요괴로운 별이 에워싸고 있었는데, 문득 규벽성 8
사이에서 맑은 한 줄기 기운이 나타나 요괴로운 정기를 물리치는 것이었
다. 임원수가 다음날 낭자군이 나와 싸울 줄 알고 설선봉을 불러 말하였
다.

"내일 낭자군이 나와 접전할 것이다. 자네는 조심하게."

설선봉이 명을 받들고 물러나왔다. 임원수가 밤이 깊도록 군영 안을
순행하면서 병사들의 고초를 살폈다. 이때는 10월 보름이었다. 가을풍경
에 회포를 이기지 못하여 맑은 목소리로 무오 삼장을 읊으니 소리가 맑고
낭랑하여 그윽한 골짜기 물에 잠긴 교룡을 춤추게 하고 외로운 배의 홀어
미를 울릴 정도였다.[398] 삼군 장졸이 창대를 베고 잠들었다가 맑은 소리 9
를 듣고 깨어 손과 발로 춤을 추며 즐겼다. 원수가 술과 안주를 장졸에게
주어 배불리 먹이고 은근히 보살펴 그 부모와 처자식에게도 딱한 일이 없
게 하였다. 모든 군사들이 원수의 큰 덕을 뼈에 새기고 감사하면서 죽어
서라도 그 은혜를 갚을 뜻이 있었다.

다음 날 임참모가 이르자 합병하여 한나라 진영을 쳤다. 한나라 진영
의 문이 열리는 곳에 달목국의 선봉 달목화가 앞에 서고 낭자군 1만 명이
꿰뚫고 나왔다. 설선봉이 칼을 휘두르며 말을 타고 나와 한 칼에 달목화 10
를 목 베고 낭자군을 마구 치니 적군이 당해내지 못하였다. 명나라 진영

---

397) 『육도(六韜)』: 주(周)나라 태공망(太公望)이 지은 병법서. 문도(文韜)·무도(武韜)·용도(龍韜)·호도(虎韜)·표도(豹韜)·견도(犬韜)의 6권 60편으로 이루어짐. 태공망은 주(周)나라 초엽의 신하. 성은 강(姜), 이름은 상(尙). 속칭은 강태공(姜太公).

398) 그윽한 ~ 정도였다 : {무유악지좀교와 읍고쥬지니뷔라}. 이는 '무유학지좀문[舞幽壑之潛蛟] 읍고쥬지니뷔[泣孤舟之嫠婦]]라'의 오기임. 소식(蘇軾)의 〈적벽부(赤壁賦)〉에 "손님 중에 퉁소를 부는 자가 있어 노래를 따라 화답하네. (…중략…) 여음이 가늘게 실같이 이어져 그윽한 골짜기의 물에 잠긴 교룡을 춤추게 하고 외로운 배의 홀어미를 울게 하네[客有吹洞簫者, 倚歌而和之. (…中略…) 餘音嫋嫋, 不絶如縷, 舞幽壑之潛蛟, 泣孤舟之嫠婦]."라는 글에서 나온 구절임.

의 장졸들이 승세를 타서 일시에 나아가 적군을 치자 주검이 산더미 같고 피가 흘러 냇물이 되었다.

명나라 진영이 승승장구하고 있는데 문득 적진 가운데에서부터 무수한 낭자군이 사륜마차를 몰고 나오자 검은 안개가 가득하게 되었다. 명나라 병사들이 깜짝 놀라 달아나고자 하니 임참모가 구름을 타고 하늘로 오르는 용과 화려한 뱀의 모양으로 진을 쳐서 무찌르며, 구궁팔괘(九宮八卦)로 진을 친 뒤 붉은 글씨로 쓴 부적을 깃발마다 붙여 놓으니 검은 안개가
11 일시에 걷혔다. 이때를 타 임참모가 급히 달려 마구 치며 들어가 참요검(斬妖劍)[399]을 휘두르자 모든 낭자군이 요술을 행하지 못하였다. 옥선이 한 번 보니 임참모의 빼어난 풍채가 갑옷을 입은 가운데 더욱 빛났다. 분하고 원통한 마음이 가득하였으나 간교한 계략을 생각하고 급히 쟁을 쳐 군대를 거두어 진으로 돌아갔다. 임참모 또한 돌아오는데 병기와 말 등 얻은 것이 수없이 많았다.

임원수가 삼군을 먹이고 보살피는 데 때가 바야흐로 음력 섣달이었다. 북풍[400]이 차디차게 부는데 문득 경성에서부터 관태우가 조서를 받들고 이르렀다. 원수가 장대에서 내려와 무릎을 꿇고 임금의 교시를 들으면서
12 마음속 깊이 감동하여 눈물이 나는 것도 깨닫지 못하였다. 임금이 겨울옷을 보내며 차가운 기운을 막으라 하고 조서를 내려 다음과 같이 말하였다.

"역당이 흉악한 역모를 꾀하면서 우리 군신을 이간질하는 계략을 행하였지만 짐은 단지 웃을 따름이다. 선생에게 이 간교한 참언을 미리 보

399) 참요검(斬妖劍) : 요괴를 베는 칼을 말함.
400) 북풍 : {호풍(胡風)}. 북쪽의 오랑캐 땅에서 불어오는 바람이라는 뜻으로 몹시 차게 부는 북풍을 이르는 말.

게 하는 것은 이것을 보고 앞으로의 일을 짐작하여 방비하는 데 깊이 주의하도록 하고자 하는 것이다."

원수는 임금의 은혜를 뼛속 깊이 느끼고 감동하는 눈물을 흘렸다.

이때 묘월이 모반하는 서간을 가지고 경성에 올라가 문마다 붙였으니 그 글은 다음과 같았다.

> 임희린이 병사를 몰아 주현을 회복하고 초나라 땅에 웅거하며 산동을 쳐 굴혈을 13
> 삼고 아울러 정족지세(鼎足之勢)[401]를 삼아 차차 대업을 도모하여 황성을 범하고자 한다.

수문장이 이를 보고 매우 놀라 이 글을 떼어 중서성(中書省)[402]에 비밀히 바치자 조정에서 실색하여 인대(麟臺)[403]에 아뢰었다. 황제가 한 번 보고 간계를 깨달아 한 번 웃고 요인을 잡아들이는 사람은 천금으로 상을 내리고 만호후(萬戶侯)[404]에 봉할 것이라고 반포하였다. 그리고 천자가 그날 즉시 출전한 장군과 병사들에게 먹이고 입힐 양식과 비단, 호백구
(狐白裘)[405]를 관태우에게 맡겨 원수에게 보내었다. 이에 온 조정 대신들 14
이 기뻐하였다. 이때 임상국 형제가 궐문에서 대죄하고 있다가 황제의 교시를 받들어 탑하에 머리를 조아렸다. 황제가 위로하고 각별히 은혜로운

---

401) 정족지세(鼎足之勢) : 솥발처럼 셋이 맞서 대립(對立)하고 있는 형세(形勢).

402) 중서성(中書省) : 수(隋)·당(唐)·송(宋)·원(元)나라 등(等)에서의 일반 행정(行政)을 심의(審議)하던 중앙 관청. 삼국(三國)의 위(魏)나라 때에 비롯되어, 원(元)나라 때에는 상서성(尙書省)으로 바뀌고 명(明)나라 초기(初期)에 폐함.

403) 인대(麟臺) : 비서성(秘書省)의 별칭. 축문(祝文)과 경적(警笛)을 담당하였던 관청.

404) 만호후(萬戶侯) : 1만 호의 백성이 사는 영지(領地)를 가진 제후라는 뜻으로, 세력이 큰 제후를 이르는 말.

405) 호백구(狐白裘) : 여우의 흰 겨드랑이 털이 있는 가죽으로 만든 갖옷. 매우 귀한 옷이었음.

영광을 내렸다.

차설(且說). 원수는 관태우와 더불어 은근히 말을 나누며 경성의 소식을 물어 알고 적진의 허실을 말하였다. 그런데 문득 나비 한 마리가 장막 아래로 들어오는 것을 원수가 태양 같은 눈길을 주어 살펴보았다. 임참모가 곁에서 원수를 모시고 있다가 요정이 돌입하는 것에 분노하여 크게 소리를 지르고 용천검(龍泉劍)[406]으로 나비를 치니 날개가 떨어졌으나 달아
15 나지 않았다. 임참모가 다시 부적을 칼끝에 붙이고 나비를 치니 나비가 땅에 떨어져 사람의 모습이 되었다. 좌우 사람들이 실색하였다. 설선봉이 참요검(斬妖劍)을 비스듬히 들고 내려와 밀어보니 비구니의 모양이었다. 머리에 흰 고깔[407]을 쓰고 목에 염주를 걸었으며 두 날개는 두 팔이었으니 죽지는 떨어졌으나 아직 숨은 쉬고 있었다. 임참모가 칼을 들어 그 비구니를 목 베고자 하자, 원수가 급히 말리고 여러 장의 부적을 써서 요인의 뒤통수에 붙이고 온몸을 쇠사슬로 묶어 함거(檻車)[408]에 가두었다. 관태우가 정신을 수습하여 말하였다.

16 "아우는 어찌 요정인 줄 알았으며 그 근본은 어디에서부터 나온 것인가?"

원수가 말하였다.

"군영 안에서는 희언을 할 수 없으니 훗날 임금님 앞에 가서 자세히 알려주겠소."

관태우가 신기하게 여기고 다음 날 진을 떠나 경성으로 출발하였다.

---

406) 용천검(龍泉劍) : 옛날 중국에 있었다는 보검(寶劍)의 이름.

407) 흰 고깔 : {빅납}. 전후 문맥상 흰 고깔 정도의 의미인 것 같음. 본래 중이 입는 흰 장삼인 '백납의(白衲衣)'가 있는데, 이를 머리에 쓰는 흰 모자로 착각한 것으로 보임.

408) 함거(檻車) : 죄인을 실어 나르던 수레.

명을 받들어 천자 앞에 가 군대의 일을 일일이 아뢰고 요괴 잡은 일도 아뢰자 황제가 낯빛이 변하며 쉽게 마음을 놓지 못하였다.

원수가 관태우를 보내고 나서 적군에게 싸움을 돋우었다.

이 무렵 묘월은 계책을 성공하지 못하고 한나라 진영에 돌아와 자초지종을 이르니 옥선이 이를 갈고 분통해 하면서 자리에 편히 앉아 있지 못하였다. 이에 묘월이 말하였다.

"제가 오늘 밤에 나비가 되어 명진에 나가 임원수 부자를 죽이고 오겠 17
습니다."

옥선이 매우 기뻐하며 묘월에게 천만 가지로 부탁을 하였다. 묘월이 장담하고 즉시 나비가 되어 밤을 타서 명나라 진영에 돌입하였다가 부질없이 잡혀 함거(檻車)에 실리게 되었다. 요인이 아무리 요술을 행하려 하여도 부적이 정수리 뒤쪽을 누르고 있으니 어찌 할 수가 없었다. 옥선이 묘월에게서 소식이 없는 것을 애타하며 옥경과 더불어 이상한 일이라고 말하고 있던 차에 능운이 나와 고하였다.

"제가 죽을 것을 사부님께서 구해주셨는데 이제 사부님의 거처를 알
수 없으니 어찌 무심히 있겠습니까? 제가 천하를 다 돌아다녀서라도 18
사부님의 행방을 찾겠습니다."

능운이 바로 형산인 태악으로 갔다.

다음 날 양 군이 상대함에 한왕이 칼을 휘두르며 싸움을 돋우었다. 임참모가 오호궁(烏號弓)[409]에 금비전(金飛箭)[410] 먹여 한왕의 어깨를 쏘아 맞히니 살이 갑옷을 뚫었다. 한왕이 혼비백산하여 달아나자, 옥선과 옥경

---

409) 오호궁(烏號弓) : 중국 고대의 뽕나무가지로 만들었다는 질 좋은 이름난 활.

410) 금비전(金飛箭) : 사냥 전용 화살. 화살대는 대나무로 길게 만들고, 화살촉은 비교적 얇고 넓게 하여 금을 박아 넣었으며 대부분 제왕(帝王)이 사용함.

이 낭자군을 거느리고 마구 치며 나왔다. 임참모가 크게 분노하며 용천검
을 휘두르니 낭자군의 머리가 추풍낙엽같이 떨어졌다. 옥선과 옥경이 급
19 히 요술을 부려 바람과 모래를 날렸으나 임참모의 바르고 올곧은 기운을
어찌 당하겠는가? 감히 요술을 행하지 못하였다.

설선봉 또한 쌍룡검을 휘두르면서 내달아 낭자군을 마구 치니 떨어지
는 적군의 머리가 추풍낙엽과 같았다. 옥선이 임참모를 깨물고 진으로 달
아났으나 옥경은 설선봉을 정신없이 바라보다가 진으로 돌아와 분함을
이기지 못하였다. 설선봉이 더욱 용기를 내어 말을 달려 바로 들어가 한
나라 진영을 마구 치고자 하였는데 옥경이 화살에 독을 발라 설선봉을 향
20 하여 쏘니 달같이 둥근 활에서 화살이 별같이 흘러 설선봉의 왼쪽 어깨를
맞추었다. 임원수가 바삐 쟁을 쳐서 군사를 거두자 설선봉은 분한 마음을
이기지 못하였다. 이에 임원수가 설선봉의 상처를 어루만져 위로하면서
깊이 다치지 않았나 근심하였다. 설선봉이 별 것 아니라고 대답하였으나
임참모는 깊이 다친 것을 염려하여 독이 오장육부에까지 미치지 않도록
약을 붙이면서 설선봉을 간호하였다. 설선봉의 운이 안 좋은 때라 팔이
떨려 쓰지 못하였으니 임원수가 매우 근심하여 서기인 목성에게 선봉을
시키고 설선봉에게는 서기를 시켜 장막 안에서 몸조리하게 하였다. 목성
21 은 풍부인의 양남(養男)[411]으로 문무를 아울러 갖추고 육도삼략(六韜三
略)[412]에 능통하였다.

411) 양남(養男) : 양자로 들어온 남자형제를 말함.

412) 육도삼략(六韜三略) : 중국의 병법서로, 『육도』와 『삼략』을 아울러 이르는 말임. 중국 고대 병학(兵學)의 최고봉인 '무경칠서(武經七書)' 중의 2서(書)임. 『육도』의 '도(韜)'는 화살을 넣는 주머니, 싸는 것, 수장(收藏)하는 것을 말하며, 변하여 깊이 감추고 나타내지 않는 뜻에서 병법의 비결을 의미함. 문도(文韜) · 무도(武韜) · 용도(龍韜) · 호도(虎韜) · 표도(豹韜) · 견도(犬韜) 등 6권 60편으로 이루어짐. 『삼략』의 '략(略)'은 기략(機略)을 뜻하며 상략(上略) · 중략 · 하략의 3편으로 이루어짐.

다음 날 명진에서 군대를 몰아 한나라 성을 급히 치니 옥선이 군사로 하여금 화살을 쏘게 하고 요술을 행하니 구름과 안개가 자욱하여 지척도 분간할 수 없었다. 목선봉이 정신을 가다듬더니 임참모가 태양과도 같이 곧은 정기를 지닌 눈으로 적진의 성 위를 바라보니 뜻하지 않게 옥선이 얼굴에 가득 살기를 띠고 요술을 부리고 있었다. 임참모가 매우 놀라고 노하여 생각하였다.

'저 요인이 어찌 굴러서 오랑캐 땅으로 들어갔던가? 알겠다, 저 여자가 오랑캐 병사를 거느려 나온 것이로구나.'

이에 임참모가 군사를 거두어 진으로 돌아오니 모든 군사들이 애닳아 22
하면서 말하였다.

"거의 적진의 성을 깨뜨릴 참인데 참모께서는 어찌 군사를 거두십니까?"

임참모가 대답하기 전에 원수가 미소 지으면서 말하였다.

"참모가 군사를 거둔 것은 깊은 뜻이 있으니 그대들은 적진을 깨뜨리지 못할까 염려하지 말게."

설선봉은 요인의 화살에 맞은 왼쪽 팔이 점점 아파 날이 오래 되자 화
살 맞은 곳에 고름이 가득하게 되어 정신을 차릴 수 없을 만큼 매우 위중
한 지경에 이르렀다. 임원수가 매우 근심하여 평생의 재주를 다해 치료해
보았으나 설선봉의 맥이 어지러우니 매우 위급하였다. 임참모와 더불어
근심하면서 이날 밤에 설선봉의 주성(主星)을 살폈다. 설선봉의 주성이 검
은 구름에 쌓이고 빛이 황황하여 곧 떨어질 듯하더니 규벽 사이에서 문혜 23
성이 당당히 태을성을 받들어 본래의 위치에 편안히 자리 잡게 하였다.
임원수에게는 기쁜 마음이 무르녹았으니 이는 자신의 딸인 월혜가 분명

히 죽지 않고 살아 있는 부처님을 만나 몸을 숨겼다가 앞으로 설선봉을
죽을병에서 구할 것이 분명했기 때문이었다. 설선봉의 병소에 이르니 설
태우가 살아날 가망은 없었으나 호흡이 편안하였다. 날이 새자 즉시 '심
산에 기이한 의사를 얻어 명진 중에 바치면 천금 상을 내리고 만호후(萬戶
侯)에 봉할 것이라'는 방을 써서 붙였다. 과연 명을 다 옮기지도 않아
24 서[413] 두 명의 도동(道童)이 방을 떼어 명진 중으로 향하니 이 사람들은
어떤 사람들인가? 아래를 자세히 읽어보라.

차설(且說). 이보다 앞서 설소저가 5명의 시비들과 더불어 연화정에 머
문 지 1년이 되는 해에 하루는 위진군이 충릉봉 진선랑으로 하여금 숭산
정진군을 청하여 문혜성인 임월혜의 급한 화를 구하여 숭산에 머물게 하
면서 화타(華陀)[414]의 청낭술(青囊術)[415]을 힘써 가르치게 하였다. 그러면
서 다음과 같이 말하였다.

"천기(天氣)는 비밀스런 것이니 문혜성으로 하여금 나에게 낭아성 설소
저가 있다는 것을 알게 마시오."

진군이 명을 받들어 소저 임월혜를 구하여 오고 다섯 시비를 거두어 데
25 려와 화타의 『청낭서(青囊書)』란 비서(秘書)를 힘써 가르치니 임소저가 그
것을 일일이 마음에 새겨 깨우쳤다. 본래 타고난 총명이 있으니 어찌 한

---

413) 명을 ~ 않아서 : {니르미 옴지 아냐셔}. 이는 의미가 불명확하나 이본인 한국학중앙연구원 소장 39권본에는 '녕[令]이 옴지 아나셔'로 되어 있기에 이와 같이 옮김.

414) 화타(華陀) : 중국 후한(後漢) 말기에서 위나라 초기의 명의(名醫). 약제의 조제나 침질, 뜸질에 능하고 외과 수술에 뛰어났으며, 일종의 체조에 의한 양생 요법인 '오금희(五禽戲)'를 창안하였음.

415) 청낭술(青囊術) : 화타가 저술한 의학서인 『청낭서(青囊書)』에 적혀 있는 병을 고치는 기술. 푸른 주머니 안에 있다 하여 『청낭서』라고 불렀다 함. 위왕(魏王) 조조(曹操)가 심한 두통으로 고생할 때, 화타는 조조에게 마취산을 먹은 후 도끼로 머리를 쪼개어 뇌 속의 바람을 잡아야 한다고 하자, 조조는 화타가 자신을 암살하려는 것으로 의심하여 그를 옥에 가두었고 그 이후 당대의 최고 의서였던 『청낭서』가 전해지지 않게 되었다 함. 청낭술은 바로 이 책에 실려 있던 치료 기법으로, 주로 수술을 한 뒤 침으로 병을 고치는 기술이었다고 할 수 있음.

자라도 희미한 것이 있겠는가? 임소저는 진군의 숱한 말들이 진실로 다 옳았기에 자신이 침술에 통달하는 날 자기를 알아주는 동기를 만나고 청낭술을 해득함으로써 낭군의 끊어진 목숨을 구하여 큰 절개를 세운 후 부모 곁에 돌아가리라는 말을 믿고 밤낮으로 도법을 섭렵하였다. 1년이 못되어 온갖 의약(醫藥)에 통달하고 침법은 더욱 신묘해졌다. 자허부인이 매우 기뻐하며 이 사연을 연화동에 알려주었다. 26

이때 설소저는 이곳 선계에 발을 디딘 지 3년이 지나고 또 다음 해의 신정이 가까워오고 있었다. 비록 초국(楚國)의 볼모가 된 것은 아니지만 남단의 슬픈 곡조가 구곡간장을 끊어지게 하고, 서하(西夏)에 갇힌 것은 아니지만 옛집을 떠난 지 여러 해가 되었어도 부모에게 기쁜 소식을 고하지 못하기에 형산에 내리는 밤비에 꿈속에서나마 넋이 날아 부모 곁에 다다르면 부모를 부르며 슬퍼할 따름이었다. 이에 속절없이 남녘을 바라보나 관산(關山)[416]이 막혔고 궁벽한 땅은 너무 멀리 떨어져 있기에 다만 다음과 같이 슬프게 읊을 따름이었다.

"저 산에 올라 고향을 바라보나 미칠 수가 없구나. 저 산에 올라 어머니 계신 곳을 바라보노라."[417]

그런 후 눈물을 흘리고 오열하면서 세월을 보냈다. 진군이 이르러 위로하고 부용지에 자리를 배설하여 연화대에 올라 달빛을 보며 풍경을 살피니 푸른 바다 짙푸른 절벽에는 저무는 안개가 잠겼고, 푸른 물 맑은 연

---

416) 관산(關山) : 관새(關塞)와 산악. 고향에서 멀리 떨어진 변방을 뜻함.

417) 저 ~ 바라보노라 : {척피창혜[陟彼敞兮]여 첨망불급[瞻望不及]이로다 척피기혜[陟彼岐兮]여 첨망모혜[瞻望母兮]라}. 『시경(詩經)』「위풍(魏風)」〈척호(陟岵)〉라는 시에 유사한 구절이 나옴. 〈척호〉는 고향에 있는 부모를 그리는 시로 "저 산에 올라 아버지 계신 곳을 바라보나니, (…중략…) 저 산에 올라 어미 계신 곳을 바라보나니[陟彼岵兮, 瞻望父兮 (…中略…) 陟彼岐兮, 瞻望母兮]."라는 대목이 나옴.

못에는 연꽃의 향내가 멀리 쏘여 하늘에 흰 비단을 펼친 듯하였다. 계수나무가 있는 반달은 낚싯대가 휘어진 듯 그 풍경이 아름답고 깨끗하였다. 진군이 신임 도동 녹란 · 벽완 · 화앵으로 하여금 검무를 추게 하니 세 사
28 람[418]이 뛰어오르면서 손에 긴 칼을 잡아 어우르기를 한참 동안 하다가 서로 섞여 춤추었다. 칼의 찬 빛이 사람의 뼈를 침노하고 흰 기운이 끝없이 먼 하늘에까지 끼치니 한 떼의 무지개가 감돌고 가을바람이 솔솔 불어 나뭇잎이 다 떨어졌다. 진군이 매우 기뻐하며 말하였다.

"이미 크게 발전하였으니 근심할 게 없구나."

설소저 또한 이들을 기특하게 여겼다. 맑게 울리는 쇳소리에 검무를 마치고 중계에 오르니 진군이 향기로운 술 한 잔을 상으로 내리면서 말하였다.

"전쟁터에서 3명의 시비만 데리고는 심히 외로울 것이니 녹란 · 벽완과
29 함께 가십시오. 이들은 인간 세상과 인연이 많으니 소저에게 돌려보내겠습니다."

소저가 말하였다.

"집에 있는 수십 시녀가 화앵 등에게 떨어지지 않지만, 벽완 등은 진군을 모시고 높은 도를 강론하며 평생 선법을 닦았습니다. 먼지 가득한 인간 세상에 내려와 저에게 돌아오는 것을 원하지 않을까 합니다."

진군이 웃으며 말하였다.

"이 두 사람은 인간계에 마음이 많으니 소저를 따라 인간 세상을 밟더라도 분명히 돌아올 때가 있을 것입니다."

이에 위진군이 녹란 등으로 하여금 소저에게 8번 절하게 하여 노주의

---

418) 세 사람 : {ᄉᆞ인[四人]}. 앞에서 세 명만이 나왔기에 이와 같이 옮김.

명분을 정하게 하니 녹란 등이 설소저의 일월 같은 광채에 감복하였다.
화앵 등이 매우 기뻐하며 나이 순서로 절하면서 형제가 되고 진군과 소저 30
에게도 절로써 인사하였다. 설소저 역시 기뻐서 녹란·벽완 두 사람을 매
우 사랑하며 잘 보살폈다. 이윽고 담소를 나누다가 은하수가 서쪽으로 기
울고 북쪽에 별들도 드물어지자 모임을 끝냈다. 설소저는 이후 매환관과
여러 시녀들과 함께 성리학(性理學)을 힘써 공부하는 한편, 여가에는 『주
역(周易)』과 점술에 통달하고 의서를 두루 보았다. 이미 한 번 보면 천지
를 만들고 음양의 이치를 수중에 넣을 수 있었다. 진실로 임소저와 설소
저는 하늘이 뜻을 두고 내셨음을 알 수 있었다.

세월이 빠르게 흘러 시절이 삼추(三秋)에 이르니 시절은 바야흐로 가을 31
이 되었다. 가을바람[419]이 서늘하여 수능은 문에 사무치니 부모를 그리
는 눈물이 태행산(太行山) 머리를 바라보며 비치는 것[420]을 피할 수 없었
다. 진군이 선계의 좋은 과일을 권하면서 위로하여 길운이 가까이 오고
있다고 말하였다.

해가 바뀌어 봄인 음력 2월에 이르자 진군이 숭산부인인 위진군이 임
소저를 데려올 것이라고 하면서 이날 침전에 작은 연회를 열고 설소저를
청하여 말하였다.

"소저에게 곡절을 다 말하고 동기간에 상봉하여 정을 펴게 할 것입니
다. 그러나 소저와 임소저가 다 전생의 죄를 씻기 위해서는 자취를 깊 32

419) 가을바람 : {금풍(金風)}. 금풍은 가을바람으로, 오행에 따르면 가을은 금(金)에 해당한다는 데에서 이르는 말임.

420) 부모를 ~ 것 : 멀리 떨어져 있는 어버이를 간절히 그리워한다는 뜻임. 당(唐)나라 적인걸(狄仁傑)이 병주(並州)의 법조참군(法曹參軍)으로 있을 때, 태행산(太行山)을 넘어가던 중에 흰 구름이 외로이 떠가는 남쪽 하늘을 바라보면서 "저 구름 아래에 어버이가 계신다[吾親所居, 在此雲下]."라는 구절을 읊고는 한참 동안 머물러 있다가 구름이 다른 곳으로 옮겨 간 뒤에 다시 길을 떠났다는 고사에서 유래함.

이 감추고 액막이를 해야 하는데 가족이 서로 만나는 길을 통하면 액이 더할 것을 명백히 알기에 소저에게 설태우 부인인 임소저의 일을 모르게 하였습니다. 설태우 부인인 임소저는 끔찍한 요얼에게 해를 입어 설태우와 결혼한 첫 날 요사스런 도사가 나비로 변해 약물 한 점을 떨어뜨려 설태우와 임소저의 부부 금실을 휘저어 임소저로 하여금 수 년 동안 설태우로부터 무궁한 박대를 받게 하였습니다.

또 그 요사스런 도사가 한왕의 딸 옥경군주의 모습을 바꾸어 회왕의 양녀가 되게 하여 옥경군주와 설태우와 혼인하게 하였습니다. 음녀 옥경군주가 그 사모하는 마음을 풀려 하였으나, 남극신선이 이 음녀를 절통
33 하게 여겨 음녀의 피부에 바늘 장삼을 씌워 설태우의 바른 기운을 병들이지 못하게 하였습니다. 그러나 문혜성인 임소저는 화란에서 도망갈 수 없었습니다. 숭산부인이 문혜성과 전생의 친구이기에 이리이리 하여 임소저를 구한 뒤, 숭산에 감춰 액막이를 하게 한 지 1년이 되었습니다. 이제는 소저의 4년 연분과 임소저의 1년 연분이 다 끝나 동기와 육친이 서로 만나더라도 다른 의심될 만한 일이 없습니다. 오늘 임소저를 이리로 모셔와 올케언니와 시누이가 한가지로 돌아가게 하겠습니다."

34 설소저는 진군의 순한 말을 듣자 말마다 자신의 한 몸 때문에 부모에게 근심을 끼친 것을 슬퍼하는 한편, 시누이 임소저가 정숙하고 어질며 총명한 덕성으로 이유 없이 그 남편에게 박대를 받아 숭산에까지 오게 된 것이 놀랍고 애달파 얼굴빛이 참담한 채 말을 못하였다. 그러자 진군이 웃으며 말하였다.

"제가 소저의 마음을 풀어 드리겠습니다. 시누이 임소저는 존당과 숙

당께서 만금같이 사랑하는 사람인데 하루아침에 잃으셨으니 그 참담
한 심정을 어디에 비할 수 있겠습니까? 하지만 세월이 빨리 흘러 이제
는 재앙이 다 소멸하였으니 얼마 있지 않아 각각 부모와 시부모를 찾아
뵙고 그간 떨어졌던 심정을 아뢰며 평생 동안 영화로울 것입니다. 이
번 일은 한바탕의 봄꿈이니 더 참을 일이 있겠습니까? 지금 임소저가 35
오실 것이니 반갑게 맞으십시오."

이 무렵 숭산부인이 임소저를 구해 천문지리와 화타의 신기한 기술을
가르치며 때를 기다리고 있었다. 그런데 이날은 설태우가 금년 액운이 중
대하고 또 요인의 독화살을 막고 병이 사경에 든 것을 알고 임소저에게
그 연유를 다 말한 후 하산하여 설태우의 죽을병을 고쳐 회복하게 하고
육친을 만나 상경하게 될 것이라 말하였다. 소저에게 구름 신발을 신겨
앞세운 후 5명의 시비와 주씨 등으로 모시게 하여 연화대에 이르러 명함 36
을 드리자 진군이 빨리 안으로 들어오라 하였다. 자허부인이 임소저를 인
도하여 당에 올리니 임소저가 진군께 절로써 인사하였다. 진군이 답으로
읍(揖)하고 눈을 들어보니 그 기질이 천고의 빼어나 천상이나 인간 세계
에는 짝이 없고 오직 설소저에게 버금갈 뿐이었다. 이에 탄복하고 사랑하
여 마음속으로 생각했다.

"문혜성의 덕성과 기질이 저렇기에 태을성이 갈구하여 취하였다가 도
리어 조화옹의 해를 만나 그 사이에 온갖 재앙을 받았구나. 천상에서
는 문혜성에게 꼼짝없이 두려워하다가 인간 세상에 내려가서는 이를
설욕하려고 2년 동안 박대를 매우 심하게 하였도다. 마침내 문혜성의 37
청낭술(靑囊術)로 태을성이 끊어진 명을 잇고 간신히 문혜성에게 빌어
부부가 화락하게 된 후 80년간 함께 지내면서 백 명의 자식과 천 명의

손자를 두어 설씨 가문에 복된 경사를 더할 것이니 예전의 경박한 행동 이 없이 무궁한 복록을 누릴 것이로다."

진군이 임소저에게 공경하는 뜻을 다하여 예의를 극진히 갖추자 임소저가 진군의 깨끗하고 청고한 기질에 감복하였다. 진군이 뒤쪽에 있는 안개 그물을 헤치고 말하였다.

"낭아성은 오늘부터 육친의 얼굴을 대하십시오."

임소저가 미처 깨닫지 못하고 있을 때 설소저가 비로소 걸음을 옮겨 자
38 리에 나오니 문득 효문궁 봉륜당 가운데 있던 한 명의 여자 신선이 남악
형산 자개봉 연화정 뒷난간에서 천천히 나오는데 신선도 아니요, 귀신도
아니요, 도사도 아니요, 승려도 아니요, 바로 임총재 부인 설성염으로 자
기가 평생 앙모하던 올케언니이자 시누이였다.[421] 정신이 날아갈 듯하고
이마에 슬픔이 모이며 눈물이 귀밑머리에 가득하여 몸이 저절로 일어서
는 줄도 모르고 설소저의 비단치마를 붙들고 이윽히 소리를 머금어 울며
기운이 막힐 듯하였다. 설소저 역시 의혹되고 괴이하게 여기는 마음을 이
39 루 다 말할 수 없었으나 벌써 진군이 말하는 것을 들었기에 비로소 입을
열어 슬퍼하지 말고 안심하라고 임소저를 위로하면서 탄식하며 말하였
다.

"제가 살아 있는 것이 꿈인지 생시인지 실로 분간치 못하겠습니다. 살았다 하자니 그 이름이 없어진 지 오래고, 죽었다고 하자니 뒤따라오는 병사들의 추격이 급하기에 몸을 솟구쳐 남해 바다에 던진 후 물에 잠겨 물고기 뱃속에 들어갈 뻔하다가 공교롭게도 3명의 시비와 더불어 채

421) 올케언니이자 시누이였다. 임월혜는 설성염의 오라버니인 설희광의 부인이고, 설성염은 임월혜의 사촌오라버니인 임창홍의 부인임. 따라서 서로 상대방에게 올케언니이자 시누이가 되는 것임.

원[422]의 수레에 올라 문득 선법으로 순식간에 이곳에 이르러 진군의 옥좌 아래 몸을 던져 죽지 않고 3년이 지나갔소. 오늘 시누이를 만나보
니 그 사이 변란은 묻지 않아도 한눈에 짐작할 수 있겠구려. 다만 선가 40
에서 인간 세상의 번잡하고 세세한 말을 하는 것은 불가하니 상심하고 슬퍼하는 것을 그치시오."

임소저는 비로소 총재 부인 설소저가 죽지 않고 이곳에서 명을 보전한 것이 확실함을 알고 반가워하는 마음이 끝이 없었다. 그러나 진군이 자리에 있기에 감히 속세의 예가 아닌 말들을 하지 못하고 한갓 설소저의 비단치마를 붙들고 넋이 나간 듯 서광이 비치는 설소저의 모습을 바라보았다. 옥액경장(玉液瓊漿)[423]을 맛보았기에 골격이 청정하고 기운이 맑고 깨끗하여 상서로운 기운이 온 몸을 둘렀고 여덟 빛깔이 아롱진 눈에는 여덟
광채가 영롱하여 전보다 배로 더 빼어났다. 이에 임소저가 더욱 칭찬하기 41
를 마지않았다. 서로 반기기를 채 못하여서 진군이 두 소저에게 말하였다.

"일이 급하고 선계에서의 인연도 다 되었으니 소저들은 할 말은 천천히 하고 나의 앞에 서십시오."

그런 후 한편으로 북악 여진군에게 도동 두 사람을 보내어 백륜거(白輪車)[424] 2대를 산동 지방에 보내달라고 청하였다. 또한 진군은 두 소저의 여덟 시비의 복색을 도동의 복색으로 바꾸어 유벽, 난란과 같이 가라 하

---

422) 채원 : 채원은 진군이 임소저 월혜를 데려오라고 보낸 두 여동 중 하나. 설소저는 위진군이 보낸 명월이란 여동의 배에 구조되어 남악 형산으로 왔으나 여기서는 임소저를 구한 여동의 이름과 혼동함.

423) 옥액경장(玉液瓊漿) : 신선이 마시는 음료수.

424) 백륜거(白輪車) : {빅륜거}. 뒤에는 '빅륜거[白輪車]'라고 되어 있음. 선녀들이 타고 다녔던 흰색 마차를 말하는 듯하기에 이와 같이 옮김.

고 자허와 더불어 구름 소매를 떨쳐 신행법(神行法)을 모든 사람의 발뒤꿈
치에 붙이자 가는 바 없이 이봉산 산 위에 이르게 되었다. 두 신선은 안개
42 로 멍에를 삼은 구름 마차를 잠깐 머무르게 하고는 구름 소매를 들어 산
동 낙안주를 가리키며 말하였다.

"소저는 능히 저 기운을 아시겠습니까?"

소저가 대답하였다.

"창칼이 살벌하고 연기 같은 먼지가 아득하니 분명 두 나라가 서로 싸우는 것인가 봅니다."

진군이 고개를 끄덕이고 또 말하였다.

"저 기운을 아시겠습니까?"

설소저가 두 눈을 크게 떠 살피고는 대답하였다.

"살기가 등등하고 요사스런 기운이 두우(斗牛)[425] 사이로부터 낙안주 사이의 성지(城地)에 자욱하였으니 저것이 무슨 요사스런 변괴입니까?"

진군이 말하였다.

"이 살기는 분명 소저들의 삼생(三生)의 원수입니다. 마음대로 옥책(玉
43 冊)[426]에 기록하였으니 이제 그들은 스스로 천벌을 받을 때가 다다랐
고 소저들에게는 태운(泰運)이 돌아오고 있습니다. 좋게 잘 처리하십시오. 저 요괴로운 별의 세력이 다하였기에 술법에 능통한 도사를 구하여 칠정전후서법을 써서 태을성의 목숨을 범하고자 하고 있습니다. 그러나 이는 두렵지 않으니 녹란, 벽완 두 시비가 족히 감당할 것입니다."

말이 끝나자 두 도동이 백륜거와 향박을 드리니 진군이 받아 두 소저에

---

425) 두우(斗牛) : 이십팔수 가운데 두성(斗星)과 우성(牛星)을 아울러 이르는 말.

426) 옥책(玉冊) : 대개 제왕이나 후비(后妃)의 존호를 올릴 때에 그 덕을 기리는 글을 새긴 옥 조각을 엮어서 만든 책이나, 여기서는 하늘나라의 책이라는 의미로 쓰인 듯함.

게 도복 한 벌과 구화칠성관(九花七星冠)[427]을 향박과 함께 전하며 말하였다.

"일이 급하고 시각이 급하니 바삐 행하십시오."

한바탕 이별을 마친 뒤에 다시 만날 기약이 막연하다 말하고는 자허부인이 구름 마차를 돌이키자, 임소저, 설소저 두 소저가 자허부인의 강초의(絳綃依)[428]를 붙들고 서러워하면서[429] 탑하에 가까이 가서 오열하며 슬퍼하였다. 여태껏 자허부인이 사랑으로 어루만져주시며 많은 것을 가르쳐주셨는데 이제 떠나는 것은 어렵지 않으나 가는 곳이 부모님 곁이 아니고 선가에도 연분이 없으니 길거리에서 방황하다 부녀자의 도리를 어긴 죄인이 될 것이 슬펐던 것이다. 자허부인이 그 마음을 더욱 어여삐 여겨 은근히 작별하고 위로하면서 말하였다. 44

"소저가 이미 묘한 방술을 깨치셨으니 설태우의 왼쪽 팔은 평소같이 회복할 것이고 육친을 찾아 만복이 가득할 것이오."

말을 마치자 두 신선이 구름을 타고 안개를 멍에로 삼아 떠나니 어렴풋한 가운데 어느덧 간 곳이 없었다. 두 소저와 시비들의 몸은 벌써 날고 있었고 여러 시녀들은 융단 같은 모양의 백륜거를 앞에 놓고 각각 주인을 부축하여 올렸다. 이 향박은 은하수 물결에 어린 기름으로, 천지가 개벽할 때 깁 같은 것이 은하를 덮고 물같이 흐르는 것을 옥황상제께서 근심하시자 구천현녀(九天玄女)[430]가 직녀궁에서 돌아오다가 그것을 거두어 45

---

427) 구화칠성관(九花七星冠) : 아홉 가지 꽃과 일곱 개의 별이 그려져 있는 관.
428) 강초의(絳綃依) : 진홍색 비단으로 만든 옷.
429) 서러워하면서 : {주연}. 이는 '추연(惆然)'의 오기인 듯함. 이본인 한국학중앙연구원 소장 39권본에서도 '추연'으로 되어 있음.
430) 구천현녀(九天玄女) : 중국 상고(上古) 중원 땅에서 황제(黃帝)가 치우(蚩尤)와 싸울 때에 병법을 가르쳐 주었다는 신녀(神女).

연지에 천 년을 쳐두니 천지의 정기를 한없이 받아 유리빛이 되어 작게
하면 향박이 되고 크게 하면 안개장이 되었다. 그런 고로 예전에 구천현
46 녀가 이 향박을 두고 천궁에 보배를 삼았기에 위진군의 분부가 아니었으
면 내어놓지 않았을 것이었다. 두 소저가 몸을 백륜거에 싣고 향박을 돌
이키자 녹란이 아뢰었다.

"우리의 외양이 여도사같이 되었습니다. 진군께서 도제(徒弟) 백릉파[431]의 용주(龍舟)를 주시며 남강에 배를 띄우고 소저들과 저희들더러 그곳에 있다가 산동 소식을 듣고 위급함을 구하라 하시더이다."

순식간에 백룡강가에 이르니 강의 물결이 망망하여 흰 비단을 펼친 듯
하였다. 벽완이 조그마한 융단을 백룡강 여울에 던지니 한 척의 작은 배
47 가 되었다. 일행이 배에 오르자 소저는 홍도에게 산동 근처에 가 소식을
탐문하라 명하였다.

홍매[432]와 춘빙이 도사의 복색을 가지런히 하고 한 쌍의 도동이 되어
산동 낙안주 동문을 거쳐 성 안으로 들어서면서 소문을 들으니 임초왕이
동남을 정벌하여 이미 잃었던 성지를 다 회복하고 한왕을 두 번 사로잡았
다고 하였다. 그러나 한왕 군중에서 융국의 언지가 낭자군 만여 명과 오
랑캐 병사 십만을 몰아와서 임원수가 한 번의 싸움에서 다 무찔렀는데,
48 불행히 낭자군의 요술로 설선봉이 왼쪽 팔을 다쳐 생사가 위태로운 중 백
약이 무효하여 속수무책이라고도 하였다. 임원수 부자(父子)가 병사를 움
직이지 않고 백성을 어루만지며 사졸을 보살피니 동남에 송축하는 소리
가 가득하고 사졸들의 용기가 충천하여 한 사람이 백 명을 감당할 정도라

431) 백릉파 : 〈구운몽〉에 나온 8선녀의 한 사람.
432) 홍매 : {홍도}. 앞서 홍매라고 나왔기 때문에 통일하기 위해 이렇게 옮김. 이하 동일함.

고 하였다.

벽완 등이 이런 소문을 다 듣다가 설선봉의 병에 관한 말에 이르러서는 혼비백산하여 얼른 돌아가 소저에게 전하고자 하였다. 그런데 한 군사가 남문에 방(榜)을 붙이는 것을 보고 홍매가 급히 걸음을 돌이켜 방을 떼어 소매에 넣었다. 군사가 기이한 도동이 방을 떼어가는 것을 보고 급히 말
하였다. 49

"저 도동아, 이 방문을 떼어가는 것을 보니 우리 설선봉의 왼쪽 팔을 고칠 수 있는가 보니 얼른 가서 위급한 상황에 처한 목숨을 구해주게."

도동이 대답하였다.

"내게 무슨 신기한 술수가 있겠습니까마는 우리 사부님이 의약을 쓰는 법이나 침술이 기이하기에 내가 이 방을 떼어가는 것이오."

이렇게 말한 후 홍매와 춘빙 등이 급히 강어귀에 이르러 소저를 향하여 급보를 전하고 들은 바를 세세하게 옮기었다. 임소저는 설선봉의 병에 관한 소식을 듣고 또 방을 보니 너무 놀라 마음이 찢어지고 간담이 서늘해지는 것을 이기지 못하였다. 설소저는 시아버님께서 사지인 전쟁터에서 말을 달리고 계시고 승패는 아직 판가름 나지 않았기에 반기는 마음이 넘 50
치면서도 슬퍼하여 눈물로 두 귓불을 적셨다. 설소저가 임소저를 재촉하여 수레에 올리고 빈 박으로 낯을 가리고 말하였다.

"우리의 행색은 유가(儒家)의 법도에서 심히 벗어난 사람들의 모습이오. 길이 막히고 하늘의 뜻을 면치 못하여 잠시 이 길에 들어섰으나 대군자 앞에서 어찌 차마 두렵지 않겠소? 소저가 가는 곳에는 소저의 아버님과 오라버님이 계시니 몸을 숨기는 것은 옳지 않으나 군중이 번잡하고 우리가 모두 이 꼴이니 아직 임시방편으로 근본을 감추고 차차 형

세를 보아 세상에 나가도록 합시다. 무엇보다도 저는 나라에 죄를 지
51 은 죄수입니다. 팔자가 기구하여 죄업이 중첩함에 적소(謫所)[433]를 지
키지 못하고 망명한 죄수라 다시 세상에 나서기를 바라지 않습니다.
만일 시아버님께서 적을 무찌르시고 경성에 돌아가시면 저는 몸을 조
용히 빼어 부모님 곁으로 돌아가 여생을 부모님 슬하에서 마칠까 생각
합니다. 소저께서는 일처리를 잘 해서 오라버니에게도 아직 제가 생존
해 있는 것을 알리지 마십시오."

임소저는 남악에서 설소저를 만나고도 신선들이 있는 자리에서 흔잡
하게 할 수 없어 설소저가 생존한 연유를 자세히 묻지 못하고 그간의 온
갖 정회도 펴지 못한 채 두 신선이 재촉하는 것을 따라 이봉산까지 왔다
52 가 또 배를 타고 온 지 반나절만에 이런 정회를 펴지 못하고 이렇듯 헤어
지게 되자 심장이 찢어지는 듯하고 이별의 슬픔이 너무나 커서 눈물이 비
오 듯하였다. 설소저 또한 마음이 슬펐으나 정성껏 임소저를 위로한 후
어서 배운 재주를 다 하여 여자의 큰 절개를 세우라 하였다. 비록 설선봉
의 전후 행동들이 임소저를 저버린 것은 여지없으나 여자의 입장에서는
구차함을 면치 못하기에 강상(綱常)을 밝히는 절행(節行)[434]을 실천하라고
설소저가 두어 마디 충고한 후 타이르며 권하였다. 임소저는 설소저를 평
생의 높은 스승으로 의지하고 우러러 사모하였기에 설소저의 가르침에
순순히 응하였다.

53 임소저는 설선봉이 위급한 병에 걸렸다는 소식을 듣고 마음이 당황스
럽고 급하여 경황없이 하직한 뒤 홍매 등 세 시녀들과 더불어 빨리 행하

433) 적소(謫所) : 죄인이 귀양살이하는 곳.
434) 절행(節行) : 절개를 지키는 행실.

여 진 밖에 이르니 태양은 벌써 서쪽 봉우리로 기울고 있었다. 홍매가 급히 대군영 안으로 가서 방을 떼어간 도동이 스승을 데려왔다고 고하였다.

이때에 임원수는 설선봉의 병이 위중한 것을 근심하고 있다가 갑자기
도동이 이르렀다는 말을 듣고 임참모와 더불어 병소에 앉아서 도사를 청
하였다. 홍매 등이 임소저를 모시고 들어오니 백옥 같은 얼굴과 흰눈 같
은 피부는 기이하며 발로는 신행법(神行法)을 행하여 당에 올라 인사를 한 54
후에 멀리 앉았다. 임원수가 팔을 들어 읍(揖)하고 말하였다.

"황명을 받들어 천병(天兵)435)을 거느리고 반역한 신하를 문죄하려고 동남으로 내려와 반역군을 거의 섬멸하게 되었습니다. 그러나 설선봉이 요사스럽고 악랄한 사람의 화살에 맞아 왼쪽 팔이 깊이 상하지는 않았으나 요술의 독을 살촉에 발랐던지 매우 위독하게 되었습니다. 의사들도 손을 쓰지 못하기에 오늘 제가 친히 종기를 터뜨리고자 하였는데 존귀한 도사님께서 방을 보고 이르셨으니 화타(華陀)의 묘한 청낭술(靑囊術)436)을 깨우치신 것을 알 수 있을 것 같습니다. 빨리 시험하시는 것이 마땅합니다."

임도사는 큰아버지 임원수의 목소리를 듣자 슬프면서도 반가운 마음 55
이 넘쳤으나 좌우에 여러 장수들이 수풀같이 서 있기에 사사로운 정을 드

435) 천병(天兵) : 천자(天子)의 군사라는 뜻으로 여기서는 명나라 군사를 말함.

436) 화타(華陀)의 ~ 청낭술(靑囊術) : 화타는 중국 후한(後漢) 말기에서 위나라 초기의 명의(名醫). 약제의 조제나 침질, 뜸질에 능하고 외과 수술에 뛰어났으며, 일종의 체조에 의한 양생 요법인 '오금희(五禽戲)'를 창안하였음. 청낭술은 화타가 저술한 의학서인 『청낭서(靑囊書)』에 적혀 있는 병을 고치는 기술. 푸른 주머니 안에 있다 하여 『청낭서』라고 불렀다 함. 위왕(魏王) 조조(曹操)가 심한 두통으로 고생할 때, 화타는 조조에게 마취산을 먹은 후 도끼로 머리를 쪼개어 뇌 속의 바람을 잡아야 한다고 하자, 조조는 화타가 자신을 암살하려는 것으로 의심하여 그를 옥에 가두었고 그 이후 당대의 최고 의서였던 『청낭서』가 전해지지 않게 되었다 함. 청낭술은 바로 이 책에 실려 있던 치료기법으로, 주로 수술을 한 뒤 침으로 병을 고치는 기술이었다고 할 수 있음.

러내지 못하였다. 또 자기의 복색이 괴이하니 비록 부모형제인들 어찌 사사로운 정을 펼 수 있겠는가? 다만 두 손을 맞잡고 무릎을 꿇고는 말하였다.

"비천한 제가 청낭의 신술을 어찌 바라겠습니까마는 천병이 동남을 정
벌하시니 위엄과 덕화가 심산궁곡에까지 미쳤습니다. 제가 비록 유교
가 아닌 다른 도에 있어 뜬구름같이 떠다니나 이 땅은 성스러운 천자의
땅이니 저 또한 곧 명나라 백성입니다. 설선봉이 위독한 병에 걸려 조
56 금도 살아날 가망이 없다는 것은 방을 보아 잘 알고 있습니다. 제가 사
부 운리풍의 가르침을 받들고 여기에 이르렀으니 천한 도호(道號)는 부
운사라 합니다."

임원수는 그 거동에 일부러 속이는 구석이 있음을 알고 구태여 유심히
살피지 않고 빨리 병을 살펴보라 하였다. 도사가 설선봉이 누운 곳에 나
아가 살피니 그 상태가 매우 위급하였다. 매우 놀라고 당황하여 맥을 살
폈다. 부운사가 가는 버드나무 같은 손을 들어 설선봉의 좌우의 맥을 한
참 짚는데 안색이 자주 변하고 구슬 같은 땀이 떨어졌다. 부운사가 보니
57 설선봉이 진실로 살아날 길이 막막하고 다친 상처가 매우 심해 단지 살이
썩었을 뿐만 아니라 뼈까지 다 썩어 푸르게 되어 있었다. 부운사가 참담
한 마음을 이기지 못하여 말을 못하자 원수가 물어보았다.

"병의 근원이 무엇이오?"

부운수가 손을 맞잡고 대답하였다.

"병세가 자못 위중하오니 제가 혹시 구하지 못할지도 모르겠습니다. 그러나 제가 배운 재주를 모두 시험하고자 합니다."

말을 마치고 부운사는 도동에게 명하여 보따리를 열고 신비한 약을 꺼

내어 인삼차에 섞어서 설선봉의 입 안으로 넣게 하였다. 이윽고 설선봉의 끊어진 맥이 다시 뛰는 듯하자 다시 은으로 된 침을 내어 임참모를 돌아보고 말하였다.

"이제 침을 시험함에 농혈이 많이 흐를 것이니 마땅히 침상 아래 그릇 58
을 바쳐 흐르는 농즙을 받게 하십시오."

임원수 부자가 이를 옳게 여겨 부하에게 그릇을 대령하라 명하였다. 부운사가 가까이 다가가 상처를 어루만져서 농혈을 아우르면서 침을 들어 농이 맺힌 살을 찔러서 터뜨리자 순식간에 농혈이 화살을 쏘듯 튀어나오면서 비린내 나는 피가 좌우로 뿌려지고 악취가 코를 거슬렀다. 그러나 부운사는 안색을 바꾸지 않고 침을 들어 곳곳에 상한 가죽과 살을 다 베어내었다. 그러자 비위가 뒤집힐 만큼 역겨운 냄새가 방 안에 가득하고 농혈이 그릇에 흘러넘쳤다. 다른 사람들은 차마 보지 못하였으나 부운사
가 마음을 굳게 잡고 침으로 뼈의 독기를 긁어내니 그 소리가 5리 밖에까 59
지 들렸다. 좌우 사람들이 낯을 가리고 귀를 막으며 차마 듣지 못하였다. 부운사의 두 눈에서 눈물이 자주 떨어지고 안색이 참담하므로 모두 그 인자한 것을 칭찬하며 의술의 신기함을 기특하게 여겼다.

임원수의 사광(師曠)같이 밝은 귀와 임참모의 일월 같은 안광(眼光)으로 부운사를 깊이 의심하였으나 아직 설선봉이 위급하기에 다른 곳에 생각이 미치지 못하였다. 부운사가 좌우 사람들로 하여금 농혈을 다 없애게 하고 오랜 시간을 치료하자, 설선봉의 얼굴에 붉고 윤택한 기운이 일어나
며 차차 맥이 뛰면서 구슬 같은 땀이 물 흐르듯 하다가 이윽고 몸을 움직 60
이며 희미한 신음소리를 냈다. 모두들 설선봉이 회생한 것을 보고 기쁨을 이기지 못하였다. 원수 부자는 기쁜 빛이 얼굴에 가득 일어나며 부운사를

향하여 사례하기를 마지않았다. 부운사가 매우 겸손하게 사양한 후 이날 홍매 등과 더불어 별실에 머물렀다.

이때에 설선봉은 큰 액을 당하여 병이 사경에 이르러 혼미한 중, 한 줄기 영혼이 가는 바 없이 한 곳에 이르게 되었다. 붉은 문이 장려한데 문
61 위에 백옥으로 된 현판에 주홍색의 전자(篆字)로 크게 '만세영소옥궐태청' 이라고 씌어 있었다. 설선봉이 매우 놀라 정신을 차리지 못하다가 문득 깨달아 말하였다.

"알겠다, 내가 분명 적군의 마구 쏟아지는 화살에 맞아 왼쪽 팔을 다쳤는데 이 연고로 명이 끊어져 혼백이 여기에 이르렀구나. 슬프다! 내가 8척 대장부로 일개 작은 여자의 화살에 맞아 부모동생을 다 버리고 객사하였으니 고금의 영걸을 보기가 부끄럽구나."

말을 다 끝마치지 못 했을 때에 큰 문 안으로부터 두어 명의 신장(神將)[437]이 금옷에 금관을 쓰고 위엄 있고 거룩하게 나아와 말하였다.

"그대는 누구이기에 이런 신령스런 땅에 이르렀는가?"

62 설선봉이 황급히 예의를 표하고 대답하려 하는데 남쪽으로부터 한 선관이 옥으로 된 관에 초의(草衣)[438]를 입고 백학을 타고 나왔다. 백옥 같은 용모의 선관은 술기운에 취해 나오면서 크게 웃고 말하였다.

"수문장은 옛 친구를 모르겠는가? 이 사람은 곧 태을진성이다."

두 신장이 급히 절하면서 말하였다.

"태을진군께서 인간 세상에 내려가신 후 아직 인간 세상과의 인연이 끝나지 않았는데 여기에 오실 줄은 몰랐습니다."

---

437) 신장(神將) : 귀신 가운데 무력을 맡은 장수신. 사방의 잡귀나 악신을 몰아냄.
438) 초의(草衣) : 속세를 떠난 은자가 입는 옷.

또 난새를 탄 선관이 가까이 다가와 설선봉을 보고 말하였다.

"친구는 그간 별 탈 없었는가?"

설선봉이 놀라 절하며 말하였다.

"저는 속객입니다. 일찍이 여러 선관들과 만난 적이 없는데 어찌 저에게 과도하게 예의를 갖추십니까?"

선관이 크게 웃으며 말하였다. 63

"태을이 전생에 하늘나라에 있을 때는 교만하고 잘난 척하더니 오늘은 어찌 이리 겸손한가?"

그런 후 소매에서 동정귤 같은 것 하나를 주기에 설선봉이 그것을 받아
먹으니 맑은 향기가 입안에 가득해지면서 전생일이 밝게 떠올랐다. 자기
는 전생에 본래 옥황상제를 향안(香案) 앞에서 모시던 태을성신으로 인간
세상에 내려올 때 문혜성과 함께 적강하였다. 태을이 옥황상제의 명을 받
들어 삼신산에 갔더니 영주를 지킨 명보도군이 그를 맞아 잔치를 열고 환
대하였다. 이때 명보도군의 작은 시녀 행선낭이 좌중에서 술잔을 올리고 64
있었는데 태을이 취중에 행선낭의 아름다운 용모를 마음에 두고 돌아가
는 것을 잊어버렸다. 옥황상제께서는 태을진군이 더디 오는 것에 노하시
어 태을진군을 인간 세계로 귀양 보내셨다. 행선낭이 그 뒤를 좇아 인간
세계로 내려와 쌍연이 되고 여와낭낭의 연(輦)을 메던 갈호 또한 문혜성
과 태을진군의 인연을 잇고자 하여 왕가에 환생하였다. 태을 자신은 설씨
가문에 태어났으나 문혜성은 화가 나 태을진군을 좇아 인간 세상에 내려
올 뜻이 없었다. 그러나 옥황상제께서 하늘의 뜻을 이르시고 인간 세상에
내려가게 하셔서 문혜성은 임씨 가문에 태어난 것이었다. 모든 일이 이처
럼 밝고 환하니 옥경의 행적에 대해서는 전말을 묻지 않아도 알 수 있을 65

것이다.

처음에 설선봉을 붙든 선관은 시중천자(詩中天子) 이태백(李太白)[439]이었다. 설선봉이 크게 반가워하며 이태백의 손을 잡고 탄식하며 말하였다.

"나는 진실로 죄가 중하여 여기에 이르렀으니 다시 옥황상제 탑하에 조회하겠지만 문혜성의 생사는 어찌 되었는가?"

439) 시중천자(詩中天子) 이태백(李太白) : 이태백은 이백(701~762)의 자(字)임. 당(唐) 나라 때의 대시인. 두보(杜甫)와 함께 시종(詩宗)으로 존앙 받음. 『이태백집(李太白集)』30권이 있음.

임 씨 삼 대 록

23권

1 차설(且說). 이태백이 온화하게 웃으며 말하였다.

"화복은 하늘에 달려 있고 목숨의 길고 짧음은 때가 있으니 그대는 아직 인간 세상과의 인연이 많이 남았네. 비록 그대가 선계에 매어 있으나 아직은 기한이 멀었으니 어찌 옥황상제의 명 없이 옥탑 아래서 뵙겠는가? 그러나 그대와 문혜성은 백 년 배필이라 인간의 오복을 모두 누릴 것이니 요사스럽고 사악한 사람이 제 마음대로 참된 성녀를 해할 수 있겠는가? 다만 천기가 비밀하니 미리 누설치 못하겠네. 그대는 금년
2 에 액운이 괴이하여 여기에 이르렀으나 이 또한 현철한 숙녀의 효성과 절개를 빛나게 하는 조각이니 다시 번거롭게 말하지 못할 것이네. 또한 여기에 온 지 오래되어 임초왕 부자의 타는 간장이 다 사그라지기에 이르렀을 것이니 지체하지 말고 돌아가게."

말이 끝나자 다시 말을 하지 않고 또 설선봉의 대답도 기다리지 않은 채 훌쩍 소매를 떨치고 가니 향기로운 바람이 가득하며 패옥 소리가 낭랑하였다. 설선봉이 신선의 소매를 붙들었다가 실없이 거꾸러졌다. 깜짝 놀라 꿈에서 깨니 이미 입 안에 넣은 신비로운 약이 오장육부에 쫙 퍼져서
3 기운이 씩씩해지며 왼쪽 팔이 아프지 않았다. 정신이 평상시와 같아져서 몸을 움직이며 눈을 들어 좌우를 살피니 임원수와 임참모가 좌우에 앉았고 모든 사람들의 얼굴에 근심이 가득하였다. 설선봉이 공경하는 뜻을 표하기 위해 몸을 굽히며 말하였다.

"밤이 어느 때에 미쳤기에 밤기운이 몸에 사무치는데 사부님께서는 귀한 몸으로 누추한 이곳에 계십니까?"

임참모는 너무 기뻐 설선봉의 손을 잡고 말하였다.

"밤이 아주 늦은 시각이지만 조금 전까지 의첨[440]의 병세가 자못 위태

로웠는데 우리들이 어찌 편안하게 쉬며 아버님께서는 또 어찌 잠자리
가 편안하시겠소? 그런 이유로 능히 잠자지 못하시고 종일 여기에 계
시며 자못 근심하셨는데 뜻밖에 춘부장께서 끼치신 성스러운 공덕에 4
하늘이 감동하시어 한 명의 살아있는 부처님이 세상에 내려오셨네. 신
기한 술법으로 거의 형의 꺼져가는 혼백을 다시 불러 흩어진 칠백(七
魄)[441]을 다시 안온하게 하였으니 어찌 족히 화타(華陀)의 청낭술(靑囊
術)과 편작(扁鵲)[442]의 영험한 기술을 기특하다 하며 임공도사(邛道士鴻)
홍도객(鴻都客)의 환혼향(還魂香)[443]을 홀로 기특하다 하겠소? 형이 회
생한 것을 보니 형의 가문의 경사요, 우리들의 큰 행복이오. 알지 못하
겠소, 지금 병세가 어떠하오?"

설선봉은 자신이 하루 밤낮을 기절하였다가 비로소 깨어난 줄 알고 놀
라면서 임원수 부자가 애쓴 것에 감사하여 슬픈 기색으로 사례하여 말하 5
였다.

"제가 지식이 얕고 짧아 몸을 삼가지 못하여 간악한 사람의 독수에 빠
져 부모님께서 주신 몸을 상하게 하고 사경에까지 이르렀습니다. 일마
다 부모님께 끼친 불효가 막대하고 사부님의 지극한 사랑과 은혜를 저
버리게 되어 죄가 큽니다. 이처럼 어리석고 불효한 영혼에게 높은 산

---

440) 의첨 : 선봉 설희광의 자(字).

441) 칠백(七魄) : 죽은 사람의 몸에 남아 있는 일곱 가지의 정령(精靈). 귀, 눈, 콧구멍이 각기 둘이고 입이 하나임을 가리킴.

442) 편작(扁鵲) : 중국 전국(戰國) 시대의 의학자. 명의(名醫)로서 전설적 명성(名聲)을 남겼으며, 그의 저서(著書)라고 하는 의서(醫書)가 많음. 주술적(呪術的)인 의술을 바꾸어 경험을 토대로 한 치료를 행하였음. 시기(猜忌)를 받아 암살(暗殺)되었다 함.

443) 임공도사(臨邛道士) ~ 환혼단(還魂丹) : 임공도사 홍도객은 백거이(白居易)의 〈장한가(長恨歌)〉에 나오는 죽은 이의 혼백을 부르는 도인임. 〈장한가〉에 "생사를 달리한 지 아득하니 몇 년인가, 꿈에서도 혼백마저 만나볼 수 없었네. 임공의 도사가 도성에서 머무는데 정성으로 혼백을 불러올 수 없다 하네[悠悠生死別經年, 魂魄不曾來入夢, 臨邛道士鴻都客, 能以精誠致魂魄]." 라는 대목이 나옴. 환혼단은 바로 죽은 이의 혼백을 부르는 약임.

과도 같은 큰 은혜를 드리우시어 마음을 다해 고생하시며 신의(神醫)를 불러서 저의 죽을병을 낫게 하셨습니다. 생각건대 제가 정신이 편안하며 상처가 아프지 않고 이후에도 또 별 상관이 없을 듯하니 쾌히 살아날 방도를 얻은 듯합니다. 지금 이후의 생명은 다 사부님와 원백[444]이
6 주신 것이니 비록 제가 무지하고 완악한 장수이나 어찌 그 은혜에 감사하지 않겠습니까?"

임원수가 정색하며 말하였다.

"네가 비록 죽을 병 끝에 살아났으나 어리석지 않고 미치지 않았거늘 어찌 나에게 '은혜' 두 자를 일컬어 우리 부자에게 겉으로는 친한 척 하고 안으로는 소원하기가 이와 같단 말이냐? 네가 과연 심장이 병들었구나."

설선봉이 더욱 감사하며 실언한 것에 대해 거듭 죄를 청하고 섣달 밤기운이 차가운데 스승인 임원수가 몸을 수고롭게 하시는 것에 불안해 하였다. 원수가 설선봉을 어루만지며 위로하는 모습이 친자식보다 조금도 덜하지 않았다. 인삼차와 미음과 약을 내와 자주 권하며 잘 조리하라고 당부하고 침소로 돌아가면서 아들 임참모는 설선봉의 처소에 머물게 하니
7 설선봉이 더욱 은혜에 감사하였다.

이러구러 설선봉의 병이 깨끗이 다 낫자 온 군의 장졸들이 축하하였다. 설선봉은 정신이 상쾌해지자 곁에서 모시고 있던 사람에게 도사를 모셔오라 청하였다. 부운사가 마지못하여 이르자 주인과 손님이 서로 마주 보고 신기한 의술에 사례하니 임원수와 임참모의 밝은 안목으로 어찌 월혜소저를 몰라보겠는가? 기쁨을 이기지 못하였으나 번거로워 입밖에 내치

444) 원백 : 참모 임창홍의 자(字).

않았고 설선봉은 성격이 소탈하여 도인으로만 알고 사례할 뿐이었다. 원
수가 계교를 내어 군중에 설선봉이 죽었다고 소문내어 적으로 하여금 갑
자기 습격하게 하려고 설선봉을 후영(後營)으로 옮겼다. 8

이때 적진에서 명진 소식을 탐문하니 설선봉이 위중하여 거의 죽을 지경이며 도무지 군사를 움직이지 않는다고 하였다. 한왕이 기뻐하며 옥선, 옥경과 더불어 의논하고 군사를 보내 탐지하게 하였다. 적의 동정을 탐지하는 순찰군이 설선봉이 죽었다고 보고하자 한왕이 기뻐하기를 마지않으며 병사를 일으키고자 하니 옥선이 말하였다.

"불가합니다. 초왕 부자는 계교가 무궁하니 반드시 간사한 계교가 있
을 것입니다. 그러니 심복 군사 10명을 가려 저 곳에 보내 거짓으로 항
복하게 하고 명진 군중 일을 탐지하게 함으로써 적군 안에서 내통이 된
후에야 일을 이룰 것이요, 각처에 방을 붙여 지략 있고 용기 있는 군사 9
를 불러 모집한 뒤에야 가히 이길 수 있을 것입니다."

한왕이 매우 기뻐하며 즉시 방을 붙이라 명을 내리고 심복 군사 10명을 뽑아 계교를 가르쳐 명진으로 보냈다. 명진에서 순찰군이 한나라 군졸을 잡아서 묻자 군졸들이 말하였다.

"우리는 산동의 유민이었는데 한왕이 무고히 병사를 일으켜 우리들이
공연히 부모와 처자를 이별하고 이에 들어왔소. 중요한 자리에 이르면
부귀를 누릴까 하였는데 이제 보건대 천조의 위엄이 거룩하니 한왕을
따라 역모를 돕다가는 멸문지화(滅門之禍)를 만날 것이기에 항복하고자 10
왔소. 여러분들은 의심 말고 우리로 하여금 원수를 뵙게 해주시오."

명진 군졸이 이미 임원수의 명을 들었기에 즉시 적을 인도하여 들어가 임원수를 뵙게 하였다. 임원수가 이들을 불러 물어보았다.

"너희들은 무슨 까닭으로 너희 군대를 배반하고 이곳에 왔느냐?"

적들이 머리를 조아리고 눈물을 떨어뜨리며 고하였다.

"저희들은 산동 유민입니다. 민심이 풍요로워 백성이 안락하게 지냈는데 한왕이 도리에서 어긋나고 망령되게도 병사를 일으켜서 무죄한 백성들이 도탄에 빠졌습니다. 죽는 것이 아침저녁 사이에 있으므로 이렇게 와서 투항하는 것입니다."

11 원수가 일부러 말하였다.

"지금 양 진영이 상대하여 승부가 정해지지 않은 때에 어찌 너희들을 받아들일 수 있겠느냐?"

한나라 군졸들이 일시에 머리를 조아리고 울며 말하였다.

"원수 어르신께서 저희들의 마음을 알지 못하시고 이렇듯 의심하시니 저희들은 죽어도 묻힐 땅이 없습니다. 그러나 저희들은 이제 다시 고향으로 돌아가지 못할 것이니 원수의 장대(將臺) 아래에서 죽겠습니다."

한나라 군졸들이 일시에 칼을 뽑아 자결하고자 하니 원수는 매우 통탄스러웠으나 거짓으로 놀라는 체하고 흔쾌히 위로하며 말하였다.

"너희들의 진실된 마음이 이와 같으니 내가 어찌 감동하지 않겠느냐?
12 그러나 설선봉의 병세가 위중하여 다른 데 마음 쓸 겨를이 없구나. 너
희들은 아직 군영 안에 머물러 훗날 내가 찾을 때를 기다리거라."

한나라 군졸들은 몰래 기뻐하며 군영 안에 머물러 있으면서 군영을 살피니 모든 군사들이 다 게을러 항오도 제대로 차리지 못하였다. 이것을 보고 한나라 군졸들은 마음속으로 기뻐하였다. 다음 날 설선봉이 죽었다 하고 모든 장졸이 어쩔 줄 몰라 하기에 두루 살피니 후영 별당에 의연히

상구를 차리며 대청 위에 검은 관을 놓고 영위(靈位)를 배설하니 조금도
의심됨이 없었다. 한나라 군졸이 이를 곧이곧대로 여겨 즉시 이 소식을
글로 기록하여 화살 밑에 매고 한나라 진영 안으로 쏘니 순찰군이 그것을 13
얻어다가 한왕에게 드렸다. 한왕이 보고 크게 기뻐하며 옥선과 더불어 의
논하는데 문득 체탐(體探)445)이 두 도인을 이끌고 들어왔다. 한왕이 무슨
까닭인지를 물었다. 이 두 사람은 어떤 사람일까?

이때 설소저는 선두에서 화앵·계앵·녹란·벽완 등과 더불어 두 진
영의 승패를 살피고 있었는데 한왕이 사문에 방을 붙여 지략과 용기 있는
장수를 구하는 것을 알고 녹란·벽완에게 계교를 가르쳐 한나라 진영으
로 보내고 화앵·계앵에게 계교를 가르쳐 명나라 진영으로 보냈다. 네 사
람이 명을 받들고 밖으로 나와 서로 헤어졌다.

녹란·벽완 등이 한나라 진영에 이르러 방을 떼니 정탐병이 그들을 붙 14
들어 진에 드렸다. 한왕이 맞아 그 성명을 물으면서 말하였다.

"과인이 덕이 없거늘 두 도인께서는 어느 곳 출신이시기에 몸소 찾아 이르셨소? 무슨 가르칠 일이라도 있으시오?"

두 사람이 두 손을 공손히 맞잡고 대답하였다.

"저희들은 산속의 어리석은 백성이니 무슨 재주가 있겠습니까마는 본래 자취가 천하를 떠돌며 아니 간 곳이 없었는데 우연히 이곳에 이르러 듣사오니 대왕께 탕왕(湯王)446)과 무왕(武王)447)의 덕이 있으시다 하기

---

445) 체탐(體探) : 자기 진영이나 적의 진영을 몸소 살피는 사람.

446) 탕왕(湯王) : 중국 은(殷)나라 왕조(王朝)의 건설자. 본명은 이(履) 또는 천을(天乙). 하(夏)나라의 걸왕(桀王)을 내쫓고 천자(天子)의 자리에 올랐으며, 제도(制度), 전례(典禮)를 잘 정돈했다 함.

447) 무왕(武王) : 중국 주(周)나라의 제1대 왕. 성은 희(姬). 이름은 발(發). 은 왕조를 무너뜨리고 주 왕조를 창건하여, 호경(鎬京)에 도읍하고 중국 봉건 제도를 창설하였다. 후대에 현군(賢君)으로 평가받았음.

에 저희들이 외람되게도 대왕을 돕고자 왔습니다."

이 말을 듣자 한왕이 기뻐하며 말하였다.

15 "진실로 이 말과 같다면 천하를 통일하는 날 그대들에게 천하의 땅을 나누어 왕에 봉하고 개국공신으로 빛나게 할 것이오. 알지 못하겠소. 그대들은 무슨 재주가 있소? 그대들의 외모를 보니 불과 백면서생이라 붓대를 잡아 사기(史記)를 초 잡고 지혜가 가득하니 모사나 서기의 소임은 감당하려니와 무예와 강용(强勇)을 어찌 당하겠소? 무거운 갑옷을 입고 날랜 것을 잡고 화살과 돌을 무릅쓰고 싸우면 반드시 이기고 공격하면 반드시 취하는[448] 재주는 감당치 못할까 싶소."

두 사람이 냉소하며 말하였다.

"전하께서 한갓 저희들의 어리고 흰 얼굴만 보시고 대사를 도모하지
16 못하시는 것도 옳습니다. 하지만 저희들이 비록 나이는 어리고 얼굴은 희나 검법이 날래기가 형가(荊軻)와 섭정(聶政)[449]보다 뛰어나고 화살 쏘는 재주의 출중함은 염파(廉頗),[450] 마완(馬琓)[451]에게 지지 않습니

---

448) 싸우면 ~ 취하는 : {젼필승[戰必勝] 공필취[功必取]ᄒᆞᄂᆞᆫ}. 한(漢)나라의 개국공신인 한신(韓信)과 관련된 구절임. 한신은 한고조(漢高祖) 즉 유방(劉邦)의 장수로 한의 건국에 혁혁한 공을 세우고 초왕(楚王)에 봉해짐.

449) 형가(荊軻)와 섭정(聶政) : {형섭(荊聶)}. 전국 시대(戰國時代)의 자객(刺客)들인 형가(荊軻)와 섭정(聶政)을 가리킴. 이들의 행적은 『사기(史記)』 자객열전에 자세함. 형가는 원래 제(齊)나라 사람이었지만 위(衛)나라로 이주하여 그곳 사람들로부터 경경(慶卿)이라고 일컬어졌고, 다시 연(燕)나라로 가서 형경(荊卿)이라 칭해짐. 연나라 태자 단(丹)의 객이 되고, 태자의 명령에 의하여 진(秦) 나라의 팽창 정책을 저지하고자 진왕(秦王)을 암살하려 하지만 끝내 실패하고 죽게 됨. 섭정은 전국 시대 한(韓)나라 사람임. 한나라의 경(卿)인 엄수(嚴遂)는 정(政)에게 명령해, 재상인 한괴(韓傀)를 죽이라고 하지만 정은 어머니를 모셔야 한다는 이유로 거절함. 그 뒤에 어머니가 돌아가시자, 혼자 가서 한괴를 척살하고 자살함. 지혜와 용기 있는 자의 전범으로 일컬어지기도 하고, 후일 큰일을 도모할 뜻을 묻고 은자로서 저자에 묻혀있는 자를 이르기도 함.

450) 염파(廉頗) : 조(趙) 나라 혜문왕(惠文王) 때의 유명한 장군, 한때 염파는 당대의 명신 인상여(藺相如)의 출세를 시기하여 그와 불화하였으나 끝까지 나라를 위하여 참는 인상여의 넓은 도량에 감격하고 인상여에게 깨끗이 사과함으로써 다시 친한 사이가 되어 죽음을 함께 해도 변하지 않는 친교를 맺었음. 염파는 뛰어난 무공으로, 인상여는 지략으로써 조나라를 번성하게 하였음.

다. 대왕이라 하시는 이는 능히 사람을 안 연후에야 성공할 수 있는 법인데 저희들을 먼저 업신여기시니 더 바랄 것이 없겠습니다."

그러고는 훌쩍 돌아가고자 하였다. 한왕이 깜짝 놀라 만류하면서 성찬을 대접하고 사죄하며 성명을 물었다. 두 사람이 대답하였다.

"저희들은 녹운사 · 벽운사라 합니다."

한왕이 흔쾌히 말하였다.

"그대들은 나를 허물치 말고 재주를 한 번 보여줄 수 있겠소?"

두 사람이 웃으며 즉시 몸을 일으켜 한 쌍 보검을 들고 무술을 겨루었 17
다. 그 검술은 처음에는 배꽃이 어지럽게 떨어지고 흰 눈이 흩날리는 듯하더니 나중에는 서로 어우러져 다만 열 줄 무지개가 반공에 이르러 능히 사람과 칼을 분간하기 어려웠다. 다만 이따금 서리빛이 은은하고 찬 기운이 뼛속까지 불어오는 듯하였다. 한왕은 두 사람의 재주를 이루 다 측량하지 못하고 넋이 나간 듯이 바라보았다. 모든 장수와 군졸들이 칭찬하면서 담이 적은 자는 떨면서 숨도 못 쉬었다. 이윽고 시간이 지나자 두 사람이 칼을 버리고 한왕의 수레 앞에 엎드렸다. 모두들 보니 행동거지가 평안하고 기운이 나직하여 조금도 피곤해보이지 않았으니, 한왕과 장졸들
이 입을 맞춰 칭찬하기를 마지않았다. 옥선, 옥경은 두 사람의 풍채와 옥 18
안을 보고 그윽이 흠모하여 각각 배필로 삼을 뜻을 두었다. 한왕이 두 도인을 좌우 장군으로 삼았다.

이때 화앵과 계앵이 설소저의 가르침을 받아 명나라 진영에 이르러 원수에게 뵙기를 청하니 군사가 들어가 보고하였다. 임원수가 즉시 두 사람

451) 마완(馬琓) : 마등(馬騰)의 인척 장수. 한수(韓遂)의 휘하 장군으로 서량(西凉)을 지킴. 조조(曹操)와의 싸움에서 죽음.

을 청하자, 두 사람이 들어와 중계(中階)에서 두 번 절하고 말하였다.

"저희들은 잠시 지나가는 사람들입니다. 스승 부운사가 여기에 와서 머물고 계신다 하기에 찾아뵙고 조그마한 힘이나마 돕고자 이르렀습니다."

원수가 한 눈에 두 사람의 진가를 알아보고 안색을 바꾸지 않고 천천히
19 맨 끝에 자리를 주고 정성껏 음식을 대접하면서 성명을 물어보았다. 두
사람이 대답하였다.

"저희들은 계운사 · 화운사라 합니다."

임원수가 고개를 끄덕이고 다른 말은 하지 않았다. 또한 부운사를 청하지 않고 계운사, 화운사 두 사람을 인도하여 별실에 가서 서로 보게 하니 두 사람이 들어가 부운사를 보았다. 부운사인 임소저가 매우 반기고 기뻐하며 설소저의 안부를 물었다. 두 사람 역시 반가워 버들 같은 눈썹을 펴서 기쁜 기색을 머금고 머리를 조아려 4번 절하였다. 임소저를 보고는 녹란과 벽완이 한나라 진영에서 내통하고 있다는 사실과 옥선을 잡을 계교를 가만히 고하였다.

20 다음 날 아침에 적군이 말을 내달려 도전하거늘 화앵과 계앵이 장막
안에 들어가 말하였다.

"저희들이 비록 재주는 없으나 오늘 진영에 나아가 한 번 싸우고자 합니다."

임원수가 쾌히 허락하자 목선봉이 간하였다.

"불가합니다. 이 사람들이 처음으로 우리 진에 왔으니 그 재주를 알지 못하고 기골이 매우 약하오니 어찌 진에 임하여 적과 싸우겠습니까?"

원수가 미소를 머금고 말하였다.

"재주는 헤아리지 못할 바나 용력은 필부의 용기일 뿐이고 지혜는 이와 도가 다르오. 육손(陸遜)[452]은 흰 얼굴로도 관우(關羽)[453]의 30년 영광된 이름을 하루아침에 그치게 하였고, 제갈공명(諸葛孔明)[454]은 나약함으로도 기묘한 백가지 계교를 써서 조조(曹操)[455]의 백만 대군을 한 21
자루 화살의 화공으로 불살랐으니 두 사람이 비록 나이가 어리고 얼굴이 희어도 족히 제갈공명과 육손의 지혜를 지녔을 것으로 생각하오."

그러자 목선봉이 묵묵히 물러갔다.

명나라 진영 가운데 싸움의 시작을 알리는 징과 북이 일제히 울리고 함성이 일어나면서 진문이 크게 열렸다. 이에 큰 수자기(帥字旗)[456]를 휘날리며 백색, 황색의 부월(斧鉞)을 차례로 앞세우고 깃발을 가득히 진열하였다. 화앵・계앵이 자금봉시(紫金鳳翅) 투구[457]를 쓰고 홍금갑(紅金甲)을 입고 천리마를 타고 나오니 적군의 병사들이 그 수려한 얼굴과 풍채를 보고 칭찬하였다. 한나라 진영에서도 징과 북이 일제히 울리며 진문이 열리는

---

452) 육손(陸遜) : {눅빅운}. '눅빅언[陸伯言]'의 오기로 육손을 말함. 육손은 삼국시대 오(吳)나라의 모신(謨臣)으로 자(字)는 백언(伯言)임. 촉(蜀)과 위(魏)나라의 침공을 여러 차례 격퇴하여 오나라를 지켜냈으며, 관우를 죽음으로 몰아넣은 장본인이기도 함.

453) 관우(關羽) : {미염장군(美髥將軍)}. 관우(關羽)를 말함. 미염장군은 수염이 아름다운 장군이란 뜻으로, 관우의 수염이 매우 수려했기 때문에 이런 이름이 붙여진 것임. 자(字)는 운장(雲長). 장비, 유비와 의형제를 맺고 적벽전에서 조조의 군대를 격파하는 등 많은 공을 세웠음. 뒤에 형주(荊州) 임저현(臨沮縣)에서 위(魏)나라와 오(吳)나라의 동맹군에게 패한 뒤 살해되었다고 함.

454) 제갈공명(諸葛孔明) : {무후(武侯)}. 제갈공명을 말함. 유비가 죽고 난 뒤에 후주(後主) 유선(劉蟬)이 제갈공명을 무향후(武鄕侯)로 봉하였고 제갈공명의 묘를 '무후묘(武侯廟)'로 이름 붙인 데서 유래함.

455) 조조(曹操) : {조아만(曹阿瞞)}. 조조(曹操)를 말함. 어려서 이름이 아만(阿瞞)이기에 조아만이라 부르는 것임. 조만(曹瞞)이라고도 부름. 후한(後漢) 말기(末期)의 무장(武將). 자는 맹덕(孟德). 황건(黃巾)의 난(亂)을 다스려 군공(軍功)을 세웠으며, 군웅(群雄)을 물리치고 화북(華北)을 거의 통일하여, 위왕(魏王)이라 일컬었음. 적벽대전에서 유비(劉備)・손권(孫權)의 연합군(聯合軍)에 패하여, 중국은 셋으로 나뉘었는데, 그 아들 조비(曹丕)가 한(漢)나라에 대신하여 위(魏)나라를 세우는 기틀을 닦았음. 무제(武帝)라고도 함.

456) 수자기(帥字旗) : 진중(陣中)이나 영문(營門)의 앞에 세우는 대장기.

457) 자금봉시(紫金鳳翅) 투구 : 붉은 쇠로 된 투구에 깃털을 꽂은 투구.

22 가운데 깃발이 하늘을 가렸다. 녹란 · 벽완 두 사람이 머리에 금화관(金花冠)을 쓰고 몸에 우의(雨衣)[458]를 입고 허리에 기린대(麒麟帶)를 두르고 오색 강궁(强弓)을 비스듬히 차고 도화마(桃花馬)[459]를 타고 죽절편(竹節鞭)을 들고 내달아 이리저리 말을 타고 달리면서 외쳐 말하였다.

"좀스런 사내들은 빨리 나아와 녹운사 · 벽운사의 높은 재주를 대적하라."

명나라 진영에서 화앵 · 계앵 두 사람이 내달아 나와 말을 하지 않고 네 사람이 어우러지니 교전한 지 50여 합에 다만 보이는 것은 흰 칼날과 긴 창대가 서로 부딪치며 광풍이 크게 일어나는 가운데 배꽃이 어지럽게 흩
23 날리듯이 눈발이 휘몰아치며 가을서리가 세차게 내리는 듯이 검법이 삼엄하여 하늘을 침노하는 모습이었다. 간간히 신 같은 위력을 일으켜서 혹 나는 듯도 하고 뛰는 듯도 하니 양 진영의 장수와 졸병이 바라보고 칭찬하기를 마지않았다.

50여 합에도 승부가 가려지지 않더니 녹운사가 크게 한 소리를 지르고 허리 밑으로부터 붉은 동아줄을 던져 계운사의 말을 옭아매자 계운사가 부끄럽게도 말 아래로 떨어졌다. 녹운사가 계운사를 산 채로 묶어 돌아가자 벽운사가 녹운사의 성공함을 보고 급히 보궁을 당겨 신비전(神飛箭)을 쏘아 화운사의 말의 가슴을 맞혔다. 이에 화운사의 말이 거꾸러지니 화운
24 사가 말에서 떨어졌다. 벽운사가 산 채로 화운사를 묶어 한나라 진영으로 돌아갔다.

문득 한군이 일시에 용기를 얻어 명진을 물리치니 명진 사졸이 구태여

458) 우의(羽衣) : 선녀나 신선이 입는다는 새의 깃으로 만든 옷. 깃옷이라고도 함.
459) 도화마(桃花馬) : 흰털에 붉은 점이 있는 말. 월모마(月毛馬).

대적하지 않고 일시에 무기와 갑옷을 다 버리고 달아났다. 한군이 매우 기뻐하며 일시에 달려들어 명군이 떨어뜨린 것을 줍느라 정신없었다. 이로 인해 명진 사졸이 비록 군장(軍裝)[460]과 병기는 잃을지언정 한 사람도 목숨을 상한 사람 없이 무사히 본진으로 돌아가니 이 또 각별한 묘계가 있었다.

이러구러 날이 저물자 양 편에서 쟁을 쳐서 군대를 거두었다. 녹운사 · 벽운사 두 사람이 화운사 · 계운사 두 사람을 잡아 돌아오자 한왕이
기뻐하며 장대(將臺)[461]에 앉히고 친히 잔을 잡아 두 사람에게 권하며 전 25
쟁에서 이긴 공을 사례하고 벼슬을 돋우어 좌우 군사총독체찰사 겸 보가 대장군에 임명하였다. 두 사람이 사례하며 말하였다.

"오늘 진상에서 잡아온 두 장수가 또한 옥인영걸이니 대왕께서는 죽이지 말고 후하게 대접하여 그 마음을 항복 받는 것이 어떠하시겠습니까?"

한왕이 말하였다.

"두 사람의 말이 마땅하나 저 두 장수가 귀순치 않을까 하오."

녹운사 · 벽운사 두 사람이 웃으며 말하였다.

"전하는 말을 들으니 저 두 사람은 경성에서부터 종군한 것이 아니라 경성에서부터 지금 막 왔다 하니 마음이 굳건하지 못할 것입니다. 대
왕께서 후하게 대접하시면 어찌 항복하지 않겠습니까?" 26

한왕이 옳게 여기고 화앵 · 계앵을 불러들였다. 두 사람이 장대 앞에 이르자 왕이 좌우 사람들을 꾸짖어 그 맨 것을 풀어주게 한 뒤 맨 끝에 자

---

460) 군장(軍裝) : 군인의 복장 혹은 군대의 장비를 말함.

461) 장대(將臺) : 장수가 올라서서 명령 · 지휘하던 대. 성(城), 보(堡) 따위의 동서 양쪽에 돌로 쌓아 만들었음.

리를 주고 술과 음식을 정성껏 대접하면서 놀란 마음을 위로하였다. 두 사람이 일부러 감사함을 이기지 못하는 척하며 절하며 사례하자 한왕이 은근히 위로하고 즉시 두 사람을 좌우 장군에 임명하였다. 두 사람이 은혜에 감사하고 물러났다.

이때에 화앵 · 계앵 두 사람이 거느렸던 병사들이 패하고 돌아와 임원수에게 두 사람이 잡힌 것을 고하였다. 그러자 원수 부자가 말하였다.

“이 두 사람이 처음으로 갓 와서 말이 실제보다 지나친 데가[462] 있었으
27 니 있으나마나 하다. 그들이 있든지 없든지 상관없다.”

이 날 장중에서 술잔을 날리듯 빨리 돌리며 즐기니 명진 중에 있는 적군의 항복한 병졸이 가만히 이 소식을 한진에 보고하였다. 한왕이 그 뜻을 몰라 녹운사 · 벽운사 두 사람에게 묻자 이들이 대답하였다.

“이는 본래 임초왕이 화운사 · 계운사 두 사람에게 뜻이 없었던 것이니 그들이 있든지 없든지, 살았든지 죽었든지 상관하지 않는 것입니다.”

한왕이 그렇게 여기고 기뻐하였다.

이때 옥경은 벽운사의 수려한 얼굴과 풍채를 매우 흠모하여 불 같은 욕심을 진정할 수가 없었다. 그러나 저의 신변에 독한 질병이 있기에 감히 마음을 내지 못하고 한갓 천지신명을 원망할 따름이었다.

---

462) 말이 ~ 데가 : {언과기실(言過其實)}. ‘말이 실제보다 지나치다’라는 뜻으로, 말만 과장되게 부풀려서 해 놓고는 실행이 부족함을 비유하는 고사성어임. 중국 삼국시대 촉(蜀)나라의 마속(馬謖)과 관련된 고사(故事)에서 유래됨. 마속은 자가 유상(幼常)으로, 군사 계략을 세우는 데 뛰어나 제갈량(諸葛亮)이 총애함. 그러나 유비(劉備)는 마속을 탐탁지 않게 여겼음. 유비가 제갈량에게 유언하면서 “마속은 말이 실제보다 지나치니 크게 쓰지 말도록 하고, 그대가 잘 살피시오[馬謖言過其實, 不可大用, 君其察之].”라고 특별히 당부함. 유비가 죽은 뒤, 위(魏)나라의 사마의(司馬懿)가 촉나라의 가정(街亭)을 공격하였는데, 마속이 가서 가정을 방어하겠다고 자청하자, 제갈량은 그를 보내면서 수비만 하고 공격해서는 안 된다는 군령을 내림. 그러나 마속은 적의 꼬임에 넘어가 공격에 나섰다가 역습을 당하여 패주하였다고 함. 이로부터 말만 번드르르하고 실행은 그 말을 따르지 못한다는 ‘언과기실’이라는 고사성어가 나옴.

융국의 왕비 옥선은 오랑캐 수중에서 음욕을 실컷 풀다가 이곳에 와서 28
색욕에 굶주림을 견디지 못하던 차에 녹운사의 빼어난 풍채를 한 번 보고
사모하는 마음이 크게 일어났다. 이에 이날 밤 염치불고하고 사람을 보내
어 녹운사를 청하였다. 녹운사가 마지못하여 이르자 옥선이 칠보로 어지
럽게 치장하고 녹운사를 맞이하였다. 녹운사가 본래 세상의 오욕에서 벗
어나 청청함 하나로 만물에 통달하였으니 어찌 저 옥선의 요사스런 음욕
을 모르리오마는 모르는 체하고 두 손을 공손히 맞잡고 바르게 앉았다.
옥선이 그 신선 같은 풍채와 기상을 보자 욕정으로 더욱 더 미칠 듯하여
교태를 머금고 아름답게 가다듬으며 음성을 낭랑하게 하여 말하였다. 29

"지금 춘풍에 일기가 좋지 않고 밤기운이 몸에까지 스며드니 존귀한 도사께서는 사양하지 말고 여기 침소에 앉으십시오."

녹운사가 정색하며 말하였다.

"제가 어찌 감히 왕비마마 안전에서 무례히 행동하겠습니까?"

옥선이 그 기색을 꺼려하였으나 욕정이 크게 일어나 염치불고하고 낭랑하고 아름답게 웃으며 말하였다.

"제가 형세가 부득이하여 오랑캐나라의 왕비가 되었으나 근본은 황실
의 자손입니다. 허다한 설화는 너무 길어 다 못하나 저는 본래 조군주
로 지금 조정의 대원수인 임희린의 장자 창흥의 아내였습니다. 그러나
그릇 나쁜 사람에게 해를 입고 쫓겨난 며느리가 되어 돌아가다가 도적 30
의 두목을 만났는데 그 도적 두목이 제가 조금 아름답다는[463] 소문을
듣고 도중에서 도적하여 배에 싣고 멀리 도망하려 했습니다. 그런데

463) 조금 아름답다는 : {둄용식}. '둄'은 '좀'의 옛말로, '좀재주' 등에서 '조금'이라는 뜻의 접미사로 쓰임.

잘못하여 오랑캐 사람의 배에 저를 얹었는데 마침 오랑캐 사람들이 명나라에 조공하고 돌아가는 길에 저를 만나게 되었습니다. 제가 죽고자 하였으나 모진 목숨이 질겨 죽지 못하고 하릴없이 오랑캐 왕의 왕비가 되었습니다.

부귀하여 나쁠 것은 없으나 중원에 돌아갈 길이 없는 것을 슬퍼하다가 한왕 숙부님께서 병사를 일으켜 군대를 출정하여 명나라를 엿보려 함
31 을 알고 오랑캐 왕을 달래어 거짓 구원병을 일으켜 이곳에 이르렀던 것이나 실은 오랑캐 땅에 다시 돌아갈 뜻이 없습니다. 만일 숙부이신 한왕께서 명나라를 중흥하신다면 저는 당당히 으뜸 공신이 될 것입니다. 그렇게 되면 천하 호걸을 가리어 일생을 함께 하고자 하였는데 지금 그대를 만난 것입니다. 그대의 풍모와 재주는 내가 소원하던 바입니다. 오늘 밤 달이 밝고 바람이 맑으니 좋은 달밤에 가약을 맺고 평생 함께하기를 소원하는 까닭에 그대를 이곳에 오게 하였습니다. 알지 못
32 하겠습니다. 그대가 봉황침 비단요에 안개 이불을 안는 운우(雲雨)의 즐거움[464]을 알 리 있겠습니까?"

옥선의 말이 질탕하고 웃는 얼굴이 교태로 가득한 채 자꾸 자리를 가까이 하여 거의 녹운사의 손을 잡을 만하게 되었다. 녹운사는 비록 천한 시녀였으나 위진군의 높은 교화를 받아 맑고 깨끗한 마음이 찬 서리와 같았다. 음녀의 간사한 태도를 보자 비위가 상하고 뼛속까지 놀라운데 어찌 대화를 나눌 마음이 있겠는가? 몸을 일으키려고 하지도 않았는데 스스로 몸이 일어나지면서 맑은 목소리로 맹렬하게 말하였다.

---

464) 운우(雲雨)의 즐거움 : 남녀가 육체적으로 관계하는 즐거움. 중국 초나라 혜왕(惠王)이 운몽(雲夢)에 있는 고당에 갔을 때에 꿈속에서 무산(巫山)의 신녀(神女)를 만나 즐겼다는 고사에서 유래함. 흔히 '운우지락(雲雨之樂)'이라고 함.

"그대는 성스러운 가르침과 여자의 행실에서 이미 벗어났소. 그런데 갈수록 이와 같이 상식 없고 패륜한 행실을 한단 말이오? 이미 오랑캐 땅에 떨어져 황족의 명예를 더럽히고 금지옥엽(金枝玉葉)의 빛을 감했 33
으니 다시금 염치없다고 책망할 것은 없지만 스스로 황실 가문이라 자부하며 음란함을 자랑하는 것이 부끄럽지 않소? 나는 어려서부터 세상을 벗어났으니 비록 부모가 있어 숙녀가인을 가려 나의 아내로 맞이하게 한다 해도 함께할 뜻이 없소. 고요히 수행하여 숫총각 동자로 늙으려 하는데 어찌 아름다운 여자의 춘심을 받아들일 호기가 있겠소?"

녹운사가 말을 마치고 벌떡 일어났다. 옥선이 낯이 뜨겁고 크게 화가 나서 급히 칼을 빼어 녹운사를 죽이려 하였다. 녹운사가 옥선을 향하여 길게 냉소하고 한 번 가르쳤다. 옥선이 진실로 정대한 기운을 쏘이고 올 34
바른 설법을 듣자 능히 제 재주를 드러내지 못하여 칼을 던지고 자리에 거꾸러져서 정신을 수습하지 못하였다. 녹운사가 돌아가자 여러 오랑캐 여자들이 옥선을 간호하였다. 얼마 후에 옥선이 정신을 차리고는 분하고 노하여 꾸짖으며 말하였다.

"내가 당당히 녹운사 이 사람을 만 조각으로 찢어 죽이리라."

녹운사가 돌아가자 동류인 벽운사 등이 그 연고를 물었다. 녹운사로 가장한 녹란이 편치 않은 안색으로 좌우를 물리치고 벽운사로 가장한 벽완, 화운사로 가장한 화앵, 계운사로 가장한 계앵 등을 보고 옥선에 관한 전말을 이야기하자 화앵 · 계앵 등은 침을 뱉으면서 옥선을 꾸짖기를 마지않았다. 35

다음날 아침에 한나라 병사들이 다시 명진 중에 나와 싸움을 돋우었다. 그러나 명군이 태연히 움직이지 않으며 끝내 동정이 없으니 한나라 병사들은 어쩔 도리가 없었다. 이렇듯 하기를 10여 차례에 미쳤으나 승패를 정하지 못하였다. 한왕은 걱정이 되어 여러 장수들과 더불어 의논하였다. 그러자 옥선이 말하였다.

"이제 대병을 일으켜 적의 영채(營寨)[465]를 빼앗는 것이 상책입니다."

녹운사·벽운사 두 사람이 말하였다.

"왕비마마의 의논이 고명하니 전하는 의심하지 마소서. 신 등이 천기를 살피니 전하의 가득하고 큰 복이 이번 달에 매우 길합니다."

36 한왕이 매우 기뻐하여 군사를 3분대로 나누어 옥선, 옥경이 전군 한 분대가 되고 한왕은 중군이 되고, 녹운사·벽운사 두 사람은 후군이 되고, 화운사·계운사 두 사람은 나머지 군사를 거느려 본진을 지키게 하였다.

이날 밤 삼경(三更)[466]에 군사를 배불리 먹인 뒤 등불과 초롱을 없애고 사람은 나무 막대기를 물리고[467] 말은 재갈을 물리며 깃발은 눕힌 채 가만히 행하여 명진에 이르렀다. 이날 밤 일전에 양진의 승패는 어떻게 되었겠는가?

이때 임원수가 장대에 올랐더니 초국 승상 이철이 아뢰었다.

"신이 지난밤에 천문을 살피는데 적진의 살기가 병영 위에 비쳤으니
37 적이 반드시 영채를 겁략할 기미가 있는 듯합니다."

임원수가 고개를 끄덕이고 이날 명령을 내려 군대를 통솔함에, 성선봉, 목선봉, 좌우익 장하성에게 각각 수천 병씩 거느려 진의 네 문을 지키라

---

465) 영채(營寨) : 군대가 집단적으로 거처하는 집. 병영(兵營) 혹은 병사(兵舍)라고도 함.

466) 삼경(三更) : 밤 11시에서 새벽 1시 사이를 말함.

467) 나무 ~ 물리고 : {함미[銜枚]ᄒᆞ고}. 함매는 군사가 행진할 때에 떠들지 못하도록 군졸들의 입에 나무 막대기를 물리던 일을 말함.

하고, 부원수 주공과 자기는 스스로 대영에 숨었으며, 초국 대장 요섭, 이통 등은 중도에 매복하였다가 돌아오는 길을 끊으라 하고, 초승상 이철로 일만 군을 거느려 한진 본영에 가 이리이리하라 하였다. 모든 장수들이 명령을 듣자 임원수가 다시 임참모와 설선봉을 불러 이리이리하라 약속을 정하였다.

과연 이날 밤 한나라 병사들은 달빛을 띄고 대대의 병사와 말들을 통솔 38
하여 명진 중에 바로 들어서서 크게 호통을 쳤다. 한편 옥선, 옥경도 패도를 비스듬히 차고 살기를 띤 채 바로 진중에 돌입하였다. 그런데 아무도 없기에 계교에 빠진 줄 알고 일시에 외쳤다.

"좋지 않고도 좋지 않다. 우리가 계교에 빠졌다."

한왕이 깜짝 놀라 급히 군대를 퇴각하는데 사방팔방에서 함성이 크게 일어나며 불빛이 맹렬한 곳에서 사방의 복병이 달려 들어오니 아주 빽빽하여 사면이 촘촘한 그물 같았다. 동쪽에서는 좌익 선봉 성공이 천린수은
갑(天鱗水銀甲)을 입고 황금봉시(黃金鳳翅) 투구[468]를 쓰고 눈이 번개 같은 39
청색마를 타고 양 손에는 방천극(方天戟)[469]을 들고 내달으니 불빛 가운데 영웅이 세상을 뒤덮는 듯하였다. 서쪽에서는 우선봉 목순이 백포은갑(白布銀甲)에 은 투구를 쓰고 백색마를 타고 양 손에는 청룡원월도(青龍偃月刀)[470]를 들었으니 풍채가 웅대하고 위엄이 서릿발 같았다.

남쪽에서는 설선봉이 황금봉시(黃金鳳翅) 투구를 쓰고 홍금갑(紅金甲)을 입고 번개 같은 적색마를 타고 양손에는 칠성검(七星劍)을 비스듬히 차고

468) 황금봉시(黃金鳳翅) 투구 : 황금색 쇠에 깃털을 꽂은 투구.
469) 방천극(方天戟) : 언월도(偃月刀)나 창 모양으로 만든 옛날 중국 무기의 하나.
470) 청룡언월도(青龍偃月刀) : 보병이나 기병(騎兵)이 쓰던 긴 칼을 이르던 말. 날은 반달 모양이고, 칼등의 중간에 딴 갈래가 있어서 이중(二重)의 상모를 달도록 구멍이 있으며, 밑은 용의 아가리를 물렸음.

내달으니 불빛 가운데 버들 같은 풍채와 꽃 같은 용모 그리고 늠름하고
40 힘찬 풍채가 더욱 시원스러웠다. 옥선, 옥경은 분명 죽었다던 설선봉이
다시 나오는 것을 보고 기운이 막혀 기절할 듯 의아하고 당황스러워 하면
서 필경 그 혼령이 나타난 것인가 하며 놀라고 당황해서 얼굴빛이 창백해
진 채 미처 그 전말을 분별하지 못하였다.

북쪽에서는 진남장군 하성이 흑포금갑(黑布金甲)에 금 투구를 쓰고 만
리를 달리는 흑색마를 타고 삼지창을 들고 용맹한 병장을 거느렸으니 위
엄이 서릿발 같았다. 한왕과 그 병사들이 혼이 몸에서 빠져나가는 듯하여
사방으로 흩어지니 스스로 짓밟혀 죽는 자가 그 수를 셀 수 없었고 어지
러운 화살과 돌 아래 죽는 자가 억만 명이었다. 대영 안으로부터 한 방의
41 대포소리가 천지를 뒤흔들면서 임원수가 창을 들고 말을 타고 나왔고 임
참모도 뛰어난 풍채로 갑옷을 선명히 입고 검을 들고 말을 타고 나와 크
게 호령하며 말하였다.

"눈이 없는 미친 적은 사방의 빽빽한 군사들을 돌아보라. 너희 반란군
의 무리가 능히 이곳을 벗어날 수 있겠느냐? 오늘 밤 당당히 하늘의 뜻
을 거스르는 반란군과 윤리도덕을 어지럽히는 패륜한 음녀를 잡아 함
양시(咸陽市)[471]에서 목을 베고 수족이 모두 몸에서 떨어진 채 죽게 하
여 천하 후세의 반란하는 역신과 패륜한 음녀를 경계하리라."

기이하게 빼어난 풍채와 아름다운 음성이 웅건하고 청고하여 임참모
를 잊지 못하는 음녀에게는 원망하는 마음이 높아졌다. 한왕은 임원수를
42 보자 분기가 가득하여 이를 갈았고 옥선은 임참모를 한 번 보자 반갑고도

471) 함양시(咸陽市) : 중국 섬서성(陝西省) 중앙부, 위수(渭水) 강의 북쪽 연안에 있는 도시. 전국 시대 진(秦)나라의 도읍이었음. 교통의 요지로 곡물, 면화 따위의 집산지임.

분하여 칼을 휘두르며 내달아 말하였다.

"창홍이 너 적장아, 네가 능히 나를 알겠느냐? 너의 아름다운 얼굴을 사모하여 미친 계집이 되어 너를 좇기에 불이 날 지경이었는데 그렇듯 무정한 사람이 어디 있겠느냐? 네가 단일 전일을 뉘우치고 나와 더불어 화락한다면 우리가 힘을 합쳐 대명을 섬멸하고 일등 공신으로 부귀를 누릴 것이고 네가 마침내 고집을 버리지 못한다면 내 칼 아래 놀란 혼백이 되리라."

옥선이 독한 소리로 "이 원수, 원수야" 말하면서 달려들었다. 임참모가 43
옥선인 것을 알고 분한 마음이 크게 일어나 큰 칼을 들어 막으며 싸웠다. 옥선이 비록 입으로는 독한 말을 하였지만 임참모의 빼어난 얼굴과 풍채를 정신없이 바라보며 감히 해치지 못하였다. 싸우기를 4~5합에 못 미쳐 임참모가 긴 팔을 늘려 옥선을 산 채로 잡았다. 옥선이 매우 놀라 급히 도망하고자 하였으나 참모가 요술을 제어하는 부적을 정수리 뒤에 붙이고 쇠사슬로 목과 발목을 묶어 군사에게 맡기니 옥선이 "애고애고" 소리를 내면서 울 뿐이었다.

옥경은 설선봉를 만나자 반가운 마음에 곧 몸을 안고 뒹굴고자 하니 44
어찌 싸울 의사가 있겠는가? 게으르게 칼을 들고 대적하다가 옥선이 임참모에게 잡히고 낭자군 만여 명과 한병이 다 함몰하는 것을 보고는 어쩔 수 없이 한왕을 보호하여 달아났다. 이에 설선봉이 모든 장수들을 거느리고 쫓아왔다. 옥경이 급히 진으로 돌아오니 두 도인이 나와서 길을 막으며 말하였다.

"오늘날 한왕 부녀(父女)를 잡아 임원수에게 바치겠다."

옥경이 놀라서 보니 녹운사와 벽운사였다. 옥경이 매우 노하여 말하였다.

"너희들이 이런 일을 행하다니 어찌된 일이냐?"

녹운사 등이 크게 웃으며 말하였다.

45 "한왕은 실로 미련한 사람이로구나. 우리는 임원수의 명을 받고 여기에 와서 오늘을 기다렸다."

하고는 녹운사 등이 한왕과 옥경 등을 시살하고자 하자 한왕 부녀가 죽도록 싸우다가 겨우 틈을 타 달아났다. 녹운사 등이 구태여 뒤따르지 않고 군기와 마필과 나머지 병사들을 가졌다.

한왕 부녀가 숨을 쉬고 보니 8조 7억 6백만 병의 융국 병사가 다 함몰하고 겨우 9백여 명이 따르고 있을 뿐이었다. 본진에 돌아와 문을 열라 하자, 성 위에서부터 초국의 깃발이 촘촘하게 늘어서 있고 승상 이철이 여러 장수들을 거느리고 화살과 돌을 쏘면서 말하였다.

46 "눈 먼 한왕은 보지 못했느냐? 우리가 임원수의 명을 받아 이미 성을 지키고 있었다."

한왕 부녀가 놀라고 두려워 허둥지둥 하면서 황급히 말을 돌이켜 달아났다. 10여 리를 가서 한 곳에 이르니 좌우에 산골짜기가 험준하기에 말에서 내려 쉬며 군사들로 민간의 양식을 노략질하여 밥을 짓게 하였다. 부녀가 서로 말하였다.

"임희린이 비록 용병술이 귀신같다 하나 쓸모없고 보잘것없는 사내로구나. 만일 이곳에 군사를 매복하였다면 우리를 다 독 안의 쥐 잡듯 할 것이니 우리가 어찌 살기를 바라겠느냐? 우리의 명은 하늘이 내리신 것이니 염려없다."

47 이렇듯 자기들끼리 옳다고 떠들더니 말이 채 끝나지 못하여 문득 전후

에서 함성이 크게 일어나며 두 장수가 요술을 제어하는 부적을 칼끝에 달고 휘두르면서 공격해 오니 9백 명 군사가 씨도 없이 죽는 것이었다. 한왕 부녀가 황급하고 초조하게 살피니 위수대장은 노섭 이통이기에 요술을 시험할 길도 없고 무예로 싸울 길도 없었다. 이에 한왕 부녀가 서로 손을 잡고 통곡하며 곧바로 자기 목을 찔러 죽고자 하였다. 그런데 문득 공중에서부터 한 떼의 구름이 자욱해지면서 한 여승이 내려와 두 사람을 급히 구름 위로 올리니 이는 바로 능운이었다. 한왕 부녀가 매우 기뻐하며 말하였다.

"우리 보살님은 어디에서 오셨습니까?'

귓가에 바람 소리만 맑고 낭랑하게 들려오는데 어느덧 한 곳에 다다르 48
니 바로 한나라 정전이었다. 나라 안의 남녀가 놀라지 않는 사람이 없었다. 한왕 부녀가 정신을 차리자 능운을 붙잡고 울며 병사들이 격파되던 사정을 낱낱이 말하였다. 능운은 눈물을 비 오듯 흘리며 묘월을 찾아다녀도 만나지 못했던 일을 말하면서 한왕 부녀를 위로하였다.

차설(且說). 임원수가 이날 밤에 한바탕 싸움에서 크게 이기고 장대에 오르자 부원수 이하 모든 장수와 군졸들이 자신들이 이룬 공을 아뢰었다. 임원수가 낱낱이 군정사에 기록하고 쇠고기와 술을 갖추어 삼군이 즐기
는 가운데 한나라와 내통했던 정탐꾼 10명의 머리가 벌써 깃대에 달려 49
있었다. 임원수가 명을 내려 사로잡은 군사 5백여 명에게 술과 밥을 먹여 은혜롭게 보내자 모든 군사들이 은혜에 감격하여 돌아갔다. 한편 무사가 옥선을 잡아 장대 아래에 꿇리자 임참모가 칼을 빼서 즉시 죽이고자 하였다. 그러나 임원수가 말리면서 말하였다.

"이 여자의 죄상은 이루 다 기록하지 못하리니 아직 죽이지 말고 함거

(檻車)[472]에 실어 경성에 가서 죽게 하여라."

그러고는 군사로 하여금 옥선을 꽁꽁 결박하여 묘월과 같은 데 두고 하루에 한 번씩 밥을 주었다. 만일 먹지 않으면 모든 군사들이 제치고 입을
50 억지로 벌려 밥을 퍼 넣으니 두 요인이 스스로 죽고자 해도 마음대로 못하였다.

이때 능운은 스승인 묘월의 거처를 몰라 즉시 몸을 솟구쳐 명진 근처에 이르러 작은 새로 변신하여 날아 들어가니 경계가 삼엄하였다. 마음이 두렵고 떨려 다시 파리로 변한 뒤 날아 곧바로 대군영 안에 이르렀다. 임원수는 순금으로 된 의자에 당건을 쓰고 흑의(黑衣)을 입고 안침에 비스듬히 기대 있고 부원수 이하로 모든 장수들은 군복을 가지런히 입고 허리 아래 활과 화살을 차고 손에는 칼과 창을 잡고 모시고 서 있으니 그 위의가 거
51 룩하였다. 능운이 감히 그 곳에 머물지 못하고 진영 안으로 들어가 소식을 탐지하였다.

그런데 문득 힘없고 하찮은 병졸이 두 그릇 밥과 두 접시 찬물을 가지고 후영 중으로 가는 게 보였다. 능운이 따라가 보니 과연 후영에서 함거를 열고 두 명의 죄인에게 그것을 먹이고 있었다. 자세히 살펴보니 한 명은 옥선이고 한 명은 묘월이었다. 몸에 쇠사슬로 목과 발목이 묶여 있고 정수리 뒤에는 푸른 용 같은 부적이 붙어 있어 곧고 바른 기운이 당당하였으니 이른바 "사악한 것이 올바른 것을 침범할 수 없다."[473]는 형국이었다.

능운이 이 광경을 한 번 보자 천지가 아득해지면서 크게 한 소리를 지

---

472) 함거(檻車) : 죄인을 싣는 수레.

473) 사악한 ~ 없다 : {사불범정[邪不犯正]}. 바르지 못하고 요사스러운 것이 올바른 것을 침범하지 못한다는 뜻으로, 곧 정의가 반드시 이김을 이르는 말.

르고 공중에서 떨어졌다. 모든 병사들이 각각 점심을 먹다가 뜻하지 않게
공중에서 괴이한 소리가 나면서 사람이 떨어지는 것을 보고 대경실색하 52
여 급히 그 사람을 잡으려 하였다. 능운이 재빨리 파랑새로 변하여 공중
으로 날아 달아나자 모든 병졸들이 재빨리 임원수에게 아뢰었다. 임원수
가 목선봉에게 따라가 잡으라고 하면서 반드시 잡아줄 사람이 있을 것이
라 하였다. 목선봉이 군사를 거느리고 오호궁(烏號弓)[474]에 금비전(金飛
箭)[475]을 당겨 파랑새를 쫓아갔다. 20리쯤 가자 문득 길이 없고 큰 바다
가 가로 막혀 있으니 나아갈 수 없었고 파랑새를 향해 어지럽게 화살을
쏘았으나 맞지 않고 새는 점점 멀어져 갔다. 마음이 급하여 어찌할 줄 모 53
르더니 문득 바다 위로부터 한 척의 작은 배가 떠오면서 한 명의 도동이
흑사건(黑紗巾)을 쓰고 몸에 운무의(雲霧衣)를 입고 나아왔다. 목선봉이 말
하였다.

"거기 배를 빨리 이곳에 대시오"

도동이 형산의 백옥을 파리채로 두드리는 소리로 말하였다.

"우리도 스승의 명을 받아 요승을 잡고자 왔으니 장군은 잠깐 기다리시오."

말을 마치자 배 안에서 빠른 화살이 별같이 날아가서 파랑새를 맞춰 물
가운데 떨어뜨리자 공중에서 한 줄기 오색구름이 일어나면서 누군가가
한 길 붉은 동아줄을 던져 파랑새를 결박하여 해변에 내리쳤다. 목선봉 54
이 기뻐하며 군사로 하여금 그 새를 잡게 하서 돌아왔다.

원래 요인을 쏘아 사로잡은 사람은 다른 사람이 아니었다. 이때 설소

474) 오호궁(烏號弓) : 중국 고대의 뽕나무가지로 만들었다는 질 좋은 이름난 활.

475) 금비전(金飛箭) : 사냥 전용 화살. 화살대는 대나무로 길게 만들고, 화살촉은 비교적 얇고 넓게 하여 금을 박아 넣었음. 대부분 제왕(帝王)이 사용함.

저가 매환관과 주씨 등과 함께 고요히 앉아 있었는데 공중에서 검은 안개가 자욱해지면서 새가 슬피 울고 지나갔다. 설소저는 짐승 소리를 아는 능력이 있었다. 그 새소리를 들으니 처량한 소리로 다음과 같이 말하는 것이었다.

"내 사부님께서 간 곳을 몰라 온 사방팔방을 돌아다니며 헛수고만 하였더니 어찌 원수 놈의 군중에 잡혀간 줄 알았겠는가? 내가 죽기 전에
55 는 당당히 임씨, 설씨 두 가문을 섬멸하고 사부님을 구하여야겠다."

목소리에 살기가 도도하니 설소저가 이는 분명 요인이 변신한 것인 줄 알고 쌍연으로 하여금 목선봉의 외치는 소리에 응하여 화살 하나를 쏘아 새를 맞히게 하고 다시 선술(仙術)로 보요삭(捕妖索)[476]을 던져 요물을 묶어 강변에 던졌다. 목선봉은 요물이 잡히자 매우 기뻐하며 그 도인의 성명을 물었다. 그 도인이 웃고 말하였다.

"저는 천하에 집 없는 떠돌이입니다. 일찍이 성명이 없으니 구태여 알려 마십시오."

말을 끝내자마자 간 바를 모르게 사라졌다. 목선봉이 다시 묻지 못하
56 고 본진에 돌아오니 날이 이미 황혼에 이르렀다. 능운을 매어 장대 앞으로 가자 임원수가 부적을 요물의 정수리 뒤에 붙이라고 명하였는데, 불과 한 줌이 못 되던 새가 본래의 모습인 여승으로 변하였다. 이에 목과 발에 쇠사슬을 채워 함거(檻車)에 가두고 묘월, 옥선과 한곳에 두었다.

차설(且說). 한왕이 능운마저 잃고 속수무책이라 성문을 닫고 나오지 않자 명진의 여러 장수들이 성을 뚫고자 하였다. 임원수가 말하였다.

"불가하다."

---

476) 보요삭(捕妖索) : 요괴를 잡는 동아줄.

그러고는 명령을 내리기를 장선봉, 성선봉, 목선봉으로 각각 1천 군사
를 거느려서 동쪽, 서쪽 남쪽 3문을 둘러싼 채 구태여 싸우지는 말고 밤
낮으로 고각(鼓角) 소리와 함성 소리를 그치지 말고 성 안을 소요케만 하 57
면 인민들이 스스로 겁을 먹어 3일 안에 한왕을 스스로 결박하여 올 것이
라 하였다. 세 장수가 명을 듣고 물러나자 다시 설선봉을 불러 말하였다.

"너는 1천 명의 정예병을 거느려 북문으로 가 네 성명을 말하여 성 안에서 듣게 하여라. 네가 싸움을 돋우면 반드시 여자 장수가 나올 것이다. 이는 너의 백년 원수이니 조심하여 놓치지 마라."

설선봉이 명을 듣고는 갑옷을 입고 말에 올라 오른손에 용천검(龍泉
劍)[477]을 들고 왼손에 긴 창을 들고 1천 명의 날랜 기마병을 몰아 한나라
도성 북문 밖에 이르러 크게 외쳤다. 58

"한왕은 빨리 나와 천조 선봉 설희광의 칼 아래 놀란 혼백이 되어라."

한왕이 분기탱천하여 좌우 신하들을 돌아보니 문무 신료가 나아가 싸우고자 하여도 사방에서 고각 소리가 하늘에 진동하니 누가 능히 나가겠는가? 모두 한왕에게 항복하기를 권하였다. 그러나 옥경은 설선봉이 도전하는 것을 보고는 갑옷을 입고 말에 오르며 말하였다.

"부왕(父王)은 근심 마십시오. 오늘 제가 백년 원수와 사생결단을 내겠습니다."

옥선이 칼을 두르고 북문을 크게 열고 내달아 외쳐 말하였다.

"설선봉은 그간 평안하셨으며 나를 알겠소? 나는 다른 사람이 아니라 59
월환(月環)을 그대 소매에 던졌던 옥경군주이오. 그대를 향한 마음이
망부석이라도 되고자 하여 사모하는 마음 하나로 미칠 듯하였으나 그

---

477) 용천검(龍泉劍) : 옛날 중국의 장수들이 쓰던 보검(寶劍).

대 부친이 나를 용납하지 않으므로 계교를 내어 회왕의 딸이라 하여 그대와 혼인하였소. 그러나 원수같이 흉한 병을 얻어 그대와 더불어 운우의 즐김을 다하지 못하였으니 아녀자의 마음이 오죽 원통하겠소? 이제는 괴질이 없으니 그대가 나와 더불어 백년을 화락한다면 내가 부왕을 설득하여 그대를 귀항하게 할 것이니 그대는 나로 하여금 한 여름에

60 서리가 내리게 하는 원통함을 끼치지 마시오."

그런 후 옥 같은 얼굴에 진주 같은 눈물이 장마 비같이 쏟아지고 한숨이 구시월의 쓸쓸한 바람 불듯 하니 그 태도가 애처롭고 아리따웠다. 그러나 설선봉은 두 눈을 부릅뜨고 꾸짖어 말하였다.

"요악한 패륜녀가 갈수록 방자하여 흉악한 것이 미치지 않은 곳이 없는데 또 누구를 망하게 하고자 하느냐?"

옥경이 간사하게 웃으며 교태를 지어 말하였다.

"그대는 매몰차고 사리를 모르시는구려. 내가 무엇이 흉악하오? 지금껏 앵혈(鶯血)이 분명히 있으니 그대를 배신한 일이 없소. 그런데 어찌 이유 없이 나를 거절코자 하오?"

61 설선봉이 매우 노하여 창을 휘두르며 달려들자 옥경 또한 칼을 들어 막으며 싸웠다. 그러나 옥경은 설선봉의 아름다운 얼굴을 바라보고 넋이 나가 요술을 행할 뜻도 없이 오는 창을 가로막으면서 웃음 반 탄식 반으로 다만 이렇게 말할 뿐이었다.

"그대는 노를 그치시오. 저는 죽으나 사나 그대에게 속한 사람이니 노를 그치시오."

옥경이 이렇게 애걸하자 설선봉은 더욱 분노하여 3합이 못 되어 크게 한 소리를 지르고 창을 들어 옥경의 가슴을 질렀다. 옥경이 "애고" 한 소

리에 말 아래로 떨어지자 설선봉이 다시 용천검을 날려 옥경의 머리를 베
니 슬픈 혼백이 하늘에서 구슬피 울었다. 설선봉이 옥경의 머리를 칼끝 62
에 꿰어 들고 소리를 벽력같이 지르자 한나라 성 안이 물 끓듯 하여 한나
라의 왕비는 자결하고 세자와 군주는 놀라서 죽었다. 한나라 신료와 백성
들이 살기를 도모하여 일시에 달려들어 한왕을 결박하여 나왔다. 설선봉
이 기뻐하며 성 안에 들어서자 3문을 에워쌌던 장졸들이 일시에 들어왔
다. 이 소식을 즉시 임원수에게 보고하니 임원수가 기뻐하며 대소 장졸들
을 거느리고 한나라에 들어왔다. 한왕을 함거에 넣어 경성으로 올리도록
하고 놀라 죽은 시체들은 다 염한 뒤 장사지내게 하여 백성을 안심시키며
위로하니 신료와 백성들이 임원수의 밝은 교화를 받아 가장 어진 백성이 63
되었다.

이어 임원수가 대병을 경성으로 돌이키자, 부운사 · 화운사 · 계운사 · 녹운사 · 벽운사 등이 하직을 고하였다. 초왕인 임원수가 흔쾌히 허락하여 이별하고 난 뒤 가만히 심복 군관 한복으로 하여금 이들에게 밀서를 보내게 하는 한편, 수레를 갖추어 이들을 자신 군대의 뒤 행렬에 따라오게끔 하여 날짜를 기약하고 본부 왕궁으로 모시라 하였다. 한복이 괴이하게 여겼으나 감히 다시 묻지 못하고 명령을 따라 급히 부운사를 좇아가 임원수의 서간을 올렸다.

임소저가 배로 돌아와 설소저를 반기며 그 사이 전쟁이 끝나게 된 이야
기를 전하였다. 두 소저와 그 외 아홉 사람은 한가지로 배에서 내려 행장 64
(行裝)을 수습하고 넌지시 임원수의 행렬을 뒤좇아 따라가려 하였다. 그런
데 문득 임원수의 하관인 한복이 수십 사람을 거느리고 찾아 이르러 서간
을 올렸다. 그 글은 다음과 같았다.

마음속 깊은 생각과 근본을 말하지 않으나 한 쌍 눈동자가 병들지 않았으니 어찌 한 집에 살며 내가 늘 사랑하고 보살피던 아름다운 내 조카 임월혜를 알지 못하겠느냐? 내가 이미 밝게 알고 있으니 너희들은 내가 보내는 하관을 좇아 한가지로 빨리 경성에 있는 본부로 돌아가라.

65 한복이 한 대의 편안한 수레와 여러 필의 나귀를 대령하였으니 두 소저가 이것을 보고 백부인 임원수가 신명하고 통달한 것이 천리안을 가진 원천강(袁天綱),[478] 이순풍(李淳風)[479]과 흡사한 것에 감복하였다. 이에 수레에 올라 출발하는데 설소저, 임소저 두 소저는 한 수레에 오르고 주씨 등 다른 사람들은 다 나귀를 타고 갔다. 한복이 호위하고 행하였는데, 대군의 행차와 4~5리의 간격을 두고 떨어져서 갔다.

이때 임원수가 한나라 신료 중 어진 자로 하여금 한나라의 수도를 지키게 하고 초국 신료들과 백성들을 총총히 위로하고 먼저 승전보를 용전에 올린 뒤 밤낮으로 하루에 이틀거리를 행군하여 1달여 만에 비로소 대군
66 이 경성에 이르렀다. 알지 못하겠구나, 그 사이 임상부에서는 괴상한 변란이 어느 곳에까지 미쳤을까?

화설(話說). 임씨 집안에서는 왕의 부자가 출정한 후로 태부인으로부터 집 안팎의 모든 사람들이 근심 걱정으로 이마를 펴지 못하였다. 밤낮으로 천지신령에게 기도하며 초왕 부자가 무사히 돌아오기를 축원하였다. 그

---

478) 원천강(袁天綱) : 당(唐)나라 태종(太宗) 때의 역술 대가. 관상술에 정통하여 태종(太宗)의 신망을 얻었으며 역학을 체계적으로 정리함.

479) 이순풍(李淳風) : 당(唐)나라 태종(太宗) 때의 역학 대가. 역학뿐만 아니라 천문 지리 역법(曆法) 복서(卜筮) 등에 모두 정통(精通)하였음. 태사국(太史局)에 있으면서 혼천의(渾天儀)를 만들어 일월성신(日月星辰)의 운행을 관측하여 당시에 사용하던 력(曆)이 천지의 운행도수(運行度數)와 부합하고 있는지를 확인함.

런데 4~5개월 후에 요사스런 자가 흉한 변란을 일으켜 군신 사이를 이간질하였다. 그러나 다행히 황제의 어질고 성스러우며 영특하신 은택을 입어 가문 전체가 반석 같고 황제의 은혜로운 보살핌은 날로 빛났다. 일가 전체가 황제의 은혜를 감축하며 초왕 일형이 얼른 성공하여 돌아오기를 더욱 바랐다. 67

그런데 이 가운데 재홍, 천홍 두 공자와 소소저, 성소저 두 소저의 삼생(三生)의 원수가 있어 공연히 원수 지은 바 없이 군자숙녀의 평생을 휘저으려 하였다. 이때 곽교란이 학사 임천홍의 타고난 아름다운 풍채를 본 후 자나 깨나 잊지 못하게 되었다. 이에 곽귀인을 부추겨 천방백계로 임천홍과의 인연을 도모하고자 하였다. 그러나 본래 곽귀인이 어리석고 아둔하기는 하나 간교하고 사악하지는 않았다. 그렇기에 사리로 곽교란을 타일렀다.

"임학사는 효장공주의 아들이요, 풍모와 재주가 고금에 독보하는데 어찌 우리와 결혼하겠느냐? 이룰 수 없는 일이다."

곽교란이 마음에 울화병이 크게 일어나 잠자고 먹는 것을 다 그만두고 68
침상 위에 누워 위독하게 되었다. 부모가 속을 태우며 근심하여 매파를 임상부에 보내 청혼하였다. 그러나 임상부에서 허락하지 않자 곽공 부녀가 분노하여 묘한 계책을 생각하였는데 마침 일이 공교롭게 되었다. 유유상종이라 세상의 보배로운 사물들끼리 함께 있을수록 더욱 떳떳하기에 주문갑제(朱門甲第)[480]가 별처럼 펼쳐져 있었다. 그런데 그 한 가운데 임상부와 초왕궁과 효장궁은 지붕이 접해 있고 담이 이어져 있었으며 곽씨

480) 주문갑제(朱門甲第) : 붉은 대문을 단, 크게 잘 지은 집이란 뜻으로, 높은 벼슬아치가 사는 집을 이르는 말.

부중은 왕궁 뒤에 있었다.

이때 남연랑[481]이 한림 재홍의 아름다운 풍채를 잊지 못해 부디 임재홍과 소소저의 오랜 인연을 휘저으려고 묘월이 준 묘법환술이 적힌 책을
69 교묘히 배워 임상부에 나아가 소씨의 혼인을 휘저으려 하였다. 그러나 임초왕의 선견지명으로 일이 다 들통나 실패한 채 황급히 돌아왔으나 어찌 그 마음을 억누르겠는가? 임초왕 부자가 출전했다는 소문을 듣고 때를 타 이후 날마다 밤이면 몸을 바꿔 초왕궁과 효장궁 근처를 빈번히 돌며 먼저 소소저를 없앤 뒤 자신의 앞길을 도모하고자 하였다. 때론 나는 새가 되기도 하고 때론 파리가 되기도 하여 임상부와 초왕궁과 효장궁에 들어가 혹 벽에 붙고 혹 대들보에 붙어 집안의 여러 건물들을 살폈다.

70 하루는 남연랑이 효장궁에 들어가니 효장공주가 마침 몸이 불편하여 정전과 난간에 불을 환히 밝힌 채 궁녀들은 바쁘게 왕래하고 여러 소년 공자들은 약시중을 들면서 모시고 있었다. 여러 공자들의 빼어난 용모와 풍채는 반악(潘岳)[482]이 세상에 다시 태어난 것과 같았다. 요사스럽고 사악한 남연랑이 가만히 칭찬하면서 괴롭게 벽 사이에 붙어 있었다. 그런데 야심하자 몸이 피곤한데다가 여러 사람들의 정대하고 공명한 기운을 오래 쏘인지라 오래 견딜 수가 없었다. 날개를 퍼덕이며 천천히 나오자 다른 사람들은 다 무심하였으나 홀로 세홍 공자만은 나이가 6세라도 눈이 밝고 면밀하였다. 우연히 눈을 들어 보다가 말하였다.

71 "지금은 겨울인데 파리가 어찌 있습니까? 혹 있다 할지라도 벽 사이나

481) 남연랑 : {남시 취봉}. 이 부분 외에는 앞뒤로 '남시 연낭'으로 되어 있기에 통일성을 기하기 위해 이와 같이 옮김.

482) 반악(潘岳) : 중국 고대의 미남자. 중국 서진(西晉)의 문인. 하남성(河南省) 영양(滎陽) 출생. 어릴 때부터 신동이라 불렸고, 또 미남이었다고 함. 용모가 아름다워 그가 젊었을 때 낙양의 길에 나타나면 여자들이 몰려와 그를 향해 귤을 던졌다는 고사가 있음. 미남의 대명사로 씀.

들보에 붙어 있을 것인데 깊은 밤에 생기가 가득하여 날아다니니 제가 잡아보겠습니다."

그러고는 파리채를 들어 치니 남연랑이 매우 놀랐을 뿐만 아니라 어깨를 몹시 맞아 아픔을 견디지 못하여 급히 솟아올라 뒷담을 넘어 담 위에 올라가서 바라보았다. 그곳은 바로 곽씨 부중의 후원으로 곽교란의 침소 근처였다.

이때 곽교란이 병세가 위중하여 시녀들이 간호하느라 불을 끄지 않고
있었다. 남연랑이 멀리 불 그림자가 사창에 비치는 것을 보고 속으로 생 72
각했다.

"이 집은 임상부도 아니요, 초왕궁도 아니니 어떤 재상의 집인가? 이미 야심하였는데 불을 그저 켜고 있으니 분명 무슨 사연이 있는가 보다."

그렇게 생각하고는 남연랑이 나아가 창 아래에서 몰래 살펴보니 방 안에 진열해 놓은 물건들이 극히 정결하고 사치스러웠다. 옥으로 된 침상 위에 비단 요와 꽃을 수놓은 이불을 깔아놓았는데 한 명의 아름다운 여자가 머리를 흐트러뜨린 채 아미에 온갖 근심을 띠고 침상 사이에서 신음하는 소리가 작게 들렸다. 장막 뒤에 있던 시녀들은 다 잠들고 한 명의 시녀가 곁에서 모시고 있다가 문득 미음을 가지고 와 소저에게 권하며 그 여자에게 말하였다.

"소저는 너무 번뇌하지 마십시오. 대감어르신과 마님께서 근심하시면 73
서 오늘도 곽귀인께 힘을 다해 주선해 달라고 청하였으니 설마 혼사가
이루어지지 않겠습니까?"

그 여자가 슬퍼 깊이 탄식하며 말하였다.

"내가 진실로 임낭군의 배필이 되지 못하면 14세 청춘이 속절없이 지

하의 원귀가 될 따름이다. 부모님과 곽귀인께선들 어찌 나를 사랑하시지 않으시겠느냐마는 임씨 가문의 부자조손(父子祖孫)의 괴벽한 성질과 고집이 남다르고 기개와 절조가 유명하여 황제도 꺼리시는 바이요, 또 효장궁주가 몹시 예의를 중시한다 하니 어찌 도모하기가 쉽겠느냐? 내
74 가 실로 잊고자 하여도 임낭군의 한없이 곱고 기특한 풍채와 용모를
잊기 어려우니 임낭군은 나와 삼생의 원수인가 보다."

말을 마치자 눈물이 비 오듯 흘러내려 꽃 같은 뺨을 적시고 손으로 가슴을 어루만지며 기운이 막힐 듯하였다. 시녀가 거듭 위로하였다.

남연랑은 이 말을 다 듣고 반드시 특별한 사연이 있으리라 생각하였다. 또 그 여자의 말 중에 귀인마마를 일컬은 부분이 있으니 권문세족인 줄을 깨닫고 그 일의 근본을 자세히 안 후 깊이 사귀어 그 가운데서 자기 앞길도 도모하려고 하였다. 이에 급히 집으로 돌아와 그 날 밤은 태연히 자고
75 다음 날 어사 부부를 뵙고 슬하에서 모시고 한담하다가 문득 어사 부부에
게 물어보았다.

"듣자오니 귀인 곽씨가 인종황제(仁宗皇帝) 후궁이요, 그 부모가 모두 살아 계시다 하던데 그 집이 어디입니까?"

어사가 말하였다.

"취별산 임초왕 집 근처이다. 알아서 무엇 하려 하느냐?"

요사한 남연랑이 말하였다.

"구태여 알고자 할 일이 있겠습니까마는 곽귀인에게 아우가 있는데 이제 한창 시집 갈 나이[483]에 이르렀다고 들었습니다."

483) 한참 ~ 나이 : {도요지년(桃夭之年)}. 도요는 『시경(詩經)』「국풍(國風)」편에 〈도요(桃夭)〉란 시에서 나오는 구절임. 복숭아나무가 한껏 물이 올라 싱싱함을 표현한 말로 시집갈 때가 된 아름다운 아가씨를 비유한 것임.

어사가 이 말을 듣고 행여 환옥과 혼인시키려 하고자 하는 것인가 하여 대답하였다.

“곽씨가 있다는 말을 들었으나 곽공이 온갖 곳에서 청혼하는 것을 핑계를 대고 거절하고 효장궁 임천홍을 마음에 두고 있다 하더구나.” 76

남연랑이 이 말을 듣자 자세한 내막을 들을 만큼 들었기에 물러났다. 남연랑이 무슨 요사한 변란을 일으키는지 다음 회를 보라.

임 씨 삼 대 록

24권

1 차설(且說). 남연랑은 부모님 처소에서 물러나와 그 날 밤 유모와 시비
가 잠든 후 변신하여 바로 곽씨 집안에 있는 곽교란의 침소로 나아갔다.
어제처럼 밝은 촛불 아래 주인과 시녀가 한담하고 있기에 남연랑은 본래
의 모습으로 되돌아가 방 안으로 들어갔다. 곽교란이 갑자기 화려하게 화
장하고 아름다운 옷을 입은, 단장이 사치스럽고 용모가 미려한 미인이 뜻
밖에 들어와 앉는 것을 보고 깜짝 놀라 물었다.

"낭자와 조금도 친분이 없는데 깊은 밤에 자취도 없이 이른 것은 어찌 된 일입니까?"

남연랑이 미소 짓고 사죄하며 말하였다.

2 "소저는 놀라지 마십시오. 저는 천한 아랫것이 아니라 남어사의 딸로,
깊은 밤에 여기에 온 것은 평범한 일이 아닙니다. 제가 비록 아녀자이
나 진평(陳平)[484]의 지혜와 제갈공명의 슬기가 있고 위로 천문을 통달
하고 아래로 지리를 잘 알아 풍운과 뇌우(雷雨)의 신비로운 변화를 아는
기술이 있으나 지금까지 지기(知己)를 만나지 못하였습니다. 그윽이 들
으니 소저께서 좋은 누각의 아름다운 당에 거처하는 재상의 귀한 소저
이나 뜻을 이루지 못하시어 마음의 근심이 되었다 하시기에 제가 듣고
마음을 서로 확인하고 교우를 맺어 슬픔과 즐거움을 한가지로 하고자
3 합니다. 소식을 전하거나 서간으로 통할 길이 없기에 제가 자취를 가
만히 숨겨 깊은 밤에 이르렀습니다. 소저는 제가 은밀하게 온 것을 괴
이하게 여기지 마시고 또 의심하지도 마십시오."

곽교란은 남연랑의 내력을 자세히 알게 되자 근본이 선비 가문의 규수

484) 진평(陳平) : 한(漢) 고조(高祖)의 신하. 처음에는 항우(項羽)를 따랐으나 후에 유방(劉邦)[고조]을 섬겨 한(漢)나라 통일에 공을 세우고 천하를 평정함에 고조를 도와 여섯 번 계책을 냄.

인 사람이 신기한 재주까지 있는 것에 기뻐하며 급히 이불을 밀치고 침상에서 내려와 사례하여 말하였다.

"소저는 제 무례함을 관대히 용서하시고 오늘 이 시간부터는 생사를 함께 하는 벗이 되어 살아있는 동안에 서로 저버리지 마십시다."

남연랑이 겸손하게 감사함을 표시하고는 서로 절친한 친구로 사귀게 되었기에 속마음을 숨길 것이 없었다. 잡다한 이야기들이 끝나고 고요해지자 남연랑이 물었다.

"소저의 마음 깊은 곳 뜻은 제가 거의 짐작하니 소저는 숨기지 마십시 4
오."

곽교란이 이 말에 이르러서는 그래도 조금의 염치는 있어 얼굴이 잔뜩 붉어지면서 쉽게 대답하지 못하였다. 남연랑이 크게 웃으며 말하여 말하였다.

"천지가 만들어진 이래로 남녀가 유별하니 부부 간의 즐거움은 인지상정이요, 남녀 간의 욕정도 한가지입니다. 현명한 신하는 훌륭한 임금을 선택하고 현명한 새는 좋은 나무를 가린다 하니,485) 여자가 지아비를 따르는 도리도 이와 같습니다. 저는 세속 여자가 거짓으로 예의만 차려 혹 배필을 그릇 만나는 것을 가석하게 여깁니다. 어찌 소소한 예절 때문에 종신의 대사를 그르치겠습니까? 제가 이미 소저의 내력을
다 알았으니 다시 숨길 것이 없습니다." 5

485) 현명한 ~ 하니 : {현신턱군[賢臣擇君]이오 현됴턱목[賢鳥擇木]이니}. 『춘추좌씨전(春秋左氏傳)』 「애공(哀公)」 11년조에 나오는 말로, 현명한 사람은 자기 재능을 키워줄 훌륭한 사람을 잘 택하여 섬긴다는 뜻. 공자가 천하를 돌아다니며 치국의 도를 유세하기 위해 위(衛)나라에 갔을 때 공문자(孔文子)가 대숙질(大叔疾)을 공격하는 일로 공자에게 상의하자, 공자는 자신이 전쟁에 대해 전혀 아는 바가 없다고 말하고는 그 자리에서 물러나와 제자에게 서둘러 수레에 말을 매라고 하였음. 제자가 그 까닭을 묻자 공자는 "좋은 새는 나무를 가려서 둥지를 튼다고 했다. 현명한 신하는 훌륭한 군주를 섬겨야 하느니라[良禽擇木, 賢臣擇君]."라고 대답하였다고 함.

곽교란이 남연랑의 말을 다 듣고 나서 크게 깨달아 황급히 일어나 사례하며 말하였다.

"소저의 통철하심이 이와 같으니 미련하고 둔한 저 곽교란이 어찌 진심을 숨기겠습니까? 다만 한 가지 일이 있는데 소저가 즐겨 좇으시겠습니까?"

남연랑이 그 사연을 묻자, 곽교란이 말하였다.

"다른 일이 아니라 우리 두 사람이 피차 재상가 규수로 문벌이 서로 흡사하고 나이 또한 서로 비슷하니 형제를 맺어 생사를 함께 하며 서로 저버리지 않는 것이 어떨까요?"

남연랑이 곽교란의 말을 다 듣자 마음으로 말할 수 없이 기뻐 급히 감사의 뜻을 나타냈다. 이에 두 사람이 생년월일을 따져 형제 차례를 정하였다. 두 사람이 동갑이었으나 생일을 따진 뒤, 곽씨의 시녀인 춘매로 하
6 여금 향을 피우게 하여 두 사람이 절하면서 남연랑이 형이 되고 곽교란은 아우가 되었다. 두 사람이 매우 기뻐하였고 의기가 상합하였다. 드디어 마음 깊은 곳을 다 말하였으니, 그 말인즉 곽교란은 임학사 천흥의 아내가 되고자 한다는 것이었고 남연랑은 한림 재흥의 풍채를 칭찬하는 것이었다.

"제가 이미 이러이러한 신인을 만나 기특한 책 세 권을 얻어 바람과 비를 부르며 온갖 변화를 모를 것이 없습니다. 우리 두 사람이 마땅히 마음을 한가지로 하고 힘을 합쳐 아무쪼록 임씨 가문에 들어가기만 하면 그 후에는 소씨, 성씨 두 여자를 없애지 못할까 근심하겠소."

7 곽교란이 매우 기뻐하여 말하였다.

"그렇다면 정말 다행이나 임씨 가문에 들어갈 계교가 없습니다."

남연랑이 말하였다.

“곽귀인 마마께서 어찌 우리 일을 주선하지 못하겠소? 들으니 성상(聖
上)께서 어질고 효성스러우시다 하니 곽귀인 마마께서 선대 임금의 후
궁으로 홍안박명이 된 것을 성상께서 반드시 측은하게 여기실 것이오.
곽귀인 마마께서 힘써 주선하여 안으로 황후마마를 달래고 밖으로 성
상께 진정을 간절히 고하시어 ‘어린 아우와 한 사촌이 있어 한창 시집
갈 나이인데 재주와 용모가 아름다우니 부디 그에 적합한 남편감을 가
리려 하나 천하에 옥인군자가 흔치 않으니 평범하게 아름다운 선비의
흰 낯과 붉은 입은 하나도 적합지 않으니 성상께서는 임씨 가문 형제 8
들에게 사혼의 교지를 내리소서.’라고 갈한다면 설마 혼사가 이루어지
지 못할까 근심하겠소? 그러나 이 일을 소홀하게 해서는 안 될 것이니
아우는 마음을 넓게 가지고 우선 병을 조리하도록 하시오. 그런 뒤에
친히 입궐하여 곽귀인 마마를 부추기고 재물을 아끼지 말고 궐내 인심
을 모아 아우의 재주와 덕이 드러나게 하시오.”

곽교란이 남연랑의 말을 듣자 크게 깨달아 그 묘함을 칭찬하며 의기양
양하니 벌써 저희 들의 계교가 다 이루어져 비단 장막과 병풍 속에서 옥
인군자의 배필이 된 듯 즐겁고 영광스러운 마음을 이기지 못하였다. 그 9
러자 춘매 또한 기뻐하였다. 두 사람이 밤이 다하도록 다과를 먹으면서
이야기를 나누는데 하는 말마다 간교하고 음란하며 사악하여 차마 양반
가 규수의 행실이라 할 수 없었다. 가히 이들을 처벌하여 죽인다 해도 옳
을 만하다 할 수 있었다.

밤이 다하도록 지루한 것도 오히려 잊고 있었는데 문득 순식간에 철고(鐵箍)[486] 소리가 크게 울리며 닭이 소리 내어 우니 남연랑이 돌아갔다.

곽교란이 연연해하면서 다음 날 밤에 또 오기를 기다렸다. 남연랑이 변신하여 구름과 안개 중에 쌓여 돌아와 천연스럽게 자고 이튿날 정당에 문안인사를 드리자 집안사람들 모두 남연랑의 이와 같은 행동을 전혀 몰랐다.
10 이후에는 남연랑이 밤마다 곽씨 집안에 왕래하여 곽교란과 더불어 온갖 계책을 꾸몄으니 이 어찌 소소저, 설소저 두 사람의 신세에 마장(魔障)이 되지 않겠는가? 환옥이 누이의 행동을 의심하여 조용히 얼굴을 보고 그 사연을 묻자 남연랑이 대답하였다.

"아우[487]는 급히 알려 말고 참고 있다가 끝에 가서 미인을 쌍으로 얻으시오."

환옥이 웃으며 말하였다.

"저는 다만 소씨만 알 따름인데 누이의 말을 들으니 또 어느 곳에 미인이 있는가 보오?"

남연랑이 드디어 곽교란의 일을 이르고 곽교란과 자기와 언약하여 함께 임씨 가문에 들어가 소씨, 성씨 두 여자를 해치려 하게 된 사연을 자세
11 하게 말하였다. 이에 환옥이 기뻐 하늘을 날 듯하여 말하였다.

"그렇다면 곽씨는 어떻습니까?"

남연랑이 대답하였다.

"절세가인이다."

환옥이 말하였다.

"대장부의 그칠 줄 모르는 욕심은[488] 옛날부터 흔한 일입니다. 곽씨가

486) 철고(鐵箍) : 쇠테 즉 쇠로 만든 테를 말함.
487) 아우 : 앞서 21권에서는 연랑이 환옥의 누이동생으로 나왔으나, 여기서부터는 계속해서 연랑이 환옥의 손윗누이로 나옴. 이에 여기서부터는 연랑을 환옥의 손윗누이인 것으로 처리함.
488) 그칠 줄 모르는 욕심 : {농촉[隴蜀]의 무염지심(無厭之心)}. 농촉은 사천성(四川省)과 섬서성(陝西省)의 경계에 자리한 지명의 이름이며, 무염지심은 아무리 해도 그칠 줄 모르는 욕심을 말함.

이미 아름다운 여자인데다가 봄바람이 들어 있다면 내가 잠깐 상대가 되고자 하니 누이는 곽씨를 불러올 수 있겠습니까?"

남연랑이 불쾌해 하며 말하였다.

"불가하다. 저 사람은 규방 속의 아름다운 규수로 이제 꽃다운 향기를 가져 연리지(連理枝)[489]를 이루고자 하는데 어찌 먼저 꽃을 탐하는 그물에 걸리겠느냐? 너는 아직 참고 기다렸다가 훗날 소씨, 성씨 두 사람과 인연을 이루어라. 곽씨와의 일은 절대 불가하다."

환옥은 누이가 가로막는 것을 듣고 다시 청하지 못하고 웃을 따름이었 12
다.

이때 곽교란은 남연랑을 만나고 난 뒤 매우 기뻐 몸은 두 몸이라도 한 마음 같아서 고기가 물을 만난 것 같으니 그들이 내는 온갖 소리가 다 흉악하고 간교한 말이었다. 이튿날부터 곽교란의 병이 낫자 부모가 기뻐하였다. 곽교란이 다시 부모에게 고하고 장추궁에 들어가자 곽귀인이 반기면서 기뻐하며 황급히 손을 잡고 머리를 쓰다듬으며 말하였다.

"내가 들으니 네 병이 위중하다 하더라. 이제 봄빛이 예전과 같으니 정말 다행이구나."

곽교란이 절하면서 말하였다.

"못난 아우가 우연히 병이 나서 부모님께도 근심을 끼치고 마마께도
걱정을 끼쳤으나 다행히 마마께서 염려해 주신 덕분에 병이 나았습니 13
다."

후한(後漢) 광무제(光武帝)가 한중(漢中)을 평정하고도 다시 농촉을 정벌하려는 욕심을 냈던 고사에서 나온 말.

489) 연리지(連理枝) : 뿌리가 다른 나뭇가지가 서로 엉켜 마치 한 나무처럼 자라는 것으로 애초에는 효성이 지극함을 나타냈으나 현재는 남녀 사이 혹은 부부애가 진한 것을 비유함.

곽귀인이 동생인 곽교란의 아름답고 기묘한 자질과 낭랑하고 맑은 목소리를 매우 어여삐 여겨 흔쾌히 여러 날 묵고 가라고 하였다. 곽교란이 명을 받들어 궁에 머물게 되자, 모든 궁인들을 좋은 낯으로 우대하고 금은보화를 물같이 흩어 그들을 사귀었다. 저 궁인의 무리는 어리석고 나약하며 혹 간교하고 요사한 무리이니 무슨 체면과 예의를 알겠는가? 한낱 곽교란의 얼굴이 희기가 눈보다 더하고 말이 빛나며 재물을 아끼지 않으
14 므로 저마다 추종하여 칭송하니 그를 기리는 소리가 궁중에 진동하였다. 곽교란이 날마다 교언영색(巧言令色)으로 곽귀인을 보채어 아무쪼록 사혼의 교지를 얻어 달라고 하자 곽귀인이 때를 엿보았다.

음력 11월 초순일은 황태후의 탄신일이었다. 황친국족과 육궁(六宮)[490] 비빈(妃嬪)들이 다 축하하러 모이자, 곽귀인도 장락궁에 나아가 축원하면서 황태후를 알현하였다. 황태후가 모든 왕의 비빈들과 공주, 육궁의 비빈들을 다 모아 종일토록 잔치를 베풀었다. 태양이 서쪽으로 넘어가고 달이 하늘에 떠오르자 모든 제왕의 공주들이 다 물러났다. 황태후가 곽귀인과 김 첩여(婕妤)[491]를 머무르게 하고는 말하였다.

15 "짐이 좌우에 궁인의 무리만 있고 황손(皇孫)들이 있으나 세상일에 경험이 많고 이치에 통달한 자가 없으니 밤낮으로 적막하오. 날이 저물었으니 그대 등은 머물러 여흥을 이어 밤을 보내는 것이 어떠하오?"

곽귀인과 김첩여 두 사람이 황태후의 은혜에 감사하며 명을 좇아 황태후를 모시고 함께 밤을 지내었다. 이때 김첩여는 자녀를 골고루 갖추어 황자 강왕과 공주 황영이 있었는데, 공주는 시집을 갔으나 강왕은 나이가

490) 육궁(六宮) : 중국의 궁중(宮中)에서 황후(皇后)의 궁정(宮庭)과 부인(夫人) 이하의 다섯 궁실(宮室).

491) 첩여(婕妤) : 한(漢)나라 때부터 쓰인 궁중의 여관(女官) 이름.

어려 아내를 취하지 않았기에 슬하가 적막하지 않았다. 그러나 곽귀인은 한 명의 병든 딸조차 없기에 황태후가 그 사정을 불쌍하게 여기어 물어보았다.

"짐이 들으니 곽비 궁중에 한 명의 기이한 꽃을 두었다 하던데 어떤 여 16
자인가?"

곽귀인이 공교롭게도 때를 얻었기에 슬퍼하며 대답하였다.

"신첩(臣妾)이 삼전(三殿)[492]의 보살펴 주시는 은혜를 받아 좋은 집 높은 누각에서 일신이 한가하오나 슬하가 적막하여 잠자고 먹는 곁에서 위로할 사람이 없기에, 신세가 박명하고 주변이 외로운 것 슬퍼하였습니다. 그러다가 막내 여동생이 재주와 용모가 아름답기에 제가 외로움을 달래고자 궁에 두었습니다."

황태후가 고개를 끄덕이자 곽귀인이 다시 또 아뢰었다.

"신첩의 아우는 재주와 용모가 매우 빼어난 것은 말할 것도 없습니다. 또 남어사에게는 얻어 기른 딸이 있는데 근본은 신첩의 외사촌이나 외
삼촌 부부께서 일찍 세상을 뜨시고 남씨 가문에 수양딸로 온 것입니 17
다. 이 여자가 명이 기박하여 일찍 부모를 여의었으나 신첩의 동생과 동년생으로 이 둘의 용모가 한 쌍의 일월 같고 두 송이 기이한 꽃과 같습니다. 단지 용모가 이와 같을 뿐 아니라 여공(女工)이 정숙하고 부덕(婦德)이 아름다워 흡사 임사(任姒)[493]와도 어깨를 나란히 할 것입니다. 두 사람이 이 같은 성덕과 자질로 나이가 비녀 꽂을 나이에 이르렀으나 부모가 그에 필적할 만한 배필을 얻지 못하였습니다. 그 타고난 성품

492) 삼전(三殿) : 임금과 왕비 그리고 태후를 말함.
493) 임사(任姒) : 주(周)나라 문왕(文王)의 모친인 태임(太任)과 왕비 태사(太姒)를 말함. 이들은 부덕이 훌륭했던 여성들로 후세에 칭송을 받음.

을 의논한다면 오늘날 한 쌍의 소년군자가 있으나 저의 아우 두 사람이
18 복이 적어 발 빠른 자[494]에게 눈앞에서 빼앗겼으니 참으로 애달픕니다.”

황태후가 말하였다.

“그대 아우인 곽씨의 재주와 용모가 실로 이처럼 아름다운가? 짐도 궁녀들이 전하는 말을 익히 들었네. 그러나 어느 곳 옥인군자에게 마음을 두다가 실망하였는가?”

곽귀인이 대답하여 아뢰었다.

“한 쌍의 옥인군자는 다른 사람이 아니라 태학사 임천홍과 한림 임재홍입니다.”

태후가 말하였다.

“이 두 사람은 이미 하주(河洲)의 기약[495]으로 남쪽 교외의 아름다운 배우자를 맞이하였으니 마땅히 다른 곳의 아름다운 군자를 택하는 것이 옳도다.”

곽귀인이 또 아뢰었다.

“마마께서 두 아우의 재주와 용모를 보지 못하셨으나 실로 천고의 짝
19 이 없을 숙녀이니 어찌 용렬하고 범속한 자의 배필이 되겠습니까? 신의 부모가 결단코 신의 아우를 시집보내지 아니하고, 또 신의 어미는

494) 발 빠른 자 : {질뎍ᄌᆞ[疾足者]}. 질족자는 ‘고재질족자(高材疾足者)’라 하여 뛰어나게 공적이 큰 사람이란 뜻. 진(秦) 나라가 정권을 잃은 것을 사슴(鹿)을 잃은 것에 비유해 그 후 군웅이 정권을 다투는 것을 추록(逐鹿)이라 하고 우수한 인재를 질족(疾足 : 발이 빠르다는 말)이라 함. 그런데 여기서는 문맥상 발이 빠른 자라는 뜻의 의미로만 쓰였기에 이와 같이 옮김.

495) 하주(河洲)의 기약 : 하주는 모래섬을 말하는 것으로, 하주의 기약이란 덕이 높은 요조숙녀와 약혼한 것을 일컫는 말. 『시경』 「주남(周南)」편 〈관저(關雎)〉라는 시에 “꾸우꾸우 물수리 모래섬에 있네. 정숙한 아가씨 군자의 좋은 짝이네[關關雎鳩, 在河之洲, 窈窕淑女, 君子好逑].”라는 구절에서 유래한 것.

신의 외사촌 동생 남씨를 죽은 동생이 남긴 하나밖에 없는 딸이라 하여 남씨를 임재홍이 아니면 혼인시키지 않으려 합니다. 제 아우인 남씨는 재홍을 좇게 하시고 곽교란은 천홍을 좇게 하기를 바라나니, 엎드려 빌건대 마마께서는 황상께서 사혼의 교지를 내려 주실 수 있도록 주선해 주시기를 바랍니다."

황태후가 본래 마음이 나약하고 사람의 사정을 차마 박절하게 물리치지 못하시기에 고개를 끄덕이며 허락하셨다. 곽귀인이 매우 기뻐하여 이 밤을 장락궁에서 지내고 다음 날 물러왔다. 20

다음 날 황제가 황태후에게 문안인사를 드리자 황태후가 말하였다.

"짐이 한 가지 일이 있어 상께 청코자 하는데 능히 좇으시겠습니까?"

상이 머리를 조아리고 대답하였다.

"어떤 일이십니까? 신이 어찌 받들어 따르지 않겠습니까?"

황태후가 말하였다.

"다른 일이 아니라 귀인 곽씨는 돌아가신 황제를 곁에서 모시던 사람으로 청춘에 과부가 되어 전혀 자식이 없으니 죽으나 사나 다만 바라보는 사람은 성상뿐이오. 그러니 그 사정이 어찌 불쌍하지 않겠소? 이제 간절한 청원이 하나 있기에 짐이 이미 허락하였소. 귀인의 친아우와
이종사촌 아우가 있는데 두 사람이 다 재주와 용모가 독보하여 천지 21
사이에 특별하고 신기한 자질이라 하오. 같은 배필을 의논한다면 학사 임천홍과 한림 임재홍이 아니면 짝할 자가 없을 것이오. 상이 이 혼사를 주선하여 군자와 숙녀가 만나게 해 주시오."

황제가 머리를 조아리고 가르침을 들으면서 대답하였다.

"마마의 성교(聖敎)가 이에 미쳤으니 신이 어찌 명을 거역하겠습니까마

는 임한주는 괴벽한 늙은이요, 효장도위 세린 또한 굳세며 곧으니 즐겨 명을 순순히 따르지 않을 듯합니다. 전에 옥선을 사혼(賜婚)하였으나
22 옥선이 인륜을 저버렸고 지금 설씨의 생사도 모릅니다.[496] 비록 신이 임금이나 다시 임씨 가문에 사혼할 낯이 없고 또 임씨 가문에서 따르지 않을까 합니다."

태후가 말하였다.

"사세가 그러하나 곽귀인의 청원이 간절하고 짐이 이미 앞일을 헤아리지 못하고 쉽게 허락하였으니 사리와 체면상 그만두는 것이 불가합니다. 성상께서는 힘써 주선하십시오. 이 두 여자의 재주와 용모는 진실로 희한하다 하니 어찌 옥선과 같은 패륜녀에 비기겠소?"

황제는 비록 불쾌했으나 모친인 태후의 전교가 이러하고 곽귀인의 간
23 절한 청원을 너무 매몰하게 뿌리칠 수 없어 마지못해 명을 받들고 인사하고 물러났다. 그리고 한참이나 생각하시며 이유 없이 사혼 은지를 내리는 것을 미루다가 문득 한 계교를 생각하시고 스스로 웃으며 말하였다.

"내가 소시 적부터 옛 역사를 두루 살피며 고금 제왕의 도가 한결같지 못하여 한(漢) 고조(高祖)[497]가 때때로 궤휼을 쓰는 것을 개탄하였더니 이런 소소한 일에 신하에게 실패를 볼까 궤휼을 쓰니 가히 고사를 웃을

496) 옥선이 ~ 모릅니다 : 옥선은 성상이 임창홍과 혼인하도록 사혼하여 임창홍의 아내가 된 조왕의 딸 조군주로, 이후 시댁에 들어가 임창홍의 정실인 설씨를 모해하고 양왕과 사통하다가 종국에는 오랑캐로 감. 이런 과정에서 설씨는 행방불명이 되었음.

497) 한(漢) 고조(高祖) : {한고}. 이는 '한고조'의 오기임. 중국 한(漢)나라의 제1대 황제(B.C. 202~B.C. 195). 명(名)은 유방(劉邦). 진(秦)나라 말기에 군사를 일으켜 진왕으로부터 항복을 받았으며, 4년간에 걸친 항우(項羽)와의 쟁패전에서, 항우를 대파하고 천하통일의 대업을 실현시켰음. 한왕조 건설에 공이 큰 장수와 부하를 제후왕(諸侯王)과 열후(列侯)로 각지에 봉(封)하였으나, 얼마 뒤 이들이 모두 멸망하자 왕실일족(王室一族) 출신으로 대체되어, 제후왕은 한실일족(漢室一族) 출신자에 한정된다는 불문율이 성립하였음. 유방은 서민 출신이었으나 성격이 대담하고 치밀하며 포용력이 있어, 부하를 적재적소에 활용하는 데 능숙하였음. 그러나 많은 공신들을 숙청하는 데서 속임수를 쓰기도 하였음.

바가 아니요, 내가 우습구나."

하루는 문현전에서 여러 명사 10여 인을 머물게 하여 혹 글도 짓게 하 24
고 투호(投壺)[498]도 치게 하며 바둑도 두게 하여 승부를 보시었다. 이 중에 임학사 천홍과 임한림 재홍이 백전백승하여 모든 사람들 중에서 빼어났다. 상이 신하들의 재주를 보시더니, 임학사 형제의 열 개 손가락이 움직이는 곳마다 기묘하여 신출귀몰하는 재주를 내자 기특히 여기시어 용안에 웃음을 띠고 말씀하였다.

"경들 두 사람의 재주가 매우 비상하니 짐이 마땅히 재주를 겨루고자 하네. 내기가 없으면 재미가 없으니 단일 짐이 지거든 아름다운 미인
을 천거하겠네." 25

두 사람은 임금의 뜻을 의아하게 생각하였으나 다만 몸을 굽히고 바둑판 앞에 나아갔다. 상이 용몌(龍袂)[499]를 높이 거두시고 두 사람과 승부를 다투셨다. 천홍과 재홍 두 사람이 재주를 다하고자 하지 않았어도 본래 타고난 재주를 다 감추지 못하는데 상께서 일부러 지려고 하신 까닭에 두어 시각이 못 되어 두 사람이 각각 세 판을 크게 이기자, 두 사람이 황공함을 이기지 못하였다. 상이 판을 물리치고 기뻐하면서 크게 웃고 말씀하셨다.

"경(卿)들의 재주가 이와 같으니 어찌 기특하지 않겠는가? 그러나 천자
는 농담을 하지 않네. 짐이 이미 경들에게 언약한 바가 있으니 경들은 26
사양하지 말게. 어사 남경의 한 딸이 재주와 용모가 현숙하다 하니 재홍의 빈실로 맞게 하고, 국구 곽모의 막내딸이 아름답다 하니 천홍의

498) 투호(投壺) : {투고}. 앞뒤 문맥상 '투호'인 듯함. 이본인 한국학중앙연구원 소장 39권본에도 '투호'로 나와 있음.

499) 용몌(龍袂) : 임금이 입은 옷의 소매를 말함.

빈실로 사혼하노라."

이에 두 사람이 깜짝 놀라 관을 벗고 머리를 조아리고 사양하여 말하였다.

"신 등이 연소한 약관(弱冠)[500]의 나이로 이미 조강지처가 있어 의복과 한서(寒暑)를 관장할 만하고 어버이를 잘 모시는데 어찌 번화함을 구하여 집안의 변란을 일으킬 근본을 삼겠습니까? 엎드려 바라옵건대 폐하는 사혼을 거두시어 신의 집안을 화평하게 하소서."

27 황제가 이 말을 듣지 않고 사혼의 교지를 남씨와 곽씨 가문 두 집안에 내리고 조회를 끝마쳤다. 두 사람이 불평함을 이기지 못한 채 조정에서 물러나 집에 돌아가 취성전에 들어갔다. 바야흐로 낮 문안이 한창이었으니 상국과 선생 또한 태부인에게 문안하러 들어오고 부마와 소부가 모든 자질들을 거느리고 와서 태부인 등을 모시고 있었으며, 여부인, 위부인 두 부인과 주비, 효장공주, 한소풍 세 부인과 소진, 양파, 군계 등도 이미 다 와 있었다. 두 사람이 자리에 나아갔는데 안색에 자못 불평한 기색이 있었다. 다른 사람들은 다 무심하여 살피지 않았으나 소부 임유린은 본래
28 주의가 깊고 총명하여 남의 기색 살피기를 잘 하였다. 우연히 눈을 들어 두 조카의 기색을 알아보고는 놀라서 물어보았다.

"두 조카는 무슨 까닭으로 기색이 좋지 않은가?"

두 사람이 고개를 숙이고 엎드려 대답하였다.

"저희들이 오늘 이러이러한 성교를 받고 재삼 사양하였으나 성상께서 허락하지 않으셨기에 이 일 때문에 불평한 기색이 얼굴에 나타난 것입

500) 약관(弱冠) : 남자가 스무 살에 관례(冠禮)를 한다는 뜻으로, 남자 나이 스무 살 된 때를 이르는 말.

니다."

좌우 사람들이 이 말을 듣고 깜짝 놀라 안색이 창백해졌고 상국 임한주는 얼굴빛이 흙빛이 되어 부마 임세린에게 물었다.

"또 무슨 괴이한 변란이 날 줄 알겠느냐? 너희 조카들은 마땅히 나와 더불어 표를 올려 사양해야 할 것이다."

임부마가 대답하기 전에 선생 임한규가 말하였다. 29

"불가합니다. 성인도 오는 액은 면치 못하시는데 성씨, 소씨 두 젊은 손자며느리들이 재주와 용모가 너무나도 빼어나니 어찌 홍안에 해를 면할 수 있겠습니까? 성상께서 이와 같은 성교를 내리신 것도 그 간에 사고가 있어 반드시 실마리가 있을 것이니 사양하여도 헛될 뿐입니다. 사양하는 것은 옳지 않습니다."

임상국이 분노하여 말하였다.

"사세가 그러하나 알고도 잠잠히 있는 것은 내가 차마 답답해서 못 하겠으니 다투어 보다가 뜻대로 안 된다 해서 설마 어찌 되겠느냐?"

선생이 미소 짓고 말하였다.

"형님께서는 모든 일을 처리하는 데 있어 관대하고 화평하시던 덕량으로, 자손에 이르러서는 이렇듯 병이 되시니 어떤 때에는 실로 답답합니다."

임상국도 억지로 웃으면서 말하였다. 30

"너무 웃지 마라. 늙은이가 망령난들 노여움이 없다 할까? 헤아림은 없어지고 나이는 점점 많아가니 여러 손주들을 어서 장가보내고 시집보내서 각각 저희 부부들끼리 서로 맞아 흠 없이 화락하는 것을 보고자 하는데, 조물이 방해하여 지금 설씨 손자며늘아기의 생사를 아득히 모르니 마음이 불평하고 먹어도 맛을 모르고 자도 불안하더니 다시 소씨, 성씨 두 며늘아기를 얻으니 적이 위로가 되었다. 그런데 남씨는 어떠한 사람인데 내 손자의 앞길을 휘젓고자 하는가? 생각하니 화증이 나서 견디지 못 하겠구나. 가뜩이나 심란하니 자네는 웃지 말게. 자네는
31 괜찮거든 천홍에게 올 곽씨를 사양하지 말게. 나는 다퉈 보려하니 성씨 며늘아기가 온순하고 약하기 망정이지 적잖이 시샘 많고 악하다면 족히 시할아버지의 명철하지 못함을 한하지 않겠는가?"

선생이 크게 웃으니 소파[501]가 내달아 말하였다.

"어, 저 말씀마다 갸륵하십니다 그려. 설사 사나운 여자가 들어와 소소저가 환란을 겪게 된다 하여도 우리 대감어른께서 이같이 신명하시며, 초왕과 학사가 다 부친과 할아버지를 닮아 주의 깊고 명철하시니 소소저가 반드시 변란 속에서도 각별히 몸을 보존할 도리가 있을 것입니다.
32 설사 불행하여도 소씨 집안에서 한할 것이 없으니 이 늙은이가 옛날 현빈[502]씨의 중매 노릇하고 양가에 낯없이 헤매던 때의 일을 설욕할 수 있겠습니다."

소파가 열 손가락을 내어 젓고 눈을 꿈적이며 숨을 헐떡거려 행여 남이 앗을까 욕심껏 말하노라 하니 그 거동이 가히 장관이었다. 좌우 사람들이 심란하던 마음을 돌이켜 동시에 크게 웃고 태부인 또한 웃으며 말하였다.

"내가 요사이 희린 부자를 불모의 땅에 보낸 후에 하룻밤 잠도 편히 자지 못하니 스스로 근심스러워 이마를 펴기가 어려웠다. 그런데 오늘
33 공연히 네가 격분하여 내달아 하는 말을 보니 가히 기이한 광경이구

---

501) 소파 : 상국 임한주의 서매(庶妹).
502) 현빈 : 부마 임세린의 자(字)임.

나. 포사(褒姒)[503]라도 웃으리니 다른 사람이 어찌 아니 웃겠느냐? 역시 나의 효녀로구나."

소파는 황공하여 사례하니 부마가 봉안(鳳眼)을 흘려 떠서 보고 웃으며 말하였다.

"무릇 늙으면 잊는 것이 많다 하였던가? 우리 고모는 나이가 많아질수록 더하여가니 반드시 망령이 든 것입니다. 집안에 무슨 일이 있으면 더구나 이상한 짓을 하며 쉴 새 없이 날뛰니 집안의 괴이한 변이 아닙니까? 해마다 늙어 갈수록 저 망령이 더할 것이니 이것이 민폐가 아니 34
면 무엇이겠습니까? 집안에 허다한 아이들이 장가가고 시집갈 때마다 저 망령을 부릴 것이니 이런 괴로운 일이 어디 있겠습니까? 그러나 여자는 반드시 남편을 따른다 하니 고모께서 비록 남편은 없으나 시댁은 번성하니 여기 늘 있겠습니까? 내가 마땅히 소공께 이런 민망한 사연을 말하고 데려가라고 하겠습니다."

소파가 이 말을 다 듣고는 입을 삐죽이며 두 눈을 가로로 길게 뜨고 말하였다.

"참 어리석고 실없는 농담 마시게. 내가 백 년을 이 집에 와 있다 한들 태부인과 상국 대감께서 계시니 나를 내치실까? 현빈씨가 아무리 배 35
아파해도 나를 내쫓는다는 것은 거짓말입니다."

소부가 낭랑히 웃으면서 말하였다.

"둘째형님께서 달리 고모를 이 집에서 없애고자 하는 것이 아니라 고

---

503) 포사(褒姒) : 주(周)나라 때 포국(褒國)의 여자로 사(姒)는 그 성. 주 나라 유왕(幽王)이 포국을 정벌하여 포국의 제후가 포사를 선물하여 유왕의 총애를 받음. 성격이 본래 잘 웃지를 않아 왕이 거짓 봉화를 올려 제후들을 모이게 한 것을 보고서야 비로소 웃었다고 하는데 그 뒤에 진짜 난리가 나서 봉화를 올려도 제후들이 모이지 않아 왕은 죽고 포사는 잡혔음.

모가 늘 남의 단점을 들추어서 그런 것입니다. 아직은 설마 어찌할 것 없겠지만 장래에도 늘 저 말을 한다면 이 앞에 수풀과 같이 빼곡히 있는 자손들, 집안에 들어오는 며느리와 사위들마다 어찌 모르겠습니까? 둘째형님께서 분명 이 일을 민망해 하는 것이니 고모는 남한테 눈치를 받지 않으시려거든 이후에는 잠자코 계십시오."

소파가 웃으면서 말하였다.

36 "내가 비록 이 집에 안 있고 소씨 집안으로 간다 하여도 죽기 전은 이 곳에 안 오고 죽은 후에 남에게 말할까? 살아서 옳은 말 다 하고 죽으려 하니 적통(嫡統) 조카님네들은 너무 괴로워 마시오. 내가 비록 노둔하고 글재주가 짧으며 늙어 눈이 어두우나 부디 효장부마 소시 적 호기롭고 착하여 20세가 가깝도록 소박맞아 끝내 앵혈까지 찍혀 가지고 나를 치던 일[504]을 날마다 기록하여 부디 자자손손 전하고 죽으려 합니다."

좌우 사람들이 크게 웃자, 부마도 어이없어 미소를 머금고 말하였다.

"고모가 나를 미워할 일이 없는데, 저토록 뼛속 깊이 나를 원수로 취급
37 하니 우습지 않습니까? 제가 도척(盜蹠)[505]이 아닌데 무슨 일로 저를 미워하기를 저토록 심하게 하여 금석에 박아 후세에 전하도록 한단 말입니까? 고모가 순순히 가만히 있다가 죽으면 제가 마땅히 만금 재물을 드려 천도제를 올려 후세에는 어진 사람이 되어 부디 현달하고 극락

504) 효장부마 ~ 일 : 효장부마인 임세린이 소시 적 소소저와 약혼하였으니 효장공주와의 사혼으로 인해 소소저와의 혼사를 이룰 수 없게 되자 효장공주를 냉대하며 잠자리를 갖지 않고 이후 효장공주의 주선으로 소소저를 아내로 맞이하나 소소저가 효장공주와의 의리를 지키기 위해 임세린과 잠자리를 갖지 않자 임세린이 이십이 다 되도록 숫총각으로 있게 됨. 이에 주변사람들이 앵혈(鶯血)을 찍어 놀리는 데 이에 소파도 한 몫 끼자 임세린이 소파에게 화낸 일을 말함.

505) 도척(盜蹠) : 춘추전국시대 노(魯)나라 대표적인 도적의 이름. 공자가 도척을 교화시키려 하였으나 끝내 그럴 수 없었음.

세계 석왕세계(釋王世界), 불선문(佛禪門)으로 돌아가라 천도하겠지만, 만일 끝내 지금처럼 사나운 체를 계속한다면 제가 칼산지옥 불산지옥으로 가라고 축원할 것이니 저를 미워하지 마십시오."

소파가 손뼉을 치고 분해하면서 말하였다.

"내가 무슨 죄가 있다고 지옥으로 갈까? 죽거든 보아라. 내 반드시 옥
루천당(玉樓天堂)에 구름 타고 올라갈 것이다. 현빈씨 같은 완고하고 거 38
만하며 밉살스런 사람은 말마다 미우니 천지신명도 더욱 매우 밉게 여길 것이오. 그리하여 후생에는 인가 천한 여자가 되어 허랑방탕한 남편을 만나 평생 고초를 매우 심하게 겪어 옛날 소부인을 싫어하고 밉게 굴던 일에 대한 보복을 살뜰히 받을 것이오."

부마가 웃으면서 말하였다.

"세간에서 부부 사이에 불평한 일을 뼛속 깊이 철천지원수로 여긴다면 이생에 아내를 박대하는 남자는 다 다음 생에 여자가 되겠습니다."

소파가 분분히 말하였다.

"나는 죄가 없으니 죽어 부디 염왕이 되어 부모와 소부인 옥사(獄事)를
내 손으로 처결할 것이오." 39

상국 또한 웃고 바야흐로 이에 대답하고자 하는데 문득 황제의 사신이 이르러 임학사 종형제에게 남씨, 곽씨 두 집안에 사혼(賜婚)하시는 조서를 전하자 모든 사람들이 흥을 잃었다. 임상국이 마지못해 향안을 설치하고 교지를 받든 후에 사신을 돌려보내고 부마로 더불어 궐하에 나아가 표를 올렸으니 사혼을 사양하는 말이 매우 간절하였다. 황제가 몸이 편치 않다고 핑계 대고[506] 두 사람을 불러 보는 것을 명하지 않았다. 또 임상국이

506) 몸이 ~ 대고 : {칭탁부돈ᄒᆞᄉᆞ}. 이는 '칭탁부됴[稱託不調]ᄒᆞᄉᆞ'의 오기인 듯함. 이본인 한국학중

올린 표를 살핀 뒤 비답(批答)[507]하여 말하였다.

“실로 선생을 속이지 않으리라. 곽귀인은 선제(先帝)[508]를 모시던 사람
40 이오. 짐과는 모자간의 의리가 있으니 그 간절한 청원을 차마 듣지 않
을 수 없어 곽씨, 남씨 두 여자를 재홍, 천홍 두 사람에게 천거한 것이
오. 또 두 여자가 평범하면 짐이 어찌 선생의 며느리 항렬에 사혼하겠
는가마는 이 두 여자가 극히 현숙하여 주아(周雅)[509]의 풍채가 있다 하
니 족히 선생의 세대명문가의 높은 덕을 손상시키지 않을 것이오. 청
컨대 두 선생은 임금의 명령을 순순히 따라 짐의 마음을 저버리지 마시
오.”

그런 후 또 통정사(通政司)[510]에 명령하여 임상국이 올리는 글을 다시
받지 말라고 하였다. 상국과 부마가 분하게 여겼으나 하릴없이 물러나 집
41 으로 돌아왔다. 집안사람들 모두 불평함을 이기지 못하고 소씨 집안, 성
씨 집안 두 집안에서는 매우 놀랐다. 남씨 집안에서는 바라던 바에서 더
하므로 매우 기뻐하였으나 곽씨 집안에서는 이미 계책을 행한 바가 있어
임씨 집안의 엄한 가법을 잘 알기에 곽교란은 크게 기뻐하며 임천홍의 첩
으로 들어가는 것을 혐의하지 않았다. 그러나 다만 임씨 집안에 들어가는
날이면 남연랑과 합심하여 계략을 꾸며 성소저를 없애고 세상을 독차지
할 뜻을 두어 날로 화려하고 성대하게 장식하며 용모를 공교하게 가꾸면

앙연구원소장본 39권본에도 ‘칭탁부됴ᄒᆞ샤’로 되어 있음.

507) 비답(批答) : 임금이 상소문의 말미에 적는 가부(可否)의 대답.

508) 선제(先帝) : 돌아가신 황제를 말함.

509) 주아(周雅) : 「주아(周雅)」는 『시경(詩經)』의 〈소아(小雅)〉 · 〈대아(大雅)〉 두 편을 말함. 여기에는 주(周)나라 문왕(文王)의 후비(后妃)인 태사(太姒)가 나무가 가지를 드리우듯 첩들에게 은덕을 드리워 첩들이 그녀를 공경하고 그 덕을 기려 집안이 화평했다는 ‘규목(樛木)’ 편 등 여성의 부덕(婦德)과 관련된 내용들이 있음. 「주아」의 큰 덕이란 이를 말함.

510) 통정사(通政司) : 중국 명대 내외(內外)의 장주(章奏)를 관장하던 관서(官署) 이름.

서 혼인날을 기다렸다. 남씨 집안에서 남연랑은 곽교란과 함께 계략을 꾸
민 바가 있기에 오늘날을 짐작하였지만 그 양부모인 남어사와 육부인은 42
천만 뜻밖이었다. 비록 임학사의 아름다운 용모와 빼어난 풍채를 추앙하
던 터였으나 딸이 그 첩으로 들어가는 것을 불쾌하게 여겨 육부인이 말하
였다.

"내 딸은 사람 중에서 기이한 꽃인데 어찌 남의 첩으로 준단 말입니까?"

남어사가 말하였다.

"비록 우리가 불평해도 뜻밖에 황명이 계시고 임랑의 풍모와 재주는 금세에 대적할 자가 없으니 차마 어찌하겠소?"

남연랑이 그 자리에 있다가 부모가 기뻐하지 않는 것에 민망하여 자꾸 환옥을 쳐다보았다. 이에 환옥이 누이의 뜻을 알아채고 부모에게 고하여 말하였다.

"들으니 임재홍의 풍모와 재주는 일세에 일컬을 바라 합니다. 누이의 43
용모와 재주로 남의 첩이 되는 것은 공평치 않으나 이 또한 운명이요, 용렬하고 범속한 남자의 처가 되는 것보다는 낫습니다. 지금 임재홍은 세상에 드문 인재이고 젊은 나이에 높은 벼슬에 올라 이름을 떨치고 있으니 누이가 위엄을 굽히고 지위를 낮추는 것이 욕되지 않는다고 생각합니다."

남어사가 칭찬하여 말하였다.

"내 아이가 진실로 이치에 통달한 군자로구나."

이에 남씨, 곽씨 두 집안에서 혼인날을 임씨 집안에 알려주었다. 하늘이 음란하고 패악한 여자 소원을 이루어주어 혼인날이 수십 일이 남았으

니 남씨와 곽씨가 같은 날이었다. 임씨 집안에서 마지못해 혼인 기구를
간략하게 차려 날이 임박하자 잔치를 베풀었다. 날이 늦어지자 임천홍과
44 임재홍이 옷을 고쳐 입고 단촐한 위의(威儀)로 남씨 부중, 곽씨 부중 두 집
에 나아갔다.

학사 재홍이 남씨 집안에 이르니 남어사가 큰 잔치를 열어 집안 가득
손님들을 청하여 신랑을 맞이하였다. 모두들 신랑의 아름다운 용모와 빼
어난 풍채를 새롭게 칭찬하기를 마지않고 육부인 또한 매우 기뻐하였다.
무수한 시녀들이 붉은 치마와 푸른 저고리를 입고 신부를 부축하여 나왔
다. 신부가 학사를 향해 4번 절하였으나 학사는 다만 길게 읍(揖)하고
는[511] 절하지 않았다. 신랑이 외당으로 나가자 육씨가 고기와 술 등 진수
성찬을 아주 가지런히 장만하여 삼십여 개의 상자[512]에 실어 임상부에
45 선물로 보냈다.[513] 임상국이 크게 노하여 남씨 집안에서 보낸 하인들의
등을 밀어 내치며 용납하지 않았다. 남자하인과 시녀들이 겸연쩍어 돌아
오자 육부인이 말하였다.

"이 정도 하는 것은 예사니 다시 가져가라. 이번에는 받을 것이다."

이런 일에 능숙한 시녀를 시켜 주비에게 전갈을 보내었으니 그 글의 내용은 다음과 같았다.

약간의 진찬이 볼 만하지 않아 귀궁의 먼지같이 여기실 줄 아오나 제가 늦게 얻은 딸이기에 이와 같이 보냅니다. 재산을 자식에게 쓰지 않고 무엇에 쓰겠습니까?

---

511) 읍(揖)하고는 : 읍은 인사하는 예(禮)의 하나. 두 손을 맞잡아 얼굴 앞으로 들어 올리고 허리를 앞으로 공손히 구부렸다가 몸을 펴면서 손을 내리는 행위를 말함.

512) 상자 : {가ᄌᆞ(架子)}. 이는 시렁을 말하기에 이와 같이 옮김.

513) 선물로 보냈다 : {효도ᄒᆞ니}. 효도는 '소두'의 옛말임. 소두는 혼인한 지 얼마 되지 않은 안팎 사돈끼리 생일날 같은 때에 보내는 선물임.

미미하나마 성의를 표하니 엎드려 바라건대 현비(賢妃)께서는 물리치지 마십시오.

시녀들이 마지못해 다시 진수성찬을 거느려 임씨 집안에 나아가니 문지기가 굳게 막고 내쫓았다. 이에 어쩔 수 없이 돌아오다가 중도에서 음식 실은 수레를 만나니 이는 곽씨 집안에서 또한 임씨 집안에 가져갔다가 쫓겨 온 것이었다. 남씨 집안과 곽씨 집안 두 집안에서 크게 실망하였다. 46

임재홍, 임천홍 두 신랑이 남씨 집안, 곽씨 집안 두 집에서 바삐 혼인을 끝마치고 촛불 아래 앉았으나 조금도 마음을 동요치 않고 신부를 보아도 보지 않은 듯이 한 후 날이 밝기 전에 돌아왔다. 남연랑, 곽교란 두 여자는 원통하고 분한 마음이 뼛속 깊이 사무쳐 애달픈 눈물이 오월의 장마비 같이 흘렀다. 재홍과 천홍이 돌아와 조부모와 부모에게 아침 문안을 드리자 조부모와 부모가 일찍 온 사연을 물었다. 두 사람이 눈썹을 찌푸리고 대답하였다. 47

"신부의 어질지 못한 모습을 대하니 잠시도 있기 어려웠는데 무엇에 연연하여 오래 있겠습니까?"

집안 어른들이 매우 우려하여 모두 근심스런 기색을 띠었다. 이날 저녁에 남씨, 곽씨 두 집안에서 신랑을 청하는 하인이 이르자, 임재홍과 임천홍 두 사람은 차갑게 비웃은 후 핑계를 대고 가지 않았다. 이에 두 집안에서 더욱 놀라 실망하였다.

그 다음날에 임씨 집안에서 조그만 잔치[514]를 열어 남연랑, 곽교란 두 여자를 데려왔는데 각각 작은 가마를 보내어 맞이하였다. 남연랑, 곽교란

---

514) 조그만 ~ 열어 : {약간 쥬셕[酒席]을 여러}. 여기서 주석이란 술자리란 뜻으로 곧 잔치를 말하기에 이와 같이 옮김.

두 여자가 치장을 화려하게 하고 이르러 자리에 앉은 모든 사람들에게 인
48 사드리기를 마친 뒤 성소저, 소소저 두 소저에게 여덟 번 절을 하여 첩이
정실에게 인사를 하는 예식을 마쳤다. 집안의 어른들은 두 신부를 한 번
보고 깜짝 놀라고 두 번 쳐다보고는 매우 근심하여 서로 아무 말 없이 얼
굴만 물끄러미 바라볼 뿐이었다.

해가 서산으로 넘어가자 남연랑의 처소는 유춘각으로 정하고, 곽교란
의 처소는 유하당으로 정하여 그곳으로 가게 했다. 이날부터 임재홍, 임
천홍 두 사람이 침소에는 가지 않고 형제가 넓은 이불을 덮고 정답게 지
내었다. 두 여자는 천신만고 끝에 혼인한 신랑의 자취를 조금도 보지 못
하자 애타는 눈물이 끝이 없었다. 때때로 한림 임재홍과 학사 임천홍이
49 자는 곳에 나아가 몰래 살펴보며 흐느끼는 탄식이 구시월에 찬바람 부는
듯하여 원한이 뼛속 깊이 맺혔다. 그러나 비상한 계책을 써서 정실인 성
씨, 소씨 등을 물리치고 자신들이 정실이 될 생각[515]을 하였기에 악한 마
음을 숨기고 착한 척하며 집안사람들 모두의 인심을 모으려고 하였다.

이러구러 날이 오래 되자 해가 바뀌고 새 계절이 되었다. 산동에서 승
전보가 자주 이르고 대궐에도 초왕 부자의 글이 이르러 벌써 악한 역적들
을 소탕하고 모든 괴수들을 잡았다고 보고하였다. 이에 회군할 기약이 날
을 셀 수 있을 정도에 이르게 되었다. 집안사람들 모두 환호하는 소리가
흐르는 물과 같았다. 그러나 홀로 남연랑, 곽교란 두 여자는 놀라기를 마
50 지않으면서 몰래 상의하였다. 곽교란이 남연랑에게 말하였다.

"우리들이 온갖 계책을 다 써서 임씨 가문에 들어와서도 모든 사람들

---

515) 성씨 ~ 생각 : {통일(統一)ᄒᆞᆯ 의ᄉᆞ[意思]}. 여기서 통일한다는 것은 두 명의 부인이 하나가 된다는 것으로 결국 첩으로 들어온 곽씨, 남씨 등이 각각 이미 자신의 남편의 정실인 성씨, 소씨 등을 없앤 뒤 자신들이 각각 정실부인이 되려는 것을 말하기에 이와 같이 옮김.

의 멸시와 남편의 천대를 받는 것은 소씨, 성씨 두 여자가 있기 때문이오. 우리가 이렇듯 가만히 있다가 초왕 부자가 돌아오면 더욱 낭패일 것이니 어찌한단 말이오?"

남연랑이 탄식하여 말하였다.

"내가 어찌 모르겠소마는 집안의 형세를 살피니 상하 인물들이 다 별종이라 서툰 계교로는 안 되니 소씨, 성씨 두 여자가 친정으로 가거든 우리도 친정으로 가서 계획을 세웁시다."

곽교란이 기뻐하며 은밀히 계교를 꾸몄다. 과연 며칠 후에 두 소저가
친정에 가자 남연랑, 곽교란 두 여자 또한 태부인 앞에 무릎 꿇고 친정에 51
가기를 청하였다. 태부인이 한마디로 흔쾌히 허락하였다. 두 요사스런 여
자가 기뻐하면서 시댁식구들에게 하직하고 각각 친정으로 돌아갔다.

남연랑은 친정에 이르자 부모를 보고 반가워하면서 앵혈(鶯血)을 내어
놓고 눈물을 흘리면서 신랑의 박정함을 슬퍼하였다. 남어사는 정신이 나
간 듯이 말을 못했고 부인은 딸의 손을 잡고 눈물을 어지럽게 흘리며 말
을 이루지 못했다. 남어사의 첩 영비는 본래 낙양의 창녀로 사람됨이 간
교하였다. 오관(五官)[516]이 쉬슬고 염통이 없는 남어사 부부를 농락하여
일마다 그 뜻에 부합하니 어사가 첩 5명 중에서 영비를 가장 사랑하였다. 52
그 나머지 네 첩은 월섬, 춘진, 오씨, 척씨인데 월섬, 춘진은 소시 적에나
정을 둔 바이고 오씨, 척씨는 자질이 평범한데다 늦도록 자식이 없기에
남어사가 관심 없어 하였다. 이날 5명의 첩이 다 자리에 있었는데 4명의
첩은 실소하면서 말이 없고 영비만이 내달아 말하였다.

"제 아비가 점복을 잘 하였는데 돌아가셨습니다. 그런데 살아계실 때

516) 오관(五官) : 다섯 가지 감각 기관. 눈, 귀, 코, 혀, 피부를 이름.

에 제가 들으니 남녀가 혼인함에 반드시 궁합과 사주를 맞추고 희살(戲殺) 상극(相剋)[517]을 가려 상원갑자(上元甲子)[518]과 육합(六合)[519]의 날짜
53 를 다 살핀 후에 혼인해야 부부가 금실이 화평하고 자식들이 좋다 하였습니다. 저는 벌써 소저 혼인 전부터 이 혼인대사가 불길할 줄을 알았습니다. 수(水)와 화(火)처럼 상극은 아니고 금(金)이 목(木)을 이기는 사주이니 영험한 점술가와 신령스런 무당을 얻어 액을 물리치고 방비하면 혹 유익함이 있을까 합니다."

육씨가 이 말을 듣자 크게 깨달아 말하였다.

"아차, 옳구나. 이제야 알겠다. 우리 집이 매우 재산이 가득하니 내 딸을 위해 무엇이 아깝겠는가? 절에도 공을 올리고, 신위(神位)에도 공을 들이고 아무 일에나 공들이고 신에게 정성을 들여서 소씨 여자를 절제
54 하고 딸의 앞길을 빛나게 할 것이다."

그러고는 소씨를 공연히 꾸짖어 패악한 말이 많으니 어찌 우환이 되지 않겠는가? 남어사가 말하였다.

"우리가 임서방을 청하여 오는지 안 오는지를 볼 것이다."

남연랑이 말하였다.

"옳지 않습니다. 서방님을 청하여도 실로 오지 않을 것입니다. 서방님이 반드시 소씨 집안에는 갈 듯하니 영리한 서동을 도중에 두어 서방님이 소씨 부중에 가는 것을 자세히 알아보고는 아버님께서 소씨 집안에

---

517) 상극(相剋) : 둘 사이에 마음이 서로 맞지 아니하여 항상 충돌하거나 두 사물이 서로 맞서거나 해를 끼쳐 어울리지 아니한다는 뜻으로, 오행설에서는 금(金)은 목(木)과, 목은 토(土)와, 토는 수(水)와, 수는 화(火)와, 화는 금과 조화를 이루지 못함을 이르는 말.

518) 상원갑자(上元甲子) : 음양설에서, 시대 변화의 큰 단위로 잡는 세 묶음의 육십갑자 가운데 첫째 육십갑자의 60년. 한 시대가 시작하는 단계로 봄.

519) 육합(六合) : 천지와 사방을 통틀어 이르는 말. 곧, 하늘과 땅, 동·서·남·북을 말함.

이르시어 서방님을 모르고 만난 듯이 보시고 사리로 말씀하시어 청하신다면 어찌 오지 않겠습니까?"

남어사가 깨달고 고개를 끄덕였다. 이 밤에 남연랑이 환옥에게 밖에 55
홀로 있으면서 자신의 처치를 기다리라고 하고 가만히 변신하여 곽씨 집안에 이르렀다. 이날 곽교란이 친정에 돌아가 부모와 형제를 서로 반기고 눈물을 흘리며 시댁 식구들 모두 자신을 박대하는 것과 남편이 박정한 것을 고하면서 앵혈을 보였다. 곽국구 부부와 모든 형제자매들은 학사 임천홍에게 이를 갈며 곽교란의 박명함을 슬피 탄식하기를 마지않았다.

날이 저물자 곽교란이 침소에 돌아와 유랑과 시비를 다 물러가라 명령하고 춘매와 더불어 촛불을 밝히고 남연랑을 기다렸다. 밤이 삼경(三
更)[520]이 되어 한 마리 파리가 공중에서 내려와 사람이 되니 이 곧 남연 56
랑이었다. 서로 반겨 방 안에 들어가 은밀히 상의하여 그윽이 때를 엿보기를 기약하였다. 남연랑이 새벽에 도로 파리가 되어 자기 집으로 돌아와 자고 난 뒤에, 영리한 심복을 풀어 가만히 임재홍의 거처를 탐지하였다.

영비의 사촌 영섬은 소씨 집안의 시비였는데 소씨 집안과 벽을 사이에 두고 남씨 집안이 있었다. 영비는 남어사의 첩이 되어 천하게 나다니지 못하였으나 영섬은 영비의 동성(同姓) 삼촌 영일의 딸이요, 소상부 시녀인
계구의 자식이라 늘 남씨 집안에 자주 왕래하여 친척간의 정의를 나타내 57
었다. 이에 영비가 영섬을 후대하며 사귀어 소씨 부중의 소식을 탐지하였다.

하루는 영섬이 이르러 오늘은 한림 어르신께서 소상부에 이르신다 하기에 남씨가 자세히 듣고 이날 밤이 깊기를 기다렸다가 변신하여 소상부

---

520) 삼경(三更) : 밤 11시에서 1시 즉 자정 때쯤을 말함.

에 이르니 날이 어두웠다. 요물 중의 요물인 남연랑은 그때 소씨 부중의 화려하게 꾸민 담장 밖에서 살피고 있었는데 문득 4~5명의 관청 사환이 좋은 술과 좋은 음식을 갖춰 촛불을 들고 내당 쪽으로 가며 말하였다.

"대감어르신과 부인마님께서 오늘 향방(香房)[521]을 여시고 한림 어르신의 야찬을 대령하신다네."

58 그러고는 시각이 늦었다고 하면서 바삐 갔다. 남연랑이 바로 깨닫고 가만히 뒤를 좇아 한 곳에 이르니 단청으로 장식한 화려한 누각에 좋은 기와와 붉은 용마루가 웅장하여 구름 속에 솟은 듯하였다. 벽 사이에 붙어서 보니 시녀들이 이윽히 대기하고 있다가 야찬을 물리고는 원앙금침을 펴고 비단 장막을 드리운 뒤 야심함을 고하고 일시에 물러났다. 한림 임재홍이 비록 도를 닦는 군자이나 소씨의 현철한 미모와 재주에 마음이 쏠리니 성인도 하주(河洲)[522]에서 구하시던 바니 이미 결혼한 데다가 조

59 부모께서 신방에서 쌍으로 노닐기를 허락하셨고 예로써 소소저를 조강지처로 맞이하였으니 어찌 그 사랑이 평범하겠는가? 꽃 같은 모습과 별 같은 눈에 화락한 기운이 가득하니 동군(東君)[523]의 온화한 바람이 따스하여 태양을 이끄는 듯하였다. 임재홍이 허리띠를 풀고 촛불을 물리고 흔쾌히 나아가 소저의 가늘고 고운 몸을 이끌어 옥으로 된 침상의 이불 요 위에 원앙 장막을 함께 하고 있으니 비단 병풍과 장막이 휘황한 가운데 비취금(翡翠衾),[524] 봉황침(鳳凰枕)[525]에 두 개의 옥이 완전하였다. 소공이

---

521) 향방(香房) : 향기로운 방이란 뜻임. 이와 관련하여 '향방교객(香房驕客)'하면 향기로운 방의 교만한 손님이란 뜻으로 곧 사위를 말함.

522) 하주(河洲) : 하주는 모래섬을 말하는데 여기서는 덕이 높은 요조숙녀를 일컫는 말. 『시경』「주남(周南)」, 〈관저(關雎)〉 시에 "꾸우꾸우 물수리 모래섬에 있네. 정숙한 아가씨 군자의 좋은 짝이네[關關雎鳩, 在河之洲, 窈窕淑女, 君子好逑]."라는 구절에서 유래한 것.

523) 동군(東君) : 봄의 신 또는 태양의 신. 음양오행에서, 동(東)을 '봄'에 대응시켜 봄을 맡고 있는 신을 나타낸 데서 유래함. '태양(太陽)'을 달리 이르는 말이기도 함.

마음 가득히 기쁨을 이기지 못하여 돌아왔다. 벽 사이에서 요녀 남연랑이
소공이 딸과 사위가 화락하는 것을 몰래 살펴보고 그 기뻐하는 모습을 보 60
자 더욱 분한 마음에 숨이 막힐 듯하여 곧 소씨를 짓밟아 죽이고 싶었으
나 하릴없어 계교를 생각하였다.

문득 남연랑이 한 계책을 떠올리고는 몸 위에 도포를 입고 갓을 쓴 뒤 주문을 외워 호탕한 남자가 되어 소소저의 방 안에 돌입하였다. 침상 위에 오르고자 하다가 문득 놀라는 체하고 일부러 주머니를 풀어 놓고 급히 뛰어 내달았다.

장막 뒤에 산호로 된 서안이 놓여 있었는데, 아로새긴 난간에 부딪혀
깨어지는 소리가 요란하였다. 임재홍은 벌써 요인이 소소저를 해치려는
계책임을 깨달았으나 소소저는 뜻밖의 일이라 대경실색하여 어찌 할 줄
을 몰랐다. 유모와 시녀들은 잠결에 놀라 일의 앞뒤도 모르고 다만 도적 61
이 들어왔다고 외치니 여러 사람들의 목소리가 자못 요란하였다. 임한림
과 소소저가 의복을 정돈하여 일어나고 집안사람들 모두 물 끓듯이 소소
저의 침소로 모였다. 소상서 부부가 와서는 딸 부부가 놀란 일을 듣고는
집안의 남자 하인들에게 촛불을 밝히고 정원의 수풀 속을 수색하게 하니
달빛 아래 횃불이 대낮 같고 사람들 목소리가 떠들썩하였다. 남씨가 정원
의 월계수 수풀 속에 은신하였다가 문득 나는 새같이 뒷담을 뛰어넘어 달
아나면서 외쳐 말하였다.

“내가 어찌 도적이겠소? 재상가의 규방에서 향을 훔치는 향도적526)이 62

---

524) 비취금(翡翠衾) : 비취색의 비단 이불이라는 뜻으로, 젊은 부부가 덮을 화려한 이불을 이르는 말
525) 봉황침(鳳凰枕) : 베갯모에 봉황의 모양을 수놓은 베개
526) 향을 ~ 향도적 : 이는 진(晉)나라 한수(韓壽)라는 사람과 관련된 고사임. 가충(賈充)의 딸 오(午)가 한수(韓壽)와 몰래 정을 통하며 아버지의 향을 훔쳐다 주었는데, 나중에 가충이 한수에게서 풍기는 향 때문에 그 사실을 알게 되어 둘을 혼인시켰음. 일반적으로 향도적이라는 것은 남자

다. 나는 벌써 소소저의 옥인낭군으로 소소저가 10세 되던 초봄에 이
가산 모란 포기 사이에서 청산녹수로 맹세하여 금석 같은 언약을 하였
다. 그런데 미인이 무정하게도 사사로운 언약을 저버리고 부친의 명을
따라 임재홍 짐승 같은 놈의 아내가 되었으니 내가 어찌 노하지 않겠소
마는 이것은 소소저의 죄가 아니기에 소소한 허물로 알아 개의치 않고
친정에 돌아온 후 매일 밤 왕래하였다. 그런데 오늘 밤에 필부 임재홍
63 이 올 줄 알고도 일부러 나를 청하여 낭패하게 만드니 어찌 분하지 않
겠소? 이 천하 협객 주환을 누구로 생각한 것이냐?"

그러고는 크게 외치며 달아나니 잠시 사이에 간 곳을 알 수 없었다. 집
안사람들 모두 이런 흉악한 말을 듣고 서로 얼굴만 물끄러미 바라보며 안
색이 창백해졌다. 소소저의 모친은 깜짝 놀라고 당황하여 단지 딸을 안고
눈물을 비 오듯 흘렸다. 소공은 매우 노하였으나 요악한 자의 공교한 계
략이 극히 흉악하고 교묘하니 어느 결에 그 간 곳인들 알겠는가? 분한 기
운이 하늘을 찌를 듯하였으나 하릴없어 눈을 들어 방 안의 정황을 살피니
딸은 낯빛이 찬 재 같아 제 모친의 무릎 위에 엎드려 있고, 임한림은 안색
64 이 태연자약하여 관을 바르게 하고 무릎을 가지런히 한 채 전혀 무심하여
아까의 사건과 흉악한 말을 듣지 않은 사람 같았다.

장막 안에 도적이 버리고 간 주머니가 있기에 소상서가 친히 거두어보
았다. 그 안에 두 장의 편지가 있는데 이는 곧 딸의 필적으로 간부와 서로
왕래한 뜻을 담았으니 그 말이 극히 간교하고 음란하여 맑은 전(傳)에는
올리지 못할 것이었다. 소공이 편지를 다 보고 더욱 안색이 창백해진 채
매우 해괴하게 여겼으나 어찌 딸의 성스러운 덕과 현철한 행실로 이런 음

가 몰래 여자와 정을 통하려 하는 것을 말함.

란한 일이 있겠는가? 그러나 요인의 계교가 극히 흉악하고 공교하니 임한
림은 말할 것도 없고 세상 이치에 밝고 나이 많은 남자라도 이런 일을 겪 65
게 한다면 까마귀의 자웅(雌雄)을 분간키 어려울 정도로 그 진실을 분별하
기 힘들었다. 그런데 사위의 거동이 태연하고 무심하여 이런 일을 알지
못하는 사람 같은 것을 보고 소공은 능히 그 뜻을 헤아리지 못하였다. 소
공이 묵묵히 한참을 생각한 후에 임한림의 손을 잡고 길게 탄식하여 말하
였다.

"오늘의 변란은 뜻밖에 일어난 일이기에 내 마음이 이처럼 놀라 어찌
할 줄을 모르는데, 자네는 마음을 쓰지 않을 수 있겠는가? 주(周)나라
문왕(文王)과 주공(周公) 가문에 관숙(管叔)과 채숙(蔡叔)527)이 있고, 하혜
(下惠)의 가문에 도척(盜跖)528)이 있으니 인심은 가히 측량키 어렵도다.
오늘부터 불초녀를 심당에 깊이 가두고 요악한 도적을 추적하여 잡아
다스려서 복분(覆盆)529)의 원통함을 풀고 옥석을 쾌히 분별하며 죄진 66
딸을 죽여 법을 바르게 하겠네. 자네 뜻은 어떠한가? 나를 보고 숨기지
말게."

임한림이 소공의 말을 듣고 나서 생각하였다.

'저 소상서가 어찌 그 딸의 맑은 마음과 열렬한 절의(節義)를 알지 못하

527) 주(周)나라 ~ 채숙(蔡叔) : 주(周)나라 문왕(文王)은 주나라를 세울 수 있는 기초를 닦은 인물로 명군 중의 명군이며, 주공(周公)은 문왕의 아들로 주나라의 기반을 굳건히 다지게 한 정치가임. 관숙(管叔)과 채숙(蔡叔)은 문왕의 아들이자 주공의 형제임. 문왕을 이은 무왕(武王)이 은(殷)나라의 주왕(紂王)을 멸하고 주나라를 세워 혼란한 정세를 점차 회복하는데, 무왕이 질병으로 죽고 나이 어린 성왕(成王)이 제위에 오르자, 관숙(管叔), 채숙(蔡叔) 등이 반란을 일으킴. 이때 주공이 섭정(攝政)하며 주왕조의 기반을 굳건히 다졌음.

528) 하혜(下惠)의 ~ 도척(盜跖) : 하혜(下惠)는 춘추시대 노(魯) 나라의 명재상인 유하혜(柳下惠)를 말함. 도척(盜跖)은 유하혜(柳下惠)의 아우로, 도둑의 두목이 되어 부녀자를 납치하고 남의 물건을 약탈하였으므로 도둑의 대명사로 불림.

529) 복분(覆盆) : 뒤집어진 동이라는 뜻으로, 죄를 뒤집어쓰고 밝히지 못하고 있는 것을 말함.

겠는가마는 이런 말을 하여 나를 시험하려 하는 것이로다.'

이에 아름다운 얼굴과 별 같은 눈에 화락한 기운이 가득하여 미소를 머금고 천천히 말하였다.

"옛말에 이르기를 '자식을 알아보는 데에는 아비보다 나은 사람이 없
다.'[530]고 했으나 장인어르신께서는 따님을 애써 낳고 기르셨으면서도
그 행실을 자세히 모르시는가 싶습니다. 저는 혼인한 지 몇 해가 지났
67 으나 동방에서 아름다운 모임을 갖은 것은 4~5차례를 넘지 못하였으
며 더욱이 어리석어 임금과 부모를 섬기는 여가에는 제 일신도 마음대
로 못하니 아내의 사람됨을 어찌 알겠습니까?"

소상서가 탄식하여 말하였다.

"내가 비록 명철하지 못하나 자네가 말한 대로 자식을 알아보는 데에
는 아비보다 나은 사람이 없네. 내 평소 정숙하고 요조한 딸의 성품과
행실을 생각한다면 차마 어찌 이런 의심을 하겠는가마는 흉적의 언행
이 괴이하니 자네가 연소하여 세상일을 많이 겪지 못했기에 오늘 밤의
변란을 어떻게 여기는지 궁금해 하였네. 또한 속설에 이르기를 '부부는
68 하루 만에도 그 마음을 안다.'고 하였으니 자네의 총명함으로 내 딸의
사람됨을 자세히 알지 못하겠는가? 내가 이렇게 기구한 변을 만나니
가슴이 떨려 분명하게 알지 못하겠으니 자네의 고명한 의논을 듣고자
하네."

---

530) 자식을 ~ 없다 : 『한비자(韓非子)』「십과편(十過篇)」에 나오는 말. 제(齊)나라 환공(桓公)을 오패(五霸)의 패자(霸者)로 만든 관중(管仲)이 병이 들자, 환공이 찾아가, 관중이 불행히 일어나지 못하고 죽는다면 정치를 누구에게 물어야 하는지를 물었음. 이에 관중이 "저는 늙었으니 묻지 않으심이 좋습니다. 그렇지만 제가 듣건대 신하를 알아보는 것은 임금보다 나은 사람이 없고, 자식을 알아보는 데에는 아비보다 나은 사람이 없다고 하였습니다[臣老矣, 不可問也, 雖然, 臣聞之, 知臣莫若君, 知子莫若父]."라고 대답하였다 함.

임한림은 장인이 진정으로 자신에게 물어볼 뿐만 아니라 그 딸의 누명
을 자신이 어찌 여기는가를 궁금하여 이를 알고자 하는 답답한 마음과 장
모의 매우 슬퍼하는 모습과 소소저의 매우 놀라는 모습을 애석하게 여겨
옷깃을 다듬고 바르게 앉아 대답하였다.

"하늘과 땅이 나뉜 지 오래라 말세가 흔탁하여 점점 포악해져가니 때
때로 괴이한 일이 일어납니다. 이는 분명 산간의 요괴의 무리와 요술 69
을 부리는 간사한 사람이 몰래 숨어 있다가 인가에 변을 일으킨 것입니
다. 아마 시기하는 마음으로 저의 못난 모습에 연연해하는 자가 있거
나 따님의 아름다운 향기를 흠모하는 자가 있어 이런 괴이한 변란이 있
는 듯하나 군자가 어찌 이를 믿겠습니까? 장인어르신께서는 저를 의심
하시지 말고 집안 곳곳과 따님의 침소에 붉은 글씨로 쓴 부적을 붙여
요인이 변신하여 돌입하는 변란을 방비하십시오."

소상서가 임한림의 기색과 정대한 말에 조금도 자신의 딸을 의심하는
데가 없고 간사한 사람이 일을 꾸민 것을 아는 것을 보자 감동하였다. 비 70
록 경험 많고 나이 많은 사람이라도 뜻밖에 이 같은 변을 만난다면 진위
를 판단할 수 없을 텐데 16세가 넘지 않은 어린 사람으로 이같이 원대한
마음을 두는 것을 보니 자신이라도 따르지 못할 듯하여 그 지식의 총명함
에 감복하였던 것이다. 이에 임한림의 손을 잡고 감탄하며 말하였다.

"내가 어찌 자네를 의심하겠는가마는 이 변란은 진실로 뜻밖이네. 내
딸이 비록 남보다 뛰어나다고 내 입으로 차마 말하지는 못하나 이와 같
은 해괴한 일은 없을 것인데 막상 이런 일이 일어나니 내 마음이 어둑
하기에 자네의 밝은 소견을 듣고자 한 것이네. 자네의 말이 이와 같으 71
니 내 딸의 평생을 근심하지 않을 것이네."

임한림이 몸을 굽혀 사례하며 마음에 조금도 거리낌이 없자, 소공이 더욱 기뻐하였다. 다음 날 임한림이 돌아가 지난밤의 일을 입 밖에 내지 않았다.

이때 요녀 남연랑은 한바탕 요란한 변란을 일으키고 침소에 들어가 가
쁜 숨을 진정하고 곽교란과 은밀히 상의하고 있었다. 곽교란이 성소저를
없애달라고 남연랑에게 보채자 남연랑이 이를 수락하고 작은 나비로 변
신한 후 황혼이 되자 바로 성씨 집안의 내원(內園)에 돌입하였다. 이때 성
72 씨 집안에서 성소저가 귀녕(歸寧)하자 사위의 생관(甥館)을 열어 기뻐하니
흠 될 것이 없이 흡족하였다. 남연랑이 선뜻 나가 몰래 엿보니 임학사가
성소저와 더불어 서로 굳게 맺은 정이 교칠(膠漆) 같아 보였다. 남연랑은
부러운 한편 공연히 시샘이 나서 나아가 성소저를 없애고자 하였으나 학
사의 정대하고 맑은 기운이 두려워 감히 가까이 나가지 못하고 여러 날
다니기만 하였다.

그런데 하루는 임학사가 오지 않기에 매우 기뻐하며 환옥에게 변신법
(變身法)을 행하여 성씨 집안 뒷담 밖에 서서 기다리게 하고 자신은 밤이
깊어지기를 기다렸다가 바로 돌입하여 소저의 곱고 약한 몸을 이불에 싼
73 채 거두어 업고 급히 내달아 뒷담을 넘었다. 환옥이 괴롭게 기다리다가
기뻐하며 바삐 성소저를 싼 이불을 받아 돌아가려고 하니 남연랑이 말하
였다.

"이제 성씨 이 여자를 우리집 후원의 은밀한 방에 가서 먼저 겁탈한 뒤 저의 맑은 절개를 상하게 하여라. 그런 뒤에 세세히 부모에게 고하고 저 성씨 집에서도 알게 하면 성씨가 비록 놀란다 해도 이미 엎어진 물이라 어쩔 수 없을 것이다. 임천홍은 성씨를 잃고 곽씨와 화락할 것이

니 내가 어찌 곽씨의 은인이 아니겠느냐?"

환옥이 기쁨을 이기지 못하여 누이의 말마다 묘하다 일컫고 집에 돌아와 정원 가운데 은밀한 방에 이르러 급한 마음에 미처 불을 켜지 못하고 74
다만 등에 업은 여자를 내려놓았다. 창문을 열어 제친 뒤 비단 이불을 헤치고 먼저 아름다운 얼굴과 고운 태도를 밝은 달빛 아래 구경하려고 하였다. 그런데, 아 슬프도다! 벌써 아름다운 얼굴은 변하였고 가슴에는 삼촌 은장도를 꽂아 목숨이 끊어졌으니 붉은 피가 비단 이불에 엉겼고 향기로운 넋은 날아간 지 오래였다. 환옥이 대경실색하여 뒤로 자빠져 기절하였다. 남연랑이 황급히 다시 살펴보니 온 몸에 붉은 피요, 맥은 끊어져 이미 살아날 방도를 바라지 못할 상황이었다. 날이 점점 밝아오자 집안의 이 75
목이 두려워 남씨가 급히 환옥을 주물러 깨웠다. 환옥이 얼마 후에 겨우 정신을 차리고 일어나 실성통곡하고 눈물을 흘리면서 말하였다.

"아깝도다, 미인이여! 불쌍하다, 미인이여! 재상가 규방의 온유향(溫柔香)[531]을 겨우 품어 돌아오니 이 본래 월하의 연분이 아니었단 말인가, 삼생(三生)의 원수란 말인가? 미인이 죽었으니 누구의 탓인가? 이 모두 임천홍을 위해 죽었으니 나 남환옥은 당당히 임희린의 가문을 짓밟고 으깰 것이다."

그러자 남연랑이 급히 만류하였다.

---

531) 온유향(溫柔香) : 따뜻하고 부드러운 곳이라는 뜻으로, 미인의 처소나 미인의 부드러운 살결을 이르는 말.

임시삼ᄃᆡ록(셩현공 삼곤계 ᄌᆞ녜 별젼) 권지십칠

1면

화죠 션시의 능운을 뎨ᄌᆞ 삼ᄋᆞ 요슐을 가르친 ᄌᆞᄂᆞᆫ 묘월이라 능운이 하산ᄒᆞᆫ 후 능히 공을 일울가 ᄒᆞ여 념녀치 아니ᄒᆞ더니 긔한이 ᄌᆞᄂᆞᄆᆡ 괴이히 녀겨 츄졈ᄒᆞ여 보니 귀신의 굴혈의 ᄲᆡ져 명ᄌᆡ 경ᄀᆡᆨ이라 돈독ᄃᆡ경 왈 앗갑다 나의 읏듬 뎨ᄌᆡ 쥭게 니르럿스니 엇지ᄒᆞ리오 아우히 ᄐᆡ경을 니긔여 인즁승천ᄒᆞ여 보리라 ᄒᆞ고 셰 번 슈파람ᄒᆞ고 다ᄉᆞᆺ 번 ᄂᆞᄅᆡᄅᆞᆯ 치더니

2면

몸이 아아히 ᄡᅧ 쳔ᄋᆡ 밧긔 ᄡᅧ 귀신 모힌 굴의 ᄂᆞ르러 기리 셕장을 더지며 졔귀ᄒᆞᆯ 부작을 두루니 모든 악귀 능운을 놋코 슘거ᄂᆞᆯ ᄎᆞ시 능운이 쥭을 ᄯᆞ름이러니 묘월의 쇼ᄅᆡᄅᆞᆯ 듯고 몸을 쇼쇼와 굴 밧긔 ᄂᆞ오ᄆᆡ 기리 통곡ᄒᆞ고 묘월의게 졀ᄒᆞ며 뎐후ᄉᆞᄅᆞᆯ 고ᄒᆞ니 묘월이 탄식고 구ᄒᆞ든 말을 니르고 눈과 귀 업ᄉᆞ믈 잔잉이 녀겨 다리고 산의 도라와 구호ᄒᆞ여 몸이 여상무병ᄒᆞᄆᆡ 도법을 가르치더니 일일은 묘월이 발을 굴너 왈 앗갑다 낭ᄋᆞ셩이 ᄃᆡ익을 맛나 이 압흘 갓 지난가

3면

시부되 ᄂᆡ 네 병의 골몰ᄒᆞ노라 ᄉᆞᆯ피지 못ᄒᆞ엿도다 능운이 용약 왈 졔ᄌᆡ 다시 뫼ᄒᆡ ᄂᆞ려 낙안ᄌᆔ 가 한왕을 다ᄅᆡ여 급히 츄죵ᄒᆞ여 셜녀ᄅᆞᆯ 쥭이거나 잡거ᄂᆞ ᄒᆞᄉᆞ이다 묘월 왈 네 쇼루이 ᄒᆞᆯ가 ᄒᆞ노라 운 왈 과연 임문 졔인은 뎡긔 당당ᄒᆞ무로 ᄂᆡ ᄑᆡᄒᆞ엿거니와 셜녀ᄂᆞᆫ 외로이 가ᄂᆞᆫ지라 엇지 ᄌᆞᆸ지 못ᄒᆞ리잇고 묘월 왈 나ᄂᆞᆫ 임의 하산치 못ᄒᆞᆯ 쥴 네 알거니와 이번은 상고 착실ᄒᆞ여 됴심ᄒᆞ라 능운이 합장슈명ᄒᆞ고 뫼ᄒᆡ 나려 바로 낙안ᄌᆔ로 향ᄒᆞ며 목ᄉᆡᆼ이 엇지ᄒᆞ여 힝

4면

도ᄅᆞᆯ 츄돈치 못ᄒᆞᄂᆞᆫ고 ᄒᆞ더니 홀연 ᄒᆞᆫ ᄣᅦ 군병이 한 시신을 싯고 달니거ᄂᆞᆯ ᄂᆡ괴 괴로이 ᄒᆞᆫ 눈을 ᄡᅳ그리고 본 즉 목지형이 코히 업고 한 팔이 업ᄉᆞ면 무ᄉᆞᆷ ᄃᆡ익을 당ᄒᆞ도다 ᄃᆡ경실ᄉᆡᆨᄒᆞ여 쇼ᄅᆡ를 놉혀 왈 목상공ᄋᆞ 져 어인 경상이뇨 목ᄉᆡᆼ이 머리를 겨오 드러 ᄉᆞᆯ피니 능운이 아니요 뉘리오 하 반갑고 깃부미 층냥 업ᄂᆞᆫ지라 피ᄎᆞ 눈물이 오월장슈 ᄀᆞᆺᄒᆞ여 뎐후 곡절을 일일히 젼ᄒᆞ고 져도 하마 쥭을 거ᄉᆞᆯ 한뎐하 은덕으로 군병을 보ᄂᆡ여 치여의 실녀스믈

5면

젼ᄒᆞ고 ᄂᆡ 비록 셜ᄌᆞ의 칼의 이리 맛ᄎᆞ시나 셜시 ᄯᅩ 환슐ᄒᆞᄂᆞᆫ 산젹을 맛나 다려가더라 능운 왈 상공은 쳘 업ᄂᆞᆫ 말 말나 임셜 냥문이 엇던 집이라 귀즁ᄒᆞᆫ 며ᄂᆞ리와 ᄯᆞᆯ을 화란의 맛치랴 쇼리히 산젹의게 잡히이게 ᄒᆞ리오 이 불과 지혜로 ᄉᆞᄅᆞᆷ의 눈을 가리와 상공을 쇽이고 금션탈삭지계로 몸을 버셔 됴히 녁노로 힝ᄒᆞ여 발셔 우리 문 압길을 지난 쥴 우리 ᄉᆞ뷔 아르시고 급히 한젼하긔 알외고 남ᄒᆡ 길목세 질너 ᄯᆞ로면 셜시

6면

잡기 여반장이라 ᄒᆞ니 어셔 ᄲᆞᆯ니 힝ᄒᆞᄉᆞ이다 목ᄉᆡᆼ이 불각ᄃᆡ오ᄒᆞ여 알푸믈 닛고 달녀 낙안쥐 니르러 한왕긔 진심ᄒᆞ다가 ᄉᆞᄉᆞ의 한 닐도 니르지 못ᄒᆞ고 병인이 되여 능운으로 더브러 니르러시믈 알외고 뎐후ᄉᆞ를 말ᄒᆞ니 능운이 ᄯᅩ ᄭᅬ오되 가히 이리이리ᄒᆞᆯ 계괴 잇ᄉᆞ니 금일 발병ᄒᆞ여라 ᄒᆞᆫᄃᆡ 한왕이 친히 군긔를 ᄀᆞᆺ쵸고 뒤ᄒᆡ 거교를 세우고 ᄯᆞ라ᄂᆞ셔니 가히 우읍더라 어시의 셜쇼졔 연부를 ᄣᅥ나 여러 날 힝ᄒᆞ더니 길이 한산 모흘

7면

말ᄆᆡ암으니 협곡을 더위잡ᄋᆞ 겨우 병목 ᄀᆞᆺᄒᆞᆫ 골을 넘어 날이 져물ᄆᆡ ᄎᆡ야를 바야 급히 쵼낙을 어더 일힝이 셕식을 파ᄒᆞ고 쇼져ᄂᆞᆫ 마음이 ᄌᆞ로 놀나고 졍신이 ᄯᅥᆯ니ᄂᆞᆫ지라 잉셤을 불너 겻ᄒᆡ 안즈라 ᄒᆞ고 츌졍시의 쵸왕이 맛긴 금낭셔를 ᄣᅥ히며 일오ᄃᆡ 뎐구 ᄃᆡ인이 나의 금일ᄉᆞ를 혜아리ᄉᆞ 이 금낭을 맛지시니 마음이 위틔롭고 놀납거ᄂᆞᆯ 여러보라 ᄒᆞ시던 거시니 금일 ᄂᆡ 마음이 심히 두렵고 놀나오니 ᄣᅥ혀 보리라 ᄒᆞ고 금

낭을 쎠

8면

혀 상우히 노코 공경ᄒᆞ여 보니 다만 일녓시되 비록 욕이 급ᄒᆞ나 신체발부ᄂᆞᆫ 슈지부뫼라 잔형훼면을 못ᄒᆞ리니 이를 삼가고 비록 남악이 외되나 만분위틱ᄒᆞᆫ 곳의도 셩인이 권도를 쥬시니 너의 고집을 도로혀 아즉 급화를 진정ᄒᆞ면 삼오 츈츄를 은마 뒤이즈리오 ᄒᆞ엿더라 쇼졔 거두어 도로 몸의 진히고 졍히 ᄌᆞ리의 ᄂᆞᄋᆞ가고ᄌᆞ ᄒᆞ더니 홀연 뎐면의 함셩이 ᄃᆡ진ᄒᆞ며 어셔 결ᄒᆞ라 ᄒᆞᄂᆞᆫ 쇼ᄅᆡ 우레ᄀᆞᆺ치 들니ᄂᆞᆫ지라 쇼졔 혼

9면

불부체ᄒᆞ나 셩식을 부동ᄒᆞ고 픠도를 슈습ᄒᆞᄂᆞᆫ지라 ᄆᆡ홍 잉셤이 가ᄇᆡ야이 쇼져를 등의 업고 나ᄂᆞᆫ ᄃᆞ시 다르니 졔 시네 일시의 통곡ᄒᆞ고 ᄯᆞ로나 밋지 못ᄒᆞ고 화잉이 잉셤을 ᄯᆞ라 진녁ᄒᆞ여 거르되 잉셤이 쇼져를 업고 독불니지ᄒᆞ여 놉흔 ᄌᆡ를 넘어 발셔 십여 리나 다르니 각녁이 진ᄒᆞᆯ 듯ᄒᆞᆫ지라 쇼졔 일셩ᄋᆡ호 왈 날이 불과 슈일힝이 못되여 도젹을 ᄯᅩ 맛ᄂᆞ니 구ᄎᆞ히 ᄉᆞ라 무엇ᄒᆞ리오 말이 맛지 못ᄒᆞ여 일진 강되 ᄯᆞ로며

10면

웨여 왈 야반의 어린 녀ᄌᆡ 엇지 먼니 가리오 셜녀를 ᄲᆞᆯ니 잡으라 ᄒᆞ거ᄂᆞᆯ 관환이 쇼져를 거두쳐 업고 나ᄂᆞᆫ ᄃᆞ시 닷더니 압히 위싂 가려시니 이 물이 ᄉᆞ히를 통ᄒᆞᆫ 물이로ᄃᆡ ᄇᆡ 업고 졈졈 도젹의 쇼ᄅᆡ ᄀᆞᆺ가와 오니 쇼졔 ᄒᆞᆫ 번 쇼ᄅᆡᄒᆞ고 홍의 등의 나려 왈 ᄉᆞ이 지ᄎᆞᄒᆞ니 무가ᄂᆡ히라 구고의 지우지은을 갑지 못ᄒᆞ고 이졔 형셰 위급ᄒᆞ니 ᄉᆞᆯ지 못ᄒᆞ리라 ᄒᆞ고 몸을 쇼쇼와 졔비ᄀᆞᆺ치 강심의 ᄲᅱ여드니 ᄆᆡ숑 잉셤 화잉 등이 일시의 ᄲᅱ여

11면

드ᄂᆞᆫ지라 졔젹이 진녁ᄒᆞ여 ᄯᆞ라오더니 발셔 네 녀ᄌᆡ 물의 드ᄂᆞᆫ 냥을 보고 ᄒᆞᆯ 일 업셔 ᄒᆞ고 한왕이 요리 등으로 더브러 ᄶᅩᆺᄎᆞ 니르럿다가 ᄎᆞ경을 보고 왕이 발 굴너 왈 아ᄎᆞ 아ᄎᆞ 져 미인 ᄶᅩᆺ지나 말더면 물의ᄂᆞᆫ ᄲᆡ지지 아냣슬 거ᄉᆞᆯ 말이 맛지 못ᄒᆞ여셔 홀연 뒤흐로셔 비슈를 더지ᄂᆞ니 잇셔 ᄒᆞᆫ 칼이 ᄂᆞ라 두루치며 왕의 가슴을 슘통만 남기고 다 갈호 버히며 슈다 군돌이 풀닙ᄀᆞᆺ치 쥭ᄂᆞᆫ지라 져군이 황황ᄒᆞ여 셜시 담으려 ᄒᆞ던 교

ᄌᆞ의 왕

12면

을 담고 급히 산곡쇼로로 말ᄆᆡ암ᄋᆞ 낙안귂로 다라나니라 어시의 셜혹식 ᄆᆡ졔를 안둔ᄒᆞ고 밧긔셔 한쥬부 등으로 한담ᄒᆞ더니 야밤 삼경의 홀연 함셩이 진동ᄒᆞ며 미쳐 손놀닐 ᄉᆞ이 업시 도뎍들이 쳘통ᄀᆞᆺ치 ᄊᆞ고 일표장식 쇼ᄅᆡ 질너 셜쇼져를 교ᄌᆞ의 담으라 ᄒᆞᄂᆞᆫ지라 ᄃᆡ경실ᄉᆡᆨᄒᆞ여 칼을 ᄲᆡ혀 슈십 인을 쥭이고 ᄌᆞᆺ쳐 드러가니 ᄆᆡ랑 등과 쇼져ᄂᆞᆫ 간 ᄃᆡ 업고 뉴랑과 남은 시비ᄂᆞᆫ 쇼져를 부르지져 우ᄂᆞᆫ지라 혹식 두루 ᄎᆞᆺ더니 도뎍이 뫼흘 급

13면

히 넘거ᄂᆞᆯ 한장 이인을 다리고 뎍의 뒤흘 ᄯᆞ르며 술피니 과연 ᄆᆡ숑 등이 쇼져를 업고 다라나다가 뎍의 ᄯᆞ르믈 보고 일시의 물의 ᄲᆡ지ᄂᆞᆫ지라 혹식 실ᄉᆡᆨᄃᆡ경ᄒᆞ여 피를 토ᄒᆞ고 것구러지니 한장 이인이 급히 붓드러 구호ᄒᆞ되 ᄉᆡᆼ되 망연ᄒᆞᆫ지라 장츄관이 급히 환혼단을 입으로 씹어 혹ᄉᆞ의 입의 흘녀 너흐니 이윽ᄒᆞ여 혹식 뎡신을 ᄎᆞ려 쇼ᄆᆡ를 부르지져 우니 한쥬뷔 위로 왈 ᄉᆞ이 지ᄎᆞᄒᆞ니 울어 무익ᄒᆞᆫ지라 맛당이 원슈를 갑고 시신을 ᄎᆞᆺᄉᆞ

14면

이다 혹식 어이 ᄉᆞᆯ ᄯᅳᆺ이 잇ᄉᆞ리오마ᄂᆞᆫ 이 원슈ᄂᆞᆫ 아니 갑지 못ᄒᆞ리라 가연이 이러나 보검을 들고 진언을 념ᄒᆞ며 칼을 뎍진의 더지니 칼이 변화ᄒᆞ여 검광이 셤삭ᄒᆞ여 일도홍예 창천의 ᄲᅢ쳐 바로 한왕의 가슴의 ᄂᆞ리더니 슘통만 남기고 가로 버히고 허다 군듕을 ᄌᆞᆺ치고 도로 갑흘의 들거ᄂᆞᆯ 급히 강가의 가 보니 파되 흉용ᄒᆞ여 지향무뎍이니 쇼져의 시신을 어ᄃᆡ 가 ᄎᆞᄌᆞ리오 앙쳔통곡ᄒᆞ여 ᄌᆞ로 혼뎔ᄒᆞ니 한장 이인과 셔동과 ᄎᆡ인이 다 망극

15면

ᄒᆞ여 통곡ᄒᆞ더니 유랑 시비 등이 밋쳐 와 ᄎᆞ경을 보고 일시의 물의 ᄲᅱ여들녀 ᄒᆞ니 한쥬뷔 졔인을 금ᄒᆞ고 혹ᄉᆞ를 구호ᄒᆞᄆᆡ 혹식 울며 왈 아ᄆᆡ를 일코 도라가 하 면목으로

부모를 뵈오리오 ᄂᆡ 물 쇽의 드러 시신을 ᄎᆞᄌᆞ리라 ᄒᆞ고 뛰여들녀 ᄒᆞ니 한장 등이 황황이 붓드러 왈 상공이 ᄒᆞᆫ 누의를 위ᄒᆞᄉᆞ 엇지 니런 일을 ᄒᆞ고ᄌᆞ ᄒᆞ시ᄂᆞ뇨 ᄐᆡᄉᆞ 상공이 어가를 뫼셔 도라오시ᄆᆡ 한님 부인 참부도 니긔지 못ᄒᆞ실 바의 상공의 쳔금즁신을 한가지로 슈듕

16면

의 참몰ᄒᆞ시믈 드르시면 그 상명ᄒᆞ시미 반듯ᄒᆞ시리니 한님 부인은 마지 못ᄒᆞ시미여니와 상공은 부졀 업시 ᄉᆡᆼ각ᄒᆞ시미니 쌜니 쵸혼ᄒᆞ여 도라가 냥부의 통ᄒᆞ시미 가ᄒᆞᆯ가 ᄒᆞ나이다 학ᄉᆡ 드르ᄆᆡ 그러ᄒᆞᆫ지라 ᄒᆞᆫ갓 ᄆᆡ랑을 부르고 쇼져의 ᄂᆞ숨을 가져 강심을 향ᄒᆞ여 쵸혼ᄒᆞ고 도라올 ᄉᆡ ᄆᆡ져를 한 번 부르고 피를 열 번 토ᄒᆞ니 졔인이 지극구호ᄒᆞ며 위로 왈 ᄀᆡᆨ지의셔 유리ᄒᆞ미 부졀 업ᄉᆞ니 쌜니 도라가 션쳐ᄒᆞᄉᆞ이다 학ᄉᆡ 통곡 왈 군등의 말

17면

이 유리ᄒᆞ나 ᄂᆡ ᄎᆞ마 누의를 강심의 잠으고 도라가지 못ᄒᆞᆯ지라 군등은 도라가 ᄎᆞᄉᆞ를 고ᄒᆞ라 ᄂᆞᄂᆞᆫ 이 물 쇽을 ᄎᆞᄌᆞ 용왕을 ᄌᆞᆸᄋᆞ 셰우고 시신을 ᄎᆞᄌᆞ 가거나 팔황규쥐를 다 도라도 누의 시신 ᄎᆞᆺ기 젼은 못 가리라 ᄒᆞ고 언파의 표연이 만니운을 닛그러 ᄒᆞᆫ 번 ᄎᆡ치니 그 ᄒᆡᆼᄉᆡᆨ의 표표탕탕ᄒᆞ미 부지거쳐라 졔인이 ᄃᆡ경실ᄉᆡᆨᄒᆞ여 밋쳐 잡지 못ᄒᆞ믈 한탄ᄒᆞ고 북으로 도라오니라 ᄎᆞ셜 쳔하의 ᄏᆞᆫ 다ᄉᆞᆺ 뫼히 잇ᄉᆞ니 동은 ᄐᆡ산이요 셔ᄂᆞᆫ 화산이요

18면

남은 형산이오 북은 항산이요 즁은 슝산이라 쳔지ᄀᆡ벽ᄒᆞᆫ 후 냥긔ᄂᆞᆫ 상승ᄒᆞ여 쳔문이 일고 지긔ᄂᆞᆫ 하강ᄒᆞ여 지리가 된지라 동지국 위부인이 인륜을 ᄉᆞ졀ᄒᆞ고 형산의 드러 우금 쳔여셰의 얼골이 화ᄒᆞ여 신션이 되고 ᄲᅧ 화ᄒᆞ여 션골이 되여 운상무의를 쎨치면 옥경의 됴회ᄒᆞ고 반도년의 참네ᄒᆞ여 경장을 맛보고 옥익을 먹음고 형산의 도라오면 ᄉᆞ희팔황을 산두어 억됴창ᄉᆡᆼ의 션악우렬을 안하의 버린 다시 보더

19면

니 일일은 냥ᄀᆡ 도동을 명ᄒᆞ여 골오ᄃᆡ 즉금 낭ᄋᆞ셩이 젼셰의 아보로 구미호의 작얼을 입어 남히 찬덕ᄒᆞᄂᆞᆫ 길의 흉인의 히ᄒᆞᆫ ᄇᆡ 되여 강슈의 ᄯᅥ러졋ᄂᆞ니 너희 ᄲᆞᆯ니 가 구ᄒᆞ여 오되 편쥬의 시러오라 도동이 슈명ᄒᆞ고 남히 큰 길 위슈가의 가 ᄡᅡᆨ학을 물의 ᄯᅴ오니 학이 변ᄒᆞ여 일쳑 쇼션이 되ᄂᆞᆫ지라 도동이 쇼션을 ᄲᆞᆯ니 져허 물 쇽의 깁히 드러 두루 ᄉᆞᆯ피되 ᄉᆞ롬의 둉뎍이 업더니 이윽고 광풍이 ᄃᆡ긔ᄒᆞ며 네ᄂᆞᆺ 시신이 도동의 ᄇᆡ의 ᄯᅥ오르니

20면

어엿부다 셜쇼져 셩염이 금심옥졀을 놉히 줍ᄋᆞ 몸을 쳔쳑강슈의 더지ᄆᆡ 슌힝야ᄎᆡ 나왓다가 보고 용궁의 드러가 ᄎᆞᄉᆞ를 니르니 ᄎᆞ시 남히용왕이 ᄉᆞ히용신을 모도와 일일 잔치ᄒᆞ더니 이 말을 듯고 ᄂᆞ와 보니 과연 낭아셩이 ᄯᅥ러져 강파의 뎡긔 부르니 용신이 시신을 거두쳐 올녀 ᄉᆞᆯ핀 즉 위인인 ᄉᆞ직 학 그린 편쥬 우히셔 강심을 ᄉᆞᆯ피거ᄂᆞᆯ 용왕이 아라보고 네ᄂᆞᆺ 시신을 ᄇᆡ 우히 치치니 읏듬 도동 명월이 진

21면

군의 도통을 젼쥬ᄒᆞ여 도법이 신이ᄒᆞᆫ지라 시신을 ᄇᆡ젼의 걸쳐 물을 슈 업시 토ᄒᆞ게 ᄒᆞᆫ 후 쇼져를 븟드러 ᄡᅡᆼ연으로 ᄒᆞ여곰 유리표ᄌᆞ로 밧치라 ᄒᆞ여 몸을 기우려 물을 다 토ᄒᆞ게 ᄒᆞᆫ 후 션즁의 누이고 여러 시신을 향ᄒᆞ여 우션을 셔너 번 붓치니 의상이 경긱의 말나 완연이 션즁의셔 좀 드른 듯 ᄒᆞᆫ지라 도동이 ᄎᆞ탄ᄒᆞ고 ᄂᆞᄋᆞ가 쇼져를 향ᄒᆞ여 진언을 념ᄒᆞ고 화혼단을 쳔슈의 화ᄒᆞ여 드리오니 약물이 후셜

22면

을 넘ᄂᆞᆫ 듯ᄒᆞ거ᄂᆞᆯ 삼ᄀᆡ 비ᄌᆞ의게 ᄎᆞ례로 약을 가라 너흐니 ᄆᆡ숑 잉셤 화잉이 즉시 회싱ᄒᆞ여 눈을 ᄯᅥ ᄉᆞᆯ피니 여동 냥인이 션즁의 안ᄌᆞ 져의 노쥬를 구ᄒᆞᄂᆞᆫ지라 뎡신이 용약ᄒᆞ여 입써나 쇼져를 붓들고 호곡 왈 우리 쇼져를 뫼셔 슈쳔 니를 쳔신만고ᄒᆞ여 이 ᄯᅡ히 니르러 흉젹의 ᄯᅩ로ᄂᆞᆫ 발이 ᄲᆞ르고 쇼졔 ᄃᆡ졀을 줍ᄋᆞ 투강ᄒᆞ시믈 달게 ᄒᆞ시니 비ᄌᆞ 등이 일이 이 지경의 미쳣ᄉᆞ니 우리 부인 탁고를 밧들 길이 업ᄉᆞᆫ 바의 쇼져를 강어

23면

의 복즁의 너코 홀노 도라가지 못훌지라 훈가지로 물 쇽의 써러진 바의 엇던 활불이 우리롤 술오시고 쇼져의 싱도는 업는잇가 말노 됴추 운졀통도후니 녀동이 위로후여 회싱후믹 쇼져 겻히 일시의 누아가 옥슈롤 만져 늣기더니 이윽후여 쇼졔 눈을 써 좌 우롤 술피고 익원이 틱틱롤 불너 긔운이 막힐 듯후니 믹송 등이 쇼져의 수지롤 쥐무 르며 위로 왈 쇼져의 딕졀이 늠늠후시믈 상텬이 감동후수 난 딕 업순 싱불이 우

24면

리 노쥬롤 술녀 닉엿시니 뎡신을 추리쇼셔 쇼졔 듯기롤 맛추믹 녀동을 향후여 수례 왈 쳡은 진토육골이라 불힝훈 시운을 맛나 노쥬 수인이 임의 밝은 강슈의 몸을 더지 믹 천쳑강심이 쳡의 몸을 감촐 곳이라 다시 싱도롤 어들 길이 업거놀 션동은 어느 곳 활불이완딕 여러 목숨을 구후시누뇨 은혜난망이오나 쳡의 거게 쳡의 쥭으믈 보고 상 심발광훌지라 션동은 주비지심으로 거거의 잇는 곳으로 가게 후오면 결

25면

쵸보은후리이다 션동이 공경 답왈 추식 어렵지 아니나 이는 다 쳔슈의 믹인 뵈니 인 녁으로 못훌지요 부인 노쥬롤 션즁의 언즈니는 남히용왕이라 부인의 급화롤 구후여 빈도롤 맛져 남악형산의 삼 년을 슈도후시게 후믄 니 다 옥뎨 교측이라 이제 쇼졔 일 힝이 곳가이 잇셔도 도라가시기 어렵거놀 이 물이 남히 딕양을 통후여 양일지닉의 팔쳔오빅 니롤 지닉시니 일힝과 형남을 어딕 가 추주리잇고 이합이 썩 잇고 쳔

26면

되 유슈후니 밧비 도라가라 후시무로 되지 못후시리니 금일 이후로는 우리 션법을 졉후여 쳔의롤 기다리쇼셔 셜쇼졔 션동의 셜화롤 드르믹 하 어히 업셔 일셩장탄 왈 쳡이 도라갈 길이 업고 의지훌 딕 업수니 됸수활불을 됴고주 후나 쳡의 거거의 쳑호 후는 눈물이 피롤 화훌 거시오 쳡의 시신을 춫지 못후여 수히롤 다 돌녀 훌지라 다만 쳡의 쥭지 아냐심만 알게 후고는 아모 딕로라도 갈 거시오 누의 싱됸을 형의게

27면

고치 못ᄒᆞ고는 남악을 니르지 마르쇼셔 녀동이 일오ᄃᆡ 쇼져의 형남이 미구의 이 물의 오리니 명월을 머무러 여ᄎᆞ여ᄎᆞᄒᆞ여 쇼져의 ᄉᆡᆼ됸을 알게 ᄒᆞ고 우리는 ᄇᆡ를 ᄡᅧ혀 형산으로 ᄒᆡᆼᄒᆞᄉᆞ이다 ᄆᆡ숑이 ᄎᆞ언을 듯고 깃거 왈 그리면 쇼졔 두어 쥴 글노ᄡᅥ 학ᄉᆞ 상공을 맛져 본부의 젼ᄒᆞ미 편흔가 ᄒᆞᄂᆞ이다 쌍연이 쇼왈 그ᄃᆡ 말 ᄀᆞᆺᄒᆞ여는 쇼져의 ᄋᆡᆨ슈 ᄇᆡᆨ 년 안의 결말이 업ᄉᆞ리니 쇼졔 인셰 ᄉᆞ오 년을 ᄉᆞ절ᄒᆞ고 냥가 부뫼 쥭으믈 아라 다시 임상

28면

공 건즐을 못 밧들믈 밝힌 후 ᄋᆡᆨ쉬 진ᄒᆞ고 흉당이 쥬멸홀 시졀의 쇼져의 ᄐᆡ운이 도라오고 젼후 실닌 ᄃᆡ되 이 가온ᄃᆡ 버러시니 아즉 밧바 마르쇼셔 ᄒᆞ쇼 잉셤 등이 ᄇᆡᆨᄇᆡᆨᄉᆞ례ᄒᆞ니 냥 도동이 말녀 왈 우리 션가의는 이런 일의 ᄉᆞ례를 원슈ᄀᆞᆺ치 넉이ᄂᆞ니 ᄉᆞ뷔 면젼의 ᄂᆞᄋᆞ가 일졀 층은치 말나 ᄒᆞ고 명월이 표연이 몸을 ᄂᆞ라 됴고만 호로를 물 우희 ᄯᅴ오고 거ᄉᆞ리 뎌어 상강 어귀로 가니 쇼졔 다만 구옥ᄎᆞ를 명월을 쥬어 왈 ᄎᆞ물이 임한

29면

님 빙물이라 신변을 ᄯᅥᄂᆞ지 아니터니 이것슬 쳡의 거거를 보시거든 젼ᄒᆞ쇼셔 션동이 바다 가지고 표연이 가니 삼인이 실ᄉᆡᆨᄒᆞ고 쇼졔 그 허망ᄒᆞ믈 즐기지 아니나 ᄉᆞ셰 되여 가믈 보려 다만 심ᄉᆞ를 어루만져 강심을 구버볼 ᄯᆞ름이러라 늘이 반오의 명월이 도라와 쇼져다려 왈 ᄂᆡ 과연 어옹의 ᄆᆡᆫ도리ᄒᆞ고 쇼상동졍으로부터 남쥐위국 여흘의가 셜혹ᄉᆞ를 맛ᄂᆞᄆᆡ 여ᄎᆞ여ᄎᆞᄒᆞ고 구옥ᄎᆞ를 드리고 오니이다 쇼졔 거거의 ᄋᆡ쓸 바

30면

를 ᄉᆡᆼ각고 간장이 타는 듯 옥뉘 삼삼ᄒᆞ니 삼비와 냥 녀동이 위로ᄒᆞ더니 ᄇᆡ 발셔 진군의 골어귀의 들ᄆᆡ 녀동이 먼져 드러가 알외니 진군이 ᄃᆡ희ᄒᆞ여 탑을 쓸고 쳥ᄒᆞ거놀 쇼졔 탑의 올나 공경ᄇᆡ례ᄒᆞ고 은혜를 일ᄏᆞ르니 다만 진토의 더러온 몸을 구ᄒᆞᄉᆞ 션경을 더러이게 ᄒᆞ시니 난망ᄃᆡ은이라 원컨ᄃᆡ 고요히 드러 일신참덕을 씻고ᄌᆞ ᄒᆞ나이다 말을 맛고 츄파를 드러 진군을 보니 옥골이 ᄉᆡᆨᄉᆡᆨᄒᆞ고 ᄲᅧ 화ᄒᆞ여 슈졍 ᄀᆞᆺ고 두상의

일월오

31면

운관을 쓰고 구름 ᄉᆞᄆᆡ와 안ᄀᆡ 치ᄆᆡ 뎡신이 황홀ᄒᆞᆫ지라 딘군이 흠신공경 왈 빈도ᄂᆞᆫ 산즁폐인이라 엇지 부인의 과려ᄅᆞᆯ 당ᄒᆞ리오 귀ᄒᆞᆫ ᄌᆞ최 임ᄒᆞ시니 산즁 광치 ᄇᆡ승ᄒᆞ도다 쇼져의 션됴 ᄐᆡᄉᆞ공이 산쳔을 편답ᄒᆞᄉᆞ 이곳의 임ᄒᆞ시되 그ᄯᆡ 빈되 쳔ᄐᆡ의 간 ᄉᆞ이 도관을 유람ᄒᆞ시고 아름다온 글노 찬을 쥬시니 션문의 광치 ᄇᆡ승ᄒᆞᆫ지라 빈되 보은ᄒᆞᆯ 길 업ᄉᆞ믈 탄ᄒᆞ더니 쇼져의 참화로 산외의 니르시니 삼 년 ᄌᆡ앙을 피ᄒᆞ시려니와 아됴 셰간

32면

을 쇽여 ᄌᆞ최 업ᄉᆞᆫ 냥으로 ᄒᆞ고 삼 년을 슘어 계시면 영화ᄅᆞᆯ 띄여 도라가시려니와 쳔ᄀᆡ 비밀ᄒᆞ니 누셜ᄒᆞᆯ ᄇᆡ 아니라 ᄒᆞ고 션과션미로 ᄃᆡ졉ᄒᆞ더라 형산도덕이 다른 고관과 달나 뫼 ᄒᆞᆫ 편을 졉ᄒᆞ고 물은 은하ᄅᆞᆯ 연ᄒᆞ여 옥암션봉의 ᄉᆞ시의 상운이 덥혀시니 이 엇지 옥쳥궁이 아니리오 집이 표묘ᄒᆞ여 유리기동과 산호들보며 구슬기와의 슈졍박공이 영농찬난ᄒᆞ여 구름의 연ᄒᆞ여 밧그로 무막을 둘넛고 ᄎᆡ운이 영농ᄒᆞ니 어이 인셰ᄅᆞᆯ 통ᄒᆞᆫ

33면

길이 잇ᄉᆞ리오 진군이 쇼져ᄅᆞᆯ 동녁치실의 거쳐ᄅᆞᆯ 졍ᄒᆞ니 진ᄋᆡ 무드지 아니ᄒᆞ더라 쇼졔 ᄆᆡ숑을 도라보아 왈 ᄂᆞ의 명되 다쳔ᄒᆞ미 여ᄎᆞᄒᆞ여 위슈의 ᄉᆡᆼ진 시신이 다시 ᄉᆞ라ᄂᆞ니 이ᄂᆞᆫ 우리 됸구 ᄃᆡ인의 법데ᄅᆞᆯ 문허 바린지라 다시 녀도의게 비러 인간 길을 ᄭᆞᆫ쳐 연화로 도라가 여년을 맛치미 가ᄒᆞ도다 말노 됴ᄎᆞ 옥뉘 방방ᄒᆞ여 보압을 뎍시니 삼비 지극 위안ᄒᆞ더라 ᄎᆞ야의 진군이 낭ᄋᆞ셩을 우러러 두어 마ᄃᆡ 진언을 파ᄒᆞ여 ᄌᆞ리ᄅᆞᆯ 옴겨 가리오

34면

고 팔 션녀ᄅᆞᆯ 도라보ᄋᆞ 쇼왈 이만ᄒᆞ면 ᄐᆡ셩을 독히 쇽여 일졍 보다라온 간장이 이울게 쇽일노다 팔 션녀 낭낭이 웃더라 이후ᄂᆞᆫ 진군이 쇼져ᄅᆞᆯ 당즁의 머무러 금난의 교

를 미ᄌᆞ 쳔문지리와 뉵도삼냑을 의논ᄒᆞᆫ 즉 쇼졔 묵묵단좌ᄒᆞ여 ᄃᆡ구치 아니니 진군이 웃고 삼 권 쳔셔를 쥬어 왈 이 ᄎᆡᆨ은 거년 단양일의 요지연의 ᄀᆞᆺ더니 ᄐᆡ임낭낭이 이 ᄎᆡᆨ 삼 권을 빈도를 맛지ᄉᆞ 글과 ᄉᆞ룸이 상층ᄒᆞ니를 맛나거든 젼ᄒᆞ라 ᄒᆞ시ᄆᆡ

35면

바다 도라와 ᄭᆡ닷지 못ᄒᆞ엿더니 쇼져ᄭᅴ 도라보ᄂᆡᄂᆞ니 ᄌᆞ시 술피쇼셔 쇼졔 밧고 칭ᄉᆞ 왈 누인이 ᄒᆞᆫ 일도 규합의 맛당ᄒᆞ믈 엇지 못ᄒᆞ고 이런 놉흔 길의 의미를 ᄭᆡ치미 가치 아니ᄒᆞ이다 진군이 미쇼ᄒᆞ고 ᄎᆡᆨ을 펴 일통을 ᄒᆡ셕ᄒᆞ니 쇼졔 명명히 심즁의 긔록ᄒᆞ고 이후는 ᄌᆞ연 심ᄉᆞ를 쳔셔의 붓쳐 잠심ᄒᆞ니 혈ᄆᆡᆨ이 관통ᄒᆞ여 텬문지리와 호풍환우ᄒᆞ며 귀신을 졔어ᄒᆞ고 미ᄅᆡᄉᆞ를 무불통지ᄒᆞ니

36면

더욱 의약복셔의 신묘ᄒᆞᆫ 슐을 통ᄒᆞ되 겻히 ᄉᆞ룸이 모로더라 익셜 셜혹ᄉᆡ 미랑의 참혹히 투강ᄒᆞ믈 보고 홀노 쳔니마를 ᄎᆡ쳐 동졍군산의 니르러 부상ᄃᆡ고의 ᄇᆡ를 맛나 위슈의 니르니 월편ᄉᆞ변의 일표어옹이 삿가ᄉᆞᆯ 슉이고 낙ᄃᆡ를 드리워 ᄒᆞᆫ가이 안ᄌᆞᆺ는지라 ᄉᆡᆼ이 강슈를 향ᄒᆞᄆᆡ 슬푸믈 니긔지 못ᄒᆞ여 실셩장통ᄒᆞ니 어옹이 낙시ᄃᆡ를 거두고 무러 왈 노야는 무슨 원통ᄒᆞᆫ 일이 잇셔 물가흘 님

37면

ᄒᆞ여 셜워 우시ᄂᆞ뇨 ᄉᆡᆼ이 그 어옹의 두 눈이 명경 ᄀᆞᆺ고 얼골이 슈졍 ᄀᆞᆺᄒᆞ믈 긔ᄃᆡᄒᆞ여 좌를 일우고 탄식 왈 쇼ᄆᆡ를 다리고 남히덕쇼로 힝ᄒᆞ다가 흉젹의 ᄒᆡ를 맛나 쇼ᄆᆡ 익슈투강ᄒᆞ니 시신이나 어드려 ᄒᆞ되 쳔쳑강심의 어복의 장ᄒᆞ엿실지라 ᄎᆞ줄 길이 업ᄉᆞ무로 셜워ᄒᆞ노라 어옹이 답왈 올타 거월 망일의 ᄂᆡ 맛츰 쇼션을 타고 이 물의셔 ᄃᆡ어를 건즈려 ᄒᆞ더니 믄득 광풍이 ᄃᆡ작ᄒᆞ며 홀연 난 ᄃᆡ 업순 쇼션이

38면

ᄯᅥ오며 녀인들이 ᄇᆡ를 졋더니 홀연 ᄉᆞ인의 시신이 ᄯᅥ오ᄆᆡ 그 녀인들이 시신을 ᄇᆡ의 언져 상뉴로 가거늘 심즁의 신긔코 니상ᄒᆞ여 ᄇᆡ를 져어 ᄯᆞ라가니 두 녀ᄌᆡ 시신을 ᄇᆡ의 걸쳐 물을 토ᄒᆞ고 무슨 약을 강슈의 화ᄒᆞ여 먹이니 회ᄉᆡᆼᄒᆞ엿다 ᄒᆞ고 ᄇᆡ 간 ᄃᆡ 업

ᄉᆞ니 의심컨ᄃᆡ 그 녀인이 구ᄒᆞ여 다리고 먼니 간가 시부니 상공은 쌜니 상경ᄒᆞ쇼셔 학ᄉᆡ 드르ᄆᆡ 여취여광ᄒᆞ고 진뎍ᄒᆞ믈 몰나 쳬뤼 만면ᄒᆞ여 왈 어옹의 지교ᄒᆞᄂᆞᆫ 말이 감ᄉᆞ코 다힝

39면

ᄒᆞ나 아ᄆᆡ 만일 ᄉᆞ라시면 이역쳔ᄋᆡ의 부ᄃᆡ쳐도 ᄎᆞᆺ의 상봉ᄒᆞ려니와 엇지 살아시믈 알니요 어옹 왈 연즉 영ᄆᆡ의게 무슴 표젹이 잇ᄂᆞ냐 ᄉᆡᆼ왈 황옥구란ᄎᆞ를 신변의 ᄶᅧᄂᆞ지 아니터니라 어옹 왈 과연 상공의 통활지통을 보니 츰연ᄒᆞ여 반가온 쇼식을 젼ᄒᆞ고 후ᄅᆡ의 인ᄉᆞ나 밧ᄌᆞᄒᆞᄂᆞ이다 과연 그 녀인들ᄃᆡ 네ᄒᆞᆺ 시신을 살나 즉시 무막을 두루며 나를 부르거ᄂᆞᆯ 즉시 ᄇᆡ를 다히니 ᄎᆞ물을 맛지며 니르ᄃᆡ 이 옥ᄎᆞᄂᆞᆫ 임한

40면

님 부인이 위슈의 ᄲᅢ져 남히ᄃᆡ양으로 시신이 흘너 ᄂᆞ리되 품 쇽의 드럿더라 ᄒᆞ고 날을 쥬며 닐오ᄃᆡ 위슈의 ᄲᅢ진 시신을 ᄎᆞᆺᄂᆞ니 잇거든 ᄎᆞ물을 젼ᄒᆞ고 그 부인의 ᄉᆞᄉᆡᆼ거쳐ᄂᆞᆫ 아라도 아직 얼골을 못 볼 거시오 물나도 아됴 죽든 아니ᄒᆞ여실 거시니 그만 알고 쌜니 도라가 ᄎᆞ물은 임상부의 젼ᄒᆞ라 ᄒᆞ더이다 ᄒᆞ고 쥬거ᄂᆞᆯ 학ᄉᆡ 밧고 ᄃᆡ경ᄃᆡ희ᄒᆞ나 분명이 그 아모의 시신을 건쥰 쥴 몰나 오히려 미분ᄒᆞ나 ᄉᆡ로이 심장이 분분

41면

ᄒᆞ더니 옥ᄎᆞ를 보ᄆᆡ 더옥 슬푸미 ᄇᆡᆨ층이라 다시 뭇고자 ᄒᆞ더니 어옹이 발셔 간 ᄃᆡ 업ᄂᆞᆫ지라 허황타 ᄒᆞ나 구옥ᄎᆡ 완연이 슈즁의 잇ᄉᆞ니 ᄉᆞ례만단이라 ᄒᆞᆯ 일 업시 마두를 도로혀 옛 쥬인으로 도라오ᄆᆡ 쥬옹이 반겨 마져 ᄂᆡ실의 안치고 탄왈 상공이 그 날 말을 ᄎᆡ쳐 표홀이 ᄂᆞ가시고 일힝은 경ᄉᆞ로 향ᄒᆞᆫ지라 상공이 시신이나 ᄎᆞᄌᆞ신가 ᄒᆞ엿더니 어ᄃᆡ를 오ᄅᆡ 가 계시더니잇고 학ᄉᆡ 탄왈 그 날 갈 ᄶᅴᄂᆞᆫ 물 쇽이라도 드러가 ᄎᆞ즐가 ᄒᆞ엿

42면

더니 ᄉᆞ히를 도나 ᄎᆞ즐 길이 업ᄉᆞ니 도로 위슈의 방황ᄒᆞ더니 여ᄎᆞ여ᄎᆞ한 쇼문을 듯고 신변의 진혓던 구옥ᄎᆞ를 뎐ᄒᆞ며 여ᄎᆞ여ᄎᆞ 이르거ᄂᆞᆯ 바다 볼 ᄉᆞ이 죵뎍을 감쵸니

쳔하의 괴상흔 닐이라 이 쵼의 어옹이 잇ᄂ냐 쥬옹 왈 이곳은 본듸 농장ᄒᄆᆯ 힘쓸 ᄲᆫ
이요 어옹은 업ᄂ니 이ᄂ 반다시 부인이 원수ᄒᄆᆡ 쳔듸 앗기ᄉ 살니시고 상공의 이
상ᄒ실 바룰 참달ᄒᄉ 신인을 보ᄂᆡ여 말을 몽농이 ᄒ고 그 보물을 드리

43면

믄 상공이 괴상ᄒ시믈 덜고ᄌ 흠인가 ᄒ나이다 학시 쳥파의 의괴난측ᄒ여 젼젼쵸ᄉ
ᄒ되 오히려 화옥ᄎᄅᆯ 어드니 이 곳 쇼믜 신변지물이라 혹ᄌ 싱톤ᄒ민가 귀신의 희
롱인가 빅 가지로 ᄉ량ᄒᄆᆡ ᄎ야의 ᄌᆷ을 못 닐우고 이튼날 밤의 곤ᄒ여 깁히 ᄌᆷ 드럿
더니 이ᄶ 쥬옹의게 일녜 잇스되 심히 우람방동ᄒ더니 학수와 기뷔 말ᄒᆯ 젹 구옥ᄎ
를 본지라 마음의 황홀ᄒ여 학ᄉ의 ᄌᆷ들믈 기다려 가마니 드러가니 이 보비 심

44면

상ᄒᆫ 물이 아니라 밝으미 칠야라도 낫 ᄀᆺ흔지라 혹시 본듸 쇼탈ᄒᄆᆞ로 옥ᄎ룰 겻히
놋코 ᄌᆷ 드럿ᄂ는지라 ᄎ녜 거침 업시 옥ᄎ룰 도젹ᄒ여 품고 겻집의 숨으니 그 집이 마
춤 남ᄒ틱슈의 일ᄒᆡᆼ이 승쳐ᄒ여 어ᄉ틱우로 도라오ᄂ는지라 엄히 슌쵸ᄒ니 드러간 후
ᄂ 바다ᄀᆺ치 깁더라 명묘의 혹시 이러나 빅 가지로 헤아리나 올나갈 밧 ᄒᆯ 일 업ᄂ지
라 도라가고ᄌ ᄒ여 옥ᄎ룰 ᄎᄌ니 압히 노힌 거시 간 듸 업ᄂ지라 듸경ᄒ여 쥬옹

45면

다려 무르니 쥬옹은 슌민이라 이 말을 듯고 가이 업시 넉여 드를 ᄲᆫ이오 듸홀 바룰
아지 못ᄒ고 눈이 둥그러ᄒ여 겁을 듸단이 ᄂ니 학시 심식 더욱 산난ᄒ나 ᄎ줄 모히
업ᄂ지라 ᄒᆯ 일 업셔 말긔 올나 표연이 북경으로 도라가니 황옥구란ᄎ 뉘 손의 ᄲᆞ러
져 ᄯ 어듸로 구으러 본쥬룰 ᄎᄌ 임한님 압ᄎᆡ 부인이 엇지ᄒ여 비로쇼 되고 ᄎ하셕
남ᄒ라 ᄎ셜 한왕 고구의 필녀 연쥬의 ᄌᄂ 벽완이니 고구의 녁난이 난 후 문황데 ᄎ
마 골

46면

육상잔을 못ᄒ여 왕위룰 혁ᄒ고 산동 낙안쥐로 옴겨 보ᄂ시니 고귀 갈 ᄶ의 ᄯᆯ을 유
모룰 뎡ᄒ여 왕졔 쵸왕 고슈룰 맛져 옥션군쥬와 흔가지로 기르게 ᄒ니 쵸왕이 맛타

질녀와 친녀ᄅᆞᆯ 한 ᄃᆡ 두어 연셩지벽ᄀᆞᆺ치 길너 십일 셰 되니 후원 ᄎᆡ루의 양인이 잇셔 긔화슈치와 금옥쥬취로 일신을 쓰리고 안ᄉᆡᆨ을 다듬ᄋᆞ 남활방동ᄒᆞ고 요음ᄒᆞᆫ 뎡ᄎᆡ로 ᄎᆡ루의 올나 진쥬렴을 것고 동형데 장안 ᄌᆞᄆᆡᆨ을 슬피며 쳔고영쥰

47면

긔군ᄌᆞᄅᆞᆯ 골히더니 임셜의 창방날 장원과 탐화 두 ᄉᆞ름의 화풍경운 긔상을 보고 음욕이 발동ᄒᆞ여 냥인이 월환을 일시의 더져 옥션은 장원을 맛쳐시나 도로 넘기고 표연이 가믈 보고 긔ᄉᆡᆨᄒᆞ여 상ᄉᆞ괴질을 일워 방계 곡경으로 구ᄎᆞ이 됴ᄎᆞ 만화ᄅᆞᆯ 비져 원군을 살인되슈ᄅᆞᆯ 만들고 제 또 츌뷔 되여 양옹을 됴ᄎᆞ 가노라 ᄒᆞᆫ 거시 호인의 ᄇᆡ의 올나 망망ᄃᆡ히로 가고 됴왕은 경션을 셜가의 구혼ᄒᆞ다가 ᄐᆡᄉᆞ의 ᄆᆡ온 노ᄅᆞᆯ 맛

48면

나 셜탐화ᄅᆞᆯ 즁칙을 어더 쥬고 다시 말을 못ᄒᆞ고 경션이 월환을 더지ᄆᆡ 셜탐홰 슈즁의 바다 너흐믈 보앗시ᄆᆡ 깃거 쇼원을 일운 듯ᄒᆞ더니 ᄒᆡ월ᄋᆞ의 뎐ᄒᆞᄂᆞᆫ 바 월환과 셔간을 바다본 즉 비록 후회ᄂᆞᆫ 둔 듯ᄒᆞ나 부형이 검졍ᄒᆞ시믈 일너 십분지일도 가망이 업ᄉᆞ니 아미의 푸른 긔운이 이러나 옥ᄎᆞ로 셔안을 쳐 산산이 바아지니 옥셩이 진녈 왈 ᄂᆡ ᄆᆡᆼ셰코 셜연창의 모진 고집을 썻고 셜ᄌᆞ로 ᄇᆡᆨ년가긔ᄅᆞᆯ 일워 ᄂᆞ의 ᄌᆡ물

49면

을 길히 군ᄌᆞᄅᆞᆯ 좀가 탑하의 타인의 언식을 업시코 오년ᄇᆡᆨ셰ᄅᆞᆯ 힝낙으로 맛치리라 언파의 살긔 두우의 쏘이고 모진 긔운이 ᄉᆞ름을 ᄉᆞᆷ킬 듯 ᄒᆞ더니 이윽고 월ᄋᆞᄅᆞᆯ 머무러 후ᄃᆡᄒᆞ나 월ᄋᆡ 연아의 ᄉᆡᆼ장ᄒᆞ여 풍신 됴흔 은만흔 ᄌᆞ와 왕숀의 화지용뉴지풍을 숑구영산ᄒᆞ여 날을 보ᄂᆡ거든 엇지 셜ᄉᆡᆼ의 일야 도라보믈 직희여 남의 ᄋᆡᆨ낭의 잇셔 ᄒᆞᆫ 죰 밥을 은혜로이 먹고 금일은 ᄃᆡ노야 ᄉᆞ즁이요 명일은 쇼노야 신측ᄒᆞ다가 ᄃᆡ

50면

쥬 교방의 일홈을 써혀 원방의 영영 ᄂᆡ치고 ᄆᆡᄅᆞᆯ 마줄 번ᄒᆞ다가 경션의게 와 머무더니 어이 오ᄅᆡ 잇ᄉᆞ리오 셜ᄉᆡᆼ의 동젹을 아라오마 ᄒᆞ고 청셜누로 가고 셜부 동졍을 알길 업ᄉᆞ니 타ᄂᆞᆫ 간장이 불붓 듯ᄒᆞ고 됴왕이 한왕을 ᄃᆡᄒᆞ여 쇼연을 니르고 다려가라

ᄒᆞ니 한왕이 셜가를 일장즐욕ᄒᆞ고 녀ᄋᆞ를 다려가ᄆᆡ ᄆᆡ비 질투ᄒᆞ미 ᄶᆞᆨ 업ᄂᆞᆫ지라 한왕이 기녀를 연셩지벽ᄀᆞᆺ치 귀즁ᄒᆞᄂᆞᆫ 고로 힝혀 ᄆᆡ희 ᄒᆡ홀가 두려 경션을 ᄯᆞᆫ

51면

궁의 두고 장념을 ᄀᆞᆺ쵸와 ᄉᆞᄉᆞ의 ᄯᅳᆺ을 바드니 요음방동이 날노 길고 시로 ᄌᆞ라 일일은 왕을 ᄃᆡᄒᆞ여 방체 냥냥ᄒᆞ여 왈 쇼네 죄벌이 ᄐᆡ심ᄒᆞ여 공교히 셜ᄌᆞ의게 눈을 더더 우연이 마됴친 ᄇᆡ 슘싱 원긔런지 일신이 돌이 되고 구졍ᄀᆞᆺ치 무거워 셜지 아니면 녹발이 은싀 되나 취부홀 ᄯᅳᆺ이 업ᄉᆞ온지라 부왕은 아이의 쇼녀를 업ᄉᆞ니로 아르ᄉᆞ 흔몸을 허ᄒᆞ시면 단발위리ᄒᆞ여 ᄂᆡ셰를 닥고ᄌᆞ ᄒᆞ나이다 말노 됴ᄎᆞ 옥셩이 참연ᄒᆞ고 도화냥협

52면

의 슬푸미 ᄆᆡ치니 니화일지츈ᄃᆡ우라 ᄒᆞ미 뎡히 경션의 모양이라 왕이 녀ᄋᆞ의 옥슈를 무마ᄒᆞ여 위로 왈 ᄋᆞ녀의 뎡ᄉᆡ 여ᄎᆞᄒᆞ고 고집이 도로혀지 못홀진ᄃᆡ ᄂᆡ ᄃᆡᄉᆞ를 도모ᄒᆞ여 됴졍 딘신을 어육홀 젹 홀노 셜가를 남겨 너의 쇼원을 됴ᄎᆞ리니 황애 붕ᄒᆞ시고 됴졍이 산난ᄒᆞᆫ ᄃᆡ 황구쇼ᄋᆡ 무ᄉᆞᆫ 쳘을 알니오 급히 상경ᄒᆞ여 ᄃᆡᄉᆞ를 도모ᄒᆞ리니 그ᄉᆞ이 잠간 참으라 ᄒᆞ더니 아이오 왕이 ᄃᆡ국의 상표ᄒᆞ고 군병을 됴발ᄒᆞ여 경ᄉᆞ로 향

53면

ᄒᆞᄆᆡ 경션이 더옥 말홀 곳도 업더니 믄득 목외 코를 닐코 능운과 함긔 니르러시ᄆᆡ 경션이 먼져 시비 홍교를 ᄂᆡ여 보ᄂᆡ여 쇼연을 뭇고 셜싱의 동졍을 드른가 무러보라 ᄒᆞ니 홍괴 ᄂᆞᄋᆞ가 목싱을 보니 ᄶᆞᆨ근 코히 ᄂᆡ 살 길이 업고 부러진 팔은 니을 길이 업ᄉᆞ니 병잔지인이라 홍교를 보고 눈물이 여우ᄒᆞ여 던후ᄉᆞ를 낫낫치 니르고 셜혹ᄉᆞ를 니를 가ᄂᆞᆫ지라 홍괴 ᄎᆞ악ᄃᆡ경ᄒᆞ여 도라와 경션을 보고 슈말을 고ᄒᆞ니 경션

54면

이 다른 말은 귀 밧기요 셜혹ᄉᆞ의 말이 반가온지라 교로 ᄒᆞ여곰 ᄂᆞ아가 능운을 불너오라 ᄒᆞ니 괴 ᄂᆞᄋᆞ가 능운을 부르니 능운이 즉시 ᄂᆞᄋᆞ와 교를 ᄯᆞ라 군쥬의 곳의 니르러 합장ᄇᆡ례ᄒᆞ니 경션이 불너 당의 오르라 ᄒᆞ니 능운이 입실좌졍ᄒᆞᄆᆡ 경션이 말을

펴 옥션의 츌부되든 ᄉᆞ연과 뎐후ᄉᆞ를 다 니르고 옥션의 간 곳을 무르니 능운이 아지 못ᄒᆞ무로 답ᄒᆞ고 ᄯᅩᄒᆞᆫ 뎌의 뎐후 곡경 지닌 바를 다 니르ᄆᆡ 경션이 골오ᄃᆡ 드르니 놀나온

55면

지라 법ᄉᆡ 만일 나를 용납ᄒᆞᆯ진ᄃᆡ ᄂᆡ의 품은 원을 풀고ᄌᆞ ᄒᆞ더니라 능운 왈 군쥬의 ᄯᅳᆺ이 이럴진ᄃᆡ 맛당이 뫼시고 스승의 곳의 가 신슐을 ᄇᆡ화 쇼원을 일우시게 ᄒᆞ리이다 경션이 홍교를 골으쳐 왈 ᄎᆞ비는 날노 더브러 ᄉᆞᄉᆡᆼ을 일쳬로 ᄒᆞᄂᆞ니 ᄒᆞᆫ가지로 가리로쇼이다 능운이 이윽이 홍교를 보다가 닐오ᄃᆡ 너희 거동이 극히 영일츙근ᄒᆞ여 뵈니 ᄒᆞᆫ가지로 산으로 가ᄌᆞ ᄒᆞ고 인ᄒᆞ여 군쥬와 ᄒᆞᆫ가지로 ᄌᆞ며 군쥬의 쇼원을 다 듯고 명일 군쥬와 홍

56면

교를 압세우고 능운이 뒤히 셔셔 텬텬이 힝ᄒᆞ며 진언을 념ᄒᆞ니 냥인이 발이 공즁의 ᄯᅴ여 슌식간의 ᄐᆡ산굴동의 니르러 바로 묘월ᄃᆡᄉᆞ의 은실노 향ᄒᆞ니 이ᄯᅢ 묘월이 굴동의 울문 지 삼 년이라 이곳이 본ᄃᆡ 구미호의 도 닥다가 인골을 쓰고 ᄂᆞ려 달긔를 유쇼시 상쥬의 포학을 두려 미인계 보ᄂᆡ는 바롤 구미회 숨커고 달긔 되여 유쇼의 ᄯᆞᆯ인쳬ᄒᆞ고 상쥬를 잠가 은나라 뉵빅 년 긔업을 파ᄒᆞ고 강산을 업친 뇨도의 도굴이 되여 여러

57면

ᄃᆡ 진ᄒᆞ되 간간이 요괴 경인ᄒᆞ나 강산의 쥐 되면 요슐이 발뵈지 못ᄒᆞ여 이 굴의 은복ᄒᆞ엿는지라 금텬하 ᄐᆡ평ᄒᆞᄆᆡ 요슌지치 도라왓는지라 셩텬ᄌᆞ의 졍ᄉᆡ 붉기 명경 ᄀᆞᆺ고 현인군ᄌᆡ 명됴의 버러 요도의 무리를 용납지 아니ᄒᆞ고 임쵸왕이 ᄉᆞ히를 슌무ᄒᆞᄆᆡ 요ᄉᆡ 감히 제 도슐을 발뵈리오 졈졈 요ᄉᆡ 물너ᄂᆞ두로 묘월이 ᄯᅩᄒᆞᆫ 이곳으로 올마 요슐과 환슐이 신통무궁ᄒᆞ여 쥬야 이를 갈고 명실을 업치고ᄌᆞ ᄒᆞ나 진인이 텬

58면

하 뎡ᄒᆞ고 녁만을 뎡ᄒᆞ여시ᄆᆡ 제 비록 볍녁이 무량ᄒᆞ나 상뎨를 엇지 니긔리오 능운

이 묘월을 보고 옥션의 말과 옥경의 뎐후 슈말을 니르니 묘월이 능운의 말노 됴ᄎᆞ 옥션이 임부의 츌뷔 되여 임셜 냥가를 어육ᄒᆞ려홈과 옥경이 셜가의 월환을 더져 젹승을 ᄆᆡ즐가 ᄒᆞ엿더니 셜틱식 기ᄌᆞ를 즁치ᄒᆞ여 ᄉᆞ싱으로ᄡᅢ 거졀ᄒᆞ려 ᄒᆞᄆᆡ 옥경이 쥭기로 셜ᄌᆞ를 됫ᄎᆞ려 ᄒᆞ믈 젼ᄒᆞ고 옥경의 다려오믈 셰셰이 젼ᄒᆞ고 돌

59면

탄ᄒᆞ니 묘월이 일장을 다 듯고 탄왈 앗갑다 옥엽금지로셔 이러틋 구ᄎᆞᄒᆞᄂᆞ도다 능운이 탄식 ᄃᆡ왈 경션은 어ᄎᆞ어피 공물이여니와 옥션은 임시의 입승슈지의 비홍이 완젼ᄒᆞ여 홍안의 ᄌᆞ한을 ᄆᆡᆺ즛다가 냥왕의 ᄂᆞ뷔 즙는 그물의 걸니니 굿ᄒᆞ여 일시 공졍이 아니라 임가의 큰 원슈를 갑흐려 경영ᄒᆞ고 냥왕을 맛나 실졀ᄒᆞ엿다가 또 그 일이 그룻되여 거교를 마ᄌᆞ 일허 지금의 셩식이 업다 ᄒᆞ니 뎨지 쳐음의 하산ᄒᆞ여

60면

한뎐하 교칙을 바다 경ᄉᆞ의 목싱으로 더부러 니르러 목ᄉᆞ마는 됴궁 힝각의 머물고 뎨ᄌᆞ는 남문 밧 녕월암의 잇셔 도셩을 왕ᄂᆡᄒᆞ여 군쥬를 돕더니 임가 졔인의 별이흔 뎡긔를 감이 거우지 못ᄒᆞ고 인ᄒᆞ여 병잔지인이 되여 경ᄉᆞ를 다시 가지 못ᄒᆞ여시나 진왕이 쳐음의 쌍싱 ᄌᆞ녀ᄒᆞ믈 ᄊᆡ혀다가 남어ᄉᆞᄃᆡ 뉵부인긔 맛졋더니 그 ᄉᆞ이 장셩ᄒᆞ엿실 거시로ᄃᆡ 그 냥ᄋᆡ ᄌᆞ라면 ᄌᆞ신지칙을 톡히 묘케 ᄒᆞᆯ 바로ᄃᆡ 잔잉ᄒᆞᆫ 바는 됴

61면

군쥐로쇼이다 묘월이 돌ᄎᆞ분연 왈 녀등은 즘즘ᄒᆞ라 ᄂᆡ 금일이라도 근두쳐 연경의게 셜ᄌᆞ의 뎡신을 홀난케 ᄒᆞ고 임시의 ᄇᆡᆨ년뎐뎡을 희짓고 됴쇼 임시 녀ᄌᆞ를 휘모라 벽히 밧긔 붓쳐 터럭도 남기지 아니ᄒᆞ리라 믄득 몸을 ᄯᅥᆯ쳐 셕실 밧글 나며 홀연 간 곳이 업는지라 경션과 능운이 ᄉᆞ부의 신긔ᄒᆞ믈 부르고 경션은 황홀난측ᄒᆞᄂᆞᆫ지라 능운 왈 ᄉᆞ뷔 본ᄃᆡ 신통이 광ᄃᆡᄒᆞ여 쇼힝ᄌᆞ의 물녀는 지뫼 잇셔 긔특

62면

ᄒᆞ미 무궁ᄒᆞ니라 ᄒᆞ더라 어시의 묘월이 등운가무ᄒᆞ여 어느 ᄉᆞ이 연경의 니르러 도셩을 굽어보니 갑뎨 쳔링이 벌 버듯ᄒᆞ여 열 거리 져ᄌᆞ와 네 거리 큰 집들이 즐비ᄒᆞ더라

기리 탄식ᄒᆞ고 심즁의 됴어ᄒᆞ여 쳔하ᄂᆞᆫ 졍ᄒᆞᆫ 곳이 잇닷다 우리 부친이 텬시를 모로고 즈레 니러나 쥬원장의게 욕을 보고 ᄌᆞ분필ᄉᆞᄒᆞ도다 아모커나 ᄂᆞ의 원슈ᄂᆞᆫ 명나라히 가득ᄒᆞ여시니 비록 쳔의를 녁ᄒᆞ지 못ᄒᆞ나 ᄒᆞᆫ 번 변방을 흔들고

63면

딘신거독을 몬뎌 셔르져 업시ᄒᆞ여 바리고 바로 ᄐᆡ을셩과 문혜셩의 동방 황홀홀 ᄊᆡ의 셜부 신방의 미쳐 몸을 쇼쇼와 ᄯᅡᆨ히 ᄂᆞ려 거믄 나뷔 되여 임셜의 ᄉᆞ이의 치빙ᄒᆞ여 두 ᄉᆞ이 약슈를 ᄡᅥ러치되 피 빗출 믿ᄃᆞ라 졈치더니 믄득 셜혹ᄉᆞ의 졍긔와 쇼져의 팔ᄌᆞ 셔광이 실즁의 두루면셔 혹ᄉᆞ의 ᄌᆞ금션으로 ᄂᆞ뷔를 붓치니 묘월이 믄득 날니여 계오 문틈으로 ᄂᆞ와 일이 픽루홀가 급히 ᄒᆞᆫ 됴각 흑운을 의지ᄒᆞ여 아아히 ᄡᅥ 도

64면

라가 도문의 들ᄆᆡ ᄌᆞ리의 것구러지니 능운 경션이 ᄃᆡ경실식ᄒᆞ여 약을 온ᄎᆞ의 화ᄒᆞ여 ᄡᅥ 너흐며 슈됵을 쥐물너 인ᄉᆞ를 ᄎᆞ리ᄆᆡ 니러 안ᄌᆞ 요두 왈 과연 어렵고 위ᄐᆡᄒᆞᆫ 곳의 가 계유 ᄂᆞ의 신슐노 약슈 ᄒᆞᆫ 방울을 진ᄉᆞ의 화ᄒᆞ여 ᄡᅥ르치ᄆᆡ 셜임 냥인의 두 ᄉᆞ이를 아됴 막ᄋᆞ 금슐을 ᄉᆞᆺ쳐 노코 셜싱을 놀ᄂᆡ여 임시를 잡ᄋᆞᄂᆡ여다가 임셜 냥인의 졍긔 무셔이 쏘이니 ᄂᆡ 긔운이 져려 혹 쇼루홀가 두려 급히 둔신법으로 도라

65면

오괘라 아모려나 냥인의 금슬을 아ᄉᆞ시니 ᄂᆡ월 갑ᄌᆞ삭 갑ᄌᆞ일 갑ᄌᆞ시의 군쥐 날을 ᄯᅡ라 연경으로 가 여ᄎᆞ여ᄎᆞᄒᆞ여 임시 되여 임시 ᄌᆞ리의 웅거ᄒᆞ면 셜ᄌᆞᄂᆞᆫ 그ᄃᆡ긔 은춍이 무궁ᄒᆞ고 임시ᄂᆞᆫ 바로 잡ᄋᆞ 낙안쥐로 다려가 한뎐하의 드릴 거시니 아직 고요히 잇셔 ᄂᆞ의 슐법을 ᄇᆡ호라 옥경이 ᄎᆞ언을 드르ᄆᆡ 몸을 니러 ᄇᆡᄇᆡᄉᆞ례ᄒᆞ고 인ᄒᆞ여 쥬야 ᄡᅥᄂᆞ지 아니코 요슐을 ᄇᆡ호니 엇지 청졍ᄒᆞᆫ 법이리오 ᄎᆞ회라 임쇼져 월혜 곤경의

66면

아름다온 작인이 평싱 ᄇᆡ혼 ᄇᆡ 덕문효졀이여늘 ᄏᆞ모 됸당의 만금쇼교로 ᄒᆞᆫ 번 움즉이ᄆᆡ 미풍의 쓸니일가 합기 쇼요ᄒᆞ고 진슈를 불슨ᄒᆞ면 부뫼 불안졀이 잇ᄂᆞᆫ가 놀나며

효장공쥐 쇼져 ᄉᆞ랑이 년셩지벽으로 비길 ᄇᆡ 아니요 놉히 ᄐᆡᄉᆞ又치 교훈ᄒᆞ여 비례물시ᄒᆞ고 비례물청ᄒᆞ고 비례물언ᄒᆞ고 비례물동이요 텬지만물의 비우치 못홀 식광이 가족ᄒᆞ니 구혼ᄒᆞᄂᆞᆫ ᄌᆡ 문의 메여시나 임도위 놉흔 눈의 ᄃᆞᆼ시 고ᄀᆡ 돗지 아니

67면

코 셜희량의 영호쥰상ᄒᆞᆫ 풍치와 ᄀᆡ셰영걸을 부즁의셔 임쇼부 운슈공의 훈학ᄃᆡ도를 뎐습ᄒᆞ여 던일 호방ᄒᆞᆫ 긔습은 한히又치 ᄉᆞ라지고 쾌상ᄒᆞᆫ 군ᄌᆞ의 미흡ᄒᆞ미 업셔 삼년을 공부ᄒᆞ미 데ᄌᆞᄇᆡᆨ가의 구류삼교를 미진ᄒᆞᆫ 곳이 업고 텬문지리와 육도삼냑의 무불통지ᄒᆞᄂᆞᆫ지라 부마의 놉흔 눈이나 이런 냥ᄌᆡ를 ᄂᆞ 모라 ᄒᆞ리오마ᄂᆞᆫ 그 너모 엄즁ᄒᆞ믈 써려 녀ᄋᆞ의 신뉴 又ᄒᆞᆫ 약질이 져 又ᄒᆞᆫ 군ᄌᆞ를 맛나 평싱

68면

의 마음을 펴지 못홀가 유유지지ᄒᆞ여 쇼져의 혼ᄉᆞ 다히ᄂᆞᆫ 일캇지 아니터니 얼푸시 슈년을 밧고고 관ᄐᆡ부인이 년긔 팔슌을 다ᄒᆞ시니 어린 ᄌᆞ녀의 혼취를 ᄌᆡ촉ᄒᆞ고 션싱이 그 너모 호의 만호믈 미안ᄒᆞ여 ᄒᆞᆫ 말도 뭇지 아니코 셜공을 ᄃᆡᄒᆞ여 뎡혼ᄒᆞ여 ᄐᆡᆨ일ᄒᆞ고 길네를 셩젼ᄒᆞ니 뉘 감히 말ᄒᆞ리오 공쥬와 쇼부인이 발을 즈음ᄒᆞ여 신낭의 션풍니질을 두굿길 ᄯᆞ름이오 녀ᄋᆞ를 경계ᄒᆞ여 ᄇᆡᆨ냥의 올니미 일무쇼흠

69면

ᄌᆡ 구괴 효ᄒᆡᆼ군ᄌᆡ요 다ᄒᆡᆼ이 슉연ᄒᆞᆫ 가즁이라 희쳡을 모호ᄂᆞᆫ 집이 아니요 그 평싱을 근심치 아니나 쥬비 그윽이 질녀의 ᄃᆡ악이 박두ᄒᆞ믈 명명지긔ᄒᆞ고 뎡의 들 ᄯᅢ 옥슈를 무마ᄒᆞ여 모운 又ᄒᆞᆫ 운빈을 쓰다듬ᄋᆞ ᄉᆞ랑이 체체ᄒᆞᆫ 즁 셔너 슌 셰어로 아모 위ᄐᆡᄒᆞᆫ 지경이나 부모 유체를 홍모의 더지지 말나 ᄒᆞ니 쇼제 민쳡히 ᄇᆡᆨ모 말ᄉᆞᆷ을 아라 듯고 슌슌ᄌᆡᄇᆡ 슈명ᄒᆞ고 셜문의 입승ᄒᆞ미 구고 뎐당의 ᄉᆞ랑과 귀즁ᄒᆞ

70면

미 몸 우히 두어 만금쇼교의 지ᄂᆞ거ᄂᆞᆯ 졔ᄉᆞ금장은 놉흔 스승으로 ᄃᆡ졉ᄒᆞ니 쇼져의 흠홀 ᄇᆡ 업ᄉᆞᆯ 거시로ᄃᆡ 됴화옹의 희극을 드ᄃᆡ여 산즁 요도의 ᄒᆞᆫ 방울 약슈로ᄡᅥ 쇼져와 혹ᄉᆞ의 두 ᄉᆞ이를 막ᄋᆞ 노흐니 ᄌᆡᆨᄉᆞ의 만심열복ᄒᆞ던 풍뉴화긔 일셕지간 ᄉᆞ라지고

원슈깃치 뮈온 마음을 구지 참고 동방 슴 일을 예ᄉ로이 ᄂ들고 ᄒᆞᆫ 번 ᄉᄆᆡ를 쩔쳐 죽님원외의 형뎨 상슈ᄒᆞ고 ᄉ근찰임의 ᄌ최를 ᄌ로 ᄒᆞ고 ᄂᆡ당의 현알

71면

ᄒᆞᆯ 뜻이 업ᄉ니 시랑이 직ᄉ의 긔식을 명명히 쇼져긔 ᄉᆡᆼ쇼ᄒᆞ믈 지긔ᄒᆞ고 불힝ᄒᆞ믈 니긔지 못ᄒᆞ여 닛그러 ᄂᆡ각으로 향ᄒᆞ며 텬흥을 도라보ᄋ 왈 신낭이 본ᄃᆡ ᄉᆡᆼ관 슴일 이면 견빙악이 규례로ᄃᆡ 이 놈이 괘심ᄒᆞ여 의려를 폐ᄒᆞ니 져만 거슬 듄당의 알현ᄒᆞ 미 ᄌ미 업ᄉ나 작일 ᄐᆡ듄당 왕모긔셔 셜낭이 ᄋ가 ᄉᆡᆼ관을 빗ᄂᆡ고 지금 노모를 아니 ᄎᄌ보니 삼일견빙악을 모로ᄂᆞᆫ가 ᄒᆞ시니 뎨 인ᄉ를 ᄂᆡ ᄎ려 쥬리라

72면

쐇니 ᄂᆡ당의 고ᄒᆞᆯ지여다 ᄒᆞ고 굴곡ᄒᆞᆫ 누ᄃᆡ를 지나 힝ᄒᆞ니 직식 마지 못ᄒᆞ여 ᄒᆞᆫ가지 로 입ᄂᆡᄒᆞ니 이쎄 ᄐᆡ부인 형뎨와 왕의 슴 곤계 ᄌ녀를 거ᄂ려 ᄐᆡ허뎐의 시좌ᄒᆞ고 쇼 파진파ᄂᆞᆫ 일체로 여러 부인과 함긔 뫼셔 녈회ᄒᆞ엿더라 셜혹ᄉ의 현알ᄒᆞ믈 텬흥이 알 외고 시랑이 신낭을 인도ᄒᆞ여 입ᄂᆡᄒᆞᄂᆞᆫ지라 포진을 곳치고 ᄐᆡ부인이 슈좌를 놉혀 좌 ᄒᆞ시ᄆᆡ 셜ᄉᆡᆼ이 네필의 물너 시랑으로 더브러 시좌ᄒᆞ니

73면

ᄐᆡ부인이 금일이야 신낭을 ᄌ시 보건ᄃᆡ 광풍졔월지풍이 츌어범뉴ᄒᆞ니 냥미강산은 천창을 쩔쳣고 달 깃ᄒᆞᆫ 천정의 오ᄉ를 진정ᄒᆞ여시니 ᄃᆡ승상의 관옥지모와 무루녹은 빈상이 ᄉᆡᆨ혀나고 진쥬 깃ᄒᆞᆫ 귀불이 긔특ᄒᆞ니 ᄐᆡ부인이 황홀ᄒᆞ여 두굿기믈 니긔지 못 ᄒᆞ여 만면희우로 닐오ᄃᆡ 불쵸숀ᄋ의 산계비질노 놉히 봉황을 쌍지어 ᄃᆡ군ᄌ의 건즐 을 밧들미 외람ᄒᆞ거ᄂᆞᆯ 인무부지

74면

독이라 현셔의 텬일지광을 쌍지여 슬하의 두지 못ᄒᆞ믈 탄ᄒᆞ더니 금일 현셔로써 ᄂ진 졔숀항녈의 ᄃᆡᄒᆞ미 노인의 마음의 천지일시 깃ᄒᆞᆫ지라 군이 노인의 심약ᄒᆞ믈 가ᄋᆡᆨᄒᆞ 여 ᄌ로 ᄂᆡ림ᄒᆞ여 ᄉᆡᆼ관을 빗ᄂᆡ시믈 원ᄒᆞᄂ이다 녕듄당 슬하의 ᄌᄉᆡᆼ이 션션ᄒᆞ시니 시 봉이 번화ᄒᆞ실지라 노인이 압히 져르미 비됴득셕이라 ᄌ부를 앗가이 실산ᄒᆞᆫ 후 골돌

ᄒᆞᆫ 심ᄉᆞ를 오히려 ᄎᆞᆫ부의게 븟쳐더니 뎐문의 보

75면

ᄂᆡ무로 노모의 심회 일야의 홀연ᄒᆞ여 눈을 븟칠 곳이 업ᄉᆞᆫ 심ᄉᆞ를 비련ᄒᆞ여 삼위 뎐당긔 고ᄒᆞ고 슈년을 오가의 머루러 노쳡의 간뎔ᄒᆞᆫ 뎡회를 솔피시미 지원이로소이다 ᄒᆞ더라 원ᄂᆡ 상편의 셜싱의 상경ᄒᆞᆫ 말과 월혜쇼져 혼닌ᄒᆞᆫ ᄉᆞ연은 셜부 본뎐의 잇기로 ᄎᆞ젼의 번다불긔ᄒᆞ다

임시삼ᄃᆡ록 권지십팔

1면

ᄎᆞ셜 ᄉᆡᆼ이 셔연이 공슈ᄒᆞ여 ᄉᆞ례 왈 셩문의 쇼ᄉᆡᆼ이 셩지ᄒᆞ와 날을 포집ᄉᆞ오되 누의를 실산ᄒᆞ와 지금 ᄉᆡᆼᄉᆞ를 모로오미 지통이 되옵고 부뫼 과쳑ᄒᆞ사 질셰 일양 경치 아니시니 시탕을 하로도 뷔오지 못ᄒᆞ와 뎐하의 등빅ᄒᆞ미 금일의 밋첫습ᄂᆞᆫ지라 실인은 쇼ᄉᆡᆼ이 도라가 친뎐의 귀령을 품달ᄒᆞ와 허ᄒᆞ시면 뎐명을 밧들니이다 ᄒᆞ고 투목숑ᄋᆞᄒᆞ여 남좌녀우를 솔피니

2면

녀위 이 부인이 년긔 오슌의 미쳣시되 광휘 찬난ᄒᆞ고 동지 유법ᄒᆞ며 쥬비와 공쥐 항렬노 뫼셔시니 국공이 시좌ᄒᆞ여 규모규구와 승무를 드드여 의표의 츌인홈과 동지의 현명ᄒᆞ믄 익이 드른 빅라 ᄉᆡ로이 놀날 빅 아니나 쳐음 보ᄂᆞᆫ 눈이 항복되니 년긔 니모지년을 바라되 영농비무ᄒᆞ여 ᄒᆞᆫᄀᆞᆺ 셰쇽 모연지틱 암암청결ᄒᆞ무로 의논홀 빅 아니라 텬지 긔운이 혁연쇼명ᄒᆞ니 십이옥경의 만늰명월이 우쥬를 통냥ᄒᆞ고 동졍호상의 됴일이 등텬

3면

ᄒᆞ니 팔황이 광화ᄒᆞ여 폐황동쇼의 화풍이 시시ᄒᆞ며 경운이 긔긔ᄒᆞ고 감위 표령ᄒᆞ여 텬지간 뎡명의 슈츌셔몰이라 ᄉᆡᆼ이 일쳠의 흠복황홀ᄒᆞ여 다시곰 슈렴ᄒᆞ여 좌중을 일

쳬로 술피니 한쇼풍 숨 부인의 문광은 달굿치 상연ᄒᆞ고 셔ᄋᆡ 됴요ᄒᆞ여 거실이 쇄연이 밝은지라 한쇼 냥인은 녀영의 온슌비박ᄒᆞ믈 아오라 요됴유한ᄒᆞ미 층냥 업고 풍부인의 긔질이 긔히 무드지 아냐 숨강오상을 숫

4면

촌 냥인의 반싱 악심을 풀어 현인군ᄌᆞ와 텬고 긔결흔 션범을 엇고 그런 난가를 진정ᄒᆞ여 부ᄌᆞ모ᄌᆡ 텬륜이 도라오고 합문을 흥창케 흔 영웅의 문명이 팔치 아황이 ᄌᆞ연흔지라 셜싱이 심즁의 칙칙 희망ᄒᆞ여 ᄉᆞ부의 말근 셩혹이 부인이 ᄂᆡ됴를 크게 어드믈 탄복공경ᄒᆞ여 ᄉᆞ례지네를 극진이 ᄒᆞ니 풍부인이 불감ᄉᆞᄉᆞᄒᆞ더라 부ᄆᆡ 녀셔의 풍광을 ᄉᆞ랑ᄒᆞ여 쇼슈를 어루만져 왈 됸당이 녀ᄋᆞ를 일시도 슬하의

5면

나리오시지 못ᄒᆞ던 바로써 네를 폐치 못ᄒᆞ여 네 집의 가 날을 포집어시니 우리 집은 질부와 녀ᄋᆞ쁜이러니 질부를 실산ᄒᆞ고 녀ᄋᆡ 츌가ᄒᆞᄆᆡ 슈돈을 밧들 쇼ᄇᆡ 업ᄉᆞ믈 슬허ᄒᆞ시니 슈년을 오가의 두고 네 쏘흔 조왕모ᄅᆡᄒᆞ미 비편치 아닐가 ᄒᆞ노라 싱이 미급답의 쇼뷔 왈 즁시 말숨이 맛당ᄒᆞ시니 녕돈당의는 군쳠 등 여러 형데 ᄂᆡ상이 버러시니 일호도 시봉ᄒᆞ미 뎍막지 아닐지라 됸당 셩의를 어그릇지 아니미 올흐

6면

니라 싱이 슌슌 응명ᄒᆞ고 쥬찬을 파ᄒᆞᄆᆡ 이러 하직고 텬흥 ᄌᆡ흥 냥 공ᄌᆞ로 더브러 쥭경의 니르니 션싱은 졔싱의 모혀 희쇼ᄒᆞ믈 두굿겨 일오ᄃᆡ 오늘 신낭이 보치일 만ᄒᆞ니 쾌히 즐기라 ᄒᆞ고 셔헌으로 ᄂᆞ가고 셩싱 등 졔싱이 일시의 셜혹ᄉᆞ를 잡고 봇치여 왈 희량이 우쥬를 덥는 긔습이라도 도령 늘근 거시 장가 들고 덧덧흔 규례를 폐치 못ᄒᆞ리라 ᄒᆞ고 왕의 뎨ᄌᆞ와 쇼부의 뎨ᄌᆞ 아오로 슈십 쇼년이 일시의 다라드러 홍ᄉᆞ를

7면

드려 발묵을 ᄆᆡ니 혹시 좌우로 쐴니 치나 면치 못ᄒᆞ는지라 텬흥공ᄌᆡ 안셔히 졔인을 말니고 ᄆᆡ부를 ᄉᆡ혀ᄂᆡ며 왈 열위 졔형이 구복ᄋᆡ 허핍흘진ᄃᆡ 됴용이 쥬호를 구ᄒᆞ면 만반진슈라도 어렵지 아닐 연이라 져리 효박히 구러는 어더먹도 못ᄒᆞ고 슈고만 드리

고 기름진 신낭을 헛되이 일흐리라 졔인이 꾸지져 왈 입 누른 고량 공직 어른 노형을 간딕로 만모ᄒᆞᄂᆞ냐 ᄒᆞ며 동으로 다릭고 셔흘로 미러 보치니 혹식 ᄉᆡ리치

8면

고 니러셔며 왈 ᄂᆡ 비록 이 집 입막지빈이 되엿셔도 동상은 녀긔 아녀 슌양동ᄌᆞ로 이시니 너희 임의딕로 두다려도 ᄯᅩᆼ물 한 잔도 아니 먹이리라 직텬 냥 공ᄌᆞᄂᆞᆫ 경ᄋᆞ ᄒᆞ고 졔ᄉᆡᆼ은 호호박쇼 왈 이 놈의 말 보아라 빅냥우귀ᄒᆞᆫ 쇼져를 후박은 우리 알 ᄇᆡ 아니라 이 놈의 말이 더옥 괘심ᄒᆞ니 우리 시험ᄒᆞᆯ 일이 잇다 경흥ᄋᆞ 네 궁ᄋᆞ 등 표졈ᄒᆞᄂᆞᆫ 그르술 가져오라 경흥이 표연이 이러 궁으로 가ᄂᆞᆫ지라 연흥이 믄득 가월을 빈축ᄒᆞ고 왈

9면

셜형이 창방 날 희월의게 실졀ᄒᆞᆫ 동지시니 비록 표졈을 만 번ᄒᆞᆫ들 알 거시 잇슬이잇가 쇽졀업시 분요ᄒᆞᆯ 분이니다 혹식 쇼왈 게ᄂᆞᆫ 나면셔븟터 집ᄂᆞᆫ다 ᄒᆞ거니와 요 아희 말이 더옥 공교롭다 엇지ᄒᆞᆫ니 ᄂᆡ 창물의게 실졀ᄒᆞᆫ 군지리오 그날 과연 장부 풍치로 미인을 질드리ᄂᆞᆫ 임ᄂᆡᄂᆡ다가 원빅의게 잡피여 딕헌으로 가시니 실졀 이 ᄌᆞᄂᆞᆫ 원통ᄒᆞ니라 ᄒᆞ니 졔인이 션ᄌᆞ로 치고 딕쇼ᄒᆞ더니 경흥이 잉혈을 ᄂᆡ여 왓ᄂᆞᆫ지라

10면

션ᄉᆡᆼ이 붓슬 드러 흐억이 뭇치고 한사인이 셜ᄉᆡᆼ을 구지 잡고 쇼공ᄌᆞ 옥경이 팔을 거두치니 임의 옥 ᄀᆞᆺᄒᆞᆫ 비상의 잉도 일믹 창연ᄒᆞ니 모다 ᄉᆡᆼ을 놋코 일시의 희롱 왈 실노 원빅시 남의 못ᄒᆞᆯ 헷쇼문을 노흘시 올토다 이러나 뎌러나 너희 쥬인의 도린즉 쥬찬을 마지 못ᄒᆞ리라 ᄒᆞ더니 경흥이 쥬방의 일너 신낭을 놉히 다랏다 ᄒᆞ나이다 효장궁 ᄉᆞ지관환이 만반진슈를 출혀 보ᄂᆡ여 압압히 ᄂᆞ오니 졔ᄉᆡᆼ이 통음ᄒᆞ고 셜혹ᄉᆞ

11면

ᄂᆞᆫ 괴히ᄒᆞ믈 부르고 흙으로 팔을 문지르나 가싀지 아니니 텬흥공ᄌᆞ를 보아 효장궁 교방의 미창더러 잉졈을 업시케 ᄒᆞ라 딕장뷔 ᄋᆞ녀ᄌᆞ의 장쇽을 ᄒᆞ고 일시나 입어셰ᄒᆞ리오 공직 뎡식 왈 형장이 졔인의 유희를 분기ᄒᆞ실진딕 장부의 풍치를 어ᄂᆞ 곳의 못

썰쳐 ᄀᆞᆺᄒᆞ여 오가 교방을 비우ᄒᆞ니 쇼뎨를 됴롱ᄒᆞ시미나 크게 바라던 ᄇᆡ 아니로쇼이다 말ᄉᆞᆷ의 ᄯᅳᆺ이 업ᄉᆞ니 츄쳔이 늠늠ᄒᆞᆫᄃᆡ 상뇌 쑤리ᄂᆞᆫ 듯 ᄆᆞᆰ은 격됴의 ᄆᆡᆼ녈ᄒᆞᆫ 긔운

12면

이 옥우졔월 ᄀᆞᆺᄒᆞ니 셜ᄉᆡᆼ이 ᄋᆞ히라 ᄒᆞ여 우연이 셩ᄂᆡ여 ᄒᆞᆫ 말이 공ᄌᆞ의 뎡ᄃᆡᄒᆞ미 츄상 ᄀᆞᆺᄒᆞ여 그 놉고 어려온 위인이 다시 말 붓칠 길 업ᄂᆞᆫ지라 실언ᄒᆞ믈 일ᄏᆞᆺ고 도라가니 졔인이 일시의 좌ᄒᆞ여 팔농당을 가니라 시랑이 부슉을 뫼셔 셩심당으로 ᄂᆞ오니 모든 ᄋᆞ쇼들이 마ᄌᆞᄆᆡ 왕이 냥뎨로 더브러 좌졍ᄒᆞ고 쇼부를 도라보와 ᄀᆞᆯ오ᄃᆡ 네 앗가 셜ᄌᆞ의 미간의 푸른 긔운을 ᄉᆞᆯ핀다 쇼뷔 복슈 ᄃᆡ왈 연ᄒᆞ이다 이 긔운이 질

13면

녀의 ᄃᆡ화를 비로ᄉᆞᆯ 징되라 이리 다려와 도ᄋᆡᆨ고ᄌᆞ ᄒᆞᄂᆞ이다 왕이 ᄉᆞᆫ을 져어 왈 니르지 말나 질ᄋᆞ를 다려오믄 망계라 져희 냥ᄋᆡᆨ이 비상ᄒᆞ니 ᄎᆞᆯ하리 게 바려두고 ᄂᆡ 명일의 셜공을 가보ᄋᆞ 시말을 닐너 ᄂᆡ두를 볼 ᄯᆞ름이라 부ᄆᆡ ᄎᆞ언을 듯고 ᄃᆡ경 왈 형장 말ᄉᆞᆷ과 아의 ᄃᆡ답을 쇼제 오히려 ᄭᆡᄃᆞᆺ지 못ᄒᆞᆯ쇼이다 쇼뎨 늣도록 ᄌᆞ식이 업다가 ᄎᆞᄋᆡ ᄂᆞ니 텬륜 밧 ᄌᆞ별ᄒᆞ여 ᄉᆞ회를 비상이 ᄀᆞᆯ히다가 아의 권흠과 엄정의 쾌허ᄒᆞ시무

14면

로 마지 못ᄒᆞ여 셰치고 엄웅ᄒᆞᆫ 셜희랑으로 동상의 마ᄌᆞ나 녀ᄋᆞ의 셩덕ᄉᆡᆨ광을 뎌바릴가 일념의 방하치 못ᄒᆞᄂᆞᆫᄃᆡ 뎌의 냥ᄋᆡᆨ이 여ᄎᆞᄒᆞᆯ진ᄃᆡ 쇼뎨 녀ᄋᆞ를 품고 화쥐 고향으로 도쥬ᄒᆞᆯ지연졍 셜가의 두어 환난을 등ᄃᆡ치 못ᄒᆞᆯ쇼이다 왕이 쇼왈 우리 즁시 뎌러ᄒᆞ믈 우형이 상히 오활 능통으로 아ᄂᆞ니 셩인도 오ᄂᆞᆫ ᄋᆡᆨ은 면티 못ᄒᆞ여 계시거ᄂᆞᆯ ᄌᆞ네 ᄯᆞᆯ을 품고 만니 히외로 간다 ᄒᆞ니 ᄯᅩ 무슨 ᄧᆞᆫ ᄋᆡᆨ이 날 쥴 알니요 부ᄆᆡ 말이 업셔

15면

흥미 쇼삭ᄒᆞ더니 인흥이 ᄂᆞᆨ 셰로ᄃᆡ 말이 분명ᄒᆞ고 ᄉᆞᆨ셩ᄒᆞ미 뉴다른지라 믄득 왕의 알ᄑᆡ 안ᄌᆞ 낭낭이 우어 왈 히ᄋᆡ 보니 쥭졍의 셜형을 모다 보치고 ᄂᆞ동은 잡고 여ᄎᆞ여ᄎᆞᄒᆞ니 셜형이 우리 집 동상이 되엿시나 금슬동고ᄂᆞᆫ 베푸지 아냣노라 ᄒᆞ니 연흥이 여ᄎᆞ여ᄎᆞᄒᆞᄆᆡ 셜형이 ᄯᅩ 여ᄎᆞ여ᄎᆞ ᄃᆡ답ᄒᆞᄆᆡ 모다 위력으로 쥬표를 찍으니 과연 슌양

동질시 올타 ᄒᆞ고 우리 ᄉᆞ곤을 모다 남의 ᄋᆡ미한 말흔다 ᄒᆞ니 셜형이 ᄃᆡ증

16면

을 ᄂᆡ여 삼형다려 여ᄎᆞ여ᄎᆞᄒᆞ니 삼형이 뎡ᄃᆡ흔 말숨으로 막으시니 어려이 넉여 다시 말 아니ᄒᆞ고 도라가니 그 셩이 용치 아니ᄆᆡ 무죄흔 우리 져져긔 셩푸리를 허리라 ᄒᆞ더이다 말노됴ᄎᆞ 긔긔히 우으니 우물진 ᄲᅣᆷ의 단봉냥안의 어엿부미 만ᄃᆡ 무쌍ᄒᆞ고 어셩이 금을 울니며 옥을 바으는 듯ᄒᆞ니 왕이 인흥 ᄉᆞ랑은 졔ᄌᆞ의 바랄 ᄇᆡ 아니라 어엿부믈 니긔지 못ᄒᆞ여 인흥을 쓰다듬ᄋᆞ 텬흥을 도라보와 그럴시 올흐냐 무르니

17면

텬흥이 계슈 ᄃᆡ왈 닌데의 말이 다 올희여이다 졔형이 부졀업슨 희롱을 발ᄒᆞ여 설형이 일장을 보치이고 가니이다 쇼뷔 미쇼 왈 텬흥이 희량의 예긔를 잘 썩거 보ᄂᆡ여시나 쥬표 일관이 ᄂᆡ응지습이로ᄃᆡ 즁시의 표졈은 그ᄡᅥ를 맛쵸와시무로 슈이 슈쇄ᄒᆞ엿거니와 ᄎᆞᄋᆞ의 표신은 만화를 경녁흔 후 구정단심을 ᄂᆞᆺ타ᄂᆡ리니 ᄂᆡ하오 부ᄆᆡ 오히려 그 말을 ᄭᆡ닷지 못ᄒᆞ니 불평ᄒᆞ믈 품어 궁으로 가니라 명일 왕과 부ᄆᆡ 옥

18면

누의 됴회ᄒᆞ고 퇴궐ᄒᆞ여 바로 셜부로 힝ᄒᆞ니라 어시의 셜혹ᄉᆡ 임부로됴ᄎᆞ 바로 본ᄋᆞ의 니르러 츈훤의 ᄇᆡ알ᄒᆞ고 시측ᄒᆞ엿더니 임쇼졔 우ᄉᆞ나군으로 션메 표표ᄒᆞ여 졔ᄉᆞᄎᆞ례 항녈노 말셕의 시좌ᄒᆞ엿ᄂᆞᆫ지라 틱ᄉᆞ와 상부인이 임쇼져를 보건ᄃᆡ 광ᄎᆡ 됴요ᄒᆞ고 표리 냥경ᄒᆞ여 안안흔 문ᄎᆡ 윤공극양ᄒᆞ여 남ᄌᆞ의 잇셔도 호분을 ᄉᆡ양홀 ᄇᆡ 업ᄉᆞ니 의의히 셩인지풍으로 맑으미 빙호의 교연ᄒᆞ여 호호ᄒᆞ며 부부의 명광 풍되

19면

현현흔 냥옥이 창히 씨셔시니 츄상의 놉흐믈 툑히 긔특다 못ᄒᆞ여 부부 냥인의 즉품 긔질이 ᄇᆡᆨ지를 솔오고 만영을 잇글지라 틱ᄉᆞ 부뷔 쇼뎨를 ᄃᆡᄒᆞ여 무궁흔 ᄉᆞ랑이며 귀즁ᄒᆞ미 만물의 비우치 못ᄒᆞ되 ᄡᅥᄡᅥ 경홀ᄒᆞ여 ᄂᆡ 엇지 이ᄀᆞᆺ치 무가보의 며ᄂᆞ리를 진압홀고 ᄒᆞ여 뉘 아ᄉᆞ갈가 두려오미 압셔니 셕지라 쇼져의 ᄃᆡ홰 당젼ᄒᆞ여 묘월과 옥경이 연경의 와 은복ᄒᆞ여 궁모곡계를 그으ᄆᆡ ᄡᅥᄡᅥ 흑운을 타고 부즁의 왕ᄂᆡᄒᆞ무

20면

로 틱ᄉᆞ 부부의 심ᄉᆡ 여ᄎᆞᄒᆞ미러라 시시의 셜틱ᄉᆡ 임쇼져를 ᄀᆞᄀᆞ이 좌ᄒᆞ믈 명ᄒᆞ니 쇼제 슈명ᄒᆞ여 근이좌ᄒᆞᄆᆡ 보광이 무루녹은 운빈을 쓰다듬ᄋᆞ 왈 너의 셩덕긔질이 규곤의 셩인이여ᄂᆞᆯ 오ᄋᆡ 심히 불통ᄒᆞ니 능히 너 ᄀᆞᆺ흔 현쳐를 진압지 못ᄒᆞᆯ 픠광ᄒᆞ미 만흘가 ᄂᆞ의 근심이 슉식의 마음을 놋치 못ᄒᆞᆯ지라 며나리 쳘부셩녜믈 뉘 아니 깃그리오마는 아들이 군ᄌᆞ지힝이 진월 ᄀᆞᆺᄒᆞ무로써 너의 신셰 호화롭지 못ᄒᆞ여

21면

편치 아닐가 앗가미 병되도다 쇼졔 복슈ᄒᆞ여 불감승당이오 혹ᄉᆞ는 야얘 금슬이 믹믹ᄒᆞᆷ을 아르ᄉᆞ 불평ᄒᆞ시민가 ᄒᆞ여 지은 퇴라 머리를 드지 못ᄒᆞ니 부인이 쇼왈 며ᄂᆞ리 아모리 귀즁흔들 아들이 아직 드러난 허물이 업ᄉᆡ 과도히 지목ᄒᆞ여 광픠무도ᄒᆞ무로 밀위시니 그 며ᄂᆞ리 공경ᄒᆞ여 드르나 편ᄒᆞᆯ니 만무ᄒᆞᆯ가 ᄒᆞ나이다 틱ᄉᆡ 미쇼ᄒᆞ고 ᄋᆞᄌᆞ를 평신ᄒᆞ라 ᄒᆞ고 쇼져의 옥슈를 잡아 안치고 금합을 열고 긔이흔 과품을 ᄂᆡ여 먹기를

22면

권ᄒᆞ니 쇼졔 구고의 혜틱을 황공감은ᄒᆞ여 광윤흔 셤슈로 공경ᄒᆞ여 밧ᄌᆞ와 두어 가지 진식ᄒᆞᄆᆡ 잉순을 ᄉᆞ기ᄒᆞ고 호치 ᄂᆡ견흔 가온ᄃᆡ 년화 ᄀᆞᆺ흔 보됴기를 슉여 흔뎍 업시 먹으니 뎔묘흔지라 이윽이 시좌ᄒᆞ엿더니 ᄉᆞ인의 ᄋᆞ지 슈셰라 쇼져긔 안겨지라 ᄒᆞ니 쇼졔 안셔히 아희를 안흐ᄆᆡ ᄋᆞ히 픠산을 만지다가 우비상의 팔쇠를 ᄉᆡᆨ히니 거두쳐 ᄭᅵ울 젹 ᄎᆡ슈 거두치니 빅셜 ᄀᆞᆺ흔 팔의 잉도 일ᄆᆡ 찬난ᄒᆞ니 팔쇠는 셔역국 됴공 밧든 비

23면

니 문황뎨 효장공쥬를 ᄉᆞ급ᄒᆞ신 빈러니 공쥐 너모 이상이 너겨 상히 셔광이 두우의 ᄢᅦ치는 고로 보물이믈 깃거 아녀 너허 두엇더니 쇼뎨의 팔의 ᄭᅵ우고 닐오ᄃᆡ ᄎᆞ물이 요ᄉᆞ를 진압ᄒᆞ는 거시니 ᄲᅥᄂᆞ지 말고 ᄡᅧ두라 ᄒᆞ엿는 고로 잉혈이 드러나미러라 틱ᄉᆞ 부뷔 보고 놀나 혜오ᄃᆡ ᄒᆡᄋᆡ ᄉᆡᆨ즁 아귀라 안히 쳔고의 업는 ᄉᆡᆨ광이여ᄂᆞᆯ 엇지 니럴 니 잇ᄉᆞ리오 이는 반ᄃᆞ시 두루 헤질너 뎡둔 곳이 잇ᄉᆞ무로 요ᄉᆡᆨ의 눈망울을 일코 ᄋᆞ부

로 ᄒᆞ여곰 장신

24면

궁 욕을 보게 ᄒᆞᄂᆞᆫ도다 ᄒᆞ고 ᄂᆡ안으로 ᄉᆡᆼ을 쳠시ᄒᆞ니 혹ᄉᆡ 한츌쳠ᄇᆡᄒᆞ여 아모리 홀츌 모로니 쇼제 ᄯᅩᄒᆞᆫ 됸구의 노ᄒᆞ시믈 짐ᄌᆨ고 붓그리고 치신무지ᄒᆞ니 공이 안ᄉᆡᆨ을 허ᄒᆞ여 침당으로 가 편히 쉬라 ᄒᆞ니 쇼제 ᄇᆡ이슈명ᄒᆞ여 퇴ᄒᆞᄆᆡ ᄉᆞ인부인이 ᄒᆞᆫ가지로 아ᄒᆡ를 안고 ᄂᆞ와 ᄎᆡ빈당 난간의 좌를 밀고 쇼왈 현데 이 아ᄒᆡ로 난안ᄒᆞᆫ 일을 보니 ᄋᆞ히 유뫼 한유ᄒᆞ노라 됸당의 두어 이를 비즈니 과연 밉도다 쇼제 안셔히 ᄀᆞᆯ오ᄃᆡ 어린 아ᄒᆡ 홍상을

25면

반겨 놀고ᄌᆞ ᄒᆞ미 예ᄉᆡ라 엇지 뮈올 ᄇᆡ 잇ᄉᆞᆯ닛고 져져의 난안타 ᄒᆞ시믄 ᄭᆡ둧지 못ᄒᆞ리로쇼이다 쥬슌이 ᄉᆞᄀᆡ의 호치 ᄂᆡ견ᄒᆞ고 옥셩이 ᄂᆞᄌᆨᄒᆞ여 쇼쥬ᄃᆡ쥬를 옥반의 구을니ᄂᆞᆫ 듯 일만 ᄌᆞᄐᆡ와 쳔 가지 고은 빗치 겸발ᄒᆞ니 ᄉᆞ인부인이 어엿부믈 니긔지 못ᄒᆞ여 우어 왈 달니 난안타 ᄒᆞ미 아니라 쥬표ᄂᆞᆫ 규슈의게 잇슬 ᄇᆡ여늘 현데 오히려 규녀의 ᄐᆡ를 면치 못ᄒᆞ엿시무로 구괴 놀ᄂᆞ시니 난안타 ᄒᆞ미로다 쇼제 이의 미쳐ᄂᆞᆫ 붓그리미 과ᄒᆞ여

26면

셜부의 홍광이 취지ᄒᆞ니 됴일이 동방의 쳐음으로 쇼ᄉᆞᄆᆡ 뎡긔 팔황의 됴요흠 ᄀᆞᆺᄒᆞᆫ지라 그 나히 어려 셰물이 ᄉᆡᆼ쇼ᄒᆞᆷ들 더옥 어엿비 넉여 동포골육의 감치 아닌 뎡이 잇더라 당숀시 낭ᄋᆞ 쇼옥 벽난 셜ᄆᆡ 등이 쇼제 뎡당의셔 퇴ᄒᆞᄆᆡ 시위ᄒᆞ엿더니 당숀시 믄득 탄왈 쳔쳡은 옥쥬 분부로 쇼져 탄ᄉᆡᆼ시붓터 유모로 더브러 부인 슬하의셔 양휵ᄒᆞ게 ᄒᆞ시니 그ᄭᅴᄂᆞᆫ 상부와 궁즁의 시랑 밧 졔 공ᄌᆞ 졔 쇼제 아니 ᄂᆞ신 ᄯᅢ니 부즁 궁즁이 쇼져

27면

귀즁ᄒᆞ시미 보화로 비치 못ᄒᆞ시고 일빈일쇼의 경ᄉᆞ를 삼ᄋᆞ 기르시더니 시방 ᄐᆡ왕부인이 ᄌᆞ숀이 만당ᄒᆞᄉᆞ 십숨 남은 공ᄌᆞ와 열 쇼뎨와 시랑 노얘 냥ᄌᆞ를 한ᄃᆡ셔 휵양ᄒᆞ

시니 이 쇼져 항ᄒᆞ신 쳣ᄉᆞ랑은 셰월노됴ᄎᆞ 더ᄒᆞ시무로 틱부인 년고ᄒᆞ시믈 위ᄒᆞ여 쇼져의 년긔 쵸순을 지ᄂᆡ시미 취가ᄒᆞ시니 도위 노야긔셔 쇼제 너모 유약ᄒᆞ신ᄃᆡ 쥬군의 장ᄃᆡ 엄웅ᄒᆞ시믈 써려 삼 년을 경영ᄒᆞ여 쇼제 져기 ᄌᆞ라 장셩ᄒᆞ신 후 셩네코ᄌᆞ ᄒᆞ신 비 쓴ᄀᆞᆺ지

28면

못ᄒᆞ여 져리 유미ᄒᆞ신 쇼져를 셩네ᄒᆞ시고 도위 노애 슉식이 불평ᄒᆞ신 쥬표 유무ᄂᆞᆫ 더옥 ᄂᆡ도ᄒᆞᄉᆞ 우리 쇼제 년긔 ᄎᆞ신 후 금슬죵고를 베풀고ᄌᆞ ᄒᆞ시니 쇼져를 돈당 협실의 두어 어린 ᄋᆞᄒᆡ ᄃᆡ군ᄌᆞ 안젼을 어렵지 아녀 ᄒᆞ시ᄂᆞᆫ 연긔 되거든 침당을 뎡ᄒᆞ시고 건즐을 밧들게 ᄒᆞ시면 셩문 은덕이 난망이올가 바랍옵ᄂᆞ니 신혼 셩졍을 맛ᄎᆞ시고 침쇼로 도라오시면 상공의 녈풍뇌우 ᄀᆞᆺᄒᆞ신 노식을 당ᄒᆞ오면 그 놀납고 두리오미 그 엇더ᄒᆞ리오

29면

마ᄂᆞᆫ 우리 쇼데 평싱 유졍유일ᄒᆞ시미 쵸왕비낭낭을 픔슈ᄒᆞᄉᆞ 굿ᄒᆞ여 구겹ᄒᆞ미 업ᄉᆞ시나 노쳡 등은 쥬군의 업싀을 앙쳠ᄒᆞ옵건ᄃᆡ 털이 숏그러ᄒᆞ무로 뎡당의ᄂᆞᆫ 이런 ᄉᆞ연을 감히 못ᄒᆞ옵ᄂᆞ니 부인이 쇼져를 어엿비 녀이ᄉᆞ 가ᄎᆞᄒᆞ시니 ᄉᆞ졍을 고ᄒᆞ나이다 언파의 냥안의 신쳔이 써러지니 뇨부인이 십분 경ᄋᆞ 왈 슉슉의 긔상이 츈풍 ᄀᆞᆺᄒᆞ니 그ᄃᆡ도록 ᄂᆡ실 싀위 참엄ᄒᆞᆫ 돈당이 모로시ᄂᆞᆫ 비요 아등이 ᄯᅩᄒᆞᆫ 의괴ᄒᆞ믈 ᄭᆡ돗지 못ᄒᆞ오니

30면

엇지 알니오 이후 ᄌᆞ연 쇼져의 편홀 쳐변이 잇ᄉᆞ리라 쇼제 믄득 장숀시를 뎔칙 왈 그ᄃᆡ 나히 노혼ᄒᆞᆫ ᄶᅴ 아니여ᄂᆞᆯ 그 엇지 돌연이 허숀을 ᄃᆡ단이 ᄒᆞ엿ᄂᆞ뇨 어느 녀ᄌᆡ ᄂᆡ집 부귀로ᄡᅥ 구가를 업눌너 불쵸ᄒᆞᆫ 힝싀 잇ᄉᆞ리오 옥쥬 틱틱상궁으로ᄡᅥ 쳡을 돕고ᄌᆞ ᄒᆞ시믄 ᄂᆞ의 허물을 칙ᄒᆞ여 그르믈 간코ᄌᆞ ᄒᆞᄉᆞ 지돈 근시로ᄡᅥ 맛져 불쵸신을 보젼케 ᄒᆞ신 비여ᄂᆞᆯ 도로혀 ᄉᆞ졍을 니긔지 못ᄒᆞ여 군쥬를 시비ᄒᆞ며 상하 쳬면을 휴숀케

31면

ᄒᆞ시미 바라던 ᄇᆡ 아니오 구고 됸당 혜튁이 일신의 져젓ᄂᆞᆫ지라 어느 마ᄃᆡ의 불평ᄒᆞ미 잇ᄂᆞ뇨 언파의 슉연 단좌ᄒᆞ여 옥남긔 셔리 ᄆᆡ쳐시니 놉흔 긔질과 됴흔 품격이 쳔고 독보ᄒᆞ니 장손시 탄복흠ᄋᆡᄒᆞ여 ᄉᆞ뢰 왈 쇼져 탄강일붓터 금일가지 쾌ᄒᆞᆫ 어셩을 듯지 못ᄒᆞ엿더니 노신의 ᄉᆞ졍의 뎔박ᄒᆞ무로 드ᄃᆡ여 실언ᄒᆞ고 쇼져의 긴 말숨을 듯ᄉᆞ오니 희귀ᄒᆞ믈 니긔지 못ᄒᆞ리로쇼이다 ᄒᆞ고 뇨부인은 그 어린 ᄂᆞ희 ᄇᆡᆨᄉᆡᆨ 하ᄌᆞ홀 거

32면

시 업고 강ᄒᆞ믈 좁으ᄆᆡ 지됸의 근시ᄒᆞ던 상궁이 ᄇᆡᆨ발이 쇼쇼ᄒᆞ거ᄂᆞᆯ 뎔칙ᄒᆞᄂᆞᆫ 언ᄉᆡᆨ 뎔당ᄒᆞ믈 듯고 항복칭찬ᄒᆞ믈 결을치 못ᄒᆞ더라 당손시와 뎨 시ᄋᆡ 쇼져ᄅᆞᆯ 시위ᄒᆞ여 침쇼로 도라오니 쇼제 상상의 고요히 안ᄌᆞᄆᆡ 마음이 ᄌᆞ연 쎨니고 뎡신이 산난ᄒᆞᆫ지라 의괴ᄒᆞ여 쥬역을 펴놋코 뎜괘ᄅᆞᆯ 푸러 ᄒᆡ득ᄒᆞ니 흉ᄒᆞ미 만코 길ᄒᆞ미 업고 금년의 몸이 놀니여 ᄒᆡ외의 뉴리ᄒᆞᄆᆡ 곡님오됴의 니별을 슬허ᄒᆞ고 가향을 늣기미 삼 년의 ᄃᆡ

33면

원슈의 긔발이 동남으로 두루혀ᄆᆡ 부뷔 ᄌᆡ합ᄒᆞ고 남ᄆᆡ 긔봉이라 ᄒᆞ엿ᄂᆞᆫ지라 진슈ᄅᆞᆯ 기우려 이윽이 보다가 덥어 연갑의 장ᄒᆞᆫ 후 놀이 뎌물ᄆᆡ 혼졍을 맛고 도라와 촉불 보기ᄅᆞᆯ 이윽이 ᄒᆞ니 낭ᄋᆞ 쇼옥 츈빙 쌍셤 등이 상하의 ᄭᅮ러 고왈 그윽이 앙쳠ᄒᆞ옵건ᄃᆡ 쇼뎨 큰 우고ᄅᆞᆯ 당ᄒᆞ신 바 ᄀᆞᆺᄉᆞ와 쌍ᄋᆞ의 시름을 ᄆᆡᄌᆞ시믈 보옵건ᄃᆡ 마음이 놀납ᄉᆞ온 즁 몽ᄉᆡ 여ᄎᆞ여ᄎᆞ 불길ᄒᆞ온지라 감문기고ᄒᆞᄂᆞ이다 쇼제의 이 열 시ᄋᆞᄂᆞᆫ 공쥐 별노이

34면

ᄉᆞ급ᄒᆞᆫ ᄇᆡ라 춍민ᄒᆞ고 츙의 ᄀᆡ셰ᄒᆞ더라 몽ᄉᆡ 불길타 ᄒᆞ믄 낭ᄋᆞ와 츈빙이 일젼의 몽ᄉᆞᄅᆞᆯ 어드니 일표 녀ᄌᆡ 비슈ᄅᆞᆯ 들고 드러와 쇼져ᄅᆞᆯ 지르며 니로ᄃᆡ ᄂᆡ 너ᄅᆞᆯ 쥭이고 셜희랑을 아스리라 ᄒᆞ더니 혹ᄉᆡ 드러와 그 녀ᄌᆞᄅᆞᆯ 엽히 ᄶᅧ 방즁의 드리고 쇼져ᄅᆞᆯ 모라 ᄂᆡ치ᄆᆡ 믄득 일위 션관이 ᄂᆞ려와 셜싱다려 왈 손ᄋᆞ야 네 요얼의 얽혀 멸문지화ᄅᆞᆯ 짓고져 ᄒᆞ여 임쇼부ᄅᆞᆯ ᄂᆡ치니 노뷔 거두어 가거니와 일후 네 요인으로 ᄒᆞ여 픠가망신ᄒᆞ리라 ᄒᆞ

35면

고 ᄒᆞᆫ 목음 물을 ᄡᅮᆷ어 그 녀ᄌᆞ의 만신을 벗겨 놋코 돗히 솔 ᄀᆞᆺ흔 거슬 박ᄋᆞ 노흐며 쇼져와 츈빙 등을 구름의 올녀가더니 마고션녀의 집의 머무르고 왈 이후 ᄉᆞᆷ 년의 ᄉᆞᆫᄋᆡ 남토를 졍별ᄒᆞ고 너를 마ᄌᆞ 가리니 슬허 말고 잇스라 ᄒᆞ고 학을 타고 가시ᄆᆡ 마고션녜 쇼져를 붓드러 깁흔 실의 안둔ᄒᆞᆯ 즉 ᄭᆡ친지라 이러무로 몽ᄉᆞ를 말ᄒᆞ미라 쇼졔 묵연탄식고 답지 아니ᄒᆞ더라 ᄐᆡ식 혹ᄉᆞ를 불너 경계ᄒᆞ여 네 만일 임쇼부와 금슬을 열지 아니려 ᄒᆞ거든

36면

머리를 싹고 산즁으로 가라 ᄒᆞ고 등 미러 ᄂᆡ치니 혹식 황공츅쳑ᄒᆞ고 ᄉᆞ인이 부인의 말을 드런ᄂᆞᆫ지라 혹ᄉᆞ를 됴용이 안치고 ᄉᆞ리로 ᄀᆡ유ᄒᆞ여 박ᄃᆡᄒᆞ믈 풀식 혹식 탄식ᄃᆡ왈 쇼뎬들 ᄉᆞ리를 모로며 근본 임부의셔 화도를 보고 오ᄆᆡ갈망ᄒᆞ든 바로 어이 금슬이 쇼ᄒᆞ리잇고마ᄂᆞᆫ 신방의 안ᄌᆞ 뎌를 ᄃᆡᄒᆞ엿더니 홀연 ᄂᆞ뷔 ᄂᆞ라와 두 ᄉᆞ이의셔 ᄂᆞᆯ거ᄂᆞᆯ 션ᄌᆞ로 붓치니 ᄂᆞ뷔 ᄂᆞ라가고 물방울이 ᄯᅥ러지거ᄂᆞᆯ 씻고ᄌᆞ 하니 물이 아니요 피라 문ᄐᆡ도 업셔

37면

지지 아니ᄒᆞ더니 그 후로 ᄃᆡᄒᆞᆫ즉 두통이 나고 비위 거ᄉᆞ려 금슬이 불화ᄒᆞ고 화증이 복발ᄒᆞᄂᆞ이다 ᄉᆞ인이 탄왈 ᄉᆞ불범졍이라 이런 일이 어이 잇ᄉᆞ리오 이ᄂᆞᆫ 가식ᄒᆞᄂᆞᆫ 말이로다 아모커나 야애 심화ᄒᆞ시니 너ᄂᆞᆫ 아모리 실희여도 화동ᄒᆞᆯ 밧 업ᄂᆞ니라 혹식 슌슌 슈명ᄒᆞ고 몸을 니러 죽기를 무릅써 쇼져 침쇼의 드러가니 쇼졔 이러 맛거ᄂᆞᆯ ᄌᆞ시 ᄉᆞᆯ피니 일쌍 ᄂᆞ환의 쵸옥이 셤셤ᄒᆞ고 아협단슌의 한가ᄒᆞᆫ ᄐᆡ도와 셜부화험의 뎡뎡ᄒᆞᆫ ᄀᆡ상

38면

이 청강ᄂᆡ우의 부용이 목욕ᄒᆞ고 옥봉의 고고ᄒᆞ며 ᄇᆡᆨᄐᆡ용광이 ᄂᆡ염ᄒᆞ여 셜상한ᄆᆡ요 한빙ᄋᆡ의 연ᄀᆡ 니러ᄂᆞ니 츄텬ᄇᆡᆨ노의 맑근 뎡신이며 츄상효월의 호연ᄒᆞᆫ 광휘라 청슈교연ᄒᆞ여 진환의 ᄀᆡ운을 ᄯᅥᆯ치고 온침단ᄋᆞᄒᆞ여 셩니의 도를 ᄭᆡ쳐시니 의의히 텬흥의 ᄀᆡ질과 흡ᄉᆞᄒᆞ고 셩인지풍이 의의ᄒᆞ니 눈이 상쾌ᄒᆞ고 뎡신이 미란ᄒᆞ여 스ᄉᆞ로 탄식

ᄒᆞ되 뎌 ᄀᆞᆺ흔 뎔염을 ᄂᆡ 엇지 실희여 ᄒᆞᄂᆞᆫ고 ᄒᆞ고 쥬방의 슐을 가져오라 ᄒᆞ여

39면

일쥰을 거후르고 쇼져의 ᄂᆞ군을 닛그러 옥슈를 잡으ᄆᆡ 광윤ᄒᆞ고 셤셤ᄒᆞ미 흐르ᄂᆞᆫ 듯 ᄒᆞ거ᄂᆞᆯ 쇼졔 ᄆᆡᆼ녈이 색혀 좌를 물니니 ᄉᆡᆼ이 뎡ᄉᆡᆨ 왈 ᄉᆡᆼ이 쇼부 ᄃᆡ인긔 슈혹ᄒᆞ여 본ᄃᆡ ᄉᆡᆼ쇼치 아닌 빙가요 형포를 우봉ᄒᆞᆫ 지 오ᄅᆡ되 본ᄃᆡ 위인이 둉요롭지 못ᄒᆞ무로 규방의 아릿ᄯᆞ온 숀이 되지 못ᄒᆞ고 현뫼 연긔 유츙ᄒᆞ믈 위ᄒᆞ여 아직 우비의 낙을 밧바 아니미러니 엄졍의 득죄ᄒᆞ미이 일관이라 금야ᄂᆞᆫ 무산의 쑴을 ᄒᆞᆫ가지로 ᄒᆞ여 엄위긔

40면

ᄉᆞ뫼를 면ᄒᆞ고 거일 궁의 가 여러 ᄋᆞ희들이 복을 약히 녀겨 슌양이 아니믈 알녀 ᄒᆞ여 쥬표로 시험ᄒᆞ니 이를 엇지 견ᄃᆡ리오 효장궁 일등 명기를 취ᄒᆞ여 쥬표를 업시ᄒᆞ고ᄌᆞ ᄒᆞ엿더니 텬흥이 어룬 ᄆᆡ부를 여ᄎᆞ여ᄎᆞ 헐ᄲᅮ리ᄆᆡ 그져 도라와 ᄉᆡᆼ각ᄒᆞ니 현뫼 ᄂᆞ의 박졍을 본부의 누통ᄒᆞ여 그 놈들이 취당ᄒᆞ여 복을 됴쇼ᄒᆞ고 욕을 뵈던가 ᄒᆞᄂᆞ니 만일 은밀지ᄉᆞ를 ᄉᆡᆼ쇼이 알거든 명ᄇᆡᆨ히 ᄒᆡ셕ᄒᆞ시면 복이 ᄯᅩᄒᆞᆫ 혜아리미

41면

잇ᄉᆞ리라 언파의 취안이 몽농ᄒᆞ여 쇼져를 써보ᄂᆞᆫ ᄉᆞᄉᆡᆨ이 크게 인뎡 밧기라 장숀시와 유모 등이 분한타루ᄒᆞ더라 쇼졔 구문의 입승 후 뎌의 말ᄒᆞ미 쳐음이요 취즁 가즉으로 친근ᄒᆞ믈 ᄒᆡ연ᄒᆞ여 담연묵묵ᄒᆞ니 단연ᄒᆞᆫ 금이요 ᄉᆡᆼ쳘노 메온 쇽이라 녀풍과이로아라 ᄀᆡ구ᄒᆞ미 업고 공슈단좌ᄒᆞ여시니 츄상을 능만홀 지긔요 의의히 계ᄎᆞᆫ 임도위라 연이나 하쉬 머러 냥이를 씻지 못ᄒᆞ믈 암탄ᄒᆞ니 무슴 말을 답ᄒᆞ리오 ᄉᆡᆼ이 쳐

42면

음은 약ᄒᆞᆫ 녀ᄌᆞ라 ᄒᆞ여 비록 실코 괴로오나 취즁의 동몽ᄒᆞ여 엄노를 막고ᄌᆞ ᄒᆞ엿더니 그 거동이 쇼쇼 녀ᄌᆞ로 보지 못홀지라 믄득 노긔 ᄃᆡ발ᄒᆞ여 ᄭᅮ지져 왈 음흉ᄒᆞᆫ 녀ᄌᆡ 부형의 위세를 ᄢᅵ고 가부를 능만ᄒᆞ여 것흐로 셩현의 도를 모습ᄒᆞ고 안흐로 ᄉᆡᆨ념이 됴동ᄒᆞ여 비홍을 ᄌᆞ랑ᄒᆞ여 엄졍의 ᄎᆞ마 듯ᄌᆞᆸ지 못홀 죄칙을 엇게 ᄒᆞ고 양양 ᄌᆞ득ᄒᆞ니 그 ᄯᅳᆺ을 뎌기 바다 ᄂᆡ 일야 운우몽을 일우려 ᄒᆞ니 ᄯᅩ 무ᄉᆞᆫ ᄯᅳᆺ으로 져리 ᄆᆡᄆᆡ히 피

ᄒᆞᄂᆞᆫ

43면

뇨 임부마의 ᄯᆞᆯ을 니르지 말고 황녜라도 이 셜희량의 쳐실이 된 후는 간ᄃᆡ로 위셰를 쪄 업누르지 못ᄒᆞ리니 ᄒᆞᆫ 말 ᄃᆡ답을 쾌이 ᄒᆞ라 셩음이 졈졈 놉흐며 봉안이 쥰녈ᄒᆞ나 쇼졔 일호 요동ᄒᆞ미 업고 쌍셩이 미미ᄒᆞ여 그ᄋᆖᆨ이 ᄉᆡᆼ의 거동을 ᄀᆡ탄ᄒᆞ고 ᄉᆡᆨ념이 됴동타 ᄒᆞᆷ들 더러이 너길지연졍 일호 구겁ᄒᆞ미 업셔 고요히 단좌ᄒᆞ여 욕언을 됴흔 말 듯ᄂᆞᆫ ᄃᆞ시 ᄒᆞᄂᆞᆫ지라 ᄉᆡᆼ이 더옥 ᄃᆡ로ᄒᆞ여 금노의 불을 드러 나리 ᄶᅵ우려 ᄒᆞ니

44면

쇼졔 그 ᄒᆡ이ᄒᆞᆫ 괴거를 가쇼로이 너이나 다만 부고 유쳬로ᄡᅥ 무단이 화로의 상ᄒᆞᆯ 묘리 업다 ᄒᆞ여 즘간 몸을 기우려 불을 피ᄒᆞ니 불이 ᄂᆞ상의 븟ᄂᆞᆫ지라 장외의 홍션 등이 ᄎᆞ경을 보고 급히 가상의 나상을 들고 어미를 발ᄂᆞ ᄎᆞ고 장을 들고 드러가 쇼져의 나군을 그르며 불을 ᄭᅳ고 표연이 쇼져를 거두어 녑ᄒᆡ ᄭᅵ고 ᄂᆞ셔며 닐오ᄃᆡ 어미와 ᄉᆞ부ᄂᆞᆫ ᄲᆞᆯ니 츈빙 등으로 불을 븕히라 그 어의 왈 쇼장즉슈ᄒᆞ고 ᄃᆡ장즉쥬ᄒᆞ라 ᄒᆞ니 쳔비

45면

쥬모를 죄 업시 쥬군이 불의 ᄉᆞᆯ오랴 ᄒᆞ시니 시가인야오 슉불가인야리잇고 쥬군긔 ᄉᆞ뢰를 짓고 쥬모를 업고 ᄉᆞ화를 피ᄒᆞ나이다 표연이 난간 밧긔 ᄂᆞ셔니 장숀 보모와 낭ᄋᆞ 셜파 등이 일시의 쵹을 밝히고 쇼져를 븟들고 방황ᄒᆞ니 쇼졔 타연이 난간의 셔셔 나상을 곳친 후 일오ᄃᆡ 졔 비록 무죄ᄒᆞᆫ 쳐ᄌᆞ를 불의 ᄉᆞᆯ오나 강상이 즁ᄒᆞ니 나를 쥭여도 죄 업ᄉᆞᆯ 거시요 ᄂᆡ 비록 져의 독슈를 닙으나 원한치 못ᄒᆞᆯ지라 ᄉᆞ부와 어미ᄂᆞᆫ 놀나지

46면

말지여다 언파의 향신을 도로혀 표연이 입실ᄒᆞ여 좌졍ᄒᆞ니 ᄉᆡᆼ이 쥬긔 졈졈 ᄂᆞ리고 앗가 ᄌᆞ가 ᄒᆡᆼᄉᆞ와 쇼져의 쳐변을 ᄉᆡᆼ각ᄒᆞ니 져ᄂᆞᆫ 즁니요 ᄌᆞ가ᄂᆞᆫ 도쳑이라 믄득 취ᄒᆞᆫ 쳬 상상의 구러져 잠들고 쇼져ᄂᆞᆫ 숨쇼ᄅᆡ도 업시 안젓더니 동괴 늉늉ᄒᆞ고 오경 계셩이 ᄉᆡ벽를 보ᄒᆞᄂᆞᆫ지라 쇼졔 장외의 ᄂᆞ와 ᄒᆞᆫ 우음 굴노 ᄡᅥᆺ글을 씻고 신장을 곳쳐 신셩

ᄒᆞ니 이ᄂᆞᆯ은 목ᄐᆡ부인이 잠이 업시 ᄊᆡ엿더니 쇼져를 갓ᄀᆞ이 안치고 ᄋᆡ즁ᄒᆞ고 ᄐᆡᄉᆞ 부뷔 졔ᄌᆞ

47면

졔부를 거ᄂᆞ려 말ᄉᆞᆷ이 이윽ᄒᆞᄆᆡ 믄득 느러진 벽졔 쇼ᄅᆡ ᄂᆞ며 임쵸왕 곤계 닙문ᄒᆞ믈 알외니 ᄐᆡᄉᆡ 졔ᄌᆞ로 더브러 외당의 ᄂᆞ와 마ᄌᆞ 한훤필의 쥬찬을 셩비ᄒᆞ여 빈쥐 통음ᄒᆞ며 됴용ᄒᆞᆫ 담논이 한가ᄒᆞ더니 부ᄆᆡ 학ᄉᆞ를 ᄂᆞ호여 안치고 ᄉᆞ랑이 쳬쳬ᄒᆞ여 왈 상담의 ᄉᆞ회ᄂᆞᆫ 장뫼 ᄉᆞ랑ᄒᆞᆫ다 ᄒᆞ되 혹ᄉᆡᆼ은 ᄯᆞᆯ을 쳐음으로 어더 별뉸 ᄌᆞᄋᆡ 쥬졉드다가 ᄉᆞ회를 이리 가즁ᄒᆞᆫ 숀을 어드되 ᄉᆞ랑을 이럴ᄉᆞ록 ᄌᆞ별ᄒᆞ나 옹셔의 ᄯᅳᆺ이 ᄂᆡ도ᄒᆞᆫ

48면

지 이 숀이 오가의 ᄌᆞ로 오지 아니니 심이 훌연터이다 ᄐᆡᄉᆡ 쇼왈 과연 도위 형의 말이 올희여이다 ᄂᆞ의 여러 돈견이 잇ᄉᆞ되 ᄉᆞ랑홉고 귀즁ᄒᆞ믄 원빅의게 밋지 못ᄒᆞ니 인졍이 ᄒᆞᆫ가지로쇼이다 ᄒᆞ나 ᄋᆞᄌᆞ의 ᄯᅳᆺ이 ᄂᆡ도ᄒᆞ믈 통한ᄒᆞ더라 왕이 믄득 광미를 빈축 왈 ᄋᆞ부의 ᄉᆡᆼᄉᆞ돈망이 뎜뎜 아득ᄒᆞ니 복이 나라히 슈유ᄒᆞ고 남으로 나려 심방코ᄌᆞ ᄒᆞ되 국ᄉᆡ 호번ᄒᆞ고 반ᄃᆞ시 병혁이 일가 ᄒᆞ여 써ᄂᆞ지 못ᄒᆞ니 뎔박ᄒᆞ고 냥ᄋᆡ 숌 셰

49면

유치로ᄃᆡ 지각이 명명ᄒᆞ여 뎜뎜 어미를 ᄎᆞᄌᆞ니 잔잉ᄒᆞ믈 ᄎᆞᆷ지 못ᄒᆞ리로쇼이다 ᄐᆡᄉᆡ 악슈뉴쳬 왈 ᄂᆞ의 명완ᄒᆞ미 쳔뉸 져독의 유유ᄒᆞ믈 망연이 이졋도다 근ᄂᆡᄂᆞᆫ ᄋᆞ부를 어더 슬하를 빗ᄂᆡ니 녀ᄋᆞ를 알픠 둠 ᄀᆞᆺᄒᆞ니 ᄌᆞ연 죽은 ᄌᆞ식쳐로 니치이니 녀ᄋᆡ 만일 ᄉᆞ라셔도 부뫼 져를 니젓시믈 슬허ᄒᆞᆯ 거시요 죽어셔도 유혼이 셰우를 화ᄒᆞ여 ᄲᅮ릴지라 명년은 결단코 구쥐를 다 도라 ᄒᆡ골이나 ᄎᆞ즐가 ᄒᆞᄂᆞ이다 왕이 탄식

50면

낭구의 일오ᄃᆡ ᄉᆡᆨ부의 실셔이산ᄒᆞ믄 옥션으로 비로ᄉᆞ미니 묘ᄆᆡᆨ이ᄂᆞ 잇거니와 질녀의 화ᄋᆡᆨ이 박두ᄒᆞ믈 알으시ᄂᆞ냐 ᄐᆡᄉᆡ 실ᄉᆡᆨ 왈 시하언야오 왕이 다만 닐오ᄃᆡ 희량이 미간의 푸른 긔운이 ᄃᆡ불길ᄒᆞ고 질녀의 ᄉᆡᆨ광이 너모 찬난ᄒᆞ무로 한 번 곤ᄋᆡᆨ은 잇슬지라 형은 십분 ᄉᆞᆯ피라 연이ᄂᆞ 져의 ᄋᆡᆨ쉬 삼 년을 격근 후 무ᄉᆞᄒᆞ리니 ᄎᆞ역 텬의라

인녁으로 엇지 방비ᄒᆞ리오 ᄒᆞ더라 늘이 반오의 부미 셜공을 향ᄒᆞ여 녀ᄋᆞ 보믈 청ᄒᆞ니

51면

틱시 함닉의 창호를 닷고 오공ᄌᆞ 졍으로 ᄒᆞ여곰 닉당의 가 임쵸왕과 부미 닉림ᄒᆞ여 쇼져 보려 ᄒᆞ믈 닐너 ᄲᆞᆯ니 ᄂᆞ와 현알ᄒᆞ라 ᄒᆞ니 공지 뎡당의 가 고ᄒᆞᆫ딕 쇼졔 의딕를 슈렴ᄒᆞ고 보모 등을 거나려 합닉의 셔고 유모로ᄡᅥ 고ᄒᆞ니 왕과 부미 ᄂᆞ오믈 명ᄒᆞᆫ딕 쇼졔 승당빅알ᄒᆞ고 틱왕모 됸후를 뭇ᄌᆞᆸ고 시좌ᄒᆞ니 왕의 곤계 보건딕 봉관화리로 명부의 복식이 졍결ᄒᆞᆫ지라 두굿기고 어엿부믈 니긔지 못ᄒᆞ여 보빈을 어루만져

52면

무익 왈 우리 친옹이 너의 귀근을 허ᄒᆞᄉᆞ 왕모긔 현알ᄒᆞ믈 막지 아닐 거시로딕 형장이 아직 밧비 귀령치 말나 ᄒᆞ시무로 청치 못ᄒᆞᄂᆞ니 ᄉᆞ오 삭 후 다려가랴 ᄒᆞ니 왕뫼 그 ᄉᆞ이를 빅 년 ᄀᆞᆺ치 아르실지라 엇지 참을고 ᄒᆞ노라 왕이 우어 왈 현데 상히 민식 쇼탈ᄒᆞ더니 상풍 ᄌᆞ식 ᄉᆞ랑은 ᄌᆞ상ᄒᆞ고 구구ᄒᆞ도다 질녀를 ᄂᆞ호여 무마ᄒᆞ며 ᄉᆞ믹로셔 금낭을 닉여 쇼져를 치오고 닐오딕 이 금낭의 쥬셔 부작이 드러시나 간딕로 보지 말고 볼

53면

씩를 맛나 급히 요도의 셕뒤히 붓치면 요슐을 힝치 못ᄒᆞᆯ 거시니 씩를 타 금션탈각지계로 몸을 피ᄒᆞ라 너의 십 시익 지용이 겸젼ᄒᆞ니 독히 요ᄉᆞ를 졔어ᄒᆞ려니와 츈홍 낭비지 검법이 신긔ᄒᆞ나 씩 아닌 딕 요도를 ᄌᆞᆸ으나 죽이지 말게 ᄒᆞ라 쇼졔 빅부 말솜을 듯고 쳬ᄉᆞ모골ᄒᆞ나 ᄉᆞ식지 아니ᄒᆞ고 슌슌 슈명ᄒᆞ고 인ᄒᆞ여 직빅ᄒᆞ고 드러가니 부미 홀연이 일흔 거시 잇는 듯 어린 드시 셔셔 보다가 흥미 쇼삭ᄒᆞ여 왕으로 더브러 하직

54면

고 슈레의 오르믹 흑식 ᄂᆞ와 졀ᄒᆞ고 명일 등빅ᄒᆞ믈 고ᄒᆞ니 졈두ᄒᆞ고 부즁의 도라와 만슈젼의 시측ᄒᆞ니 션싱이 부마의 광미 슈집ᄒᆞ믈 의ᄋᆞᄒᆞ여 거듭 보니 왕이 부마를 눈 쥰딕 부미 씩ᄃᆞ라 화긔이셩ᄒᆞ여 셜부의 가 녀셔 보믈 고ᄒᆞ고 녀익 그 사이 장셩ᄒᆞ

미 더은 둧ᄒᆞ믈 고ᄒᆞ니 션싱은 드를 만ᄒᆞ고 상국 왈 셜지 심히 험되니 숀녀의게 편치 아니미 만흘지라 나는 월ᄋᆞ 굿흔 숀녀를 그런 년긔 부젹ᄒᆞ고 셰찬 낭지를 구ᄒᆞ여 ᄉᆞ회

55면

삼을 쯧이 업술 빅로ᄃᆡ 현뎨 ᄋᆞ들의 호의 만흐믈 칙ᄒᆞ고 흔 말의 틱일 셩녜ᄒᆞ여 보ᄂᆡ고 요ᄉᆞ이는 긔화명월지광을 퍽 그리워ᄒᆞ며 심녀ᄒᆞᄂᆡ 션싱이 탄왈 형장 말숨이 과연 ᄒᆞ이다마는 연분의 미인 바를 도망치 못ᄒᆞ올지라 출하리 슈히 셩친ᄒᆞ여 여러 곳 구친이 번극지 아니케 ᄒᆞ미요 희량의 외모풍신과 지뫼의마의 넉넉ᄒᆞ온 바를 질뎍ᄌᆞ의게 아일가 ᄒᆞ미니이다 상국이 졈두ᄒᆞ더니 쇼각노 셩츄밀이 슈리를 굷모

56면

라 이르니 쥬긱이 반겨 한훤이 됴용ᄒᆞ미 쇼각뇌 상국을 향ᄒᆞ여 왈 우리 낭기 두 ᄋᆞ히 유치지년의 뎡흔 혼인이니 녕당 틱부인 츈취 놉흐시고 원빅의 부인이 지금 표풍착녕 굿치 츳지 못ᄒᆞ시니 원쳠 원범의 혼ᄉᆡ 일시 밧불 거시로ᄃᆡ 이 집 거동이 ᄂᆡ동져이 혼ᄉᆞ다히 거론을 아니니 고이토다 츄밀이 쇼왈 됴흔 쇼빙이 션왕의 법은 아니나 계숙시ᄂᆡ 형셰 고인의 법졔를 직희지 못흘지라 슈히 셩네나 ᄒᆞ고ᄌᆞ ᄒᆞ노라 션

57면

싱과 상국이 일시의 일오ᄃᆡ 낙지라 희지라 ᄎᆞ언이 됴토다 셜니 틱일ᄒᆞ리라 ᄒᆞ고 금노의 불을 도도고 향을 숫고 쇼각노 셩츄밀이 병익ᄒᆞ여 틱일ᄒᆞ니 지흥의 치례는 납월 상슌이오 텬흥의 납폐는 지월 습슌이오 길네는 명년 계츈 쵸길일이라 텬흥의 길긔도 한 날이라 길긔 멀믈 뎔박ᄒᆞ나 뉵합상졍일이라 곳치지 못ᄒᆞ니라 인ᄒᆞ여 쥬효를 버려 한가히 잔을 놀니고 금고를 놀난ᄒᆞ다가 일모ᄒᆞ미 각산ᄒᆞ니라 어시의

58면

옥경군쥐 묘월의 숣을 비화 슈월이 못ᄒᆞ여 능통ᄒᆞ니 못흘 변홰 만흔지라 묘월이 일일은 옥경다려 니로ᄃᆡ 금월 갑ᄌᆞ일의 우리 한가지로 연경의 드러가 그ᄃᆡ 가긔를 일울지니 셜니 낙안쥐 한뎐하긔 쇼유를 진고ᄒᆞ라 나는 타라국의 가 옥션을 보리니 옥

션이 호비 되여 언지를 쥭이고 왕을 농낙ᄒᆞ여 즁원을 치고ᄌᆞ ᄒᆞ되 왕이 허치 아니니 옥션이 경ᄉᆞ 쇼식을 몰나 근심ᄒᆞᄂᆞ니 ᄂᆡ 가 긔별을 ᄀᆞᆺ쵸 니르고 왕을 다리여 연경을 ᄌᆞᆺ치게

59면

ᄒᆞ리라 옥경이 ᄃᆡ희ᄒᆞ여 구름 타고 낙안쥐로 가고 요도ᄂᆞᆫ 근두쳐 타라국으로 가니라 화죠 션시의 옥션군쥐 냥왕을 ᄯᆞ르려 ᄒᆞ다가 호인의 ᄇᆡ의 실녀 가ᄆᆡ 이 ᄇᆡᄂᆞᆫ 타라국 ᄇᆡ라 기즁 웃듬 상ᄉᆞ 오랑키 옥션을 안고 향긔로온 ᄲᅡᆷ을 졔 ᄲᅡᆷ의 다히고 쥬슌을 졉ᄒᆞ고 니로ᄃᆡ 그ᄃᆡ 응당 뇽왕의 ᄯᆞᆯ이로쇼니 ᄂᆡ ᄇᆡ의 교ᄌᆞ를 ᄐᆡ와 보ᄂᆡ여 계시니 ᄂᆡ 계집이 되리로다 옥션이 눈을 드러보ᄆᆡ 흉ᄒᆞᆫ 오랑키 삼ᄉᆞ십 명이 둘너시니 눈이 방울 ᄀᆞᆺ고 엄니 부루도든

60면

거시 입시울 밧긔 ᄂᆞ니 그 흉악ᄒᆞ미 비ᄒᆞᆯ ᄃᆡ 업거ᄂᆞᆯ ᄶᅡᆨ근 머리와 갈범 ᄀᆞᆺᄒᆞᆫ 쇼ᄅᆡ로 져의 몸을 후리쳐 안고 입슈알을 ᄲᅧ라 음흉ᄒᆞᆫ 힝ᄉᆡ 옥션의 ᄶᅡᆫ의 측ᄒᆞᆫ지라 옛일을 ᄉᆡᆼ각ᄒᆞᄆᆡ 치신무지ᄒᆞ되 아모커나 의지ᄒᆞ리라 ᄒᆞ고 슌히 말을 듯고 ᄯᆞ라가 긔모비계를 운동ᄒᆞ여 임셜 냥문을 어육ᄒᆞ리라 ᄒᆞ여 뭇 오랑키의 음욕을 다 푸러쥬니 진실노 음뭉치 옥션이라 이러구러 타라국의 니르니 뭇 오랑키들이 의논ᄒᆞ고 왕의게 고왈

61면

금번 ᄃᆡ국 드러갓다가 뎔ᄉᆡᆨ 미녀를 다려왓ᄉᆞ오나 신하들만 즐기미 가치 못ᄒᆞ와 밧치오니 즐겨 보쇼셔 왕이 뎔ᄉᆡᆨ이란 말을 듯고 크게 깃거 언언이 츙신이로다 ᄒᆞ고 옥션을 다려다 보니 과연 뎔ᄃᆡ 미ᄉᆡᆨ이라 인ᄒᆞ여 ᄉᆞ을고 침실의 드러가 힝음ᄒᆞ려 ᄒᆞ니 옥션이 임의 큰 ᄯᅳᆺ을 품엇ᄂᆞᆫ지라 쇼ᄅᆡ를 놉혀 왈 쳡은 즁원 황친이라 부왕을 ᄯᆞ라가다가 그릇 탈불화의 ᄇᆡ의 올나 이리 왓ᄉᆞ오니 ᄃᆡ왕ᄃᆡ 만일 쳡을 놋치 아닐진ᄃᆡ 무슴

62면

녜로 ᄃᆡ졉ᄒᆞ려 ᄒᆞ시ᄂᆞ뇨 만일 빈희로 ᄃᆡ졉ᄒᆞᆯ진ᄃᆡ ᄎᆞ라히 쥭으리라 ᄒᆞ고 ᄌᆞ문코ᄌᆞ ᄒᆞ니 호왕이 눈이 둥그러ᄒᆞ여 칼을 앗고 향신을 휘우쳐 안ᄋᆞ 왈 옥쥬낭낭님은 식노ᄒᆞ

쇼셔 우리긔ᄂᆞᆫ 녜의 업셔 신하의 계집도 님군이 엇고 님군의 계집도 신히 엇ᄂᆞᆫ 풍쇽 이니 아모 녜를 모로ᄂᆞ니 가르치쇼셔 옥션이 드르ᄆᆡ 우물진 ᄡᅣᆷ의 ᄌᆞᄐᆡ로이 회ᄉᆡᆨ을 일워 답왈 연즉 왕의게 언지 잇ᄂᆞ냐 호왕 왈 연ᄒᆞ다 일즉 셔오번ᄉᆞ국을 쳐 항복 밧고 화친ᄒᆞᆫ 후 ᄉᆞ오

63면

국 왕의 ᄯᆞᆯ 오달시를 취ᄒᆞ여 왕후를 봉ᄒᆞ니라 옥션이 즐겨 아냐 왈 호가의도 ᄉᆡᆨ 잇ᄂᆞᆫ 겨집이 잇실 거시니 무단ᄒᆞ냐 왕 왈 엇지 ᄉᆡᆨ을 니르리오마ᄂᆞᆫ 셩이 모질고 용ᄆᆡᆼ이 무쌍ᄒᆞ니라 옥션 왈 연즉 왕이 뎌의 숀의 쥐엿ᄂᆞᆫ지라 쳡을 엇지 구쳐ᄒᆞ리오 왕이 우어 왈 그ᄃᆡ 황친국쳑이요 텬하 뎔ᄉᆡᆨ이니 그ᄃᆡ로 언지를 삼고 언지ᄂᆞᆫ 빈희를 ᄆᆡᆫ들이니 낭낭은 한셜을 날회고 ᄂᆞ의 불 븟ᄂᆞᆫ 마음을 펴이게 ᄒᆞ라 군쥐 부답ᄒᆞ니 호왕이

64면

스ᄉᆞ로 깃거 옥션의 나상을 탈ᄒᆞ고 이날 밤 즐길ᄉᆡ 밤ᄉᆡ도록 음욕을 풀ᄆᆡ 왕이 곤ᄒᆞ여 잠들거ᄂᆞᆯ 옥션이 월ᄉᆡᆨ을 씌여 왕의 위인을 보니 긔괴망측ᄒᆞᆫ지라 턱 ᄋᆞᄅᆡ 거믄 혹은 뫼두던ᄀᆞᆺ치 ᄂᆡ밀고 유ᄌᆞ ᄀᆞᆺᄒᆞᆫ 코히 검고 푸른 ᄂᆞᆺ 우히 ᄐᆡ악ᄀᆞᆺ치 노혓시니 야치도 곤 흉ᄒᆞ고 청독 ᄀᆞᆺᄒᆞᆫ 청슌이 욱은 귀가지 씨여졋거ᄂᆞᆯ 셰 아름도 넘은 몸을 향신의 졉ᄒᆞ고 토목 ᄀᆞᆺᄒᆞᆫ 다리로 ᄌᆞ가의 옥각을 눌넛고 토목 ᄀᆞᆺᄒᆞᆫ 팔노 ᄌᆞ가의 셰요를 쎠안고 쇠갈고리

65면

ᄀᆞᆺᄒᆞᆫ 숀으로 셤능 ᄀᆞᆺᄒᆞᆫ 가슴을 어루만지며 인ᄒᆞ여 잠드러 코 고으ᄂᆞᆫ 쇼ᄅᆡ 뉵월 염쳔의 즘기 메운 쇠쇼ᄅᆡ ᄀᆞᆺᄒᆞ니 군쥐 이 거동을 ᄃᆡᄒᆞ니 가슴의 불이 이러나ᄂᆞᆫ 듯 돌연이 몸을 ᄉᆡᆨ혀 이러 안ᄌᆞ 셰셰히 ᄉᆡᆼ각건ᄃᆡ 져의 금일 당ᄒᆞᆫ 바ᄂᆞᆫ ᄉᆞ름의 참고 결될 ᄇᆡ 아니라 아모려나 오랑키를 다ᄅᆡ여 ᄂᆡ 쇼원을 일위게 되엿시니 참고 견ᄃᆡ려니와 사사의 팔ᄌᆡ 공교로와 오랑키 계집이 되니 아모 ᄭᅬ를 그어도 언지를 업시코야 될 거시니 ᄂᆡ ᄒᆞᆫ 번 ᄭᅬ를 슈고로이 시험

66면

ᄒᆞ리로다 ᄒᆞ고 일영ᄉᆞᆷ탄의 엄읍뉴쳬ᄒᆞ니 호왕의 ᄌᆞᆷ결의 군쥬의 탄셩을 듯고 놀나 ᄭᆡ여 이 거동을 보고 모도쳐 안하 누이고 급히 운우를 합ᄒᆞ며 흉면을 군쥬의 ᄂᆞᆺ치 다히며 위로 왈 낭ᄌᆡ야 고국을 ᄉᆡᆼ각고 슬허 말나 과인이 명년의 ᄃᆡ국의 됴회ᄒᆞ고 그ᄃᆡ 부왕을 ᄎᆞᄌᆞ 옹셔의 의를 펴고 셔신을 통케 ᄒᆞ리라 군쥐 요두불응이로ᄃᆡ 냥왕의게 다 못푼 뎍년 ᄆᆡ친 음욕을 호왕의게 다 푸니 졔 돈의 더러오믈 닛고 흉코 셰찬 ᄌᆞᆷ 졍을 즐겨

67면

바드니 왕이 ᄎᆞ후로 졍ᄉᆞ를 폐ᄒᆞ고 폐문ᄒᆞ고 신하의 됴회를 아니 밧고 밤의 잠 아니 자고 군쥬의게 달니여 졍을 모도 쏘이니 왕의 충쳔 장긔 슈삭이 못ᄒᆞ여 어림장이가 되엿시니 요녜 온가지로 왕을 농낙ᄒᆞ여 쥬야 황음ᄒᆞᄂᆞᆫ지라 언지 오달시 무예 뎔뉸ᄒᆞ여 왕을 니긔던지라 언지의 좌우인이 군쥬의 일을 알니 잇셔 언지다려 니르니 오달시 ᄃᆡ로ᄒᆞ여 큰 도치를 들고 우레 ᄀᆞᆺᄒᆞᆫ 쇼ᄅᆡ를 지르고 ᄂᆡ다라 왈 흉덕 목달ᄋᆞ 네 가장 착ᄒᆞᆫ 노릇

68면

ᄒᆞᄂᆞᆫ고나 ᄒᆞ니 왕이 군쥬로 난만이 즐기다가 군쥬ᄂᆞᆫ 아모 연괴믈 모로고 왕이 ᄃᆡ경ᄒᆞ여 급히 몸을 니러 군쥬를 벌거버슨 ᄎᆡ 거두쳐 안하 궤 쇽의 너허 ᄌᆞᆷ가 들보의 언고 니불노 몸을 두루고 문을 여러 왈 이 엇진 일고 언지황후야 노를 긋치라 언지 다라드러 ᄉᆞᆯ피되 방즁의 ᄉᆞ름의 그림ᄌᆞ도 업고 왕의 ᄭᅩᆯ은 쥭게 되엿ᄂᆞᆫ지라 비로쇼 셩이 ᄂᆞᄌᆞᆨᄒᆞ여 병긔를 더지고 왕을 거두쳐 안고 일오ᄃᆡ ᄂᆡ 시비의 말을 드르니 ᄀᆡ ᄀᆞᆺᄒᆞᆫ 놈이 신션 ᄀᆞᆺᄒᆞᆫ 겨집을 어더

69면

다리고 즐기고 ᄂᆡ 곳의 ᄌᆞ최를 ᄭᅳᆫ흐니 ᄂᆡ 이 도치로 기녀를 두 됴각의 ᄂᆡ고 너를 곤장으로 일ᄇᆡᆨ을 치려 ᄒᆞ더니 계집은 업고 네 얼골이 쥭게 되여시니 어ᄃᆡ를 알터냐 ᄌᆞ식 업ᄉᆞᆫ 탓시니 어셔 ᄌᆞ식을 나흐라 너를 오ᄅᆡ 못 보니 그리웨라 ᄒᆞ고 머리도 집흐며 쥬슌을 다혀 무어술 먹어보라 ᄒᆞ니 호왕이 짐짓 쥭어가ᄂᆞᆫ 쳬 ᄒᆞ고 숀으로 언지의 몸

을 어루만져 니로ᄃᆡ 과인이 근ᄂᆡ 몽시 불길ᄒᆞ더니 몸이 앓하 ᄂᆡ궁의 드러가 졍을 펴지 못ᄒᆞ고 혼

ᄌᆞ 누엇거늘 엇지 날을 츳지 아니ᄒᆞ더냐 언지 곱지 아닌 눈망울의 눈물 지여 니로ᄃᆡ 어느 ᄌᆞ식의 ᄃᆡ를 닛ᄌᆞ고 방젹의 창쳑ᄒᆞ리오 ᄌᆞ연 보살필 일이 잇셔 못 와스니 오날부터 드러가ᄌᆞ 왕이 속여 니르ᄃᆡ 언지 어셔 드러가라 ᄂᆞᆫ 냥각을 움즉이지 못ᄒᆞ니 탈불화를 불너 의약을 ᄒᆞ여 가지고 드러가마 ᄒᆞ니 언지 밋고 드러가며 닐오ᄃᆡ 부ᄃᆡ 슈이 드러오라 왕왈 날을 참쇼ᄒᆞ던 궁ᄋᆞ를 ᄂᆡ여 보니라 언지 고기 돗고 드러가 그 호녀를 ᄂᆡ여 보

ᄂᆡ라 ᄒᆞ무로 가장 신실이 ᄂᆡ여 보ᄂᆡ엿ᄂᆞᆫ지라 왕이 비슈를 들러 호녀를 찍어 죽이고 군쥬든 케를 ᄂᆞ리와 ᄂᆡ여 노흐니 군쥬 케즁의 드러 틈으로 언지를 녀허보고 가슴의 진납이 쒸노더니 케를 열고 ᄂᆞ오ᄆᆡ 밍녈이 이로ᄃᆡ 호지의 무슴 스름이 잇스리오 ᄒᆡ외 일국의 왕으로 엇지 일기 계집의 곤장을 맛는 법가 ᄂᆡ 엇지 이 나라의 잇셔 욕을 보고 죽엄이 되리오 왕이 군쥬의 노ᄒᆞ믈 보고 실쉭ᄃᆡ경ᄒᆞ여 비슈를 글너 쥬며 왈 이 칼이 만금보ᄇᆡ

라 줍고 스름을 견ᄒᆞ면 칼이 ᄂᆞ라 그 사름의 목을 버히ᄂᆞ니 이 칼노 언지를 버히라 군쥬 칼을 밧고 노식이 푸러져 인ᄒᆞ여 왕으로 즐기고 ᄂᆡ각 가는 길을 녁녁히 비ᄒᆞ고 이늘 밤 슴경의 돌입ᄒᆞ여 드러가니 여러 호녀들이 일오ᄃᆡ 앗가 ᄂᆡ궁 말 젼흔 호녀를 죽여시니 이후는 ᄃᆡ왕이 열 미인을 어더도 기구치 말나 ᄒᆞ더라 군쥬 몸을 데비ᄀᆞᆺ치 감쵸와 보니 이쎡 칠월 긔망이로ᄃᆡ 즁울흔 구름이 밀밀ᄒᆞ여 칠야 ᄀᆞᆺᄒᆞ여 지쳑을 분변치 못

ᄒᆞ니 옥션 요인이 흔 구셕의 슘엇더니 호녀들이 줌들고 언지도 잠드니 군쥬 칼을 쌘

혀 언지를 향ᄒᆞ여 ᄒᆞᆫ 번 견됴니 칼이 믄득 언ᄌᆡ게로 ᄂᆞ라가 목을 각각 ᄂᆡ니 군쥐 칼을 거두고 밧그로 ᄂᆞ와 호왕다려 언지 버히믈 니르니 왕이 오히려 인심이라 일장 통곡ᄒᆞ고 호인을 명ᄒᆞ여 언지 쥭으믈 반포ᄒᆞ고 급히 ᄂᆡ궁의 드러가 맑은 물의 언지 쥭엄을 씨셔 금슈로 ᄊᆞ 궤즁의 넛코 ᄂᆞ와 탈불화를 명ᄒᆞ여 불 ᄉᆞᆯ오라 ᄒᆞ니 졔신이 언지의 돌연

74면

이 쥭으믈 고이히 넉이나 호왕을 두려 뭇지 못ᄒᆞ고 ᄂᆞᄋᆞ가 언지를 ᄉᆞᆯ오니라 왕이 인ᄒᆞ여 군쥬로 언지를 ᄉᆞᆷ고 군국 ᄃᆡ쇼ᄉᆞ를 언지낭낭 지휘ᄃᆡ로 ᄒᆞ라 ᄒᆞ고 쥬야 군쥬로 음쥬달난ᄒᆞ고 군쥐 즁원 풍악을 여러 호녀를 ᄀᆞ르치고 ᄂᆡ궁을 황극뎐 일톄로 ᄭᅮ며 슈달난창과 화동쥬함을 표묘히 ᄭᅮ며 봉ᄂᆡ궁 쇼양궁을 ᄇᆡ판ᄒᆞ여 단졍치각이 즁즁쳡쳡ᄒᆞ며 시위호녀를 즁국 의상을 닙혀 일월션을 들녀 시위ᄒᆞᄂᆞᆫ 법을 ᄀᆞ르치니

75면

궁ᄉᆞ극치 다ᄒᆞᄆᆡ 토목지역이 ᄌᆞ심ᄒᆞ니 호인의 원이 불니듯 ᄒᆞ더라 임의 궁궐을 곳치ᄆᆡ 국즁 문물을 다 곳쳐 문무를 뎡ᄒᆞ여 알뉸 등으로 무비를 가음알게 ᄒᆞ고 탈불화로 문관을 거ᄂᆞ리게 ᄒᆞ고 ᄶᅡᆨᄶᅡᆨ 불너드려 교통ᄒᆞᄃᆡ라 이러구러 명츈이 되니 군쥐 왕을 쇠와 즁원을 치ᄌᆞ ᄒᆞ니 호왕이 ᄎᆞ언의 응답ᄒᆞᆫ가 ᄎᆞ하셕남ᄒᆞ라

임시삼ᄃᆡ록 권지십구

1면

ᄎᆞ셜 호왕이 ᄎᆞ언의 다다라ᄂᆞᆫ 요두 왈 우리 본ᄃᆡ 텬됴와 결원ᄒᆞᄆᆡ 업고 ᄯᅩᄒᆞᆫ 병혁이 톡지 못ᄒᆞ니 엇지 호슈를 거우리오 군쥐 낭쇼 왈 나ᄂᆞᆫ ᄃᆡ왕을 영웅으로 아랏더니 쓸모 업ᄉᆞᆫ ᄀᆡ무리로다 왕이 눈이 두렷ᄒᆞ여 이 말은 능히 시힝치 못ᄒᆞ니 군쥐 즁원을 니를 가나 마음ᄃᆡ로 못ᄒᆞ여 울울불낙ᄒᆞ더니 일일은 홀연 난ᄃᆡ업ᄉᆞᆫ 니괴 빅운 ᄀᆞᆺᄒᆞᆫ 깁장삼을 ᄯᅥᆯ치고 칠보

2면

염쥬를 드리오고 공즁으로셔 ᄂᆞ려와 합장비례ᄒᆞ고 만복을 일ᄏᆞᆺ고 셔니 군쥐 보건ᄃᆡ 관셰음이 빅쥬의 ᄂᆞ렷다 ᄒᆞ여 급히 팔을 드러 뎐상의 올ᄒᆞ믈 청ᄒᆞ니 니괴 셔너 번 ᄉᆞ양ᄒᆞ다가 승당ᄒᆞ니 군쥐 좌를 밀고 문왈 셩승은 어느 곳 보살이완ᄃᆡ 무슴 가르칠 일이 잇ᄂᆞ뇨 요되 합장 왈 빈승은 즁국 ᄐᆡ항산 구도동의 잇는 묘월법ᄉᆡ라 졔ᄌᆞ 능운을 슐법을 ᄀᆞ르쳐 한뎐하긔 보ᄂᆡ엿더니 여ᄎᆞ여ᄎᆞᄒᆞ여 셩ᄉᆞ를 못ᄒᆞ고 병잔지인이 되여 산의 잇ᄉᆞ오나 더옥

3면

임셜을 니를 갈고 군쥬의 니 곳의 잇ᄉᆞ믈 지긔ᄒᆞ고 병녁ᄒᆞ여 보원코ᄌᆞ ᄒᆞ니 군쥬의 뜻은 엇더ᄒᆞ시니잇고 옥경군쥬도 빈쥐 다려다가 슐법을 ᄀᆞ르쳐 낙안쥐로 보ᄂᆡ엿ᄂᆞ이다 군쥐 청파의 ᄃᆡ경ᄃᆡ희ᄒᆞ여 거슈칭ᄉᆞ 왈 쳡의 심곡은 ᄉᆞ뷔 임의 아시는 ᄇᆡ니 다시 일ᄏᆞ를 ᄇᆡ 업거니와 임셜 냥문의 원슈를 갑고ᄌᆞ ᄒᆞ되 고국을 통치 못ᄒᆞ미러니 활인 법ᄉᆡ 니르시니 ᄉᆡᆼᄋᆞᄌᆞ는 부모요 구ᄉᆡᆼᄌᆞ는 법ᄉᆡ라 쳡이 원슈를 갑흔 후 인륜을 쓴코 ᄃᆡᄉᆞ의 뎨ᄌᆞ 되여 ᄂᆡ셰를 닥

4면

고져 ᄒᆞ나이다 요리 황망이 붓드러 왈 군쥬는 됸즁ᄒᆞ쇼셔 인ᄒᆞ여 벽좌우ᄒᆞ고 의논이 교밀ᄒᆞ여 의합슈뎍ᄒᆞ니 후경의 드려 쇼찬으로 공양ᄒᆞ고 밤은 왕으로 질겨 농낙ᄒᆞ고 ᄂᆞᆺ은 요도로 후당의 드러 그 가르치는 슐을 일일히 ᄇᆡ호니 슈월 ᄂᆡ 못ᄒᆞᆯ 변쾌 업는지라 요되 왈 가히 옥경으로 셜부의 너허 이리이리ᄒᆞ고 임시를 숨켜 바다 쇽의 너흔 후의 여ᄎᆞ여ᄎᆞ 발병ᄒᆞ여 즛치미 상계로쇼이다 군쥐 언언이 ᄉᆞ례ᄒᆞ고 황금 일쳔 냥을 쥬고 한왕긔 셔간을 붓치

5면

더라 묘월이 하직고 즉시 근두쳐 구도동의 도라오니 모든 니괴 마ᄌᆞ 왈 군쥬와 능운이 낙안쥐로 가니이다 묘월이 졈두ᄒᆞ고 금을 간ᄉᆞᄒᆞ더니 ᄉᆞ오 일 후 군쥐 능운으로 더브러 도라와 왕의 문답을 이르고 ᄯᅩᆯ의 취가ᄒᆞ믈 드러가며 발병ᄒᆞ려 ᄒᆞ믈 니르니 묘월이 묘타묘타 ᄒᆞ고 즉시 옥경을 다리고 능운으로 더브러 ᄉᆞᆷ 인이 구름 타 연경의

니르러 능운과 옥경은 깁흔 골의 머무르고 묘월이 바랑을 메고 홀연이 회왕궁을 ᄎᆞᄌᆞ가니 왕은 입됴ᄒᆞ고 왕비 한가히 안ᄌᆞᆺ거

6면

늘 ᄂᆞᄋᆞ가 합장ᄇᆡ례ᄒᆞ고 아미타불ᄒᆞ니 왕비 호시 밧비 무러 왈 션승은 어느 곳으로셔 깁흔 궁즁을 무인지경ᄀᆞᆺ치 드러왓ᄂᆞ뇨 묘월이 합장 ᄃᆡ왈 빈승은 ᄐᆡ힝산 구도동의 드러 일쳔 부쳐를 밧드러 공양ᄒᆞ무로 뎡과를 어덧ᄂᆞᆫ지라 안ᄌᆞ셔 삼쳔ᄃᆡ쳔을 숀금보듯 ᄒᆞ더니 일일은 관음이 현셩ᄒᆞᄉᆞ 왈 금의 산동의 여ᄎᆞ여ᄎᆞᆫ 어린 녀ᄌᆡ 슈젹의게 쫄오여 물의 ᄲᆡ져 쇼상강의 니르러시니 급히 구ᄒᆞ여 연경으로 가 회왕궁의 가면 왕과 비 ᄉᆞᆷᄉᆡᆼ 되벌

7면

노 평ᄉᆡᆼ 무ᄌᆞᄒᆞ니 이 녀ᄌᆞ를 드려 시양ᄒᆞ시게 ᄒᆞ면 비록 녀ᄌᆡ나 타인의 십 ᄌᆞ를 불워 아니리라 ᄒᆞ오니 빈되 부쳐의 법지ᄃᆡ로 구름 타고 상강 어귀의 니르오니 과연 나히 십ᄉᆞᆷ은 ᄒᆞᆫ 녀ᄌᆡ 강상의 흘니 씌엿거ᄂᆞᆯ 신슐을 다ᄒᆞ여 급히 건져 ᄂᆡ온즉 ᄉᆡᆼ되 망연ᄒᆞᆫ 지라 부쳐의 영단으로 살녀 산즁의 다려갓숩더니 부쳐의 지교를 인ᄒᆞ여 다리고 이르괘이다 이 회왕은 인둉황뎨 후궁의 난 ᄇᆡ라 텬ᄌᆡ 춍ᄋᆡᄒᆞᄉᆞ 연곡의 머무시니 왕과 비 귀국지 아니ᄒᆞ고 궐즁의 반

8면

이나 잇더라 일즉 무ᄌᆞᄒᆞ여 쥬야 슬허ᄒᆞ더니 금일 쳔만 의외의 니고의 역역히 뎐셰와 금셰를 숀금보듯시 이르고 긔화를 드리고ᄌᆞ ᄒᆞ믈 드르니 본ᄃᆡ 궁궐 ᄉᆞ름이 요참ᄒᆞ믈 혹ᄒᆞᄂᆞᆫᄃᆡ 이 호비ᄂᆞᆫ 위인이 경솔ᄒᆞᆫ지라 믄득 홀난이 일ᄏᆞ라 왈 야ᄅᆡ의 등홰 아름답더니 어느 곳 ᄉᆡᆼ불이 이르러 긔화를 쳔거ᄒᆞ려 ᄒᆞ니 이ᄂᆞᆫ 부쳐의 신명ᄒᆞ미 우리 무ᄌᆞᄒᆞ믈 감동ᄒᆞ시도다 ᄒᆞ고 향다를 ᄂᆡ와 니고를 먹이고 그 녀ᄌᆡ 어ᄃᆡ 잇ᄉᆞ믈 무르니 묘월이 ᄉᆞᄉᆞ 왈 낭낭이 부쳐

9면

의 법지를 허탄치 아니시고 쳔의를 슌슈ᄒᆞ시니 단복ᄒᆞ실쇼이다 이 녀ᄌᆞ를 구름의 ᄐᆡ

와 유벽훈 딕 머무러시니 거교를 츌혀 틱오미 가홀가 ᄒᆞ여이다 왕비 어딕 보닉엿든
쏠이나 마ᄌᆞ올 드시 궁노궁감 등을 명ᄒᆞ여 금덩을 츌혀 니고를 쓰라가라 ᄒᆞ며 경망
이 탄왈 궁즁의 쌋힌 금은쥬옥이 던홀 딕 업더니 과연 임ᄌᆞ 낫도다 어서 가 쇼져를
다려오라 ᄒᆞ니 궁노 등이 의괴ᄒᆞ나 엇지 무르리오 거교를 츌혀 니고를 쓰라가니 남
문 안 깁흔 골의 젹은 집을 ᄀᆞ르치고 아

10면

직 밧긔 잇스라 ᄒᆞ고 드러가 옥경을 딕ᄒᆞ여 슈말을 니르고 여의 긔용단을 먹여 무쌍
흔 식을 밧고게 ᄒᆞ고 옥경을 세우고 물을 쑴고 진언을 ᄒᆞ여 오릭도록 본형이 도라오
지 아닐 진언을 쳔여 번 닑으니 과연 표연흔 옥경이 변ᄒᆞ여 풍영쇄락흔 양옥진의 얼
골을 비럿더라 또 능운다려 왈 너의 양이를 일워 민들 거시 업스니 변형ᄒᆞ여 군쥬를
쏠와 보니지 못ᄒᆞᄂᆞ니 군쥬의 길녜를 일운 후 홍교를 변화 잘ᄒᆞᄂᆞ 법을 잘 가르쳐 군
쥬긔 보니리니 셩닉의 머

11면

무러 나의 구쳐ᄒᆞ믈 보와가며 산동으로 가 딕왕긔 군쥬의 쇼식을 젼ᄒᆞ라 인ᄒᆞ여 궁
노 등을 불너 덩을 느오라 ᄒᆞ니 졔 궁녀 일시의 덩을 노흐니 옥경이 쵸쵸히 쳥나상으
로 덩의 드러 왕궁으로 오니 시의 왕이 퇴궐ᄒᆞ미 비 마됴 닉다라 니고의 말을 일일히
젼ᄒᆞ고 스름의 팔지 하 미몰ᄒᆞ여 쳔만 지를 훗터 명산딕쳔의 긔도ᄒᆞ되 영응을 못 볼
너니 난딕업슨 니괴 관음의 뎨ᄌᆞ로라 ᄒᆞ고 니르러 여ᄎᆞ여ᄎᆞᄒᆞ고 거교를 츌혀 갓시니
만일 긔화명월 ᄀᆞᆺ흔 녀

12면

ᄌᆞ를 다려오면 쏠 숨다 관겨ᄒᆞ리잇가 왕이 답왈 녀ᄌᆞ의 근착이 엇더ᄒᆞ며 졔 부뫼 잇
시면 남의 ᄌᆞ식될 니 업스니 그런 고이흔 닐이 어이 잇스리오 비 왈 아모커나 이졔
올 거시니 보면 아니 알니잇가 ᄒᆞ더라 묘월이 쳔셔ᄀᆞᆺ치 글ᄌᆞ를 민드라 금낭의 너허
군쥬를 치오며 금낭셔를 왕비를 뵈여 만일 타쳐의 구혼ᄒᆞ거든 부쳬 맛져 뎡흔 셜연
창의 뎨ᄉᆞᄌᆞ 금문직ᄉᆞ 셜희량의게 연분이 구든지라 만일 다른 딕 졍혼ᄒᆞ면 딕화를
보리라 ᄒᆞ여시니 왕과 비

13면

를 쇽이고 혼인을 도모ᄒᆞ쇼셔 빈승이 군쥬를 안둔ᄒᆞ고 바로 셩으로 가 임시를 좁으거쳐 업시 ᄆᆡᆫ들니이다 군쥐 언언이 묘타 ᄒᆞ고 뎡의 드러 궁으로 오니 묘월이 뒤흘 ᄯᅡ르더라 옥경의 뎡을 뎡뎐의 노흐니 묘월이 뎡문을 열고 군쥬를 븟드러ᄂᆡ여 당하의셔 낭낭과 ᄃᆡ왕긔 ᄇᆡ례ᄒᆞ고 묘월이 왕을 우러러 합장ᄇᆡ례ᄒᆞ고 만복을 일ᄏᆞ르니 왕은 뎜두ᄒᆞ고 비는 반겨 밧비 쇼져를 쳥상으로 오르라 ᄒᆞ니 옥경이 젼일 호비와 회왕을 궁즁의셔 ᄌᆞ로 본

14면

ᄇᆡ라 ᄉᆞ스럽지 아닌지라 뉴지 ᄀᆞᆺ흔 허리를 굽혀 ᄌᆡᄇᆡ 왈 쳔흔 ᄋᆞ히 향촌의 ᄉᆡᆼ장ᄒᆞ와 팔ᄌᆡ 험ᄒᆞ와 부뫼 어려셔 쥭고 외구 두공의게 의지ᄒᆞ엿습더니 두공이 장ᄉᆞ ᄐᆡ슈를 ᄒᆞ여 ᄇᆡ로 임쇼의 가다가 슈적을 맛나 일힝은 겨오 면ᄉᆞᄒᆞ오나 쳡은 뎍당이 핍박ᄒᆞ미 급ᄒᆞ온지라 몸을 슈즁의 더졋습더니 져 활인 ᄃᆡ식 구ᄒᆞ온지라 목숨이 비록 니어ᄉᆞ오나 외구는 엇지된 지 모로옵고 법식 잔잉이 너겨 산즁의 두고 후휼ᄒᆞ옵더니 부쳐의 교지를 드ᄃᆡ

15면

여 귀궁으로 다려오오나 아모란 쥴 모로옵고 쳔히 넙으나 ᄎᆞ신을 장홀 ᄃᆡ 업ᄉᆞ온지라 당하의 쓰레질ᄒᆞ는 쇼임이나 원이로쇼이다 언파의 탄셩이 가련ᄒᆞᆫ지라 왕과 비 참연ᄒᆞ미 요동ᄒᆞ여 ᄌᆞ시 슬피니 ᄌᆞᄉᆡᆨ이 탁월ᄒᆞ고 ᄐᆡ되 경경ᄒᆞ여 미녀의 풍치와 졀ᄉᆡᆨ의 가ᄌᆞᆫ 거슬 뎜득ᄒᆞ여 이화의 ᄇᆡᆨ셜이 향긔로온 바는 안ᄉᆡᆨ이 오월녀의 쳔하ᄇᆡᆨ을 불워 아닐지니 낙슈의 기럭이 둔ᄒᆞ믈 붓그리믄 그 가ᄇᆡ야온 몸의 ᄌᆞ약ᄒᆞ미니 비연의 경신ᄒᆞ믈 일ᄏᆞᆺ지 못

16면

홀지라 됴궁의 버들이 무거오믈 혐의ᄒᆞ고 ᄶᅡᆨ근 엿ᄀᆡ 표표ᄒᆞ여 안긔를 헷치고 낭원의 오른 둣 셰안낭셩의 활양ᄒᆞᆫ 졍흥을 ᄯᅴ엿고 ᄇᆡᆨᄐᆡ 공교ᄒᆞ고 운빈이 ᄎᆞᆼ농ᄒᆞ여 양비의 허동지모로 흡ᄉᆞᄒᆞ니 왕과 비 ᄃᆡ경황홀ᄒᆞ여 ᄀᆞᆺ가이 좌를 명ᄒᆞ고 년치를 무르니 ᄃᆡ왈 쳔ᄒᆞᆫ ᄂᆞ히 십숨 셰로쇼이다 왕이 비를 도라보ᄋᆞ 왈 ᄎᆞ는 긔홰니 우리 슬히 뎍막ᄒᆞ여

괴 나가면 비 너른 궁의 뎍막히 쳐ᄒᆞ여 좌위 쳐량ᄒᆞ미 심ᄒᆞᆫ지라 여ᄎᆞ 긔화

17면

를 어더 무단이 일홈 업시 두리고 돗글 식로 ᄒᆞ고 왕의 부뷔 놉히 옥교 위의 좌ᄒᆞ고 금노의 향을 ᄭᅩᆺ고 군쥬를 향ᄒᆞ여 니로ᄃᆡ 쇼져의 경ᄉᆞ를 드르니 심히 잔잉ᄒᆞ고 우리 무ᄌᆞᄒᆞ니 의로 ᄆᆡᄌᆞ 부녀 모녜 될 ᄇᆡ로ᄃᆡ 뉸긔 ᄐᆡ즁ᄒᆞ니 엇지 암ᄆᆡ이 ᄒᆞ리오 텬지신명긔 고ᄒᆞ고 명뎡언슌이 우리 ᄌᆞ식이 되미 가ᄒᆞ니라 군쥐 ᄉᆡᆯ니 이러 금노의 향을 ᄭᅩᆺ고 왕의 부부를 향ᄒᆞ여 팔ᄇᆡᄒᆞ여 부녀 모녜 되니 비로쇼 왕이 군쥬를 ᄀᆞᆺ가이 안치고 회왕의 양녀 명션

18면

군쥬 직쳡으로ᄡᅥ 군쥬를 쥬니 옥경이 ᄉᆞ례ᄒᆞ고 직쳡을 바드니 왕비 슬하의 안치고 ᄉᆞ랑이 쳬쳬ᄒᆞ여 친ᄉᆡᆼ이 아니믈 ᄭᆡ둣지 못ᄒᆞ더라 후원의 일좌 ᄎᆡ루를 운쇼의 ᄉᆞ못게 셰워 봉ᄂᆡ방장ᄀᆞᆺ치 ᄭᅮ미고 금ᄌᆞ 현판의 낭원각이라 ᄒᆞ니 이는 군쥬의 ᄉᆡᆨᄐᆡ 낭원션ᄌᆞ ᄀᆞᆺ다 ᄒᆞ여 당호를 이리ᄒᆞ미러라 이늘븟터 군쥐 일품 뎨왕 군쥬의 복식을 ᄀᆞᆺ쵸고 무슈 궁으를 ᄲᅢ 낭원각의 시위를 졍ᄒᆞ니 부귀 훤혁ᄒᆞ고 위의 황황ᄒᆞ

19면

더라 ᄎᆞ셜 어시의 셜부의셔 ᄐᆡᄉᆡ 쵸왕의 말을 드른 후로 마음을 놋치 못ᄒᆞ더니 일일은 텬지 혹ᄉᆞ를 픠쵸ᄒᆞ시니 이는 다른 연괴 아니라 회왕 부뷔 옥경의 장셩ᄒᆞ믈 두굿겨 널니 가랑을 ᄐᆡᆨᄒᆞ니 옥경이 븟그림을 무릅쓰고 금낭을 열고 묘월의 이른 말ᄃᆡ로 고ᄒᆞ니 왕과 비 더옥 신긔히 아나 셜희랑이 임의 ᄎᆔ쳐ᄒᆞ엿는지라 엇지 ᄌᆡ실노 드려보ᄂᆡ리오 ᄒᆞ더니 믄득 ᄉᆡᆼ각고 막비텬연이니 타인의 뎡실보다 ᄂᆞᆺ다 ᄒᆞ고 ᄆᆡ파를 셜부의 보ᄂᆡ여 쳥혼ᄒᆞ니 셜뷔 ᄎᆔ

20면

쳐ᄒᆞ믈 일너 구지 방ᄎᆞᄒᆞ는지라 왕이 ᄒᆞᆯ 일 업셔 상긔 쥬ᄒᆞ여 왈 신이 늣도록 ᄌᆞ식이 업ᄉᆞᆸ더니 여ᄎᆞ여ᄎᆞᄒᆞ와 일녀를 어더 친ᄉᆡᆼ의 감치 아니ᄒᆞ온지라 가랑을 ᄐᆡᆨ고ᄌᆞ ᄒᆞ더니 신명의 비결이 잇ᄉᆞ와 여ᄎᆞ여ᄎᆞᄒᆞ온지라 복원 셩상을 ᄉᆞᄒᆞᆫ지를 셜부의 ᄂᆞ리오ᄉᆞ

녀식의 혼ᄉᆞ를 뎡케 ᄒᆞ쇼셔 상이 마지 못ᄒᆞᄉᆞ 혹ᄉᆞ를 픠쵸ᄒᆞᄉᆞ 왈 경의 ᄌᆡ됴를 딤이 ᄉᆞ랑ᄒᆞ여 갑흐미 업ᄉᆞ믈 한ᄒᆞ더니 어뎨 회왕이 일녀를 두어 현숙ᄒᆞᆫ지라 특별이

21면

경의 허혼ᄒᆞᄂᆞ니 ᄉᆞ양치 말나 혹ᄉᆡ 본ᄃᆡ 호방ᄒᆡᆨ으로 임쇼져와 금슬이 부됴ᄒᆞ온지라 마음의 깃거ᄒᆞ나 가엄이 용납지 아닐지라 두어 번 ᄉᆞ양ᄒᆞ온ᄃᆡ 상이 불윤ᄒᆞ시니 혹ᄉᆡ 우쥬 왈 신이 임의 세린의 ᄯᆞᆯ을 취ᄒᆞ엿삽고 신의 가법이 지엄ᄒᆞ와 하나흘 됸ᄒᆞᆫ 후ᄂᆞᆫ 열 곳의 취ᄒᆞ오나 다 빈실노 ᄒᆞ오니 회왕의 쇼교로 엇지 빈희를 삼으리잇고 만만 불가ᄒᆞ여이다 상이 동불윤ᄒᆞ시니 혹ᄉᆡ 퇴ᄒᆞ여 부즁의 도라와 연즁 셜화를 고ᄒᆞᆫᄃᆡ ᄐᆡᄉᆡ 믄득 ᄃᆡ로ᄒᆞ

22면

여 칙왈 네 무고히 현쳐를 박ᄃᆡᄒᆞ고 황친 부귀를 도모ᄒᆞ니 ᄌᆞ금 이후로 부ᄌᆞ 뉸의를 끈코 가장 호긔로온 쇼ᄅᆡ를 ᄂᆡ 귀의 들니지 말나 혹ᄉᆡ ᄃᆡ경황공ᄒᆞ여 면관히ᄃᆡᄒᆞ고 계하의 복지 왈 히ᄋᆡ 부귀를 ᄯᅵ고ᄌᆞ ᄒᆞ미 아니으라 셩상이 픠쵸ᄒᆞᄉᆞ 엄지 계시니 ᄉᆞ양타 못ᄒᆞ오미라 비록 일빅 장칙을 바들 지라도 안젼의 용납ᄒᆞ믈 허ᄒᆞ쇼셔 ᄐᆡᄉᆡ 드른 쳬 아니ᄒᆞ고 좌우를 명ᄒᆞ여 모라 문 밧긔 ᄂᆡ치라 ᄒᆞ고 쇼져의 금구를 부인 협실노 옴기니 쇼졔

23면

ᄯᅩᄒᆞᆫ 안안치 못ᄒᆞ여 난간 밧긔 ᄃᆡ죄ᄒᆞ니 ᄐᆡᄉᆡ 뎡신ᄒᆞ믈 명ᄒᆞ고 왈 ᄋᆞᄌᆞ의 광픠ᄒᆞ무로 어느 곳 음녜 황가의 투입ᄒᆞ여 ᄋᆞᄌᆞ의 풍모ᄅᆞᆯ ᄯᆞ와 니르러 현부를 맛고 긋치리니 ᄋᆞᄌᆞ를 가ᄎᆞᄒᆞᆫ즉 더욱 거츨 거시 업ᄉᆞᆯ지라 이러구로 엄칙ᄒᆞ미니 현부ᄂᆞᆫ 불안치 말고 협실의 고요히 잇시라 쇼졔 ᄌᆡᄇᆡ이퇴ᄒᆞ니라 혹ᄉᆡ 문의 ᄂᆞ ᄃᆡ되ᄒᆞ여 아모리 ᄒᆞᆯ 쥴 모르더니 믄득 벽뎨 쇼ᄅᆡ 동구를 움죽이며 임춍ᄌᆡ 이르신다 ᄒᆞ니 원ᄂᆡ 임사인이 덕위 병힝ᄒᆞ고

24면

산두 즁망이 됴야의 가득ᄒᆞ미 상이 문하시랑을 ᄐᆡᄒᆞ엿더니 불ᄎᆞ로 ᄯᅩ 도도와 문현각

틱혹ᄉᆞ 나부춍ᄌᆞ를 하이시미러라 ᄒᆞ고 니르러 혹ᄉᆞ의 셕고ᄒᆞ물 의ᄋᆞᄒᆞ여 슈릭의 나려 니로딕 형이 하뫼로 문외의 딕뫼ᄒᆞ뇨 혹시 착급ᄒᆞᆫ 안싁으로 둉두지미를 베풀고 왈 원빅은 드러가 잘 알외여 야야의 노를 도로혀시게 ᄒᆞ라 ᄒᆞ고 엇지 혹ᄉᆞ의 직취지 식 급ᄒᆞᆫ 뜻을 모로리오 악장의 눈긔를 삳쳐 닉치믈 쾌히 넉이고 혹ᄉᆞ의 쇼미를 박딕ᄒᆞᄂᆞᆫ 심슐을

25면

뮈이 녀기나 됴흔 안면으로 무ᄉᆞ이 ᄒᆞᆯ 바를 니르고 드러가 셜공 부부긔 녜ᄒᆞ고 됸후를 뭇ᄌᆞ오니 공의 부뷔 흔연이 반겨 말ᄒᆞᆯ시 숀ᄋᆞ의 무ᄉᆞ홈과 영형 슈발ᄒᆞ믈 무러 두굿기고 녀ᄋᆞ의 ᄉᆞ싱 모로믈 탄셩뉴체ᄒᆞ니 ᄒᆞ고 화셩유여로 위안ᄒᆞ고 믄득 빈미 왈 의쳠이 하뫼로 딕뫼 문외 ᄒᆞ니잇고 공이 쇼유를 니르고 탄왈 ᄋᆞ부의 셩덕딕질노 불힝이 탕ᄌᆞ를 맛나 평싱이 어즈러오믈 앗기고 불안ᄒᆞ노라 ᄒᆞ고 딕왈 부부 후박은 비인녁지쇼애라

26면

악장이 엇지 불안ᄒᆞ실 빅 잇ᄉᆞ릿고 금일 쇼셰 한가지로 입시ᄒᆞ여 상의를 아랏삽ᄂᆞ니 ᄌᆞ못 굿으신지라 엇지 ᄉᆞ양ᄒᆞᆯ 빅리잇고 다만 빈녜로 마ᄌᆞᆯ 바를 니르시고 의쳠을 ᄉᆞᄒᆞ시면 힝심일가 ᄒᆞᄂᆞ이다 공이 묵묵탄식이러니 늘호여 ᄀᆞᆯ오딕 고이ᄒᆞᆫ 화란이 ᄌᆞ됴니러ᄂᆞ니 통한치 아니랴 ᄒᆞ고 쏘ᄒᆞᆫ 쳑연ᄒᆞ여 호언위로ᄒᆞ고 일모ᄒᆞ믹 거륜의 올나 부즁으로 도라와 뎡당의 드러가 셜부 말숨을 고ᄒᆞ니 왕이 경왈 뎐일 회왕의게 ᄌᆞ네 업ᄉᆞ믈 아

27면

라더니 ᄌᆞ못 괴이ᄒᆞ도다 효장공쥐 긔운이 뎌상ᄒᆞ여 쇼부인을 보와 왈 질이 ᄌᆞ녀간 업셔 셜워ᄒᆞ더니 뎐월의 홀연 양녀ᄒᆞ믈 ᄌᆞ랑ᄒᆞ미러니 필연 요얼이 회왕의게 투입ᄒᆞ여 작변ᄒᆞ미니 녀ᄋᆞ의 화익이 심상치 아닐 바를 아르시ᄂᆞ니잇가 쇼부인이 쳑연 왈 셩인도 오ᄂᆞᆫ 익을 면치 못ᄒᆞ시니 현마 어이 ᄒᆞ리잇고 쳡은 아이의 이 ᄌᆞ식을 업ᄉᆞ니로 아옵ᄂᆞ니 비록 화익이 일 쥴 짐작ᄒᆞ나 각별 놀ᄂᆞ오미 업ᄂᆞ이다 말을 맛ᄎᆞ

28면

ᄆᆡ 쌍뉘 동횡ᄒᆞ니 녀위 이부인이 탄왈 쇼현의 말이 진졍 쇼ᄌᆡ라 실노 불쾌ᄒᆞᆫ 혼닌을 ᄒᆞ여 져 ᄀᆞᆺ치 신셰 ᄎᆞ라ᄒᆞ고 셜낭의 박ᄃᆡ 실노 ᄀᆡ상ᄒᆞ니 엇지 한흡지 아니리오 ᄎᆞᆼ직 복슈ᄒᆞ여 ᄀᆞᆯ오ᄃᆡ 즁모 말ᄉᆞᆷ이 의쳠을 아됴 바린 거ᄉᆞ로 ᄎᆡ우시나 그 위인이야 족ᄒᆞ리잇가마ᄂᆞᆫ 뎌기 호방ᄒᆞᆯ가 ᄒᆞ엿더니 계부긔 수학ᄒᆞ무로부터 뎡ᄃᆡ슈신ᄒᆞ미 군ᄌᆞ의 틀을 일워더니 우리집 동상이 되여 믄득 변ᄒᆞ니 엇지 통한치 아니리잇

29면

고 부ᄆᆡ 광미ᄅᆞᆯ 찡긔여 왈 영웅군ᄌᆞ도 원치 아니ᄒᆞ고 남만ᄒᆞᆫ ᄉᆞ회ᄅᆞᆯ 어더 ᄉᆡᆼ관을 빗ᄂᆡ고ᄌᆞ ᄒᆞᆫ ᄇᆡ 됴화옹의 ᄒᆡᄅᆞᆯ 입도다 ᄐᆡ부인이 ᄌᆞᆼ탄타루 왈 앗갑다 월혜여 그 엇지 셜ᄉᆡᆼ의 박ᄃᆡᄒᆞ미 그ᄃᆡ도록 ᄒᆞ뇨 졔ᄌᆞ졔숀이 민울ᄒᆞ여 호언으로 위안ᄒᆞ나 부인이 동시 즐기지 아니니 션ᄉᆡᆼ이 다만 한가히 웃고 월혜 타일 휘젹의 부귀ᄅᆞᆯ 누려 ᄌᆞ숀이 만당ᄒᆞ리라 ᄒᆞ니 ᄐᆡᄉᆡ 미쇼 왈 현뎨야 ᄂᆡ 아니 일으더냐 타일 만복은 머럿고 아직 근심은 아니

30면

우환되냐 인ᄒᆞ여 ᄐᆡ부인 슬워ᄒᆞ시믈 민박ᄒᆞ여 쥬왈 져믄 ᄋᆞᄒᆡ들이 약간 괴로오미 잇ᄉᆞ오나 ᄌᆞ위 이쳬엿일을 번뇌ᄒᆞ시리잇가 ᄐᆡ부인이 빈미부답ᄒᆞ시니 졔인이 다시 일ᄏᆞᆺ지 못ᄒᆞ더라 어시의 회왕이 ᄆᆡ파ᄅᆞᆯ 다시 셜부의 보ᄂᆡ여 구혼ᄒᆞ니 셜공이 쾌허ᄒᆞ고 빈녜로 마ᄌᆞᆯ 바ᄅᆞᆯ 이르니 회왕이 빈녜ᄅᆞᆯ 협의ᄒᆞ나 허혼ᄒᆞ믈 다ᄒᆡᆼ이 녀겨 혼구ᄅᆞᆯ 쥰비ᄒᆞ더라 군쥐 쇼원을 일우ᄆᆡ 교홍으로 묘월을 쳥ᄒᆞ여 뎡혼납치ᄒᆞ믈 니르

31면

고 빈녜로 ᄒᆡᆼᄒᆞ믈 분한ᄒᆞ며 임녀ᄅᆞᆯ 쌜니 셔르지쇼셔 ᄒᆞ니 요리 잠간 빗ᄉᆡ여 왈 임녀ᄂᆞᆫ 문혜셩이라 쇼리히 뎨어치 못ᄒᆞ리이다 군쥐 착급ᄒᆞ여 ᄌᆞ금 두 덩이ᄅᆞᆯ 쥬고 ᄋᆡ걸ᄒᆞ니 묘월이 ᄉᆞ양타가 밧고 왈 빈되 아모커ᄂᆞᆫ 시험ᄒᆞ리이다 ᄒᆞ고 이날 밤의 몸을 변ᄒᆞ여 나뷔 되여 셜부 ᄒᆡᆼ각 쳠하의 븟터 두루 ᄉᆞᆯ피니 아지 못게라 능히 임쇼져ᄅᆞᆯ 숨켜ᄃᆡ희의 드리친가 하회ᄅᆞᆯ 보라 ᄎᆞ셜 남악형산이 위진군이 단양일의 옥경의 됴

32면

회ᄒᆞ여 천상 인간 즁싱의 츌쳑을 듯더니 일위 션관이 션화부란 칙을 들고 항안 젼의 ᄂᆞᄋᆞ와 쥬왈 십딕명왕이 금일 큰 옥ᄉᆞ를 결단ᄒᆞ더니 각목이 쳔하의 쥐 되미 츙신녈ᄉᆞ를 만히 술히ᄒᆞ여 녈부 원혼과 츙신의 한이 미쳐 쳔지긔운이 화평치 못ᄒᆞ온지라 특별이 작쳐ᄒᆞ여 환셰ᄒᆞ게 션화부를 만드러 알외ᄂᆞ이다 옥데 남두와 북두를 명쇼ᄒᆞᄉᆞ 모든 츙혼을 젹션지가의 환셰케 ᄒᆞ라

33면

ᄒᆞ실ᄉᆡ 셰됸이 모든 츙신녈부를 졔졔히 졈고ᄒᆞ여 각각 원ᄃᆡ로 덕이 둣겁고 복이 만흔 집의 ᄎᆞ례로 환싱케 ᄒᆞ시니 삼틱셩은 낭원셩으로 삼싱슉연을 졍ᄒᆞ고 규벽이 ᄯᅩ 삼틱로 더브러 임가의 나리미 문창셩이 조ᄎᆞ니 영낙황데 명기 뎡죄ᄒᆞ여 쥭은 반년쾌져희 명을 치오지 못ᄒᆞ고 복쥬ᄒᆞ믈 원통ᄒᆞ여 부ᄃᆡ 임가의 보원ᄒᆞ믈 ᄋᆡ고ᄒᆞ니 셰됸이 그 음일간흉ᄒᆞ믈 뮈이 녀여 쳔신만고ᄒᆞ여 임가를 돕게 ᄒᆞ나 음양의

34면

통ᄒᆞ믈 모로고 쥭어 ᄃᆡ지옥의 형벌을 밧게 ᄒᆞ니 모든 음녀 원졍이 모히ᄂᆞᆫ 가온ᄃᆡ 은갈 낭 회 ᄯᅩ 틱셩의 풍도를 흠모ᄒᆞ여 ᄯᆞ로오믈 틱셩이 ᄃᆡ로ᄒᆞ여 은호를 옥데긔 알외고 녀와낭낭이 어구의 본형 구미호를 민ᄃᆞ라 가도왓더니 녈션이 옥경의 모히무로 낭낭이 구미호로 연치를 메워 옥경의 니르니 구미회 도로 은회 되여 긔운을 거두어 하셰ᄒᆞ고 갈호ᄂᆞᆫ 은호로 더브러 ᄒᆞᆫ가지로 힝쥬ᄒᆞ여 틱을을 셜가의 보ᄂᆡ믈 보고 틱을

35면

의 알픠 히아치니 틱을이 문혜셩의 방용을 유졍ᄒᆞ니 노군이 션범을 어즈러이다 ᄒᆞ여 문혜셩은 임시 되여 틱을노 인연을 ᄆᆡᄌᆞ나 ᄉᆞ오 년 고힝과 삼 년 단장을 겻거 틱을의 ᄃᆡ익이 진ᄒᆞᆫ 후 갈호ᄂᆞᆫ 틱을이 요참ᄒᆞ게 뎡ᄒᆞ여 여러 셩신을 낫낫치 졔도ᄒᆞ시니 낭원셩으로 위진군이 후회를 긔약ᄒᆞ고 기여졔션이 각각 하계로 ᄂᆞ리니 셰됸이 ᄀᆡᄀᆡ히 윤회보응을 마련ᄒᆞ고 옥데긔 하직ᄒᆞ고 셔방으로 도라가시미 진군이 됴회

36면

를 파ᄒᆞ고 뫼흐로 도라갈ᄉᆡ 상뎨긔 쥬왈 양쇼유를 됴ᄎᆞᆺ던 팔 션녜 공덕이 호ᄃᆡᄒᆞ고 법녁이 무량ᄒᆞ엿ᄉᆞᆸᄂᆞᆫ지라 각각 명산을 직희워 셰존의 뎨도ᄒᆞ신 바 츙신녈부 즁ᄉᆡᆼ을 간간이 구활ᄒᆞ여지이다 상뎨 뎜두ᄒᆞ시니 진군이 깃거 고두ᄉᆞ은ᄒᆞ고 형산의 도라와 팔 션녜를 불너 각각 곳을 졍ᄒᆞ여 도라보ᄂᆡᆯᄉᆡ 도동 슈십 쌍을 뎡ᄒᆞ여 보ᄂᆡ니 팔 션녜 ᄃᆡ희ᄒᆞ여 ᄉᆞ례ᄒᆞ고 각각 명산을 직희여 도관을 ᄂᆡᆯ우니 의의히 션인도골이러라

37면

셰월이 흘너 여러 츈취 되니 홀연 ᄉᆡ쳐 니봉산 능파진군긔 글을 붓쳐 급히 농쥬를 슈습ᄒᆞ여남ᄒᆡ ᄃᆡ량 하류의 직희엿더니 낭원셩의 화를 구ᄒᆞ라 ᄒᆞ니 능파진군이 슈셔를 밧고 즉시 운낭 혜원으로 ᄒᆞᆫ ᄂᆞᆺ 호로를 쥬어 현산진군 분부ᄃᆡ로 여ᄎᆞ여ᄎᆞᄒᆞ라 ᄒᆞ니 양션이 슈명ᄒᆞ고 남강의 가 셜쇼져의 급화를 구ᄒᆞ니 긔특지 아니리오 이 ᄉᆞ연을 베풀믄 군ᄌᆞ숙녀를 구ᄒᆞᄂᆞᆫ ᄌᆡ 다 묘ᄆᆡᆨ이 잇ᄉᆞ믈 밝히고 삼ᄉᆡᆼ 보복지니를 셜파ᄒᆞ노

38면

라 베푸니라 각셜 셜부의셔 ᄐᆡᄉᆡ 회왕궁 구혼ᄒᆞ믈 쾌허ᄒᆞ니 혹ᄉᆡ 야야의 허혼ᄒᆞ시믈 놀나 경황츅쳑ᄒᆞ더니 길일이 임ᄒᆞᄆᆡ ᄐᆡᄉᆡ ᄀᆞᆺᄒᆞ여 빈ᄀᆡᆨ을 청치 아니코 신낭을 보ᄂᆡᆯᄉᆡ 쵸쵸ᄒᆞᆫ 위의로 왕궁의 니르니 시시의 묘월이 셜부 ᄒᆡᆼ각의셔 두리 ᄉᆞᆯ피되 쇼져의 그림ᄌᆞ도 업ᄉᆞ니 홀일 업셔 궁의 도라와 군쥬를 ᄃᆡᄒᆞ여 쇼유를 니르고 왈 빈되 변화ᄒᆞ여 셜부의 가 ᄉᆞᆯ피ᄂᆞ 임쇼져를 맛ᄎᆞᆷᄂᆡ ᄎᆞᆺ지 못ᄒᆞ니 아직 ᄎᆞᆷ고 셩녜ᄒᆞᆫ 후 쳐치ᄒᆞ믄

39면

빈도의 슈즁의 잇ᄉᆞ리이다 군쥐 아미를 찡기여 탄왈 임시 쳐치ᄂᆞᆫ[1] ᄉᆡ로이 거야의 일몽을 어드니 몸이 ᄂᆞ라 ᄒᆞᆫ 곳의 이르니 ᄎᆞ아ᄒᆞᆫ 뫼 우ᄒᆡ 셰 신션이 안ᄌᆞ 쳡을 부르거ᄂᆞᆯ 치미러 볼 ᄉᆞ이의 몸이 산상의 오르니 웃듬 신션이 ᄉᆞᄆᆡ 쇽으로셔 깁장삼 ᄀᆞᆺᄒᆞᆫ 거ᄉᆞᆯ 쎨치니 그 옷시 쳡의 품 쇽의 들며 만신의 틈 업시 바ᄂᆞᆯ ᄀᆞᆺ치 ᄉᆞᆯ의 닙히니 ᄂᆡ ᄉᆞᆫ을 다히려 ᄒᆞ나 살이 쑤셔 알푸믈 견ᄃᆡ지 못ᄒᆞ니 멧 ᄒᆡ를 경영ᄒᆞ여 일이 거의 일게 되엿

---

1) 필사 과정 중 생략된 말이 있는 듯함.

거늘 홀연 이런

40면

병이 되믈 발악ᄒᆞ니 그 신션이 발노ᄒᆞ여 왈 네 동시 ᄐᆡ을을 됴ᄎᆞ 문혜셩을 ᄒᆡᄒᆞ려 ᄒᆞ니 텬뎨 진노ᄒᆞᄉᆞ 이 허물을 입혀 ᄐᆡ을의 뎡을 ᄂᆞᆽ고지 못ᄒᆞ게 ᄒᆞᄂᆞ니 너의 힝낙은 임의로 ᄒᆞ여 스ᄉᆞ로 텬쥬를 바들 ᄯᅥ 잇ᄉᆞ리라 ᄒᆞ며 발노 박ᄎᆞ거늘 놀ᄂᆞ ᄭᆡ니 만신의 ᄯᆞᆷ이요 ᄉᆞᆷ과 ᄀᆞᆺᄒᆞ여 ᄉᆞᆫ이 몸의 다흔 ᄌᆞᆨ 바늘 ᄀᆞᆺ치 질이니 괴이ᄒᆞᆫ 일이로쇼이다 묘월이 ᄯᅩᄒᆞᆫ 괴이 녀겨 이윽이 ᄉᆞ양심심ᄒᆞ더니 일오ᄃᆡ 군쥬는 아모커나 셩네나 잘 ᄒᆞ쇼셔 임

41면

ᄋᆞ를 셔르져 업시ᄒᆞᆫ 후 ᄌᆞ연 계괴 잇스리이다 ᄒᆞ더니 길일이 임ᄒᆞᄆᆡ 왕과 비 ᄃᆡ연을 ᄀᆡ장ᄒᆞ고 빈ᄀᆡᆨ을 쥐집ᄒᆞ거늘 날이 늣ᄀᆡ야 쇼쇼ᄒᆞᆫ 위의로 신낭이 이르러 가법을 일ᄏᆞ라 젼안치 아니니 좌우와 왕이 ᄃᆡ불쾌ᄒᆞ나 홀일업ᄂᆞᆫ지라 바로 ᄂᆡ졍으로 닌도ᄒᆞ니 신낭이 다만 팔 짓고 셧시니 무슈 궁ᄋᆡ 신부를 ᄲᅧ ᄉᆞᄇᆡ홀ᄉᆡ 신낭이 팔을 드러 읍ᄒᆞ고 동방화쵹의 얼푸시 홍ᄉᆞ를 왕ᄂᆡᄒᆞ고 외실노 ᄂᆞ가니 이 신뷔 범연ᄒᆞᆫ 신뷔 아니라 이 신낭을 흠모ᄉᆞ복ᄒᆞ

42면

여 방계곡경을 맛난 신낭이라 가는 눈을 가마니 ᄯᅥ보고 쳔션 ᄀᆞᆺ흔 풍치를 반가와 빈희의 ᄂᆞ즘도 닛치이니 아지 못게라 능히 금슬동고의 쾌락ᄒᆞᆫ가 하회를 보라 ᄎᆞ셜 신낭이 신부의 녜를 바드ᄆᆡ 츄파를 흘긔여 슬피니 요됴 뎔셰ᄒᆞᆫ ᄉᆡᆨᄐᆡ 만고무쌍이라 마음의 흐뭇ᄒᆞ여 놀이 져물ᄆᆡ 신방의 니르러 쵹영지하의 상ᄃᆡᄒᆞ니 신부의 ᄐᆡ되 볼ᄉᆞ록 긔이ᄒᆞ고 ᄃᆡ홀ᄉᆞ록 어엿분지라 호탕지심이 발ᄒᆞ여 원앙금니의 쓰리쳐 누이고 뎡히 향

43면

신을 졉고ᄌᆞ ᄒᆞ더니 믄득 신부의 살이 바늘 ᄀᆞᆺ치 신낭의 보다라온 술을 쑤시니 혈흔이 ᄆᆡ치이고 두통이 겸발ᄒᆞ니 ᄃᆡ경ᄎᆞ악ᄒᆞ여 ᄆᆡᆼ셩으로 이거시 왼 닐인고 ᄒᆞ고 니러ᄂᆞ

니 요녜 쳔신만고ᄒᆞᆫ 상ᄉᆞ낭군을 맛나 뎡을 마음것 풀가 ᄒᆞ엿더니 쇼ᄅᆡ 지르고 니러 ᄂᆞ믈 보고 ᄯᅩᄒᆞᆫ 홀일업ᄉᆞᆫ 병이라 가ᄂᆞᆫ 탄식 두 마ᄃᆡ의 눈물이 써러지니 교밀ᄒᆞᆫ ᄐᆡ되 뎔승ᄒᆞᆫ지라 ᄉᆡᆼ이 ᄒᆡ연괴이ᄒᆞ여 미인의 무릅흘 베여 왈 앗갑다 그ᄃᆡ 어엿분 긔질의 흉악ᄒᆞᆫ 병

44면

을 어덧시니 부부화락을 못ᄒᆞᆯ지라 이런 원통ᄒᆞᆫ ᄂᆞᆯ이 잇ᄉᆞ리오 옥경이 더옥 슬허 눈이 붓도록 울더라 혹시 니러 함관쇼ᄒᆞ고 왕의게 하직도 아니ᄒᆞ고 본ᄋᆡ로 도라가니 옥경이 일셩 ᄋᆡ호의 피를 토ᄒᆞ고 구러지니 이ᄯᅢ 묘월이 유랑의 복식으로 장외의 잇다가 셜혹시 옥경으로 니셩지친을 ᄆᆡᄌᆞ려ᄒᆞ믈 보고 믄득 츈심이 요동ᄒᆞ니 이 무리 본ᄃᆡ 음양을 모로다가 셜혹ᄉᆞ의 풍치를 보고 ᄀᆞ마니 인연 ᄆᆡᆺ기를 ᄆᆡᆼ셰ᄒᆞ고 드러가 옥경

45면

을 구호ᄒᆞ여 드려보ᄂᆡ고 숀을 곱ᄋᆞ 츄졈ᄒᆞ여 셜ᄉᆡᆼ과 인연 이ᄉᆞ며 업ᄉᆞ믈 본 즉 뎜괘 ᄃᆡ흉ᄒᆞ고 홀연 공즁의셔 웨여 왈 요도 묘월이 죽으미 오ᄅᆡ지 아니리니 엇지 군ᄌᆞ를 ᄉᆞ모ᄒᆞ리오 옥경도 버힐 날이 머지 아니타 웨ᄂᆞᆫ 쇼ᄅᆡ ᄂᆞ거ᄂᆞᆯ 월이 ᄃᆡ경ᄒᆞ여 졋구러졋다가 이윽고 긔운을 ᄎᆞ려 다시 ᄉᆡᆼ각ᄒᆞ니 위ᄐᆡᄒᆞ미 만흔지라 믄득 ᄉᆡᆼ각고 옥경을 도와 임셜을 업치고 ᄃᆡ명을 즛바래고ᄌᆞ ᄒᆞ더라 어시의 혹시 본부의 도라와 뎡당의 신셩ᄒᆞ니

46면

모다 일즉이 오믈 놀ᄂᆞ더라 ᄂᆞᆯ이 뎌문 후 왕궁거ᄆᆡ 니르니 ᄐᆡ시 미우의 삭풍이 이러 왈 삼일안 신낭 왕ᄂᆡ 빈빈ᄒᆞ여 왕궁거ᄆᆡ 괴롭도다 혹시 한츌쳠비이ᄐᆡᄒᆞ여 인마를 즐퇴ᄒᆞ고 셔지의 도라와 졔 형뎨로 담화ᄒᆞ되 미우의 근심을 ᄆᆡ졋ᄂᆞᆫ지라 필뎨 희필이 글오ᄃᆡ 형장이 진누의 봉쇼를 화ᄒᆞ시고 너모 흥겨워 우식으로 즐겨 아니시ᄂᆞ니잇가 혹시 봉안을 드러 이윽이 시쳠ᄒᆞ다가 왈 아이 형의 괴로온 회포ᄂᆞᆫ 모로고 흥각으로 너모 쥬졔 넘도

47면

다 공지 쇼왈 쇼졔 아모리 총각인들 형장이 임부 동상의 쌘히시믄 엇지 못홀 장부의 쾌시요 슈슈의 식모덕질은 창뎨건곤 이후 흔 스룸이라 부뫼 과즁ᄒ시미 형장긔 지ᄂ신 셩덕문명이시여늘 다시 회왕녀로 빈희롤 숨으스 은안빅마로 뫼시라 단니니 하고로 괴로온 회푀시니잇고 학시 미쇼 왈 너도 장가 들미 머지 아냐시니 어룬 되면 괴로오미 만흐리라 직시 왈 필뎨의 말이 올커늘 무숨 닐노 심우ᄒᄂ뇨 혹시 왈 엇지 형

48면

장긔야 고치 아니리잇고 임시ᄂ 홀연 금슬이 믹믹ᄒ미 일단 괴시여늘 회왕궁 혼시 굿ᄒ여 원ᄒ미 아니연만 즈연이 되여 신부의게 여ᄎᆞ여ᄎᆞ흔 괴시 잇스니 이런 놈의 팔지 쏘 어듸 잇스리가 직스ᄂ 줌줌ᄒ고 스인이 쇼왈 진실노 그러ᄒ냐 연즉 괴이흔 일이라 군지 덩듸슈신ᄒ면 요시 범치 못ᄒ리니 가지록 마음을 닥그라 혹시 스례ᄒ더라 ᄎᆞ야ᄂ 형뎨 광금장침의 힐항ᄒ니 명일은 신부의 현구고ᄒᄂ 날이라 틱시 너모 박졀치

49면

못ᄒ여 일승 쥭교와 셔녀 가졍을 보ᄂᆡ여 던어 왈 복의 집 션훈이 지엄ᄒ여 ᄒ나흘 돈흔 후 다시 희쳡을 두지 못ᄒ되 불ᄒᆡᆼ이 불쵸ᄌᆞ를 두어 가법을 난ᄒ니 말으믈 엇지 못홀지라 일승 교ᄌᆞ를 보ᄂᆡᄂ니 영녀를 보ᄂᆡ라 회왕이 만분불쾌ᄒ나 아모 말 못ᄒ고 군쥬를 보ᄂᆡ더라 ᄎᆞ일 틱시 빈긱을 쳥치 아니ᄒ고 즁당의 포진을 펴고 틱부인을 뫼신 후 가즁지인이 모혀 신부를 마즐시 이윽고 무슈 궁ᄋᆞ와 보모상궁이 느러

50면

드러오며 신부를 쎠 드러와 폐빅을 밧드러 돈당 구고긔 헌ᄒ고 물너 팔비ᄒ니 머리의 마리보쥬와 명쥬보벽이 어릐엿고 안식이 빅승셜이요 틱되 ᄌᆞ약 요라ᄒ고 냥협이 도화 ᄀᆞᆺᄒ여 쳔만 공교ᄒ믈 먹음엇고 두 눈이 별 ᄀᆞᆺᄒ나 살셩이 어릐고 요음탕일흔 틱되 표연ᄒ니 공의 부뷔 딕경실식ᄒ여 안식이 여회ᄒ더니 공이 기리 탄ᄒ고 스지관환을 명ᄒ여 방셕을 놉혀 임쇼져를 좌ᄒ게 ᄒ고 신부로 팔비ᄒᆡᆼ녜ᄒ니 쇼졔 방셕의 나

51면

려 읍ᄒᆞ더라 신뷔 투목으로 임쇼져의 빅틔만광을 보고 가슴의 영원이 쒸놀고 분심이 겸발ᄒᆞ나 겨오 진정ᄒᆞ고 쇼졔 신부를 ᄒᆞᆫ 번 보고 ᄎᆞ악ᄃᆡ경ᄒᆞ여ᄒᆞ나 긔ᄉᆡᆨ의 ᄂᆞᆺ타ᄂᆡ지 아니니 구괴 지긔ᄒᆞ고 더욱 연셕ᄒᆞ더라 일모ᄒᆞᄆᆡ 신부 슉쇼를 비셜당으로 뎡ᄒᆞ여 먼니 보ᄂᆡ니 이ᄂᆞᆫ 틔ᄉᆡ ᄀᆞᆺᄀᆞ이 보지 아니려 먼니 보ᄂᆡ미러라 혹ᄉᆡ 신방의 니르니 묘월이 쏘ᄒᆞᆫ 변형ᄒᆞ여 와 ᄃᆡ후ᄒᆞ엿더라 혹ᄉᆡ 입실ᄒᆞᄆᆡ 신뷔 긔이영지ᄒᆞ거ᄂᆞᆯ 좌를 밀고 이윽이

52면

ᄉᆞᆯ피니 신부의 뎔ᄃᆡ미질이 장부의 뎡신을 흔드ᄂᆞᆫ지라 ᄂᆞᄋᆡ가 옥슈를 잇그러 침상의 오르ᄆᆡ 뎝체연시ᄒᆞ여 즐기고ᄌᆞ ᄒᆞ다가 믄득 아야 ᄒᆞ고 신부를 밀치니 옥경의 심ᄉᆡ 엇더ᄒᆞ리오 ᄉᆡᆼ이 ᄃᆡ로ᄒᆞ여 ᄂᆡᆼ셩으로 ᄎᆞ를 ᄂᆞ오라 ᄒᆞ니 옥경을 돗ᄎᆞ온 쌍연은 회왕이 궁녀 일인을 유졍ᄒᆞ여 ᄯᆞᆯ을 ᄂᆞ흐니 안ᄉᆡᆨ이 무하벽이오 ᄌᆡ되 쇼ᄉᆞ의 지ᄂᆞ니 왕비 알고 기모를 원방의 ᄂᆡ치고 ᄎᆞ녀ᄂᆞᆫ 궁희를 맛져 길너다가 군쥬의 시녀를 ᄉᆞᆷ으니 연이 졔 근본을

53면

ᄭᆡ치ᄆᆡ 깁히 슬워ᄒᆞ더니 이 ᄂᆞᆯ 혹ᄉᆞ의 ᄎᆞ ᄂᆞ오라 ᄒᆞ믈 듯고 니러ᄂᆞ ᄎᆞ를 들고 ᄂᆞᄋᆞ오니 가ᄂᆞᆫ 허리 쵸궁의 버들이요 옥모화용이 긔묘찬난ᄒᆞ여 고은 빗치 무루녹고 구름 ᄀᆞᆺᄒᆞᆫ 녹발은 뒤휘로 지워시니 쵸ᄃᆡ의 모운이 층층ᄒᆞᆫ 듯 쌍안을 ᄂᆞᆺ쵸고 아미를 기리 슉여 근심을 ᄆᆡᄌᆞ시니 청상녹의 가온ᄃᆡ 뎔ᄃᆡ미ᄉᆡᆨ이라 ᄎᆞ를 밧지 아니ᄒᆞ고 슉시냥구의 믄득 군쥬를 금니치 미러 ᄂᆡ치고 쌍연을 잇그러 원앙상의 올니니 연이 ᄃᆡ경실ᄉᆡᆨᄒᆞ나 약ᄒᆞᆫ 녀ᄌᆡ 엇

54면

지 방ᄎᆞᄒᆞ리오 홀일업시 슈즁의 들ᄆᆡ 다시 은ᄃᆡ를 그르고 비취금니의 미인의 온유향을 겻지어 쳔만은ᄋᆡ와 만동풍뉴 불가형언이라 그 겻히 옥경의 불 ᄀᆞᆺᄒᆞᆫ 음욕이 ᄋᆡ 터지믈 ᄉᆡᆼ각ᄒᆞ리오 쌍연이 황가녀ᄆᆡᆨ이라 졔 몸을 일홈 업시 더리이믈 골돌ᄒᆞ여 옥뉘동힝ᄒᆞ여 봉침을 뎍시니 ᄉᆡᆼ이 더옥 황홀칙닉ᄒᆞ여 어리눅은 말노 은근이 다릐나 연이

일셩을 부ᄃᆡᄒᆞ더라 이ᄯᆡ 옥경이 금니의 말니여 장 밋히 ᄂᆡ치여 뎌 거동을 목도ᄒᆞᄆᆡ

55면

쇽졀업시 눈물을 흘니며 원슈 바늘ᄋᆞ 부르기를 연쇽ᄒᆞ고 한 구셕의 누어시니 이ᄯᆡ 묘월이 밧긔 여측ᄒᆞ라 ᄀᆞᆺ다와 녀허보고 신낭 신뷔 오늘은 화동되엿다 ᄒᆞ더니 ᄉᆡ벽북이 동ᄒᆞᄆᆡ 졔시의 쵹불을 등ᄃᆡ홀ᄉᆡ 방즁이 고요ᄒᆞ니 묘월이 숀을 뎌어 왈 쥬군이 군쥬로 동침ᄒᆞᄉᆞ 곤히 잠드러시니 요란이 구지 말나 ᄒᆞ더니 늘이 아됴 밝으ᄆᆡ 월이 기침ᄒᆞ고 드러가 침상의 ᄂᆞᄋᆞ가 쌍연을 군쥬로 알고 가마니 흔드러 왈 군쥬낭낭은 니러ᄂᆞ쇼셔 ᄒᆡ 발

56면

셔 도닷ᄂᆞ이다 ᄒᆞ고 흔드니 쌍연은 쥭은 드시 ᄉᆡᆼ의 슈즁의 드러 연니지 병쳬홰 되엿고 ᄉᆡᆼ은 묘월의 흔들믈 ᄃᆡ로ᄒᆞ여 힘것 ᄎᆞ바리니 월이 놀니여 마ᄌᆞᆫ 벽의 ᄀᆞᆺ바졋다가 급히 이러ᄂᆞ ᄉᆞᆯ피니 군쥐 아니요 쌍연쇼ᄋᆡ라 놀나 군쥬를 ᄎᆞᄌᆞ니 금니의 출출 말니여 한 구셕의셔 우는지라 ᄃᆡ경ᄒᆞ여 니로ᄃᆡ 쌍연ᄋᆞ 네 이 왼닐고 괘심괘심ᄒᆞ도다 군쥐 묘월의 쇼ᄅᆡ를 듯고 니러나 눈물이 ᄯᅥ러지나 아모됴록 ᄉᆡᆼ의게 어질믈 뵈오고ᄌᆞ ᄒᆞ여 ᄭᅮ지져 왈

57면

그ᄃᆡ 엇지 이리 슈다ᄒᆞ뇨 쌍연이 비록 미쳔ᄒᆞ나 쥬군이 임의 뎡을 머무러시니 시쳡이라 ᄂᆞ의 침셕을 더러이믄 뎌의 되 아니라 쥬군이 날 알믈 비쳡으로 ᄒᆞ여 난잡ᄒᆞ미라 ᄂᆞ의 팔ᄌᆡ 불힝ᄒᆞ미니 슈한슈원이리오 언파의 쇼셰ᄒᆞ고 운환을 다ᄉᆞ리니 ᄉᆡᆼ이 그 어질고 통달ᄒᆞ믈 보고 뎡이 취ᄒᆞ이는지라 그 나군을 잇그러 겻히 안치고 왈 복이 그ᄃᆡ의게 박ᄒᆞ미 아니라 그ᄃᆡ 몸의 괴이ᄒᆞᆫ 병이 ᄂᆞ의 뎡을 막으니 ᄎᆞ녀를 ᄌᆞᆷ간 희롱ᄒᆞ나

58면

일시 울화를 풀미라 그ᄃᆡ는 불안이 아지 말나 군쥐 함ᄐᆡ슈괴ᄒᆞ고 뎐당의 신셩ᄒᆞ나 ᄐᆡᄉᆡ 부뷔 입실ᄒᆞ믈 명치 아니니 무류히 묘월노 더브러 도라와 가즁ᄉᆞ긔와 ᄒᆞᆨᄉᆞ의

쌍연 침혹ᄒᆞ믈 뎔치ᄒᆞ니 묘월이 위로ᄒᆞ며 밀밀이 계교ᄒᆞ더라 일일은 군쥐 쌍연의 운환 다ᄉᆞ리믈 보고 무쌍뎔ᄉᆡᆨ이라 마음이 셔늘ᄒᆞ여 녀ᄌᆞ의 ᄉᆡᆨ이 뎌리 고으니 셜ᄉᆡᆼ의 마음이 무심ᄒᆞ리오 ᄒᆞ고 ᄉᆞ지ᄌᆞ 왈 너 쌍연은 드르라 네 어믜 어느듯 요인으로 드러와 감히

59면

ᄃᆡ왕의 도라보시믈 바다 네 ᄃᆡ왕의 골육이라 ᄒᆞ여 ᄂᆞ의 시녀항의 잇실진ᄃᆡ 분의 득ᄒᆞ거늘 감히 쥬군의 뎡을 낙구니 네 엇지 ᄉᆞᆯ고ᄌᆞ ᄒᆞᄂᆞ냐 쌍연이 분노ᄒᆞ여 ᄉᆞ지뎌 왈 ᄂᆞᄂᆞᆫ 오히려 ᄃᆡ왕의 골육이라 너ᄂᆞᆫ 하등지인이완ᄃᆡ 왕궁의 드러와 춍ᄋᆡ를 밧고 셜상공긔 입승ᄒᆞ믹 가지록 덕을 닥그미 올커ᄂᆞᆯ 밀밀이 상의ᄒᆞ고 틈틈이 계괴ᄒᆞ니 네 능히 살가 시부냐 군쥐 어히 업ᄉᆞ나 덧ᄂᆡ지 못ᄒᆞᆯ지다 쳔만 가지로 다ᄅᆡ고 ᄎᆞ후ᄂᆞᆫ 감이

60면

큰 쇼ᄅᆡ도 못ᄒᆞ더라 ᄎᆞ시 ᄉᆡᆼ이 쌍연을 취ᄒᆞᆫ 후 마음이 상쾌ᄒᆞ여 편방의 두고 즐기더니 이러구러 여러 ᄂᆞᆯ이 지ᄂᆡ엿더니 일일은 ᄉᆡᆼ이 뎐당으로 ᄂᆞ오다가 무망즁 협실노 드니 모부인은 여측ᄒᆞ라 가시고 쇼졔 급히 니러나 협실노 피코ᄌᆞ ᄒᆞᄂᆞᆫ지라 ᄉᆡᆼ이 눈을 드러 보니 우ᄉᆞ나군의 션메 표표ᄒᆞ여 협문을 여ᄂᆞᆫ 거ᄂᆞᆫ 거동이 항ᄋᆡ 슈경창의 빗겻ᄂᆞᆫ 듯 팔치쌍ᄋᆞ의 셩ᄌᆞ긔믹이요 운빈보압의 무루녹은 취환이 진실노 무쌍ᄒᆞᆫ지라 이ᄯᅴᄂᆞᆫ 묘월의 ᄶᅧ러친

61면

약슈 ᄒᆞᆫ 방울이 임의 가신지라 믄득 ᄉᆡᆼ의 눈의 황홀ᄒᆞ여 군쥬의 요ᄉᆡᆨ과 쌍연의 ᄌᆡ용으로 비기믹 텬지상격ᄒᆞ고 한화야최라 믄득 증염턴 ᄇᆡ 변ᄒᆞ여 뎡신이 현황ᄒᆞ고 마음이 것잡지 못ᄒᆞ여 팔을 놉히 드러 읍왈 부인이 ᄇᆞᆫ외남자를 ᄃᆡᄒᆞ미 아니여ᄂᆞᆯ 엇지 이리 피ᄒᆞ시ᄂᆞ뇨 너모 심히 말고 좌ᄒᆞ실지여다 쇼졔 뎌의 말ᄒᆞ믈 고이히 너기고 뎐당의셔 셜만이 말ᄒᆞ고자 ᄒᆞ믈 한심이 너겨 뎌슈부답ᄒᆞ고 협실노 드니 ᄉᆞ인의 녀ᄋᆞ 벽난이 년보 칠

62면

셰라 낭낭이 웃고 왈 ᄉᆞ슉뷔 무슴 광심으로 슉모를 어침ᄒᆞ시ᄂᆞ니잇고 쇼졔 묵연이 벽낭을 잇그러 촉하의 안ᄌᆞ 희필의 금낭의 슈를 ᄆᆡ화로 공교히 노ᄒᆞ니 벽난이 쇼왈 삼슉부 ᄉᆞ슉부ᄂᆞᆫ 쇼탈ᄒᆞ여 치례를 아니시되 오슉부ᄂᆞᆫ 치례 변뎌으시니이다 쇼졔 미쇼 왈 너희게ᄂᆞᆫ 존항이시니 시비ᄒᆞ미 녜 아니로다 ᄒᆞ더라 시의 혹시 부인의 셩ᄌᆞ광염을 ᄃᆡᄒᆞ여 두어 말슴을 붓치려다가 쳥이불물ᄒᆞ고 협실노 들믈 보고 무류코 셔운ᄒᆞ여 던일 박ᄃᆡ

63면

ᄒᆞ든 바를 만만 뉘웃쳐 머리를 숙이고 탄식ᄒᆞ더니 모부인이 시ᄋᆞ로 촉을 들니고 도라오시니 긔이영지흔ᄃᆡ 부인이 문왈 야심커ᄂᆞᆯ ᄋᆞ히 엇지 비셜당을 닛고 니의 잇ᄂᆞ뇨 싱이 복슈 ᄃᆡ왈 비셜당은 쇼지 구ᄒᆞ미 아니로ᄃᆡ 부뫼 쇼ᄌᆞ를 회왕과 동심타 ᄒᆞ시니 엇지 원민치 아니리잇고 부인이 돌ᄎᆞ 왈 부뫼 갈구ᄒᆞ여 어든 셩녀슉완은 무단이 박ᄃᆡᄒᆞ고 요물의 혹닉ᄒᆞᄆᆡ 통한ᄒᆞᄂᆞ니 임식부ᄂᆞᆫ 나의 싱젼 협실 밧글 ᄂᆡ지 아니리니 요인

64면

이 화를 부르면 네 한 무리 되여 그 평싱을 맛ᄎᆞ리라 혹시 모교를 듯ᄉᆞ오ᄆᆡ 쳬ᄉᆞ모골ᄒᆞ여 ᄃᆡ왈 실노 불쵸 회왕녀로 금슬을 녀지 아냣삽ᄂᆞ니 만일 요악ᄒᆞ여 가변을 짓고 아히 실즁을 난홀진ᄃᆡ 명일이라도 쏫츠미 어렵지 아니ᄒᆞ이다 부인이 노이부답ᄒᆞ니 상하의 수럿더니 ᄌᆞ위 침슈를 술피고 퇴ᄒᆞ여 발이 협실노 잇글니되 시러곰 홀일업셔 비셜당의 니르니 군쥐 촉하의 아미를 ᄆᆡᄌᆞ 안ᄌᆞ시니 ᄆᆡ골 쓴 여이 모양이요

65면

요양쳥누의 노류장화 ᄀᆞᆺᄒᆞ니 믄득 증염지심이 발ᄒᆞ여 ᄂᆞ말을 벗기라 ᄒᆞ여 후리치고 쥬방의 옥누츈을 가져오라 ᄒᆞ여 알픠 버리고 인호상이ᄌᆞ작ᄒᆞ여 일호쥬를 거후르고 ᄃᆡ취ᄒᆞ여 쌍연을 잇그러 취즁 만동풍뉘 불가형언이러니 홀연 탄왈 우리 부인은 통고금 궁만ᄃᆡ의 희한흔 식덕이여ᄂᆞᆯ ᄂᆞ 셜의쳠이 능히 슉녀를 진압지 못ᄒᆞ여 무고히 박ᄃᆡᄒᆞ다가 부모긔 ᄂᆡ치인 ᄌᆞ식이 되고 부인이 ᄂᆞ의 하히 ᄀᆞᆺ흔 은뎡을

66면

더러이 넉여 유발승이 되고ᄌᆞ ᄒᆞ니 ᄂᆡ 무슨 ᄂᆞᆺᄎᆞ로 임ᄋᆞ의 가셔 ᄉᆞ부긔 뵈오리오 인ᄒᆞ여 젼젼ᄒᆞ여 즘을 일우지 못ᄒᆞ니 요인이 듯는 말마다 창지 ᄉᆞᆫ허지고 보는 거동이 간이 스니 홀연 뎌의 원군 일ᄏᆞᆺ는 말이 만잉의 흉히를 써흐니 졔 몸의 병이 잇고 져의 즁졍은 쌍연이 밧는지라 ᄌᆞ가는 ᄒᆞᆫᄂᆞᆺ 감관이 되여시니 쳐변이 더럽고 츄ᄒᆞᆫ지라 눈물이 피를 화ᄒᆞ더라 ᄎᆞ야의 임쇼졔 벽난으로 더브러 취침ᄒᆞ엿더니 비몽사몽간

67면

의 일위 션관이 운참무가ᄒᆞ여 오는 바 업시 니르러 우션을 쳐 오라 ᄒᆞ니 가는 바 업시 몸이 션인의 알ᄑᆡ 니르니 션인 왈 너의 ᄃᆡ익이 금월 상원일이라 요인의 모계 궁극ᄒᆞ니 ᄉᆞ롬은 모로니 노뷔 일시도 닛지 못ᄒᆞ되 텬데 염데긔 부리시는 ᄉᆞ신을 무르시니 허경 냥인이 갈 거시로ᄃᆡ 노뷔 너희 부부의 ᄃᆡ익을 구ᄒᆞ려 가ᄂᆞ니 너히 부부의 젼셰 되벌을 풀고 요도 묘월이 간인 옥경으로

68면

더브러 고구의게 도라가 모역을 ᄒᆞ다가 텬쥬를 밧게 ᄒᆞ고 널노써 쳔ᄐᆡ로 늘니여 삼년이 지난 후 부녜 구식이 맛고 만복이 구젼ᄒᆞᆫ지라 졍ᄒᆞᆫ 쉬로ᄃᆡ 노부의 셰 번 왕환이 너희 쳔ᄐᆡ봉 삼지의 고힝을 쇽ᄒᆞ고 ᄉᆞᆫᄋᆞ의 삼지 뎍거ᄒᆞᆯ 겁슈를 쇽ᄒᆞ엿ᄂᆞ니 금월 상원일의 임ᄋᆞ지 요도를 ᄶᅩᆺ고 너를 깁히 감쵸ᄋᆞ 삼지 츈츄를 셰상으로 더브러 셩식을 ᄉᆞᆫ쳐 그 사라시나 쥭으믈 일체로 ᄒᆞ면 ᄉᆞᆫ녜 회환

69면

으로 드ᄃᆡ여 너희 부부의 ᄃᆡ악을 풀고 이후 다시 근심이 업ᄉᆞ리니 화익이 물너난 후 이슌위졍ᄒᆞ여 너희 구부의 지셩ᄌᆞ익ᄒᆞ는 지긔를 져바리지 말나 언파의 학가난참ᄒᆞ니 부지거쳐라 쇼졔 경각ᄒᆞ니 됸구ᄃᆡ인이과 일발이 불가ᄒᆞ미 업ᄉᆞ니 ᄌᆞ가의 뎐셰 되얼이 즁텬 바를 ᄭᆡᄃᆞᆺ고 명명 즁 보호ᄒᆞ시믈 감은ᄒᆞ고 쇼고의 보명ᄒᆞ믈 지긔ᄒᆞ미 암암도츅ᄒᆞ더라 익셜 쌍연이 혹ᄉᆞ의 뎡을

70면

깁히 미ᄌᆞ미 군쥬의 칼 ᄀᆞᆺ흔 마음과 불 ᄀᆞᆺ흔 음욕을 피치 아니타가 인체의 환을 볼가 싱의 쇼탈ᄒᆞ믈 한ᄒᆞ고 묘월이 군쥬로 모계ᄒᆞ믈 ᄂᆞᆺᄂᆞᆺ치 참청ᄒᆞ고 일일은 한가ᄒᆞᆫ ᄣᅢ를 타 뎡당 협실 뒤히 신잉이 놀거날 ᄯᆞ라니르니 이ᄣᅴ 홍미 등 오인이 후창 밧긔셔 잉무를 희롱ᄒᆞ다가 보지 못ᄒᆞ던 아환이 인가ᄎᆞ두의 복식으로 니르되 안식이 졀셰ᄒᆞ고 목지 냥션ᄒᆞ니 어느 곳 ᄎᆞ환이냐 연이 눈드러보니 오긔 청의

71면

로ᄃᆡ ᄒᆞᆫ갈ᄀᆞᆺ치 안식이 빅승셜이오 지긔 ᄉᆡᆨ혀나 엇기를 골와시ᄃᆡ 졀치유법ᄒᆞ고 녜의 삼엄ᄒᆞᆫ지라 연이 ᄎᆞᆼ명ᄒᆞ무로 어이 모로리오 우리 원군의 시녜로다 ᄒᆞ고 이의 답왈 쳡은 션빈군쥬 장ᄃᆡ하 시ᄋᆡ라 쳣봄눈이 녹고ᄌᆞᄒᆞ니 원님의 츈경을 ᄯᆞ라 니르럿더니 널위를 맛ᄂᆞ니 영힝토쇼이다 졔 시ᄋᆡ 그 어셩이 명낭ᄒᆞ고 용뫼 뎔승ᄒᆞ믈 암칭ᄒᆞ여 츈잉을 눈 쥬니 잉이 문왈 연ᄌᆞ 회

72면

왕 뎐하 양녜라 ᄒᆞ니 어느 동친 규옥이신고 ᄌᆞ시 알고ᄌᆞ ᄒᆞ노라 연이 믄득 ᄂᆡᆼ쇼 왈 우리 왕상이 비록 농동닌지의 귀ᄒᆞᆫ ᄉᆞ속을 두지 못ᄒᆞ시나 엇지 근본 업ᄉᆞᆫ 녀ᄌᆞ를 양휵ᄒᆞ시리오마는 모월 모일의 여ᄎᆞ여ᄎᆞ 산듕요되 등운가무ᄒᆞ여 니르러 왕상과 왕비 낭낭긔 여ᄎᆞ여ᄎᆞ 고ᄒᆞ고 일위 녀ᄌᆞ를 드리니 그 녀지 폐월슈화지ᄐᆡ라 왕비낭낭이 심궁의 뇨적ᄒᆞ믈 탄ᄒᆞ시다가 과ᄋᆡᄒᆞᄉᆞ 셩빈군쥬 직쳡을 쥬

73면

ᄉᆞ 귀ᄒᆞ미 쳔승의 일교 요부ᄒᆞ미 일방을 기우렷ᄂᆞᆫ지라 참ᄉᆞ극치ᄒᆞ미 금달 공쥬로 다르지 아니커늘 그 녀ᄌᆞ의 근본인 즉 우리 쥬군 등과시의 여허보고 샹ᄉᆞ괴질을 닌ᄒᆞ여 여ᄎᆞ여ᄎᆞ 요도를 쳐결ᄒᆞ여 무슈 괴ᄉᆞ요슐노 우리 왕궁의 니르러 군쥬 직쳡을 어든 후 ᄉᆞ혼은지를 밧ᄌᆞ와 니의 니르나 그 무손 요ᄉᆞ로 몸의 괴질이 잇셔 쥬군으로 니셩지합이 업ᄂᆞᆫ지라 다시 상ᄉᆞᄒᆞ여 셩괴훌지연뎡 다른 말이 업더니

74면

묘월 요되 변화ᄒᆞ여 칭이유랑이라 다만 상원비 임부인이 쳔만ᄃᆡ의 슷쳐진 셩녜시믈 만분 ᄉᆡᄋᆡᄒᆞ여 묘월이 ᄂᆞ뷔 되고 군쥬의 시녀 교홍이 ᄉᆞ직 되여 임부인을 삼켜ᄂᆡ여 만단 슈욕ᄒᆞᆫ 후 낙안쥐 한왕긔 헌ᄒᆞ련다 ᄒᆞ고 밀밀 상의ᄒᆞ니 열위 만일 부인긔 고훌 슐이 잇거든 급히 구ᄒᆞ여 방비ᄒᆞ시게 ᄒᆞ라 상원가졀이 불과 십여 일이니 엇지 두렵지 아니리오 홍ᄆᆡ 등이 ᄎᆞ언을 드르ᄆᆡ 모발이 숏그러ᄒᆞ고 안ᄉᆡᆨ이 여회ᄒᆞ니

75면

계셤 왈 너는 어인 아희완ᄃᆡ 쥬모의 근본을 우리다려 셜파ᄒᆞᄂᆞ뇨 연이 믄득 함체 왈 쳡은 회왕뎐하의 빈희의 난 ᄇᆡ라 왕비낭낭 투긔로 ᄌᆞ모를 원방의 ᄂᆡ치고 쳡은 요인의 시녀로 보ᄂᆡ시나 졔 엇지 ᄂᆞ의 쥬뫼리오 오인이 그 말이 ᄌᆞ셔ᄒᆞ믈 듯고 ᄃᆡ경ᄒᆞ니 아지 못게라 임쇼졔 환을 면ᄒᆞ고 임츙지 즁임을 ᄯᅴ여 경ᄉᆡ 미무ᄒᆞᆫ 즁 능이 몸을 ᄲᅦ쳐 숨어 요인의 숀을 버셔난가 ᄎᆞᄎᆞ 분히ᄒᆞ라

임시삼ᄃᆡ록 권지이십

1면

ᄎᆞ셜 시시의 임츙지 즁임을 맛타 정ᄉᆡ 거울 ᄀᆞᆺᄒᆞ며 츌쳑이 도의 합ᄒᆞ니 됴애 열복ᄒᆞ고 신여인이 상화락ᄒᆞ나 실즁이 공허ᄒᆞ여 슉녀ᄅᆞᆯ 풍진의 실산ᄒᆞ고 환부의 괴로오믈 겸ᄒᆞ여 부모 돈당의 시침치 아니면 쥭님헌의 졔제 군동을 훈학ᄒᆞ여 녜악문물을 권장ᄒᆞ여 우ᄋᆡ 돈목ᄒᆞ니 슈다 군동 뎨제 두리며 됴심ᄒᆞ미 부왕의 버금이라 쇼뷔 질ᄌᆞ의 덕힝을

2면

ᄉᆞ랑ᄒᆞ며 미더 여러 ᄋᆞ쇼 ᄀᆞ르치기를 닛고 다만 졔ᄌᆞᄇᆡᆨ가와 구류삼교를 달통ᄒᆞ여 역니를 궁구ᄒᆞᄆᆡ 졈졈 혈ᄆᆡᆨ이 관통ᄒᆞ여 과거 미ᄅᆡᄅᆞᆯ 히득ᄒᆞ여 ᄉᆞ히를 편답ᄒᆞ여 혹 삼강오호의 ᄇᆡ를 ᄯᅴ워 구의상강을 둘너보며 ᄉᆞᄆᆡ를 ᄯᅥᆯ쳐 곤륜ᄐᆡ악을 제졔히 구버보와 지긔를 쇼탕ᄒᆞ더니 질녀 셜학ᄉᆞ 부인 월혜쇼져의 ᄃᆡᄋᆡᆨ이 당젼ᄒᆞ믈 혜ᄋᆞ리고 ᄃᆡ경ᄒᆞ

여 섈니 도라와 됸당의 ᄇᆡ알ᄒᆞ니 ᄐᆡ부인이 크게 반겨 겻ᄒᆡ 안치고 무ᄋᆡ 왈 이 아ᄒᆡ야 ᄆᆡ양 집을

3면

써나 유산인들 즈즐토 아냐 됴흐냐 쇼뷔 복슈ᄒᆞ고 곤륜ᄐᆡ악으로 삼강구의 션봉경치를 도도히 알외니 ᄐᆡ부인이 즘착ᄒᆞ여 드르며 즐겨 왈 긋치라 네 말을 드르니 ᄂᆡ 두 날ᄀᆡ 돗쳐 노ᄂᆞᆫ 듯ᄒᆞ도다 ᄒᆞ시니 ᄐᆡᄉᆞ 곤계 모부인 ᄒᆞᆫ 번 우으시믈 큰 경ᄉᆞ로 아ᄂᆞᆫ지라 쇼부를 더옥 과즁ᄒᆞ더라 ᄎᆞ야의 효장궁의 ᄂᆞ ᄋᆞ가 부마를 ᄃᆡᄒᆞ여 일승거교와 여러 궁노를 뎡심헌으로 보ᄂᆡ믈 청ᄒᆞ니 부ᄆᆡ 본ᄃᆡ 쇼탈ᄒᆞᆫ지라 그 평ᄉᆡᆼ 쇼교의 ᄃᆡ화를 ᄉᆡᆼ각지 못ᄒᆞ고 ᄯᅩᄒᆞᆫ 뭇지 못ᄒᆞ여

4면

일승 ᄎᆡ교와 궁노아장을 뎡심누로 ᄃᆡ령ᄒᆞ라 분부ᄒᆞ니 쇼뷔 도라와 ᄎᆞᆼᄌᆞ를 ᄃᆡᄒᆞ여 왈 월혜 ᄎᆞ야의 요도의게 잡혀 ᄃᆡ화를 볼 거시니 네 섈니 셜부로 가 밤을 그곳의셔 지ᄂᆡ다가 ᄀᆡ회를 일치 말나 ᄎᆞᆼ지 유유경히ᄒᆞ니 쇼뷔 우왈 ᄂᆡ 곤륜의 올낫다가 왕모 쥬셩을 술핀 후 질녀의 쥬셩을 보니 요졍이 침노ᄒᆞ여 흑ᄀᆡ ᄉᆞ면을 둘어 요당의 작난이 거의 질녀의 명을 맛출 듯ᄒᆞ더니 조벽지간의 삼ᄐᆡ의 ᄆᆞᆰ은 ᄀᆡ운이 요졍을 휘각ᄒᆞ고 문혜셩을 구

5면

ᄒᆞ니 현질이 가야 질녀를 구ᄒᆞ리니 섈니 가되 그 운쉬 참혹ᄒᆞ여 삼ᄉᆞ 년을 아됴 죽어 ᄌᆞ최를 업시ᄒᆞᆷ ᄀᆞᆺ치 ᄒᆞᆫ 후 ᄐᆡ운이 도라오리니 취산 ᄐᆡ별업의 갓치여 부모 됸당도 그 ᄉᆞᄉᆡᆼ을 모로시게 ᄒᆞ리니 거교를 가져다가 번거로오니 네 잘 션쳐ᄒᆞ라 ᄎᆞᆼ지 계부의 허다 신ᄀᆡᄒᆞᆫ 명감을 탄복ᄒᆞ믈 니ᄀᆡ지 못ᄒᆞ여 언언이 슈명ᄒᆞ고 퇴ᄒᆞ여 됸당의 고ᄒᆞ되 셜부 악뫼 ᄆᆡ양 일야 머믈믈 청ᄒᆞ되 말ᄆᆡ암지 못ᄒᆞ옵더니 금야ᄂᆞᆫ 져곳의 가 밤을 지ᄂᆡ고 오리이다 ᄐᆡ부인이

6면

허락ᄒᆞ니 왕이 ᄋᆞ직 돌연이 셜부의 가믈 의아ᄒᆞ나 뭇지 아니터라 ᄎᆞᆼ지 밧ᄀᆡ ᄂᆞ와 거

륜을 밧비 모라 셜부의 니르니라 시시의 셜혹ᄉᆡ 어ᄉᆞᄐᆡ우를 ᄒᆞ니 언논이 당당ᄒᆞ고 긔졀이 늠늠ᄒᆞ여 쇼인의 츌쳑을 분명이 ᄒᆞ니 상춍이 늉늉ᄒᆞ고 만되 두리ᄂᆞᆫ지라 이 ᄒᆡ 츈의 ᄐᆡ위 입번ᄒᆞ엿다가 홀연 심혼이 ᄯᅥᆯ니고 긔운이 아니ᄭᅩ와 동관의게 쳬번ᄒᆞ고 도라와 머리를 ᄊᆞ고 약을 먹고 ᄃᆡ통ᄒᆞ니 가즁이 셧두러 구호ᄒᆞ더라 이ᄯᆡ 옥경이 몸의 병을 근심ᄒᆞ고 쌍연 뮈

7면

오미 날노 심ᄒᆞ더니 ᄐᆡ위 병이 ᄂᆞᄆᆡ 죵죵거려 왈 상공이 원비를 박ᄃᆡᄒᆞ고 쳡을 불고 ᄒᆞ고 비ᄌᆞ ᄒᆞᆫ 년의 ᄉᆡᆨ의 뭇치여시니 병이 엇지 아니 나리잇가 혹ᄉᆡ 병이 됴금 쾌ᄒᆞ여 여상ᄒᆞ나 마음이 ᄌᆞ연 경동ᄒᆞ더라 이 말을 듯고 ᄂᆡᆼ쇼 왈 ᄂᆡ 비록 어리나 엇지 녀ᄉᆡᆨ의 상ᄒᆞ리오 그ᄃᆡ 고이ᄒᆞᆫ 병으로 ᄒᆞ여 날과 즐기지 못ᄒᆞ니 어셔 병을 업시ᄒᆞ고 날과 밤 ᄂᆞᆺ 화락ᄒᆞ셰 옥경이 더옥 간이 마르더니 혹ᄉᆡ 몸이 쾌ᄒᆞᄆᆡ 이러 됸당의 니르럿더니 믄득 춍ᄌᆡ 니르ᄆᆡ 반겨 마ᄌᆞ 바로

8면

ᄂᆡ당으로 드러오니 춍ᄌᆡ 악부모긔 ᄇᆡ알ᄒᆞ고 문후ᄒᆞ니 공의 부뷔 크게 반겨 됴용이 한담ᄒᆞ여 시ᄋᆞ로 쇼져를 불너 남ᄆᆡ 녜필의 됸당 긔후를 뭇고 형뎨 반기ᄂᆞᆫ 긔ᄉᆡᆨ이 넘ᄶᅵ니 춍ᄌᆡ 왈 됸당이 현ᄆᆡ를 ᄉᆡᆼ각ᄒᆞ시나 아직 ᄉᆡᆨ각ᄂᆞᆫ 일이 잇셔 귀령을 못 쳥ᄒᆞᄂᆞ니 만ᄉᆞ를 부운의 더져 심ᄉᆞ를 허비치 말며 됸당과 즁부모긔 니우를 ᄭᅵ치지 말나 쇼졔 죤젼이라 공슈졍닙ᄒᆞ여 드를 ᄯᆞ름이러라 이ᄯᆡ 옥경이 묘월을 ᄃᆡᄒᆞ여 왈 ᄉᆞ부ᄂᆞᆫ 어셔 밧비 임녀를

9면

셔릇고 쌍연도 마ᄌᆞ 업시ᄒᆞ쇼셔 ᄒᆞ니 묘월 왈 군쥬ᄂᆞᆫ 념녀 말나 금야의 임녀를 활착ᄒᆞ여 가리니 념ᄂᆞ 말나 군쥐 깃거 밤들기를 기ᄃᆞ리더라 ᄎᆞ셜 이ᄯᆡ 남악 위진군이 일일은 셰ᄉᆞ를 궁구ᄒᆞ더니 ᄎᆡ원과 가션ᄌᆞ를 불너 왈 문혜셩이 금야의 ᄋᆡᆨ을 당ᄒᆞ리니 너희 ᄲᆞᆯ니 ᄂᆞᄋᆞ가 검슐노 여ᄎᆞ여ᄎᆞᄒᆞ여 다려오되 임시 녀ᄌᆞ의 몸 하ᄂᆞ흘 만드러 상상의 누이고 홍ᄆᆡ 등가지 쥬쇼랑과 함긔 다려오라 냥인이 슈명ᄒᆞ고 청풍을 모라 셜부의 니르러 협실 후창

10면

의셔 동졍을 숣피더라 이ᄯᅢ 틱ᄉᆞ 부뷔 녀셔 ᄌᆞ부를 버리고 셕식을 파ᄒᆞᄆᆡ 틱부인긔 혼뎡을 맛고 ᄎᆞᆼᄌᆞ로 더브러 외당의 ᄂᆞ와 한가이 담논ᄒᆞ고 상부인이 ᄌᆞ부 등을 거ᄂᆞ려 혼뎡ᄒᆞᆫ 후 각각 침쇼로 퇴ᄒᆞᄆᆡ 임쇼졔 이 ᄂᆞᆯ 친당 문안을 드르ᄆᆡ 홀연 심ᄉᆡ 쳐긔ᄒᆞ여 상ᄋᆞ상과 뉴리셔안의 비겨 슬푸미 뉴동ᄒᆞ니 홍ᄆᆡ 등이 쇼져의 비ᄉᆡᆨ을 보고 북당훤쵸ᄅᆞᆯ ᄉᆡᆼ각고 늣기시믈 지긔ᄒᆞ고 일쳬로 비회ᄅᆞᆯ 뎡치 못ᄒᆞ여 셔로 ᄀᆞᆯᄋᆞᄃᆡ 명일 ᄎᆞᆼᄌᆞ 노애 일즉 도라

11면

가실지라 둔당의 ᄉᆞ졍을 진달ᄒᆞ시고 귀령ᄒᆞ시미 엇더ᄒᆞ니잇가 쇼졔 침음 왈 너희 말이 됴흐되 ᄂᆞ의 귀령이 머흔 마ᄃᆡ 만흐니 하일하시의 친측의 졀ᄒᆞ리오 연이나 ᄂᆡ 심히 슬픈지라 옥쥬틱틱긔와 ᄌᆞ위긔 상셔ᄒᆞ여 심ᄉᆞᄅᆞᆯ 위로ᄒᆞ시게 ᄒᆞ리라 언파의 츈빙이 문방제구를 나오니 쇼졔 옥슈로 깁을 잡고 ᄉᆞ친ᄒᆞ미 간졀ᄒᆞᄆᆡ 휘쇄ᄒᆞ믈 풍우ᄀᆞᆺ치 ᄒᆞ니 지상의 오치 비등ᄒᆞ여 이 ᄒᆞᆫ 필찰이 임궁의 니르러 모다 볼진ᄃᆡ 임도위 구졍단심이나 숫

12면

치 되며 ᄌᆡ 되믈 면ᄒᆞ리오 쓰기ᄅᆞᆯ 맛ᄎᆞ 당숀 보모를 맛지고 인ᄒᆞ여 장복을 버셔 가상의 걸고 촉을 물니ᄆᆡ 봉침의 ᄂᆞᄋᆞ가 슈압이 몽농ᄒᆞ니 ᄌᆞ고ᄌᆞ ᄒᆞ더니 홀연 후창이 열니며 셔늘ᄒᆞᆫ 긔운이 실즁의 두루더니 어느덧 쇼져의 몸을 ᄂᆞᆯ녀 거두쳐 탄ᄌᆞ의 올니고 풍우ᄀᆞᆺ치 모라 다르니 쇼져ᄂᆞᆫ 혼ᄇᆡᆨ이 비월ᄒᆞ여 인ᄉᆞᄅᆞᆯ 모로ᄂᆞᆫ 듯ᄒᆞ더니 발셔 곤륜산봉의 니른지라 ᄎᆡ원이 쇼져ᄅᆞᆯ 탄ᄌᆞ의 ᄂᆞ리오고 진군긔 봉명ᄒᆞ니 진군이 깃거 마ᄌᆞ니 쇼졔 뎡신을 출

13면

혀 숣피니 뫼봉이 ᄎᆞ아ᄒᆞ여 인간으로 다른지라 쇼졔 어히 업셔 불변안ᄉᆡᆨᄒᆞ고 둘너보니 일위 녀션이 두삽칠셩구화관ᄒᆞ고 신착금노강쵸의ᄒᆞ여시니 임의 ᄲᅢ 화ᄒᆞ여 션골이믈 알지라 ᄎᆡ원을 도라보아 왈 둔션이 쳡을 무어ᄉᆡ 쓰려 이곳의 니르게 ᄒᆞ시니잇고 유희무희간 근본을 ᄒᆡᆨ실홀지라 상션긔 뵈ᄂᆞᆫ 네ᄅᆞᆯ ᄒᆡᆼᄒᆞ리니 쳡의 협실 가상의 네

복을 ᄉᆡᆼ각ᄒᆞ시ᄂᆞ니가 ᄎᆡ원이 쇼져ᄅᆞᆯ 풍운의 모라오니 응당 긔졀ᄒᆞᆫ가 ᄒᆞ엿더니 안연 부동

14면

ᄒᆞ여 녜복 구ᄒᆞ믈 듯고 그 됴화의 무궁ᄒᆞ믈 놀나 ᄲᆞᆯ니 구름 ᄉᆞ미ᄅᆞᆯ 쎨쳐ᄆᆡ 봉관옥결과 뉵복홍금상장복을 ᄂᆡ여 노흐니 쇼제 ᄌᆞ긔 녜복이라 ᄌᆞ긔ᄅᆞᆯ 계란 ᄀᆞᆺ흔 탄ᄌᆞ 우히 거두쳐 올니여 풍운을 일우고 검슐의 ᄊᆞ오던지라 어느 틈의 가상을 도라보와시리오 신션의 도셥이 광ᄃᆡᄒᆞ믈 ᄭᆡ닷고 뉵쳑경눈을 굽혀 진군긔 ᄌᆡ비ᄒᆞ니 뎡경픠 ᄲᆞᆯ니 답녜ᄒᆞ고 운메ᄅᆞᆯ 드러 암상의 좌ᄅᆞᆯ 청ᄒᆞ고 ᄀᆞᆯ오ᄃᆡ 부인은 유명의 놉흔 ᄌᆞ리오 비인은 산상

15면

의 잇ᄂᆞᆫ 쵸로의 무리라 비록 션분을 인ᄒᆞ여 급화ᄅᆞᆯ 구ᄒᆞ여 이곳의 닐위여시나 감히 당치 못ᄒᆞᆯ 녜ᄅᆞᆯ 바드리오 져근듯 암상의 좌ᄒᆞ여 부인의 ᄉᆞ오 ᄀᆡ 비ᄌᆞ 오기ᄅᆞᆯ 기ᄃᆞ려 승산으로 가 폐암이 비록 누츄ᄒᆞ나 잠간 슈ᄉᆞᆷ 년 도익ᄒᆞ면 은실고쵸의 낫고 후환이 쇼멸ᄒᆞ리이다 언미파의 가도ᄉᆡ 오ᄀᆡ 비ᄌᆞᄅᆞᆯ 운무의 모라오니 시시의 가션ᄌᆡ 진군의 명을 바다 셜부의 니르니 ᄎᆡ원은 발셔 쇼져ᄅᆞᆯ 다려 ᄀᆞᆺᄂᆞᆫ지라 졍히 귀경ᄒᆞ더니 믄득 비린 바ᄅᆞᆷ이 졈졈 ᄀᆞᆺ

16면

가오믈 괴이히 넉이더니 변화ᄒᆞ여 져근 궛도람이 되여 바ᄅᆞᆷ벽의 부ᄃᆡ쳐 보니 바ᄅᆞᆷ이 진ᄒᆞ며 요되 환슐을 힝ᄒᆞ여 쳥되 되여 쇼져ᄅᆞᆯ 슈ᄅᆡ ᄆᆡᄎᆞ 듯ᄒᆞ려다가 불의에 ᄉᆞ면밀망이 비됴도 다라날 길이 업ᄉᆞᆫ 바의 ᄒᆞᆫ 장 동호 ᄀᆞᆺ흔 쥬필부작의 요도의 심신이 황황망망ᄒᆞ여 아모리 ᄒᆞᆯ 쥴 모로니 졍히 숀을 묵거 위급ᄒᆞᆫ 가온ᄃᆡ 벽녁 일셩이 진쳔ᄒᆞ여 요도의 몸의 동빈슬상을 얽어 ᄯᆞᆨ히 쎠러치니 능히 쇼ᄅᆡᄅᆞᆯ 못ᄒᆞ고 ᄉᆞ지ᄅᆞᆯ 버릇져기

17면

니 이ᄯᆡ 임충지 셜공을 뫼셔 잠간 잠드러 요도ᄅᆞᆯ 버히ᄂᆞᆫ 참요검을 시험ᄒᆞ려 쥬셔부작을 취모 협실당의 ᄌᆞ옥이 붓친 후 요도ᄅᆞᆯ 쳐치ᄒᆞ려 ᄌᆞᆷ을 ᄭᆡ여 뎡즁의 산보ᄒᆞ며 건

슈를 술피니 요셩이 오히려 텬쥬를 바들 쌕 아니라 칼을 도로 갑의 씨우고 놀니여 쫏칠 만ᄒᆞ려 뇌졍벽녁을 일위니 요되 평싱 신슐을 다ᄒᆞ여 옥경의 침쇼로 도라가니 츙지 요도를 쫏ᄎᆞᄆᆡ 당숀 보모를 통노ᄒᆞ여 쇼져를 ᄆᆡ화장의 너허 바로 춰운

18면

산 도은복으로 힝ᄒᆞ려 ᄒᆞ더니 쌕의 가션지 급히 쇼인을 ᄆᆡᄃᆞ러 쇼져 침금의 누이고 진언을 념ᄒᆞ며 침금 치 모라 옥경의 침실 밧긔 더지고 쇼져의 오ᄀᆡ 시ᄋᆞ와 쥬시를 거두쳐 운무 쇽의 너코 구름을 모라 곤륜산의 니르니 쌕의 홍ᄆᆡ 등이 잠들고ᄌᆞ ᄒᆞ다가 쇼졔 간 곳 업고 일ᄀᆡ 요승이 드러오며 환슐을 부리려 ᄒᆞ다가 뇌졍의 쓸니여 밧그로 ᄂᆞ가며 협실이 황연이러니 일위 션동이 져희 오인과 쥬시를 거두쳐 가는지라 혼비빅산ᄒᆞ여 아모란 쥴 모

19면

로더니 얼풋 ᄉᆞ이의 곤륜산의 니르ᄆᆡ 진군이 미쇼ᄒᆞ고 일시의 다 모라 구름의 올녀 순식간의 숑산 동구의 니르니 진군이 옥허궁의 좌ᄒᆞ고 여러 도동으로 쇼져를 마ᄌᆞ오라 ᄒᆞ니 원ᄂᆡ 이 진군은 남악 위진군의 명을 바다 이곳의 잇는 웃듬 뎨ᄌᆞ 뎡경픽러라 여러 도동이 쇼져와 졔인을 다 쳥ᄒᆞ여 니르ᄆᆡ 홍ᄆᆡ 등이 쇼져를 맛나 노취 셔로 ᄃᆡᄒᆞ여 반기미 충냥 업더라 진군이 각각 좌를 쥬고 옥익경장으로 쇼져와 뉵인을 권ᄒᆞ니 마시 청상ᄒᆞ고 후셜

20면

을 넘으ᄆᆡ 홍진화식이 돈연이 잇치더라 쇼졔 ᄎᆞ를 파ᄒᆞᄆᆡ 딘군을 향ᄒᆞ여 왈 쳡이 본ᄃᆡ 진토의 묵은 ᄌᆞ최라 션법이 아득ᄒᆞ거놀 불의에 이의 니르오니 냥가 친당의 싱ᄉᆞ를 고치 못ᄒᆞ고 불효를 씨치오니 원컨ᄃᆡ 낭낭은 쳡을 도라가게 ᄒᆞ쇼셔 진군이 쇼왈 부인이 텬긔를 엇지 알니요 부인이 아모리 도라가기를 바라나 가지 못ᄒᆞ리니 고요이 안ᄌᆞ 빈도의 말을 드르쇼셔 쇼졔 슈셰 업원을 즁히 ᄆᆡᄌᆞ 숫드리 틱을션군을 조ᄎᆞ 하셰ᄒᆞ무로

21면

모진 갈호를 맛나 상히오믈 즁히 ᄒᆞ무로 보복을 바다미 심상치 아니무로 요승의 변이 심방을 돌입ᄒᆞ여 틱을의 혜셩 위ᄒᆞᆫ 단심을 일긱의 밧고여 슈년 단장의 비홍이 완젼ᄒᆞ기 갈호의 보원이오 요승을 씨고 변화ᄒᆞ여 한왕 고구의 녜 회왕의 녜 되여 요슐노 셜틱우의 부실이 되여 승춍ᄒᆞ고 부인을 깅참의 밀쳐 낙안쥐로 잡ᄋᆞ보ᄂᆡ려 ᄒᆞ더니 다힝이 문곡셩의 됴화로 옥경의 몸의 모진 형극을 닙혀 틱을의 뎡을

22면

모로게 ᄒᆞ고 쥬쇼랑을 틱우의 가인 슈의 너허 요인의 간을 틱와 도로혀 쇼져를 닛고 쥬쇼랑을 뮈워 쳐치ᄒᆞ려 ᄒᆞ더니 ᄎᆞ야의 요승이 쇼져를 먼져 히ᄒᆞ려 ᄒᆞᄂᆞᆫ지라 쇼져의 슉당이 건슈를 츄졈ᄒᆞ여 쇼져의 급화를 구ᄒᆞ려 틱셩을 ᄀᆞ르쳐 여ᄎᆞ여ᄎᆞᄒᆞ려 ᄒᆞ나 그리도 쇼져 신상의 ᄃᆡ홰 불니 듯ᄒᆞᆫ지라 비인이 쇼져로 젼셰 연분이 잇기로 니리 단녀오믄 금년 쇼져의 힝익이 쥭어 인셰의 ᄌᆞ최를 끈쳐 후환이 업시 틱운의 길시

23면

를 맛ᄂᆞ리니 이곳을 바리고 어ᄃᆡ를 지박ᄒᆞ시며 젼싱 되별이 금셰의 과뵈라 본부와 구가의셔ᄂᆞᆫ 발셔 쇼져의 쵸인을 어더 궁지의 장ᄒᆞᆯ 거시니 아직 급ᄒᆞ여 마르시고 비인의 션쳐ᄒᆞ믈 보쇼셔 쇼졔 듯기를 다ᄒᆞᄆᆡ ᄌᆞᄀᆞ 삼싱 죄벌노 보응이 명명ᄒᆞ여 안져의 젼셰ᄉᆞ를 ᄃᆡᄒᆞᆫ 듯ᄒᆞ니 요리 삼켜 낙안쥐로 가려 ᄒᆞ던 바를 드르니 모발이 구숑ᄒᆞᆫ지라 지ᄇᆡ ᄉᆞ왈 낭낭의 지교를 밧ᄌᆞᆸ건ᄃᆡ ᄉᆞ골이 부싱ᄒᆞ오미라 다만 쵸인의게 쳡을 ᄃᆡ신

24면

ᄒᆞ엿시면 낭가의 불회 비ᄒᆞᆯ 곳이 업ᄉᆞ리니 장ᄎᆞ 엇지ᄒᆞ리오 낭낭이 미미히 우어 왈 불가불가ᄒᆞ니 너모 과려치 말나 도라 쥬쇼랑 쌍연을 ᄀᆞ르쳐 왈 슬푸다 ᄎᆞ인이여 요지연회의 텬도 하나흘 틱을의 압히 써러친 죄로 회왕의 쳡네 되여 쇼싱 친모를 일코 뎍모의 쳔ᄃᆡ를 바다 옥경 요인의 시녀 즁 츙슈ᄒᆞ여 겨오 틱을의 연분을 니어 춍익ᄒᆞ다가 요인의 모진 슈단을 닙을지라 ᄂᆡ 됴히 거두어 왓ᄂᆞ니 이후란 인간영욕을 싱각지 말

25면

고 텬당쾌락을 누리라 ᄎᆞ시 쥬시 옥경의 흉계를 낫낫치 홍ᄆᆡ 등의게 젼ᄒᆞ라 왓다가 가션지 거두쳐 오믈 닙어 아모란 쥴 모로더니 진군이 젼셰 일을 밝히 니르고 슈산 도즁의 두려ᄒᆞ믈 각골감은ᄒᆞ여 머리를 두다려 ᄉᆞ례ᄒᆞ고 낭낭의 뎨ᄌᆡ 되여 어미를 ᄎᆞᄌᆞ보고 쳔눈의 늣거오믈 회복ᄒᆞ여 다시 인즁의 참네치 못ᄒᆞ믈 원ᄒᆞ니 진군이 어엿비 녀겨 ᄎᆡ원을 맛져 도법션술을 ᄀᆞ르치라 ᄒᆞ더라 진군이 도동으로 쇼져의 침쇼를 셔편 후당으로 뫼시라 ᄒᆞ니 녀동이 쇼

26면

져 노쥬를 인도ᄒᆞ여 후당 회츈졍이란 ᄃᆡ 니르니 ᄇᆡᆨ옥셤이 층층ᄒᆞ여 아오라ᄒᆞᆫ ᄃᆡ 쳥옥으로 집을 ᄒᆞ고 뉴리기동과 슈졍반ᄌᆞ의 팔면의 보광이 찬난ᄒᆞ더라 일쌍 녀동이 옥창을 반기ᄒᆞ고 ᄃᆡ모쵹ᄃᆡ의 쌍쵹을 놉히 옷고 쇼져를 쳥ᄒᆞ여 입실ᄒᆞ니 쇼졔 좌졍ᄒᆞ여 됴용ᄒᆞᄆᆡ 홍ᄆᆡ 츈빙 등이 쇼져를 일헛다가 이의 ᄃᆡᄒᆞ여 션범의 몸이 향긔롭고 요인의 뎡티를 보지 아니니 깃부미 측냥 업고 쇼졔 한가의 안ᄌᆞ 냥가 친당을 ᄉᆡᆼ각ᄒᆞᄆᆡ

27면

불회 만단이라 작년 츈의 ᄇᆡᆨ부의 쥬시던 금낭셔를 ᄂᆡ여 보니 일폭 화젼의 ᄌᆞ가의 젼형을 옴겨시ᄃᆡ 오ᄎᆡ상운이 두른 가온ᄃᆡ 좌슈의 쥬미를 들고 우슈의 황졍경을 들고 녀션의 알픠 셧는 모양이로ᄃᆡ 신션의 젼형과 ᄌᆞ긔 모양이 일호 ᄎᆞ착이 업셔 모발이 움죽여 말ᄒᆞᆯ 듯ᄒᆞ니 ᄇᆡᆨ부의 신긔ᄒᆞ시미 금일ᄉᆞ를 명명이 그려 ᄌᆞ긔 평ᄉᆡᆼ 쇼집이 이단의 괴로온 도를 ᄇᆡ쳑ᄒᆞ여 급난을 당ᄒᆞ여 일도를 셰울가 이러틋 명명ᄒᆞᆫ 쳔슈의

28면

ᄆᆡ인 바를 화도로 가르치시믈 ᄭᆡ ᄃᆞ라 홀일업셔 화도를 금낭의 너코 쳑연ᄌᆞ실ᄒᆞ더니 향풍이 진울ᄒᆞ며 진군이 이르거늘 쇼졔 밧비 마ᄌᆞ 좌졍ᄒᆞᄆᆡ 진군이 웃고 왈 지금 월ᄇᆡᆨ풍쳥ᄒᆞ고 만뇌구뎍ᄒᆞ니 날을 ᄯᆞ라오라 깁흔 도를 가르치리라 쇼졔 ᄉᆞ양치 아니ᄒᆞ고 ᄯᆞ라 옥누봉의 니르ᄆᆡ 쇼져를 홍옥교위의 안치고 읏듬 녀션으로 구름장을 치고 안기병풍을 두루ᄆᆡ 금ᄃᆡ의 홍쵹을 밝히고 져근 금낭을 ᄂᆡ여 놋코 닐오ᄃᆡ 이 금낭

29면

셰 화틱의 쳥낭슐이라 괄골뇨독ᄒᆞᄂᆞᆫ 법을 ᄀᆞ르치ᄂᆞ니 빅호라 ᄒᆞ고 기리 ᄉᆞ오 쵼은 ᄒᆞᆫ 침을 ᄂᆡ여 쇼져 알픠 노흐며 쵸인을 ᄆᆡᆫ드러 안치고 침법을 ᄂᆞᆺᄂᆞᆺ치 ᄀᆞ르치니 쇼졔 일일히 다 빅호ᄆᆡ 진군이 ᄯᅩ 삼ᄀᆡ 단약을 맛져 왈 살의 독을 다 풀ᄆᆡ 이 약 지셩 싱혈의 화ᄒᆞ여 살ᄌᆞ곡의 부으면 독긔 쇼삭ᄒᆞ고 알푸미 긋친 후 두 환을 년ᄒᆞ여 먹으면 독긔 다 푸러져 긔뷔 여상ᄒᆞ리이다 쇼졔 바다 간슈ᄒᆞ나 그 아모 곳의 쓸 줄 모

30면

로되 감히 뭇지 못ᄒᆞ고 딘군도 곡졀을 니르지 아니ᄒᆞ더라 딘군이 다시 다ᄉᆞᆺ 시ᄋᆞ를 각각 쇼장ᄃᆡ로 창쓰기와 활쏘기와 등운가무ᄒᆞ며 응변ᄃᆡ젹과 합병지슐을 ᄂᆞᆺᄂᆞᆺ치 ᄀᆞᄅᆞ치니 오인이 총명ᄒᆞ여 일졔히 다 빅호고 쥬시를 더옥 ᄉᆞ랑ᄒᆞ여 삼 권 텬셔를 가르치니 우흐로 텬문과 아ᄅᆡ로 지리풍슈와 젹진의 돌입ᄒᆞ여 요리 잡으믈 신츌귀몰ᄒᆞ게 ᄒᆞᄂᆞᆫ 법과 근두운 타ᄂᆞᆫ 법을 ᄂᆞᆺᄂᆞᆺ치 다 가르치니 임쇼져와 쥬쌍연과

31면

시ᄋᆞ 오인이 다 도통ᄒᆞ엿더라 화셜 임총ᄌᆡ 동ᄆᆡ를 ᄆᆡ화장 속의 뎡녕이 너허 갈 줄 알고 당숀 보모를 명ᄒᆞ엿더니 홀연 협실의셔 ᄋᆡ고ᄋᆡ고 쇼ᄅᆡ 급ᄒᆞ며 쇼졔 거쳐 업다 ᄒᆞ니 유모와 보모 등이 망극황황ᄒᆞ여 셔로 부르지져 ᄂᆡ외 숄난ᄒᆞ니 티ᄉᆡ 취침ᄒᆞ엿다가 ᄃᆡ경ᄒᆞ여 밧비 졔ᄌᆞ와 총ᄌᆞ를 더브러 ᄂᆡ실의 니르러 변괴 엇지민고 무르며 간담이 쇠졀ᄒᆞ고 상부인이 ᄒᆞᆫ 마ᄃᆡ 현부를 부르고 피를 토ᄒᆞ고 긔졀ᄒᆞ니 졔ᄌᆡ 황황ᄒᆞ

32면

여 급히 약을 흘녀 너흐며 슈독을 쥐무르니 이슥고 부인이 긔운을 돌나 좌우를 술피며 입 속의 가득이 쇼져를 불너 ᄌᆞ로 혼도ᄒᆞ니 총ᄌᆞᄂᆞᆫ 됴화의 이상ᄒᆞ믈 고이히 넉이고 부인의 통도ᄒᆞ믈 심난ᄒᆞ여 탄식ᄒᆞ더니 이ᄯᅢ 교월이 옥경의 침쇼로 드러갈ᄉᆡ 믄득 보니 일ᄀᆡ 신쳬 금니의 ᄊᆞ혀 난함의 노혓거늘 ᄃᆡᄂᆞᆫ 가셔ᄌᆡ 쵸인으로 쇼져의 모양을 ᄆᆡᆫ드러 드리친 거시라 엇지 알니요 묘월이 쇼ᄅᆡ 질너 왈 이 시신을 뉘 죽엄이완

33면

디 칙오지 아니ᄒᆞᄂᆞ냐 이쎡 교홍이 쥬시 업ᄉᆞ믈 의심ᄒᆞ여 두루 ᄎᆞᆺ더니 이 말을 듯고 ᄂᆡ다라 본 즉 분명 ᄉᆞ름의 시쉬라 드러ᄂᆡ여 셤 우히 놋코 슈군거릴 ᄉᆞ이의 모든 시녜 다 모혀 ᄀᆞᆯ오ᄃᆡ 볍ᄉᆞ의 신츌도 쇽졀 업다 한 닐도 일우지 못ᄒᆞ고 하일 하시의 셩ᄉᆞ하리요 묘월이 변ᄉᆡᆨ 왈 너희 무리 무어슬 알니요 ᄂᆡ 앗가 시신을 보니 년긔 이뉵은 ᄒᆞᆫ 쇼져 ᄀᆞᆺᄒᆞ니 이 반ᄃᆞ시 뇌졍의 즉ᄉᆞᄒᆞ엿ᄂᆞ니 ᄂᆡ 져의 금년 신슈를 츄졈ᄒᆞ니 비록 ᄉᆡᆼ월 ᄉᆡᆼ

34면

시ᄂᆞᆫ 모로나 금년 겁슈ᄂᆞᆫ 승텬입지ᄒᆞ나 면치 못ᄒᆞᆯ지라 네 드러보라 ᄂᆡ 져의 ᄉᆞᄉᆡᆼ을 판단ᄒᆞ고 바로 긔병ᄒᆞ여 즁국을 아스리니 무숨 닐 미리 써드ᄂᆞ냐 이쎡 뎡당 ᄂᆡ외 졔인이 물 끌 틋ᄒᆞ여 불을 ᄂᆞᆺᄀᆞᆺ치 밝히고 쇼져를 두루 ᄎᆞᆺ더니 셤 우히 시신을 보고 ᄃᆡ경ᄒᆞ여 틱ᄉᆞ긔 쇼유를 고ᄒᆞ니 공이 ᄎᆞ악ᄒᆞ여 시랑 등으로 보라 ᄒᆞ고 참통 왈 오가의 여ᄎᆞ 요변은 불쵸ᄌᆞ 희랑으로 말ᄆᆡ옴이라 ᄒᆞ고 시랑 형뎨 급히 ᄂᆞ아가 시슈를 보니 분명

35면

ᄒᆞᆫ 임쇼졔라 틱위 이윽이 보다가 부지불각의 시슈를 어루만져 ᄃᆡ셩통곡ᄒᆞ니 틱ᄉᆡ 듯고 좌우다려 왈 이 곡셩이 뉘 쇼ᄅᆡ며 그 시슈ᄂᆞᆫ 뉘 시쉬라 ᄒᆞᄂᆞ냐 좌위 왈 여러 상공이 다 가셔ᄉᆞ오니 도라오셔든 알니이다 공이 즉시 춍ᄌᆞ를 부르라 ᄒᆞ니 이쎡 춍지 동ᄆᆡ 업ᄉᆞ믈 괴히 녀겨 건슈를 ᄉᆞᆯ피니 문혜셩이 흑무의 ᄊᆞ엿다가 홀연 ᄒᆞᆫ 쥴기 맑은 긔운을 모라 문혜셩을 옹위ᄒᆞ여 바로 슝산 분야로 흘너 다르며 믄득 맑은 긔운을 감

36면

쵸ᄂᆞᆫ지라 경혹ᄒᆞ더니 틱우의 곡셩을 듯고 ᄊᆡᆯ니 가 보니 경상이 ᄎᆞ악ᄒᆞᆫ지라 일 쌍 봉졍을 완젼이 ᄒᆞ여 쇼져의 시슈를 이윽이 찰시ᄒᆞ니 이 과연 쵸인을 ᄆᆡᆫᄃᆞ라 작법ᄒᆞ여 쇼져의 횡익을 진압ᄒᆞᄂᆞᆫ 슐이라 엇지 지졍군ᄌᆞ의 안광을 쇽이리오 다른 말 업시 가즁이 쇼요ᄒᆞᆫ 곡셩을 금ᄒᆞ고 쵸인을 급히 ᄆᆡ 동혀 힝각의 옴기고 틱우를 잇그러 뎡당의 니르러 악부모를 위로ᄒᆞ며 부즁의 요인이 은복ᄒᆞ여 ᄆᆡᄌᆞ의 목슘을 달호려 일야지

닉의 쳔

37면

변만화를 부쳐 시슈를 즁계의 더져 인심을 요동케 ᄒᆞ나 누의 쥭지 아냐실 거시오 오기 비직 경긱의 어ᄃᆡ로 가리오 ᄉᆞ룸을 쥭이ᄆᆡ ᄌᆞ곡이 잇술 거시로ᄃᆡ 엇지 헛도이 쇼리 업시 쥭을 니 잇ᄉᆞ리오 오기 비ᄌᆞᄂᆞᆫ 쳥의 즁 기기히 관일지츙이라 무슴 긔미를 슷치고 쥬인을 보호ᄒᆞ여 어느 곳의 슘어시리니 너모 상회치 말으쇼셔 밝는 날 져 쇼인을 념ᄒᆞ여 허ᄒᆞ믈 실히 ᄒᆞ여 누의 금년 겹슈를 진압게 ᄒᆞ쇼셔 공이 탄왈 ᄉᆞ불범졍이오 요불승

38면

덕이라 ᄒᆞ니 노뷔 무덕ᄒᆞ여 요얼이 층츌ᄒᆞ여 금야 ᄒᆡ변이 불가ᄉᆞ어라 이 원통ᄒᆞᆫ 닐을 엇지 일구로 ᄒᆞ리오 하늘님 하늘님 부르지지며 부인은 발 굴너 우니 ᄐᆡ위 눈이 붓도록 울고 말을 못ᄒᆞ니 춍지 두루 위로ᄒᆞ더니 ᄐᆡ식 믄득 니러나 ᄉᆞ묘의 ᄂᆞ오가 ᄉᆞ빅ᄒᆞ고 ᄂᆞ와 울며 왈 불쵸ᄌᆞ 희량으로 ᄒᆞ여 셩현 ᄀᆞᆺ흔 며ᄂᆞ리를 맛치니 이 다 뉘 죄리오 나의 픠ᄌᆞ 나흔 연괴라 희량으로 부ᄌᆞ지의를 긋ᄂᆞ니 희량은 회왕궁으로 보닉라 ᄒᆞ고 좌

39면

우로 ᄒᆞ여곰 측슈 셰 ᄉᆞ발을 가져오라 ᄒᆞ여 마시려 ᄒᆞ니 졔직 망극ᄒᆞ여 오인이 관결을 그르고 이걸ᄒᆞ되 ᄐᆡ식 엇지 드르리오 이ᄯᅢ 목ᄐᆡ부인이 뎐일과 달나 ᄌᆞ숀을 이즁ᄒᆞᄂᆞᆫ지라 거야 변고를 놀ᄂᆞ고 ᄐᆡᄉᆞ의 거됴를 ᄃᆡ경실식ᄒᆞ여 공을 븟들고 우러 왈 이 엇진 거되뇨 노뫼 지리히 살무로 이런 무셔온 닐을 보면 살 ᄯᅳᆺ이 업도다 네 이 더러오믈 먹ᄂᆞᆫ니 닉 먹으리라 ᄒᆞ고 그르술 아ᄉᆞ 마시려ᄒᆞ니 ᄐᆡ식 ᄃᆡ황ᄒᆞ여 븟들고 ᄉᆞ죄왈 불쵸로ᄒᆞ와 셩체 숀

40면

상ᄒᆞ시니 히ᄋᆞ의 죄 더옥 깁도쇼이다 ᄒᆞ고 좌우로 금교를 드려 뫼셔 뎡당으로 드시게 ᄒᆞ니 부인이 구지 ᄐᆡᄉᆞ를 ᄭᅳ을고 드러가니 ᄐᆡ식 친히 뫼시고 드러가 희량의 불쵸

ᄒᆞ믈 고ᄒᆞ니 부인 왈 희랑이 비록 불쵸ᄒᆞ나 엇지 ᄎᆞᆨ슈ᄅᆞᆯ 먹고ᄌᆞ ᄒᆞᄂᆞ냐 약간 치되나 ᄒᆞ고 ᄉᆞᄒᆞ라 ᄐᆡᄉᆡ 슈명ᄒᆞ고 ᄋᆞᄌᆞᄅᆞᆯ 모라 문 밧그로 ᄂᆡ치고 외당으로 ᄂᆞ가니 믄득 쵸왕 형데 니르거ᄂᆞᆯ ᄐᆡᄉᆡ 녜필좌졍의 야ᄅᆡ 가변을 니르고 아부ᄅᆞᆯ 실산ᄒᆞ미 불쵸의 요얼과 동당ᄒᆞ미라

41면

엇지 참통치 아니리오 언파의 엄읍뉴체ᄒᆞ니 왕과 부ᄆᆡ 드르ᄆᆡ 안쉬 ᄡᅥ러지믈 면치 못ᄒᆞᆯ지라 부ᄆᆡ 왈 복이 ᄉᆡᆼ녀ᄅᆞᆯ 착히 못ᄒᆞ여 의쳠의 증염ᄒᆞ미 녀지 업고 필경은 ᄎᆞ경의 니르니 슈한슈원이리오 ᄎᆞᆼᄌᆡ ᄂᆞ죽이 고ᄒᆞ여 쵸인으로 ᄃᆞᆼᄆᆡᄅᆞᆯ 밧고아가믈 알외니 부ᄆᆡ 더욱 울어 왈 이ᄂᆞᆫ 요승이 다려가미니 그 고ᄎᆈ 오작ᄒᆞ리오 ᄂᆡ 팔황구쥬ᄅᆞᆯ 다 도라도 ᄋᆞ녀의 시신을 ᄎᆞᆺ고 말니라 셜공이 역읍 왈 형의 ᄯᅳᆺ이 뎡합오의라 우리 함긔 도라

42면

단녀 ᄋᆞ부ᄅᆞᆯ ᄎᆞᆺ고 말니라 왕이 과도ᄒᆞ믈 말니고 왈 ᄎᆞᄉᆡ 실노 허망ᄒᆞ니 불가ᄉᆞ문어닌국이라 요ᄉᆡ라도 지목ᄒᆞᆯ 곳이 업고 의쳠이 눈 업ᄂᆞᆫ ᄉᆞᄅᆞᆷ이 되여 쳐쳡을 두ᄆᆡ 요인이 은복ᄒᆞ여시나 그윽ᄒᆞᆫ 가온ᄃᆡ 신명이 보호ᄒᆞ리니 삼 년 이후면 질녜 무ᄉᆞ이 도라오리니 과ᄒᆞᆫ 거됴ᄅᆞᆯ 바리라 ᄉᆞ이지ᄎᆞ의 홀노 의쳠을 ᄂᆞ모라리오 약간 치죄ᄒᆞ여 ᄉᆞᄒᆞ라 셜공이 칭ᄉᆞ 왈 형왕의 말이 금옥지언이라 지교ᄃᆡ로 ᄒᆞ리이다 왕이 뎜두ᄒᆞ고 부마ᄂᆞᆫ 아

43면

모 곡졀을 ᄭᆡ닷지 못ᄒᆞ여 다른 말ᄒᆞ다가 도라와 감히 됸당긔 고치 못ᄒᆞ고 상국과 션ᄉᆡᆼ긔 고ᄒᆞ니 상국과 쳐ᄉᆡ 놀나 비쳑ᄒᆞ더니 왕이 그 쥭지 아니코 삼 년 후 도라올 바ᄅᆞᆯ 고ᄒᆞ더라 셜공이 왕의 형데ᄅᆞᆯ 보ᄂᆡ고 ᄉᆞ인을 불너 왈 희랑의 념통이 병이 드럿ᄂᆞ니 너희 다려다가 쥭졍의 두고 일졀 ᄂᆡ실의 드려보ᄂᆡ지 말나 ᄉᆞ인이 슈명ᄒᆞ고 ᄐᆡ우ᄅᆞᆯ 쥭졍의 두니라 임쇼져 보모유랑 등 침실의 니르러 쥬야 호읍ᄒᆞ여 곡긔ᄅᆞᆯ ᄭᅳᆫ코 곡셩이 쳐완

44면

ᄒᆞ여 형용이 쥭게 되엿ᄂᆞᆫ지라 상부인이 슬푸믈 강잉ᄒᆞ여 댱숀시 등을 위로 왈 금ᄎᆞ 화변의 슬푸믄 너희와 ᄂᆡ 일반이라 슈연이나 창텬이 도으시고 현부의 오복 완젼지상이 요리의 맛지 아니리니 여등은 과쳑지 말고 ᄋᆞ부의 침실을 직희여 직ᄉᆞ를 부즈러니 ᄒᆞ미 쥬인을 닛지 아니미라 ᄒᆞᆫᄃᆡ 댱숀시 등이 상부인의 ᄋᆡ휼ᄒᆞ시믈 감은ᄒᆞ여 셜움을 셔리담ᄋᆞ 쇼져의 뎡침 ᄎᆡ봉각을 좀으고 좌우 ᄒᆡᆼ각의 직희여 ᄐᆡ우의 ᄎᆞᆺᄂᆞᆫ ᄯᅢ를 ᄃᆡ

45면

령ᄒᆞ더라 어시의 임상부의셔 쇼부인이 녀ᄋᆞ의 흉문을 듯고 믄득 ᄒᆞᆫ 쇼ᄅᆡ 월혜를 부르고 구혈엄식ᄒᆞ니 쥬비와 풍한 냥 부인이 일시의 효장궁의 모다 참연망극ᄒᆞ믈 니긔지 못ᄒᆞ며 공쥬의 비읍통도ᄒᆞ믈 위로ᄒᆞ더니 쇼브인 긔식ᄒᆞ믈 보고 ᄃᆡ경ᄒᆞ여 황황이 슈독을 쥐무르고 텬흥이 황망이 뎨졔를 닛그러 일장통곡ᄒᆞ더니 풍한 이 부인이 안쉬여우ᄒᆞ여 텬흥을 닛그러 쇼부인을 보라 ᄒᆞ니 텬흥이 망극참졀ᄒᆞ여 미쳐

46면

약을 골지 못ᄒᆞ고 입으로 씹어 연ᄒᆞ여 ᄌᆞ위를 부르며 부인의 홍슌을 열고 흘니며 셩음이 불셩쳘ᄒᆞ여 슈지를 버히고ᄌᆞ ᄒᆞ더니 부인이 슈을 두루며 녀ᄋᆞ를 불너 ᄋᆡ호비읍ᄒᆞ니 이ᄯᅢ 텬흥이 황황쵸박ᄒᆞ미 ᄉᆞᆺ쳐질 듯ᄒᆞ더니 부인이 회운ᄒᆞ여 녀ᄋᆞ를 부르고 넉술 살오고 ᄇᆡᆨ을 훗트니 공ᄌᆡ ᄂᆞ즉이 고왈 져져의 실산ᄒᆞ오믄 이 ᄎᆞ마 견ᄃᆡ지 못ᄒᆞᆯ 셜움이오나 ᄐᆡᄐᆡᄂᆞᆫ ᄒᆡᄋᆞ 등의 뎡ᄉᆞ를 도라보ᄉᆞ 쳔만 관억ᄒᆞ시면 ᄒᆡᄋᆞ 등이 누의

47면

ᄌᆞ최를 심방ᄒᆞ미 어렵지 아닐가 ᄒᆞᄂᆞ이다 부인이 녀ᄋᆞ를 위ᄒᆞᆫ 쳡쳡유한과 만금쇼교로써 탕ᄌᆞ의 궤상육이 되고 졀셰 누변ᄒᆞ되 그 얼골을 보지 못ᄒᆞ고 가부의 픽려ᄒᆞᆫ 호령을 드를 ᄯᅢ마다 ᄌᆞ모의 회리를 늣기고 옥결빙심이 누연코 더러오미 일신의 분즙의 즘김 ᄀᆞᆺ치 넉이다가 옥셜빙신을 쇽졀 업시 풍진낙쳑의 더진 바를 ᄉᆡᆼ각건ᄃᆡ 원분이 창합의 ᄉᆞ못출 듯 셩음이 ᄌᆞ로 ᄉᆞᆺ쳐져 유ᄉᆞ지심ᄒᆞ되 공ᄌᆞ 등이 망극쵸ᄉᆞ하믈 어

48면

엿비 녀겨 쇼ᄅᆡ를 머금고 폭누를 뎨어ᄒᆞ니 공쥬의 녀ᄋᆞ 귀즁ᄒᆞ믄 친ᄉᆡᆼᄌᆞ녀의 더은 ᄌᆞᄋᆡ로ᄡᅢ 헛도이 이러틋 일흐믈 오열비읍ᄒᆞ여 긋치지 못ᄒᆞ고 참지 못ᄒᆞᄂᆞᆫ지라 일궁의 셩만ᄒᆞᆫ 화ᄉᆡᆨ이 ᄉᆞ라지고 비풍이 이러ᄂᆞ니 쇼져의 유혼이 풍운을 의지ᄒᆞ여 늣기ᄂᆞᆫ 듯ᄒᆞ더라 쥬비 공쥬와 쇼부인을 붓드러 ᄉᆞᄉᆡᆨ 텬의라 쳡 등의 여앙이 미진ᄒᆞ여 식부와 녀ᄋᆞ를 실산ᄒᆞ니 ᄉᆞ롬을 들니기 붓그럽지 아니리오 이합이 ᄡᅧ 잇ᄂᆞ니 쳡이 셜ᄋᆞ를

49면

일흐니 숀ᄋᆞ의 호모ᄒᆞᄂᆞᆫ 쇼ᄅᆡ 잔잉ᄒᆞ되 다만 ᄋᆞ부의 작셩긔질을 미더 쳡이 슈미산의 부ᄃᆡ쳐 보명ᄒᆞᆷ ᄀᆞᆺ치 쳔힝을 바라ᄂᆞᆫ ᄇᆡ라 옥쥬와 현ᄆᆡᄂᆞᆫ 쳔만 관억ᄒᆞ여 ᄂᆡ두를 ᄇᆞ라고 너모 과상ᄒᆞ여 져희 텬ᄉᆡᆼᄃᆡ효를 져바리지 마르쇼셔 공쥬와 쇼부인이 슬푸믈 거두고 당숀 보모의 알왼 바 셔봉을 피열ᄒᆞᄆᆡ 공쥬긔 부친 상셔 ᄉᆞ의 더옥 ᄋᆡ원쳐쵸ᄒᆞ여 하직ᄒᆞᄂᆞᆫ ᄉᆞ의곡졀이 분명ᄒᆞ여 보명ᄒᆞ엿다가 타일 슬하의 도라와 옥

50면

쥬ᄐᆡᄐᆡ긔와 야야와 ᄌᆞ모긔 쳔뉸 뎌독의 ᄒᆞᆫ 업시 반의질츄로 노름이 극진ᄒᆞ리니 금일 풍진의 ᄂᆞᆯ니여 미쳐 하직지 못ᄒᆞᆫ 되 츙냥 업ᄉᆞ믈 베퍼시니 십상팔구나 ᄉᆡᆼ뎐의 긔운이 잇ᄂᆞᆫ지라 이를 가져 가즁뎨인이 뎌기 위회ᄒᆞ더라 ᄎᆞ셜 셜부의셔 쵸인을 업시ᄒᆞᆫ 후 ᄐᆡ위 분한골돌ᄒᆞ여 다시 옥경의 쳐쇼로 가지 아니니 옥경이 타ᄂᆞᆫ 간장이 불붓 듯ᄒᆞᄂᆞᆫ지라 묘월을 ᄃᆡᄒᆞ여 됴르니 묘월이 ᄀᆞ마니 계교를 가르치고 몸을 흔드러

51면

작법ᄒᆞ기를 이윽이 ᄒᆞ고 쵸인을 ᄆᆡᆫ다라 옥경의 모양을 다ᄒᆞᆫ 후 물을 ᄲᅮᆷ고 진언을 념ᄒᆞ니 옥안미뫼 완연ᄒᆞᆫ 옥경이라 금슈나릉으로 단장을 어ᄅᆡ게 ᄒᆞ여 안치고 ᄎᆞ야의 홍교와 옥경을 구름 ᄐᆡ여 구도동의 니르러 머무르고 묘월은 근두운을 타 융국으로 가니 어시의 옥션이 융왕 목달의 언지 되여 쥬야음낙ᄒᆞ여 옛날 달긔의 ᄒᆡᆼᄉᆞ를 본ᄒᆞᄂᆞᆫ지라 간간이 탈불화를 ᄉᆞ통ᄒᆞ고 궁녀 중 ᄉᆡᆨ 잇ᄂᆞᆫ ᄌᆞ를 ᄲᅢ 요슐을 가르치더니 묘월

52면

이 구름으로 됴ᄎᆞ ᄂᆞ려와 합장문후ᄒᆞ니 옥션이 반겨 마ᄌᆞ 기간ᄉᆞ를 뭇거ᄂᆞᆯ 묘월이 뎐후ᄉᆞ를 ᄂᆞᆺᄂᆞᆺ치 니르니 군쥐 듯기를 다ᄒᆞᄆᆡ 깃브믈 니긔지 못ᄒᆞᄂᆞᆫ 즁 ᄌᆞ가 신셰를 늣기니 묘월이 위로ᄒᆞ고 즁원 치기를 ᄡᅴ흔ᄃᆡ 군쥐 융왕을 쳥ᄒᆞ여 신승이라 ᄒᆞ여 ᄃᆡ졉을 극진이 ᄒᆞᄌᆞ ᄒᆞ니 왕이 옥션의 말은 쥭으라 ᄒᆞ여도 쥭ᄂᆞᆫ지라 곡졀도 모로고 졔 어미ᄀᆞᆺ치 밧들더라 어시의 임쵸왕의 졔 이ᄌᆞ 지흥의 ᄌᆞᄂᆞᆫ 원범이니 ᄉᆡᆼ셩ᄒᆞᄆᆡ 십분 타

53면

류와 다른지라 쥬비 공ᄌᆞ를 ᄉᆡᆼ홀 ᄯᅴ의 셔긔 방황ᄒᆞ고 상운이 옹비ᄒᆞ니 이른바 ᄉᆡᆼ이 지셩이오 산의 졍긔와 슈의 신긔를 아올나 건곤 ᄉᆞ이의 니상ᄒᆞᆫ 됴화를 타낫ᄂᆞᆫ지라 됸당 부뫼 황홀긔이ᄒᆞᄆᆡ 텬지만물의 비무ᄒᆞ니 왕의 침묵언희ᄒᆞ무로도 이 ᄋᆞ들 허심 가부ᄒᆞᄆᆡ 쳔눈의 ᄌᆞ별ᄒᆞ고 공지 효의츌쳔ᄒᆞᄆᆡ 증ᄌᆞ 왕상과 흡ᄉᆞᄒᆞ니 이뉵지셰의 밋 ᄎᆞᄆᆡ 됸당 ᄐᆡ부인이 년고ᄒᆞ시믈 위ᄒᆞ여 쇼부의 지츅ᄒᆞ여 밧비 ᄐᆡᆨ일 셩녜

54면

ᄒᆞ려 홀ᄉᆡ 이ᄯᅴ 부마의 장ᄌᆞ 뎐흥의 ᄌᆞᄂᆞᆫ 원승이니 효장공쥬의 탄ᄉᆡᆼ애라 공ᄌᆞ의 ᄉᆡᆼ지셩인ᄌᆞ질이 졔ᄌᆞ 즁 츄츌ᄒᆞ여 니르바 벽히의 교룡씨ᄂᆞᆫ 상녜 범슈토와 다르믈 알지라 ᄀᆞᆺ ᄂᆞ셔 지각이 명명ᄒᆞ여 아ᄂᆞᆫ 듯ᄒᆞ고 풍위 동탕ᄒᆞ여 안광이 됴요ᄒᆞᄆᆡ 십니강한의 힛발이 빗쵀ᄂᆞᆫ 듯 용뫼 곤산빅벽을 교탁ᄒᆞᄂᆞᆫ 듯 히져의 명쥬 ᄀᆞᆺᄒᆞ니 진실노 셩신의 닌이요 셩ᄃᆡ의 봉황이니 엇지 션동이 하경의 ᄂᆞ리미 아니며 왕이보의 들의 노

55면

ᄂᆞᆫ 풍치 ᄯᆞ름이리오 얼푸시 빅부 쵸왕의 풍의를 우럴고ᄌᆞ ᄒᆞ며 흉금의 활달ᄃᆡ도와 영웅긔틀을 바라ᄂᆞᆫ지라 부마의 교ᄋᆡᄂᆞᆫ 만금의 지ᄂᆞ고 왕부 ᄐᆡ청션ᄉᆡᆼ의 간간체체ᄒᆞᆫ ᄉᆞ랑이 슬상의 ᄂᆞ리올 ᄯᅴ 업더니 졈졈 ᄌᆞ라ᄆᆡ 문장혹힝이 ᄉᆡᆨ혀나 붓슬 ᄯᅥᆯ치ᄆᆡ 황농이 긔셰를 발ᄒᆞᄂᆞᆫ 듯 글을 지으ᄆᆡ 귀신이 울지라 얼푸시 십이 셰 되니 당부의 쳬 미진ᄒᆞᄆᆡ 업ᄂᆞᆫ지라 셩병부 쇼교로 뎡혼ᄒᆞ엿던지라 지흥으로 일 년 ᄋᆞ리나

56면

어리지 아니타 ᄒᆞ여 티부인의 밧바ᄒᆞ시믈 인ᄒᆞ여 셩네ᄒᆞ믈 지촉ᄒᆞ니 셩병부와 쇼니뷔 ᄒᆞᆫ가지로 틱일을 보ᄒᆞ니 냥 공ᄌᆞ의 길긔 일삭이라 쇼니부 부인 경시ᄂᆞᆫ 틱ᄉᆞ 경형의 녜라 ᄃᆡ가즘영의 뇨됴슉녀로 슬하의 삼ᄌᆞ일녀를 두어시니 삼ᄌᆞ를 싱ᄒᆞᆫ 후 산흑을 ᄭᅳᆫ쳣더니 홀연 긔몽을 엇고 잉틱ᄒᆞ여 십ᄉᆞᆷ 삭만의 싱녀ᄒᆞ니 산실의 니향이 만실ᄒᆞᆫ 가온ᄃᆡ 일위 션녜 상운셔무 ᄀᆞ온ᄃᆡ ᄋᆞ히를 바다 강보의 ᄊᆞ고 모란 한 송이 아

57면

히 가슴의 노흐며 ᄭᅩᆺ치 변ᄒᆞ여 눈 ᄀᆞᆺᄒᆞᆫ 가슴 우희 ᄒᆞᆫ 송이 모란졈이 크기 ᄉᆞᆫ바닥만ᄒᆞ게 박이며 쳥향이 만실ᄒᆞ더니 이윽고 셔뮈 거두며 션녜 간 ᄃᆡ 업고 아히 급히 우ᄂᆞᆫ지라 보모 등이 부인을 붓드러 보호ᄒᆞ며 뉴ᄋᆞ를 겻히 누이믹 각노부인이 유치를 노릭의 보니 ᄉᆞᆫᄋᆞ를 쳐음 본 듯 쇼파를 도라보와 왈 쳡이 년ᄒᆞ여 삼ᄉᆞᆫ을 싱ᄒᆞ믈 보되 ᄎᆞᄋᆞᄀᆞᆺ치 장ᄃᆡᄒᆞᄆᆞᆫ 본 바 쳐음이로쇼이다 쇼픽 강보를 헤치고 가삼 가온ᄃᆡ 긔이ᄒᆞᆫ 모란

58면

뎜을 각노부인을 뵈여 왈 이 더옥 아니 긔특ᄒᆞ냐 이르리잇가 눈빗 ᄀᆞᆺᄒᆞᆫ 가슴의 홍모란 ᄒᆞᆫ 송이 이상ᄒᆞᆫ 표졈이 잇ᄂᆞᆫ ᄃᆡ 쳔향이 농빅ᄒᆞ여 이런 신긔ᄒᆞᆫ ᄋᆞ히 문호의 날 쥴 어이 알니잇고 쳡의 뎍질부 쥬슉녈이 비웅의 상셔로 슈일 젼 옥동을 싱ᄒᆞ니 창흥의 지ᄂᆞ미 잇고 산쳔의 녕슈를 ᄶᅵ여ᄂᆞᆫ ᄋᆞ히라 싱이지지ᄒᆞᄂᆞᆫ 총명문믹이 강보히졔를 일을 비 아니라 밀위믈 셩인으로 ᄒᆞᄂᆞ이다 ᄒᆞ더라 니러구러 삼 일이 지나믹 부인

59면

의 긔운이 여상ᄒᆞ여 방즁을 쇄쇼ᄒᆞ고 각노와 상셰 일시의 드러와 강보를 혯치고 ᄋᆞ히를 보니 팔취 셔광이 두 눈 뎡긔를 앗ᄂᆞᆫ지라 각뇌 다시곰 ᄉᆞᆯ피니 옥이 완젼ᄒᆞ여 형산의 ᄆᆞᆰᄋᆞ시며 구슬이 현영ᄒᆞ여 창히의 쇼ᄉᆞ시며 탁낭발취ᄒᆞ여 텬지의 신긔와 일월의 길상이 다 모되여 말셰의 혼탁ᄒᆞᆫ 거술 혁연이 씨셔시니 ᄒᆞᆫᄀᆞᆺ 빗난 톄용과 고은 ᄌᆞ질을 ᄀᆞᆺ쵸 타난 바를 ᄉᆞ랑이 황혹ᄒᆞᆯ 분 아냐 쇼각노 부ᄌᆞ의 식안이 ᄉᆞ광의

60면

지ᄂᆞ니 강보ᄋᆞ를 일견의 활연이 슘을 길게 쉬고 혁연이 ᄂᆞᆾ빗ᄎᆞᆯ 곳쳐 그 곤화의 여ᄎᆞ 셩인ᄌᆞ질이 비쇽ᄒᆞ믈 앗기고 탄셕ᄒᆞ나 ᄇᆡᆨ후부인이 녀ᄋᆡ 쳐음이라 ᄉᆞ랑이 아모라타 형용치 못ᄒᆞ고 상셔ᄂᆞᆫ 삼ᄌᆞ의 옥인가ᄉᆞ를 두어시되 ᄌᆞ경이 부됵ᄒᆞ믈 탄ᄒᆞ다가 이런 녀ᄋᆞ를 어드니 ᄌᆞ별ᄒᆞᆫ ᄉᆞ랑이 병이 되여 뎝면교ᄉᆡᆨᄒᆞ고 각노ᄂᆞᆫ 다시곰 어루만져 ᄂᆞᆺ치 못ᄒᆞ더니 가ᄉᆞᆷ 가온ᄃᆡ 긔이ᄒᆞᆫ 뎜을 보고 더옥 긔특이 녀겨 당즁의 환셩이 진

61면

동ᄒᆞ니 그 깃븐 희ᄉᆡᆨ 공경 일ᄉᆡᆼ 긔험을 신인의게 결납ᄒᆞ미 되니 가셕ᄌᆡ라 연이나 셩인이라야 능지셩인이니 임의 요인의 부졍지슐을 임쥭쳥이 아랏ᄂᆞᆫ지라 요ᄉᆞ의 비례지언을 드르나 마음의 어이 머무리오 어시의 셩병뷔 군ᄌᆞ의 ᄎᆞ례를 밧고 냥가의 큰 경ᄉᆞ를 긔록지 못ᄒᆞᆯ 바의 고이ᄒᆞᆫ 마장이 되니 ᄎᆞᄂᆞᆫ 하유신고 션시의 곽부 교란이 담을 너머 공ᄌᆞ를 여허보고 흠모ᄒᆞ여 좌ᄉᆞ우상ᄒᆞ다가 계교를 ᄂᆡ여 시비

62면

취셤을 임부의 머무러 임부 쇼식을 탐지ᄒᆞ라 ᄒᆞ엿더니 셤이 임부 겻히 죠ᄉᆞ를 세ᄂᆡ여 살며 쥬ᄆᆡᄒᆞ여 효장궁 쇼속을 ᄉᆞ괴여 흐르ᄂᆞᆫ 말이 청산뉴슈 ᄀᆞᆺ흐니 친ᄒᆞ미 골육 ᄀᆞᆺ더니 일일은 효장궁뇌 ᄯᆞᆷ을 흘니고 슐을 ᄂᆡ라 ᄒᆞ니 셤이 우어 왈 공공은 무슴 닐노 뎌리 다ᄉᆞᄒᆞ여 ᄯᆞᆷ을 흘니ᄂᆞᆫ뇨 ᄒᆞ며 됴흔 슐을 ᄂᆡ여 잔ᄯᅳᆨ 먹이니 궁뇌 슐을 다 먹고 칭ᄉᆞᄒᆞ고 바으락 은을 ᄂᆡ여 쥬가를 쥬며 왈 우리 ᄃᆡ공ᄌᆞ의 길네 ᄐᆡᆨ일

63면

ᄒᆞ니 ᄌᆞ연 다ᄉᆞᄒᆞᆫ 닐이 만하 분쥬ᄒᆞ노라 ᄒᆞ고 닷ᄂᆞᆫ지라 셤이 ᄃᆡ경 왈 우리 쇼제 뎐혀 임낭의 인연을 위ᄒᆞ여 궐즁의 드러가 귀인낭낭의 형세를 ᄭᅵ고 셩부혼ᄉᆞ를 희짓고 ᄉᆞ혼지를 어더 당당ᄒᆞᆫ 위로 ᄇᆡᆨ냥의 오르려 ᄒᆞ더니 능운법ᄉᆞ의 됴화로 이 녀ᄌᆡ 버셧관ᄃᆡ 임문의 드러가ᄂᆞᆫ고 ᄂᆡ 누년을 이곳의 와 경영ᄒᆞ더니 허ᄉᆡ 되니 ᄂᆡ 쇼져긔 무어시라 알외리오 무거ᄒᆞᆫ 니괴 우리 쇼져를 쇽여 셩쇼져를 삼켜ᄂᆡ련노라 ᄒᆞ고 텬금

64면

을 우려다가 쇼식이 업ᄉᆞ니 쇼져는 아득히 모로시는지라 급히 가 쇼져긔 이런 쇼유를 고ᄒᆞ리라 ᄒᆞ고 즉시 ᄃᆡᄂᆡ로 드러가니 ᄎᆞ비의 ᄒᆡᆼᄒᆞ미 무슴 뇨모를 ᄡᅳ며 슉치연분을 뎨희ᄒᆞ고 작난ᄒᆞ는고 하회를 보라 션시의 남녀 쌍ᄋᆞ를 삼켜다가 뉵부인을 쥬니 냥ᄋᆡ 놀로 슈미ᄒᆞᆫ지라 뉵부인이 여러 뎍국 즁 실춍ᄒᆞ고 홍안단장의 호박침을 늣기던 ᄎᆞ 냥ᄋᆞ를 어든 후로 남ᄐᆡ우의 쳬쳬ᄒᆞᆫ ᄉᆞ랑이 텬뉸의 지나 친싱이 아니믈 닛고

65면

부인 당즁의 발을 옴기지 아니코 승상의 ᄌᆞᄋᆡ를 닙고 거하의 귀ᄒᆞ믈 바다믈 보ᄆᆡ ᄉᆞ례 왈 부인의 어진 덕을 상텬이 감동ᄒᆞᄉᆞ 슈고치 아닌 ᄌᆞ식을 어더 가문을 흥케 ᄒᆞ니 이는 다 부인의 덕이라 ᄒᆞ더라 이 가온ᄃᆡ 여러 부인과 미인들이 두 ᄋᆞ히 니르무로 ᄐᆡ우의 그림ᄌᆞ도 보지 못ᄒᆞ니 뎐일 은춍을 ᄡᅴ여 부인을 업누르고 즐기든 일이 일장츈몽이 되니 ᄌᆞ연 원망이 냥ᄋᆞ의게 각골ᄒᆞ여 ᄒᆞᆫ 닙으로 삼커고 골아마시고져 ᄒᆞ나

66면

도도ᄒᆞᆫ 텬의를 인녁으로 엇지ᄒᆞ리오 냥ᄋᆡ 십이삼이 되니 남ᄌᆞ는 옥인가ᄉᆡ라 교만방ᄌᆞᄒᆞ고 져의 화지용과 뉴지풍과 놀니는 글귀 텬하의 무젹이라 ᄒᆞ여 빙쳬를 구ᄒᆞᄆᆡ 셔시의 ᄉᆡᆨ과 임ᄉᆞ의 덕이 아니면 일싱 동낙지 아니코 졔 눈으로 보고 취ᄒᆞ깃노라 뉵부인 슬하의 이릐ᄒᆞ나 뉵시 탐혹ᄒᆞᆫ ᄉᆞ랑이 ᄉᆞᄉᆞ의 ᄯᅳᆺᄃᆡ로 ᄒᆞ니 더옥 방약무인ᄒᆞ여 만일 져를 ᄃᆡ두홀 용모ᄌᆡ덕의 ᄉᆞ롬이 잇실진ᄃᆡ ᄒᆞᆫ 먹음의 삼커려 ᄒᆞ고 남ᄐᆡ위 두

67면

ᄋᆞ히 일홈을 곳쳐 녀ᄋᆞ는 혜지라 ᄒᆞ고 ᄌᆞ를 영셜이라 ᄒᆞ며 남ᄋᆞ는 환옥이라 ᄒᆞ고 ᄌᆞ를 예경이라 ᄒᆞ여 방쇼를 각각 졍ᄒᆞ여 셔당 화쇼란졍의셔 독셔케 ᄒᆞ고 영셜의 치루는 화원 가온ᄃᆡ 놉히 셰워 영츈뉘라 ᄒᆞ여 단쳥화각의 구름을 년ᄒᆞ엿시며 이십 시ᄋᆞ는 다 뉵부로셔 온 비복의 쇼싱이니 보모 교파와 ᄋᆞ교 등 이십을 졍ᄒᆞ여 쇼져를 쥬어 문방을 밧들며 슈치를 다ᄉᆞ리고 쇼져 츌입의 항을 잡으며 시

68면

립게 ᄒᆞ니 영셜이 도요지년이 되ᄆᆡ 안ᄉᆡᆨ이 교염ᄒᆞ여 만염이 겸발승ᄒᆞ여 표연이 능ᄉᆞᄒᆞᄂᆞᆫ 쳔숀이오 완연이 젹강션ᄌᆡ라 엇지 아릿ᄯᆞ온 쌍익과 공교ᄒᆞᆫ 눈셥이 ᄐᆡ되 불가형언이오 ᄌᆡ졍이 민쳡ᄒᆞ여 쇼ᄉᆞ 영셜을 압두ᄒᆞ니 공의 부뷔 과즁황혹ᄒᆞ여 냥ᄋᆡ 공교히 부모의 ᄯᅳᆺ을 나토아 동촉ᄒᆞᆫ 효의를 모로고 ᄌᆞᄉᆡᆨ의 ᄌᆞ미를 모로거ᄂᆞᆯ 영셜의 ᄌᆞ미롭고 어엿부믈 거거히 ᄃᆞᆺ굿기더라 영셜이 츈

69면

심이 도도ᄒᆞ더니 문황뎨 북노를 파ᄒᆞ고 낙창연회의 단녀와 임상국 형뎨 유곡흠과 쵸왕 곤계의 쌍쌍ᄒᆞᆫ 긔린이 ᄉᆡᆨ혀나믈 복복흠탄ᄒᆞᄂᆞᆫ 즁 ᄌᆡ홍의 만고 ᄃᆡ현지풍과 일월안광이 텬고의 무쌍ᄒᆞ여 기형의 승ᄒᆞ미 잇고 ᄯᅩ 향긔로이 어엿부미 셔ᄌᆞ 모장을 압두ᄒᆞ되 ᄯᅩᄒᆞᆫ 밍녈쇄락ᄒᆞ니 ᄂᆡ 니모지년의 쳐음 보ᄂᆞᆫ 졔일이라 ᄋᆞ녀의 ᄌᆞ미 운치로 그런 낭ᄌᆞ를 유의치 아닌 곳이 업ᄉᆞ

70면

되 ᄎᆞ인 ᄀᆞᆺᄒᆞ니 업고 ᄋᆞᄌᆞ의 일뉴풍치로도 앙망불급ᄒᆞᆯ 거시오 ᄋᆞ녀의 ᄌᆡ용은 더옥 쪽ᄒᆞ미 가치 아니나 졔 공물이오 말셰의 ᄌᆡ박ᄃᆞ쇼ᄒᆞ여 ᄂᆞ의 녀ᄋᆞ 덕질도 쉽지 아니니 그ᄋᆞᆨ이 구혼코ᄌᆞ ᄒᆞ더니 형부상셔 쇼원직과 녜부상셔 셩인쉬 ᄌᆡ홍과 임부마의 장ᄌᆞ 텬홍을 알픠 안쳐 ᄉᆞ랑이 모양을 일허시니 이 가온ᄃᆡ 말을 ᄂᆡ엿다가 핀잔 볼가 그져 왓거니와 냥ᄋᆞ를 질뉵ᄌᆞ의게 아이니 엇지 ᄋᆡ답지 아니리오 영셜

71면

과 환옥이 ᄎᆞ언을 드르ᄆᆡ 영셜 요인은 일만 칼노 창ᄌᆞ를 ᄉᆞᆺᄂᆞᆫ ᄃᆞᆺ 흉즁의 뉵ᄆᆡ 동치ᄒᆞ며 모진 진납이 가슴의셔 쒸놀고 환옥 흉인은 ᄌᆡ텬 냥ᄋᆞ 뮈오미 일시의 삼킬 ᄃᆞᆺ 모진 숀씨로 쥭이고ᄌᆞ ᄒᆞ니 이 엇지 삼ᄉᆡᆼ 원기 아니면 이러ᄒᆞ리오 궁극ᄒᆞᆫ 의ᄉᆡ 아니 밋출 곳이 업셔 셔동도 다리지 아니코 임부 셔당을 ᄎᆞᄌᆞ 무르니 가르치믄 둘지요 냥기 즁년 복지 의픠 언건ᄒᆞ고 말이 슌편ᄒᆞ니 쥰졀이 휘쫏치ᄆᆡ 무류히 ᄂᆞ와 ᄉᆡᆼ각ᄒᆞ되 ᄂᆡ 친히 ᄌᆡ

72면

텬 냥인을 보와 부친의 말 ᄀᆞᆺ거든 아모려나 져를 히ᄒᆞ려 ᄒᆞ엿더니 ᄌᆞ최를 못 보고 와 시니 ᄯᅩ 가 ᄒᆞᆫ번 보리라 ᄒᆞ고 슈일 후 누상의 올나 두루 숣피니 쇼각노 부인이 남틱우로 톡의 잇ᄂᆞᆫ지라 뉵부인이 ᄌᆞ로 왕닉ᄒᆞ고 장원이 격ᄒᆞ여시나 길노 들면 오원ᄒᆞ나 쇼각노 동원 화원이 남공집 후장 밧기러니 이 ᄂᆞᆯ 환옥이 욕심을 니긔지 못ᄒᆞ여 누의 올나 먼니 바라보니 ᄒᆞᆫ 쥴 향온이 됴일을 ᄢᅦ치더니 쥬렴을 반ᄀᆡᄒᆞ고 일위

73면

미부인이 옥셩으로 닐오ᄃᆡ 츈경이 가려ᄒᆞ고 물식이 아름다오니 쇼져도 ᄒᆞᆫ번 원즁을 상완ᄒᆞ라 쇼졔 방년 이뉵의 쳔틱만염과 슉덕명힝이 셩ᄌᆞ긔믹이 완젼ᄒᆞ엿거ᄂᆞᆯ 일동일졍을 녜 아닌 ᄃᆡ 밟지 아니터니 금일 그 져져의 츈경 보ᄌᆞ ᄒᆞ믈 듯고 경아ᄒᆞ여 시ᄋᆞ 벽난 냥옥 비취를 도라보니 ᄎᆞ인 등은 쇼져의 골경지신이라 아라보고 사창을 반ᄀᆡᄒᆞ고 당하의 ᄂᆞ려 고왈 츈경이 아름답고 져져의 명이 계시나 쇼뎨 본ᄃᆡ 경물

74면

이 쇼여ᄒᆞ고 셰물을 모로니 원즁을 쳠관ᄒᆞ미 원이 아니니 져져ᄂᆞᆫ 오실 길히 드러오시면 뎡회를 고ᄒᆞ리이다 부인이 낭소 왈 너희 쇼졔 고집ᄒᆞ도다 이 원즁이 심슈ᄒᆞ여 외인이 엿보미 업고 경ᄀᆡ 비상ᄒᆞ여 뫼흔 쳔틱를 뎝ᄒᆞ엿고 물은 은하를 연ᄒᆞ엿시니 직녀쳔숀 ᄀᆞᆺ흔 쇼졔 즘간 ᄂᆞ와 금쇄를 희롱ᄒᆞ여 묵은 눈을 싀롭게 못ᄒᆞ리오 그 집 법을 도로혀지 못ᄒᆞ리니 ᄂᆡ 입실ᄒᆞ리로다 ᄒᆞ며 누문을 쾌히 열고 실의 드니

75면

벽잉 등이 뫼셔 입실ᄒᆞ니 ᄎᆞ 삼인의 옥용이 가려ᄒᆞ고 뉴셩화틱와 냥뉘 츈풍의 휘듯ᄂᆞᆫ 듯 도화냥협이 ᄌᆞ틱롭고 늠늠녈녈ᄒᆞ여 의협의 풍치라 환옥이 두 눈이 둥그러ᄒᆞ니 아지 못게라 이슴 작난이 ᄂᆞ올고 ᄎᆞ청하문분히ᄒᆞ라

임시삼ᄃᆡ록 권지이십일

1면

ᄎᆞ셜 환옥이 두 눈이 두렷ᄒᆞ여 암암칭지 왈 이 반ᄃᆞ시 져 집 쇼져의 침뉘니 시ᄋᆞ의 용모긔질이 져러ᄒᆞ니 쥬인의 용ᄉᆡᆨ은 의논치 못ᄒᆞ려니와 ᄂᆡ 눈으로 져를 보지 못ᄒᆞ엿ᄉᆞ니 타문 규슈를 엇지 알니오 ᄒᆞ다가 홀연 털이 ᄀᆞᆺ고로 셔 졀치 왈 이 침누의 감초엿ᄂᆞᆫ 쇼제 ᄌᆡ홍ᄌᆞ의 안히 될 거실쇼니 ᄃᆡ장뷔 니런 긔관을 맛ᄂᆞ시니 ᄂᆡ 이 녀ᄌᆞ를 취ᄒᆞ고 ᄌᆡ

2면

흥과 아ᄆᆡ를 셩혼치 못ᄒᆞᆯ진ᄃᆡ ᄂᆡ 입세치 아니리라 ᄒᆞ고 ᄌᆡ홍 뮈오미 니를 갈고 쇼쇼져의 ᄌᆡ용을 아모려나 ᄒᆞᆫ번 보고 결단ᄒᆞ려 ᄒᆞ니 텬하의 일악쇼년이라 영셜의 누의 니르니 영셜이 쳑쳑ᄒᆞᆫ 옥안으로 원텬을 바라 무어술 ᄉᆡᆼ각ᄂᆞᆫ 듯ᄒᆞ니 환옥이 일오ᄃᆡ ᄆᆡᄌᆞᄂᆞᆫ 무어술 ᄉᆡᆼ각고 넉술 일헛ᄂᆞ뇨 영셜이 임공ᄌᆞ 상ᄉᆞ 일념이 흉히의 얽혀시나 ᄂᆡ셜치 못ᄒᆞ고 임공ᄌᆞᄂᆞᆫ 발셔 쇼가의 뎡혼ᄒᆞ엿다 ᄒᆞ니 염난쇼져ᄂᆞᆫ 제 ᄋᆞ시의 눅

3면

시를 ᄯᆞ라 쇼부의 가 얼푸시 쳔티만광을 보아시니 임ᄌᆞ의 일쌍 부뷔 되ᄆᆡ ᄌᆞ가ᄂᆞᆫ 지쵸쳔광ᄒᆞ나 임쵸왕 쳡 며ᄂᆞ리 되기ᄂᆞᆫ 이도 어려온 닐이라 홀홀암암이 넉술 일허 안ᄌᆞᆺ더니 거거의 쇼ᄅᆡ로됴ᄎᆞ 회두 왈 거거ᄂᆞᆫ 어ᄃᆞ로됴ᄎᆞ 니르시니잇고 ᄉᆡᆼ왈 ᄂᆡ 앗 우연이 망향누의 올ᄂᆞᆺ더니 쇼각노 집 ᄎᆡ원의 향이 금쵸이고 옥이 장ᄒᆞ엿시믈 알고 진짓 ᄉᆞ름은 아지 못ᄒᆞ니 츈심이 울울ᄒᆞ여 이의 니르럿거니와 너ᄂᆞᆫ 무슴 거술 쵸창ᄒᆞᄂᆞ뇨 쇼

4면

제 ᄋᆡ용이 쳑감ᄒᆞ고 아미 슈ᄉᆡᆨᄒᆞ여 왈 거거야 우리 고이ᄒᆞᆫ 니고를 맛나 친ᄉᆡᆼ 부모를 ᄯᅥ나 양부모의 은혜 난망이나 인ᄌᆡ 되여 텬뉸을 모로ᄂᆞᆫ 죄인이 되여시되 부뫼 가긔를 의논치 아니시니 그 ᄯᅳᆺ이 쇼ᄉᆡᆼ지지를 ᄎᆞᄌᆞ 본셩으로 보ᄂᆡ고 길ᄉᆞ를 의논코ᄌᆞ ᄒᆞ시ᄂᆞᆫ가 시부되 ᄀᆞᆺ 와실 젹은 우리 남ᄆᆡ 암암이 부모를 ᄉᆡᆼ각히더니 졈졈 ᄌᆞ라고 니고

의 쇼식은 묘연ᄒᆞ니 비록 싱부모를 ᄎᆞᄌᆞ나 양부모만 못ᄒᆞᆯ 듯ᄒᆞ니 실노 고이ᄒᆞ여

5면

이다 환옥 왈 네 말이 ᄂᆡ 뜻과 ᄀᆞᆺ다 우리 남쥐녀가의 야야와 ᄌᆞ위 쥬야 ᄌᆞ라믈 고ᄃᆡᄒᆞ시니 그 졍이 부득ᄒᆞ시라마는 ᄂᆡ 본ᄃᆡ 하날긔 타난 풍신ᄌᆡ홰 텬하의 머리 짓고져 ᄒᆞ는지라 빈쳬를 구ᄒᆞᄆᆡ 공후졔ᄐᆡᆨ의 아름다온 녀ᄌᆞ를 취ᄒᆞ나 ᄉᆡᆨ덕이 ᄀᆞᆺ지 못ᄒᆞ면 댱부 평싱을 맛는 즉시니 이를 혜ᄋᆞ리ᄆᆡ ᄌᆞ연 머리 긁히니 취토 아냐 니러ᄒᆞ니 아니 싹ᄒᆞ냐 영셜이 탄왈 거거의 졍회를 드르니 쇼ᄆᆡ는 더 그윽ᄒᆞᆫ 뎡회를 ᄒᆞ리이다 젼

6면

월의 ᄃᆡ긔 환궁ᄒᆞ실 적 ᄀᆞᆺ볼ᄉᆡ 길가의 십여 ᄀᆡ 쇼동이 지ᄂᆞ되 그 즁 머리 지은 슈ᄌᆞ냥인이 지ᄂᆞᄆᆡ 하나흔 뇡낙ᄆᆡ몰ᄒᆞ되 무궁히 맑고 한업시 됴흐며 상운셔뮈 무루녹으니 일만ᄌᆞᄐᆡ와 일쳔풍치 향긔롭고 활낭ᄒᆞ여 엄위 침즁ᄒᆞ되 경운ᄀᆞᆺ치 화ᄒᆞ고 일인은 화풍경운이나 녈슉ᄒᆞ고 부드러오며 쳥월ᄒᆞ미 압션 ᄌᆞ의셔 나은 듯ᄒᆞ나 아마도 압션ᄌᆞ는 니상코 눈을 잠간 드러 삼군을 쳠시ᄒᆞᄆᆡ 와즘봉안의 사

7면

일경긔를 홀연이 아ᄉᆞ시니 쳠시지쳠이러니 과연 셩인지어범인의 긔린지어쥬슈와 봉황지어비됴와 ᄐᆡ산지어구질과 하히지어힝뉴며 츌어기뉴ᄒᆞ고 발호기체ᄒᆞ여 가히 그 ᄶᅡᆨ이 업고 무가무골가를 타인의게 니르러시니 쇼ᄆᆡ 일견의 긔ᄉᆡᆨᄒᆞ고 ᄌᆡ견의 혼도ᄒᆞ여시니 근본을 안 즉 쵸왕의 뎨이ᄌᆞ요 쥬상국의 외숀이요 슉녈 효문공쥬 녀총ᄌᆞ 쥬비 탄싱애라 ᄒᆞ니 어ᄃᆡ 가 우리 ᄀᆞᆺ흔 한문 츄독이 눈긔를 일울 의ᄉᆡ

8면

잇시며 그 집 빈번인들 바라리잇고 일노 인ᄒᆞ여 쇼ᄆᆡ 평싱을 맛츤 ᄌᆡ니 가긔붓치는 니르지 마르쇼셔 환옥이 영셜의 쇼회를 드르니 졔 졀치ᄒᆞ여 죽여 업시코 혼ᄌᆞ 일셰를 혼일코ᄌᆞ ᄒᆞ는 임ᄌᆡ흥을 쇼ᄆᆡ의 눈의 결녀는지라 쳣 계괴 글너시니 공교ᄒᆞᆫ ᄭᅬ를 ᄂᆡ여 누의를 져의 빈회를 삼ᄋᆞ보ᄂᆡ고 져는 쇼쇼져를 ᄭᅬ로 엇고 만일 ᄌᆡ흥이 쇼ᄆᆡ를 박ᄃᆡ홀진ᄃᆡ 아ᄉᆞ다가 다른 호걸을 어더 평싱을 안과ᄒᆞ고 ᄌᆡ흥을 아됴 함

9면

익ᄒᆞ려 누의를 위로 왈 묘ᄒᆞᆫ ᄭᅬ로 여ᄎᆞ여ᄎᆞᄒᆞ리라 ᄒᆞ더라 어시의 쵸왕 형뎨 뎐당을 밧드러 효당갈녁ᄒᆞ며 ᄐᆡ부와 션ᄉᆡᆼ은 모부인의 졍녁이 강건ᄒᆞ여 년급팔슌의 일발이 불ᄇᆡᆨᄒᆞ고 긔운이 츄상 ᄀᆞᆺ호시나 쥬야 우구ᄒᆞ며 ᄐᆡᄉᆡ 인슈를 드리고 션ᄉᆡᆼ으로 더브러 ᄐᆡ부인 슬하의 슈다 ᄌᆞ숀들노 긔긔ᄒᆞᆫ 노름을 식여 열의를 돕ᄉᆞ와 일월을 보ᄂᆡ나 얼푸시 셜쇼져 실산ᄒᆞ미 삼ᄌᆡ 츈츄를 뒤이지니 졔 부인이 앗기고 슬허 ᄐᆡ부인 안

10면

젼의 그 쌍ᄉᆡᆼᄋᆞ를 긔화로 ᄉᆞᆷ아 사랑이 근근쳬쳬ᄒᆞ고 딘파의 녀ᄋᆞ 영쥬를 취가ᄒᆞ여 향방의 깃드리니 일무쇼흠이로ᄃᆡ 춍ᄌᆞ의 환거ᄒᆞ믈 민지ᄒᆞ나 춍ᄌᆡ 녀ᄉᆡᆨ을 ᄉᆞ모ᄒᆞ미 업셔 가즁 홍장미ᄋᆡ 곳곳이 메엿시나 일인도 가ᄎᆞᄒᆞ미 업고 ᄉᆞ군ᄉᆞ친의 동동ᄒᆞᆫ 녀가의 뎨졔군동을 엄칙ᄒᆞ여 일시도 마음을 놋치 아니ᄒᆞ니 경흥 ᄀᆞᆺᄒᆞᆫ 왈ᄌᆞ활긱이라도 두리믈 엄졍의 지나더라 이ᄯᆡ 문황뎨 붕ᄒᆞ시고 ᄐᆡᄌᆡ 즉위ᄒᆞ시니 이 곳 션동황뎨라

11면

즉위 ᄉᆞ년 츈이월의 ᄐᆡᄌᆞ를 봉ᄒᆞ시고 구쥐팔황의 인ᄌᆡ를 ᄉᆡᆨ실식 반푀 ᄂᆞ리ᄆᆡ 왕의 삼곤계 졍심당의 모다 ᄌᆡ흥 텬흥의 이뉵지셰오 ᄋᆡᆫ흥 경흥이 십일 셰니 아직 과거를 의논ᄒᆞᆯ ᄯᆡ 아니라 하더니 필흥이 뎐당 명으로 부ᄎᆞᆨ을 쳥ᄒᆞ니 왕과 부ᄆᆡ 즉시 봉명ᄒᆞ니 상국이 ᄐᆡ부인 명으로 ᄌᆡ텬 냥ᄋᆞ를 응과케 ᄒᆞ라 ᄒᆞ니 왕이 슈명ᄒᆞ여 냥 공ᄌᆞ를 불너 응과케 ᄒᆞ니 냥 공ᄌᆡ 계슈 쥬왈 쇼ᄌᆞ 등이 황구쇼ᄋᆡ 졔ᄌᆞᄇᆡᆨ가의 반을 통치

12면

못ᄒᆞ고 우리 집 부귀 남이 지시ᄒᆞᆯ ᄇᆡ오 쳔승의 ᄌᆡ오 쳔승의 숀이라 그ᄃᆡ도록 공명의 급지 아니니 구상유쳬 응과ᄒᆞ미 시비 잇실가 ᄒᆞᄂᆞ이다 이졔 형이 유년의 등과ᄒᆞ여 십오 쇼년의 쳔관춍ᄌᆞ 즁임을 당ᄒᆞ여 ᄆᆡᄉᆞ의 외람ᄒᆞ고 몸이 한가치 못ᄒᆞ니 ᄒᆡᄋᆞ 등은 다만 혹문을 깁히 ᄒᆞ여 이십이나 된 후 관광코ᄌᆞ ᄒᆞ나이다 왕과 부ᄆᆡ 냥ᄋᆞ의 지취를 드르ᄆᆡ 희식이 미우를 동ᄒᆞ여 왈 너의 치몽의 응과ᄒᆞ미 밧부지 아니되 냥위 엄졍

13면

이 녈의를 위ᄒᆞ여ᄂᆞᆫ 질츄를 ᄉᆞ양치 아니시니 여등이 엇지 고집을 두리오 다만 우리 쓧ᄃᆡ로 ᄒᆞ라 냥 공ᄌᆡ 부명을 밧ᄌᆞ오ᄆᆡ ᄐᆡ왕뫼 츈취 고심ᄒᆞ시무로 ᄇᆡᆨᄋᆞ 등의 과갑을 바라시믈 황연이 ᄊᆡᄃᆞ르ᄉᆞ ᄇᆡᆨ사슈명ᄒᆞ고 명일 과갑의 ᄂᆞᄋᆞ가니라 어시의 텬ᄌᆡ 옥좌를 여르ᄉᆞ 글제를 ᄂᆡ실 ᄉᆡ 황금뎐상의 산호쥬렴을 놉히 것고 ᄇᆡᆨ옥셤 ᄋᆞᄅᆡ 보젼을 펴고 문무 쥬 쥴노 정제ᄒᆞ여시니 ᄀᆡ국 이후 쳐음으로 ᄐᆡ평

14면

ᄀᆡ상을 알니러라 냥 공ᄌᆡ 글제를 보니 심즁의ᄉᆡ 창합을 것굴어 슌식의 글을 지어 밧치고 형뎨 숀을 잇그러 졔ᄉᆞ의 글 지으믈 구경ᄒᆞ더니 이윽고 장원을 호명홀ᄉᆡ 화쥐인 임ᄌᆡ흥의 나히 십이 셰오 부ᄂᆞᆫ 쇼왕 희린이오 탐화 임뎐흥의 년이 십일 셰니 부ᄂᆞᆫ 부마도위 임셰린이라 슈삼 ᄎᆞ 호명의 냥인이 몸을 ᄊᆡ혀 단지하의 츄진ᄒᆞ니 이ᄯᆡ 텬ᄌᆞ와 만되 눈을 들ᄆᆡ 장원과 탐홰 칠쳑 경뉸의 ᄀᆞ득ᄒᆞᆫ 풍

15면

용이오 농미봉안의 달 ᄀᆞᆺᄒᆞᆫ 텬졍의 츄슈ᄉᆞ양이라 허리 살ᄃᆡ ᄀᆞᆺ고 화ᄒᆞᆫ ᄀᆡ운이 동황의 무루녹ᄋᆞ 쌍미를 잠간 슉여 탑하의 진퇴ᄒᆞ니 옥셜ᄀᆡ부와 츈풍화ᄀᆡ 쇄락ᄒᆞ여 인즁의 특츌ᄒᆞ니 장원의 뇌락ᄒᆞᆫ 풍ᄎᆡ와 탐화의 경쳥ᄒᆞᆫ ᄀᆡ질이 ᄉᆞ름을 놀ᄂᆡᄂᆞᆫ지라 상이 ᄃᆡ경ᄃᆡ희ᄒᆞ시니 만되 하례ᄒᆞ여 산호만셰ᄒᆞ고 ᄎᆞᄎᆞ ᄉᆞᆨ노화 칠인을 ᄉᆡᆨᄂᆞᆫ 즁 덕셰 원ᄀᆡ 장원을 삼커고ᄌᆞ ᄒᆞ니 필경을 분ᄒᆡᄒᆞ라 상이 의희ᄒᆞ

16면

ᄉᆞ 왕과 부마를 ᄉᆞ쥬ᄒᆞ시고 동냥지ᄌᆡ 두믈 ᄉᆞ례ᄒᆞ시며 탐화ᄂᆞᆫ 진퇴 후 ᄂᆡ뎐으로 입시ᄒᆞ라 ᄒᆞ시니 왕과 부ᄆᆡ 향은을 밧ᄌᆞ와 고두ᄉᆞ은ᄒᆞᄆᆡ 상이 두 신ᄂᆡ를 탑젼의 올니ᄉᆞ 어화청삼을 쥬시고 왈 산고옥츌이요 ᄒᆡ심츌쥐라 ᄒᆞ미 경등을 니르미로다 ᄒᆞ시고 ᄌᆡ흥으로 한님혹ᄉᆞ를 ᄒᆞ이시고 뎐흥으로 금은직ᄉᆞ를 ᄒᆞ이시니 냥인이 년쳔ᄒᆞ무로ᄡᅥ 일ᄏᆞ라 작직을 ᄉᆞ양ᄒᆞ온ᄃᆡ 상이 아름다이 너기ᄉᆞ 불윤ᄒᆞ

17면

시니 냥인이 흘일업셔 ᄉᆞᄇᆡᄉᆞ은ᄒᆞ고 부ᄌᆞ 슉질이 냥 신ᄂᆡ를 거ᄂᆞ려 궐문을 ᄂᆞᄆᆡ 무슈 아역과 창부 ᄌᆡ인이 젼ᄎᆞ후옹ᄒᆞ여 길을 덥허시니 츙ᄌᆡ 왕부와 슉부를 밧드러 슈ᄅᆡ의 올니고 쳥춍마를 쳔쳔이 모라 뒤흘 ᄯᆞᆺ고 냥 신인이 방하를 거ᄂᆞ려 나아가ᄆᆡ 느러진 벽제와 홍냥산이 일ᄉᆡᆨ의 ᄡᅧ여시니 관광ᄌᆡ ᄎᆡᆨᄎᆡᆨ 칭찬ᄒᆞ더라 ᄒᆡᆼᄒᆞ여 부즁의 니르러 바로 됸당의 ᄂᆞᄋᆞ가 두루 뵈오ᄆᆡ 다르니ᄂᆞᆫ 니르도 말고 ᄐᆡ부인의

18면

즐겨ᄒᆞ미 모양을 일커의 ᄀᆞᆺᄀᆞ오니 제 ᄌᆞ숀이 흔흔쾌열ᄒᆞ여 화긔 츈풍 ᄀᆞᆺ더라 문묘의 ᄇᆡ알ᄒᆞ고 외당의 ᄂᆞ오니 신진명ᄉᆞ들이 냥 신인ᄋᆞᆯ ᄂᆞ리와 진퇴유희ᄒᆞ고 일등 기녀 냥인으로 ᄃᆡ무ᄒᆞ며 긔형괴상을 다 식이되 고ᄉᆡᆨᄒᆞᄃᆡ 업고 동지안상ᄒᆞ니 쇼각노 셩참뎡이 졔인을 권ᄒᆞ여 ᄀᆞᆺ치게 ᄒᆞ고 ᄡᆡ의 셜ᄐᆡᄉᆞ의 졔오ᄌᆞ 필흥이 졔슴의 고등ᄒᆞ여 부ᄌᆡ 왕부의 니르러 셔로 하례ᄒᆞ더니 안흐로셔 셜쇼져의 ᄊᆞᆼ이 ᄂᆞ오며 팔을

19면

버려 츔츄니 몸의ᄂᆞᆫ 벽ᄂᆞ삼을 닙고 머리의ᄂᆞᆫ 혜란을 얽고 허리의ᄂᆞᆫ 홍ᄉᆞᄃᆡ를 둘너시니 그 년긔 이삼 셰ᄂᆞᆫ 허되 일희 허리 살ᄃᆡ ᄀᆞᆺ고 진납의 팔이 가ᄌᆞᆨᄒᆞ여 ᄌᆞ봉이 기산의 노ᄂᆞᆫ 듯 표일쥰ᄆᆡᄒᆞ여 텬지의 홍원ᄒᆞᆫ ᄆᆡᆨ과 만물의 신이ᄒᆞ믈 오로지 다ᄒᆞ엿시니 ᄆᆞᆰ고 됴흐며 두렷ᄒᆞᆫ 텬졍의 녹발이 삽삽ᄒᆞ여 진실로 만고 긔린이라 제공이 활연이 일오ᄃᆡ 세원인망이여ᄂᆞᆯ ᄎᆞᄋᆡ 엇지 이ᄯᆡ의 ᄂᆞᆺᄂᆞ뇨 션싱이 반쥭션을

20면

드러오라 ᄒᆞ니 냥ᄋᆡ 왈 우리 즁부들이 장원급제ᄒᆞ여시니 아희 등이 츔츄ᄂᆞ이다 ᄒᆞ고 ᄊᆞᆼ으로 무슈를 아오르니 어엿부미 새 녹ᄂᆞᆫ 듯 눈 옴기기 앗가온지라 만좨 ᄎᆡᆨᄎᆡᆨ 칭찬ᄒᆞ여 ᄐᆡ부공긔 하례 분분ᄒᆞ니 부ᄆᆡ 친히 나려 냥ᄋᆞ를 안ᄋᆞ 와 좌즁의 ᄂᆞ코 녜ᄒᆞ라 ᄒᆞ니 냥ᄋᆡ ᄊᆞᆼ셩을 둘너 셜ᄐᆡᄉᆞ 압히 가 녜ᄒᆞ니 ᄐᆡᄉᆞ 냥ᄋᆞ를 슬상의 ᄀᆞ로 안고 츄연 감상ᄒᆞ여 상연 타루ᄒᆞ니 왕이 위로 왈 형의 심ᄉᆞ 냥ᄋᆞ를 보ᄆᆡ 층봉

21면

의 눈물이 마를 젹이 업ᄉᆞ니 아등이 냥ᄋᆞ를 깁히 㗖쇼더니 금일 보미 불힝홀지라 ᄂᆡ바이 녀ᄋᆞ의 거쳐를 모로고 슈년이 되여시되 형젹치 아니ᄒᆞᄂᆞ이다 ᄌᆡ삼 ᄒᆡ유ᄒᆞ니 셜공이 안ᄉᆡᆨ을 곳치더라 임의 놀이 져물미 졔긱이 각산ᄒᆞ니 상국 곤계 졔 ᄌᆞ숀을 거ᄂᆞ려 ᄂᆡ당의 드러가 ᄐᆡ부인긔 녕광을 뵈더라 이러구러 삼일유가를 맛ᄎᆞ미 ᄐᆡ청 션ᄉᆡᆼ이 표를 올녀 ᄌᆡ텬 냥ᄋᆞ의 ᄉᆞ오 년 말미를 청ᄒᆞ니 상이 삼 년 말미를 허

22면

ᄒᆞ시다 광음이 신쇽ᄒᆞ여 쇼셩 냥부의 길긔 다다르니 냥가의셔 혼구를 셩비ᄒᆞ더라 시의 곽시 교란이 텬흥공ᄌᆞ를 ᄒᆞᆫ번 보고 ᄉᆞ복ᄒᆞ여 골슈의 박힌 원졍이 흉즁의 모시 되엿던지라 궁극ᄒᆞᆫ 계교를 ᄂᆡ여 곽귀인을 보고 교연녕ᄉᆡᆨ으로 농낙ᄒᆞ여 텬흥공ᄌᆞ와 셩혼ᄒᆞ믈 ᄋᆡ걸ᄒᆞ니 곽귀인이 질녀의 ᄉᆞ졍을 참ᄋᆞ 박졀치 못ᄒᆞ여 틈을 타 상긔 ᄉᆞ혼지를 쳥ᄒᆞ려 ᄒᆞ더라 남쇼졔 시ᄋᆞ 쇼옥을 효장궁의 보ᄂᆡ여 ᄉᆞ젹

23면

을 듯보라 ᄒᆞ엿더니 쇼옥이 ᄂᆞᄋᆞ가 기웃기웃ᄒᆞ다가 도라오더니 길히셔 묘월을 맛ᄂᆞ니 이ᄯᅴ 묘월이 셜부의 작난ᄒᆞ고 옥경을 산동으로 다려가는 ᄯᅴ라 옥경을 변형ᄒᆞ여 ᄃᆡ근 남자를 ᄆᆡᆫ드러 노코 져는 시상의 츄슈ᄒᆞ여 금젼을 모호ᄂᆞᆫ지라 과거미리ᄉᆞ를 숀금 보듯 니르니 셰상 졔인이 닷토와 굿보니 쇼옥이 다라드러 은젼을 쥬고 쇼져의 팔ᄌᆞ를 뮤르니 그 년월은 모로고 부즁의 오던 날노 니르니 ᄉᆞ쥬를 묘월이 이윽이

24면

쇱즉거리다가 쥬필을 ᄂᆡ여 쇼져의 근본을 일일히 써쥬니 옥이 그 신긔ᄒᆞ믈 ᄃᆡ희ᄒᆞ여 부즁으로 가믈 청ᄒᆞ니 월이 쾌허ᄒᆞ고 도동을 다리고 쇼옥을 ᄯᆞ라 남부의 니르니 옥이 월을 밧긔 머무르고 쇼져긔 드러가 길흉을 무르라 ᄒᆞ니 남시 ᄂᆡ괴란 말을 드르미 혹 ᄌᆞ가를 이곳의 둔 ᄂᆡ괸가 ᄒᆞ여 밧비 부르라 ᄒᆞ니 옥이 월을 인도ᄒᆞ여 당하의셔 합장ᄇᆡ례ᄒᆞ고 승당ᄒᆞ여 쇼져를 찰시ᄒᆞ고 왈 빈도ᄂᆞᆫ 스승을 ᄯᆞ라

25면

몸을 빅운의 김쵸왓더니 싱각 밧 쇼져의 션풍을 귀경ᄒᆞ니 희힝ᄒᆞ여이다 쇼제 그 션골이믈 황홀ᄒᆞ여 왈 득도보살ᄋᆞ 쳡이 유시의 넌지의셔 남ᄆᆡ 노다가 청되 우리 남ᄆᆡ를 무러다가 이 부즁의 두고가니 남ᄆᆡ 친싱 부모를 아됴 니져 셩명도 ᄭᅵ둣지 못ᄒᆞ고 양부모를 의지ᄒᆞ여 일월을 흘녀 십여 셰 되니 평싱이 엇지 될 지 모로니 ᄉᆞ부는 미리 ᄉᆞ를 쇼금보듯 ᄒᆞ시니 쳡의 친싱 부모를 아르시ᄂᆞ니잇가 월이 그 말을

26면

드르니 던일 능운을 보ᄂᆡ여 져의 지교ᄒᆞᆫ 진왕의 녜라 긔특이 맛ᄂᆞ믈 깃거 왈 쇼져 남ᄆᆡ는 여ᄎᆞ여ᄎᆞᄒᆞᆫ 진왕의 싱애라 딘부의 계시면 ᄃᆡ화를 밧고 ᄂᆡ셰 발원을 못 일울지라 빈되 졔ᄌᆞ 능운을 보ᄂᆡ여 여ᄎᆞ여ᄎᆞᄒᆞ엿나이다 빈되 ᄉᆞ름을 맛쵸와 일지 급ᄒᆞ니 명년으로 쇼져의 전정을 온젼케 ᄒᆞ리이다 남시 ᄃᆡ열 왈 아득히 몰낫더니 우리 남ᄆᆡ의 근본이 왕궁이요 사뷔 능운법ᄉᆞ의 스싱이니 쳡이 임쵸왕의 ᄎᆞᄌᆞ 지흥

27면

이 아니면 도장의셔 늙어도 타문의 가지 아니리니 ᄉᆞ부는 쳔만 바라ᄂᆞ니 명년을 어긔지 말나 묘월이 언언 졈두ᄒᆞ고 바랑 쇽으로셔 져근 ᄎᆡᆨ을 ᄂᆡ여 쥬어 왈 이 ᄎᆡᆨ이 셩고고의 보ᄎᆡᆨ으로셔 셩고긔 픠ᄒᆞ여 구미호의게 갈식 빈승의 스승 금션ᄃᆡᄉᆞ긔 뎐ᄒᆞ니 ᄃᆡ식 빈승을 굴으쳐 여쉰여삿 가지 변홰 이 ᄎᆡᆨ의 이시니 이 ᄎᆡᆨ을 능히 읽어 ᄭᅵ다르면 만승황후의 위를 어드려 ᄒᆞ여도 어렵지 아니리니 힘써 닑으쇼셔 ᄒᆞ고 이놀 머무러

28면

보ᄎᆡᆨ을 ᄒᆞᆫ번 가르치니 ᄎᆞ녜 임가의 원을 ᄆᆡᄌᆞ 낫거니 ᄒᆞᆫ 곳 희미히 ᄭᅵᄃᆞ르리오 묘월이 신긔ᄒᆞ믈 일캿고 ᄎᆡᆨ을 맛지고 명년으로 긔약ᄒᆞ고 가니라 이ᄯᅴ 남시 ᄎᆡᆨ을 통ᄒᆞᄆᆡ 못홀 변홰 업더니 셰월이 여류ᄒᆞ여 히 밧고이니 일일은 환옥을 ᄃᆡᄒᆞ여 친싱 부뫼 진왕뷔믈 니르고 ᄎᆡᆨ의 보비로오믈 니르니 환옥이 깃거 쇼원 일우기를 청ᄒᆞ더라 일일은 쇼제 임장원의 쇼식을 듯보더니 믄득 쇼시와 뎡혼ᄒᆞ여 길긔 님박ᄒᆞ믈 듯

29면

고 아미의 ᄉᆞ름을 ᄆᆡᄌᆞ 계교ᄅᆞᆯ 궁구ᄒᆞ더니 쇼옥이 믄득 ᄀᆞᆯ오ᄃᆡ 쇼제 뎐일과 달나 변쇄 무궁ᄒᆞ시거ᄂᆞᆯ 엇지 ᄉᆞ름ᄒᆞ시ᄂᆞ니잇고 쇼제 탄왈 그 일도 그 일이여니와 모일야의 일몽을 어드니 슈미산 활인ᄃᆡᄉᆡ라 ᄒᆞ고 날을 슈퇴ᄒᆞ되 네 반년화의 후신이니 흉히 요참ᄒᆞ여 너희 남ᄆᆡ 흉코 더러온 긔운과 혼이 진왕비긔 투ᄐᆡᄒᆞ엿거ᄂᆞᆯ 요리 능운이 묘월을 가르치무로 후려다가 남가의 ᄌᆞ식을 삼고 제 요술의셔 죽을너니 요도의 구ᄒᆞ믈

30면

입어시나 요되 하산ᄒᆞ여 한왕 고구의 친히 난 옥경을 다리고 쳔변만화ᄅᆞᆯ 부려 국난을 일워고 너 요인 남ᄆᆡᄅᆞᆯ 보ᄇᆡ의 ᄎᆡᆨ을 쥬어 월셩과 규벽셩의 가긔ᄅᆞᆯ 작희코ᄌᆞ ᄒᆞ나 ᄎᆞ인 등은 각각 상뎨 명으로 하셰ᄒᆞ여 츙신뎔부들의 원을 풀고 명실을 밝히려든 너 요졍이 간ᄃᆡ로 ᄒᆡᄒᆞ랴 ᄒᆞ고 ᄎᆡᆨ을 아ᄉᆞ 불구슬 ᄀᆞᆺ흔 거슬 구을니더니 보ᄎᆡᆨ이 다 타 ᄌᆡ된 후 셔리 ᄀᆞᆺ흔 보검으로 우리 남ᄆᆡ 몸을 만단의 써흐러 노니 놀나 ᄭᆡ보니 ᄎᆡᆨ이

31면

다 ᄉᆞ희엿고 만신이 져리고 곤ᄒᆞ여 변화ᄒᆞᆯ ᄯᅳᆺ이 업ᄉᆞ니 엇지 ᄒᆞ리오 공ᄌᆞᄅᆞᆯ 청ᄒᆞ여 몽ᄉᆞᄅᆞᆯ 니르고 인ᄒᆞ여 ᄉᆞ오십 강도ᄅᆞᆯ 모화 쇼져 탈취ᄒᆞᆯ ᄭᅬᄅᆞᆯ 이르니 옥이 ᄃᆡ희 왈 몽ᄉᆞᄂᆞᆫ 불과 츈몽이요 쇼져의 계교ᄂᆞᆫ 여합ᄒᆞ리라 ᄒᆞ고 공ᄌᆞᄅᆞᆯ 청ᄒᆞ여 ᄉᆞ연을 니르더라 명일의 쇼제 남복을 ᄒᆞ고 교셤으로 제 용모ᄅᆞᆯ ᄆᆡᆫ다라 이리이리ᄒᆞ라 ᄒᆞ고 표연이 문을 나 쇼옥으로 임부 왕궁을 ᄀᆞ르치라 ᄒᆞ여 ᄂᆞᄋᆞ가니 문니 막고 드리지 아닛ᄂᆞᆫ지라 남시 왈 너의 ᄎᆞ상공

32면

을 과갑의 드러가 맛나 교도ᄅᆞᆯ ᄆᆡᄌᆞ 금일노 ᄎᆞᄌᆞ마 언약ᄒᆞ엿ᄂᆞᆫ 고로 와시니 여등의 혼금이 쥬인의 붕우ᄅᆞᆯ 막으라 ᄒᆞ미 아니리니 셔당을 ᄀᆞᆯ으치라 혼직 이 말을 듯고 팔을 드러 ᄂᆞᆨ노졍을 ᄀᆞ르쳐 왈 져 ᄀᆞᆺ의 한님 상공과 직ᄉᆞ 상공이 계시고 만슈젼의 ᄃᆡ노애 계시고 졍심헌의 쵸왕 젼히 북후 노야로 동일ᄒᆞ시니 마음ᄃᆡ로 가쇼셔 남시 바로 뎡누의 니르니 이ᄯᆡ 왕의 삼곤계 좌졍ᄒᆞ고 ᄎᆞᆼᄌᆞ 등이 시측이러니 왕이 눈을 들ᄆᆡ 당

하의 일위 쇼년셔싱이 빅

33면

포당건의 셰쵸씌룰 씌고 셔시니 미목이 쳥슈ᄒ고 쥬슌이 잉도 ᄀᆞ고 냥협이 무릉도홰니 슬의 쥼긴 듯ᄒ되 남지 아니오 녀ᄌᆞ의 건복ᄌᆞ로되 두 눈 졍긔 흘난ᄒ여 한님을 쑈아 보ᄂᆞᆫ지라 심하의 츠악ᄒ되 불변안식고 문왈 슈ᄌᆞᄂᆞᆫ 하쳐긱이완ᄃᆡ 통명치 아냐 쥬인의 맛ᄂᆞᆫ 녜룰 일케 ᄒᆞᄂᆞ뇨 임의 와시니 거슈셩뎡을 통ᄒᆞ미 맛당토다 남싱이 당의 올나 좌즁의 녜ᄒᆞ니 다 일시의 답읍ᄒ되 한님은 글의 잠챡ᄒ여 뎡신을 쑈다 도라

34면

보지 아니터라 긔인이 왕의게 지빅ᄒ고 궤복ᄒ니 왕이 평신ᄒᆞᆷᄅ ᄅ니르고 왈 슈ᄌᆞ의 고표룰 보니 쳔인이 아니라 셩명거쥬도 니르지 아니시고 과례룰 하시ᄂᆞ뇨 남싱이 ᄃᆡ왈 쇼싱은 금능인이라 부뫼 됴요ᄒ고 혈혈일신이 스히의 포락ᄒ여 단니더니 이인을 맛나 학슐을 ᄀᆞᆯ으쳐 스졔지분으로 ᄒ더니 돌연이 경셩 쇼각노 일ᄌᆞ 쇼참뎡의 쇼픠 너의 쳔졍비위니 네 비록 부뫼 구몰ᄒ고 풍진의 표박ᄒ나 삼싱지연이니 비록 너룰 비쳔이

35면

녀기나 면치 못ᄒ리니 바로 경ᄉ 동화문 안 옥셕교룰 ᄎᆞᄌ 각노 부ᄌᆞ룰 맛나 이 쇼유룰 고ᄒ여 미쳐 인연이 못되고 너의 궁곤ᄒᆞᆷ믈 보고 미러 닉칠 거시니 ᄯᅩ 은신법을 ᄀᆞᆯ으쳐 화원쳐루의 드러가 그 쇼져룰 보고 너의 ᄉᆞ졍을 고ᄒ고 닉 말을 젼ᄒ면 ᄌᆞ연 믈이 동으로 흐름 ᄀᆞᆺᄒ여 밍약을 구지 바든 후ᄂᆞᆫ 그 녀ᄌᆞ 부모긔 고ᄒ고 법으로 혼인ᄒ면 만복구젼ᄒᆞᆷ믈 니르미 쳔싱이 션싱의 ᄀᆞᄅᆞ친 ᄃᆡ로 과연 쇼각노 퇴즁으로 ᄎᆞᄌ 모야 무지의

36면

쳐루의 올나 그 녀ᄌᆞ룰 ᄃᆡᄒ여 션싱의 말ᄃᆡ로 젼ᄒ고 여ᄎᆞ여ᄎᆞ 이르니 그 녀ᄌᆡ 미미치 아냐 옥지환 ᄒᆞᆫ 쏙을 두고 바로 맛기룰 간졀이 비올ᄉᆡ 다만 가슴의 쳥난졈이 분명ᄒᆞᆷ믈 보고 도라와 쥬졈의 머물며 져 집이 ᄎᆞᆺ기만 기다리더니 돌연이 그 쇼졔 훼졀ᄒ

여 귀부의 졍혼ᄒᆞ여 길긔 님박ᄒᆞ엿다 ᄒᆞ오니 쳔싱이 분울ᄒᆞ믈 니긔지 못ᄒᆞ여 화원을 넘으려ᄒᆞᆫ 즉 검극이 삼나ᄒᆞ여 비됴도 넘지 못ᄒᆞᆯ지라 쇼싱이 만복ᄉᆞ량ᄒᆞ오니 젼하의

37면

셩덕이 심산궁곡의 덥혀습ᄂᆞᆫ지라 쳔싱의 지원극통을 알으실진ᄃᆡ 거의 쳔싱의 쇼원을 일울가 죽기를 무릅써 원을 고ᄒᆞ옵ᄂᆞ니 져 허무ᄒᆞᆫ 녀ᄌᆡ 부모다려 여ᄎᆞᄒᆞᆫ 쇼회를 니르지 아니코 돈틱이 금방 장원ᄒᆞ신 ᄋᆞ들노 구혼ᄒᆞ시ᄆᆡ 믄득 부귀와 권셰를 흠앙ᄒᆞ여 마음이 변ᄒᆞ온지라 쳔싱은 스ᄉᆞ로 물너나올 ᄇᆡ오ᄃᆡ 쳔싱 일신이 녕졍 고고ᄒᆞ여 의탁ᄒᆞᆯ 곳이 업ᄉᆞ온지라 돈틱은 츄부ᄒᆞ시ᄆᆡ 궁진ᄒᆞᆫ ᄉᆞ름의 의탁을

38면

ᄲᅢᆺ츠시미 덕앙이 깁흘가 ᄒᆞᄂᆞ이다 말을 맛ᄎᆞᄆᆡ 비뤼 쌍쌍이 구으러 낭협의 ᄯᅥᄌᆞ니 왕이 다시 눈을 드지 아니ᄒᆞ고 다만 고요히 단좌ᄒᆞ여 요인의 픽셜을 다 드르ᄆᆡ 살셩이 징징ᄒᆞ여 결비길인이요 각별ᄒᆞᆫ 요졍이 요슐을 비져 냥가 혼닌을 져희ᄒᆞ고 별단 괴ᄉᆞ를 져즐 ᄆᆡᆼ의를 ᄒᆞ고 ᄌᆞ가 부ᄌᆞ를 격동ᄒᆞ믈 ᄊᆡ다르ᄆᆡ 십분 히연ᄒᆞ고 불승통히ᄒᆞ여 다만 금션으로 면ᄎᆞᄒᆞ고 왈 복이 비록 니루지명과 ᄉᆞ광지춍이 업ᄉᆞ나 음양의 밧고이믄 알

39면

지니 ᄉᆞ문규쉬 도장을 바리고 타도의 투입ᄒᆞ여 변화로 ᄉᆞ름을 쇽이나 그 쇽을 ᄌᆡ 몃 치며 ᄯᅩ 그ᄃᆡ 형용이 하쳔이 아니여ᄂᆞᆯ 져러틋 픽려ᄒᆞᆫ 형상을 ᄒᆞ여 ᄐᆡ양지하의 힝ᄒᆞ미 두렵지 아니냐 만일 그ᄃᆡ 경ᄉᆡ 오힝을 오로지 가질진ᄃᆡ 복이 비록 덕이 고인을 바라지 못ᄒᆞ나 거두어 셔ᄌᆡ의 두고 슉녀를 틱ᄒᆞ여 평싱을 안낙게 ᄒᆞ려니와 니는 그러치 아니니 츈츄ᄃᆡ의 오히려 말셰의 흐르고 즁화의 녜의 니젹으로 다른 ᄌᆞᄂᆞᆫ 남녀분별이여ᄂᆞᆯ

40면

일념을 픽도요슐의 투입ᄒᆞ여 궁극ᄒᆞᆫ 힝싀을 지어 쳬면을 도라보지 아니리오 복이 그 읏이 한심ᄒᆞᆫ지라 ᄲᆞᆯ니 도라갈지여다 셜파의 쌍안의 일월경긔를 ᄒᆞᆫ번 요인의 일신의

흘니미 남시 딕황딕참ᄒ여 쇼진의 구변을 비나 다시 답홀 말이 업ᄂ지라 다만 아연
더상ᄒ여 쵸쵸히 하직고 니러 나올시 북휘 믄득 잠미를 거스리고 큰 거됴를 ᄒ여 져
의 본형을 니여 교ᄌ의 담아 져 가고ᄌ ᄒ는 딕로 보니려 분연이 ᄉ미를 썰쳐 니러

41면

셔ᄂ지라 쇼휘 옷슬 다리여 말니고 왕이 미우를 찡긔여 왈 져 요물을 그만ᄒ여 보니
여 니두를 볼지라 이심ᄒ미 불가ᄒ다 부미 올히 녀겨 긋치고 쳔도를 불가탁이라 추
등지인을 각별이 니여 맑은 세상을 어즈러일고 ᄎ인이 심상ᄒ 요졍이 아니라 직질
보ᄂ 망목이 크게 다졍ᄒ여 심상치 아니니 필연 딕란을 지을 요인이라 급히 셔동으
로 그 쇼년의 뒤흘 쏠와 어딕로 향ᄒ여 엇던 집으로 드ᄂ고 부딕 이 부작을 들고 쏠
오라 ᄒ니

42면

셔동이 승명ᄒ여 뒤흘 ᄯ롤시 기인이 큰 문을 ᄂ며 양텬ᄒ여 몽농이 암측ᄒ더니 홀
연 기인의 입으로셔 안기 긔운이 ᄂ며 그 몸을 감쵸와 힝ᄒ니 셔동이 부작을 들고 안
기 긔운을 ᄯ라 가니 기인이 옥셕교 낙녁히 후원 문으로 표연이 드러가되 그 집이 장
녀ᄒ고 공후데틱이라 엽흐로 쇼각노 집 장원 밧긔여늘 이딕로 고ᄒ니 북휘 왈 이 집
이 남틱우 집이니 남홰 남녀간 무ᄌ타가 엇던 요승이 남녀를 다려다가 쥬어 니러틋
인

43면

가의 변을 지엇도다 ᄒ니 ᄎᄂ 쇼각노 집으로셔 ᄌ시 알미러라 쇼뷔 탄식 왈 요졍이
직질의 특츌ᄒ 풍모를 엇지 규시ᄒ고 원직의 쇼고를 훼방ᄒ고 인연을 도모ᄒ여 일장
딕란을 지을 거시니 엇지 통힛치 아니리오 슈연이나 명일이 길일이니 셩녜후 필경을
볼 거시니이다 왕이 졈두 왈 연ᄒ다 져 요녜 비록 이미망냥이라도 ᄉ불범졍이오 요
불승덕이니 군ᄌ 요얼을 물니치지 못홀가 근심ᄒ리오 니두 되여가믈

44면

볼 거시라 ᄒ더라 남쇼졔 치빙이 셔어ᄒ 계교로 임상부의 굿다가 왕이 져의 닉력을

됴마경 빗쵀듯 판단ᄒᆞ여 굿ᄒᆞ여 요란치 아니코 슈어로 가게 ᄒᆞᄂᆞᆫ지라 참괴분앙ᄒᆞ여 쇼옥 등 다려 임부의 가 단녀온 슈말을 니르고 왈 ᄂᆡ ᄆᆡᆼ세코 쇼원을 닐우고 말니라 ᄒᆞ고 돌돌 뎔치ᄒᆞ더라 이ᄯᅢ 곽교란도 머리를 ᄡᅳ고 누어 곽귀인을 됴르니 ᄌᆡ텬 냥 공ᄌᆞ의 원ᄀᆡ 아니리오 임부의셔 두 신낭이 길복을 다ᄉᆞ려 신부를 마즐ᄉᆡ 위의 십분 댱녀ᄒᆞ여

45면

쵸국 ᄇᆡ신의 규례와 효장공쥬 봉읍의셔 드ᄂᆞᆫ 바 산ᄒᆡ지물과 토산의 긔이ᄒᆞᆫ 거시 물ᄀᆞᆺ치 흘너드니 이로 긔록지 못ᄒᆞᆯ너라 ᄎᆞᆼᄌᆡ 냥데를 닛그러 ᄐᆡ부인 면젼의셔 길복을 닙혀 ᄉᆞᆸ네ᄒᆞᄆᆡ 두 신낭의 늠늠쇄락ᄒᆞᆫ 풍되 더옥 ᄉᆡ로온지라 ᄐᆡ부인과 녀위 냥 부인이 아험이 열니믈 ᄭᆡ닷지 못ᄒᆞ더라 냥인이 모든 ᄃᆡ 하직ᄒᆞ고 ᄇᆡᆨ마금안의 만됴요ᄀᆡᆨ이 각각 위요ᄒᆞ여 도로를 덥허시니 관광ᄌᆡ 닷토와 구경ᄒᆞ더라 니의 니르러 뎐안ᄒᆞᄆᆡ

46면

신부의 상교를 기다릴ᄉᆡ 좌위 됴모의 보든 ᄇᆡ나 ᄉᆡ로이 두굿겨 하례분분ᄒᆞ니 각노부ᄌᆡ 두굿기고 좌즁의 ᄌᆞ랑 왈 ᄂᆞ의 숀셔ᄂᆞᆫ 말세긔린이오 명실의 보ᄇᆡ라 ᄂᆞ의 ᄐᆡᆨ셔ᄒᆞᄆᆡ ᄇᆡᆨ승ᄒᆞ도다 일쾌 ᄃᆡ쇼ᄒᆞ고 쥬어ᄉᆡ 쇼왈 합ᄒᆡ 현빈을 ᄌᆞ미 업시 녀겨 견집ᄒᆞ시나 쳔고 군ᄌᆞ영걸이니 난슉난질이로되 ᄋᆞᄒᆡ 현빈의 웅호쥰상ᄒᆞ믈 독히 당ᄒᆞᆯ ᄌᆡ니 합하ᄂᆞᆫ 됴심ᄒᆞ시고 만만ᄒᆞᆫ ᄉᆞ회로 아지 마르쇼셔 좌즁이 연타 ᄒᆞ고 각노ᄂᆞᆫ ᄃᆡ쇼ᄒᆞ더라 신낭이 상교

47면

를 ᄌᆡ쵹ᄒᆞ여 봉교ᄒᆞ기를 맛ᄎᆞᄆᆡ 현황ᄒᆞᆫ 누른 치마의 분면 아황이 화쵹을 쌍쌍이 잡ᄋᆞ 도로의 휘영ᄒᆞ니 균쳔광악의 ᄉᆡᆼᄀᆡ 뇨료ᄒᆞ고 뉵뉼이 화창ᄒᆞ여 ᄇᆡᆨ냥쳔승의 계우능토ᄒᆞ여 쥬분표표ᄒᆞ여 젹불어됴ᄒᆞ니 왕후지가와 제후빙이믈 ᄭᆡ다를너라 ᄎᆞ시 셩부의셔 빈ᄀᆡᆨ을 ᄃᆡ회ᄒᆞ고 신낭을 마즐ᄉᆡ 셩츄밀의 과도ᄒᆞᆫ ᄉᆞ랑은 쳬면을 니즌 듯ᄒᆞ며 시랑은 두굿기믈 니긔지 못ᄒᆞ여 슈다 빈ᄀᆡᆨ의 치하를 ᄉᆞ양치 아니

48면

ᄒᆞ더라 신부의 상교를 직ᄒᆞᆨᄒᆞ여 봉교ᄒᆞ미 ᄃᆡ로의 ᄂᆞ니 쇼쇼져 ᄇᆡᆨ냥힝거로 흠긔 힝ᄒᆞ미 긔이ᄒᆞ고 장녀ᄒᆞ더라 효문궁 ᄐᆡ란젼의 독좌를 ᄇᆡ셜ᄒᆞ여 냥 신인이 쌍쌍이 네를 일울ᄉᆡ 남풍녀뫼 진실노 쳔정ᄇᆡ위라 두 쌍 광치 좌우의 됴요ᄒᆞ고 뎐후의 ᄇᆡᄋᆡ니 좌상 졔인이 하례분분ᄒᆞ더라 냥 신인이 합환지네ᄅᆞᆯ 파ᄒᆞ고 폐ᄇᆡᆨ을 밧드러 구고긔 ᄂᆞ오니 쇼쇼져의 풍광을 니를진ᄃᆡ 쳔지슈긔와 일월뎡긔를 품슈ᄒᆞ여 ᄒᆞ억ᄒᆞᆫ

49면

용모와 화왕이 둔ᄒᆞ믈 ᄂᆞ모라고 홍년의 불그믈 피ᄒᆞ니 옥골셜부와 쇼담쇄락ᄒᆞᆫ 풍치 츄쳔명월 ᄀᆞᆺᄒᆞ여 푸른 아미와 ᄆᆞᆰ은 눈씨ᄂᆞᆫ 츄슈를 ᄂᆞ모라며 구름 ᄀᆞᆺᄒᆞᆫ 귀밋과 ᄇᆞᆰ은 보됴기의 ᄇᆡᆨᄐᆡ 가즉ᄒᆞ고 엄슉ᄒᆞ되 ᄒᆞᆫ연유화ᄒᆞ여 쳔ᄐᆡ만광이 아니 가즌 거시 업ᄂᆞᆫ지라 ᄯᅩ 셩쇼졔 폐ᄇᆡᆨ을 밧드러 구고긔 ᄂᆞ오니 일쌍 희한ᄒᆞᆫ 녀ᄉᆡ라 엇지 일호 ᄎᆞ등이 잇ᄉᆞ리오 셩시의 용안은 표연이 아릿ᄯᆞ와 ᄇᆡᆨ모란 ᄒᆞᆫ 가지 금분의 반기ᄒᆞ여 동풍을 ᄯᅴ엿

50면

ᄂᆞᆫ 둣 츄ᄐᆡᆨ부용이 됴로를 먹음어 ᄐᆡ양의 쑈이ᄂᆞᆫ 둣 ᄒᆞᆫ 쌍 아미ᄂᆞᆫ 원산을 ᄆᆞᆰ게 그렷시며 일쌍 츄파ᄂᆞᆫ ᄉᆡ벽별의 뎡긔를 아ᄉᆞᆺ고 ᄇᆡᆨ셜긔부와 치봉 ᄀᆞᆺᄒᆞᆫ 엇기며 가ᄂᆞᆫ 허리 쳔연슈려ᄒᆞ고 쇄락혜일ᄒᆞ며 쇼담ᄒᆞ고 어리로와 앙앙표표히 셰간의 무드지 아니니 ᄐᆡ부인의 황홀긔이ᄒᆞ미 셜쇼져 입승쵸일의 더은 둣ᄒᆞ고 ᄐᆡ부공과 ᄐᆡ청션싱의 안고ᄒᆞ무로도 뎡신이 황홀ᄒᆞᆫ 둣ᄒᆞ더니 냥구의 ᄐᆡ부인긔 하례 왈 금일 신부의 무쌍

51면

ᄒᆞᆫ 셩덕지용을 바란 바의 지ᄂᆞ온지라 히ᄋᆞ 등의 복이로쇼이다 ᄐᆡ부인이 두굿기믈 결을치 못ᄒᆞ고 모든 빈긱의 하례를 ᄉᆞ양치 아니ᄒᆞ더라 둉일 진환ᄒᆞ고 파연긱산ᄒᆞ미 신부 슉쇼를 뎡홀ᄉᆡ 쇼쇼져ᄂᆞᆫ 홍눈당의 뎡ᄒᆞ고 셩쇼져ᄂᆞᆫ 옥눈당의 뎡ᄒᆞ여 보ᄂᆡ니라 ᄎᆞ야의 냥 신낭이 돈당 명으로 신방의 드러가니 ᄎᆞ시 쇼피 신부를 보호ᄒᆞ여 두굿기며 편히 쉬믈 니르니 한님 왈 됴뫼 혼야의 분쥬ᄒᆞ시니 과연 슈고를 피치 아니

52면

시ᄂᆞ니다 ᄑᆡ 쇼왈 ᄂᆡ 굿ᄒᆞ여 슈고를 ᄒᆞ고져 ᄒᆞ미 아니라 그ᄃᆡ 지예ᄅᆞᆯ ᄂᆡ 심히 괴로이 녀기ᄂᆞᆫ니 신뷔 편치 못ᄒᆞᆯ가 보호ᄒᆞ미라 ᄒᆞ고 도라가다가 옥뉸당의 가 셩쇼져ᄅᆞᆯ 보니 진ᄑᆡ 니르러 보호ᄒᆞ며 담쇼ᄒᆞ거ᄂᆞᆯ 쇼ᄑᆡ 쇼왈 나ᄂᆞᆫ 홍뉸당의 갓다가 츅긱ᄒᆞ기로 ᄉᆞ졍을 못 펴고 도라가더니 그ᄃᆡ ᄯᅩ 이 곳의 왓도다 직시 다만 함쇼ᄒᆞ고 신부의 광염을 유의ᄒᆞ미 업ᄉᆞ니 ᄌᆡ텬 냥인 진실노 금옥군ᄌᆡ러라 냥ᄑᆡ 도라가ᄆᆡ 금일 ᄌᆡ텬 냥인

53면

이 니셩지합을 녈지 아니ᄒᆞ더라 셩쇼 냥 쇼졔 인뉴ᄒᆞ여 슉흥야ᄆᆡᄒᆞ고 효당갈녁ᄒᆞ며 동쵹ᄉᆞ군ᄒᆞ더라 어시의 한왕 고귀 반심이 익츌ᄒᆞ나 틈을 엇지 못ᄒᆞ더니 묘월과 옥경이 도라와 일을 의논ᄒᆞᆯᄉᆡ 묘월이 ᄀᆞᆯ오ᄃᆡ 빈되 이졔 융국의 가 긔병케 ᄒᆞ리이다 ᄒᆞ고 근두쳐 융국의 니르니 이ᄯᆡ 옥션이 융왕 목달을 슈즁의 너허 임의로 농낙ᄒᆞ여 ᄂᆞ라 뎡ᄉᆞᄅᆞᆯ 졔 춍찰ᄒᆞ고 시녀 일만 병을 ᄉᆡᆨ 요슐을 ᄀᆞ르쳐 낭ᄌᆞ군이라

54면

ᄒᆞ고 긔병ᄒᆞ기ᄅᆞᆯ 쇠ᄒᆞ더니 믄득 ᄋᆞ돌을 ᄂᆞᆺ코 ᄯᅩ 다시 ᄯᆞᆯ을 ᄂᆞ흐ᄆᆡ 융왕이 더옥 뎡신을 일허 쥭으라 ᄒᆞ여도 쥭ᄂᆞᆫ지라 묘월이 이르러 긔병ᄒᆞ기ᄅᆞᆯ 바야니 옥션이 융왕다려 긔병ᄒᆞ믈 니르고 ᄌᆞ녀ᄅᆞᆯ 맛지고 낭ᄌᆞ군 일만 병을 거나려 묘월노 군ᄉᆞᄅᆞᆯ 삼ᄋᆞ 왕을 하직고 ᄂᆞ오니 왕이 엇지 막ᄌᆞ르리오 니별을 슬워ᄒᆞ나 감히 말뉴치 못ᄒᆞ고 흙ᄒᆞᆫ 눈물이 슈업시 ᄯᅥ러지며 쳔만 부탁이 부ᄃᆡ 셩공ᄒᆞ여 마ᄌᆞ라 오라 당부ᄒᆞᆯ

55면

ᄲᅮᆫ이러라 옥션이 묘월과 낭ᄌᆞ군을 다리고 한왕 고구의게 니르러 합병ᄒᆞ여 근읍셩지ᄅᆞᆯ 치ᄆᆡ 쇼과무뎍이라 일일지ᄂᆡ의 사십여 셩을 엇고 돗 마듯 즛쳐 드러오니 군현이 망풍귀항ᄒᆞ고 변뵈 눈 날니듯 ᄒᆞ니 됴졍이 황황실식ᄒᆞ고 상이 만됴문무ᄅᆞᆯ 모흐ᄉᆞ 탄식ᄒᆞᄉᆞ 왈 짐이 박덕ᄒᆞ여 한왕이 융왕의 장됼노 합병ᄒᆞ여 돗 마듯 즛쳐오되 능히 막지 못ᄒᆞ니 출하리 ᄂᆞ라를 덕 잇ᄂᆞᆫ ᄉᆞ름의게 ᄉᆞ양ᄒᆞ미 가ᄒᆞᆯ가 ᄒᆞ노라 ᄒᆞ시

56면

니 졔신이 면면상고ᄒᆞ여 문관은 토인 ᄀᆞᆺ고 무장은 목인 ᄀᆞᆺᄒᆞ여 답ᄒᆞᄂᆞᆫ 지 업ᄉᆞ니 상이 더옥 옥식이 불평ᄒᆞ시더니 문관 반녈의 일위 왕지 츌반 쥬왈 지금의 한왕이 역텬무도ᄒᆞ여 흉노를 쳬결ᄒᆞ여 감히 즁화를 쇼요ᄒᆞ고 텬시를 모로고 녁모ᄒᆞ오니 엇지 쳔츄의 죄인을 면ᄒᆞ리잇고 미신이 삼ᄃᆡ황은을 일호도 갑지 못ᄒᆞ여ᄉᆞ오니 일지병을 엇ᄌᆞ와 달융을 멸ᄒᆞ고 고구를 싱금ᄒᆞ여 황은을 만분지일이나 갑흘가 ᄒᆞᄂᆞ이다 상이 뇽

57면

안을 드러 ᄉᆞ례 왈 션싱의 ᄃᆡ략으로 흉노를 파ᄒᆞ고 산동을 평졍ᄒᆞ믄 반슈애라 딤이 근심이 업도다 이의 쵸왕을 빅ᄒᆞᄉᆞ 본직 금ᄌᆞ광녹ᄐᆡ우 문연각 ᄐᆡ혹ᄉᆞ ᄃᆡᄉᆞ마 병부상셔 평쵸왕 겸 ᄃᆡ원슈 도춍병 텬하진무 졀졔ᄉᆞ를 ᄒᆞ이ᄉᆞ 쳔 원 명장과 오십만 ᄃᆡ군을 거나려 삼일치힝ᄒᆞ라 ᄒᆞ시고 쥬원광으로 부원수의 부춍병을 ᄒᆞ이ᄉᆞ 달목국으로 ᄌᆞ레 엄습ᄒᆞ여 낭ᄌᆞ군의 물너셜 곳이 업게 ᄒᆞ라 ᄒᆞ시니 임춍지 반녈을 써나

58면

쥬왈 신뷔 유시의 쵸토의 뎍상ᄒᆞᆫ 병이 ᄌᆞ로 복발ᄒᆞ여 토혈혼도ᄒᆞ옵ᄂᆞ니 신의 동긔 다 어리와 동군치 못ᄒᆞ오니 신이 인슈를 드리고 아비를 동군ᄒᆞ여지이다 상이 츙효를 칭복ᄒᆞ시고 셩시랑으로 니부상셔를 ᄒᆞ이시고 임춍ᄌᆞ를 군즁참모를 ᄒᆞ이시니 춍지 빅빅ᄉᆞ은ᄒᆞ고 퇴ᄒᆞ미 원쉬 바로 연무쳥의 가 쟝뎡을 ᄌᆞ모 밧고 군병을 됴련ᄒᆞ미 부원쉬 ᄒᆞᆫ가지로 삼일 연습을 맛고 ᄐᆡ우 셜희량으로 션봉을 숨고 셩연슈로

59면

부션봉을 졍ᄒᆞ미 잠간 몸을 ᄲᆡ혀 부즁의 니르러 졍당의 하직홀ᄉᆡ 어시의 상부의셔 왕의 부지 츌졍ᄒᆞᄆᆞᆯ ᄃᆡ경ᄒᆞ여 합긔 황황ᄒᆞ고 ᄐᆡ부인이 탄왈 댱뷔 나라히 몸을 허ᄒᆞ미 ᄎᆞ힝을 ᄌᆞ원ᄒᆞ미 인신의 직분이나 병가승픽를 미러 뎡치 못ᄒᆞ고 ᄉᆞᆫ의 혈긔 미졍ᄒᆞᆫ ᄋᆞ히 젹 상ᄒᆞᆫ 증이 경치 아니코 노뫼 셔산낙일ᄒᆞ여시니 져의 부ᄌᆞ를 젼진의 보ᄂᆡ고 희한홀지 쇽을 모로니 어이 ᄎᆞ마 견ᄃᆡ리오 ᄒᆞ여 능히 안졉지 못ᄒᆞ시니

60면

션싱이 직삼 관위ᄒᆞ고 상국 곤계 근심ᄒᆞ고 졔 부인과 일가 상히 근심으로 지ᄂᆡ더니 원슈 부ᄌᆡ 융복을 ᄀᆺ쵸고 니르러 슬하의 하직을 고홀ᄉᆡ 좌위 보건ᄃᆡ 융복을 졍졔ᄒᆞᆫ 거동이 엄슉영위ᄒᆞ여 북노와 역신을 삭평ᄒᆞ고 ᄀᆡ가로 도라와 천문의 헌긔홀 쥴 뭇지 아냐 알지라 ᄯᅩᄒᆞᆫ 참모의 긔상풍치 발월웅호ᄒᆞ여 교룡이 창히를 박ᄎᆞ고 긔셰를 발ᄒᆞ는 듯 부왕의 승ᄒᆞ니 상국 곤계 두굿기고 ᄐᆡ부인이 ᄉᆡ로이 ᄋᆡ즁ᄒᆞ여 밧비 부ᄌᆞ를

61면

나호여 숀을 잡고 경계 왈 남ᄋᆡ 나라히 몸을 허ᄒᆞ미 ᄉᆞ졍을 도라보지 못ᄒᆞᄂᆞ니 여등이 삼됴의 슈은ᄒᆞ미 호텬이 무ᄋᆡᄒᆞᆫ지라 이졔 젼장의 나ᄋᆞ가 ᄉᆞ됼을 무휼ᄒᆞ며 살벌을 명빅히 ᄒᆞ여 ᄃᆡ공을 일워 쳔은을 만분지일이나 갑ᄉᆞ오라 원슈 부ᄌᆡ ᄌᆡᄇᆡ 슈명ᄒᆞᄆᆡ ᄐᆡ부공이 우왈 숀ᄋᆡ 본ᄃᆡ 나의 편ᄋᆡᄒᆞᄂᆞᆫ ᄇᆡ라 슬하를 ᄯᅥ나지 아냣더니 이졔 아비를 됴ᄎᆞ 참모 즁임을 당ᄒᆞ여 가니 삼가 경심계지ᄒᆞ라 참뫼 ᄌᆡᄇᆡ슈명ᄒᆞᄆᆡ 쥬ᄇᆡ를

62면

나와 공의 형뎨 일 ᄇᆡ식 거후르고 다시 잔을 부어 원슈 부ᄌᆞ를 쥬니 원슈와 참뫼 피셕ᄒᆞ여 밧ᄌᆞ와 마시ᄆᆡ 공의 곤계 왕의 부ᄌᆞ를 무ᄋᆡᄒᆞ여 쳔금즁신을 한포흉역의 히를 밧지 말나 당부ᄒᆞ니 원슈 부ᄌᆡ 슌슌슈명ᄒᆞ고 원쉬 야야의 슬젼의 가ᄌᆞ이 ᄭᅮ러 쥬왈 ᄌᆡ흥의 부실을 바라ᄂᆞᆫ ᄌᆡ 쇼ᄌᆡ 집을 ᄯᅥ나ᄆᆡ 고이ᄒᆞᆫ 변이 잇ᄉᆞ올지라 만ᄉᆡ 텬의오니 과도히 ᄉᆞ양치 마르ᄉᆞ 됸당 셩념을 ᄭᅵ치지 마르시ᄆᆡ 힝심일가 ᄒᆞ나이다 공

63면

이 졈두미신이라 원쉬 우쥬 왈 ᄌᆡᄋᆞ의 경혹문질이 작ᄒᆞ리잇가마ᄂᆞᆫ ᄉᆞ름의 부졍ᄒᆞᆫ 것슬 용ᄉᆞ치 못ᄒᆞᄂᆞᆫ 병통이 잇ᄂᆞ니이다 공이 고ᄀᆡ 됴으니 원쉬 부마다려 왈 현뎨 심히 쇼탈 무즁졍ᄒᆞ니 우형이 니가ᄒᆞᄆᆡ 질ᄋᆡ 봉쇼 부르ᄂᆞᆫ 호ᄉᆞ를 과도히 ᄉᆞ양 말고 ᄌᆞ부의 ᄉᆞ졍도 불언지즁의 ᄉᆞ상ᄒᆞ여 쳘부셩녀의 식부로 ᄒᆞ여곰 구부의 고집불통으로 급화를 보게 말나 연이나 옥쥐 계시니 깁흔 근심은 아닛노라 북휘 쇼이 ᄃᆡ왈 형장이

64면

니가ᄒᆞ시ᄆᆡ 돌연이 쇼졔를 아됴 볼 것 업ᄉᆞᆫ 독갑이로 밀위시니 이 ᄯᅩ ᄉᆡᆼ각지 못ᄒᆞᆯ쇼이다 쇼ᄑᆡ 믄득 닙을 비젹여 ᄀᆞᆯ오ᄃᆡ ᄃᆡ상공 교훈이 그르실가 실노 도위상공 못쓸 고집과 위력이 ᄂᆡ 더옥 즈즐 ᄉᆡᆨ틋ᄒᆞ니 무ᄉᆞᆷ 발명을 ᄒᆞ시ᄂᆞ니잇가 ᄐᆡ부인이 우으시고 일좨 입을 ᄀᆞ리와 우음을 참지 못ᄒᆞ니 부ᄆᆡ 형쟝 말ᄉᆞᆷ을 경의ᄒᆞ나 이목이 번거ᄒᆞ니 거두어 뭇지 못ᄒᆞ니라 왕이 ᄌᆞ부와 질부를 가ᄌᆞᆨ이 명좌ᄒᆞ니 냥 쇼졔 슈

65면

명ᄒᆞ여 슬하의 복슈ᄒᆞᄆᆡ 원쉬 이윽이 무ᄋᆡᆨᄒᆞ다가 탄왈 여등이 쳔니인ᄉᆞ를 거의 알니니 우리 부ᄌᆡ 니가ᄒᆞᆫ 후 ᄆᆡᄉᆞ를 고모 지휘와 옥쥬 쳐분ᄃᆡ로 ᄒᆞᆯ지여다 ᄌᆞ와 질ᄋᆡ 일단 녜의만 직희여 여등의 ᄃᆡ홰 박두ᄒᆞ나 월인의 진쳑 보듯 ᄒᆞ리니 미들 ᄇᆡ 업도다 쇼뷔 미쇼 ᄃᆡ왈 형장은 너모 원녀를 마르쇼셔 질ᄋᆞ 등ᄋᆡ 지식이 명달ᄒᆞ고 헴이 난 지 오ᄅᆡ오니 졔게 긴ᄒᆞᆫ 바의 집녜를 고집히 ᄒᆞ리잇가 왕이 미쇼ᄒᆞ고 쇼부를

66면

ᄯᅩ 당부 왈 현뎨ᄂᆞᆫ 츌뉴ᄒᆞ기를 긋치고 ᄋᆞ부와 질부의 ᄃᆡ화를 상심ᄒᆞ여 ᄂᆞ의 환가젼니가치 말나 쇼뷔 ᄇᆡ이슈명ᄒᆞ더라 날이 느즈ᄆᆡ 원문의 북이 ᄌᆞ로 동ᄒᆞ니 원쉬 이의 됸당 부모긔 하직ᄒᆞᄆᆡ 참뫼 한가지로 ᄇᆡᄉᆞᄒᆞ니 ᄐᆡ부인이 홀연ᄒᆞᆷ을 니긔지 못ᄒᆞ여 냥안의 츄쉬 동ᄒᆞ니 졔 부인이 심ᄉᆡ ᄎᆞ아ᄒᆞ나 기리 참ᄋᆞ 됴흔 안ᄉᆡᆨ으로 하직을 밧고 원슈ᄂᆞᆫ 진쇼 냥파로 작별ᄒᆞ여 즁당의 나오니 쥬ᄉᆡᆼ쳐 영쥐 니로ᄃᆡ 니런 ᄋᆞ득ᄒᆞᆫ 니별

67면

의 우리 부인 당즁의 아니가시고 그리 ᄃᆡ범ᄒᆞ시니잇고 왕이 완이쇼지ᄒᆞ며 쓰다담ᄋᆞ 닐오ᄃᆡ 네 감히 날을 보ᄎᆡ고ᄌᆞ ᄒᆞᄂᆞᆫ다 ᄂᆡ 본ᄃᆡ 동요롭지 못ᄒᆞ고 됸당의셔 보앗시니 엇지 분쥬ᄒᆞ여 부인 당즁의 가리오 영쥐 낭낭이 웃고 참모ᄂᆞᆫ 이 날이야 냥ᄌᆞ를 나호여 옥져 ᄀᆞᆺᄒᆞᆫ 냥슈를 가로 잡고 옥면을 졉ᄒᆞ여 ᄂᆞ구의 왈 ᄂᆡ 져긔 먼니 가나 슈이 올거시니 셔동을 다리고 취몽산 열두 봉을 헤지르지 말고 왕모 좌젼을 일시도 ᄯᅥ나지 말고 잘 잇ᄉᆞ라 냥ᄋᆡ 믄득

68면

홍동을 울니는 드시 울어 왈 아애 우리 모친을 다리라 당부ᄒᆞ고 가시ᄂᆞ니잇가 부ᄃᆡ 속이지 마르쇼셔 ᄒᆞ니 참모의 쳘장금심으로도 냥ᄋᆞ의 말이 가히 가련참담ᄒᆞᆫ지라 믄득 쳔창을 숙여 영웅의 긔운이 셜셜ᄒᆞ더니 모비의 심ᄉᆡ 요동ᄒᆞ실가 져허 안ᄉᆡᆨ을 곳쳐 이읍이 연연ᄒᆞ다가 일장 니별을 맛ᄎᆞᄆᆡ 춍춍이 셜부의 가 공의 부부를 니별ᄒᆞ고 셜션봉으로 더브러 남교의 니르니 상이 발셔 난가를 동ᄒᆞᄉᆞ 원슈를 젼별ᄒᆞ실ᄉᆡ 졀치가즛더라

69면

원슈 장ᄃᆡ의 올나 긔를 둘너 진친 후 어막의 ᄂᆞᄋᆞ가 쳔안의 빅ᄉᆞᄒᆞ오니 상이 뇽슈로 원슈의 숀을 잡으ᄉᆞ 권면회유ᄒᆞ는 쳔에 슌슌ᄒᆞᄉᆞ 옥음이 은근ᄒᆞ시니 원슈 계슈쥰슌ᄒᆞ여 쳔은을 슉ᄉᆞ홀ᄉᆡ 상이 옥ᄇᆡ의 향은을 친히 잡으시고 권ᄒᆞᄉᆞ 삼ᄇᆡ를 먹이신 후 ᄯᅩ 부원슈와 참모를 ᄉᆞ쥬ᄒᆞ시며 상방검을 원슈를 쥬사 부원슈 이하로 위령ᄌᆞ를 션참후계ᄒᆞ라 ᄒᆞ시고 흉역의 간참이 니르면 딤이 당당이 명ᄒᆞ여 션싱의 댱ᄃᆡ로 보ᄂᆡ리니만

70면

무타렴ᄒᆞ고 다만 국ᄀᆡ 남으로 도라보는 근심을 업시ᄒᆞ라 ᄒᆞ시니 원슈 등의 위국츙심이 더옥 간뇌도지ᄒᆞ여 국은을 갑숩고ᄌᆞ ᄒᆞ며 ᄇᆡᆨ뇌 그 장ᄒᆞᆫ 셩권을 보ᄆᆡ 홀홀 변ᄉᆡᆨᄒᆞ더라 원슈 탑하의 계슈ᄇᆡ슈ᄒᆞ여 니의사됴ᄒᆞᄆᆡ 호통 삼ᄎᆞ의 상마ᄒᆞ여 동남으로 향홀ᄉᆡ 젼션봉 댱원뇽이 젼ᄃᆡ 되고 부원슈 등은 후진이 되여 ᄃᆡ외 졍뎨ᄒᆞ고 긔늘이 삼나ᄒᆞ여 오ᄒᆡᆼ팔괘로 ᄒᆡᆼ군이 슉슉ᄒᆞ며 댱슈는 ᄒᆡ즁뇽 ᄀᆞᆺ고 군ᄉᆞ는

71면

산즁ᄆᆡᆼ호 ᄀᆞᆺ거늘 ᄃᆡ외 엄졀ᄒᆞ여 진법이 숀무의 병법과 쥬아부의 셰류영이라도 금일 임원슈의 밋지 못홀지라 상이 ᄇᆡᆨ관으로 더브러 문누의 오르ᄉᆞ 먼니 가도록 바라보시니 슈화금목토 오ᄒᆡᆼ과 구궁팔괘로 상응ᄒᆞ여 ᄒᆡᆼᄒᆞᄆᆡ 물미듯 ᄒᆞ니 훤원의 ᄒᆡᆼ군ᄒᆞ무로 흡ᄉᆞᄒᆞᆫ지라 상이 기리 흠탄ᄒᆞᄉᆞ 임상부는 니른바 문무ᄃᆡ지라 짐이 됴졍의 이 두 ᄉᆞ룸을 두어시니 ᄉᆞ히광구를 두리이오 ᄒᆞ시니 ᄇᆡᆨ뇌 ᄀᆡ호만셰ᄒᆞ더라

72면

ᄂᆞᆯ이 느즈니 거ᄀᆡ 환궁ᄒᆞ시고 즁ᄉᆞ를 상부의 보ᄂᆡᄉᆞ 녀위 이 부인긔 위로ᄒᆞ시ᄂᆞᆫ 상ᄉᆡ 도로의 니엇더라 화셜 평남ᄃᆡ원슈 님희린ᄋᆡ 군친을 빅ᄉᆞᄒᆞ고 쳔 원 명장과 이십만 웅병을 거ᄂᆞ려 뎔월을 동남으로 향ᄒᆞᄆᆡ ᄃᆡ군이 호호탕탕이 힝ᄒᆞ나 도로의 츄호를 불범ᄒᆞ니 ᄇᆡᆨ셩이 단ᄉᆞ호장으로 이영왕ᄉᆞᄒᆞ여 셩인의 군병을 구경ᄒᆞ더라 힝ᄒᆞ여 평쵸지경의 니르니 시세 션동 ᄉᆞ년 츄팔월 망간이라 원슈 봉국지경의 밋쳐

73면[2)]

ᄂᆞ려 쵸국셩의 드러가ᄆᆡ 졔신과 ᄇᆡᆨ셩이 ᄂᆞ와 마ᄌᆞ 즐겨 왈 이졔ᄂᆞᆫ 뎐히 와 계시니 무슴 근심을 닐우리오 ᄒᆞ고 닷토와 셰ᄌᆞ를 보니 왕이 너모 요란ᄒᆞ믈 금ᄒᆞ고 각각 무휼ᄒᆞᆫ 후 ᄎᆞ야의 당젼의 안ᄌᆞ 졔장을 모화 파젹ᄒᆞᆯ 닐을 의논ᄒᆞᆯᄉᆡ 원슈 왈 한군이 명일 이르리니 방비를 엄히 ᄒᆞᆯ지라 쵸산이 깁고 험도ᄒᆞᆫ 곳이 만ᄒᆞ니 복병을 곳곳이 ᄒᆞ되 영 뒤 ᄇᆡᆨ호곡 쇼로의 ᄆᆡ복ᄒᆞ엿다가 도젹이 ᄑᆡᄒᆞ여 길을 일코 ᄇᆡᆨ호곡으로 들거든 좌우 녑히 불을 노

74면

ᄂᆞᆫ 호병 만여 명이 쵸국을 위지삼잡이라 ᄇᆡᆨ셩ᄋᆡ 거의 함몰케 되엿ᄂᆞᆫ지라 원슈 ᄃᆡ로ᄒᆞ여 당션봉으로 쵸를 구ᄒᆞ라 ᄒᆞ고 쳔쳔이 힝ᄒᆞ여 쵸국 인영의 진치고 달병 뭇지르믈 구ᄒᆞ더니 당션봉이 바로 융병을 엄습ᄒᆞ여 즛치니 달병이 물너나지 아니ᄒᆞ거ᄂᆞᆯ 쵸국 승상은 왕의 니르기를 기다리다가 ᄃᆡ병이 ᄋᆡ르믈 보고 ᄃᆡ장 뇨셥이 승셰ᄒᆞ여 문을 열고 ᄂᆡ다라 협공ᄒᆞ니 달병이 엇지 당ᄒᆞ리오 죽ᄂᆞᆫ ᄌᆡ 무슈ᄒᆞ더라 원슈 장됼을 거

75면

화 ᄉᆞᆯ오라 명일의 반ᄃᆞ시 흉노 달병이 오리니 뎐혀 약ᄒᆞ믈 뵈라 ᄒᆞ고 명일의 원슈 장ᄃᆡ의 안ᄌᆞ 격셔를 한왕의긔 보ᄂᆡ고 군ᄉᆞ를 셰 쎄의 분발ᄒᆞ더라

2) 73면과 74면의 순서 바뀜. 필사자의 오류인 듯.

임시삼ᄃᆡ록 권지이십이

1면

ᄎᆞ셜 원슈 군ᄉᆞ를 세 쎄의 난화 졔일노ᄂᆞᆫ 쥬원슈로 부션봉 셩연슈와 군ᄉᆞ를 거나려 달목국으로 ᄂᆞᄋᆞ가게 ᄒᆞ고 졔이노ᄂᆞᆫ 임참모로 졍병 일만을 거ᄂᆞ려 낙안쥐로 가 융병을 막ᄌᆞ르라 홀ᄉᆡ 원슈 다시 뎐션봉 당원농과 뇨상 뇨셥으로 쥬원슈를 돕게 ᄒᆞ고 셜션봉으로 참모를 돕게 ᄒᆞ니 냥인이 쳥녕ᄒᆞ고 물너ᄂᆞᄆᆡ 쥬원슈ᄂᆞᆫ 달국으로 ᄂᆞᄋᆞ가고 참모ᄂᆞᆫ 낙

2면

안쥐 니르러 그윽ᄒᆞᆫ 곳의 ᄆᆡ복ᄒᆞ고 뎍셰를 탐문ᄒᆞ더라 어시의 한왕이 융병을 합세ᄒᆞ여 즁원을 범보듯 ᄒᆞ여 즛쳐 드러가더니 쵸ᄆᆡ 보ᄒᆞ되 ᄃᆡ원슈 임쵸왕이 ᄃᆡ군을 거나려 니르러 달병을 뭇지르고 장ᄉᆞ 슈ᄇᆡᆨ을 버히다 ᄒᆞ니 한왕이 ᄃᆡ경ᄃᆡ로ᄒᆞ여 쵸를 향ᄒᆞ여 임원슈를 삼컬 듯 일장을 ᄭᅮ짓고 옥션의 군즁의 가 ᄉᆡᆯ니 발병ᄒᆞ라 ᄒᆞ니 옥션이 임왕 부ᄌᆡ 니르믈 듯고 독긔 어ᄅᆡ여 묘월과 한왕으로 더브러 간ᄉᆞᄒᆞᆫ 계교를 ᄂᆡ여 반셔 오

3면

ᄂᆞᆨ 장을 묘월을 쥬어 경ᄉᆞ의 보ᄂᆡ여 문마다 붓치라 ᄒᆞ고 동남산하의 진쳣더니 명진으로됴ᄎᆞ격세 니르거ᄂᆞᆯ 한왕이 보지 아니코 뮈쳐바린 후 명을 ᄌᆡ촉고ᄌᆞ ᄒᆞ거든 ᄉᆡᆯ니 ᄂᆞ오라 ᄒᆞ여 보ᄂᆡ엿거ᄂᆞᆯ 원슈 미쇼ᄒᆞ고 명됴의 냥군이 ᄃᆡ진ᄒᆞᄆᆡ 한왕 고귀 피갑상마ᄒᆞ고 ᄂᆡᄃᆞ라 웨여 왈 황구쇼ᄋᆞ 임희린은 드르라 ᄂᆡ 본ᄃᆡ 문황뎨를 도와 건문을 치고 ᄃᆡ업을 일우미 ᄂᆡ 공이여ᄂᆞᆯ 나를 ᄎᆞᄌᆞ라 ᄒᆞ여 한국의 봉ᄒᆞ고 년곡의 머무러 눈긔를

4면

온젼이 ᄒᆞ시거ᄂᆞᆯ 아ᄆᆡ 불힝이 임세린의게 하가ᄒᆞᆫ 고로 님가의 원 ᄆᆡᄌᆞ미 불공ᄃᆡ쳔지쉬여ᄂᆞᆯ 간교ᄒᆞᆫ 누의로 말ᄆᆡ암ᄋᆞ ᄂᆡ 도로혀 ᄃᆡ역의 써러졋거니와 모든 간신이 날 쥭이믈 도모ᄒᆞ되 ᄂᆞ의 ᄋᆡᄆᆡᄒᆞ믄 하늘이 본증이라 일명을 쥬어 산동의 옴기니 이리 오무로 황상을 그리다가 황얘 붕ᄒᆞ시고 황형이 마ᄌᆞ 홍ᄒᆞ고 어린 ᄋᆞ히 ᄃᆡ위를 님ᄒᆞ여

감히 아ᄌᆞ비를 용납지 아니니 ᄂᆡ 당당이 군병을 됴발ᄒᆞ여 한 북의 쇼ᄋᆞ를 셔릇고ᄌᆞ

5면

ᄒᆞ거늘 네 곡졀도 아지 못ᄒᆞ고 결우고ᄌᆞ ᄒᆞᄂᆞᆫ다 원슈 즁군의셔 고구의 웨ᄂᆞᆫ 쇼ᄅᆡ를 듯고 ᄃᆡ로ᄒᆞ여 진문을 ᄃᆡ기ᄒᆞ고 호통 삼ᄎᆞ의 좌장황월ᄒᆞ고 우장빅모ᄒᆞ며 홍냥산이 표동ᄒᆞ고 슈ᄌᆞ긔 붓치ᄂᆞᆫ 곳의 긔 우히 크게 써시되 텬됴 니부상셔 홍문관 ᄐᆡᄒᆞᆨᄉᆞ 남쇼왕 금ᄌᆞ광녹ᄐᆡ우 쳔하병마졀졔ᄃᆡᄉᆞ마 병부상셔 평남ᄃᆡ원슈 님뫼라 ᄒᆞ엿고 원슈 홍금망뇽포의 황금망 쇄ᄌᆞ갑을 써 닙고 일요의 ᄇᆡᆨ옥ᄃᆡ를 도도고 ᄒᆞᆫ 숀의 뇽쳔

6면

검을 쥐고 좌우의 무슈ᄒᆞᆫ 졔장이 호위ᄒᆞ엿ᄉᆞ니 맑은 광휘 뎍진의 쏘이니 늠늠ᄒᆞ여 일월지안은 칠야의 명쥬를 빗최며 뇽미봉안의 쳔일지푀 강산의 맑금과 호연ᄒᆞᆫ 긔운이 구츄상텬의 놉하시며 경운이 무루녹은 화긔 삼츈화양의 만물을 회양ᄒᆞᄂᆞᆫ지라 바라ᄆᆡ 넉시 놀거늘 한왕이 분긔를 ᄃᆡ발ᄒᆞ여 창을 두루고 바로 다라드니 원슈 뇽쳔검을 드러 한왕의 창을 쓰리쳐 바다더지고 팔을 느리워 한왕을 잡ᄋᆞ 두어 번

7면

둘너ᄂᆡ여 더지고 ᄭᅮ지져 왈 맛당이 쥭일 거시로ᄃᆡ 아즉 쳔쥬ᄒᆞᆯ 날이 못 되기로 노화 보ᄂᆡᄂᆞ니 다시 임의로 ᄒᆞ라 ᄂᆡ 빅동빅금ᄒᆞ리라 한왕이 아모 말 못ᄒᆞ고 쥐 슘듯 도라가ᄆᆡ 만신이 다 웃쳐뎟더라 한군 졔장이 황망이 구호ᄒᆞ여 옥셔이 약을 붓치고 니를 갈ᄋᆞ 님가를 곳ᄃᆡ 삼킬 듯ᄒᆞ더라 시시의 임참뫼 ᄃᆡ군이 승쳡ᄒᆞ믈 듯고 명일 ᄃᆡ영으로 가 졉응ᄒᆞ려 ᄒᆞ더라 쇼왕이 고요히 뉵도를 술피다가 눈을 드니 셜션봉의 쥬셩의

8면

요셩이 에우더니 믄득 규벽지간의 맑은 긔운이 ᄒᆞᆫ 쥴기 요졍을 물니치거늘 원슈 명일 낭ᄌᆞ군이 ᄂᆞ 싸홀 쥴 알고 셜의쳠을 불너 니로ᄃᆡ 명일 낭ᄌᆞ군이 ᄂᆞ와 뎝젼ᄒᆞᆯ지라 군은 됴심ᄒᆞ라 셜싱이 청명ᄒᆞ고 물너ᄂᆞ거늘 원슈 밤이 깁도록 영즁의 슌힝ᄒᆞ여 ᄉᆞ돌의 감고를 술필ᄉᆡ ᄎᆞ시ᄂᆞᆫ 십월 망간이라 물ᄉᆡᆨ이 감회ᄒᆞ믈 니긔지 못ᄒᆞ여 쳥음을 여러 무오삼장을 긋치니 어음이 요량ᄒᆞᆫ지라 무유악지즘교와 읍고쥬지

9면

니뷔라 삼군 장됴이 창듸를 베고 잠드럿다가 쳥음을 듯고 셋여 슈모뇩도ᄒᆞ여 즐기더니 원슈 슐과 안쥬를 드려 빅불니 먹이고 은근이 무휼ᄒᆞ여 그 부모쳐ᄌᆞ의 연측ᄒᆞ미 업게 ᄒᆞ니 만군이 원슈의 듸덕을 감골각심ᄒᆞ여 쥭어 갑흘 뜻이 잇더라 명일의 참뫼 니르믹 합병ᄒᆞ여 한진을 칠시 한진 문긔 녈니는 곳의 달목국 션봉 달목쾌 압흘 셔고 낭ᄌᆞ군 일만 병이 쎄쳐 ᄂᆞ오거늘 셜션봉이 휘검츌마ᄒᆞ여 일합의 달

10면

목화를 버히고 낭ᄌᆞ군을 즛치니 졔군이 능히 당치 못ᄒᆞ는지라 명진 장됴이 승세ᄒᆞ여 일시의 ᄂᆞᄋᆞ가 치니 쥭엄이 뫼 ᄀᆞᆺ고 피 흘너 닉히 되는지라 승승장구러니 문득 뎍진 즁으로 무슈ᄒᆞᆫ 낭ᄌᆞ군이 ᄉᆞ륜거를 모라 ᄂᆞ오며 흑뮈 아득ᄒᆞ니 명군이 듸경ᄒᆞ여 다라 나고ᄌᆞ ᄒᆞ거늘 임참뫼 운숑과 화ᄉᆞ닉진으로써 젓지르며 구궁팔괘로 진을 치고 쥬셔 부작을 긔발마다 붓쳐 노흐니 그런 흑무와 안긔 일시의 거두치니 샐니 달녀 즛쳐 드러가며

11면

참요검을 두루니 모든 낭ᄌᆞ군이 요슐을 힝치 못ᄒᆞ고 옥션이 한번 보믹 임참모의 쇄락ᄒᆞᆫ 풍광이 늉복 즁 더옥 빗ᄂᆞ니 분한이 골돌ᄒᆞ나 간계를 싱각고 급히 징을 쳐 군을 거두어 진의 드니 참뫼 ᄯᅩᄒᆞᆫ 도라올시 군긔마필 어든 빅 쉬 업더라 원슈 삼군을 호상ᄒᆞ믹 ᄯᅢ 졍히 납한이라 호풍이 닝엄ᄒᆞ더니 문득 경ᄉᆞ로셔 관틱위 됴셔를 밧ᄌᆞ와 니르럿거늘 원슈 장듸의 ᄂᆞ려 ᄉᆞ러 상교를 듯ᄌᆞ오믹 즁심의 감골ᄒᆞ니 눈물나믈 ᄭᆡ

12면

닷지 못ᄒᆞ고 상이 동의를 보닉ᄉᆞ 한긔를 막으라 ᄒᆞ시고 하됴 왈 흉역을 쇠ᄒᆞ믹 우리 군신을 니간ᄒᆞ는 간쳡계를 힝ᄒᆞ나 짐이 ᄒᆞᆫᄀᆞᆺ 우을 ᄯᆞ름이라 션싱이 간계를 보게 ᄒᆞ믄 흡연이 ᄒᆞᆫᄀᆞᆺ 우을 ᄯᆞ름이라 션싱이 간계를[3] 츄이ᄒᆞ여 방비ᄒᆞ는 깁흔 뜻을 지긔ᄒᆞ라 ᄒᆞ엿더라 원슈 쳔은을 각골ᄒᆞ여 감뉘 낙지ᄒᆞ더라 어시의 묘월이 반셔를 가지고

---

3) 중복 필사됨.

경셩의 올나가 문마다 붓쳐시되 임희린이 병을 모라 쥬현을 회복ᄒᆞ고 쵸지를

13면

웅거ᄒᆞ여 산동을 쳐 굴혈을 숨고 파촉을 아올나 뎡뚁지셰를 삼고 ᄎᆞᄎᆞ ᄃᆡ업을 도모ᄒᆞ여 황셩을 범코ᄌᆞ ᄒᆞᆫ다 ᄒᆞ여시니 슈문장이 크고 ᄃᆡ경ᄒᆞ여 ᄲᅥ혀 즁셔싱의 비밀이 밧치니 됴당이 실ᄉᆡᆨᄒᆞ여 인ᄃᆡ의 알외니 상이 ᄒᆞᆫ번 보시ᄆᆡ 간계를 ᄭᆡᄃᆞ르ᄉᆞ ᄒᆞᆫ번 우으시고 반포ᄒᆞᄉᆞ 요인을 잡ᄋᆞ드리ᄂᆞᆫ ᄌᆞᄂᆞᆫ 쳔금상 만호후를 봉ᄒᆞ리라 ᄒᆞ시고 즉일의 츌젼댱ᄉᆞ의게 호군ᄒᆞᆯ 양미필빅과 호빅구를 원슈의게 보ᄂᆡ시되 관ᄐᆡ우를 맛져 보ᄂᆡ

14면

시니 만되 열복ᄒᆞ고 임상국 곤계 금문의 ᄃᆡ죄ᄒᆞ엿더니 상교를 밧ᄌᆞ와 탑하의 고두ᄒᆞ니 상이 위로ᄒᆞ시고 각별 은영을 ᄂᆞ리오시더라 ᄎᆞ셜 원쉬 관ᄐᆡ우로 더브러 은근 슈작ᄒᆞ여 경ᄉᆞ 쇼식을 무러 알고 뎍진 허실을 말ᄒᆞ더니 믄득 나뷔 하나히 장하로 드ᄂᆞᆫ지라 원쉬 ᄉᆞ일을 펼쳐 찰시ᄒᆞ고 춍지 뫼셧다가 요졍이 돌입ᄒᆞ믈 ᄃᆡ로ᄒᆞ여 크게 쇼리ᄒᆞ고 농쳔검으로 ᄂᆞ뷔를 치니 ᄂᆞᆯ기 ᄲᅥ러지되 가지 아니ᄒᆞᄂᆞᆫ지라 춍지 다시 부작을

15면

칼 긋ᄐᆡ 붓치고 ᄂᆞ뷔를 치니 ᄂᆞ뷔 ᄲᅥ러 ᄉᆞ롬이 되니 좌위 실ᄉᆡᆨᄒᆞ고 셜션봉이 참요검을 빗기고 ᄂᆞ리 미러보니 니고의 모양이라 머리의 빅납을 쓰고 목의 념쥬를 거럿고 두 날기의 달닌 거시 두 팔이라 죽지 ᄲᅥ러져시되 오히려 숨이 걸녓더라 춍지 칼을 드러 버히고ᄌᆞ ᄒᆞ더니 원쉬 급히 말니고 여러 장 부작을 써 요인의 ᄋᆞᆸ뒤의 붓치고 일신을 쳘쇄ᄒᆞ여 함거의 가도니라 관ᄐᆡ위 뎡신을 졍ᄒᆞ여 왈 현데 엇지 요졍을 알

16면

며 그 근본이 하쳐츌이뇨 원쉬 왈 군즁의 무희언이라 타일 농젼의 가 ᄌᆞ시 알나 ᄒᆞ니 관ᄐᆡ위 신긔이 녀기고 명일의 니발ᄒᆞ여 봉명ᄒᆞ고 농탑의 시위ᄒᆞ여 군졍ᄉᆞ를 일일히 쥬ᄒᆞ고 요괴 잡든 쥴 알외니 상이 옥ᄉᆡᆨ을 변ᄒᆞᄉᆞ 방하치 못ᄒᆞ시더라 원쉬 ᄐᆡ우를 보ᄂᆡ고 뎍군의 ᄊᆞ홈을 도도니 ᄯᅵ의 묘월이 셩ᄉᆞ치 못ᄒᆞ고 한진의 도라와 슈말을 니르니 옥션이 뎔치분의ᄒᆞ여 좌불안셕ᄒᆞ니 묘월 왈 빈되 금야의 ᄂᆞ뷔 되여 명진의나

17면

ᄂᆞ가 임왕 부ᄌᆞ를 죽이고 오리이다 옥션이 ᄃᆡ희ᄒᆞ여 쳔만 부탁ᄒᆞ니 묘월이 장담ᄒᆞ고 즉시 ᄂᆞ뷔 되여 밤을 타 명진의 돌입ᄒᆞ엿다가 힘힘이 잡히여 함거의 실니니 요인이 아모리 요슐을 힝ᄒᆞ려 ᄒᆞ나 부작이 쏙뒤를 눌너시ᄆᆡ 홀 일 업더라 옥션이 묘월의 쇼식 업ᄉᆞ믈 ᄋᆡ타 옥경으로 더부러 괴이ᄒᆞ믈 니르더니 능운이 ᄂᆞᄋᆞ와 고왈 빈되 쥭을 거술 ᄉᆞ뷔 구ᄒᆞ엿거늘 이졔 ᄉᆞ뷔 부지거체ᄒᆞᄆᆡ 엇지 무심이 잇ᄉᆞ리잇고 텬하를

18면

다 도라도 ᄉᆞ부의 동뎍을 ᄎᆞᄌᆞ리라 ᄒᆞ고 바로 형산ᄐᆡ악을 가더라 명일의 냥군이 상ᄃᆡᄒᆞᄆᆡ 한왕 고귀 칼을 두루며 ᄊᆞ홈을 도도거늘 참뫼 오호궁의 금비젼을 먹여 고구의 엇기를 쏘아 맛치니 살이 갑옷슬 쎄치ᄆᆡ 혼ᄇᆡᆨ이 비월ᄒᆞ여 다라ᄂᆞ고 옥션과 옥경이 냥ᄌᆞ군을 거나려 즛쳐 ᄂᆞ오거늘 참뫼 ᄃᆡ로ᄒᆞ여 농쳔검을 두루니 냥ᄌᆞ군의 머리 츄풍낙엽이라 옥션 옥경이 급히 요슐을 부려 바ᄅᆞᆷ과 모ᄅᆡ를 놀니나 참

19면

모의 뎡양지긔를 엇지 당ᄒᆞ리오 요슐이 발뵈지 못ᄒᆞ더니 셜션봉이 쌍농검을 두루고 ᄂᆡ다라 냥ᄌᆞ군을 즛치니 뎍군의 머리 츄풍낙엽이라 옥션은 임참모를 씌물고 진으로 다라ᄂᆞ고 옥경은 셜션봉을 뎡신 업시 보다가 진으로 도라오ᄆᆡ 분ᄒᆞ믈 니긔지 못ᄒᆞ더니 셜션봉이 용긔를 분발ᄒᆞ여 말을 달녀 바로 진을 즛치고ᄌᆞ ᄒᆞ더니 옥경이 살의 독을 발나 셜션봉을 향ᄒᆞ여 쏘니 활이 달ᄀᆞᆺ치 둥글고 살이 별ᄀᆞᆺ치 흘너 셜션

20면

봉의 좌익을 맛치니 원슈 밧비 징쳐 군을 거두ᄆᆡ 셜션봉이 분ᄒᆞ믈 니긔지 못ᄒᆞ니 원슈 어루만져 위로ᄒᆞ고 깁히 상ᄒᆞᆫ가 근심ᄒᆞ니 ᄉᆡᆼ이 관겨치 아니믈 ᄃᆡᄒᆞ나 참뫼 그 깁히 상ᄒᆞᆫ 바를 념녀ᄒᆞ여 독이 장부의 드지 아닐 약을 붓쳐 구호ᄒᆞ나 셜션봉의 ᄋᆡᆨ구진 씌라 팔이 썰니고 쓰지 못ᄒᆞ니 원슈 크게 근심ᄒᆞ여 셔긔 목셩으로 션봉을 ᄒᆞ이고 셜ᄉᆡᆼ으로 셔긔를 ᄒᆞ이여 장즁의셔 됴셥게 ᄒᆞ니 목셩은 풍부인 냥남이라 문뮈

21면

겸뎐ᄒᆞ고 뉵도삼냑을 능통ᄒᆞ더라 명일의 군을 모라 한셩을 급히 치니 옥션이 군ᄉᆞ로 ᄒᆞ여곰 쏘라 ᄒᆞ고 요슐을 힝ᄒᆞ니 운뮈 ᄌᆞ옥ᄒᆞ여 지쳑을 불변이라 목션봉이 뎡신을 가다듬더니 님참뫼 ᄉᆞ일뎡광을 흘녀 뎍진 셩상을 바라보니 뜻 아닌 옥션이 만면 살긔로 작법ᄒᆞᄂᆞᆫ지라 ᄃᆡ경ᄃᆡ로ᄒᆞ여 혜오ᄃᆡ ᄎᆞ 요인이 엇지 구으러 호지의 투입ᄒᆞ엿던고 알괘라 ᄎᆞ녜 융병을 거ᄂᆞ려 ᄂᆞ오미로다 ᄒᆞ고 군을 거두어 도라오니 졔군

22면

이 ᄋᆡ달ᄂᆞ 왈 거의 셩을 파홀 거술 참뫼 엇지 군을 거두시니잇고 참뫼 미급답의 원쉬 미쇼 왈 참모의 군 거두미 뜻이 깁흐니 졔군은 셩파치 못홀가 념녀 말나 ᄒᆞ더라 셜ᄐᆡ위 요인의 살이 좌비를 맛치ᄆᆡ 뎜뎜 읇파 날이 오ᄅᆡᄆᆡ 창체 셩농ᄒᆞ여 만분 위즁ᄒᆞ니 인ᄉᆞ를 모로게 니른지라 원쉬 크게 우려ᄒᆞ여 평싱 ᄌᆡ됴를 다ᄒᆞ나 ᄆᆡᆨ되 호란ᄒᆞ고 만분 위질이라 참모로 더브러 근심ᄒᆞ여 ᄎᆞ야의 ᄐᆡ우의 쥬셩을 ᄉᆞᆯ피니 쥬셩이 흑운

23면

의 ᄊᆞ히고 빗치 황황ᄒᆞ여 ᄯᅥ러질 듯ᄒᆞ더니 규벽지간의 혜셩이 당당ᄒᆞ여 ᄐᆡ을셩을 밧드러 방쇼의 안둔ᄒᆞᄂᆞᆫ지라 회긔 무루녹ᄋᆞ 월혜 벅벅이 쥭지 아냐 활불을 맛나 은복ᄒᆞ엿다가 ᄐᆡ우의 ᄉᆞ병을 구ᄒᆞ미 반듯홀지라 쌜니 ᄐᆡ우의 병쇼의 니르니 병인 즉 만무일싱ᄒᆞ되 호읍이 편ᄒᆞᆫ지라 날이 ᄉᆡᄆᆡ 즉시 방목을 써 심산의 긔이ᄒᆞᆫ 의ᄌᆞ를 어더 ᄃᆡ영 즁의 밧치면 쳔금상 만호후를 봉ᄒᆞ리라 과연 니르미 옴지 아냐셔 냥긔 도

24면

동이 방목을 ᄯᅥ히고 ᄃᆡ영으로 향ᄒᆞ니 ᄎᆞ인은 하인야오 ᄎᆞ하셕남ᄒᆞ라 ᄎᆞ셜 션시의 셜쇼졔 오ᄀᆡ 비ᄌᆞ로 더브러 연화졍의 머무런지 쥬년의 일일은 딘군이 츙늉봉 진션낭으로 ᄒᆞ여곰 슝산 졍진군을 쳥ᄒᆞ여 문혜셩의 급화를 구ᄒᆞ여 슝산의 머무르되 화ᄐᆡ의 쳥낭슐을 힘써 ᄀᆞ르치고 뎐긔 비밀ᄒᆞ니 ᄂᆞ의게 잇ᄂᆞᆫ 낭아셩이 알게 말나 진군이 명을 바다 임쇼져 월혜를 구ᄒᆞ여 오며 비ᄌᆞ 등을 거두어 다리고와 화ᄐᆡ의 쳥

25면

낭 비셔를 힘뻐 ᄀ르치니 쇼졔 일일히 삭여 히셕ᄒ니 이 본ᄃ 싱이지지ᄒᄂ 총명이 잇ᄂ지라 엇지 ᄒ ᄌ 희미ᄒ미 잇ᄉ리오 임쇼졔 딘군의 허다ᄒ 말이 딘실노 졍되고 침법을 달통ᄒᄂ 날 지긔동긔를 맛나고 청낭슐을 히득ᄒ미 셜군의 ᄊᄎ 명을 구ᄒ여 ᄃ졀을 셰우고 친측의 도라가리라 ᄒ미 쥬야 셥녑ᄒ여 일 년이 못ᄒ여 만물 의약 봉츌을 달통ᄒ여 침법이 더옥 신묘ᄒ니 ᄌ허부인이 ᄃ열ᄒ여 이

26면

뜻으로 연화동의 통ᄒ니 어시의 셜쇼졔 봉션법을 드ᄃ연 지 삼지츈취 되고 또 명년 신졍을 당ᄒ여 쵸국의 불뫼 아니로되 남단의 슬픈 곡뫼 구촌을 ᄊ고 셔하의 ᄀ치이미 아니로ᄃ 그 원을 ᄡ느미 격셰의 미쳐 훤당의 깃브믈 고치 못ᄒ고 형산 야우의 쉼이 넉술 인ᄒ여 친젼의 다도라 야랑을 늣길 ᄯ름이라 쇽졀업시 남녁흘 바라미 관산이 막히이고 ᄋ각이 졀원ᄒ여 다만 쳑피창혜여 쳠망불급이로다 쳑피긔혜여

27면

쳠망모혜라 읇허 쳬타오읍ᄒ여 일월을 보ᄂ더니 딘군이 이르러 위로ᄒ고 부용지의 ᄌ리를 비셜ᄒ며 연화ᄃ의 올나 월광을 볼ᄉ 풍경을 슬피니 창히취벽의 져믄 안ᄀ 즘겻고 녹슈딩담의ᄂ 년실 향ᄂ 먼니 쏘이니 하날의 빅깁을 편 듯 계슈반월은 낙시를 휘온 듯 경물이 가려ᄒ고 풍되 쇼쇄ᄒ니 딘군이 신임 도동 녹난 벽완과 화잉으로 검무를 식이니 ᄉ인이 용약ᄒ여 옥슈의 장검을 잡ᄋ 어울기를 냥구히

28면

ᄒ다가 어우러져 츄니 찬 빗치 ᄉ롬의 쌔를 침노ᄒ고 흰 긔운이 장군을 ᄢ치니 일장 무지ᄀ 셧도라 츄니 찬 빗치 ᄉ롬의 쌔를 침노ᄒ고 흰 긔운이 댱궁을 ᄢ치니 일장 무지ᄀ 셧도라 [4] 츄풍이 습습ᄒ미 목엽이 진탈ᄒ니 딘군이 ᄃ열 왈 임의 장진ᄒ여시니 독히 근심이 업도다 쇼졔 쏘ᄒ 긔특이 넉이더니 징연ᄒ 쇠쇼ᄅ의 검무를 파ᄒ고 듕계의 오르니 딘군이 향온 일 빅를 상ᄒ고 왈 젼진 가온ᄃ 삼ᄀ 비ᄌ로 심히 외로오리

4) 중복 필사됨.

니 녹난 벽난

29면

이 진연이 만흐니 쇼져긔 도라 보ᄂᆡᄂᆞ이다 쇼졔 왈 집의 슈십 시ᄋᆡ 화잉 등의 지지 아니커ᄂᆞᆯ 벽난 등은 딘군을 뫼셔 놉흔 도를 강ᄒᆞ고 일싱 션법을 숑ᄒᆞᄂᆞᆫ ᄇᆡ여ᄂᆞᆯ 홍진의 ᄂᆞ려 쳡의게 도라오믈 원치 아닐가 ᄒᆞ나이다 딘군이 쇼왈 ᄎᆞ냥인이 진념이 만흐니 쇼져를 ᄯᆞ라 양계를 발부나 명명이 도라올 ᄯᆡ 이시리이다 이의 녹난 등으로 쇼져긔 팔ᄇᆡᄒᆞ여 노쥬 명분을 정ᄒᆞ니 녹난 등이 쇼져의 일월 ᄀᆞᆺ흔 광휘를 항복ᄒᆞᄂᆞᆫ ᄇᆡ오 화잉 등이 ᄃᆡ열ᄒᆞ

30면

여 년치 ᄎᆞ례로 졀ᄒᆞ여 형뎨 되고 진군과 쇼져긔 졀ᄒᆞ여 ᄉᆞ례ᄒᆞ니 쇼졔 역시 깃거 십분 ᄉᆞ랑ᄒᆞ고 무ᄋᆡᄒᆞ믈 듯터이 ᄒᆞ고 이윽이 말ᄉᆞᆷᄒᆞᄆᆡ 은히 셔로 기울고 북도의 별이 드물ᄆᆡ ᄃᆞᆺ글 파ᄒᆞ니라 쇼졔 이후 ᄆᆡ환관과 ᄉᆞ 시ᄋᆞ로 셩니를 힘쓴 녀가의 쥬역 복셜도 통ᄒᆞ고 의셔를 박남ᄒᆞ여 임의 ᄒᆞᆫ번 보ᄆᆡ ᄎᆞᆫ지를 지작ᄒᆞ고 음양을 슈즁의 너헛시니 진실노 임쥬셩과 셜빙염은 하ᄂᆞᆯ이 유의ᄒᆞ여 ᄂᆡ시믈 알니러라 광음이 슉홀ᄒᆞ여 시졀이 삼

31면

츄의 니르니 졔 바야흐로 슈금지졀이 되ᄆᆡ 금풍은 셔긔ᄒᆞ여 슈호의 ᄉᆞ못츠니 ᄉᆞ친ᄒᆞᄂᆞᆫ 눈물이 ᄐᆡ항산 머리의 빗최믈 면치 못ᄒᆞ니 딘군이 션관아과로ᄡᅥ 권ᄒᆞ며 위로ᄒᆞ여 길운이 ᄀᆞᆺ가오믈 니르더니 셰환ᄒᆞ여 츈이월이 되ᄆᆡ 딘군이 숑산부인이 임쇼져를 다려오라 ᄒᆞ고 이ᄂᆞᆯ 침젼의 져근 ᄃᆞᆺ글 열고 셜쇼져를 쳥ᄒᆞ여 말을 펴 왈 쇼져를 ᄃᆡᄒᆞ여 이 곡졀을 파셜ᄒᆞ고 동긔연지를 펴기홀 ᄇᆡ로ᄃᆡ 쇼져와 임쇼졔 다 젼셰 되벌

32면

이 ᄌᆞ최를 깁히 뭇쳐 도익ᄒᆞᄆᆡ 뉵친이 셔로 통노ᄒᆞ면 화익이 더을 바를 명명이 알무로 셜ᄐᆡ우 부인 임쇼져의 거거ᄒᆞᆫ 요얼의 ᄒᆡ를 바다 셜ᄐᆡ우로 셩혼 쵸일의 요되 나뷔되여 약슈 ᄒᆞᆫ 졈을 무쳐 ᄐᆡ우의 원앙치를 회지으무로 슈년을 무궁ᄒᆞᆫ 박ᄃᆡ를 밧고 요

되 옥경군쥬 한왕녀로 변형ᄒᆞ여 회왕의 냥녜 되여 셜틱우로 혼닌ᄒᆞ여 음녀의 상ᄉᆞ를 풀녀 ᄒᆞ다가 남극노인션이 요인을 졀통ᄒᆞ여 음녀의 몸의 바놀 장슴을 피

33면

부의 씨워 틱우의 졍긔를 병 드리지 못ᄒᆞ나 문혜셩의 화란은 도망치 못ᄒᆞᆯ지라 슝산 부인이 문혜셩으로 젼셰 교되라 여ᄎᆞ여ᄎᆞᄒᆞ여 임쇼져를 구ᄒᆞ여 슝산의 일 년을 곰쵸아 도익ᄒᆞ고 쥬년이 된지라 이졔ᄂᆞᆫ 쇼져의 ᄉᆞ 년 연분과 임쇼져의 일 년 연분이 다 딘ᄒᆞ여 동긔뉵친이 상딕ᄒᆞ나 셔로 다른 의심이 업ᄂᆞᆫ지라 금일 임쇼져를 이리 뫼셔와 ᄌᆞ믹 ᄒᆞᆫ가지로 도라가게 ᄒᆞ리라 쇼졔 진군의 허다 셜화를 드르믹 언언이 ᄌᆞ가의 일신

34면

이 부모긔 니우ᄒᆞ고 쇼고의 슉ᄌᆞ인혜ᄒᆞᆫ 덕셩으로 무고히 박딕를 바다 슝산ᄭᆞ지 구으러오믈 놀ᄂᆞ고 익달오믈 겸ᄒᆞ니 옥안이 참담ᄒᆞ여 말솜이 업ᄉᆞ니 딘군이 쇼왈 빈되 쇼져의 심ᄉᆞ를 밝히리니 쇼고ᄂᆞᆫ 돈당 슉당의 만금쇼익지라 일됴의 실산ᄒᆞ시고 그 참담ᄒᆞ시미 어딕 비ᄒᆞ리잇고마ᄂᆞᆫ 일월이 슉홀ᄒᆞ여 직앙을 이졔ᄂᆞᆫ 다 쇼멸ᄒᆞ여시니 언마ᄒᆞ여 각각 구고친당의 빅현ᄒᆞ여 니졍을 고ᄒᆞ며 평싱이 영화로오리니 ᄎᆞᄉᆞᄂᆞᆫ 일장

35면

츈몽이라 언마 춤으리잇고 시금 임쇼졔 오시리니 반기쇼셔 ᄒᆞ더라 시의 슝산부인이 임쇼져를 구ᄒᆞ여 텬문지리와 화틱의 신슐을 골으쳐 ᄯᆡ를 기다리더니 셜틱우의 금년 횡익이 즁ᄒᆞ고 ᄯᅩ 요인의 함독을 바다 병이 ᄉᆞ경의 잇실 쥴 알고 임쇼져를 딕ᄒᆞ여 연유를 셜파ᄒᆞ고 하산ᄒᆞ여 셜틱우의 ᄉᆞ병을 회쇼ᄒᆞ고 뉵친을 맛나 상경ᄒᆞᆯ 바를 니르고 쇼져를 빈 운니를 신겨 압셰워 오기 비ᄌᆞ와 쥬시 가운으로 시위ᄒᆞ여 년화

36면

딕의 니르러 명쳡을 드리니 딘군이 ᄲᆞᆯ니 입닉ᄒᆞ라 ᄒᆞᄂᆞᆫ지라 ᄌᆞ허부인이 임쇼져를 인도ᄒᆞ여 승당 빅알ᄒᆞ니 딘군이 답읍ᄒᆞ고 눈을 드러보니 쳔고의 ᄲᅢ혀난 긔질이 쳔상인간의 쭉이 업고 오직 셜쇼져의 버금이라 탄복흠익ᄒᆞ여 심니의 혜오딕 문혜셩의 덕

셩긔질이 져러커 틱을구강이 갈구ᄒᆞ여 취ᄒᆞᆫ ᄇᆡ 도로혀 됴화옹의 희를 맛나 그 ᄉᆞ이 만화를 밧고 텬상의셔 빌브터 두리다가 하계ᄒᆞ여 셜치ᄒᆞ노라 냥셰 박ᄃᆡ를 ᄌᆞ

37면

심이 ᄒᆞ고 ᄉᆞᆺ드러 혜셩의 청낭슐노 ᄉᆞᆺ츤 명을 닛고 간신이 비러 부뷔 화락ᄒᆞ여 팔십 년 동쥬의 ᄇᆡᆨᄌᆞ텬숀을 두어 셜문의 복경을 더을지라 젼도ᄒᆞᆫ 거되 업시 무궁ᄒᆞᆫ 복녹을 두리로다 공경ᄒᆞ믈 다ᄒᆞ여 녜를 극진이 ᄒᆞ니 쇼졔 진군의 쇼쇄ᄒᆞᆫ 긔질과 청고ᄒᆞ믈 항복ᄒᆞ더니 딘군이 뒤흐로 무망의 헷치고 닐오ᄃᆡ 낭아션은 금일붓터 뉵친의 얼골을 ᄃᆡᄒᆞ쇼셔 임쇼졔 ᄭᆡ닷지 못ᄒᆞ고 셜쇼졔 비로쇼 년보를 옴겨 좌의 ᄂᆞ니 믄득

38면

효문궁 봉뉸당 가온ᄃᆡ ᄒᆞᆫ낫 녀션이 남악 형산 ᄌᆞ기봉 년화졍 후함으로셔 완완이 나오니 딘션도 아니요 귀신도 아니요 도ᄉᆞ도 아니요 승니도 아니니 임춍ᄌᆞ 부인 셜시요 ᄌᆞ기 평싱 앙모ᄒᆞ던 져랑이오 ᄯᅩ 놉히 쇼괴라 졍신이 비월ᄒᆞ고 진슈의 슬푸미 모히니 옥뉘 빈져의 방방ᄒᆞ여 몸이 니는 바 업시 셜쇼져 나상을 븟들고 이윽이 쇼ᄅᆡ를 먹음어 긔운이 엄읍ᄒᆞᆯ 듯ᄒᆞ니 셜쇼졔 역시 의괴 망측ᄒᆞ나 발셔 진군의 니르는 바를 드럿는지라

39면

비로쇼 입을 여러 상도치 말고 안심ᄒᆞ라 ᄒᆞ고 탄왈 쳡의 ᄉᆡᆼ돈이 실노 몽이며 진이무로 분간치 못ᄒᆞᆯ지라 ᄉᆞ랏다 ᄒᆞᄌᆞ니 그 명이 업션 지 오ᄅᆡ고 쥭다ᄒᆞᆫ 즉 츄병의 ᄯᅩᆯ오미 급ᄒᆞ니 몸을 쇼쇼와 남히 바다히 즘겨 회문을 들 ᄇᆡ여늘 공교히 삼기 비ᄌᆞ로 더브러 치원의 ᄎᆞ즁의 오르ᄆᆡ 이 믄득 션법이 되여 순식의 이 곳의 니르러 딘군의 보탑의 몸을 더지니 쥭지 아니ᄒᆞ고 삼삭 츈츄를 밧고니 금일 ᄆᆡᄆᆡ를 맛나ᄆᆡ 그 사이 화변은 불문가지니 일

40면

ᄉᆞ의 알지라 다만 션가의셔 홍진 셰쇄ᄒᆞᆫ 말이 불가ᄒᆞ니 상심비도ᄒᆞ믈 긋치라 임쇼졔 비로쇼 춍ᄌᆞ 부인이 쥭지 아니코 이 곳의 보명ᄒᆞ미 두렷ᄒᆞᆫ지라 반기는 뎡이 무한ᄒᆞ

ᄃᆡ 진군이 ᄌᆡ쇄라 감히 쇽셰의 비례지언을 못ᄒᆞ고 ᄒᆞᆫ ᄀᆞᆺ 져져의 나군을 븟들고 어린 드시 면모상광이 경장을 맛보고 옥ᄋᆡᆨ을 먹으무로 골법이 천졍ᄒᆞ고 ᄀᆡ운이 쇄락ᄒᆞ여 상광이 일신을 두루고 팔치안모의 팔광이 녕농ᄒᆞ여 젼ᄌᆞ로 ᄇᆡ승ᄒᆞ니 더옥 칭션ᄒᆞ

41면

믈 마지 아니터라 반기믈 치 못ᄒᆞ여 딘군이 냥 쇼져를 ᄃᆡᄒᆞ여 ᄀᆞᆯ오ᄃᆡ 일이 급ᄒᆞ고 션분이 그만이니 쇼져ᄂᆡᄂᆞᆫ 다쇼 셜화를 날회고 빈도의 알ᄑᆡ 셔쇼셔 일변 북악 녀진군ᄀᆡ 도동 냥인을 보ᄂᆡ여 빙눈거 둘흘 산동 지경의 보ᄂᆡ쇼셔 ᄒᆞ고 냥 쇼져의 팔 비ᄌᆞ를 도동의 복ᄉᆡᆨ으로 ᄒᆞ여 뉴벽 난난과 ᄀᆞᆺ치 복ᄉᆡᆨ을 곳쳐 가라 ᄒᆞ고 ᄌᆞ허로 더브러 구름ᄉᆞᄆᆡ를 썰치ᄆᆡ 신힝법을 졔인의 발뒤츅의 븟치니 가ᄂᆞᆫ 바 업시 니봉산 산상의 냥션이 운참무

42면

가를 즘간 머무러 운메를 드러 산동 낙안쥐를 ᄀᆞᆯ으쳐 왈 쇼졔 능히 져 ᄀᆡ운을 아르시ᄂᆞ니잇가 쇼졔 ᄃᆡ왈 검극이 삼녈ᄒᆞ고 연진이 아득ᄒᆞ니 필연 냥국이 교젼ᄒᆞᄂᆞᆫ가 ᄒᆞ나이다 딘군이 졈두ᄒᆞ고 우왈 져 ᄀᆡ운을 아르시ᄂᆞ니잇가 셜쇼졔 쌍셩을 완젼이 ᄒᆞ여 ᄉᆞᆯ피더니 ᄃᆡ왈 살ᄀᆡ 등등ᄒᆞ고 요ᄉᆞ의 ᄀᆡ운이 두우 ᄉᆞ이로됴ᄎᆞ 낙안쥐 ᄉᆞ이 셩지의 ᄌᆞ옥ᄒᆞ여시니 져 무ᄉᆞᆫ 요변이니잇고 딘군 왈 이 살ᄀᆡ 졍히 쇼져ᄂᆡ 삼ᄉᆡᆼ원ᄀᆡ라 임의 ᄃᆡ로 옥ᄎᆡᆨ

43면

의 ᄀᆡ록ᄒᆞ고 스ᄉᆞ로 텬쥬를 바들 ᄊᆡ 다ᄃᆞᆺ고 쇼져ᄂᆡ ᄐᆡ운이 도라온지라 됴히 잘 ᄒᆞ쇼셔 져 요셩이 셰궁녁진ᄒᆞ여 방ᄉᆞ를 구ᄒᆞ여 칠졍 젼후 셔법을 ᄒᆞ여 딘보도군의 딘명을 범코ᄌᆞ ᄒᆞᄂᆞ 이ᄂᆞᆫ 두렵지 아니니 뉴벽 냥 비ᄌᆞ의 당홀 ᄇᆡ니이다 ᄒᆞ고 언파의 냥 도동이 ᄇᆡᆨ눈거와 향진강박을 드리니 딘군이 바다 냥 쇼져ᄀᆡ 일습 도복과 구화칠셩관을 향박과 ᄒᆞᆫ가지로 젼ᄒᆞ여 왈 일이 급ᄒᆞ고 시ᄀᆡᆨ이 급ᄒᆞ니 밧비 힝ᄒᆞ라 ᄒᆞ고 일장 니별

44면

을 맛추미 후회 막연흐믈 일너 무가를 두루혀니 임셜 냥 쇼제 ᄌ허부인 강쵸의를 븟들고 쥬연탑을 연ᄒ여 무휼ᄒ고 가르치믈 닙고 써ᄂ미 쉬오ᄃ 가ᄂ 곳이 친측이 아니오 션가도 연분이 업셔 도로의 방황ᄒ여 규법의 일 죄인 될 바를 슬허 오오비도ᄒ니 ᄌ허부인이 그 졍을 더옥 어엿비 너겨 은근 작별ᄒ고 위로 왈 쇼제 임의 묘방을 ᄭ쳐시니 셜틱우의 좌비 여상ᄒᄆ 눅친을 ᄎᄌ 만복이 되리라 셜파의 냥션이 운참무가ᄒ여

45면

얼푸시 간 곳이 업고 냥 쇼져 비줘 몸이 발셔 ᄂ녓고 졔 시ᄋ 탄ᄌ 모양 ᄀ흔 빙거를 압히 놋코 각각 쥬인을 붓드러 올닐ᄉ 이 향박이 은하슈 물결노 어린 기름이 쳔지ᄀ 벽지쵸의 깁 ᄀ흔 거시 은하를 덥허 물이 흐르믈 상뎨 근심ᄒ시더니 구쳔현네 직녀궁으로셔 도라오다가 거두어 년지의 쳔 년을 ᄎ 텬지 뎡긔를 흔업시 밧으ᄆ 뉴리 빗치 되고 뎍으면 향박이요 크면 안ᄀ장이 되ᄂ지라 고로 향ᄌ 현네 이 향박을 두고 텬궁의 보ᄇ

46면

를 삼앗ᄂ지라 위진군의 분뷔 아니면 ᄂ여놋치 아닐너라 냥 쇼졔 몸을 빙뉸의 거ᄒ고 향박을 두루혀니 녹난이 고왈 우리 외양이 ᄒ 녀도의 모양이라 딘군이 도뎨 빅능파의 농쥬를 쥬시며 남강의 ᄇ를 ᄊ오고 쇼져와 쇼비 등이 그 곳의 잇셔 산동 쇼식을 드러 위급ᄒ믈 구ᄒ라 ᄒ시더이다 ᄒ고 일시의 빅농강가의 니르니 강쉬 망망ᄒ여 빅깁을 편 듯ᄒ더라 벽난이 됴고만 탄ᄌ를 빅농강 녀흘의 더지니 ᄒ 닙 쇼션이 되

47면

ᄂ지라 일힝이 ᄇ의 오르고 홍도를 명ᄒ여 산동 근쳐의 가 쇼식을 탐문ᄒ라 ᄒ니 홍도와 츈빙이 도복을 졍히 ᄒ고 일쌍 도동이 되여 산동 낙안쥐 동문으로 말ᄆ암ᄋ 셩즁의 들며 드르니 임쵸왕이 동남을 졍벌ᄒ여 임의 일헛던 셩지를 다 회복ᄒ고 한왕 고구를 두 번 ᄉ로잡고 션봉 셜희랑이 한왕 군즁의 달융국 언지 낭ᄌ군 만여 명과 융병 십만을 모라왓더니 임원슈의 ᄒ 싸홈의 다 뭇지르미 되고 낭ᄌ군 요슐노 셜션봉

48면

의 좌비를 상ᄒᆞ여 ᄉᆞᄉᆡᆼ이 위위ᄒᆞ여 ᄇᆡᆨ약이 무효ᄒᆞ니 쇽슈무칙이라 임원슈 부지 안병 부동ᄒᆞ고 ᄇᆡᆨ셩을 어루만지고 ᄉᆞ됼을 무휼ᄒᆞ여 동남의 숑셩이 양양ᄒᆞ고 ᄉᆞ됼의 용긔 일당ᄇᆡᆨ이라 ᄒᆞᄂᆞᆫ지라 쳥필의 셜ᄐᆡ우 병의 당ᄒᆞ여ᄂᆞᆫ 혼비ᄇᆡᆨ산ᄒᆞ여 도라가 쇼져긔 젼 코ᄌᆞ ᄒᆞ더니 ᄒᆞᆫ 군ᄉᆡ 남문의 방목을 붓치거ᄂᆞᆯ 홍되 급히 거름을 두루혀 방목을 쎠혀 ᄉᆞᄆᆡ의 너커ᄂᆞᆯ 군ᄉᆡ 긔이ᄒᆞᆫ 도동이 방문 쎠히믈 보고 급히 닐오

49면

ᄃᆡ 져 도동ᄋᆞ 이 방문을 쎠히니 능히 우리 션봉의 좌비를 곳치고 즉금 위위ᄒᆞᆫ 명을 구ᄒᆞ라 도동이 답왈 ᄂᆡ 무슴 신슐이 잇스리오마ᄂᆞᆫ 우리 ᄉᆞ뷔 의약법셰며 침법이 긔 이ᄒᆞᄆᆡ 쎠히노라 ᄒᆞ고 ᄲᆞᆯ니 강두의 니르러 쇼져를 향ᄒᆞ여 급보를 뎐ᄒᆞ고 드른 바를 셰셰히 옴기니 임쇼져ᄂᆞᆫ 셜ᄉᆡᆼ의 병을 듯고 방목을 보ᄆᆡ 심혼이 경녈ᄒᆞ여 ᄎᆞ악상담ᄒᆞ 믈 니긔지 못ᄒᆞ고 셜쇼져ᄂᆞᆫ 됸구ᄃᆡ인이 ᄉᆞ장의 구치ᄒᆞ고 승픽지ᄉᆞ를 미가분이라 반 기미

50면

념찌니 늣겨 쌍빈을 뎍셔 임쇼져를 직쵹ᄒᆞ여 슐위의 올니고 빈박으로 ᄂᆞᆺ출 ᄀᆞ리와 골오ᄃᆡ 우리 힝ᄉᆡᆨ이 극ᄒᆞᆫ 외도인이오 길히 궁진ᄒᆞ고 텬의를 면치 못ᄒᆞ여 이 곳의 투 입ᄒᆞ여시나 ᄃᆡ군ᄌᆞ 면젼의 엇지 ᄎᆞ마 두립지 아니리오 쇼져ᄂᆞᆫ 가ᄂᆞᆫ 곳이 됸구ᄃᆡ인과 녕형이 계시니 슘기미 불가ᄒᆞ나 군즁이 호번ᄒᆞ고 우리 ᄆᆡ양 이 ᄭᅩᆯ이니 아직 권도로 근본을 금쵸와 ᄎᆞᄎᆞ 형셰를 보와 츌셰ᄒᆞ려니와 쳡은 더옥 텬문죄슈라 팔ᄌᆞ 고이ᄒᆞ여 죄

51면

벌이 쳡다ᄒᆞ여 뎍쇼ᄂᆞᆫ 직희지 못ᄒᆞ고 망명죄슈라 다시 딘토를 바라지 아닛ᄂᆞ니 만일 됸귀 파젹ᄒᆞ시고 환경ᄒᆞ시믈 알면 고요히 몸을 ᄉᆡᆨ혀 친측의 가 여ᄉᆡᆼ을 부모 슬하의 맛ᄎᆞ믈 계교ᄒᆞᄂᆞ니 쳐변을 잘ᄒᆞ여 거거긔도 아직 ᄂᆞ의 ᄉᆡᆼ됸을 통치 마르쇼셔 임쇼졔 남악의셔 셜쇼져를 맛ᄂᆞ나 신션의 좌의셔 혼잡지 못ᄒᆞ여 져져의 젼후 ᄉᆡᆼ됸ᄒᆞᆫ 연유와 만단 졍회를 펴지 못ᄒᆞ여셔 냥션의 직쵹ᄒᆞ무로 니봉산ᄉᆡᆨ지 와 쏘 션즁의 온 반일

52면

의 이런 뎡회를 여지 못ᄒᆞ고 이러틋 분히ᄒᆞ니 심혼이 최절ᄒᆞ고 니졍이 ᄎᆞ아ᄒᆞ여 누쉬 방방ᄒᆞ니 셜쇼졔 ᄯᅩᄒᆞᆫ 심ᄉᆡ 쳑감ᄒᆞ나 지극히 위로권면ᄒᆞ여 어셔 다 ᄇᆡ혼 지됴를 다ᄒᆞ여 부인녀ᄌᆞ의 ᄃᆡ절을 셰우믈 경계ᄒᆞ고 거게 젼후힝ᄉᆡ ᄆᆡᄆᆡ를 져바리미 여지 업ᄉᆞ나 녀ᄌᆞ의 쳐변이 구ᄎᆞᄒᆞ믈 면치 못ᄒᆞ고 강상을 붉히는 졀힝으로 ᄒᆞ여 계 두어 편을 니르니 임쇼졔 평ᄉᆡᆼ의 놉흔 스ᄉᆡᆼ으로 의앙ᄒᆞ던 교회를 슌슌 응ᄃᆡᄒᆞ나 셜ᄉᆡᆼ의 위급

53면

ᄒᆞᆫ 병보를 드르니 마음이 황황ᄒᆞᆫ지라 쵸쵸이 하직고 시비 홍도 등 삼비로 더브러 ᄲᅢᆯ니 힝ᄒᆞ여 딘 밧긔 니르니 발셔 날이 셔즘의 들고ᄌᆞ ᄒᆞ더라 홍ᄆᆡ 급히 ᄃᆡ영 즁의 가 방목 ᄶᅥᄒᆞᆫ 도동이 스ᄉᆡᆼ을 다려와시믈 고ᄒᆞ니 어시의 임원쉬 셜ᄉᆡᆼ의 병이 위즁ᄒᆞ믈 근심ᄒᆞ더니 믄득 도동이 이르다 ᄒᆞ믈 듯고 참모로 더브러 병쇼의 안ᄌᆞ 도ᄉᆞ를 쳥ᄒᆞ니 홍ᄆᆡ 등이 쇼져를 ᄲᅧ 드러오니 ᄇᆡᆨ옥안면과 옥골셜뷔 긔이ᄒᆞᆫᄃᆡ 발이 신힝법을 힝ᄒᆞ여

54면

승당 네필의 먼니 좌ᄒᆞ니 원쉬 팔을 드러 읍ᄒᆞ고 왈 황명을 밧ᄌᆞ와 천병을 거ᄂᆞ려 역신을 문뢰ᄒᆞ려 동남으로 나려 반녁을 멸케 되엿시되 션봉이 요인의 살을 마ᄌᆞ 좌비상ᄒᆞ되 깁히 범치 아녓더니 요슐의 독이 살촉의 무덧든지 만분 위독ᄒᆞ되 의지 하슈치 못ᄒᆞ고 금일은 ᄂᆡ 친히 파동코ᄌᆞ ᄒᆞ더니 됸ᄉᆡ 방목을 응ᄒᆞ여 니르미 화틱의 묘ᄒᆞᆫ 청낭슐을 ᄭᅵ치믄 가지라 ᄲᅢᆯ니 시험ᄒᆞ미 맛당토다 도ᄉᆡ 원슈의 셩음을 드르ᄆᆡ 슬푸고

55면

반가오미 넘쪄 무궁ᄒᆞ나 좌우 제장이 숨버듯 ᄒᆞ여시니 ᄉᆞ졍을 발뵈지 못ᄒᆞᆯ 거시오 ᄯᅩ ᄌᆞ긔 복ᄉᆡᆨ이 괴이ᄒᆞ니 비록 부모슉친인들 엇지 ᄉᆞ졍을 펴ᄂᆡ로라 ᄒᆞ리오 다만 공슈궤슬ᄒᆞ고 ᄃᆡ왈 비인이 청낭의 신슐을 엇지 바라리잇고마는 텬병이 동남으로 졍벌ᄒᆞ시니 위엄과 덕홰 심산궁곡의 덥혀습는지라 비인이 비록 타도의 잇셔 부운ᄀᆞᆺ치 ᄯᅥ단니오나 ᄯᅳᆨ힌 즉 셩텬ᄌᆞ의 ᄯᅳᆨ히니 곳 명나라 ᄇᆡᆨ셩이라 션봉의 위질이 만무일ᄉᆡᆼᄒᆞ믈

방목으로

56면
됴추 아온지라 비인이 ᄉᆞ부 운니풍의 교령을 밧ᄌᆞ와 니르럿숩ᄂᆞ니 쳔ᄒᆞᆫ 도호ᄂᆞᆫ 부운시라 ᄒᆞᄂᆞ이다 원쉬 그 거동이 괴위ᄒᆞᆫ 쥴 알고 굿ᄒᆞ여 유심이 슬피지 아니코 쏠니 병을 보라 ᄒᆞ니 도시 셜싱의 누은 곳의 ᄂᆞᄋᆞ가 슬피미 그 위악ᄒᆞ미 만분 위급ᄒᆞᆫ지라 딕경디황ᄒᆞ여 ᄂᆞᄋᆞ가 믹도를 슬필식 셰류 ᄀᆞᆺᄒᆞᆫ 숀을 드러 좌우 믹을 니음이 집ᄒᆞ미 안식이 ᄌᆞ로 변ᄒᆞ고 구슬 ᄀᆞᆺᄒᆞᆫ 향한이 구으니 딘실노 싱되 망연ᄒᆞ고 창쳐를 보니 크게 즁상ᄒᆞ엿ᄂᆞᆫ지라

57면
ᄒᆞᆫᄀᆞᆺ 슬이 썩어실 분 아니라 쎄 다 푸르러시니 운시 불승참연ᄒᆞ여 능히 말을 못ᄒᆞ더니 원쉬 문왈 병근이 하여오 운시 공슈 딕왈 병셰 ᄌᆞ못 위악ᄒᆞ오니 하마 구치 못홀리로쇼이다 슈연이나 빈되 빅혼 지됴로뻐 시험코ᄌᆞ ᄒᆞ나이다 언파의 도동을 명ᄒᆞ여 푸기를 열고 신약을 닉여 삼다의 화ᄒᆞ여 셜싱의 구즁의 드리오니 이윽고 ᄉᆞᆺ쳐진 뉵믹이 동ᄒᆞᄂᆞᆫ 듯ᄒᆞ거ᄂᆞᆯ 다시 은침을 닉여 참모를 도라보아 왈 이졔 침을 시험ᄒᆞ미 농혈이 만이 흐

58면
르리니 맛당이 상 ᄋᆞ릭 그르ᄉᆞᆯ 밧쳐 흐르ᄂᆞᆫ 농즙을 밧게 ᄒᆞ쇼셔 원슈 부지 올히 넉여 시ᄌᆞ로 그르ᄉᆞᆯ 딕령ᄒᆞ라 ᄒᆞ미 운시 ᄀᆞ즉이 나ᄋᆞ가 창쳐를 어로만져 농혈을 아오르며 침을 드러 셩농ᄒᆞᆫ 슬을 질너 헷치니 편시의 농혈이 살 쏘듯 돌츌ᄒᆞ여 셩혈이 좌우로 ᄲᅳ리니 악취 코흘 거ᄉᆞ리되 불변안식ᄒᆞ고 침을 드러 곳곳이 상ᄒᆞᆫ 가똑과 살을 다 버혀닉 아니ᄭᅩ은 닉 방즁의 ᄀᆞ득ᄒᆞ고 농혈이 그르식 넘씨니 졔인이 ᄎᆞ마 보지 못ᄒᆞ고 운식 심

59면
혼이 경널ᄒᆞ나 침으로 쌔의 독긔를 글그니 그 쇼릭의 오리 밧긔 들니미 좌우인이 ᄂᆞᆺ출 가리오고 귀를 막ᄋᆞ ᄎᆞ마 듯지 못ᄒᆞ니 운식 냥안의 신쳔이 ᄌᆞ로 써러지고 안식이

참연ᄒᆞ니 모다 그 인ᄌᆞᄒᆞ믈 ᄎᆞ탄ᄒᆞ며 의술이 신이ᄒᆞ믈 긔특이 넉이나 원슈의 ᄉᆞ광지 춍과 참모의 일월지광이 깁히 의괴ᄒᆞ나 아직 셜ᄉᆡᆼ의 위급ᄒᆞ무로 념불급타ᄒᆞ고 운ᄉᆡ 좌우로 농혈을 다 업시ᄒᆞᄆᆡ 슈식경이ᄂᆞ 구호ᄒᆞ더니 면부의 홍윤ᄒᆞᆫ 긔운이 동ᄒᆞ며 뉵ᄆᆡᆨ이 ᄎᆞᄎᆞ

60면

니어 구슬 ᄀᆞᆺᄒᆞᆫ ᄯᆞᆷ이 물 흐르듯 ᄒᆞ더니 이윽고 돈을 동ᄒᆞ며 미미ᄒᆞᆫ 통셩이 분명ᄒᆞ니 모다 그 회운ᄒᆞ믈 보ᄆᆡ 깃브믈 니긔지 못ᄒᆞ고 원슈 부ᄌᆡ 희동안ᄉᆡᆨᄒᆞ여 도인을 향ᄒᆞ여 ᄉᆞ례ᄒᆞ믈 마지 아니니 운ᄉᆡ 쳔만 겸ᄉᆞᄒᆞ고 이ᄂᆞᆯ 홍운 등으로 별실의 머무더라 시시의 셜ᄉᆡᆼ이 큰 ᄋᆡᆨ을 당ᄒᆞ여 병이 ᄉᆞ경이 되ᄆᆡ 혼혼ᄒᆞᆫ 즁 일도 녕혼이 가는 바 업시 한 곳의 니르니 쥬문이 장녀ᄒᆞᆫᄃᆡ 문 우희 ᄇᆡᆨ옥현판의 쥬홍뎐ᄌᆞ로 크게 써시되 만셰 영쇼옥

61면

궐ᄐᆡ청이라 ᄒᆞ엿더라 크게 놀나 뎡신을 ᄎᆞ리지 못ᄒᆞ더니 믄득 ᄭᆡᄃᆞ라 왈 알괘라 ᄂᆡ 반ᄃᆞ시 뎍군의 난젼을 마져 좌비 상ᄒᆞ엿더니 이 연고로 명이 ᄭᅳᆺ쳐져 혼ᄇᆡᆨ이 이의 니르럿도다 슬푸다 ᄂᆡ 팔쳑 장부로 일ᄀᆡ 쇼녀ᄌᆞ의 살을 마ᄌᆞ 부모동ᄉᆡᆼ을 다 바리고 ᄀᆡᆨᄉᆞᄒᆞ엿시니 고금 영걸 보미 붓그럽도다 불언둉시의 큰 문 안으로셔 두어 신장이 금의금관으로 위엄이 거록ᄒᆞᆫ ᄉᆞᄅᆞᆷ이 ᄂᆞ오와 문왈 그ᄃᆡᄂᆞᆫ 뉘완ᄃᆡ 이런 즁지의 니르뇨 ᄐᆡ위 황망이 녜ᄒᆞ고

62면

답고ᄌᆞ ᄒᆞ더니 남다히로셔 한 션관이 옥관쵸의로 ᄇᆡᆨ학을 타고 ᄂᆞ오니 용뫼 ᄇᆡᆨ옥 ᄀᆞᆺᄒᆞ여 쥬긔방타ᄒᆞ여 ᄂᆞ오며 ᄃᆡ쇼 왈 슈문장은 고인을 모로ᄂᆞᆫ다 ᄎᆞ인은 곳 ᄐᆡ을진셩이라 두 신장이 년망이 뎔ᄒᆞ여 왈 딘군이 하계의 나리ᄆᆡ 아직 진연이 머럿거ᄂᆞᆯ 이의 니르시믄 의외로다 ᄯᅩ 승난ᄒᆞᆫ 션관이 ᄀᆞᆺᄀᆞ이 다다라 ᄐᆡ우를 보고 왈 고인이 별ᄂᆡ 무양ᄒᆞ냐 ᄐᆡ위 경ᄋᆞ비ᄉᆞ 왈 만ᄉᆡᆼ은 쇽ᄀᆡᆨ이라 일족 녈션으로 면분이 업거ᄂᆞᆯ 과례를 ᄒᆞ시ᄂᆞ니잇고

63면

션인이 ᄃᆡ쇼 왈 ᄐᆡ을의 젼ᄉᆡᆼ의 상계의 이실 적은 가장 교만거오ᄒᆞ더니 금일은 엇지 이리 겸숀ᄒᆞ엿ᄂᆞ뇨 ᄉᆞᄆᆡ로됴ᄎᆞ ᄒᆞᆫ ᄂᆞᆺ 동졍귤 ᄀᆞᆺ흔 거술 쥬거놀 ᄐᆡ위 바다 먹으니 청향이 만구ᄒᆞ며 뎐ᄉᆡᆼ닐이 명명ᄒᆞ여 ᄌᆞ긔 젼신이 본ᄃᆡ 옥황 향안젼의 신임ᄒᆞ던 ᄐᆡ을셩신으로셔 하계의 ᄂᆞ려올 적 문혜셩으로 더브러 덕강ᄒᆞᆯ시 ᄐᆡ을이 됴지를 밧ᄌᆞ와 삼신산의 ᄀᆞᆺ더니 영쥐 직힌 명보도군이 마ᄌᆞ 셜연관ᄃᆡᄒᆞ더니 ᄯᆡ의 도군의 져근 시녀

64면

힝션낭이 좌즁의 잔진지ᄒᆞ더니 ᄐᆡ을이 취즁의 힝션의 옥용을 유졍ᄒᆞ여 도라갈 쥴 니졋더니 옥뎨 그 더ᄃᆡ믈 노ᄒᆞᄉᆞ 귀향 보ᄂᆡ시니 힝션이 됴ᄎᆞ 하계ᄒᆞ여 쌍연이 되고 녀와낭낭의 년메ᄂᆞᆫ 갈회 ᄯᅩᄒᆞᆫ 문혜셩의 인연을 앗고ᄌᆞ ᄒᆞ여 왕가의 투ᄐᆡᄒᆞ여 ᄌᆞ가ᄂᆞᆫ 셜가의 강셰ᄒᆞ니 문혜셩이 노ᄒᆞ여 ᄐᆡ을을 됴ᄎᆞ 강셰ᄒᆞᆯ 쯧이 업거놀 옥뎨 쳔의를 이르ᄉᆞ 강셰케 ᄒᆞ시니 임부의 ᄉᆡᆼ혼지라 모든 닐이 쇼쇼ᄒᆞ니 옥경의 힝덕시둉을 뭇지

65면

아냐 알지라 쳐음 불으든 션관은 시즁텬ᄌᆞ 니ᄐᆡ빅이라 ᄐᆡ위 크게 반겨 집슈탄식 왈 ᄂᆞᄂᆞᆫ 진실노 죄 즁ᄒᆞ여 니의 니르럿스니 다시 옥탑하의 됴회ᄒᆞ며 문혜셩의 ᄉᆞᄉᆡᆼ은 엇지 되엿ᄂᆞᆫ고 ᄒᆞ더라

임시삼ᄃᆡ록 권지이십삼

1면

ᄎᆞ셜 니빅이 화연 쇼왈 화복이 ᄌᆡ텬ᄒᆞ고 슈요댱단이 ᄯᆡ 잇ᄉᆞ니 그ᄃᆡ 아직 셰연이 머럿ᄂᆞᆫ지라 비록 젹신이 션측의 뫼엿시나 아직은 긔한이 머러시니 엇지 텬뎨의 명 업시 옥탑 하의 뵈오리오 슈연이나 그ᄃᆡ와 문혜셩은 빅셰가위라 인간 오복이 구젼ᄒᆞ리니 요인이 간ᄃᆡ로 진셩녀를 잘 히ᄒᆞ리오 다만 텬긔 비밀ᄒᆞ니 미리 누셜치 못ᄒᆞᆯ지라 그ᄃᆡ 금년의 슈익이 고

2면

히ᄒᆞ여 이의 이르러시나 이 쏘 텰부 슉녀의 효졀을 빗나게 ᄒᆞᄂᆞᆫ 됴각이라 다시 번거이 이르지 못ᄒᆞᆯ ᄇᆡ요 쏘ᄒᆞᆫ 완 지 오ᄅᆡ니 임초왕 부ᄌᆞ 슉질의 초젼ᄒᆞᆫ 간위 이울기의 밋출 거시니 디류치 말고 도라가라 셜파의 다시 말을 아니코 쏘 져의 ᄃᆡ답을 기다리지 아냐 표연이 션메를 썰치니 신션의 향풍이 딘딘ᄒᆞ며 옥결이 낭낭ᄒᆞᆫ지라 ᄐᆡ위 션인의 ᄉᆞᄆᆡ를 븟드럿다가 무단이 구러져 경동니각ᄒᆞ니 임이 구즁의 신약이 장부의 편만ᄒᆞ여시니

3면

긔운이 썩썩ᄒᆞ며 좌비 관겨치 아닌지라 졍신이 여상ᄒᆞ여 몸을 동ᄒᆞ며 눈을 드러 좌우를 슬피니 원슈와 참뫼 좌우의 안ᄌᆞᆺ고 졔인의 면모의 슈운이 가득ᄒᆞ엿더라 ᄐᆡ위 흠신 문왈 밤이 어느 ᄶᅴ의 밋쳣관ᄃᆡ 야긔 습인ᄒᆞᆫᄃᆡ ᄉᆞ부 귀체 누지의 계시뇨 참뫼 환희ᄒᆞ여 집슈ᄒᆞ고 왈 ᄶᅵ 졍히 야심ᄒᆞ엿거니와 아ᄌᆞ 의쳠의 병셰 ᄌᆞ못 위ᄐᆡᄒᆞ니 아등이 엇지 안한ᄒᆞ며 ᄃᆡ인이 쏘 엇지 침쉬 안온ᄒᆞ시리오 고로 능히 졉목지 못ᄒᆞ시고 동일 이의 계ᄉᆞ ᄌᆞ못 근심ᄒᆞ더니

4면

의외의 영ᄃᆡ인 셩덕여음으로 상텬이 감응ᄒᆞᄉᆞ 일긔 활인지불이 강셰ᄒᆞ여 신술노 거의 형의 딘ᄒᆞ여 가ᄂᆞᆫ 영ᄇᆡᆨ을 불너 흣터진 칠ᄇᆡᆨ이 다시 방외의 안온ᄒᆞ게 ᄒᆞ엿ᄂᆞ니 엇지 독히 화ᄐᆡ의 쳥낭술과 편작의 영공을 긔특다 ᄒᆞ며 임공 도ᄉᆞ 홍도ᄀᆡᆨ의 환혼향을 홀노 긔특다 ᄒᆞ리오 형이 회운ᄒᆞ믈 보니 됸문여경이요 아등의 만힝이라 아지 못게라 목금 병셰 하여오 ᄐᆡ위 비로쇼 일 쥬야를 혼혼ᄒᆞ엿다가 ᄭᆡᆫ 쥴 놀나며 원슈 부ᄌᆞ의 근고ᄒᆞ믈 감ᄉᆞ

5면

ᄒᆞ여 츄연 ᄉᆞ례 왈 쇼ᄉᆡᆼ이 지식이 쳔단ᄒᆞ여 삼가지 못ᄒᆞ여 지혜 젹은 고로 간인의 독슈의 부모의 유쳬를 상히오며 ᄉᆞ경의 밋ᄎᆞ니 ᄉᆞᄉᆞ의 부모긔 불회 막ᄃᆡᄒᆞ고 ᄉᆞ뷔 지ᄌᆞ지은ᄒᆞ시믈 져바려 불민불효ᄒᆞᆫ 혼ᄇᆡᆨ으로 융산 ᄃᆡ은을 드리오ᄉᆞ 딘심근고ᄒᆞᄉᆞ 신의를 이뤄여 ᄉᆡᆼ의 ᄉᆞ질을 회쇼케 ᄒᆞ니 ᄉᆡᆼ각건ᄃᆡ 졍신이 안한ᄒᆞ며 상쳬 알푸지 아니

코 이후 또 관겨치 아닐 듯ᄒᆞ니 쾌히 싱도를 어든지라 ᄌᆞ금 이후로는 ᄉᆞ부와 원빅의 쥬시미니 희량

6면

이 무지완장이나 엇지 감은치 아니리오 원쉬 정ᄉᆡᆨ 왈 네 비록 ᄉᆞ병지여나 어리지 아니코 미치지 아냐거늘 네 엇지 날을 ᄃᆡᄒᆞ여 칭은 두 ᄌᆞ를 일ᄏᆞ라 우리 부ᄌᆞ를 외친ᄂᆡ 쇼ᄒᆞ미 여ᄎᆞᄒᆞ뇨 네 과연 심장이 병드릿도다 ᄐᆡ위 더옥 감ᄉᆞᄒᆞ여 ᄌᆡ삼 실언ᄒᆞ믈 청죄ᄒᆞ고 납동 야긔 청닝ᄒᆞ니 셩체 뇌고ᄒᆞ실 바를 불안ᄒᆞ니 원쉬 어로만ᄌᆞ 위로ᄒᆞ미 됴곰도 친ᄌᆞ의 감치 아니ᄒᆞ고 숨다와 보미와 약을 나와 ᄌᆞ로 권ᄒᆞ며 됴보ᄒᆞ믈 당부ᄒᆞ고 침쳐로 도라갈ᄉᆡ ᄋᆞᄌᆞ를 머무르고 도라가니

7면

ᄐᆡ위 더옥 감은ᄒᆞ더라 이러구러 셜싱의 병이 쾌쇼ᄒᆞ니 만군 댱됼이 하례ᄒᆞ더라 ᄐᆡ위 뎡신이 쾌쇼ᄒᆞᄆᆡ 시인으로 도ᄉᆞ를 청ᄒᆞ니 운ᄉᆡ 마지못ᄒᆞ여 이르니 빈쥐 상ᄃᆡᄒᆞᄆᆡ 신긔ᄒᆞᆫ 의슐을 ᄉᆞ례ᄒᆞᆯᄉᆡ 원슈와 참모의 밝으무로 엇지 월혜쇼져를 몰나보리오 깃브믈 니긔지 못ᄒᆞ나 번거ᄒᆞ무로 발셜치 아니ᄒᆞ고 셜싱은 쇼탈ᄒᆞ무로 도인으로만 알고 ᄉᆞ례ᄒᆞᆯ ᄲᅮᆫ이러라 원쉬 군즁의 계교를 ᄂᆡ여 셜션봉이 쥭다 ᄒᆞ여 덕으로 업습게 ᄒᆞ고 셜싱을 후영

8면

의 옴기니라 어시의 뎍진의셔 명진 쇼식을 탐지ᄒᆞ니 셜션봉이 위즁ᄒᆞ여 긔지ᄉᆞ경이라 ᄒᆞ고 안병부동ᄒᆞ니 한왕이 깃거 옥션 옥경으로 더브러 의논ᄒᆞ며 군ᄉᆞ를 보ᄂᆡ여 탐지ᄒᆞ더니 탐ᄆᆡ 보ᄒᆞ되 셜션봉이 쥭다 ᄒᆞ는지라 왕이 깃거ᄒᆞ믈 마지아냐 긔병코ᄌᆞ ᄒᆞ니 옥션 왈 불가ᄒᆞ다 쵸왕 부ᄌᆞ의 계괴 무궁ᄒᆞ니 반ᄃᆞ시 간ᄉᆞᄒᆞ미 잇슬지라 가히 심복 군ᄉᆞ 십 인을 골히여 져 곳의 보ᄂᆡ여 사항ᄒᆞ여 군즁ᄉᆞ를 탐지ᄒᆞ여 ᄂᆡ응이 된 후의 셩ᄉᆞᄒᆞᆯ 거시오 각쳐의 방

9면

을 븟쳐 지용지ᄉᆞ를 쵸모ᄒᆞᆫ 연후의 가히 니긔리이다 한왕이 ᄃᆡ희ᄒᆞ여 즉시 녕ᄒᆞ여

방을 붓치라 ᄒᆞ고 심복 군ᄉᆞ 십 인을 ᄲᅢ아 계교를 가르쳐 명진으로 보ᄂᆡ더라 명진 슌쵸군이 한군을 잡아 무르니 한군이 일오ᄃᆡ 우리ᄂᆞᆫ 산동 니민이러니 한왕이 무고히 긔병ᄒᆞ미 아등이 공연이 부모쳐ᄌᆞ를 니별ᄒᆞ고 이의 드러와 즁용ᄒᆞ면 부귀홀가 ᄒᆞ엿더니 이졔 보건ᄃᆡ 텬됴의 위엄이 거룩ᄒᆞ니 한왕을 ᄯᆞ라 역모를 돕다가ᄂᆞᆫ 멸문지화를 맛

10면

날지라 이러무로 항복코ᄌᆞ 왓ᄂᆞ니 열위ᄂᆞᆫ 의심말고 원슈 안젼의 뵈옵게 ᄒᆞ라 명진 군됴이 임의 원슈의 장녕을 드럿ᄂᆞᆫ지라 즉시 젹을 인도ᄒᆞ여 드러가 뵈온ᄃᆡ 원슈 불너 문왈 여등이 무ᄉᆞᆷ 연고로 반ᄒᆞ여 이로 온다 젹됴이 고두ᄒᆞ고 함누 고왈 쇼신 등은 산동 이민이라 민심이 가히 부셩ᄒᆞ고 ᄇᆡᆨ셩이 됴히 안낙ᄒᆞ옵거ᄂᆞᆯ 한왕이 무도ᄒᆞ여 망녕도이 긔병ᄒᆞ니 무죄ᄒᆞᆫ ᄉᆡᆼ민이 도탄의 ᄲᆡ젓ᄉᆞᆸᄂᆞᆫ지라 쥭으미 됴셕의 잇ᄉᆞ오무로 와 항ᄒᆞ나이다 원쉬 짐

11면

즛 일오ᄃᆡ 지금 이 냥진이 상ᄃᆡᄒᆞ여 승뷔 미졍ᄒᆞᆫ ᄯᅦ의 여등을 용납ᄒᆞ리오 한군이 일시의 고두ᄒᆞ고 울어 왈 원슈 노야ᄂᆞᆫ 쇼신 등의 마음을 아지 못ᄒᆞ시고 이러틋 의심ᄒᆞ시니 쥭어 뭇칠 ᄯᆞ히 업도쇼이다 연이나 쇼민 등이 이졔 다시 고향의 도라가지 못ᄒᆞ오리니 원슈 ᄃᆡ하의 쥭어지이다 ᄒᆞ고 일시의 칼을 ᄲᆡ혀 ᄌᆞ결코ᄌᆞ ᄒᆞᄂᆞᆫ지라 원쉬 크게 통히ᄒᆞ나 거즛 놀나ᄂᆞᆫ 쳬ᄒᆞ고 흔연이 위로 왈 여등이 실심이 여ᄎᆞᄒᆞ니 ᄂᆡ 엇지 감동치 아니리오 연이나 션봉의 병셰 위즁ᄒᆞ니

12면

염불급타ᄒᆞᆫ지라 여등은 아직 군즁의 머무러 후일 나의 ᄎᆞ즐 ᄯᅦ 등ᄃᆡᄒᆞ라 한군이 암희ᄒᆞ여 머무러 잇슬ᄉᆡ 군즁을 ᄉᆞᆯ피니 졔군이 다 ᄒᆡᆨ틱ᄒᆞ여 항오를 출히지 못ᄒᆞᄂᆞᆫ지라 심즁의 깃거ᄒᆞ더니 명일의 셜션봉이 쥭다 ᄒᆞ고 졔군 장됴이 황황ᄒᆞᆫ지라 두루 ᄉᆞᆯ피니 후영 별당의 의구히 상구를 다ᄉᆞ리며 청상의 거믄 관을 노코 영위를 ᄇᆡ셜ᄒᆞ니 됴곰도 의심되미 업ᄂᆞᆫ지라 젹됴이 올히 녀겨 즉시 이 쇼식을 글노ᄡᅥ 긔록ᄒᆞ여 살 밋히 ᄆᆡ여 한군 즁의

13면

쏘니 슌나군이 어더 한왕긔 드리니 한왕이 보고 ᄃᆡ희ᄒᆞ여 옥션으로 더브러 의논ᄒᆞ더니 믄득 쳬탐이 두 도인을 잇그러 드러오ᄂᆞᆫ지라 문기고ᄒᆞ니 ᄎᆞ하인야오 어시의 셜쇼졔 션두의셔 화잉 계잉 녹난 벽완 등으로 더브러 냥진 승픠를 듯보더니 한왕이 ᄉᆞ문의 방 붓쳐 지용지장을 구흔다 ᄒᆞ믈 알고 녹난 벽완으로 계교를 가르쳐 한진으로 보ᄂᆡ고 화잉 계잉으로 계교를 가르쳐 명진으로 보ᄂᆡᄆᆡ ᄉᆞ인이 슈명ᄒᆞ고 나ᄋᆞ와 분슈ᄒᆞ여 녹난 벽완이 한진의 이르

14면

러 방목을 쎠히니 탐ᄆᆡ 붓드러 진의 드리ᄆᆡ 한왕이 마ᄌᆞ 문기셩명ᄒᆞ고 왈 과인이 무덕ᄒᆞ거늘 냥위 도인이 하쳐츌이완ᄃᆡ 신근이 ᄎᆞᄌᆞ 이르니 무슴 가르칠 일이 잇ᄂᆞ뇨 냥인이 공슈 ᄃᆡ왈 빈도 등은 산야우밍이라 무슴 ᄌᆡ용이 잇ᄉᆞ리잇고마ᄂᆞᆫ 본ᄃᆡ ᄌᆞ최 텬하의 방낭ᄒᆞ여 아니 가ᄂᆞᆫ 곳이 업습더니 우연이 ᄎᆞ지의 이르러 듯ᄉᆞ오니 ᄃᆡ왕이 탕무의 덕이 계시다 ᄒᆞ오ᄆᆡ 외람이 돕습고ᄌᆞ 오괘이다 한왕이 깃거 왈 진실노 이 말 곳흘진ᄃᆡ 쳔하를 통일

15면

ᄒᆞᆫ 날 그ᄃᆡ 등으로 ᄒᆞ여곰 할토봉왕ᄒᆞ여 ᄀᆡ국훈신으로 빗ᄂᆡ게 ᄒᆞ리라 아지 못게라 무삼 ᄌᆡ되 잇ᄂᆞ뇨 그ᄃᆡ 등의 외모를 보니 불과 빅면셔싱이니 붓ᄃᆡ를 ᄌᆞᆸᄋᆞ ᄉᆞ긔를 초ᄒᆞ고 지혜 가즉ᄒᆞ여 모ᄉᆞ나 셔긔ᄂᆞᆫ 쇼임을 당ᄒᆞ려니와 문무와 강용과 구든 것슬 입고 늘닌 거슬 잡고 시셕을 무릅써 견필승 공필취ᄒᆞᄂᆞᆫ ᄌᆡ됴ᄂᆞᆫ 감당치 못흘가 ᄒᆞ노라 냥인이 ᄂᆡ쇼 왈 뎐히 흔곳 우리 연쇼 빅면을 보시고 ᄃᆡᄉᆞ를 도모치 못ᄒᆞ심도 올흐시거니와 신등이 비록

16면

연쇼 빅면이나 검법의 늘ᄂᆡ미 형셥의 지나고 ᄉᆞᄌᆡ의 츌즁ᄒᆞ믄 염파 마완의 지지 아닌지라 ᄃᆡ왕이라 ᄒᆞ시ᄂᆞᆫ 니ᄂᆞᆫ 능히 ᄉᆞ룸을 안 년후의야 셩공ᄒᆞᄂᆞ니 먼져 만모ᄒᆞ시니 바랄 ᄇᆡ 업도쇼이다 ᄒᆞ고 표연이 도라가고ᄌᆞ ᄒᆞ니 왕이 ᄃᆡ경ᄒᆞ여 급히 말뉴ᄒᆞ고 셩찬으로 ᄃᆡ졉ᄒᆞ며 ᄉᆞ죄ᄒᆞ고 셩명을 무르니 ᄃᆡ왈 비인 등은 녹운ᄌᆞ 벽운ᄌᆞ라 ᄒᆞ나이다

왕이 흔연 왈 군등은 허물치 말고 지됴를 한번 시험홀쇼냐 냥인이 웃고 즉시 몸을 이러 훈 쌍 보검을 들고 디

17면

무ᄒᆞᄆᆡ 검슐이 니홰 분분ᄒᆞ고 빅셜이 흣날니듯 ᄒᆞ더니 나종은 어우러져 다만 열 쥴 무지게 반공의 이르나니 능히 그 사름과 칼을 분간키 어렵고 다만 잇다감 셔리 빗치 은은ᄒᆞ고 찬 긔운이 골절을 부는 듯ᄒᆞ니 왕이 능히 충냥치 못ᄒᆞ여 어린 듯ᄒᆞ고 졔장 군졸이 칭찬ᄒᆞ며 담 져근 ᄌᆞ는 썰고 슘을 못 쉬더타 이윽ᄒᆞ여 냥인이 칼을 바리고 가뎐의 복지ᄒᆞ니 모다 보건ᄃᆡ 동지안상ᄒᆞ고 긔운이 ᄂᆞ죽ᄒᆞ여 일호 곤뇌ᄒᆞ미 업ᄉᆞ니 왕과 군히 교구 칭찬ᄒᆞ믈 마지아니ᄒᆞ고

18면

옥션 옥경이 냥인의 풍도옥안을 보고 그으기 흠도ᄒᆞ여 각각 빅필 삼을 쓧을 두더라 왕이 인ᄒᆞ여 냥인으로 좌우익 장군을 삼더라 ᄎᆞ시 화잉 계잉이 셜쇼져의 교령을 바다 명진의 이르러 원슈긔 뵈오믈 쳥ᄒᆞ니 군ᄉᆡ 드러가 보훈ᄃᆡ 원쉬 즉시 쳥ᄒᆞ거늘 냥인이 드러와 즁계의셔 ᄌᆡ빅ᄒᆞ고 왈 쇼도는 일시 과긱이옵더니 스승 부운ᄉᆡ 이의 와 머무실ᄉᆡ ᄎᆞᄌᆞ 일을 분 아냐 일비지녁을 돕고ᄌᆞ 니르괘이다 원쉬 일안의 진가를 ᄭᆡ 드르ᄆᆡ 불변안ᄉᆡᆨᄒᆞ고 날호여 쳥말

19면

의 좌를 쥬고 쥬식으로 관ᄃᆡᄒᆞ며 일변 셩명을 무르니 냥인이 ᄃᆡ왈 빈도 등은 계운ᄉᆞ 화운ᄉᆡ라 ᄒᆞ나이다 원쉬 졈두ᄒᆞ고 다른 말 아니ᄒᆞ고 쏘훈 부운ᄉᆞ를 쳥치 아냐 화계 냥인을 인도ᄒᆞ여 별실의 가 셔로 보게 ᄒᆞ니 냥인이 드러가 운ᄉᆞ긔 뵈오니 임쇼졔 크게 반기고 깃거 져져의 근간 평부를 무르니 냥인이 역시 반겨 뉴미를 펴 희ᄉᆡᆨ을 먹음고 고두빅ᄉᆞᄒᆞ여 뵈고 가마니 녹난 벽완이 한진의 ᄂᆡ응홈과 옥션을 잡을 계교를 고ᄒᆞ더라 명됴의 뎍군이 츌마도젼ᄒᆞ거늘 화잉

20면

계잉이 장젼의 드러가고 왈 비인 등이 비록 ᄌᆡ되 업ᄉᆞ오나 금일 진상의 나아가 훈번

쓰호고져 ᄒᆞ나이다 원쉬 쾌허ᄒᆞ거ᄂᆞᆯ 목션봉이 간왈 불가ᄒᆞ이다 ᄎᆞ인 등이 쳐음으로 와시니 ᄌᆡ됴를 아지 못ᄒᆞ고 긔골이 심히 쳥약ᄒᆞ오니 엇지 임진ᄃᆡ젹ᄒᆞ리잇고 원쉬 잠쇼 왈 ᄌᆡ됴ᄂᆞᆫ 혜아리지 못ᄒᆞᆯ ᄇᆡ니 용녁은 필부의 용이요 지혜ᄂᆞᆫ 되 다른지라 뉵ᄇᆡᆨ운의 ᄇᆡᆨ면쇼안이나 미염장군의 삼십 년 영명을 일됴의 맛ᄎᆞᆺ고 무후의 나약ᄒᆞ무로도 긔ᄆᆡ ᄇᆡᆨ계를 운동ᄒᆞ여 조아만의 ᄇᆡᆨ

21면

만 진즁을 한 ᄌᆞ로 화공으로 ᄉᆞᆯ와ᄂᆞ니 ᄎᆞ 냥인이 비록 연쇼 ᄇᆡᆨ면이나 ᄐᆞᆨ히 졔갈 뉵숀의 지혜를 당ᄒᆞᆯ가 ᄒᆞ노라 목션봉이 묵연이퇴ᄒᆞ더라 명진 즁의셔 금궤 졔명ᄒᆞ며 함셩이 진지ᄒᆞ고 ᄃᆡ문을 크게 열고 ᄃᆡ홍 슈ᄌᆞ긔 붓치이며 ᄇᆡᆨ황 부월이 ᄎᆞ례로 알풀 인도ᄒᆞ며 졍긔를 가득이 버리고 화잉 계잉이 ᄌᆞ금봉시투고의 홍금갑의 쳔니구를 타고 나오니 젹군 ᄉᆞ됼이 바라보고 옥면 뉴풍을 칭찬ᄒᆞ더라 한진 즁으로셔 금괴 졔명ᄒᆞ며 졍긔 폐일

22면

ᄒᆞ고 녹벽 냥인이 머리의 금화관을 쓰고 몸의 우의를 닙고 허리의 긔린ᄃᆡ를 두루고 오ᄉᆡᆨ 강궁을 빗기고 도화구를 타고 쥭졀편을 들고 ᄂᆡ다라 왕ᄂᆡ치빙ᄒᆞ며 웨여 왈 녹녹ᄒᆞᆫ 필부들은 ᄊᆞᆯ니 나아와 녹운ᄌᆞ 벽운ᄌᆞ의 놉흔 ᄌᆡ됴를 ᄃᆡ젹ᄒᆞ라 명진 상의셔 화계 냥인이 ᄂᆡ다라 말 아니ᄒᆞ고 사 인이 어우러져 교봉 오십여 합의 다만 보건ᄃᆡ 흰 칼날과 긴 창ᄃᆡ 셔로 셧도라 광풍이 ᄃᆡ작ᄒᆞᆫ 가온ᄃᆡ 니홰 분분이 ᄂᆞᆯ니ᄂᆞᆫ 듯 셜텬이 최외ᄒᆞᆫᄃᆡ 츄상이 비비ᄒᆞᆫ 듯

23면

검법이 숌나ᄒᆞ여 일ᄉᆡᆨ을 침노ᄒᆞ며 간간이 신위를 분발ᄒᆞ니 혹 날 듯도 ᄒᆞ고 ᄶᅱᄂᆞᆫ 듯ᄒᆞ니 냥편 장됼이 바라보고 칭찬ᄒᆞ믈 마지아니ᄒᆞ더라 오십여 합의 승뷔 업더니 녹운ᄌᆡ 크게 ᄒᆞᆫ 쇼ᄅᆡ를 지르고 요하로셔 홍삭을 더져 계운ᄉᆞ의 말을 올가 더지니 계운ᄉᆡ 졈즉이 마하의 ᄶᅥ러지니 녹운ᄌᆡ ᄉᆡᆼ금ᄒᆞ여 도라가니 벽운ᄌᆡ 녹운ᄉᆞ의 셩공ᄒᆞ믈 보고 급히 보궁을 다리여 신비젼을 만댝ᄒᆞ여 화운ᄉᆞ의 말 가슴을 맛치니 이에 것구러지고 화운이 말긔 나려지거ᄂᆞᆯ 벽운ᄉᆡ ᄉᆡᆼ금ᄒᆞ여

24면

한진으로 도라가니 믄득 한군이 일시의 용약ᄒᆞ여 명진을 짓치니 명진 ᄉᆞ됼이 굿ᄒᆞ여 ᄃᆡ적지 아니ᄒᆞ고 일시의 군긔 갑계를 다 바리고 다라나니 한군이 크게 깃거 일시의 다라드러 드른 거슬 쥽노라 ᄒᆞ니 일노됴ᄎᆞ 명진 ᄉᆞ됼이 군장 긔계를 일흘지연졍 일인도 셩명은 상ᄒᆞ니 업시 무사이 본진으로 도라가니 이 또 각별 묘계 잇ᄉᆞ미라 이러구러 날이 져물ᄆᆡ 냥편의셔 징 쳐 군을 거두니라 녹벽 냥인이 화계 냥인을 잡아 도라오니 한왕이 깃거 장ᄃᆡ의 안치고 친히

25면

잔을 잡ᄋᆞ 냥인을 권ᄒᆞ며 승젼ᄒᆞᆫ 공을 ᄉᆞ례ᄒᆞ고 벼슬을 도도와 좌우 군ᄉᆞ총독체찰ᄉᆞ 겸 보가 ᄃᆡ당군을 ᄒᆞ이니 냥인이 ᄉᆞ례 왈 금일 진상의셔 잡아온 두 장슈 또ᄒᆞᆫ 옥인 영걸이라 ᄃᆡ왕이 쥭이지 말고 후례로 ᄃᆡ졉ᄒᆞ여 그 마음을 항복 바드미 엇더ᄒᆞ니잇고 왕 왈 냥장의 말이 뎡합ᄒᆞ나 다만 졔 귀슌치 아닐가 ᄒᆞ노라 녹벽 냥인이 우왈 젼언을 듯ᄉᆞ오니 져 냥인이 경ᄉᆞ의셔 동군ᄒᆞ미 아니라 경ᄉᆞ로셔 갓 왓다 ᄒᆞ니 집심이 굿지 못ᄒᆞᆯ 거시니 ᄃᆡ왕이 후례로 ᄃᆡ졉

26면

ᄒᆞ시면 엇지 항치 아니리잇고 한왕이 올히 녁여 화잉 계잉을 불너드려 장젼의 밋ᄎᆞᄆᆡ 왕이 좌우를 ᄭᅮ지져 그 ᄆᆡᆫ 거슬 글너 쳥말의 좌를 쥬고 쥬식으로 관ᄃᆡᄒᆞ여 놀나믈 위로ᄒᆞ니 냥인이 짐즛 감ᄉᆞᄒᆞ믈 니긔지 못ᄒᆞ여 빅ᄉᆞᄒᆞ니 왕이 은근이 위로ᄒᆞ고 즉시 좌우편 장군을 빅ᄒᆞ니 냥인이 ᄉᆞ은ᄒᆞ고 물너나니라 이 젹의 화계 냥인의 거ᄂᆞ렷던 픽군이 도라가 원슈긔 냥인의 잡히믈 고ᄒᆞ니 원슈 부ᄌᆡ 왈 ᄎᆞ 냥인이 쳐음으로 ᄀᆞᆺ 와 언과기실ᄒᆞ여시니 잇시나 업ᄉᆞ나 유뮈

27면

불관토다 ᄒᆞ고 이늘 장즁의셔 빅작을 놀녀 즐기니 젹군 항됼이 가마니 이 쇼식을 한진의 보ᄒᆞ니 한왕이 그 ᄯᅳᆺ을 모로고 녹벽 냥인다려 무른ᄃᆡ ᄃᆡ왈 이는 임쵸왕이 본ᄃᆡ ᄎᆞ 냥인의게 ᄯᅳᆺ이 업ᄉᆞ미니 그 유무ᄉᆞ싱이 불관이 녁이미니이다 왕이 그러히 녁이고 깃거ᄒᆞ더라 이ᄯᅢ 옥경은 벽운ᄌᆞ의 옥면영풍을 크게 흠모ᄒᆞ여 불 ᄀᆞᆺᄒᆞᆫ 욕심을 층냥치

못ᄒᆞ나 져의 신변의 독질이 잇ᄉᆞ니 감히 싱의치 못ᄒᆞ여 ᄒᆞᆫᄀᆺ 텬지신기를 원망ᄒᆞᆯ ᄯᆞ름이오 달국 언지 옥션

28면

이 오랑키 슈즁의셔 음욕을 실토록 푸다가 이 곳의 오미 주려 견ᄃᆡ지 못ᄒᆞ던 ᄎᆞ 녹운ᄉᆞ의 영풍을 한번 보ᄆᆡ ᄉᆞ모지심이 ᄃᆡ발ᄒᆞ여 ᄎᆞ야의 불고염치ᄒᆞ고 ᄉᆞ롬을 보ᄂᆡ여 녹운을 청ᄒᆞ니 녹운이 마지 못ᄒᆞ여 니르ᄆᆡ 옥션이 칠보 영낙을 어ᄅᆡ게 ᄒᆞ고 맛거ᄂᆞᆯ 녹운이 본시 진셰 오욕을 버셔 청졍 일쳬로 만물을 통ᄒᆞᄂᆞᆫ지라 엇지 져 옥션의 요음을 모로리오마ᄂᆞᆫ 모로ᄂᆞᆫ 쳬ᄒᆞ고 공슈졍좌ᄒᆞ니 옥션이 그 션풍이질을 보ᄆᆡ 더옥 졍흥이 밋출 듯ᄒᆞ여

29면

함ᄐᆡ졔미ᄒᆞ고 교음이 낭낭ᄒᆞ여 왈 ᄎᆞ시 츈풍 일긔 불일ᄒᆞ고 야긔 습인ᄒᆞ니 됸션은 ᄉᆞ양치 말고 침쳐의 좌ᄒᆞ라 녹운이 뎡식 왈 비인이 엇지 감히 언지낭낭 안젼의 무례ᄒᆞ리오 옥션이 그 긔식을 써리나 음심이 ᄃᆡ발ᄒᆞ니 불고염치ᄒᆞ고 알연이 웃고 일오ᄃᆡ 쳡이 형셰 박부득ᄒᆞ여 호국 언지 되엿시나 근본은 황가지엽이라 허다 셜화ᄂᆞᆫ 지리ᄒᆞ여 다 못ᄒᆞᄂᆞ니 쳡이 본ᄃᆡ 됴군쥬로 지금 텬됴 ᄃᆡ원슈 임희린의 댱ᄌᆞ 창흥의 안ᄒᆡ 되엿더니 그

30면

릇 뎍인의 ᄒᆡ를 맛나 츌뷔 되여 도라갈 적 뎍슈를 맛나니 젹이 쳡의 뎜 용식을 듯고 즁도의셔 도뎍ᄒᆞ여 ᄇᆡ의 싯고 먼니 도망ᄒᆞ려다가 그릇 호인의 ᄇᆡ의 언즈니 마참 호인이 텬됴의 됴공ᄒᆞ고 도라가ᄂᆞᆫ 길의 맛ᄂᆞ니 쳡이 드드여 쥭고ᄌᆞ ᄒᆞ나 완명이 이완ᄒᆞ여 쥭지 못ᄒᆞ고 ᄒᆞᆯ일 업시 호왕의 언지 되니 부귀ᄒᆞ미 낫부미 업ᄉᆞ나 즁원의 도라갈 길이 업ᄉᆞᄆᆞᆯ 슬워ᄒᆞ더니 한왕 슉뷔 흥병발군ᄒᆞ여 텬됴를 여으려 ᄒᆞᄆᆞᆯ 알고 호왕을 다릐

31면

여 거즛 완병을 닐희여 이 곳의 이르럿더니 실은 호지의 다시 도라갈 ᄯᅳᆺ이 업ᄂᆞᆫ지라

왕슉이 만일 명실을 즁흥ᄒᆞ실진ᄃᆡ 쳡이 당당이 웃듬 공훈이 되리니 연즉 쳔하호걸을 틱ᄒᆞ여 일싱을 동노ᄒᆞ려 ᄒᆞ더니 지금의 텬ᄉᆞ를 맛나니 풍신 ᄌᆡ뫼 ᄂᆡ의 쇼원이라 금야의 월명풍청ᄒᆞ니 냥쇼월야의 가약을 뇌정ᄒᆞ고 평싱 동노ᄒᆞ믈 원ᄒᆞᄂᆞᆫ 고로 현ᄉᆞ를 일위엿ᄂᆞ니 아지 못게라 현식 능히 봉침나요의 안ᄀᆡ 니불을 안하 운우

32면

의 즐거오믈 알쇼냐 셜파의 말숨이 탕일ᄒᆞ고 쇼안이 미미ᄒᆞ여 좌를 ᄀᆞᆺ가이 ᄒᆞ고 거의 숀을 잡을 듯ᄒᆞ니 녹운이 비록 쳔인지엽이나 놉히 진군의 교화를 바다 청심의녈이 셔리 ᄀᆞᆺ흔지라 음녀의 간ᄉᆞ흔 틱를 보ᄆᆡ 비위 녁ᄒᆞ고 심골이 경히ᄒᆞ니 엇지 언어 상통ᄒᆞᆯ 의식 잇ᄉᆞ리오 몸이 이ᄂᆞᆫ 바 업시 니러나며 옥셩이 밍녈ᄒᆞ여 왈 그ᄃᆡ 셩교 녀힝을 버셔난 ᄇᆡ여니와 이러틋 가지록 무상픽륜흔 힝실이오 임의 호풍의 ᄲᅥ러져 황가

33면

를 더러이고 옥엽의 빗출 감ᄒᆞ여시니 ᄉᆡ로이 염치를 칙망ᄒᆞᆯ 거슨 업거니와 ᄉᆞᄉᆞ로 황가를 ᄌᆞ뢰ᄒᆞ고 난음ᄒᆞ믈 ᄌᆞ랑ᄒᆞ미 붓그럽지 아니랴 빈도ᄂᆞᆫ ᄌᆞ쇼로 물외의 버셔ᄂᆞ시니 비록 부뫼 잇셔 슉녀가인을 뎡도로 맛진다 ᄒᆞ여도 동념ᄒᆞᆯ 뜻이 업ᄂᆞ니 고요히 슈힝ᄒᆞ여 슌양동ᄌᆞ로 늘그려 ᄒᆞᄂᆞ니 엇지 가녀의 츈심을 가랍ᄒᆞᆯ 호긔 잇ᄉᆞ리오 셜파의 표연이 이러나니 무류코 ᄃᆡ로ᄒᆞ여 급히 칼을 ᄲᅢ혀 쥭이려 ᄒᆞᄂᆞᆫ지라 옥션을 향ᄒᆞ여 기리 ᄇᆡᆼ쇼ᄒᆞ고

34면

흔번 가르치니 옥션이 딘양 뎡긔를 쑈이고 셜법ᄒᆞ믈 보니 능히 발뵈지 못ᄒᆞ여 칼을 더지고 좌셕의 구러져 정신을 슈습지 못ᄒᆞ니 녹운직 도라가ᄆᆡ 모든 호네 옥션을 구호ᄒᆞ니 식경 후 인ᄉᆞ를 출혀 분연노ᄆᆡ 왈 ᄂᆡ 당당이 녹운 요인을 만단의 ᄶᅵ져 쥭이리라 ᄒᆞ더라 녹운이 도라가ᄆᆡ 동뉘 문기고ᄒᆞ니 녹운이 안식이 불평ᄒᆞ여 벽좌우ᄒᆞ고 벽운 화계 등을 ᄃᆡᄒᆞ여 옥션의 슈말을 일으니 화잉 계잉이 타비즐ᄆᆡᄒᆞ믈 마지아니ᄒᆞ더

35면

라 명됴의 한병이 다시 명진 즁의 나 ᄊᆞ홈을 도도니 명군이 안연부동ᄒᆞ고 동시 동정

이 업ᄉᆞ니 홀일업셔 이러틋 ᄒᆞ기를 슌녀의 밋ᄎᆞ나 승픽를 뎡치 못ᄒᆞ니 한왕이 우려ᄒᆞ여 즁장으로 더브러 의논ᄒᆞᆫᄃᆡ 옥션 왈 이졔 가히 ᄃᆡ병을 일희여 겁치ᄒᆞ미 상계로쇼이다 녹벽 냥인이 ᄀᆞᆯ오ᄃᆡ 언지낭낭의 의논이 고명ᄒᆞ니 젼하는 의심치 마르쇼셔 신등이 텬긔를 ᄉᆞᆯ피오니 뎐하의 졔천ᄒᆞ신 홍복이 금월 ᄂᆡ 길ᄒᆞ이다 한왕이 ᄃᆡ희ᄒᆞ여 군ᄉᆞ를

36면

셰 졔의 분ᄒᆞ여 옥션 옥경이 젼군 일ᄃᆡ 되고 한왕은 즁군이 되고 녹벽 냥인은 후군이 되고 화계 냥인은 여군을 거나려 본진을 직희니라 ᄎᆞ야 삼경의 군ᄉᆞ를 빅불니 먹이고 등불과 촉농을 업시ᄒᆞ고 ᄉᆞ룸은 함ᄆᆡᄒᆞ고 말을 ᄌᆡ갈 먹여 긔를 누이고 가마니 힝ᄒᆞ여 명진의 니르니 시야 일젼의 냥진 승픽 하여오 시시의 임원슈 장ᄃᆡ의 올낫더니 쵸국 승상 니쳘이 쥬왈 신이 거야의 텬문을 ᄉᆞᆯ피오니 젹진의 살긔 병녕의 빗쳐시니 뎍이 반ᄃᆞ시 겁치ᄒᆞᆯ 긔미 잇는가 ᄒᆞ나

37면

이다 원슈 졈두ᄒᆞ고 이 날 젼녕ᄒᆞ여 녕군ᄒᆞᆯᄉᆡ 셩션봉 목션봉 좌우익 장하셩으로 각각 슈쳔 병식 거나려 ᄃᆡᄉᆞ문을 직희라 ᄒᆞ고 부원슈 쥬공과 ᄌᆞ긔는 스ᄉᆞ로 ᄃᆡ영의 숨고 쵸국 ᄃᆡ장 뇨셥 니통 등은 즁노의 ᄆᆡ복ᄒᆞ엿다가 도라가는 길을 ᄭᅳᆫᄎᆞ라 ᄒᆞ고 쵸승상 니쳘노 일만 군을 거ᄂᆞ려 한진 본영의 가 여ᄎᆞ여ᄎᆞᄒᆞ라 ᄒᆞ니 졔장이 쳥녕ᄒᆞᄆᆡ 다시 참모와 셜싱을 불너 이리이리ᄒᆞ라 약쇽을 졍ᄒᆞ니라 과연 ᄎᆞ야의 한병이 월식을 ᄯᅴ여 ᄃᆡᄃᆡ 인마를 통

38면

ᄉᆞᆯᄒᆞ여 명진 즁의 바로 드러 일변 호통ᄒᆞ고 옥션 옥경이 픠도를 빗기고 살긔를 ᄯᅴ여 바로 진즁의 돌입ᄒᆞ니 아모 ᄉᆞ룸도 업거ᄂᆞᆯ 계교의 ᄲᅡ진 쥴 알고 일시의 웨여 왈 조치아니며 됴치 아니타 우리 계교의 ᄲᅡ젓다 웨니 한왕이 ᄃᆡ경ᄒᆞ여 급히 군을 물니더니 ᄉᆞ면팔방으로 함셩이 ᄃᆡ진ᄒᆞ며 화광이 ᄎᆞᆷ녈ᄒᆞᆫ 곳의 ᄉᆞ면 복병이 ᄂᆡ다르니 밀밀춍춍ᄒᆞ여 ᄉᆞ면밀망이오 쳔나지망이라 뎡동의는 좌익 션봉 셩공이니 쳔니 슈은갑을 입고 황금

39면

투고를 쓰고 눈이 번기 궃흔 쳥셜춍을 타고 냥수의 방텬극을 두루고 닉다르니 불빗 가온딕 영웅이 긔셰ᄒᆞ고 뎡셔의는 우션봉 목슌이니 빅포은갑의 은투고를 쓰고 빅셜마를 타고 냥슈의 쳥뇽언월도를 드러시니 풍신이 웅위ᄒᆞ고 위엄이 셔리 궃더라 뎡남의는 셜션봉이 황금 봉시투고를 쓰고 홍금갑을 입고 번기 궃흔 젹식마를 타고 냥슈의 칠셩검을 빗겨 닉다르니 화광 즁 뉴지풍 화지용과 늠늠녈녈지풍이 더옥 쇄락ᄒᆞ니 옥션

40면

옥경이 분명 쥭엇다 ᄒᆞ던 셜틱위 다시 나믈 보니 혼도운텬ᄒᆞ고 의희당황ᄒᆞ니 반ᄃᆞ시 그 신녕이 현셩ᄒᆞ민가 경황실식ᄒᆞ여 미쳐 슈미를 불분ᄒᆞ미러라 뎡북의는 딘남장군 하셩이 흑포금갑의 금투고를 쓰고 만니흑셜춍을 타고 삼지창을 들고 웅병밍장을 거ᄂᆞ려스니 위엄이 셔리 궃더라 한왕과 졔군이 혼쿨니쳬ᄒᆞ여 사산분쥬ᄒᆞ여 스ᄉᆞ로 즛바라 쥭는 ᄌᆡ 부지기쉬오 난젼과 시셕 아릭 쥭는 ᄌᆡ 억억만만 명이라 딕영 즁으로 일셩 포향이

41면

진작텬지ᄒᆞ며 임쥬 냥 원쉬 승창츌마ᄒᆞ고 임참뫼 옥면영풍의 긔갑을 션명이 ᄒᆞ고 집검츌마 딕호 왈 눈 업슨 광젹은 ᄉᆞ면밀망을 도라보라 여등 반젹의 무리 능히 이 곳을 버셔 날쇼냐 금야의 당당이 역텬반젹과 픽륜난상 음녀발부를 잡ᄋᆞ 참두함양시ᄒᆞ고 니쳬슈독ᄒᆞ여 쳔하 후셰의 반젹역신과 음녀발부를 징계ᄒᆞ리라 ᄀᆡ이흔 영풍과 옥셩이 웅건쳥월ᄒᆞ여 미망 음녀의 원심을 도도는지라 한왕이 임원슈를 보믹 분긔 가득ᄒᆞ

42면

여 니를 갈고 옥션은 임참모를 한번 보믹 반갑고 분흔지라 칼을 두루며 닉다라 왈 창홍 뎍츄야 네 능히 날을 알쇼냐 너의 옥면을 ᄉᆞ모ᄒᆞ여 밋친 겨집이 되여 너를 둇기의 셩화ᄒᆞ엿거늘 그러틋 무졍흔 ᄉᆞ름이 잇ᄉᆞ랴 네 만일 뎐일을 회과ᄒᆞ여 날노 더브러 화락홀진딕 우리 합녁ᄒᆞ여 딕명을 멸ᄒᆞ고 졔일 공신으로 부귀를 누리고 네 고집을 맛츰닉 곳치지 못홀진딕 닉 칼 ᄋᆞ릭 놀난 혼빅이 되라 ᄒᆞ고 독흔 쇼릭로 원슈 원슈

43면

야 ᄒᆞ고 다라드니 참뫼 옥션이믈 알ᄆᆡ 분긔 ᄃᆡ발하여 ᄃᆡ도를 드러 막으며 ᄊᆞ홀ᄉᆡ 옥션이 비록 입으로ᄂᆞᆫ 독ᄒᆞᆫ 말을 니르나 참모의 옥면영풍을 뎡신업시 바라보고 감치 히치 못ᄒᆞ더니 젼불ᄉᆞ오합의 참뫼 원비를 늘희여 옥션을 ᄉᆡᆼ금ᄒᆞ니 옥션이 ᄃᆡ경ᄒᆞ여 급히 도망코ᄌᆞ ᄒᆞ거ᄂᆞᆯ 참뫼 졔요 부작을 ᄊᆞᆨ뒤의 붓치고 쳘삭으로 항쇄독쇄ᄒᆞ여 군ᄉᆞ를 맛지니 옥션이 ᄋᆡ고ᄋᆡ고 울 ᄲᅮᆫ이러라 옥경은 셜틱우를 맛ᄂᆞᄆᆡ 반가온 마음이 곳

44면

몸을 안고 둥글고ᄌᆞ ᄒᆞ니 엇지 ᄊᆞ홀 의ᄉᆡ 잇ᄉᆞ리오 게얼니 칼을 드러 ᄃᆡ젹ᄒᆞ다가 옥션이 잡히이고 냥ᄌᆞ군 만여 명과 한병이 다 함몰ᄒᆞ믈 보고 홀일업셔 한왕을 보호ᄒᆞ여 다라나니 셜ᄉᆡᆼ 등이 졔장을 거ᄂᆞ려 ᄶᅩᆺ차오ᄂᆞᆫ지라 급히 진으로 도라오더니 믄득 냥 도인이 ᄂᆞ오며 길을 막ᄋᆞ 왈 오ᄂᆞᆯᄂᆞᆯ 한왕 부녀를 잡ᄋᆞ 임원슈긔 헌공ᄒᆞ리라 ᄒᆞ거ᄂᆞᆯ 놀나보니 녹운ᄌᆞ 벽운ᄌᆞ라 ᄃᆡ쇼 왈 너희 이 거됴 어인 닐이뇨 녹운 등이 ᄃᆡ로 왈 왕은 실노 미련 즘치로다

45면

우리ᄂᆞᆫ 임원슈의 장녕을 바다 이의 와 오날을 기다렷노라 ᄒᆞ고 ᄉᆡᆨ살ᄒᆞ니 한왕 부녜 죽도록 ᄊᆞ호다가 겨유 틈을 타 다라ᄂᆞ니 ᄀᆞᆺᄒᆞ여 ᄯᆞ르지 아니ᄒᆞ고 군긔 마필과 여군을 가져가더라 한왕 부녜 ᄉᆞᆷ을 쉬여 보니 융국병 아오라 팔됴칠억뉵ᄇᆡᆨ만 병이 다 함몰ᄒᆞ고 겨유 구ᄇᆡᆨ여 명이 ᄯᆞ로더라 본진의 도라와 문을 열나 ᄒᆞ니 셩상으로 쇼국 긔치 ᄉᆞᆷ널ᄒᆞ고 승상 니쳘이 졔장을 거ᄂᆞ려 시셕을 ᄂᆞᆯ니며 왈 눈먼 한왕은 보지 못ᄒᆞᄂᆞ냐 우리ᄂᆞᆫ 임원슈 장녕을

46면

바다 임의 셩을 직희노라 한왕 부녜 경황망극ᄒᆞ여 말을 도로혀 다라ᄂᆞ더니 십여 리를 힝ᄒᆞ여 ᄒᆞᆫ 곳의 니르니 좌우 산곡이 험쥰ᄒᆞ거ᄂᆞᆯ 말을 ᄂᆡ려 쉬오며 군ᄉᆞ들노 민간의 냥식을 노략ᄒᆞ여 밥을 지으며 부녜 셔로 일오ᄃᆡ 임희린이 비록 용병ᄒᆞ미 귀신 ᄀᆞᆺᄒᆞ나 무용필뷔로다 만일 이 곳의 군ᄉᆞ를 ᄆᆡ복ᄒᆞ엿든들 우리를 다 독속의 쥐 잡듯 ᄒᆞ리니 엇지 ᄉᆞᆯ기를 바라리오 우리 부녀의 명은 하ᄂᆞᆯ의 튼튼ᄒᆞ다 ᄒᆞ고 당동당동ᄒᆞ더니

말이 맛지

47면

못ᄒᆞ여 믄득 뎐후로 함셩이 ᄃᆡ진ᄒᆞ며 냥장이 졔요 부작을 칼 긋ᄒᆡ 다라 두루며 즛쳐 오니 구ᄇᆡᆨ 명 군ᄉᆡ 씨 업시 쥭ᄂᆞᆫ지라 황망이 ᄉᆞᆯ피니 위슈ᄃᆡ장은 노셥 니통이라 요슐노 발뵐 길도 업고 무예로 ᄊᆞ홀 길도 업ᄂᆞᆫ지라 부녜 셔로 숀을 잡고 통곡ᄒᆞ며 뎡히 ᄌᆞ문코ᄌᆞ ᄒᆞ더니 믄득 공즁으로셔 ᄒᆞᆫ 졔 구름이 ᄌᆞ옥ᄒᆞ며 일ᄀᆡ 녀승이 ᄂᆞ려와 냥인을 급히 구름의 올니니 이ᄂᆞᆫ 능운이라 한왕 부녜 ᄃᆡ희ᄒᆞ여 우리 보살님 어ᄃᆡ로셔 오니잇고 홀 분이러니

48면

귀가의 바름 쇼ᄅᆡ만 요량ᄒᆞ더니 ᄒᆞᆫ 곳의 다다르니 바로 한국 뎡뎐이러라 국즁 남녜 아니 놀나리 업고 한왕 부녜 졍신을 출혀 능운을 잡고 울며 병파지셜을 ᄂᆞᆺᄂᆞᆺ치 이르니 능운이 누쉬 방방ᄒᆞ여 묘월을 ᄎᆞᄌᆞ다니되 맛ᄂᆞ지 못ᄒᆞ든 말을 이르고 위로ᄒᆞ더라 ᄎᆞ셜 임원쉬 시야 일젼의 크게 ᄃᆡ쳡ᄒᆞ고 장ᄃᆡ의 오르ᄆᆡ 부원슈 이하로 졔장 군됼이 공을 밧치니 ᄂᆞᆺᄂᆞᆺ치 군뎡ᄉᆞ의 긔록ᄒᆞ고 우쥬를 ᄀᆞ쵸와 삼군이 즐기ᄂᆞᆫ 가온ᄃᆡ 한국 ᄂᆡ응 탐ᄆᆡ군

49면

십 명의 머리 발셔 깃ᄃᆡ의 달녓더라 원쉬 하령ᄒᆞ여 ᄉᆡᆼ금ᄒᆞᆫ 군ᄉᆞ 오ᄇᆡᆨ여 명을 쥬식을 먹여 은혜로이 보ᄂᆡ니 졔군이 감은ᄒᆞ여 도라가더라 무ᄉᆡ 옥션을 잡ᄋᆞ ᄃᆡ하의 ᄭᅮᆯ니ᄆᆡ 참뫼 칼을 ᄲᅢ혀 즉시 쥭이고ᄌᆞ 하니 원쉬 말녀 왈 ᄎᆞ녀의 죄상을 이로 긔록지 못ᄒᆞ리니 아직 쥭이지 말고 함거의 시러 경ᄉᆞ의게 쥭기 ᄒᆞ라 ᄒᆞ고 군ᄉᆞ로 ᄒᆞ여곰 긴히 결박ᄒᆞ여 묘월과 ᄒᆞᆫᄃᆡ 두고 ᄒᆞ로 한 번식 밥을 쥬어 만일 먹지 아니ᄒᆞ면 모든 군ᄉᆡ 져치고 입을 어긔오고 퍼 너

50면

흐니 냥외 스ᄉᆞ로 쥭고ᄌᆞ ᄒᆞ나 임의치 못ᄒᆞ더라 이 젹의 능운이 스ᄉᆡᆼ의 거쳐를 몰나 즉시 근두쳐 명진 근쳐의 니르러 몸을 변ᄒᆞ여 져근 ᄉᆡ 되여 나라 드러가니 검극이 삼

녈ᄒᆞᆫ지라 마음이 숑구ᄒᆞ여 다시 변ᄒᆞ여 창승이 되여 ᄂᆞ라 바로 ᄃᆡ영 즁의 니르니 원쉬 슌금교위의 당건흑의로 안침을 비겻고 부원슈 이하로 졔장이 융복이 뎡데ᄒᆞ고 각각 요하의 궁시를 ᄎᆞ고 도참검극을 잡ᄋᆞ 시립ᄒᆞ여시니 위의 거록ᄒᆞᆫ지라 감히 머무지 못ᄒᆞ고 진즁의 들

51면

며 쇼식을 탐지ᄒᆞ더니 믄득 쇼됴이 두 그릇 밥과 두 졉시 찬물을 가지고 후영 즁으로 가거ᄂᆞᆯ 능운이 ᄯᆞ라가 보니 과연 후영의 함거를 열고 두 ᄂᆞᆺ 죄인을 먹이ᄂᆞᆫ지라 ᄌᆞ시 술피니 하나흔 옥션이요 하나흔 묘월이라 일신을 항쇄뚝쇄ᄒᆞ엿고 ᄡᅥᆨ뒤의 창농 ᄀᆞᆺ흔 부작이 뎡양지긔 당당ᄒᆞ여 니른바 ᄉᆞ불범졍이라 능운이 ᄒᆞᆫ번 보ᄆᆡ 텬지 아득ᄒᆞ여 크게 ᄒᆞᆫ 쇼ᄅᆡ 지르고 공즁의 ᄲᅥ러지니 졔됴이 각각 오반을 먹다가 무망의 공즁의셔 고이ᄒᆞᆫ 쇼ᄅᆡ 나며

52면

ᄉᆞ룸이 ᄲᅥ러지믈 보니 ᄃᆡ경실ᄉᆡᆨᄒᆞ여 급히 잡으려 ᄒᆞ니 능운이 황망이 변ᄒᆞ여 푸른 ᄉᆡ 되여 공즁의 ᄂᆞ라 다라ᄂᆞ니 졔됴이 황망이 장ᄃᆡ의 알외니 원쉬 목션봉으로 ᄯᆞ라가 잡으라 반ᄃᆞ시 잡ᄋᆞᆯ ᄉᆞ룸이 잇스리라 ᄒᆞ니 목션봉이 군ᄉᆞ를 거ᄂᆞ려 오호궁의 금비젼을 ᄢᅵ오고 푸른 ᄉᆡ를 ᄶᅩᄎᆞ가더니 이십 니ᄂᆞᆫ 가셔 믄득 길이 업고 ᄃᆡ히 가로져시니 능히 ᄂᆞᄋᆞ가지 못ᄒᆞ고 푸른 ᄉᆡ를 향ᄒᆞ여 어즈러이 ᄡᅩ되 맛지 아니ᄒᆞ고 뎜뎜 머러가ᄂᆞᆫ지라 착급ᄒᆞ여

53면

아모리 ᄒᆞᆯ 쥴 모로더니 믄득 히상으로됴ᄎᆞ 일엽 쇼션이 ᄯᅥ오며 일위 도동이 머리의 흑ᄉᆞ건을 쓰고 몸의 운무의를 닙고 ᄂᆞᄋᆞ오거ᄂᆞᆯ 목션봉이 일오되 오ᄂᆞᆫ ᄇᆡᄂᆞᆫ ᄲᆞᆯ니 다히라 ᄒᆞ니 도동이 형산빅옥을 파리치로 두다리ᄂᆞᆫ 쇼ᄅᆡ로 일오ᄃᆡ 우리도 스승의 명을 바다 요승을 잡고ᄌᆞ 왓ᄂᆞ니 장군은 잠간 기다리라 ᄒᆞ고 셜파의 션즁의셔 ᄉᆡᆨ른 살이 별ᄀᆞᆺ치 ᄂᆞ라 공즁의 올나 푸른 ᄉᆡ를 맛쳐 물 가온ᄃᆡ ᄲᅥ러지며 공즁으로 일도 치운이 이러ᄂᆞ며 ᄒᆞᆫ 거리 홍삭

54면

을 더져 청됴를 결박ᄒᆞ여 ᄒᆡ변의 ᄂᆞ리치니 목션봉이 깃거 군ᄉᆞ로 착거ᄒᆞ여 도라오니라 원ᄂᆡ 요인을 쏘아 싱금ᄒᆞ ᄂᆞᆫ 다르 니 아니라 이ᄯᅢ 셜쇼졔 ᄆᆡ환관과 쥬시 등으로 고요히 안ᄌᆞᆺ더니 반공 즁의 흑뮈 ᄌᆞ옥ᄒᆞ고 ᄉᆡ쇼ᄅᆡ 슬피 울고 가거ᄂᆞᆯ 쇼졔 능히 지음ᄒᆞ무로 ᄉᆡ쇼ᄅᆡ를 드르니 그 쇼ᄅᆡ 쳐량ᄒᆞ여 왈 ᄂᆡ ᄉᆞ부의 간 곳을 몰나 ᄉᆞᄒᆡ팔황을 돌며 헷슈고만 ᄒᆞ엿더니 엇지 슈인 군즁의 잡혀간 쥴 알니오 ᄂᆡ 쥭지 아닌 젼은 당당이 임셜을 멸ᄒᆞ고 ᄉᆞ부를

55면

구ᄒᆞ리라 살셩이 도도ᄒᆞ니 쇼졔 분명 요인이 작변ᄒᆞᄂᆞᆫ 쥴 알고 쌍연으로 목션봉의 웨ᄂᆞᆫ 쇼ᄅᆡ를 응셩ᄒᆞ고 한 살노 쏘와 맛치게 ᄒᆞ고 다시 션슐노 보요삭을 더져 ᄆᆡ여 강변의 더지니라 목션봉이 요물을 잡으ᄆᆡ 크게 깃거 도인의 셩명을 무르니 도인이 웃고 왈 비인은 텬하의 무가ᄀᆡᆨ이라 일즉 셩명이 업ᄂᆞ니 굿ᄒᆞ여 알녀 말나 ᄒᆞ고 언파의 간 바를 모를네라 목션봉이 다시 뭇지 못ᄒᆞ고 본진의 도라오니 날이 임의 황혼이러라 능운을 ᄆᆡ여 장젼

56면

의 드러가니 원쉬 명ᄒᆞ여 부작을 ᄉᆡᆨ뒤의 붓치니 불과 즘이 ᄎᆞ지 못ᄒᆞ던 거시 변ᄒᆞ여 본형이 ᄂᆞᄆᆡ ᄒᆞᆫᄀᆺ 녀승이라 ᄯᅩᄒᆞᆫ 항쇄독쇄ᄒᆞ여 함거의 가도와 묘월 옥션과 ᄒᆞᆫ 곳의 구류ᄒᆞ니라 ᄎᆞ셜 한왕이 능운됴ᄎᆞ 일코 쇽슈무ᄎᆡᆨᄒᆞ여 셩문을 닷고 ᄂᆞ지 아니ᄒᆞ니 명진 졔장이 셩을 쑬고ᄌᆞ ᄒᆞ거ᄂᆞᆯ 원쉬 왈 불가ᄒᆞ다 ᄒᆞ고 하령ᄒᆞ여 장션봉 셩션봉 목션봉으로 각각 일쳔 군을 거나려 동셔남 삼 문의 ᄂᆞᆫ호너 굿ᄒᆞ여 ᄊᆞ호지 말고 쥬야 고각 함셩을

57면

긋치지 말고 셩즁을 쇼요케만 ᄒᆞᆫ즉 인민이 스ᄉᆞ로 구겁ᄒᆞ여 삼일 ᄂᆡ의 한왕을 스ᄉᆞ로 결박ᄒᆞ여 오리라 삼장이 청령ᄒᆞ고 물너나ᄆᆡ 다시 셜션봉을 불너 왈 너ᄂᆞᆫ 일쳔 명 병을 거ᄂᆞ려 북문으로 가 셩명을 웨여 셩즁이 듯게 ᄒᆞ고 ᄊᆞ홈을 도도면 반ᄃᆞ시 녀장이 ᄂᆞ오리니 이ᄂᆞᆫ 너의 ᄇᆡᆨ년 원ᄀᆡ라 됴심ᄒᆞ여 놋치지 말나 셜션봉이 청령ᄒᆞ고 피갑

상마ᄒᆞ여 좌슈의 뇽천검을 들고 우슈의 장창을 들고 일쳔 경긔를 모라 한국 도셩 북

58면

문 밧긔 니르러 크게 웨여 왈 한왕은 섈니 ᄂᆞ오와 텬됴 션봉 셜희량의 칼 ᄋᆞ릐 놀나온 혼빅이 되라 웨니 한왕이 분긔 ᄃᆡ발ᄒᆞ여 좌우를 도라보니 문무 신뵈 ᄂᆞ 쏘호고ᄌᆞ ᄒᆞ나 ᄉᆞ문의 고각이 진텬ᄒᆞ니 뉘 능히 ᄂᆞᄋᆞ가리오 모다 항복기를 권ᄒᆞ더니 옥경이 셜션봉의 도젼ᄒᆞ믈 보고 피갑상마ᄒᆞ여 왈 부왕은 근심 마르쇼셔 오늘날 빅년 원긔와 ᄉᆞ싱을 결ᄒᆞ리이다 ᄒᆞ고 칼을 두루고 북문을 크게 열고 ᄂᆡ다라 웨여 왈 셜션봉은 별ᄂᆡ 무양ᄒᆞ시며 나를

59면

능히 알쇼냐 나는 다르니 아니라 월환을 군의 ᄉᆞ미의 더지든 옥경군쥐러니 그ᄃᆡ 향ᄒᆞᆫ 마음이 망부셕이 되고ᄌᆞ ᄒᆞ여 상ᄉᆞ 일념이 밋출 듯ᄒᆞ거ᄂᆞᆯ 그ᄃᆡ 부친이 용납지 아니무로 계교를 ᄂᆡ여 변형ᄒᆞ고 회왕의 ᄯᆞᆯ이로라 ᄒᆞ여 혼인은 되나 원슈의 흉ᄒᆞᆫ 병을 어더 그ᄃᆡ로 더브러 운우의 즐기믈 다ᄒᆞ지 못ᄒᆞ니 ᄋᆞ녀ᄌᆞ의 마음이 오작 원통ᄒᆞ냐 이졔ᄂᆞᆫ 괴질이 업ᄉᆞ니 빅년을 화락ᄒᆞᆯ진ᄃᆡ 부왕을 다릐여 귀항ᄒᆞ게 ᄒᆞᆯ 거시니 셜공은 녀ᄌᆞ의게 하상지원을

60면

씨치지 마르쇼셔 ᄒᆞ고 옥 ᄀᆞᆺᄒᆞᆫ 얼골의 진쥬 ᄀᆞᆺᄒᆞᆫ 눈물이 장마지고 늣기ᄂᆞᆫ 한숨이 구시월 쇼쇼ᄒᆞᆫ 바름 부듯 ᄒᆞ니 틔되 빅승져오되 셜싱이 봉안을 부릅ᄯᅳ고 ᄭᅮ지져 왈 요악 찰뷔 가지록 방ᄌᆞᄒᆞ여 흉ᄉᆞᄒᆞ미 아니 밋친 곳이 업고 ᄯᅩ 누를 망코ᄌᆞ ᄒᆞᄌᆞ ᄒᆞᄂᆞᆫ다 옥경이 간ᄉᆞ로이 우으며 교틔를 지어 왈 상공은 ᄆᆡ물ᄒᆞ고 ᄉᆞ리를 모로ᄂᆞᆫ도다 ᄂᆡ 무어시 흉타 ᄒᆞᄂᆞ냐 지금것 잉혈이 분명ᄒᆞ니 ᄇᆡ부ᄒᆞ미 업거ᄂᆞᆯ 무단이 거졀코ᄌᆞ ᄒᆞᄂᆞ냐 셜싱이 ᄃᆡ로ᄒᆞ여 창을 둘너 다라드

61면

니 옥경이 ᄯᅩᄒᆞᆫ 칼을 드러 막으며 ᄊᆞ호나 셜싱의 옥안을 바라보ᄋᆞ 뎡신을 일코 요술도 힝ᄒᆞᆯ ᄯᅳᆺ이 업고 오ᄂᆞᆫ 창을 ᄀᆞ로막으며 우음반 탄식반으로 다만 일오ᄃᆡ 상공은 노

를 긋치라 쳡은 쥭으나 스나 상공의 긔물이니 노를 긋치라 익걸ᄒᆞ거ᄂᆞᆯ 셜싱이 더옥 분노ᄒᆞ여 삼 합이 못ᄒᆞ여 크게 ᄒᆞᆫ 쇼릭 지르고 창을 드러 옥경의 가슴을 지르니 익고 ᄒᆞᆫ 쇼릭의 마하의 써러지거ᄂᆞᆯ 다시 뇽천검을 놀녀 옥경의 머리를 버히니 슬푼 혼빅이 구쇼의 익익ᄒᆞ더라 셜싱

62면

이 옥경의 머리를 칼 긋히 쎄여 들고 쇼릭를 벽녁ᄀᆞᆺ치 지르니 한국 셩즁이 물쓸틋 ᄒᆞ여 한왕의 비는 ᄌᆞ결ᄒᆞ고 세ᄌᆞ와 군쥬는 놀나 쥭으니 한국 신민이 살기를 도모ᄒᆞ여 일시의 다라드러 한왕을 결박ᄒᆞ여 ᄂᆞ오니 셜싱이 깃거 셩즁의 들미 삼문 에웟든 장됼이 일시의 드러오더라 즉시 원슈긔 보ᄒᆞ니 원쉬 깃거 딕쇼 장됼을 거ᄂᆞ려 한국의 드러와 한왕은 함거의 너허 경ᄉᆞ로 올니게 ᄒᆞ고 놀나 쥭은 시톄들을 다 염장ᄒᆞ라 ᄒᆞ고 빅셩을 안무ᄒᆞ

63면

니 신민이 황됴 원슈의 밝은 교화를 바다 가장 어진 빅셩이 되더라 인ᄒᆞ여 딕병을 두루혈식 부운ᄉᆞ 화계 녹벽 등으로 하직을 고ᄒᆞᆫ딕 왕이 흔연이 허ᄒᆞ여 빅별ᄒᆞ고 가마니 심복 군관 한복으로 ᄒᆞ여곰 밀셔를 보닉고 거교를 ᄀᆞ쵸와 후거의 ᄯᆞᆯ와 힝ᄒᆞ여 날을 긔약ᄒᆞ고 본부 왕궁으로 뫼시라 ᄒᆞ니 한복이 고히이 넉이나 감히 뭇지 못ᄒᆞ고 쳥녕ᄒᆞ여 급히 부운ᄉᆞ를 됴ᄎᆞ가 왕의 셔간을 올니니 임쇼졔 션즁의 도라와 셜쇼져를 반기며 그 ᄉᆞ이 동젼 셜화

64면

를 베풀고 냥 쇼져와 구 인이 ᄒᆞᆫ가지로 션즁의 나려 힝장을 슈습하고 넌즈시 왕의 후거를 됴ᄎᆞ ᄯᆞᆯ오려 ᄒᆞ더니 믄득 쵸왕의 하관 한복이 슈십 인을 거ᄂᆞ려 ᄎᆞᄌᆞ 니르러 봉셔를 올니니 셔의 왈 비록 쇼회 근착을 니르지 아니나 일쌍 구슬이 병드지 아냐시니 엇지 일틱 상의 익휼교이ᄒᆞ던 아질 치강을 아지 못ᄒᆞ리오 우슉이 임의 알음이 밝으니 녀등은 한가지로 나의 보닉는 하관을 됴ᄎᆞ ᄯᆞᆯ니 환셩ᄒᆞ여 본부로 도라가라 ᄒᆞ엿고 한복이 ᄒᆞᆫ 낫 평안

65면

흔 거교와 여러 필 나귀를 등디흐엿시니 냥 쇼제 간파의 슉부의 신명통달흐시미 쳔니안 원쳔강 니슌풍 ᄀᆞᆺ흐시믈 항복흐더라 이의 힝거의 오를시 셜임 냥 쇼제 흔 거교의 오르니 쥬시 등 졔인이 다 ᄂᆞ귀를 타고 한복이 비힝흐여 디군이 힝흐는 샹게 스오리식 쎡워 힝흐더라 이 젹의 임원쉬 한국 신뇨 즁 어진 ᄌᆞ로 국도를 직희오고 쵸국 신민을 춍춍이 위로흐고 몬져 쳡음을 농젼의 올니고 쥬야 비도흐여 월여의 비로쇼 디군이 장안의

66면

니르니 아지 못게라 그 ᄉᆞ이 임상부 괴변화란이 어느 곳의 밋츤고 화셜 임상부의셔 왕의 부지 츌졍흔 후로는 틱부인으로부터 가즁 너외 능히 슈미를 펴지 못흐는지라 쥬야 신기의 도츅흐여 쵸왕 부ᄌᆞ의 무ᄉᆞ이 도라오믈 츅원흐더니 사오 삭 후의 요인의 흉변이 군신을 니간흐나 힝혀 셩텬ᄌᆞ의 인셩영무흐신 은틱을 닙ᄉᆞ와 일문이 반셕 ᄀᆞᆺ고 셩쥬의 은휼이 날노 빗ᄂᆞ니 일가 노쇼 황은을 감축흐며 더옥 ᄌᆞ숀의 슈이 셩공 환경흐믈 바라

67면

더니 이 가온디 지텬 냥 공ᄌᆞ와 쇼셩 냥 쇼져의 삼성 원기 잇셔 공연이 지은 바 원슈 업시 군ᄌᆞ슉녀의 평싱을 마회흐려 흐는지라 이쩍 곽교란이 흑ᄉᆞ 임텬흥의 텬향경운 지풍을 본 후 오미의 미쳐 귀인을 달너여 쳔방빅계로 인연을 도모흐려 흐나 곽귀인이 본디 혼암불명홀지연졍 교악흐지는 아닌지라 스리로 일오디 임흑ᄉᆞ는 효장공쥬의 ᄋᆞ돌이요 풍신지혜 금고의 독보흐니 엇지 우리와 결혼흐리오 되지 못홀 닐이라 흐니 교란이 심

68면

홰 디발흐여 침식을 폐흐고 상셕의 위둔흐니 부뫼 쵸민흐여 미파를 상부의 보너여 쳥혼흐나 불쳥흐니 곽공 부녜 분연흐여 묘계를 상냥흐더니 일이 공교흐여 뉴뉴상동은 물하쳔보의 덧덧흔지라 쥬문갑뎨 벌버듯 흔 가온디 임상부와 쵸왕궁과 효장궁이 졉옥년장흐고 곽뷔 왕궁 뒤히 잇ᄂᆞ지라 ᄎᆞ시 남시 치봉이 한님 지흥의 화풍경운을

잇지 못ᄒᆞ여 부ᄃᆡ 임쇼의 슉치를 회지으려 묘월의 쥰 바 묘법환슐을 미묘이

69면

ᄇᆡ화 임부의 나아가 쇼시의 혼닌 젼 회지으려 ᄒᆞ다가 임쵸왕의 션견지명의 크게 픽루ᄒᆞ여 황망이 도라와시나 엇지 슈치 누르리오 임쵸왕 부ᄌᆞ의 츌젼ᄒᆞᆷ을 듯고 ᄯᅢ를 타 ᄎᆞ후로 날마다 밤이면 변화ᄒᆞ여 왕궁과 효장궁 근쳐의 돌며 몬져 쇼쇼져를 업시ᄒᆞ고 져의 젼졍을 도모코ᄌᆞ 왕ᄂᆡ 빈빈ᄒᆞ여 혹 비됴도 되며 창승도 되여 상부 왕궁 효장궁의 드러가 혹 벽의도 부듸치며 들보의 븟터 가틱 당ᄉᆞ를 슬피더니 일일은 효장궁의 드러가니 공쥐 맛츰

70면

신긔 불평ᄒᆞ여 뎡뎐과 난간의 촉을 밝히고 궁쳡 ᄎᆞ환이 분분이 왕ᄂᆡᄒᆞ며 모든 쇼년공직 시탕을 밧드러 ᄃᆡ후ᄒᆞ니 졔 공ᄌᆞ의 옥면영풍이 ᄌᆡ세반악이라 요녜 가마니 칭찬ᄒᆞ고 괴로이 벽간의 븟터시니 야심ᄒᆞᄆᆡ 몸이 피곤ᄒᆞᆫᄃᆡ 졔인의 뎡명지긔를 오ᄅᆡ 쏘이니 엇지 능히 오ᄅᆡ 견ᄃᆡ리오 늘기를 붓쳐 쳔쳔이 오니 졔인은 다 무심ᄒᆞ되 홀노 공ᄌᆞ 셰흥이 나히 늒 세오 눈이 밝고 ᄌᆞ상ᄒᆞᆫ지라 우연이 눈을 드다가 올나 닐오ᄃᆡ 이ᄯᅢ 겨을이라 창

71면

승이 어이 잇ᄉᆞ리잇고 혹 잇슬지라도 벽간의나 들보의나 븟터 잇슬 거시로되 깁흔 밤의 싱긔 발양ᄒᆞ여 나라단니니 ᄂᆡ 잡ᄋᆞ보리라 ᄒᆞ고 파리치를 드러 치니 남시 크게 놀나고 엇기를 ᄆᆡ이 마ᄌᆞ 알푸믈 견ᄃᆡ지 못ᄒᆞ여 급히 쇼쇼 쎠 나라 후장을 넘어 담우히 올나 바라보니 이 곳은 곽부 후원이오 곽녀의 침당 근쳬러라 이ᄯᅢ 곽교란의 병셰 침면ᄒᆞ니 시아의 무리 구완ᄒᆞ노라 불을 ᄭᅳ지 아니ᄒᆞ엿ᄂᆞᆫ지라 요녜 먼니 불 그림ᄌᆡ 사창의 빗최믈 보고

72면

혜오ᄃᆡ 이 집은 임상부도 아니오 쵸궁도 아니니 엇던 ᄌᆡ상의 집인고 임의 야심ᄒᆞ엿거늘 불을 그져 혀시니 반ᄃᆞ시 무손 연괴 잇도다 알고ᄌᆞ ᄒᆞ여 나아가 창하의셔 규시

ᄒᆞ니 방즁의 버린 바 긔용이 극히 정결ᄉᆞ치ᄒᆞᆫᄃᆡ 옥상나요의 취화금을 병셜ᄒᆞ고 일위 교ᄋᆡ(?) 운환을 헛틀고 아미의 일만 근심을 ᄆᆡᄌᆞ 침의(?) ᄉᆞ이의 통셩이 미미ᄒᆞᆫᄃᆡ 당후의 시녜ᄇᆡᄂᆞᆫ 다 좀들고 일기 쳥의 겻히 잇셔 ᄉᆞ후ᄒᆞ며 믄득 ᄆᆡ음을 가져 권ᄒᆞ며 왈 쇼져는 하 번뇌치 마르쇼셔 노

73면

야와 부인이 근심ᄒᆞᄉᆞ 오날도 귀인낭낭긔 극녁 쥬션ᄒᆞ쇼셔 ᄒᆞ여시니 현마 아니 혼식 셩젼ᄒᆞ리잇가 그 녀ᄌᆡ 츄연장탄 왈 ᄂᆡ 진실노 임ᄌᆞ의 ᄇᆡ필이 되지 못ᄒᆞ면 이칠 쳥츈의 쇽절업시 지하 원귀 될 ᄯᆞ름이라 부모와 낭낭이신들 엇지 날을 ᄉᆞ랑치 아니시리오마는 임ᄌᆞ 부ᄌᆞ 됴숀의 긔벽ᄒᆞᆫ 셩식과 집녜 남다르고 풍녁긔절이 유명ᄒᆞ여 텬ᄌᆞ도 긔탄ᄒᆞ시는 ᄇᆡ요 ᄯᅩ 효장공쥐 가장 녜즁ᄒᆞ다 ᄒᆞ니 엇지 도모ᄒᆞ기 쉬오리오 ᄂᆡ 실노 닛고ᄌᆞ ᄒᆞ나 임ᄌᆞ

74면

의 한업시 곱고 긔특ᄒᆞᆫ 풍용을 닛기 어려오니 임ᄌᆡ 엇지 날과 삼싱 원ᄀᆡ 아니리오 셜파의 교뤼 방타ᄒᆞ여 화싀를 젹시고 옥슈로 분흉을 어루만져 긔운이 엄억홀 듯ᄒᆞ니 시녜 직삼 위로ᄒᆞᄂᆞᆫ지라 남시 쳥문ᄒᆞ기를 다ᄒᆞᄆᆡ 필유묘믹ᄒᆞ믈 ᄉᆡᆼ각고 졔 ᄯᅩ 언건의 귀인낭낭을 일ᄏᆞᄅᆞ니 권문인 쥴 ᄭᆡ다라 그 ᄉᆞ긔 근착을 ᄌᆞ시 안 후 깁히 ᄉᆞ괴여 이가온ᄃᆡ ᄯᅩᄒᆞᆫ 져희 젼졍을 도모코ᄌᆞ ᄒᆞ여 급히 부즁의 도라와 ᄎᆞ야를 타연이 ᄌᆞ고 명일 어ᄉᆞ 부부긔 뵈옵

75면

고 슬하의 뫼셔 한담ᄒᆞ더니 믄득 뭇ᄌᆞ오되 듯ᄉᆞ오니 귀인 곽시 인동 황뎨 후궁이요 그 친당이 구뎐타 ᄒᆞ더니 그 집이 어ᄃᆡ니잇고 어ᄉᆡ 왈 취별산 임쵸왕 집 근쳐라 아라 무엇ᄒᆞ려 ᄒᆞᄂᆞ뇨 요녜 왈 굿ᄒᆞ여 알고ᄌᆞ ᄒᆞ리잇고마ᄂᆞᆫ 귀인의 아이 잇셔 바야흐로 도요지년의 ᄆᆡ쳐다 ᄒᆞ믈 드럿ᄂᆞ이다 어ᄉᆡ ᄎᆞ언을 듯고 힝혀 환옥으로 혼인코ᄌᆞ ᄒᆞᆫ가 ᄒᆞ여 ᄃᆡ왈 곽시 잇다 말을 드럿시되 곽공이 동셔로 구친ᄒᆞ믈 밀막고 효장궁 임텬흥을 유의ᄒᆞᆫ다 ᄒᆞ더

76면

라 남시 쳥파의 드를 만ᄒᆞ고 물너ᄂᆞ니 무슴 요변을 짓는고 ᄎᆞ쳥하회ᄒᆞ라

임시삼ᄃᆡ록 권지이십ᄉᆞ

1면

차셜 남시 물너와 ᄎᆞ야의 유랑 시비 잠들믈 인ᄒᆞ여 변신ᄒᆞ여 바로 곽부로 ᄂᆞᄋᆞ가 곽시 침쇼의 나아가니 ᄯᅩᄒᆞᆫ 작야쳐로 명쵹지하의 노쥐 한담ᄒᆞ거ᄂᆞᆯ 본형을 열고 드러가니 곽시 무망 즁 일위 미인이 홍장치의로 단장이 ᄉᆞ미ᄒᆞ고 교용이 미려ᄒᆞᆫ ᄌᆡ 드러와 안ᄌᆞ믈 보고 노쥐 ᄃᆡ경 문왈 낭ᄌᆞ와 일면지분이 업거ᄂᆞᆯ 심야의 ᄌᆞ최 업시 니르믄 엇지뇨 남시 미쇼 쥰ᄉᆞ 왈

2면

쇼져ᄂᆞᆫ 놀나지 마르쇼셔 쳡은 상한쳔녜 아니라 남어ᄉᆞ의 규쉬니 심야의 니르믄 범연ᄒᆞᆫ 일이 아니라 쳡이 비록 ᄋᆞ녀ᄌᆡ나 진평의 지혜와 졔갈의 슬긔 잇고 상통텬문ᄒᆞ고 하찰지리ᄒᆞ여 풍운뇌우의 변홰 불측지슐이 잇시나 지금 ᄒᆞᆫ낫 지긔를 맛나지 못ᄒᆞ엿더니 그윽이 드르니 쇼졔 금누화당의 ᄌᆡ상 귀쇼졔나 심히 ᄯᅳᆺ갓지 못ᄒᆞ시믈 맛나 ᄒᆞᆫ심위 니럿다 ᄒᆞ실ᄉᆡ 쳡이 듯고 심ᄉᆞ를 상확ᄒᆞ고 교우를 ᄆᆡᄌᆞ 비고ᄋᆡ락을 일체로 ᄒᆞ고ᄌᆞ ᄒᆞ나 음신으

3면

로 통ᄒᆞᆯ 길 업ᄉᆞᆫ 고로 ᄌᆞ최를 ᄀᆞ마니 ᄒᆞ여 심야의 이르미라 쇼져ᄂᆞᆫ ᄀᆞ만ᄒᆞᆫ ᄌᆞ최를 고이히 넉이지 말며 ᄯᅩ 의심치 말나 곽녀 노쥐 져의 ᄂᆡ력을 ᄌᆞ시 알ᄆᆡ 근본이 ᄉᆞ문규슈로 ᄯᅩ 이런 신긔ᄒᆞᆫ ᄌᆡ되 잇다 ᄒᆞ믈 경희ᄒᆞ여 연망이 나요를 밀치고 상의 ᄂᆞ려 ᄉᆞ례왈 쇼져ᄂᆞᆫ 무례ᄒᆞ믈 관셔ᄒᆞ시고 금일금셕붓터 ᄉᆞ싱지교를 ᄆᆡᄌᆞ 싱ᄂᆡ의 져바리지 마ᄉᆞ이다 남시 겸양칭ᄉᆞᄒᆞ고 피ᄎᆡ 지긔로 ᄉᆞ괼ᄉᆡ 심곡의 긔일 거시 업더라 한셜이 고요ᄒᆞᆫ 후 남시 문왈 쇼져의 심

4면

곡 쇼회를 닉 거의 짐즉ᄒᆞᄂᆞ니 쇼져ᄂᆞᆫ 셔로 긔이지 말나 교란이 ᄎᆞ언의 다다라ᄂᆞᆫ 일분 념치 잇셔 옥안의 홍식이 염염ᄒᆞ여 슈이 답지 못ᄒᆞ거ᄂᆞᆯ 남시 ᄃᆡ쇼 왈 천지쵸판 이릭로 남녜 유별ᄒᆞ니 부부유락은 인지상졍이오 남녀쇼욕은 일체라 현신틱군이오 현됴틱목이니 녀ᄌᆞ의 동부지되 여ᄎᆞᄒᆞ니 쳡은 써 세쇽 녀ᄌᆞ 거즛 슈습ᄒᆞ여 혹 빅필을 그릇 맛ᄂᆞ니 가셕ᄒᆞᆫ지라 엇지 쇼쇼 녜졀을 거리쪄 동신ᄃᆡᄉᆞ를 그릇ᄒᆞ리오 쳡이 임의 쇼져의 ᄂᆡ력을 다 아랏

5면

시니 ᄉᆡ로이 긔일 거시 업도다 곽시 쳥파의 크게 ᄭᆡ드라 연망이 이러 ᄉᆞ례 왈 쇼져의 통쳘ᄒᆞ미 여ᄎᆞᄒᆞ니 미쳡 곽교란이 엇지 진졍을 은휘ᄒᆞ리오 다만 ᄒᆞᆫ 일이 잇ᄉᆞ니 쇼졔 즐겨 됴ᄎᆞ랴 남시 문기고ᄒᆞᆫᄃᆡ 곽시 왈 타시 아니라 우리 냥인이 피ᄎᆞ 상문 규슈로 문지 상당ᄒᆞ고 연치 상뎍ᄒᆞ니 결약남ᄆᆡᄒᆞ여 ᄉᆞ싱지지의 져바리지 말미 하여오 남시 쳥파의 만심 쾌락ᄒᆞ여 연망이 칭ᄉᆞᄒᆞ고 이의 연월일시를 닐너 형뎨 ᄎᆞ례를 뎡ᄒᆞᆯᄉᆡ 냥인이 동년이로ᄃᆡ 츈ᄆᆡ로 ᄒᆞ여곰

6면

향을 퓌오고 냥인이 결ᄒᆞ여 남시ᄂᆞᆫ 형이 되고 곽시ᄂᆞᆫ 아이 되니 냥인이 ᄃᆡ희ᄒᆞ고 졍의 상됴ᄒᆞ더라 드ᄃᆡ여 심곡을 빗칠ᄉᆡ 곽녀ᄂᆞᆫ 임혹ᄉᆞ 텬흥의 안ᄒᆡ 되고져 ᄒᆞᄂᆞᆫ 말이오 남녀ᄂᆞᆫ 한님 직흥의 풍치를 일ᄏᆞ라 ᄀᆞᆯ오ᄃᆡ ᄂᆡ 임의 여ᄎᆞ여ᄎᆞᄒᆞᆫ 신인을 맛나 긔특ᄒᆞᆫ 칙 셰 권을 어더 호풍환우ᄒᆞ여 천변만화를 모를 거시 업ᄂᆞᆫ지라 우리 냥인이 맛당이 동심합녁ᄒᆞ여 아못됴록 임가의 드러가기만 ᄒᆞ면 입문 후 쇼셩 냥녀를 업시치 못ᄒᆞᆯ가 근심ᄒᆞ리오

7면

곽녜 ᄃᆡ희 왈 연즉 만힝이로ᄃᆡ 계괴 업도다 남녜 왈 귀인 낭낭이 엇지 쥬션치 못ᄒᆞ리오 드르니 셩상이 인효ᄒᆞ신지라 낭낭이 션됴의 후궁으로 쳥년 박명을 반ᄃᆞ시 년측ᄒᆞ시리니 낭낭이 힘써 쥬션ᄒᆞᄉᆞ 안ᄒᆞ로 황후 낭낭을 달ᄂᆡ시며 셩상긔 진졍을 이고ᄒᆞᄉᆞ 어린 아ᄋᆞ와 ᄒᆞᆫ ᄉᆞ촌이 잇셔 연긔 도요지년이요 ᄌᆡ뫼 아름다오니 부ᄃᆡ 상뎍ᄒᆞᆫ 부셔

를 굴히나 텬하의 옥인가식 흔치 아닌지라 용인쇽즈와 문인가스의 흰 눗과 븕은 입은 하나토 상당치 아니

8면

ᄒᆞ고 셩상은 임가 동형뎨의게 ᄉᆞ혼은지를 ᄂᆞ리오쇼셔 ᄒᆡ고ᄒᆞ면 현마 혼ᄉᆡ 되지 못홀가 근심ᄒᆞ리오 연이나 ᄎᆞᄉᆞ를 쇼리히 못ᄒᆞ리ᄂᆞ 현ᄆᆡ 가히 심ᄉᆞ를 관회ᄒᆞ여 병을 됴셥ᄒᆞ고 친히 입궐ᄒᆞ여 낭낭을 달ᄂᆡ며 ᄌᆡ물을 앗기지 말고 궐ᄂᆡ 인심을 취합ᄒᆞ여 현ᄆᆡ의 ᄌᆡ덕과 셩화를 나타나게 ᄒᆞ라 교란이 쳥파의 크게 ᄭᆡᄃᆞ라 묘ᄒᆞ믈 일ᄏᆞᆺ고 양양ᄌᆞ득ᄒᆞ니 발셔 져희 계교를 다 일워 금장병니의 옥인군ᄌᆞ의 빈필이 된 듯 희한영힝ᄒᆞ믈 이긔지

9면

못ᄒᆞ니 츈ᄆᆡ ᄯᅩᄒᆞᆫ 깃거ᄒᆞ더라 냥인이 동야 한담ᄒᆞ며 다과를 나와 하져ᄒᆞ고 말솜ᄒᆞᄆᆡ 말마다 교악음ᄉᆞᄒᆞ미 ᄎᆞ마 ᄉᆞ문 규슈의 힝실이 아니라 언언이 가위욕살지러라 동야지리ᄒᆞᆫ쥴 오히려 니졋더니 믄득 경긱의 쳘괴 늉늉ᄒᆞ고 금계 악악ᄒᆞ니 남녜 도라갈ᄉᆡ 교란이 연연ᄒᆞ여 명일야의 ᄯᅩ 오기를 니르더라 남시 ᄯᅩ 변화ᄒᆞ여 운무의 ᄊᆞ이여 도라와 쳔연이 ᄌᆞ고 잇튼날 졍당의 문안ᄒᆞ니 가즁 상히 여ᄎᆞ 힝지를 모로더라 ᄎᆞ후 밤마다 왕ᄂᆡ

10면

ᄒᆞ여 궁모곡계를 그으니 이 엇지 쇼셩 냥 쇼져의 신셰 마장이 아니리오 환옥이 누의 힝지를 의심ᄒᆞ여 됴용이 ᄃᆡᄒᆞ여 연고를 무르니 연낭이 쇼왈 현뎨는 급히 알녀 말고 ᄎᆞᆷ고 잇다가 동말의 미인을 쌍득ᄒᆞ라 옥이 쇼왈 쇼졔는 다만 쇼시를 알 ᄯᆞ름이러니 져져의 말을 드르니 ᄯᅩ 하쳐의 미인이 잇ᄂᆞ니잇고 연낭이 드ᄃᆡ여 곽교란의 곡졀을 니르고 져와 언약ᄒᆞ여 ᄒᆞᆫ가지로 임부의 드러가 쇼셩 냥 쇼져를 히ᄒᆞ려 ᄒᆞᄂᆞᆫ 쇼유를 ᄌᆞ셰히 베푸니 옥이 희약텬

11면

지ᄒᆞ여 왈 연ᄌᆞ 작ᄒᆞ리잇가 연낭 왈 뎔ᄃᆡ 우물ᄂᆡ러라 옥 왈 당부의 농쵹의 무염지심

은 녜지상애라 곽시 임의 가녀의 츈심이 잇슨즉 쇼졔 잠간 상예 되고져 ᄒᆞᄂᆞ니 져졔 능히 인진ᄒᆞ리잇가 연낭이 불열 왈 불가ᄒᆞ다 져는 규리 옥쉬니 이졔 ᄭᅩᆺ다온 방향을 가져 년지의 졉ᄒᆞ고ᄌᆞ ᄒᆞ거ᄂᆞᆯ 엇지 몬져 탐방ᄒᆞ는 그물의 걸니리오 아직 참고 잇다가 타일 쇼셩 냥인을 일위려니와 이는 쳔만 불가타 ᄒᆞ니 환옥이 누의 밀막으믈 듯고 감히 다시 쳥치 못

12면

ᄒᆞ고 우을 ᄯᆞ름이러라 어시의 곽교란이 연낭을 맛ᄂᆞ니 크게 깃거 이신일심으로 고기물 어듬 ᄀᆞᆺᄒᆞ니 빅셩이 다 흉ᄉᆞ간교라 이튼날부터 병장을 것으니 부뫼 깃거ᄒᆞ거ᄂᆞᆯ 교란이 다시 부모긔 고ᄒᆞ고 댱츄궁의 드러가니 귀인이 반기고 깃거 연망이 옥슈를 잡고 운환을 쓰다듬ᄋᆞ 왈 드르니 네 병이 즁타 ᄒᆞ더니 이졔 츈식이 의구ᄒᆞ니 만힝이로다 교란이 비ᄉᆞ 왈 불쵸뎨 우연이 셩질ᄒᆞ여 부모긔 셩녀를 씨치옵고 낭낭긔 이우를 씨쳣ᄉᆞ오나

13면

힝혀 낭낭의 셩념을 입ᄉᆞ와 회쇼ᄒᆞ엿나이다 귀인이 그 교용묘질과 낭연징징ᄒᆞᆫ 쇼음을 크게 어엿비 너겨 흔연이 여러 날 묵으믈 일으니 난이 슈명ᄒᆞ고 이의 궁의 머물식 졔 궁인을 쳥안우ᄃᆡᄒᆞ고 금은진보를 물ᄀᆞᆺ치 흣터 궁인을 ᄉᆞ괴니 져 궁인의 무리 혼잔나약ᄒᆞ며 혹 간교요악ᄒᆞᆫ 무리라 무ᄉᆞᆫ 의미와 쳬례를 알니오 ᄒᆞᆫᄀᆞᆺ 져의 안식이 빅승셜이오 말숨이 빗나며 금과 ᄌᆡ빅을 앗기지 아니니 져마다 붓됴ᄎᆞ 칭숑ᄒᆞ니 예셩이 궁

14면

즁의 진동ᄒᆞ니 교란이 날마다 교언녕식으로 귀인을 달ᄂᆡ여 아못됴록 ᄉᆞ혼은지를 어더달나 봇ᄎᆡ니 귀인이 ᄯᅢ를 여으더니 즁동 쵸슌일은 황틱후 탄일이라 황친국툑과 뉵원비빙이 다 진하ᄒᆞ는지라 곽귀인도 댱낙궁의 나ᄋᆞ가 진하됴현홀식 ᄐᆡ낭낭이 졔왕궁비 공쥬와 뉵궁비빙을 다 모화 동일 진환ᄒᆞ더니 홍윤이 물셔ᄒᆞ고 빅눈이 등텬ᄒᆞ니 졔왕 공쥐 다 퇴홀식 ᄐᆡ휘 곽귀인과 김쳡여를 머무르ᄉᆞ 왈 짐이 좌우의 궁

15면

인의 무리만 잇고 황숀들이 잇스나 노셩달니ᄒᆞᆫ ᄌᆡ 업ᄉᆞ니 쥬야 젹막ᄒᆞᆫ지라 날이 더무러시니 현비 등이 머무러 여흥을 니어 달야ᄒᆞ미 엇더ᄒᆞ뇨 김곽 냥인이 ᄉᆞ은슈명ᄒᆞ고 이의 뫼셔 밤을 지닐ᄉᆡ 이ᄯᆡ 김쳡여ᄂᆞᆫ ᄌᆞ녀 가ᄌᆞ 황ᄌᆞ 강왕과 공쥬 황영이 잇셔 공쥬ᄂᆞᆫ 취가ᄒᆞ엿시나 강왕은 나히 어려 취쳐치 아녀ᄂᆞᆫ지라 슬ᄒᆡ 뎍막지 아니나 곽귀인은 일ᄀᆡ 병녀도 업ᄉᆞ니 ᄐᆡ휘 그 졍ᄉᆞᄅᆞᆯ 년측ᄒᆞᄉᆞ 이의 문왈 딤이 드르니 곽비 궁즁의 ᄒᆞᆫ ᄂᆞᆺ ᄀᆡ화ᄅᆞᆯ 두엇

16면

다 ᄒᆞ니 이 엇진 녀ᄌᆡ뇨 귀인이 공교히 ᄯᆡᄅᆞᆯ 어덧ᄂᆞᆫ지라 츄연 ᄃᆡ쥬 왈 신쳡이 삼뎐무휼ᄒᆞ시믈 밧ᄌᆞ와 화당고루의 일신이 한가ᄒᆞ도나 슬ᄒᆡ 뎍막ᄒᆞ와 슉식침좌의 위로ᄒᆞ 리 업ᄉᆞ니 신셰 박명ᄒᆞ고 계활이 고단ᄒᆞ믈 슬허 필뎨 ᄌᆡ용이 아름다오무로 신쳡이 고단ᄒᆞ믈 위로코ᄌᆞ 두엇나이다 휘 졈두ᄒᆞ신ᄃᆡ 귀인이 우쥬 왈 신뎨의 ᄌᆡ모안ᄉᆡᆨ의 쵸모ᄒᆞ오믄 니르도 말고 ᄯᅩ 어ᄉᆞ 남모의 어더 기른 표동이 잇ᄉᆞ오니 근본이 신쳡의 표동이로ᄃᆡ 표슉 부뷔 됴셰

17면

ᄒᆞ고 남가의 슈양을 ᄀᆞᆺᄂᆞᆫ지라 이 녀ᄌᆡ 명박ᄒᆞ여 일즉 고비ᄅᆞᆯ 여희엿시나 신뎨와 동년ᄉᆡᆼ이요 용뫼 ᄒᆞᆫ 쌍 일월이요 두 송이 ᄀᆡ홰라 ᄒᆞᆯᄀᆞᆺ 용뫼 이 ᄀᆞᆺᄒᆞᆯ 분 아니라 녀공이 졍슉ᄒᆞ고 부덕이 아름다와 흡흡히 임ᄉᆞ로 병구ᄒᆞᆯ지라 ᄎᆞ 냥인이 이 ᄀᆞᆺᄒᆞᆫ 셩덕ᄌᆞ질노 년ᄀᆡ 계화의 미쳣시되 부뫼 그 상뎍ᄒᆞᆫ ᄇᆡ필을 엇지 못ᄒᆞ엿ᄉᆞᆸᄂᆞᆫ지라 그 작셩을 의논ᄒᆞᆯ진ᄃᆡ 금ᄌᆞ의 ᄒᆞᆫ 쇼년군ᄌᆡ 잇ᄉᆞ오ᄃᆡ 목젼의 신뎨 냥인이 복이 뎍어 질독ᄌᆞ의게

18면

아이미 ᄋᆡ닯더이다 ᄐᆡ휘 왈 곽녀의 ᄌᆡ용은 실노 아름다온가 딤이 궁희 등의 젼언을 닉이 드럿노라 연이나 어느 곳 옥인군ᄌᆞᄅᆞᆯ 유의ᄒᆞ다가 실망ᄒᆞ뇨 귀인이 ᄃᆡ쥬 왈 일쌍 군ᄌᆞᄂᆞᆫ 다르니 아니라 ᄐᆡ혹ᄉᆞ 임텬흥과 한님 임ᄌᆡ흥이니이다 ᄐᆡ휘 왈 ᄎᆞ 냥인이 임의 하쥐의 ᄀᆡ약으로 남교의 가필을 ᄇᆡᄒᆞ엿ᄂᆞᆫ지라 맛당이 타쳐의 가랑을 ᄐᆡᆨᄒᆞ미 올토다 귀인이 우쥬 왈 낭낭이 ᄎᆞ 냥녀의 ᄌᆡ용을 보지 못ᄒᆞ여 계시나 실노 쳔ᄃᆡ의 업

19면

ᄂᆞᆫ 슉완이라 엇지 쇽ᄌᆞ의 ᄇᆡ위 가ᄒᆞ리오 신의 부뫼 결단코 신졔를 취가치 아니ᄒᆞ옵고 신뫼 또 쥭은 동싱의 일네라 ᄒᆞ여 남녀를 임지흥이 아니면 셩혼치 아니려ᄒᆞᄂᆞ이다 남녀ᄂᆞᆫ 지흥을 톳게 ᄒᆞ시고 교란으로 텬흥의게 됴ᄎᆞ믈 바라옵ᄂᆞ니 복원 셩모ᄂᆞᆫ 황상긔 하됴ᄒᆞᄉᆞ 사혼ᄒᆞ시믈 바라ᄂᆞ이다 낭낭이 본ᄃᆡ 심쳔이 나약ᄒᆞ고 ᄉᆞ름의 ᄉᆞ졍을 ᄎᆞ마 박졀이 물니치지 못ᄒᆞ시ᄂᆞᆫ지라 뎜두 허락ᄒᆞ시니 귀인이 ᄃᆡ희ᄒᆞ여 ᄎᆞ야를

20면

당낙궁의 슉침ᄒᆞ고 명일의 퇴됴ᄒᆞ다 ᄎᆞ일 상이 ᄐᆡ낭낭긔 문안ᄒᆞ시니 ᄐᆡ휘 니로ᄉᆞᄃᆡ 짐이 ᄒᆞᆫ 일이 잇셔 상긔 쳥코ᄌᆞ ᄒᆞᄂᆞ니 능히 됴ᄎᆞ시랴 상이 복슈 ᄃᆡ왈 셩괴 하유ᄉᆡ니 잇고 신이 엇지 봉승치 아니리잇고 휘 왈 타ᄉᆡ 아니라 귀인 곽시 션뎨의 시인으로 쳥츈의 과거ᄒᆞ여 남녀간 ᄉᆞ쇽이 업셔 ᄉᆞᆼ 냥지의 다만 바란 바 셩상이라 그 졍ᄉᆡ 엇지 가긍치 아니리오 이졔 ᄒᆞᆫ 간졀ᄒᆞᆫ 쇼쳥이 잇실ᄉᆡ 짐이 임의 허락ᄒᆞ엿ᄂᆞᆫ지라 귀인의 친뎨와

21면

이동뎨 잇시되 냥인이 다 지용이 관졀ᄒᆞ여 텬지간 별긔이질이라 ᄀᆞᆺ흔 ᄇᆡ필을 의논ᄒᆞᆫ즉 혹ᄉᆞ 임텬흥과 한님 임지흥이 아니면 ᄃᆡ두ᄒᆞ리 업술지라 상은 ᄎᆞ혼을 쥬션ᄒᆞ여 군ᄌᆞ슉녀 맛ᄂᆞ게 ᄒᆞ라 상이 복슈문교의 ᄃᆡ왈 낭낭 셩괴 이의 밋ᄎᆞ시니 신이 엇지 위월ᄒᆞ리잇고마ᄂᆞᆫ 임한쥬ᄂᆞᆫ 괴벽ᄒᆞᆫ 늘그니요 효장도위 셰린이 또ᄒᆞᆫ 강항녈직ᄒᆞ오니 즐겨 명을 승슌치 아닐 듯ᄒᆞ옵고 왕일 옥션을 ᄉᆞ혼ᄒᆞ나 □□□ 인뉸을 □난ᄒᆞ옵고[5)]

22면

지금 셜녀의 ᄉᆞᆼ거쳐를 모로옵ᄂᆞᆫ지라 비록 임군이나 다시 ᄉᆞ혼홀 ᄂᆞᆺ치 업고 또 봉슌치 아닐가 ᄒᆞ나이다 ᄐᆡ휘 왈 ᄉᆞ셰 그러ᄒᆞ나 귀인의 쇼쳥이 간졀ᄒᆞ고 짐이 미쳐 뎐두를 혜아리지 못ᄒᆞ고 허락ᄒᆞ믈 슈히 ᄒᆞ엿시니 ᄉᆞ쳬 긋치미 불가ᄒᆞᆫ지라 셩상은 힘ᄡᅥ 쥬션ᄒᆞ라 ᄎᆞ 냥녀의 지용은 진실노 희한타 ᄒᆞ니 엇지 옥션 찰녀의 비기리오 상이 비

5) 복사상태 불량으로 잘 안 보임.

록 불쾌ᄒᆞ시나 모낭낭 뎐괴 여ᄎᆞᄒᆞ심과 곽귀인의 간졀ᄒᆞᆫ 쇼쳥을 너모 믹믹치 못ᄒᆞᆯ

23면

지라 마지 못ᄒᆞᄉᆞ 슈명빅ᄉᆞᄒᆞ시고 물너나ᄉᆞ 침ᄉᆞ 냥구의 무단이 ᄉᆞ혼은지 나리오시믈 유예ᄒᆞ시더니 믄득 ᄒᆞᆫ 계교를 싱각ᄒᆞ시고 ᄉᆞᄉᆞ로 우어 왈 닉 쇼시로붓터 고금을 박남ᄒᆞ여 고금 졔왕의 되 ᄒᆞᆫ갈ᄀᆞᆺ치 못ᄒᆞ여 한고의 왕왕이 궤휼부리ᄂᆞᆫ 쥴 기탄ᄒᆞ엿더니 이런 쇼쇼지ᄉᆞ의 신ᄌᆞ의게 견픽ᄒᆞᆯ가 궤휼을 부리니 가히 고ᄉᆞ를 우헐 빅 아니요 우읍도다 ᄒᆞ시고 일일은 문현뎐의셔 일반 명뉴 십여 인을 머무르ᄉᆞ 혹 글도 지

24면

이시며 투고도 치이고 바둑도 두이ᄉᆞ 긔국의 승부를 보시더니 이 즁의 임혹ᄉᆞ 냥인이 빅승빅젼ᄒᆞ여 졔인 즁 쵸츌ᄒᆞ니 상이 졔인의 직됴를 보시더니 임혹ᄉᆞ 곤계의 십지셤슈를 움작이ᄂᆞᆫ 곳마다 미묘ᄒᆞ여 신츌귀몰ᄒᆞᄂᆞᆫ 직됴를 닉니 긔특이 녀기ᄉᆞ 농안의 우음을 씌워 닐오ᄉᆞ딕 경등 냥인의 직되 극히 비상ᄒᆞ니 짐이 맛당이 직됴를 결우고ᄌᆞ ᄒᆞᄂᆞ니 나기 업ᄉᆞ면 극히 무미ᄒᆞ니 만일 졈이 지거든 아름다온 미인을 쳔거

25면

ᄒᆞ리라 냥인이 텬의를 의아ᄒᆞ나 다만 국궁진취ᄒᆞ여 판가의 ᄂᆞᄋᆞ가니 상이 농메를 놉히 거두시고 승부를 닷토시더니 냥인이 직됴를 다ᄒᆞ고ᄌᆞ ᄒᆞ미 아니로딕 쏘ᄒᆞᆫ 텬진능직를 다 감쵸지 못ᄒᆞ고 상은 짐즛 지려ᄒᆞ시ᄂᆞᆫ 고로 두어 시긱이 못ᄒᆞ여 냥 혹시 각각 삼판을 딕쳡ᄒᆞ니 냥인은 황공ᄒᆞ믈 니긔지 못ᄒᆞ고 상이 판을 물니시고 환연 딕쇼ᄒᆞᄉᆞ 왈 냥경의 직되 이 ᄀᆞᆺᄒᆞ니 엇지 긔특지 아니리오 슈연이나 텬ᄌᆞᄂᆞᆫ 무희언이라 짐이 임

26면

의 경등을 딕ᄒᆞ여 언약이 잇ᄂᆞ니 냥경은 ᄉᆞ양 말나 어ᄉᆞ 남경의 일네 직용이 현슉다 ᄒᆞ니 직홍의 빈실노 맛게 ᄒᆞ고 국구 곽모의 필녜 아름답다 ᄒᆞ니 텬홍의 빈실노 ᄉᆞ혼ᄒᆞ노라 ᄒᆞ시니 냥인이 딕경ᄒᆞ여 면관고두 ᄉᆞ양 왈 신등이 연쇼 약관으로 임의 됴강지쳬 잇셔 의복한셔를 가음알만 ᄒᆞᆸ고 어버이를 셤ᄉᆞᄒᆞ오니 엇지 번화를 구ᄒᆞ와 가

란의 장본을 삼으리잇고 복원 폐하는 사혼을 거두ᄉᆞ 신ᄌᆞ의 가ᄂᆡ를 화평케 ᄒᆞ쇼셔

27면

상이 듯지 아니시고 됴지를 남곽 냥가의 ᄂᆞ리오시고 파됴ᄒᆞ시니 냥인이 불평ᄒᆞ믈 니긔지 못ᄒᆞ여 퇴됴환가ᄒᆞ여 취셩젼의 드러가니 낫문안이 바야히요 상국과 션싱이 또ᄒᆞᆫ 틱부인긔 문안ᄒᆞ라 드러오니 부마 쇼뷔 졔 ᄌᆞ질을 거나려 뫼셧고 녀위 냥 부인과 쥬비 효장공쥐 한쇼풍 삼 부인과 쇼진 냥파 군계 등이 다 잇더라 냥인이 좌의 ᄂᆞᄋᆞ가ᄆᆡ 안식이 ᄌᆞ못 불평지식이 잇ᄉᆞ니 졔인은 다 무심ᄒᆞ여 술피지 아니나 쇼뷔 본ᄃᆡ ᄌᆞ상총명

28면

ᄒᆞ여 남의 긔식 술피기를 잘ᄒᆞᄂᆞᆫ지라 우연이 눈을 드러 냥질의 ᄉᆞ식을 아라보고 경ᄋᆞ 문왈 냥질이 무슴 연고로 긔식이 불호ᄒᆞ뇨 냥인이 부복 ᄃᆡ왈 쇼질 등이 금일 여ᄎᆞ여ᄎᆞᄒᆞ온 셩교를 밧ᄌᆞ와 지삼 ᄉᆞ양ᄒᆞ오되 불윤ᄒᆞ시니 ᄎᆞᄉᆞ로뻐 불평ᄒᆞ미 안식의 ᄂᆞᆺ타나미로쇼이다 좌위 쳥파의 ᄃᆡ경실식ᄒᆞ고 상국은 면식이 여토ᄒᆞ여 부마다려 왈 또 무슨 괴란이 날 동 알니오 현질이 맛당이 우슉으로 더브러 상표ᄒᆞ여 ᄉᆞ양ᄒᆞ리라 부ᄆᆡ 미급답

29면

의 션싱 왈 불가ᄒᆞ이다 셩인도 오ᄂᆞᆫ 익은 면치 못ᄒᆞ시니 셩쇼 냥 쇼부의 쵸세ᄒᆞᆫ 직용으로 엇지 홍안의 히를 면ᄒᆞ리잇고 셩괴 여ᄎᆞᄒᆞ심도 기간 ᄉᆞ괴 잇셔 필유묘믹ᄒᆞ미니 헛된 ᄉᆞ양이 불가ᄒᆞ이다 상국이 분연 왈 ᄉᆞ셰 그러ᄒᆞ나 알며 즘즘ᄒᆞ기ᄂᆞᆫ ᄎᆞ마 답답ᄒᆞ니 닷토와 보다가 못ᄒᆞ면 현마 어이ᄒᆞ리오 션싱이 미쇼 왈 형장이 ᄉᆞᄉᆞ의 화홍광ᄃᆡᄒᆞ시던 역냥으로뻐 ᄌᆞ숀의 당ᄒᆞ여ᄂᆞᆫ 이ᄃᆡ도록 병되시니 엇던 마ᄃᆡ의ᄂᆞᆫ 실노 답답ᄒᆞ시이다 상국이

30면

강잉녁쇼 왈 하 웃지 말나 늘그니 망녕인들 노업다 훌가 혬 업슨 나흔 졈졈 만하가니 졔숀을 어셔 남혼녀가ᄒᆞ여 각각 져희 부뷔 상뎍ᄒᆞ여 흠 업시 화락ᄒᆞᄂᆞᆫ 거술 보고ᄌᆞ

ᄒᆞᄂᆞᆫᄃᆡ 됴물이 져희ᄒᆞ여 지금 셜쇼뷔 ᄉᆞ싱이 아득히 모로니 심불평 식불감 침불안이러니 다시 쇼셩 냥부를 어드ᄆᆡ 뎌으기 위회ᄒᆞ더니 남시는 하등지인이완ᄃᆡ 숀ᄋᆞ의 뎐졍을 마희코ᄌᆞ ᄒᆞ는고 ᄉᆡᆼ각건ᄃᆡ 화중 계워 견ᄃᆡ지 못ᄒᆞ고 ᄀᆞ득 심난ᄒᆞᆫᄃᆡ 웃지 마쇼ᄌᆞ네씨는 됴커든

31면

텬ᄋᆞ의 곽시를 ᄉᆞ양치 말나 ᄂᆞ는 닷토와 보려ᄒᆞᄆᆡ 셩쇼뷔 만일 온슌비약홀시만졍 져기 투악ᄒᆞ든들 작히 싀한아비 불통ᄒᆞ믈 한ᄒᆞ랴 션싱이 ᄃᆡ쇼ᄒᆞ고 쇼픠 ᄂᆡ다라 왈 어져 말숨마다 갸록홀ᄉᆞ 셜ᄉᆞ 불인ᄒᆞᆫ 녀지 드러와 쇼쇼져긔 화를 격는다 ᄒᆞ여도 우리 노애 이ᄀᆞᆺ치 신명ᄒᆞ시며 쵸왕과 혹싀 다 부됴더풍이라 ᄌᆞ상명쳘ᄒᆞ시니 쇼쇼제 반ᄃᆞ시 화란 가온ᄃᆡ라도 각별 보됸홀 도리 잇실 거시오 셜ᄉᆞ 불힝ᄒᆞ여도 쇼부의셔

32면

한홀 거시 업ᄉᆞ니 이 늘근이 옛날 현빈 시즁인 노릇ᄒᆞ고 냥가로 ᄃᆞᆺ업셔 헤지르던 셜치를 ᄒᆞ게엿ᄂᆞ이다 쇼픠 열 숀가락을 ᄂᆡ여 져흐며 눈을 금젹이며 호읍이 쳔촉ᄒᆞ여 힝혀 남이 아술가 탐탐이 ᄒᆞ노라 ᄒᆞ니 그 거동이 가위 긔관이러라 좌위 심난턴 마음을 두루혀 일시의 ᄃᆡ쇼ᄒᆞ고 틔부인이 역쇼 왈 노뫼 요ᄉᆞ이 희린 부ᄌᆞ를 불모지지의 보ᄂᆡᆫ 후 일야 침쉬 편치 못ᄒᆞ니 스ᄉᆞ로 슈미 펴기 어렵더니 오늘날 공연

33면

이 너의 격분ᄒᆞ여 ᄂᆡᄃᆞ라 ᄒᆞ는 말을 보니 가위 긔관이라 포싀라도 우으리니 ᄉᆞ룸이 엇지 아니 우으리오 역시 ᄂᆞ의 효녜로다 쇼파는 황공ᄉᆞ례ᄒᆞ고 부ᄆᆡ 봉안을 흘니 써우어 왈 ᄃᆡ져 늘그면 니즘이 만터라 ᄒᆞ더뇨 우리 슉ᄌᆞ는 나히 졈고 만하 갈ᄉᆞ록 더ᄒᆞ여 가니 벅벅이 휘풍망녕을 더ᄒᆞ미로쇼이다 가즁이 아모 연고나 잇스면 더그나 즈슬ᄂᆡ여 실슈 업시 눌쒸니 이 아니 고이ᄒᆞᆫ 가변이로다 년년의 늘거 갈ᄉᆞ록 져 망녕이 더홀 거시니 이

34면

아니 민뮈가 가즁 슈다ᄒᆞᆫ ᄋᆞ히를 남혼녀가홀 적 져 망녕을 부릴 거시니 이런 괴로온

일이 어딕 잇스리오 슈연이나 녀필둉뷔라 ᄒᆞᄂᆞ니 슉지 비록 가군이 없ᄉᆞ나 쏘흔 구당은 번셩ᄒᆞ니 여긔 ᄆᆡ양 잇ᄉᆞ리오 ᄂᆡ 맛당이 쇼공긔 민망흔 ᄉᆞ연을 니르고 다려가게 ᄒᆞ리라 쇼픽 청파의 닙을 비젹이고 두 눈을 가로당긔여 왈 하 어리고 농판의 말슴 마르시고 ᄂᆡ 빅 년을 이 집의 와 잇다 틱부인과 상국 노애 곤계 계시니 날을 ᄂᆡ치실가

35면

현빈씨 아모리 복통ᄒᆞ여도 거즛 거시로다 쇼뷔 낭쇼 왈 듕시 달니ᄒᆞ여 슉ᄌᆞ를 업과ᄌᆞ ᄒᆞ미 아니라 슉지 ᄆᆡ양 남의 단쳐를 들츄니 아직은 현마 어이흘 것 아니로ᄃᆡ 장ᄂᆡ ᄆᆡ양 져 말을 ᄒᆞ니 이 압희 총총님님이 ᄌᆞ라ᄂᆞᆫ 후싱 ᄌᆞ질비 다 드러오ᄂᆞᆫ 부셔들이 어이 모로리오 듕시 반ᄃᆞ시 ᄎᆞᄉᆞ로 민망ᄒᆞ여 ᄒᆞ니 슉ᄌᆞᄂᆞᆫ 눈 실흔 의식을 아니려 ᄒᆞ거든 이후란 잠잠코 계쇼셔 쇼픽 우어 왈 ᄂᆡ 비록 이 집의 아니 잇셔 쇼부의 간다 ᄒᆞ여도 쥭지 아닌 젼

36면

은 이곳의 아니 오며 쥭은 후 남다러 말흘가 ᄉᆞ라셔 올흔 말 다 ᄒᆞ고 쥭으려 ᄒᆞ니 젹족하님ᄂᆡ 하 괴로와 마오쇼셔 ᄂᆡ 비록 ᄌᆡ되 노둔ᄒᆞ고 문지 단ᄒᆞ고 ᄂᆞ히 늘거 눈이 어두오나 부ᄃᆡ 효장부마 쇼년의 호긔롭고 착ᄒᆞ여 이십이 장근토록 ᄂᆡ 쇼박마ᄌᆞ 필경은 잉혈가지 직어 가지고 날치던 일 일긔ᄒᆞ여 부ᄃᆡ ᄌᆞᄌᆞ히 뎐ᄒᆞ고 쥭으려 ᄒᆞ옵ᄂᆡ 좌위 ᄃᆡ쇼ᄒᆞ고 부ᄆᆡ 어히업셔 잠쇼 왈 슉지 공연이 혐극 업시 뎌ᄃᆡ도록 혈원골슈ᄒᆞ니 긔 아니 우으니잇가 질이 도쳑이

37면

아니여니 무슴 닐 질지이심이 금셕의 박ᄋᆞ 후셰의 젼토록 ᄒᆞ리오 슈슈이 가만이 잇다가 쥭거든 질이 당당이 만금 ᄌᆡ물을 드려 슈륙쳔도ᄒᆞ여 후셰의ᄂᆞᆫ 어진 ᄉᆞ름이 되여 부ᄃᆡ 현달ᄒᆞ고 극낙셰계 셕왕셰계 불션문으로 도라가라 환도쳔도ᄒᆞ여 쥬고 만일 죵시 이 ᄉᆞ오나온 체를 ᄒᆞ면 칼산지옥 불산지옥으로 가라 도츅흘 거시니 딜을 뮈이지 마르쇼셔 쇼픽 더옥 고장 분분 왈 ᄂᆡ 무슴 죄 잇다 ᄒᆞ고 디옥으로 갈가 쥭거든 보라 ᄂᆡ 반ᄃᆞ시 옥누텬당

38면

으로 등운감무ᄒᆞ리라 현빈씨 ᄀᆞᆺ흔 완만완증시ᄂᆞᆫ 말마다 뭡도쇼니 신명이 더옥 즛뮈이 넉여 후싱의ᄂᆞᆫ 인가 쳔네 되여 허랑방탕ᄒᆞᆫ 가부를 맛나 일싱 고쵸를 ᄌᆞ심이 격거 옛날 쇼부인 슬뮙게 구던 보복을 술드리 바드리라 부미 쇼왈 셰간의 부부지간 불평지ᄉᆞ를 쳘원골슈ᄒᆞ여 이싱의 박쳐ᄒᆞᄂᆞᆫ 남ᄌᆞᄂᆞᆫ 다 후싱의 녀지 되리로쇼이다 쇼픽 분분 왈 나ᄂᆞᆫ 죄 업ᄉᆞ니 쥭어 부듸 염왕의 되여 부모와 쇼부인 옥ᄉᆞ를 닉 숀으로 쳐결ᄒᆞ

39면

리라 상국이 ᄯᅩᄒᆞᆫ 웃고 뎡히 슈작고ᄌᆞ ᄒᆞ더니 믄득 황시 니르러 임혹ᄉᆞ 군둉으로 남곽 냥부의 ᄉᆞ혼ᄒᆞ시ᄂᆞᆫ 됴지를 젼ᄒᆞ니 일쇄 픽흥ᄒᆞ니라 상국이 마지 못ᄒᆞ여 향안을 빅셜ᄒᆞ고 됴지를 밧ᄌᆞ온 후 ᄉᆞ명을 도라보닉고 부마로 더브러 궐하의 ᄂᆞᄋᆞ가 표를 올니니 ᄉᆞ양ᄒᆞᄂᆞᆫ ᄉᆞ에 ᄌᆞ못 간졀ᄒᆞᆫ지라 상이 칭탁부돈ᄒᆞᄉᆞ 인견ᄒᆞ믈 명치 아니시고 ᄉᆞ됴 비답 왈 실노 션싱을 쇽이지 아니리니 곽귀인은 션뎨의 시인이라 딤으로 모ᄌᆞ지

40면

의 잇ᄉᆞ니 그 간뎔ᄒᆞᆫ 쇼쳥을 ᄎᆞ마 아니 듯지 못ᄒᆞ여 남곽 냥녀를 지텬 냥인의게 쳔거ᄒᆞ미오 ᄯᅩ 냥네 범연타 ᄒᆞ면 짐이 엇지 션싱 ᄌᆞ부항의 ᄉᆞ혼ᄒᆞ리오마ᄂᆞᆫ ᄎᆞ 냥네 극히 현슉ᄒᆞ여 쥬아의 풍치 잇다 ᄒᆞ니 특히 션싱의 뎡문셰벌의 하덕을 숀상치 아닐지라 청컨듸 냥위 션싱은 군명을 슌슈ᄒᆞ여 딤심을 져바리지 말나 ᄯᅩ 통정ᄉᆞ의 하됴ᄒᆞᄉᆞ 임상국 쇼표를 다시 밧지 말나 ᄒᆞ시니 상국과 부미 분연ᄒᆞ나 ᄒᆞᆯ일업셔 퇴ᄒᆞ여 부즁의

41면

도라오니 일가 노쇠 불평ᄒᆞ믈 니긔지 못ᄒᆞ고 쇼셩 냥부의셔 듸경ᄒᆞ더라 남가의셔ᄂᆞᆫ 과망듸희ᄒᆞ나 곽가의셔ᄂᆞᆫ 임의 힝계ᄒᆞᆫ 빅 잇시니 임부 가법을 아ᄂᆞᆫ 고로 교란이 듸희ᄒᆞ여 빈실노 도라가믈 혐의치 아니ᄒᆞ고 다만 입문ᄒᆞᄂᆞᆫ 날이라도 영냥으로 동심합계ᄒᆞ여 셩쇼져를 업시ᄒᆞ고 구쥐를 혼일ᄒᆞᆯ 뜻을 두어 날노 화장셩식으로 교용을 치례

ᄒᆞ고 길기를 등ᄃᆡᄒᆞ더라 남가의셔ᄂᆞᆫ 연낭이 곽녀로 셥계ᄒᆞᆫ ᄇᆡ 잇ᄉᆞ니 오ᄂᆞᆯ날을 짐작ᄒᆞ엿거

42면

니와 어ᄉᆞ와 뉵부인은 쳔만의외라 비록 임혹ᄉᆞ의 옥면뉴풍을 흠앙ᄒᆞ던 ᄇᆡ나 녀의 그 빈실노 도라갈 바를 불쾌ᄒᆞ여 뉵시 왈 ᄋᆞ녀ᄂᆞᆫ 인즁긔홰라 엇지 남의 빈실을 쥬리오 어ᄉᆡ 왈 비록 불평ᄒᆞ나 의외 황명이 계시고 임ᄌᆞ의 풍신ᄌᆡ화ᄂᆞᆫ 셰ᄃᆡ무뎍이나 현마 어이ᄒᆞ리오 연낭이 ᄌᆡ좌ᄒᆞ여 부모의 불낙ᄒᆞ믈 민망ᄒᆞ여 ᄌᆞ로 환옥을 보니 옥이 기의를 알고 이의 고왈 듯ᄉᆞ오니 임ᄌᆡ흥의 풍신ᄌᆡ화ᄂᆞᆫ 일셰의 일ᄏᆞᆺᄂᆞᆫ ᄇᆡ라 ᄒᆞ

43면

오니 져져의 ᄉᆡᆨ덕으로 남의 빈실 되미 불평ᄒᆞ오나 이 ᄯᅩ 명이요 용인쇽ᄌᆞ의 ᄇᆡ위 되ᄂᆞ니 이제 임ᄌᆞᄂᆞᆫ 셰의 희한ᄒᆞ고 쇼년 등양이 빗ᄂᆞ니 위굴하등ᄒᆞ미 욕되지 아닐가 ᄒᆞ나이다 어ᄉᆡ 칭션 왈 오ᄋᆞᄂᆞᆫ 진실노 달니ᄒᆞᆫ 군ᄌᆡ로다 ᄒᆞ더라 남곽 냥부의셔 길긔를 임상부의 보ᄒᆞ니 하날이 난음찰녀의 원을 맛쳐 길긔 슈슌이 가렷고 ᄯᅩ ᄒᆞᆫ날이라 임상부의셔 마지 못ᄒᆞ여 길긔를 쵸쵸히 출혀 날이 임ᄒᆞᄆᆡ 약간 잔치를 ᄇᆡ셜ᄒᆞ고 날이 느ᄌᆞᄆᆡ 냥 혹ᄉᆡ

44면

옷술 곳치고 쵸쵸한 위의로 남곽 냥가의 나ᄋᆞ가니 학ᄉᆞ ᄌᆡ흥은 남가의 니르ᄆᆡ 남어ᄉᆡ ᄃᆡ연을 ᄀᆡ장ᄒᆞ고 만당빈ᄀᆡᆨ을 쳥ᄒᆞ여 신낭을 마ᄌᆞ니 모다 신낭의 옥면영풍을 ᄉᆡ로이 칭찬ᄒᆞ믈 마지 아니코 뉵시 크게 깃거ᄒᆞ더라 무슈 시ᄋᆡ 홍군취삼으로 신부를 옹위ᄒᆞ여 ᄂᆞ와 혹ᄉᆞ를 향ᄒᆞ여 ᄉᆞᄇᆡᄒᆞ니 혹ᄉᆡ 다만 장읍불ᄇᆡ러라 네파의 신낭이 외당으로 ᄂᆞ오니 뉵시 쥬육진찬을 ᄀᆞ장 갸죽히 장만ᄒᆞ여 슈삼십 가ᄌᆞ를 시러 임상부의 효도ᄒᆞ니

45면

상국이 ᄃᆡ로ᄒᆞ여 등미러 ᄂᆡ치며 용납지 아니ᄒᆞᄂᆞᆫ지라 가졍과 시녀ᄇᆡ 무류ᄒᆞ여 도라오니 뉵시 왈 이ᄂᆞᆫ 네ᄉᆡ니 다시 가져가라 이번은 바드리라 ᄉᆞ지 시녀로 쥬비긔 젼갈

ᄒᆞ여 왈 약간 진찬이 보암즉지 아니ᄒᆞᆸ고 귀궁의 진토 ᄀᆞᆺ치 녁이실 쥴 아오나 미쳡이 만ᄂᆡ의 어든 녀ᄋᆡ라 ᄌᆡ산을 ᄌᆞ식의게 드리지 아니코 무어시 쓰리잇고 미졍을 표ᄒᆞᆸᄂᆞ니 복원 현비ᄂᆞᆫ 물니치지 마르쇼셔 시녀 차환이 마지 못ᄒᆞ여 다시 셩찬을 거나

46면

려 상부의 ᄂᆞᄋᆞ가니 문니 구지 막고 휘모라 쇼치니 홀일업셔 도라오더니 즁노의셔 음식 시른 갸ᄌᆞ를 맛ᄂᆞ니 이ᄂᆞᆫ 곽부의셔 ᄯᅩᄒᆞᆫ 가뎌갓다가 쏘치여 오미라 남곽 냥부의셔 크게 실망ᄒᆞ더라 ᄌᆡ텬 냥 신낭이 남곽 냥두의 춍춍이 혼닌을 지ᄂᆡ고 화촉지하의 쇼불동념ᄒᆞ고 신부를 시이불견ᄒᆞ고 미명의 도라오니 남곽 냥녜 원분이 쳘골ᄒᆞ여 ᄋᆡ돌온 눈물이 오월장슈 ᄀᆞᆺ더라 냥 혹ᄉᆡ 도라와 신셩ᄒᆞ니 됸당 부뫼 일즉 오믈 무른ᄃᆡ

47면

냥 혹ᄉᆡ 빈미 ᄃᆡ왈 신부의 어지지 못ᄒᆞ믈 ᄃᆡᄒᆞ오ᄆᆡ 일시도 ᄃᆡ키 어렵습거ᄂᆞᆯ 무어시 연연ᄒᆞ여 오ᄅᆡ 잇ᄉᆞ오리잇고 됸당 상히 크게 우려ᄒᆞ여 모다 근심을 ᄭᅴ엿더라 ᄎᆞ셕의 남곽 냥가의셔 신낭 쳥ᄒᆞᄂᆞᆫ 하리 니르니 냥 혹ᄉᆡ ᄂᆡᆼ쇼ᄒᆞ고 칭탁불거ᄒᆞ니 냥가의셔 악연실망ᄒᆞ더라 우명일의 임상부의셔 약간 쥬셕을 여러 남곽 냥녀를 다려올ᄉᆡ 각각 쥭교를 보ᄂᆡ여 권실ᄒᆞ니 남곽 냥녜 단장을 화려히 ᄒᆞ고 니르러 졔좌의 녜필ᄒᆞ고

48면

셩쇼 냥 쇼져긔 팔ᄇᆡ ᄃᆡ례를 맛ᄎᆞᄆᆡ 됸당 상히 냥 신부를 일견의 ᄃᆡ경ᄒᆞ고 ᄌᆡ쳠의 크게 근심ᄒᆞ여 면면상고홀 ᄲᅮᆫ이러라 일모ᄀᆡ산ᄒᆞᄆᆡ 남시의 침쇼ᄂᆞᆫ 뉴츈각의 뎡ᄒᆞ고 곽시의 침쇼ᄂᆞᆫ 뉴하당의 졍ᄒᆞ여 도라보ᄂᆡᄆᆡ ᄎᆞ일ᄇᆞ터 냥 혹ᄉᆡ 침쇼의 가지 아니ᄒᆞ고 형뎨 광침의 힐지항지ᄒᆞ니 냥녜 쳔신만고ᄒᆞ여 상ᄉᆞᄒᆞ던 신낭의 ᄌᆞ최를 어더보지 못ᄒᆞ니 ᄋᆡ타ᄂᆞᆫ 눈물이 ᄒᆡ음업셔 ᄶᅵᆨᄶᅵᆨ 한님과 혹ᄉᆞ의 ᄌᆞᄂᆞᆫ 곳의 ᄂᆞᄋᆞ와 규시

49면

ᄒᆞ며 늣기ᄂᆞᆫ 탄식이 구시월 찬 ᄇᆞ롬 부듯 ᄒᆞ여 원한이 쳘골ᄒᆞ나 긔모비계를 운동ᄒᆞ

여 통일훌 의ᄉᆞ를 두미 은악냥션ᄒᆞ고 가즁 상하의 인심을 요구ᄒᆞ더라 이러구러 날이 오릭미 셰환신절의 밋고 산동으로셔 쳡음이 ᄌᆞ로 오르고 농젼의 쵸왕 부ᄌᆞ의 졍셰 이르러 발셔 악역을 쵸무ᄒᆞ고 모든 괴슈 등을 잡으시니 회군홀 긔약이 날을 혜여 니 를지라 가즁 상히 환셩이 여류ᄒᆞ나 홀노 남곽 냥네 놀나기를 마지 아녀 ᄀᆞ만니 상의 ᄒᆞ되 교란

50면

왈 아등이 방계곡경으로 임가의 드러와 졔인의 능경홈과 가부의 쳔ᄃᆡᄒᆞ미 쇼셩 냥녀 의 잇ᄉᆞ미라 우리 이러틋 쳔연ᄒᆞ다가 쵸왕 부ᄌᆡ 도라오면 더옥 낭퓌 될지라 엇지ᄒᆞ 리오 연낭이 탄식 왈 닉 엇지 모로리오마ᄂᆞᆫ 가즁 형셰를 ᄉᆞᆯ피니 상하 인물이 별물이 라 셔어ᄒᆞᆫ 계교ᄂᆞᆫ 못ᄒᆞ리니 쇼셩 냥네 귀령ᄒᆞ거든 우리도 귀령ᄒᆞ여 셜계ᄒᆞ리라 교란 이 깃거 밀밀이 계교ᄒᆞ더라 과연 슈일 후 쇼셩 냥 쇼졔 귀령ᄒᆞ거ᄂᆞᆯ 남곽 냥네 ᄯᅩᄒᆞᆫ 틱부인 면

51면

젼의 ᄉᆞ러 귀령ᄒᆞ믈 쳥ᄒᆞ온ᄃᆡ 일언의 쾌허ᄒᆞ시니 냥뫼 깃거 됸당 상하의 하직ᄒᆞ고 각각 본부로 도라갈ᄉᆡ 남네 본부의 니르러 부모를 반기고 잉혈을 닉여놋코 눈물이 쥬출ᄒᆞ여 신낭의 박졍ᄒᆞ믈 슬워ᄒᆞ니 어ᄉᆞᄂᆞᆫ 어린 듯ᄒᆞ여 말을 못ᄒᆞ고 부인은 연낭의 숀을 쥡고 눈물이 환낙ᄒᆞ니 능히 말을 니루지 못ᄒᆞᄂᆞᆫ지라 어ᄉᆞ의 희쳡 영비ᄂᆞᆫ 본ᄃᆡ 낙양 창녀로 위인이 간힐ᄒᆞᆫ지라 오관의 쉬슬고 념통 업ᄉᆞᆫ 어ᄉᆞ 부부를 농낙ᄒᆞ여 ᄉᆞ ᄉᆞ의

52면

ᄠᅳᆺ을 마쵸니 어ᄉᆞ의 쳡희 오 인 즁 ᄎᆞ녀를 더옥 ᄉᆞ랑ᄒᆞ고 기여 ᄉᆞ희ᄂᆞᆫ 월셤 츈진이니 쇼시의 유졍ᄒᆞᆫ 빅요 오시 쳑시ᄂᆞᆫ ᄌᆞ식이 슌화ᄒᆞ고 늣도록 ᄌᆞ식이 업ᄉᆞ미 어ᄉᆡ 불관 이 녀기더라 ᄎᆞ일 오희 다 좌의 잇더니 ᄉᆞ희ᄂᆞᆫ 실쇼무언이요 영비 닉ᄃᆞ라 ᄀᆞᆯ오ᄃᆡ 쳡 의 아비 복숄을 잘 ᄒᆞ더니 죽은 후 쳡이 기시 듯ᄉᆞ오니 남네 혼인ᄒᆞ미 반ᄃᆞ시 궁합ᄉᆞ 쥬를 맛쵸고 희살상극을 ᄀᆞᆯ희여 상원뉵합지일을 다 ᄉᆞᆯ펴 혼인을 ᄒᆞ여야 부뷔 금슬이 화평ᄒᆞ고 ᄌᆞ

53면

궁이 됴타 ᄒᆞ믈 듯ᄌᆞ왓ᄂᆞᆫ지라 쳡이 발셔 쇼져 셩네 젼붓터 혼인ᄃᆡᄉᆡ 불길ᄒᆞᆫ쥴 아더니이다 슈화 상극은 아니오 금극목이니 신복과 녕신을 어더 도익졔방ᄒᆞ면 혹ᄌᆞ 유익ᄒᆞ미 잇실가 ᄒᆞ나이다 뉴시 청파의 크게 ᄭᆡ다ᄅᆞ 왈 아ᄎᆞ 올타 이졔야 알괘라 우리 집이 누거만 ᄌᆡ산이 풍비ᄒᆞ니 ᄂᆡ ᄯᆞᆯ을 위ᄒᆞᄆᆡ 무어시 앗가오리오 불ᄉᆞ의도 신공ᄒᆞ고 신위의도 유공ᄒᆞ고 아모 일의 공 드리고 신 드려셔 쇼녀를 뎔졔ᄒᆞ고 녀ᄋᆞ의 젼졍

54면

을 빗ᄂᆞ게 ᄒᆞ리라 ᄒᆞ고 쇼시를 공연이 ᄭᅮ지져 ᄑᆡ악지셜이 만흐니 엇지 환 되지 아니리오 어시 왈 우리 가히 임낭을 청ᄒᆞ여 오나 아니 오나 볼 거시니라 연낭 왈 불가ᄒᆞ이다 청ᄒᆞ여 실노 아니 올 거시니 임낭이 반ᄃᆞ시 쇼부의ᄂᆞᆫ 갈 듯ᄒᆞ오니 영니ᄒᆞᆫ 셔동을 즁노의 두어 임낭이 쇼부의 가ᄂᆞᆫ 거슬 ᄌᆞ셔이 아라 야애 쇼부의 니르ᄉᆞ 모로고 맛난 드시 보시고 ᄉᆞ리로 말솜ᄒᆞᄉᆞ 청ᄒᆞ신즉 엇지 아니 오리잇가 어시 ᄭᆡᄃᆞ라 뎜두ᄒᆞ더라 ᄎᆞ야의 연낭

55면

이 환옥을 ᄃᆡᄒᆞ여 밧긔 홀노 잇셔 ᄂᆞ의 쳐치를 기다리라 ᄒᆞ고 ᄀᆞ마니 변신ᄒᆞ여 곽부의 니르니 ᄎᆞ일 교란이 본부의 도라가 부모 동긔로 셔로 반기고 타루ᄒᆞ며 구문 졔인의 박ᄃᆡ홈과 혹ᄉᆞ의 박졍ᄒᆞ믈 고ᄒᆞ고 잉졈을 뵈니 국구 부부와 졔형ᄌᆞᄆᆡ 임가를 졀치부심ᄒᆞ고 녀ᄋᆞ의 박명을 슬허 탄식ᄒᆞ믈 마지 아니ᄒᆞ더라 날이 져물ᄆᆡ 교란이 침쇼의 도라와 유랑 시비를 다 물너가라 ᄒᆞ고 츈ᄆᆡ르 더브러 쵹을 밝히고 남시를 기다리더니 야지삼경ᄒᆞ여

56면

일긔 창승이 공즁으로 나려와 ᄉᆞ름이 되니 이 곳 남시라 피ᄎᆞ 반겨 방즁의 드러가 밀밀이 상의ᄒᆞ여 ᄯᆡ를 그윽이 엿기를 언약ᄒᆞ고 계명의 도로 파리 되여 본부로 도라와 ᄌᆞ고 영니ᄒᆞᆫ 심복을 노화 가마니 한님의 거쳐를 탐지ᄒᆞ더니 영비의 ᄉᆞ쵼 영셤은 쇼부 ᄎᆞ환이라 쇼부와 임격ᄒᆞ여 남뷔 잇더라 영비ᄂᆞᆫ 어ᄉᆞ의 희쳡이 되여 쳔히 나단니지 못ᄒᆞ나 영셤은 영비의 동셩 삼쵼 영일의 ᄯᆞᆯ이오 쇼상부 비ᄌᆞ 계구의 ᄌᆞ식이라 ᄆᆡ

양 남가의 즈로 왕닉

57면

ᄒᆞ여 친쳑의 〃를 낫토더니 영비 영셤을 후히 ᄉᆞ괴여 쇼부 쇼식을 듯보ᄂᆞᆫ지라 일일은 영셤이 니르러 오날은 한님 노애 니르신다 ᄒᆞ거ᄂᆞᆯ 연낭이 ᄌᆞ시 듯고 ᄎᆞ야의 야심ᄒᆞ기를 기다려 변신ᄒᆞ여 쇼상부의 니르니 날이 황혼이라 연낭이 임의 별물요물이라 쇼부 분장 밧긔셔 뎡히 슬피더니 믄득 ᄉᆞ오 기 관환이 호쥬미찬을 ᄀᆞ쵸와 쵹을 들니고 닉루 다히로 가며 일오ᄃᆡ 노야와 부인이 금일 향방을 여르시고 한님 노야의 야찬을 ᄃᆡ령ᄒᆞ신다 ᄒᆞ고 시각이

58면

느즈믈 일ᄏᆞ라 밧비 가ᄂᆞᆫ지라 연낭이 바야흐로 ᄭᆡ다라 ᄀᆞ마니 뒤흘 됴ᄎᆞ ᄒᆞᆫ 곳의 니르니 단쳥화각의 옥와쥬밍이 굉녀ᄒᆞ여 구름의 쇼ᄉᆞᆺᄂᆞᆫ 듯ᄒᆞᆫ지라 ᄂᆞ려가 벽간의 붓터 보니 시녀 ᄎᆞ환이 이윽이 등ᄃᆡᄒᆞ다가 야찬을 물니고 시네 쌍금을 포셜ᄒᆞ고 금장을 지우ᄆᆡ 야심ᄒᆞ믈 고ᄒᆞ고 일시의 물너나ᄂᆞᆫ지라 한님이 비록 슈힝군ᄌᆞ나 쇼시의 현쳘ᄒᆞᆫ 싀모ᄌᆡ예ᄂᆞᆫ 셩인도 하쥐의 구ᄒᆞ시ᄂᆞᆫ ᄇᆡ라 임의 셩혼지년의 조부모의 명이 동방 쌍유를 허ᄒᆞ여

59면

계신지라 엇지 네이우귀하나 됴강뎡실노 은ᄋᆡ 범연ᄒᆞ리오 화풍셩모의 화긔 영ᄌᆞᄒᆞ니 동군혜풍이 다ᄉᆞᄒᆞ여 양일을 잇그ᄂᆞᆫ 듯ᄒᆞ니 의ᄃᆡ를 희완ᄒᆞ고 옥쵹을 물니ᄆᆡ 흔연이 ᄂᆞᄋᆞ가 쇼져의 셤신을 잇그러 옥상나요의 원앙장을 ᄒᆞᆫ가지로 ᄒᆞ니 금병슈막이 휘휘ᄒᆞᆫ ᄃᆡ 비취금 봉황침의 쌍옥이 완젼ᄒᆞ니 쇼공이 만심의 두굿거오믈 니긔지 못ᄒᆞ여 도라오니 벽간의셔 요네 쇼공이 녀셔의 화락ᄒᆞ믈 규시ᄒᆞ고 깃거ᄒᆞ믈

60면

보ᄆᆡ 더옥 분긔 엄ᄋᆡᄒᆞ여 곳ᄃᆡ 쇼시를 즛바라 죽이고ᄌᆞ ᄒᆞ나 홀일업ᄂᆞᆫ지라 계교를 싱각더니 믄득 일계를 싱각고 몸 우희 건복을 닙고 진언을 념ᄒᆞ여 표일ᄒᆞᆫ 남ᄌᆡ 되여 실즁의 돌입ᄒᆞ여 상상의 오르고ᄌᆞ ᄒᆞ다가 믄득 놀나ᄂᆞᆫ 쳬ᄒᆞ고 짐즛 낭ᄃᆡ를 그르고

급히 쒸여 닌다르니 댱후의 산호셔안이 노혓다가 아로삭인 난간의 부딘쳐 씌여지는 쇼릭 요란흔지라 한님은 발셔 요인의 작희믈 씨둣고 쇼져는 무망 즁 실식딘경ᄒ여 아모리 홀 줄

61면

모로며 유랑 시ᄋ 등은 잠결의 놀나 두미롤 모로고 다만 도젹이 드럿다 웨지지니 여러 인셩이 즈못 요란흔지라 한님과 쇼졔 의복을 졍돈ᄒ여 이러ᄂᆞ고 가즁 상히 믈쓸 틋ᄒ여 이의 모히는지라 쇼샹셔 부부 이의 와 녀셔 부부의 놀나믈 일ᄏ르며 가졍 복비 쵹을 붉히고 원즁 님목 간의 슈험ᄒ니 월명 하의 햇불이 ᄂᆞᆺ ᄀᆞᆺ고 인셩이 훤화흔지라 연낭이 원즁 월계슈풀의 은신ᄒ엿더니 믄득 틴묘ᄀᆞᆺ치 후쟝을 넘쒸여 다라ᄂᆞ며 웨여 왈

62면

닌 엇지 도젹이리오 지상 규문의 향도젹이라 닌 발셔 쇼시 옥낭으로 십 셰 되든 쵸츈의 이 가산 모란 퍼귀 ᄉᆞ이의셔 쳥산녹슈로 밍셰ᄒ여 금셕 ᄀᆞᆺ흔 언약을 두엇더니 미인이 무졍ᄒ여 ᄉᆞᄉᆞ 언약을 져바리고 부명을 슌ᄒ여 임진홍 츅싱의 안히 되니 닌 엇지 노홉지 아니리오마는 비인의 죄 아니라 쇼쇼 허믈노 아라 기회치 아녀 본부의 도라온 후 연야 왕닌ᄒ더니 금야의 필뷔 올 줄 알며 짐즛 날을 쳥ᄒ려 낭퓌케 ᄒ니 엇지

63면

분치 아니리오 이 곳 텬하 협긱 쥬환을 눌만 넉이는다 ᄒ여 크게 웨지지며 다라ᄂᆞ니 잠시간의 간 바룰 모룰너라 가즁 상히 츳 흉언을 드르미 면면상고 실식ᄒ고 모부인은 딘경츠악ᄒ여 흐ᄌᆞ 녀ᄋᆞ롤 안고 눈물이 방방ᄒ니 쇼공이 딘로ᄒ나 요인의 궁모곡계 극흉교악ᄒ니 무망의 그 간 곳인들 엇지 알니요 분긔 츙텬ᄒ나 홀일업셔 눈을 드러 방즁 경식을 슬피니 녀ᄋᆞ는 신식이 찬 진 ᄀᆞᆺᄒ여 모부인 슬상의 업딘엿고 한님은 안식

64면

이 ᄌᆞ약ᄒᆞ여 념관졍슬ᄒᆞ여시니 무심무려ᄒᆞ여 아ᄌᆞ 경ᄉᆡᆨ과 흉언을 쳥이불문ᄒᆞᄂᆞᆫ ᄉᆞ름 ᄀᆞᄐᆞᆫ지라 장ᄂᆡ의 도덕이 바리고 간 낭ᄃᆡ 잇거ᄂᆞᆯ 상셰 친히 거두어보니 낭즁의 두 장 셔쳡이 잇거ᄂᆞᆯ 이 곳 녀ᄋᆞ의 필젹이요 간부의게 왕반ᄒᆞᆫ ᄉᆞ의로ᄃᆡ 셔ᄉᆡ 극히 간교음특ᄒᆞ여 ᄆᆞᆰ은 젼의 올니지 못ᄒᆞ니라 상셰 쳥미의 더옥 실ᄉᆡᆨᄃᆡ히ᄒᆞ니 엇지 녀ᄋᆞ의 셩덕현힝으로 이런 난음지ᄉᆡ 이시리라 ᄒᆞ리오마ᄂᆞᆫ 요의 극히 흉교ᄒᆞ니 임한님을 니르지

65면

말고 노셩장ᄌᆞ로 ᄒᆞ여곰 드르라 ᄒᆞᆯ지라도 오됴의 ᄌᆞ웅을 분간키 어렵거ᄂᆞᆯ 셔랑의 거동이 담연무려ᄒᆞ여 아지 못ᄒᆞᄂᆞᆫ ᄉᆞ름 ᄀᆞᄐᆞ믈 보니 능히 기의를 탁냥치 못ᄒᆞ니 침음냥구의 한님의 ᄉᆞᆫ을 잡고 댱탄 왈 금야지변은 무망지변이라 아심이 여ᄎᆞ 창황ᄒᆞ니 현셰 능히 관심ᄒᆞ랴 슈연이나 쥬문의 관치 잇고 하혜지문의 도쳑이 잇ᄉᆞ니 인심은 불가측이라 금일노부터 불쵸녀를 심당의 깁히 가도고 요젹을 츄포ᄒᆞ여 잡ᄋᆞ 다ᄉᆞ려 복분의 원

66면

과 옥셕을 쾌허ᄒᆞ고 죄녀를 쥭여 법을 졍히 ᄒᆞ리라 네 ᄯᅳᆺ은 하여오 날을 ᄃᆡᄒᆞ여 은휘치 말나 한님이 쳥파의 져 쇼상셰 엇지 기녀의 쳥심녈의를 아지 못ᄒᆞ리오마ᄂᆞᆫ 이런 말을 ᄒᆞ여 ᄌᆞ가를 ᄆᆡᆨ바드려 ᄒᆞ민 쥴 알고 옥안셩모의 화긔 이연ᄒᆞ여 잠쇼ᄒᆞ고 날호여 갈오ᄃᆡ 고어의 운ᄒᆞ되 지ᄌᆞᄂᆞᆫ 막여뷔라 ᄒᆞ옵ᄂᆞ니 악장이 영녀를 구로싱지ᄒᆞ시되 기힝을 ᄌᆞ시 모로시ᄂᆞᆫ가 시브오니 쇼싱은 더옥 셩혼긔년이나 동방가

67면

회ᄂᆞᆫ ᄉᆞ오 ᄎᆞ의 넘지 못ᄒᆞ엿시며 더옥 우혹ᄒᆞ여 ᄉᆞ군ᄉᆞ친 녀가의 일신 쥬변도 임의로 못ᄒᆞ옵거ᄂᆞᆯ 쳐ᄌᆞ의 위인을 엇지 알니잇가 상셰 탄왈 오슈불명이나 너의 니른바 지ᄌᆞᄂᆞᆫ 막여뷔니 ᄂᆡ 엇지 녀ᄋᆞ의 상시 ᄉᆞᆨ뇨ᄒᆞᆫ 셩힝을 츄이ᄒᆞᆫ들 ᄎᆞ마 엇지 이런 의심이 나리오마ᄂᆞᆫ 흉젹의 언힝이 괴히ᄒᆞ니 현셰 년쇼ᄒᆞ여 셰ᄉᆞ를 경녁지 못ᄒᆞ엿ᄂᆞᆫ지라 금야지변을 엇더케 너기ᄂᆞᆫ고 의혹ᄒᆞᄂᆞ니 ᄯᅩᄒᆞᆫ ᄉᆞᆨ셜의 니로ᄃᆡ 부부ᄂᆞᆫ 일일지간의도

마음을 안다 ᄒᆞ니

68면

현셔의 춍명으로ᄡᅥ 녀ᄋᆞ의 위인을 ᄌᆞ시 아지 못ᄒᆞ리오 ᄂᆡ 바야흐로 긔구ᄒᆞᆫ 변을 맛ᄂᆞ니 흉담이 젼요ᄒᆞ여 지젹지 못ᄒᆞᄂᆞ니 현셔의 고명ᄒᆞᆫ 의논을 듯고ᄌᆞ ᄒᆞ노라 한님이 져의 진졍으로 무름과 기녀의 누명을 ᄌᆞ긔 엇지 넉이는고 답답이 알고ᄌᆞ 홈과 악모부인의 과쳑ᄒᆞᄂᆞᆫ 경식과 쇼제 과도이 놀나ᄂᆞᆫ 거동을 ᄋᆡ셕ᄒᆞ여 이의 정금위좌이 ᄃᆡ왈 건곤이 난호연 지 오ᄅᆡ니 말셰 혼탁ᄒᆞ여 셰강 악포ᄒᆞ여 왕왕이 괴ᄉᆡ 잇ᄉᆞ오니

69면

이 반ᄃᆞ시 산간 요리의 무리와 환슐ᄒᆞᄂᆞᆫ 간인이 벅벅이 은복ᄒᆞ여 인가의 작변ᄒᆞ고 일졍 ᄉᆡ긔로ᄡᅥ 쇼ᄉᆡᆼ의 박면을 고렴ᄒᆞᄂᆞᆫ ᄌᆡ 잇거나 녕녀의 방향을 흠모ᄒᆞᄂᆞᆫ ᄌᆡ 잇셔 이런 괴란이 잇시나 군ᄌᆡ 엇지 신쳥ᄒᆞ리잇고 악장은 쇼셔를 의심치 말고 가즁과 녕녀의 침당의 쥬필부작을 붓쳐 요인이 변화ᄒᆞ여 돌입ᄒᆞᄂᆞᆫ 변을 방비ᄒᆞ쇼셔 상셰 한님의 긔ᄉᆡᆨ과 뎡ᄃᆡᄒᆞᆫ 말ᄉᆞᆷ이 쇼져를 됴곰도 의심ᄒᆞ미 업셔 간인의 작ᄉᆞ로 알오

70면

믈 보ᄆᆡ 비록 노셩당ᄌᆞ라도 무망의 이 ᄀᆞᆺᄒᆞᆫ 변을 맛나 진가를 ᄒᆡ셕ᄒᆞ리오마ᄂᆞᆫ 이뉵이 넘지 못ᄒᆞᆫ 쇼ᄋᆞ로 이ᄀᆞᆺ치 원ᄃᆡᄒᆞᆫ 홍냥은 ᄌᆞ긔라도 ᄯᆞ로지 못ᄒᆞᆯ 듯ᄒᆞᆫ지라 지식의 춍명ᄒᆞ믈 항복ᄒᆞ여 한님의 ᄉᆞᆫ을 잡고 탄왈 ᄂᆡ 엇지 너를 의심ᄒᆞ리오마ᄂᆞᆫ ᄎᆞ변은 실시 녀외라 녀ᄋᆡ 비록 놈의셔 츌범타ᄂᆞᆫ 니르지 못ᄒᆞ나 여ᄎᆞ 괴히지ᄉᆞᄂᆞᆫ 업슬 거시로ᄃᆡ 당ᄎᆞᄒᆞ여ᄂᆞᆫ 노부의 마음이 어둑ᄒᆞ니 현셔의 ᄇᆞᆰ은 쇼견을 듯고ᄌᆞ ᄒᆞ미러니 현셔

71면

의 말이 여ᄎᆞᄒᆞ니 녀ᄋᆞ의 평ᄉᆡᆼ을 근심치 아닛노라 ᄉᆡᆼ이 흠신ᄉᆞ사ᄒᆞ여 마음의 됴곰도 거리ᄭᅵ미 업ᄉᆞ니 상셰 더옥 두굿기더라 ᄎᆞ일 한님이 본부의 도라가ᄆᆡ 야간ᄉᆞ를 불츌구외ᄒᆞ니라 어시의 연낭 요녜 일장 요변을 짓고 침쇼로 도라가 쳔식을 졍ᄒᆞ고 교란으로 밀밀 상의ᄒᆞ더니 교란이 셩쇼져를 업시ᄒᆞ라 보ᄎᆡ니 연낭이 허락고 변ᄒᆞ여 져근 나뷔 되여 황혼을 ᄯᅴ여 바로 ᄂᆡ원의 돌입ᄒᆞ니 이ᄯᅢ 셩부의셔 쇼져의 귀령ᄒᆞ믈 인ᄒᆞ

72면

여 녀셔의 싱관을 여러 두굿기미 무흠흔지라 가연이 ᄂᆞ으가 규시ᄒᆞ니 임혹시 셩쇼져로 더브러 견권지졍이 교칠 ᄀᆞᆺ거ᄂᆯ 마음의 부럽고 공연이 시식온지라 곳 ᄂᆞ으가 셩쇼져를 업시코ᄌᆞ ᄒᆞ나 혹ᄉᆞ의 뎡양지긔를 두려 감히 ᄀᆞᆺᄀᆞ이 못 나가고 여러 날 단니더니 일일은 혹시 아니 왓ᄂᆞᆫ지라 ᄃᆡ희ᄒᆞ여 환옥으로 둔신법을 ᄒᆞ여 셩부 후장 밧긔 세우고 밤들기를 기ᄃᆞ려 바로 돌입ᄒᆞ여 쇼져의 셤신을 금니의 ᄊᆞ인 ᄎᆡ 거두어 업고 급히 ᄂᆡ

73면

다라 후장을 넘으니 환옥이 괴로이 기다리다가 환희ᄒᆞ여 밧비 쇼져의 금니를 바다 도라가고ᄌᆞ 하ᄂᆞᆫ지라 연낭이 왈 이제 셩네를 본부 후원 은실노 가 먼져 친ᄒᆞ여 져의 명졀을 상히오고 세세히 부모긔 고ᄒᆞ고 져 집의 알게 ᄒᆞ면 셩기 비록 놀나ᄂᆞ 임의 업친 물이라 홀일업ᄉᆞᆯ 거시요 텬흥은 셩시를 일코 곽시로 화락ᄒᆞ리니 ᄂᆡ 엇지 져의 은인이 아니리오 환옥이 깃브믈 니긔지 못ᄒᆞ여 언언이 묘ᄒᆞ다 일ᄏᆞᆺ고 본부의 도라와 원즁 은실의 니르

74면

러 창틈의 미쳐 불을 혀지 못ᄒᆞ고 다만 업은 거ᄉᆞᆯ ᄂᆞ리와 노코 창을 열치미 비단 니불을 헷치고 몬져 옥안염틱를 월명지하의 구경ᄒᆞ려 ᄒᆞᆫ즉 ᄋᆡ지라 발셔 옥안이 변이ᄒᆞ고 분흉의 삼촌 옥장도를 ᄭᅩᆺᄌᆞ 명이 진ᄒᆞ여시니 뎍혈이 비단 니불의 엉긔엿고 향혼이 놀니연 지 오린지라 환옥은 실식ᄃᆡ경ᄒᆞ여 ᄌᆞᆺ바지고 연낭은 황망이 다시 ᄉᆞᆯ펴보니 만신의 뎍혈이오 뉵믹이 ᄭᅳᆫ쳐시니 임의 ᄉᆡᆼ도ᄂᆞᆫ 바라지 못ᄒᆞᆯ 거시요 날빗ᄎᆞᆫ 졈졈 ᄇᆞᆰ아

75면

오니 가즁 니목도 두리온지라 급히 환옥을 쥐물너 ᄭᆡ오니 반향 후 계오 뎡신을 슈습ᄒᆞ여 실셩뉴쳬 왈 앗가올ᄉᆞ 미인이야 어엿불ᄉᆞ 미인이야 상문규각의 온유향을 겨유 품어 도라오니 이 본ᄃᆡ 월하의 연분이 아니런가 삼ᄉᆡᆼ 원ᄀᆡ런가 미인의 쥭으미 뉘 탓시런고 뎐혀 임텬흥을 위ᄒᆞ여 쥭어시니 ᄂᆞ 남환옥이 당당이 희린의 일문을 어육ᄒᆞ리라 웨지지니 연낭이 급히 말뉴ᄒᆞ더라

임씨삼대록
초왕 임희린
가계도

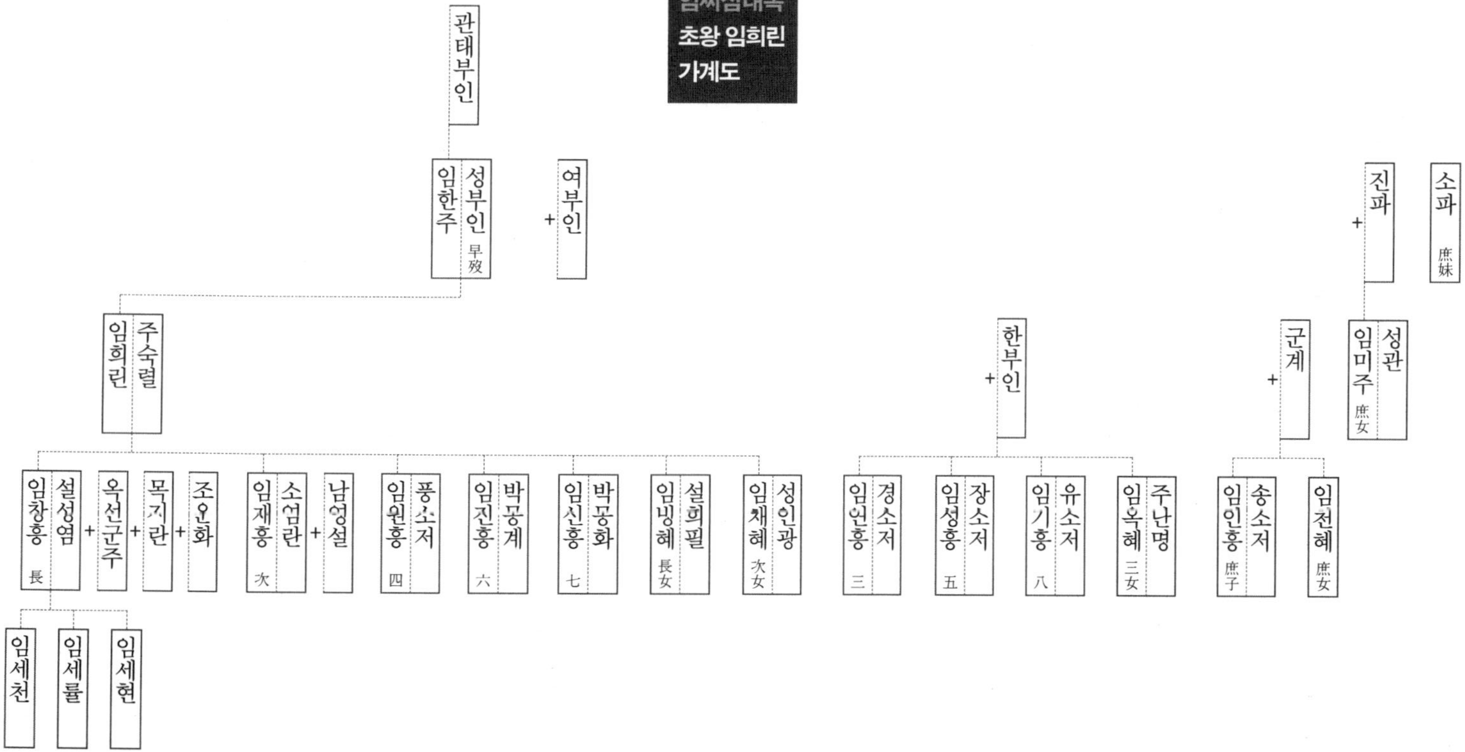

※ 임한주의 처 성부인은 『성현공숙렬기』에서 이미 죽었기 때문에 『임씨삼대록』에서는 등장하지 않는다.

※ 임희린의 六子 임진흥과 七子 임선흥은 쌍둥이이며, 그들의 처 박몽계와 박몽화도 쌍둥이이다.

※ 소파는 임한주와 임한규의 庶妹이다.

※ 임창흥의 자녀 임세천과 임세률은 쌍둥이이다.

※ 임창흥의 三子 임세현은 『임씨삼대록』에서 임세영이라는 이름으로도 제시된다. 여기서는 작품에서 처음에 제시된 임세현이라는 이름으로 표기했다.

임씨삼대록 부마도위 임세린 가계도

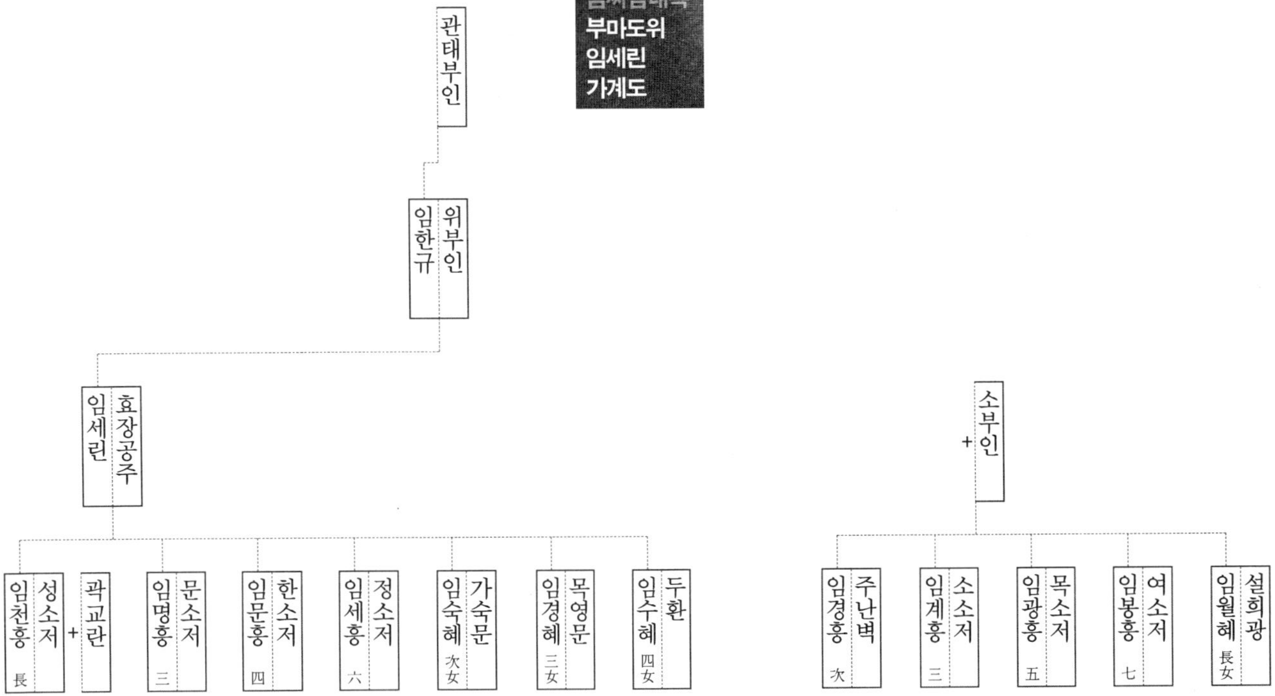

※ 효장공주의 次子 임명홍과 소부인의 次子 임계홍은 『임씨삼대록』에서 모두 임세린의 三子로 소개된다. 작품에서 이들의 선후관계를 추정하기가 어려운데다가, 임문홍을 四子, 임광홍을 五子, 임세홍을 六子, 임봉홍을 七子로 소개하고 있어, 여기에서는 임명홍과 임계홍을 모두 三子로 표기했다.

※ 임계홍과 임광홍은 『임씨삼대록』에서 소부인의 次子라고 소개되고 있지만, 동시에 임계홍은 임세린의 三子라고 언급되는 반면 임광홍은 임세린의 五子라고 언급되고 있어, 여기에서는 임광홍을 소부인의 三子로 제시했다.

임씨삼대록 태자소부 임유린 가계도

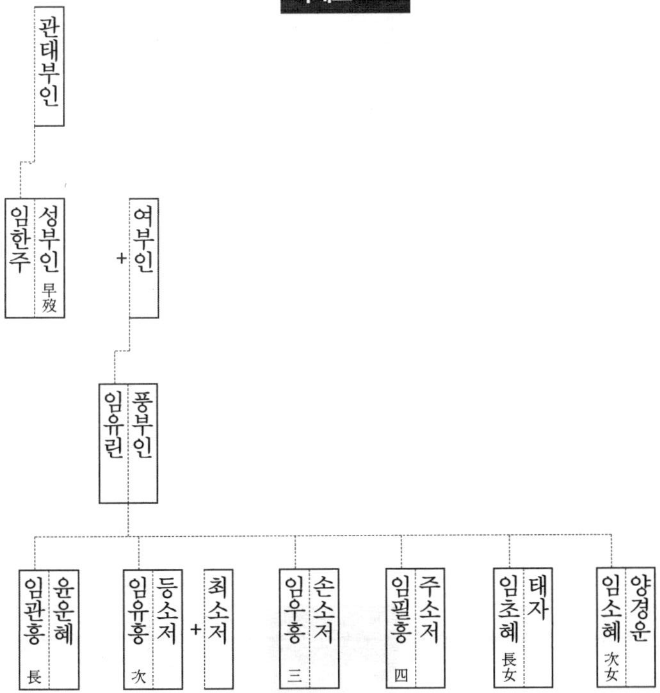

임씨삼대록 설씨 가문 가계도

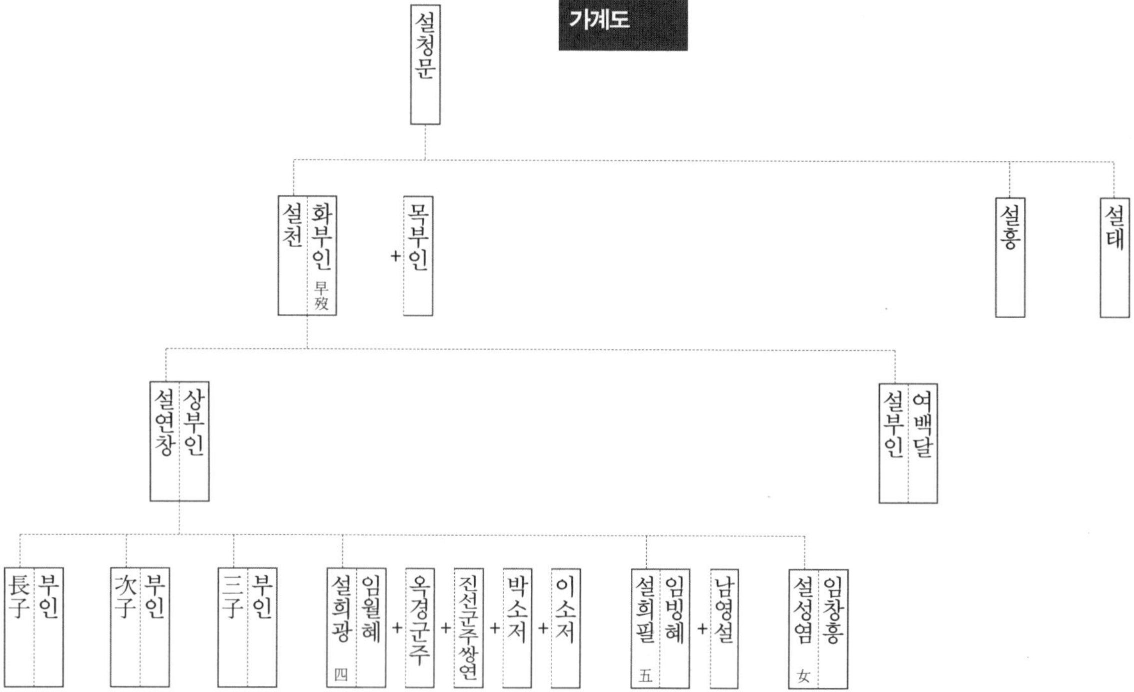

※『임씨삼대록』에서 설연창의 長子, 次子, 三子와 그 처들에 대한 이름이 제시되고 있지 않기 때문에 여기에서는 그 순서와 혼인 여부만을 표시해 주었다.